Juan González-Bonilla
ME QUEDO CON LAS MUJERES

(Catorce comedias del teatro puertorriqueño)

**Logo de Producciones Candilejas, Inc.
Petroglifo taíno. El sol de Jayuya, Puerto Rico**

LA CASA EDITORA
de Puerto Rico

San Juan, Puerto Rico 2018

© JUAN GONZALEZ-BONILLA 2018

ISBN: 1096013207

Library of the Congress # PAu 003-906-815
Enero 29,2018
Primera Edición: 350 ejemplares
Agradecimientos:

Fotos: archivos de Producciones Candilejas, Inc.

¿Qué es el derecho de autor?

En la terminología jurídica, la expresión "derecho de autor" se utiliza para describir los derechos de los creadores sobre sus obras literarias y artísticas. Las obras que se prestan a la protección por derecho de autor van desde los libros, la música, la pintura, la escultura y las películas hasta los programas informáticos, las bases de datos, los anuncios publicitarios, los mapas y los dibujos técnicos.

El derecho de autor abarca dos tipos de derechos:

los derechos patrimoniales, que permiten que el titular de los derechos obtenga compensación financiera por el uso de sus obras por terceros; y **los derechos morales**, que protegen los intereses no patrimoniales del autor. En la mayoría de los casos, en la legislación de derecho de autor se estipula que el titular de los derechos goza del derecho patrimonial a autorizar o impedir determinados usos de la obra o, en algunos casos, a recibir una remuneración por el uso de la obra (por ejemplo, por medio de la gestión colectiva).
El titular de los derechos patrimoniales de una obra puede prohibir o autorizar: la reproducción de su obra de varias formas, como la publicación impresa o la grabación sonora; la interpretación o ejecución públicas, por ejemplo en una obra dramática o musical; la grabación de la obra, por ejemplo en forma de discos compactos o DVD; la radiodifusión de la obra por radio, cable o satélite; la traducción de la obra a otros idiomas; y la adaptación de la obra, como en el caso de una novela adaptada para un guión.

Entre los ejemplos de derechos morales universalmente reconocidos están el derecho a reivindicar la paternidad de la obra y el derecho a oponerse a toda modificación de la obra que pueda perjudicar la reputación del creador.

-Derechos de propiedad intelectual-

*(Esta recopilación de obras teatrales **Me quedo con las mujeres, trece comedias del Teatro Puertorriqueño**, La boda de Jacobo y Gustavo- Mi amor, me llevé la Loto- La Viuda- El show de Lulo (Duevuelveme a mi marido, perra)- Feminicidio- Primer congreso de esposas felices- Terapia para mi suegra (¡Ay mi madre!)- El veneno se sirve a las 8:00 P.M- Secretos y confesiones de un hombre y una mujer frente al espejo- Huracán Criollo- Divorcio a lo puertorriqueño- Hoy se casa mi amante- y Velorio boricua- son propiedad del autor, Juan González-Bonilla y Sucesores, Joseph Amato y están completamente protegidas bajo la Ley de Derechos de Autor, en Puerto Rico, Estados Unidos y países con relaciones recíprocas. Queda totalmente prohibida su reproducción por medios mecánicos, electrónicos y/ o fotográficos. Queda prohibido realizar versiones y cambios en sus títulos.*
Los derechos de representación profesional o aficionada, cine, radio, televisión, video privado, lectura pública, citas más allá de extensión razonable, así como traducción a idiomas foráneos, son de absoluta propiedad de su autor y/ o depositarios autorizados y están sujetos a regalías. Se harán todas las gestiones a través de asociaciones, sindicatos teatrales y gubernamentales necesarios para que estos requisitos se cumplan. Quien altere estas indicaciones estará sujeto a demandas judiciales.)
Para información o petición de derechos favor de dirigir su correspondencia a:
Producciones Candilejas, Joseph Amato, Apartado 8166, Estación Fernández Juncos, San Juan, Puerto Rico 00910-0166.

Colección Teatro
Apartado Postal 1393
Río Grande, Puerto Rico 00745
Edición y corrección: Dra. Anamín Santiago.

Editor: Ángel M. Agosto
lustrodegloria@gmail.com
www.lacasaeditoradepuertorico.org
Hecho en Puerto Rico
Primera edición, agosto de 2021

Juan González-Bonilla
ME QUEDO CON LAS MUJERES

Joseph Amato y Juan González-Bonilla, fundadores de Producciones Candilejas, Inc.

¡A la verdad que cuando uno se muere no vale un carajo!
—Juan González-Bonilla

Fotos en la portada, siguiendo las manecillas del reloj: Lucy Boscana, Alba Nydia Díaz, Ofelia Dacosta, Marilyn Pupo, Sully Díaz y Gladys Rodríguez.

Índice

Cronología de estrenos
de **Juan González-Bonilla**

(2016) La boda de Jacobo y Gustavo

(2015) Mi amor, me llevé la Loto

(2014) La Viuda (Reestreno: nueva versión: Con seis personajes)

(2014) Hoy se casa mi amante (Nueva versión 2014)

(2011) Despedida de una soltera (Nueva versión 2011)

2009- Feminicidio:

2008- Primer congreso de esposas felices

2007: La viuda. (Nueva versión con tres personajes.)

2007- El show del juez Salomón Tranca.

(2004) Devuélveme a mi marido,

(2003) El veneno se sirve a las 8:00 P.M.

(2002) Secretos y confesiones de un hombre y una mujer frente al espejo

(2001) Huracán Criollo:

(2000) Hoy se casa mi amante (41er. Festival de Teatro Puerto-rriqueño del Instituto de Cultura Puertorriqueña dedicado a Joseph Amato y Juan González-Bonilla)

(1999) Velorio Boricua (Hermana de La Viuda, con 12 actores)

(1998) Divorcio a lo Puertorriqueño

(1997) La Clase Graduada del 69

(1996) El Aniversario de Pepe y Luis

(1994) Palacios de Cartón

(1993) Despedida de una soltera

(1992) Palomas de la Noche

(1991) Pinocho y el Milagro de la Navidad

(1989) Flor de Presidio

(1985) Pinocho y e circo de la alegría (El musical)

(1985) La Pepa está en la Ashford, (*monólogo*)

(1978) La Plena Murió en Maragüez

(1973) Doce Paredes Negras: (Más dos *reposiciones*.)

PRÓLOGO
Sobre Juan González-Bonilla

una vida en el teatro

una vida para el teatro

una vida por el teatro

Como buen comediógrafo conoce el arte de sacarle carcajadas al espectador. Pero siempre hay una crítica punzante tras la risa.

Es un maestro de la estructura del teatro realista. En todas sus obras el comienzo nos presenta lo obligado; quién es quién, dónde estamos, por qué estamos y qué ha pasado antes. Continúa con la presentación de un problema, su desarrollo, a través de acción. La llegada al punto culminante y al desenlace final. He ahí el andamiaje perfecto.

Ahora nos queda saber por qué "se queda con las mujeres".

Dra. Myrna Casas San Juan de Puerto Rico, enero del 2018.

Joseph Amato

Con tan sólo decir que cuenta con sobre cien producciones teatrales e innumerables premios por excelencia teatral, sabemos que es, tal vez, el más prolífero de nuestros productores teatrales. Es, además, miembro fundador de la Sociedad General de Teatro y entre sus muchas facetas (una de las cuales es la de Vice Presidente bancario) fungió como Director de Historia y Cultura para el Municipio de Bayamón nombrado por la legislatura de dicho pueblo.

"The idea man: Joseph Amato"   Jorge
Martínez Solá, The San Juan Star

Joseph Amato fundó, junto al dramaturgo puertorriqueño, Juan González Bonilla, la compañía teatral Producciones Candilejas, Inc. en 1970. "Sobre sus hombros carga los más prestigiosos reconocimientos que puedan otorgarse en la categoría de la producción teatral en Puerto Rico." Veamos tres, de la cantidad de elogios que ha realizado la prensa especializada sobre Joseph Amato:

"Una producción de Joseph Amato (Flor de presidio, de González-Bonilla) que, como testifica su historial en nuestro quehacer escénico, está cuidada
hasta el último detalle" Ramón Figueroa Chapel, Periódico EL Mundo Jueves 16 de febrero 1990.

"Nos movimos a la sala del Teatro Tapia para presenciar una de las producciones más dignas, y elocuentes que se hayan hecho en el teatro puertorriqueño. Nos referimos a Los soles truncos, de René Marqués, bajo la producción de Joseph Amato" Heriberto Ferrer, Periódico Claridad

"Esta producción de Joseph Amato (Los soles truncos, de René Marqués) de una dignidad que honra nuestros escenarios y al teatro puertorriqueño, se
destaca por su seriedad de estilo y de propósitos. Esta producción revitaliza el ambiente teatral actualmente desaliñado, descuidado y artificial- en nuestro país. Señores de la aldea: esto es Teatro Ramón Figueroa Chapel, Febrero 1986, Periódico EL Mundo

Amato, es "Administrador de las Artes, Economista, Especialista en Mercadeo y Presupuesto, Vicepresidente General de Operaciones y publicidad obrero-patronales y Relaciones Públicas. Honrado como el Ejecutivo y Productor del año por su excelencia teatral. "Uno de los mejores Promotores de las Artes teatrales en la historia de Puerto Rico." Instituto de Cultura Puertorriqueña 2000

Me Quedo Con LaS Mujeres

(14 comedias del teatro Puertorriqueño)

LA BODA DE JACOBO Y GUSTAVO

¡MI AMOR, ME LLEVÉ LA LOTO!

LA VIUDA

EL SHOW DE LULO (DEVUÉLVEME A MI MARIDO, PERRA)

FEMINICIDIO

PRIMER CONGRESO DE ESPOSAS FELICES

TERAPIA PARA MI SUEGRA: ¡ay mi madre!

EL VENENO SE SIRVE A LAS 8:00 P.M.

SECRETOS Y CONFESIONES DE UN HOMBRE Y UNA MU-JER FRENTE AL ESPEJO

HOY SE CASA MI AMANTE

HURACÁN CRIOLLO

DIVORCIO A LO PUERTORRIQUEÑO

VELORIO BORICUA

PALACIOS DE CARTÓN

(Esta antología de comedias es una creación de Producciones Candilejas, Inc.)

GRATITUD

¡Agradecemos la realización de la portada al Sr. Jetppeht Pérez de Corcho Morgado, Gerente General del Centro de Bellas Artes Luis A. Ferré y su artista gráfico Sr. Armando Brignoni por la realización de la portada, la que es un diseño del Sr. Joseph Amato.

Dra. Myrna Casas
Doctor Dean Zayas
Periódico El Nuevo Día
El Vocero
Primera Hora
Periódico La Perla del Sur
Centro de Bellas Artes Luis A. Ferré
Periódico La Perla del Sur-Sra. Lucille De Jesús
La Casa Editora de Puerto Rico

LA BODA de JACOBO y GUSTAVO

(Comedia dramática)

(*La boda de Jacobo y Gustavo* fue estrenada en el Centro de Bellas Artes Luis A. Ferré en San Juan de Puerto Rico-Santurce, desde el viernes 13 de mayo de 2016. Luego se representó en el Teatro La Perla, Ponce, el sábado 4 de junio con el siguiente reparto y ficha técnica.)

(*Personajes en orden de intervención.*)

JOHNNY: Raymond Gerena
DENIS: Albert Rodríguez
JACOBO: Eddie Noel
GUSTAVO: José Eugenio Hernández
GLORIA: Sara Pastor
CESAR: Joaquín Jarque
MATILDE: Luisa De Los Ríos
RAFAEL: Carlos Miranda
ANDRÉS: Héctor Escudero Lobé
JOSÉ LUIS:Jorge Armando
MINISTRO: Juan González-Bonilla

Dirección Artística: J.M.O.
        Asistente del Director: Cristina López Áreas
Regidora de escena: Cristina López Áreas
Diseño de luces: Jacky Rosado
Utilería: Paloma Gutiérrez Dávila
Maquillaje y peinados: Ivette Colón Ayala
Diseño de la escenografía: Raúl Dones
Realizacion: Raúl Dones
Asistente de la Sra. Colón Ayala:
Guillermo Alejandrino

Productor General: Joseph Amato.

Acto I

(*En el apartamento de Gustavo. Cuando la sala se oscurece de inmediato escuchamos la música de una canción tipo comedia musical norteamericana y cuando sube el telón, Johnny la estará interpretando. Puede ser en vivo o doblada. Jacobo y Denis le siguen el ritmo. Es una "joda". Jacobo, Johnny y Denis están pasando un buen rato, como buenos amigos que son. Finaliza el número musical.*)

DENIS: No tienes nada que envidiarle a Liza Minnelli. Johnny, *dearest*, tú sabes que te quiero, que te adoro… Bueno, que eres mi pana fuerte. Pero te voy a suplicar que te metas a bombero, enfermero, mecánico, lo que sea, ¡pero no cantes que me asfixias!

JACOBO: Pero no canta mal y baila muy bien…

DENIS: ¡Mientes Julia de Burgos!

JOHNNY: Es una manera de entretenerme *loqui*. Es que tú no sabes lo que tengo que joderme paseándole los perros a los blanquitos del Condado.

DENIS: Sé sincero con tu tití, ¿también paseas *Poodle*?

JOHNNY: Después que se me pague, paseo cualquier perro.

DENIS: ¡No me gustan los *Poodle* y si llevan collares de *rhinestones* menos todavía.

JACOBO: ¿Ustedes saben cuántos perros *Poodle* hay en el Condado?

DENIS: Cada loca tiene uno. Una maricona, un *Poodle*, una maricona un *Poodle*, otra maricona otro *Poodle*…

JOHNNY: No sé por qué a las locas les gustan tanto los *Poodle*, ¿será porque también son maricones?

DENIS: Johnny, se me ocurre una cosa. Voy a regalarte un *Pit Bull* para que te de un aire así, como de macharrán. Pero estoy seguro que desde el cielo San Pedro diría:-¡ese que está paseando el *Pit Bull* es una maricona!

JACOBO: ¿Y cuánto tú cobras por pasear perros, Johnny?

JOHNNY: A diez dólares la hora y si son *Poodle* a doce. Porque son unos perros muy delicados y, para que te eduques, *shula*, son nativos de Francia.

DENIS: Ya comenzó la comemierdería.

JOHNNY: Al menos, no son de Bayamón y no apestan a chicharrón como tú, porque, *dear*, tú eres bayamonesa y no puedes negarlo.

DENIS: Jamás he negado mis raíces, mamita.

JOHNNY: Y para que te instruyas, si el perro es macho hay que castrarlo para frenarle su agresividad y así previenen el cáncer testicular y deben realizar caminatas diarias frecuentes para evitar el aburrimiento.

DENIS: Con tan solo pensar en la palabra castrar, me duelen las bolas. Pero a la verdad que te ves bella con tres *Poodle* por la Ashford. ¡Ah, y con una bolsita de Supermax recogiéndoles la mierda!

JOHNNY: Pues para que te enteres, pasear perros me paga el apartamento y la universidad. Y a ti, Jacobo, ¿te gustan los perros?

JACOBO: Me encantan, pero no tengo tiempo de atenderlos. (*Entra Gustavo, que todavía está con traje y un maletín en mano.*) Buenas noches…

JOHNNY: Hola…

DENIS: Hola…

JACOBO: Hola cariño. (*Y le da un besito.*)

GUSTAVO: ¡Pero qué mucha gente bella! Hola mi amor. ¡Gente, cómo están!

DENIS: Excelente, fabulosamente, estrepitosamente y maravillosamente bien.

GUSTAVO: Me alegro. (*Advierte disimuladamente el paquete de ropa que Jacobo estaba preparando.*) Bueno, ¿y cual es el tema?

DENIS: Pues conversábamos sobre los perros que aquí, mi querida hermana Johnny, pasea por el Condado.

JOHNNY: Y me dejan buenos dividendos. En cambio, tú siempre estás pelá y te vistes con ropa de *Marshalls*. Yo, en cambio, me lo compro todo en *Abercrombie & Fitch*. Y entérate que, con esos perros, me gano doce dólares la hora que son treinta y seis diarios, y los domingos, mientras sus amos duermen a pata suelta, es a quince dólares la hora. O sea, déjame totalizarte, que yo sé que tú eres un poco bruta. Son tres perros, dos horas diarias por seis días, más los domingos… son... (*Cuenta con los dedos*).

DENIS: Quinientos veinte y dos billetes, "*shula*". Que no se te olvide que estoy estudiando contabilidad, amiguita.

JOHNNY: Bueno, lo que importa es que no tengo que pedirle ni a mami ni a papi un centavo y tú siempre estás pidiendo prestao.

GUSTAVO: Mira, te traje un regalito.

JACOBO: ¡Ay, gracias mi amor!

JOHNNY y DENIS: ¡Que lo abra, que lo abra…!

JACOBO: Deja ver, deja ver… ¡Ay qué rico, cómo me gusta este perfume…!

DENIS: No quiero ser indiscreto, pero deja ver el envase… ¡Oh, *Cartier*! A mí me encanta.

JOHNNY: Aprende *loqui*, porque tú todavía usas *Varon Dandy*.

JACOBO: ¿Y dónde lo conseguiste?

GUSTAVO: En *Cartier*, en el Mall Of San Juan.

JOHNNY: ¿Oíste Miss Chicharrón?

DENIS: Bueno, nos vamos, tenemos que dar la vueltita para ver qué se ve. Pero antes, Jacobo, ¿tú tendrás un pote de *Lysol* por ahí?

JACOBO: Ahí, en esa mesita hay. (*Lo busca.*) ¿Y para qué tú quieres un pote de *Lysol*? (*Y se lo tira a Denis, quien lo toma en el aire.*)

DENIS: Para fumigar a esta loca, que tiene una peste a perros encima … (*Lo hace.*)

JOHNNY: ¡Pendeja, eres una loca pendeja! Bueno, Jacobo debe estar cansado, así que arranquemos que tengo que pasear al amanecer una perra sata y me pagan veinte billetes la hora.

JACOBO: ¿Y cual perra es esa?

JOHNNY: (*Señalando a Denis.*) Esa que tienes de frente. (*Lo fumiga.*)

DENIS: ¡Mira coño… (*Y salen en plena algarabía.*)

JACOBO: ¿Te pasa algo?

GUSTAVO: Nada. Tengo exceso de trabajo.

JACOBO: ¿Y Mary?

GUSTAVO: De vacaciones por maternidad.

JACOBO: ¿Y Frances?

GUSTAVO: Enferma.

JACOBO: ¿Estás seguro que no te pasa nada?

GUSTAVO: No, no… nada…

JACOBO: Como actor eres malísimo… vamos, suelta.

GUSTAVO: Ya te dije que nada.

JACOBO: ¿Nada? Creo que, después de cinco años de conocernos,
ya conozco todas tus caras.

GUSTAVO: ¿Y cuál cara quieres que tenga?

JACOBO: Bueno, no sé… pero… parece que en el camino te encontraste con Drácula.

GUSTAVO: ¿Y ese bulto? ¿Estás preparando la ropa para irte otra vez a tu casa?

JACOBO: ¿Ves que te pasa algo? Pero cariño mío, tesoro mío, ángel mío, si nosotros pasamos juntos casi todo el mes. Mamá, me ha llamado no sé cuántas veces, ¿no te parece justo que me quede con ellos un fin de semana?

GUSTAVO: Jacobo, ya tu tienes treinta años, eres un profesional, un enfermero graduado. En otras palabras, ya tú eres un hombre hecho y derecho.

JACOBO: ¿Me estás llamando viejo?

GUSTAVO: Echemos el tema de la edad a un lado y hablemos de cosas más importantes.

JACOBO: Pero antes, dígame una cosa, su excelencia, ¿qué puedo hacer para que su majestad cambie esa cara de sapo frente a un camión a sesenta y cinco millas por hora?

GUSTAVO: Dime una cosa, ¿entre tus planes está independizarte alguna vez, tomar las riendas de tu vida o vas a hacerlo cuando tus padres se mueran?

JACOBO: Pero si nosotros vivimos tres semanas juntos y el que me quede uno que otro fin de semana con los viejos pues… yo lo veo de lo más natural y justo. Me estás como acorralando y eso no me gusta. Quítate esa inseguridad de encima. Entiende que yo no puedo decirles que quiero independizarme completamente. No les gustaría y comenzarían a indagar y para los efectos nosotros somos *roommates* solamente. Vamos, quita esa cara. No creo que haya alguien que se quieran más que tú y yo. Tú eres mi tesoro, mi alegría. Échate para acá. (*Le da un gran abrazo y continúan así.*) ¿Sientes cómo me late el corazón, sientes la energía que me brota? Pasa cuando se quiere a alguien con locura. Yo estoy, como se dice por ahí, enchulao de ti hasta el soco del medio.

GUSTAVO: Y yo de ti. Vamos, tírame una guiñadita con esos ojazos verdes que me vuelven loco. (*Jacobo lo hace.*) ¡Me muero, te juro que me muero!

JACOBO: ¡Así me gusta verte, contento! Te tengo una sorpresa.

GUSTAVO: Y yo otra. Vamos, cuéntamela enseguida.

JACOBO: Decidí proseguir estudios.

Voy hacer la maestría en enfermería.

GUSTAVO: ¡Por fin me escuchaste, pero qué bueno! Entre más preparado estés, académicamente hablando, mejor será la recompensa. Estoy muy orgulloso de ti.

JACOBO: Yo también de ti. Venga, dame tu sorpresa.

GUSTAVO: ¿Tú harías un compromiso bien, pero bien grande por mí?

JACOBO: Por supuesto que sí, pero… ,

GUSTAVO: Jacobo, mírame fijamente.

JACOBO: Te miro. Sabes, tú también tienes unos ojos lindísimos. Te regalaron todas las pestañas del mundo.

GUSTAVO: No se comparan con las tuyas. Quiero hablarte algo muy serio.

JACOBO: Dímelo.

GUSTAVO: Cásate conmigo. (*Levísima pausa.*)

JACOBO: ¿Cómo fue que dijiste?

GUSTAVO: Ya llevamos cinco años de relación, y cuando estamos juntos, no sé, me emociono, me brotan las lágrimas pero es de la alegría que siento cuando estamos juntos. Me lleno de un regocijo inmenso… es algo difícil de explicar.

JACOBO: Yo también estoy enamorado de ti.

GUSTAVO: Quisiera tenerte a mi lado por siempre. Besarte. Abrazarte. Recorrer cada esquina de tu cuerpo… es como estar cerca de la gloria.

JACOBO: Mi amor, no me compres zapatos en "La Gloria".

GUSTAVO: ¿Es que no te interesa lo que te estoy hablando?

JACOBO: ¡Ay chico, relájate, claro que te estoy escuchando!

GUSTAVO: Pues somos, económicamente hablando, independientes. Dos profesionales. Nos queremos, vivimos juntos, ya es hora de dar ese próximo paso. ¿Te quieres casar conmigo, sí o no?

JACOBO: Ahora soy yo el que no quiere llorar...

GUSTAVO: Te hago una pregunta ridícula a estas alturas pero ¿cuánto tú me quieres?

JACOBO: ¡Con todo mi corazón!

GUSTAVO: ¿Entonces…

JACOBO: Es que es bien difícil lo que me estás proponiendo. Mis padres no son como los tuyos.

GUSTAVO: Habla con tu mamá.

JACOBO: Es que… no sabría cómo hacerlo. Siento… bueno… que la ofendería. Mamá no sabe nada de mi vida intima.

GUSTAVO: ¿Vamos a seguir mintiéndoles, pasando como *roomates*? Lo único que toda madre aspira es a la felicidad de sus hijos. Tal vez ella entendería.

JACOBO: ¿Y papá? Primero que tiene un genio inaguantable, que es un hombre totalitario, católico, intransigente y de ñapa, juez. Imagínate sobre todo lo que tendríamos que brincar. No lo va a permitir, no lo va a permitir y la descarga que me vendría para encima no habría quien la aguantara.

GUSTAVO: Es hora de que le digas la verdad a tu familia, especialmente a tú padre.

JACOBO: ¿Yo, frente a papá, diciéndole que tengo por amante a un hombre y que quiero casarme con él? ¡Me mata, me mata! Tómalo con calma. ¿Podría ser más tarde, cuando se cansen de vernos juntos?

GUSTAVO: Llevan cinco años viéndonos juntos.

JACOBO: Yo no me atrevo. Definitivamente no me atrevo.

GUSTAVO: ¿Entonces se lo diremos cuando ya tengamos canas?

JACOBO: ¿Y tú piensas que yo podría tener canas alguna vez con tantos tintes que venden en las farmacias?

GUSTAVO: No cambies el tema.

JACOBO: ¿Y tengo que ser yo?

GUSTAVO: Tienes que ser tú porque eres su hijo.

JACOBO: ¿Y tú crees que yo tengo esa valentía?

GUSTAVO: ¿Quieres que se los diga yo?

JACOBO: ¿Tú, frente a mami y papi pidiéndome en matrimonio? ¡Chico, tú lo que quieres es matarme!

GUSTAVO: Por eso te digo que te toca a ti.

JACOBO: ¡Que no me atrevo te he dicho!

GUSTAVO: Empieza con tu mamá. Lo primero que tienes que hacer es escoger un día que esté sola.

JACOBO: Mamá siempre está sola porque papá se la pasa en el tribunal.

GUSTAVO: Escúchame. Vamos a hacer un libreto, lo ensayamos y no te sales de él ni jugando. Habla con tu mamá. Yo estaré en la esquina, en mi carro. Si tienes problemas con tan solo marcar mi número directo llego inmediatamente a tu casa.

JACOBO: Es que esta proposición... es tan de repente ¿Qué tal si esperamos un año más?

GUSTAVO: No. El momento es ahora, nos queremos, eso es todo lo que importa.

JACOBO: Mamá es muy religiosa, Gustavo. Tiene sus creencias muy arraigadas y no creo que pueda entenderlo. ¿Y qué pasaría si mientras estamos hablando papá se presenta? No es un hombre muy simpático ni amable que digamos. Es huraño, autoritario, y moralista hasta decir basta. ¿Me entiendes? Papá es un hombre... comprometido con su profesión, irracional sobre el tema... he escuchado sus comentarios cuando lee los periódicos y si hay algún activista *gay* proclamando sus

derechos lo que le sale por la boca son sapos y culebras.

GUSTAVO: Pues yo no le tengo miedo.Tengo como amigos altísimos abogados de prestigiosos bufetes. ¿Qué dices?

JACOBO: Bueno... pues... comienza hacer el libreto, pero antes me consigues una caja de Xanax de ochenta miligramos, otra de Diazepam pero de sesenta, más tres cajas de Imodium para las diarreas.

GUSTAVO: ¿Entonces lo aceptas?

JACOBO: Yo no pienso perderte. (*Se dan un abrazo sumamente fuerte y caluroso.*) Lo acepto. Bueno, voy a comenzar por mamá que es más comprensible. ¿Cuándo quieres que lo haga?

GUSTAVO: Una vez hayamos ensayando el libreto.

JACOBO: Pues comienza a escribirlo y déjame correr al baño que ya me comenzaron las carreritas. (*No aguanto los apagones. La luz se escapa lenta, como humo de cigarrillo sube en la residencia de don Cesar y doña Gloria, padres de Jacobo. Entonces es que baja completamente la iluminación del departamento de Jacobo y Gustavo.*)

JACOBO: ¡Ave María mami, esos canelones te quedaron *super*!

GLORIA: Los hice especialmente para ti. Si gustas vuelvo a preparártelos.

JACOBO: ¡Ni jugando! No puedo perder la línea.

GLORIA: Tú eres bello como quiera. (*Pausa.*) Pero no es tu imagen lo que te preocupa... a ti te pasa algo más. Desde que llegaste lo percibí. Vamos, suelta, que estoy dispuesta a escucharte.

JACOBO: No mamá, no me pasa nada.

GLORIA: ¿Y tú vas a decirme a mí que no te pasa nada?

JACOBO: ¿Cuándo llega papá?

GLORIA: Después de alguna audiencia

se queda por un buen rato en su oficina. Vamos, suelta.

JACOBO: Mamá, tengo que decirte algo y es un asunto que nunca hemos hablado.

GLORIA: ¿Ves que algo te pasa? Pues venga que para eso soy tu madre.

JACOBO: Mamá... no sé cómo hablarte ni... ni por dónde comenzar...

GLORIA: Bueno, pues por el principio, y ve al grano, no sea que tu padre llegue inesperadamente.

JACOBO: Pues... desde los doce años, más o menos, he sentido ciertas inclinaciones... y...

GLORIA: ...sigue...

JACOBO: ...pues... a los quince tuve mi primera experiencia intima. ¡No sé cómo continuar...! Me da vergüenza.

GLORIA: Yo soy tu madre...

JACOBO: ...es que no sé cómo decírtelo...

GLORIA: ..abriéndote el corazón. ¿Cuáles inclinaciones?

JACOBO: Homosexuales. Me sentí asustado, que les había fallado como hijo. Luego de eso me dije que nunca más volvería hacerlo pero al cabo de un tiempo volví a repetirlo y...

GLORIA: ¿Eres... *gay*, verdad?

JACOBO: (*Bajando la cabeza.*) Sí mamá.

GLORIA: No me es nada fácil oír lo que me estás diciendo. (*Aguantando llorar.*) Las madres siempre tenemos las mayores ilusiones para nuestros hijos. Verlos crecer, que formen una familia y que nos den nietos para quererlos igual que a nuestros propios hijos. A mí siempre me picó la extraña amistad que llevas con Gustavo pero me decía que él era un hombre muy varonil, correcto, profesional, entonces disipaba mis temores. Pero siempre me extrañó que viniera todos los días a buscarte para llevarte al trabajo. Y muy paulati-

namente comenzaste a quedarte en su casa. Me mentía. -Es el mejor amigo de mi hijo- me decía-. ¿Pero sabes algo? Ustedes los hombres no entienden muchas cosas. La intuición de una madre es única y conocemos el más pequeño detalle, el minúsculo gesto de nuestros hijos. Hasta cuando están silencio sabemos en lo que piensan. ¿Es Gustavo verdad? (*Levísima pausa.*) Te pregunté que si era Gustavo.

JACOBO: Sí.

GLORIA: Simpaticé siempre con tu amigo porque se expresaba con distinción sobre su familia. Un caballero de buen hablar y serio. Pero en cuanto a ti, a la verdad que nunca quise darle pensamiento. He leído mucho sobre esa clase de vida, tal vez tratando de yo misma entender que algo te pasaba. Yo comprendo que es algo que tú no has escogido sino que nació contigo, con tu ser. Cuantas peleas internas debes haber tenido para al fin llegar a mí con tu verdad.

JACOBO: No quería hacerte sufrir. Pero vivir disimulando una doble vida no es una tarea fácil.

GLORIA: (*Pausa. Caminando por la sala.*) ¿Eres feliz con él?

JACOBO: Sí.

GLORIA: Hay cosas que como mujer no entiendo y más aún cosas que mi religión no me permite aceptar, pero como madre mi corazón no puede rechazarte. Yo no puedo irme en contra de tu felicidad. Dile a Gustavo que lo acepto como tú "*compañero*".

JACOBO: Mamá, el amor que siente Gustavo por mí es enorme. A veces pienso que me tiene en un pedestal como algo único para él.

GLORIA: Quien quiera a mi hijo de esa manera me tiene a mí también.

JACOBO: ¿Entonces me perdonas?

GLORIA: Yo no tengo nada que perdonarte.

JACOBO: Hay… algo más…

GLORIA: ¿Sí?

JACOBO: Me propuso que nos casáramos.

GLORIA: ¿Casarse?

JACOBO: Sí. Pero sería una boda privada, en su casa. Es algo muy importante para nosotros. Queremos que nuestro amor sea tan legal como cualquier otro. Se trata de igualdad mamá, de sentirnos tan matrimonio como cualquier otra pareja.

GLORIA: Jacobo, el matrimonio no es nada de fácil. Son dos personas, dos cabezas diferentes que un día decidieron unirse supuestamente "para toda la vida". Pero eso, a veces, resulta en una gran mentira y con el tiempo el amor se disipa y esas dos personas se mantienen unidas por el qué dirán. La chispa que los unió comienza a disminuir lentamente, como cuando el día se rinde ante la noche. Hay hijos, familiares, amistades que no nos permiten una separación porque se ha aparentado ante todos que se es feliz. Después del romance del primer año se va deteriorando la relación por la monotonía. Ya no existen los detalles. Te acuestas con la misma persona, despiertas con ella y comienzan las discrepancias porque uno de los dos se convierte en controlador. Entonces, el más débil, tal vez para evitarse discusiones, calla y comienza a depender del otro. Y eso hastía. Y llega el momento que la persona con quien te casaste nos parece una extraña. Y comienza el silencio porque no tienen nada de qué hablarse. ¿Estás seguro que eso no te pasará con Gustavo?

JACOBO: Mamá... ¿entonces tú y papá…

GLORIA: Estamos hablando de ti, no de mi. ¿Estás seguro de estar listo para enfrentar la dureza que conlleva el matrimonio y peor aún, entre dos personas del mismo sexo, para enfrentar el rechazo, la burla?

JACOBO: Por Gustavo estoy preparado para todo, mamá. Nos entendemos muy bien. Entre los pactos que nos hemos impuesto está no llevar a la casa los problemas de nuestras profesiones. Esas se quedan en la oficina pero si tengo que escucharle una que otra queja pues lo hago. Porque el amor es compartir, aconsejar. Mamá, esto del querer es…

GLORIA: …como una apuesta…

JACOBO …y yo quiero jugármela.

GLORIA: (*Luego de analizar las palabras de Jacobo.*) Pues juégatela. Y si te hace feliz, pues cásate también, pero en la más estricta intimidad.

JACOBO: ¿Y qué hacemos con papá?

GLORIA: A tu padre déjamelo a mí que yo sé cómo bregar con él.

JACOBO: Mamá, ahora soy yo quien quiere hacerte una pregunta.

GLORIA: Venga.

JACOBO: Es… muy intima…

GLORIA: Nos hemos sincerado lo suficiente para que no existan secretos entre nosotros, ¿no te parece?

JACOBO: ¿Tú quieres a papá?

GLORIA: (*Levísima pausa.*) No.

JACOBO: ¿Y por qué has continuado con él, por qué no te has divorciado?

GLORIA: Querer, hijo mío, es esa locura, esa ceguera que tú sientes por Gustavo. Un divorcio entre tu padre y yo… tú serías la verdadera víctima.

JACOBO: ¡Dame un abrazo!

GLORIA: Todos los que quieras.

JACOBO: Tengo que irme. Me cambiaron el turno y comienzo más temprano. Gustavo está…

GLORIA: …afuera esperándote. Dile que, la próxima vez, que entre. Aquí será bien recibido. Que el Señor te bendiga. (*Entra el padre de Jacobo. Don César aparece con un maletín y un periódico. Se dan un beso de despedida. Jacobo sale. Hay una pausa en la que Gloria se sienta tristemente cabizbaja. De inmediato sentimos una personalidad decidida y huraña como también cierta frialdad entre el matrimonio.*)

CESAR: (*Ignorando a doña Gloria. Tira el maletín y la chaqueta sobre el sofá. Ojeando el periódico.*) Se hunde. A la verdad que este país se hunde. (*Autoritario.*) Tráeme una taza de café.

GLORIA: Recientemente lo había hecho. Aquí está su café, (*se lo sirve.*) y aquí esta el mío. ¿Y qué es lo que se hunde?

CESAR: El país.

GLORIA: El país se hundió hace rato.

CESAR: Mira eso, siete asesinatos en el fin de semana.

GLORIA: ¿Crees que podrías decir buenas tardes?

CESAR: (*Seco.*) Buenas tardes. Una cosa. Justo cuando llegaba vi a Jacobo salir en su carro y detrás, su amigote siguiéndolo. No entiendo esa juntilla, uno siempre detrás del otro.

GLORIA: Pues… no se… nunca le pregunto de sus cosas. Pero, antes de irse me dijo que le habían cambiado el turno, que entraría más temprano.

CESAR: Tiene sentido, pero lo que no entiendo es por qué tendría que estar siguiéndolo.

GLORIA: A la verdad que no sé… bueno, a lo mejor tendrían algo que hacer…

CESAR: Jacobo debería hacer una solicitud de relocalización así podría vivir con nosotros. El hospital queda más cerca de aquí que donde vive. No entiendo por qué tiene que hospedarse en la casa del tal Gustavo.

GLORIA: Jacobo se independizó y ya

era hora. Tiene treinta años, ya es un profesional.

CESAR: Pues más a mi favor, ya es un hombre hecho y derecho, no necesita estar en esa juntilla con otro hombre como si fueran dos nenes chiquitos.

GLORIA: Gustavo tiene una gran familia. Gente de clase, según Jacobo. Son excelentes amigos, como hermanos, y poder contar con uno creo que es una hazaña en estos días. Sí, Gustavo es una excelente persona. Un profesional.

CESAR: ¡Pero qué admiración sientes por ese señor! Esto me suena a bochinche. ¿Qué es lo que está pasando aquí? (*Leve pausa.*) Hice una pregunta.

GLORIA: Y ya te la contesté.

CESAR: Gloria, si algo escucho durante todo el día son mentiras y tú me estás mintiendo. Y si algo te he exigido es que siempre me hables con propiedad.

GLORIA: ¿De verdad que quieres saberla?

CESAR: Lo exijo.

GLORIA: Jacobo, se ha sincerado conmigo.

CESAR: ¿De qué manera?

GLORIA: Jacobo es el "*compañero*" de Gustavo.

CESAR: Yo no entiendo esa jerga. ¿Qué quieres decir con "*compañero*"?

GLORIA: Que son amantes.

CESAR: ¿Qué qué?

GLORIA: Nuestro hijo es "*gay*".

CESAR: ¿Qué carajo es lo que me estás diciendo?

GLORIA: Lo que escuchaste.

CESAR: ¿Estás loca? ¡Eso es imposible!

JACOBO: Nada es imposible.

CESAR: ¿Entonces tú eres su alcahueta?

GLORIA: Yo te diría que soy su madre y si ese es su estilo de vida, pues mira, lo acepto y lo respeto. Vamos, enumérame las ofensas de Jacobo. Ninguna. Es un excelente y cariñoso hijo. Y no se te olvide que yo lo parí, y como es mi hijo lo acepto con sus altas y con sus bajas.

CESAR: ¡Y yo soy el padre! ¡Te parto la cara, te juro que lo hago si eso es cierto!

GLORIA: ¡Hasta ahí llegas tú! Hazlo, vamos, párteme la cara!

CESAR: ¡Esto es una traición de tu parte! ¡Una relación entre dos hombres es una aberración abominable, asquerosa, venenosa…!

GLORIA: Hay otras cosas peores señor juez, como por ejemplo que, debajo de su alfombra, hay secretos obscenos y en esta, su sala, han concurrido muchos letrados y yo soy testigo de muchas tretas, bajezas y acuerdos de varios jueces, artífices de mentiras y engaños, inclusive usted, que dictamina quién es culpable o inocente e incluso, de cuánto dinero toma por debajo de la mesa, y por mi hijo…

CESAR: (Más *agresivo*.) ¿Cómo te atreves…

GLORIA: (*Más agresiva*.) Por mi hijo soy capaz de cualquier cosa. ¡De cualquiera! ¡Y si me retas o te atreves a tocarme te aseguro que jamás volverás a sentarte en un estrado!

CESAR: ¡Tú estás loca!

GLORIA: Pues para que te enteres, van a casarse legalmente.

CESAR: ¡Sobre mi cadáver! ¿Cuándo es esa boda? (*Levísima pausa*.) ¿Cuándo?

GLORIA: No sé… asumo que pronto. Jacobo no me dio más detalles.

CESAR: Pues no va. ¡Esa boda no va! (*La escena se traslada a la casa de Gustavo. Timbre de puerta. Se advierte una gran diferencia en la próxima relación madre, padre e hijo.*)

GUSTAVO: Voy… Voy enseguida. (*Lo hace.*) Eh, bendición papá… bendición mamá…

RAFAEL: Dios te bendiga.

MATILDE: El Señor te me cuide…

GUSTAVO: Adelante, adelante… siéntense… ¿Desean un café… algún refresco…? ¿Un traguito, papá?

RAFAEL: No, no. Vine a a explicarte algo en específico. Quisiera que habláramos algunos detalles que me preocupan y que lo hagamos de hombre a hombre.

GUSTAVO: Sí.

MATILDE: ¿Quieres contar conmigo, porque yo soy su madre?

RAFAEL: ¿Y desde cuándo yo no cuento contigo para todo?

MATILDE: (*Sonríe*.) Vamos a dejarlo ahí. Vamos a lo que vinimos.

RAFAEL: Tú y Jacobo tienen planes que se materializarán en breve. Sabes, el hombre es un cazador innato, está en nuestros genes. Miles son las historias de que -te amaré para siempre… -quiero pasar el resto de mi vida contigo- y la experiencia me dice que todos esos halagos son mentiras hasta que atrapamos a la presa.

MATILDE: ¿No me digas? ¡Qué te coja yo!

RAFAEL: Matilde, estoy hablando hipotéticamente.

MATILDE: Y yo también, pero cuando nos casamos tú me dijiste –te amaré para siempre-.

RAFAEL: (*A Gustavo.*) ¿Y sabes qué pasa después de todas esas mentiras?

MATILDE: ¡Ah, ¿entonces tú me mentiste?

RAFAEL: Estoy hablándole pluralmente. ¿Me entendientes?

MATILDE: Sí, sí… continúa.

RAFAEL: (*A Gustavo.*) ¿Y qué pasa? Que a la menor oportunidad, si podemos, nos llevamos por el medio a la primera hembra que nos pase por el frente.

MATILDE: ¡Deja que lleguemos a casa…

RAFAEL: Estoy hablándole, dándole

ejemplos a Gustavo. Y todos sabemos que está la mujer que hace orilla por meterse dentro de los pantalones de un hombre sin importarles si es casado o no. Yo tengo una amiga…

MATILDE: ¡No me digas que tienes una amiga! ¡Levántate y vamos para casa ahora mismo!

RAFAEL: ¿Me quieres dejar hablar?

MATILDE: Te estoy molestando simplemente, cariño mío.. Dale.

RAFAEL: …que es amante de un hombre casado hace doce años sin importarle un pepino.

MATILDE: ¿Tú sabes que ese tipo de mujer tiene un nombre bien específico?

RAFAEL: ¿No me dijiste que los dos habláramos con Gustavo?

MATILDE: Sí, te lo dije.

RAFAEL: ¡Pues entonces dame un "brake"! ¿Puedo continuar?

MATILDE: Continúe señor, continúe…

RAFAEL: ¿Estás seguro de ti, que eso no te pasará?

GUSTAVO: Por supuesto que no. Papá, mamá, yo estoy muy definido en lo que quiero. Amo con locura a Jacobo y soy correspondido plenamente.

RAFAEL: ¿Estás cien por ciento seguro del compromiso en que te estás envolviendo?

GUSTAVO: Completamente seguro papá.

RAFAEL: Ustedes ya tienen… cinco años de convivencia…

GUSTAVO: Que han servido para afincar nuestra relación. Créeme, parece que fue ayer que nos conocimos. Jacobo es sumamente alegre, me hace reír, me llena de alegría. …Jacobo es algo especial… cómo decirte… me hace sentir como un muchacho otra vez… tiene cierta magia, vibraciones que me hacen quererlo más. Él es el que es.

MATILDE: Explícame eso de las vibraciones.

GUSTAVO: Bueno, aunque ustedes saben lo que hay, y se lo los agradezco enormemente, no me es cómodo hablarles tan claramente.

MATILDE: Habla hijo mío que hablando la gente se entiende.

GUSTAVO: La primera vez que lo vi fue en una barra y bailaba en el mismo centro de la pista con un ritmo muy particular, con un pasito muy distintivo, con una sonrisa continua… emanaba, papá, unas vibraciones que me hacían no quitarle los ojos de encima. Como si fuese una persona que conociera por muchos años. Iba a la barra solamente para verle pero nunca me atreví a hablarle. Su alegría me electrizaba. Algunos lo llaman amor a primera vista, yo le llamo vibraciones.

MATILDE: O sea: que el muchacho te hizo tilín, tilán.

RAFAEL: Es innato entre nosotros. Por eso te dije que somos cazadores. También llega el momento que nos hastiamos de nuestra pareja.

MATILDE: ¡Ah no! Espérate un momentito. ¿Tú te has hastiado alguna vez de mí?

RAFAEL: ¡Que me muera ahora mismo si yo he mirado alguna otra mujer! ¡Jamás! ¡Si tú eres el amor de mi vida!

GUSTAVO: Eso nunca pasará entre nosotros.

RAFAEL: Entonces, "quedaste" con el chico.

GUSTAVO: ¡Loco y sin idea!

RAFAEL: ¿Entonces estás decidido?

GUSTAVO: Completamente.

MATILDE: A mí lo que me preocupa es lo que se dice de la gente gay… que son muy promiscuos.

GUSTAVO: Mamá, la gente "gay" es tan promiscua como la "straight".

MATILDE: Bueno pues tú sabes que tú padre y yo te aceptamos como eres y si boda quieres pues boda tendrás. Y te quiero pedir, es más, exigir, que ante cualquier inconveniente, cuentes con nosotros. Sé que Jacobo es un excelente muchacho y vamos a quererlo tanto como a ti.

GUSTAVO: (*Abrazándolos*.) ¡Gracias por comprenderme!

RAFAEL: ¿Y hablando de Jacobo, dónde está?

GUSTAVO: Cambiándose de ropa… Jacobo, papá y mamá están aquí, acaba.

JACOBO: (*Desde adentro*.) ¡Voy, voy… (*Entonces entra*.) Hola don Rafael.

RAFAEL: Hola Jacobo. Creo que te he dicho bastantes veces que me quites el "don".

JACOBO: No puedo, de verdad que no puedo. Besitos doña Matilde.

RAFAEL: Bueno, ¿y ya hablaron con los padres de Jacobo?

GUSTAVO: Pues Jacobo habló con su mamá.

RAFAEL: ¿Y…

JACOBO: Fue la conversación más difícil de mi vida. Mamá se portó como una campeona y me abrazó y me dijo que lo más importante para ella era mi felicidad.

RAFAEL: ¿Y tu padre?

JACOBO: Esos son otros veinte pesos. Mamá me llamó anoche y me dijo que se lo había dicho todo y que vomitó fuego por la boca. Yo lo entiendo. Está lleno de prejuicios y no acepta, para nada, ningún tipo de relación con Gustavo.

MATILDE: ¿Y qué ustedes esperaban? ¿Que los felicitara e hiciera una fiesta con fuegos artificiales? No es fácil para unos padres aceptar la situación como

la de ustedes. Cuando Gustavo tenía diez y ocho años se sinceró con nosotros y se nos quiso caer el mundo encima. No fue nada de fácil. Tenemos amistades *gay*, decentísimas, y somos muy abiertos a que cada uno sea quien es. Pero cuando se trata de tu único hijo las cosas se ven de otro color. Conversamos sobre los pro y los contra y luego de una semana entendimos que no era una decisión, simplemente nuestro hijo era *gay* y teníamos que aceptarlo. Luego lo vimos crecer y convertirse en un hombre de provecho, en un profesional, un hombre serio y afectuoso , entonces supimos que habíamos hecho lo correcto.

JACOBO: Mi padre nunca me aceptará.

RAFAEL: Acuérdate que tu padre es un juez y está condicionado a las leyes que nos rigen. Déjalo que asimile la noticia que debe estar… voy a decirlo en francés para que no suene tan feo, jodido de la cabeza.

JACOBO: ¡Pero yo soy su hijo!

MATILDE: Jacobo, los padres quieren verse reflejados en sus hijos. Pero nunca entienden que ellos solo fueron el vehículo para que llegaran al mundo. Cómo te digo… los creemos de nuestra propiedad cuando los hijos son como estrellas fugaces que surcan el espacio. Nos admiramos de verlas pero desaparecen en un instante. ¿Y para cuándo será la boda?

JACOBO: La próxima semana.

RAFAEL: ¿Tan rápido?

GUSTAVO: Con el favor de Dios, llueve o ventee la boda…

GUSTAVO y JACOBO: ¡Va!

Apagón y cortante baja Telón

Acto II

(En el apartamento de Gustavo. Todo el mobiliario de la residencia de doña Gloria debe desaparecer para darle cabida a los once personajes que componen la boda. El apartamento de Gustavo, que luce esta vez con varios arreglos florales, alguna mesa para piscolabis y el bizcocho de boda le dan al ambiente un tono festivo. Jacobo, Gustavo, Johnny y Denis están vestidos de etiqueta. Ambos dan detalles a la decoración. Gustavo y Jacobo vestirán de etiqueta igualmente.)

DENIS: Johnny, disimuladamente sácate unos cuantos entremeses. Tengo un hambre…

JOHNNY: Estás jodido porque no hay chicharrones, y no seas mal educado. Eso es para cuando hayan llegado todos los invitados.

DENIS: Espero que hayas usado desodorante, te hayas dado un baño de rosas, de lavanda, de lo que sea para que se te haya ido la peste a perros.

JOHNNY: Mira loqui, mi olor se quita con un baño de rosas pero lo de bayamonesa no te lo despista nadie. Estás destinada a la cafrería.

GUSTAVO: *(Entrando.)* Bueno, ya estoy listo.

JOHNNY: Papa, te ves bellísimo, pero Dios mío qué clase de novio…

DENIS: Y ven acá, ¿tú tienes algún hermano gemelo que también sea *gay* y…

JOHNNY: …que le gusten los chicharrones?

DENIS: Como sigas jodiéndome con los chicharrones te voy a amarrar, te voy a tirar en un caldero hirviendo de manteca y después que te fría bien tostadito me voy a ir a la plaza de Bayamón a regalar chicharrones de pato! *(Timbre en la puerta. Gustavo se apresta a abrila.)*

DENIS: Bueno, a dejar el plumaje que ya a comienza la llegada de los invitados.

JOHNNY: *(A Denis.)* ¡Para ti es misión imposible!

DENIS: Pendejo.

GUSTAVO: ¡Hola, adelante, adelante…

GLORIA: ¡Buenas noches… *(Johnny y Denis se comportan.)*

GUSTAVO: Doña Gloria, gracias por venir. Me honra su presencia. Estos son nuestros amigos…

JOHNNY: Johnny Fuentes, un placer señora.

DENIS: Denis. Mucho gusto.

GLORIA: El placer es mío, Gloria De La Mata, y me alegro que Gustavo y Jacobo tengan amigos tan caballerosos.

JOHNNY: *(Aparte.)* ¿Oíste loqui? Caballerosos.

GLORIA: Bueno, ¿y mi hijo Jacobo?

JACOBO: *(Entrando.)* ¡Aquí estoy, bendición mamá!

GLORIA: ¡Dios te me bendiga! *(Y se abrazan.)*

JACOBO: ¡Gente, esta es mi mamá!

GLORIA: ¡Ya nos conocimos, guapísimos tus amigos!

JOHNNY: Gracias.

DENIS: ¡Gracias! Y usted es una dama preciosa.

JACOBO: ¿Y papá?

GLORIA: No hace falta.

JACOBO: Me lo imaginaba.

GLORIA: Debe estar bregando con todas las pesadillas que carga.

GUSTAVO: ¿Se toma alguna copita de vino, doña Gloria?

GLORIA: Si es rosado mucho mejor.

JOHNNY: Yo se la sirvo.

GUSTAVO: Tenemos de todo.

RAFAEL: *(Timbre de puerta. Gustavo*

recibe a sus padres. Entrando.) Buenas noches.

GUSTAVO: Buenas noches papá.

RAFAEL: Buenas.

MATILDE: Buenas noches hijo.

GUSTAVO: Bendición mamá.

MATILDE: Dios te me bendiga.

GUSTAVO: Adelante, adelante… Mamá, ella es la madre de Jacobo, doña Gloria de La Mata.

MATILDE: Es un placer conocerla. ¡Está elegantísima, y qué guapa es!

GLORIA: Gracias. Usted también.

RAFAEL: Un gusto señora.

GUSTAVO: Y él es mi padre.

RAFAEL: Rafael Figueroa, para servirle. Ella es mi esposa Matilde.

MATILDE: Ya nos conocimos.

GUSTAVO: Y ellos son Johnny Fuentes y Denis…

JOHNNY: (*Aparte.*) Denis Frito Lay.

MATILDE: Un gusto conocerlos.

DENIS: Encantado. Es un placer…

GUSTAVO: Bueno, ¿nos tomamos una buena copa de vino?

RAFAEL: Eso estaría divino.

JACOBO: Enseguida. ¿Me dan una manita?

JOHNNY y DENIS: Con gusto. (*Mientras lo hacen.*)

GUSTAVO: Vamos, rápido.

DENIS: Recuerda que somos amigos, no tus sirvientas.

JACOBO: (*Advierte.*) Una pluma fuera de sitio y los tiro por la ventana.

JOHNNY: ¡Volaremos entonces! (*Levísima pausa.*)

GLORIA: (*Rompiendo el hielo.*) Bueno, ¿y qué les parece la unión de nuestros hijos?

RAFAEL: No voy a negarle que se me salieron las lágrimas.

MATILDE: No nos fue cómodo enterarnos de su realidad. Lloré muchísimo. Aquel muchacho reservado, deportista, que le encantaba la natación, que casi no salía de su cuarto estudiando para convertirse en el profesional que es hoy como que se había convertido en una persona que no conocíamos. Sabe, es el hijo más cariñoso que usted pueda imaginarse. Desconocía la carga emocional que vivía, de sus miedos. De sus ansiedades a ser rechazado. Y si él se sentía abrumado, avergonzado por lo que era, pues yo me sentí orgullosa de su franqueza. ¡Yo estoy y estaré siempre orgullosa de mi hijo!

GLORIA: ¡Déme un abrazo!

RAFAEL: (*En camaradería.*) ¡Nosotros nos casamos como a los veinte años…

GLORIA: ¿A los veinte?

MATILDE: …y tenía cuatro meses de embarazada!

TODOS: ¡Oh!

RAFAEL: Pues entonces no podemos juzgar a nuestros hijos porque nosotros hicimos también lo que nos dio la gana. (*Mientras reparten el vino.*)

TODOS: Gracias… muchas gracias… Gracias…

GUSTAVO: A la salud de todos…

JACOBO: Solo nos falta el señor Ministro. (*Timbre en la puerta.*)

GUSTAVO: Debe ser él. (*Y se llega hasta la puerta.*) Adelante, adelante…

ANDRÉS: Buenas noches para todos.

TODOS: Buenas..

JACOBO: Ellos son dos íntimos amigos. Ella es la madre Gustavo, doña Matilde y él don Rafael.

ANDRÉS: Mucho gusto.

MATILDE: ¿Hermanos?

ANDRÉS: No. Primos. Él es José Luis y yo Andrés.

JOHNNY: (*Aparte.*) Denis, ellos dicen que son "primos".

DENIS: Ni borracha se los creo.

MATILDE: Es un placer conocerlos.

JOSÉ LUIS: Perdonen la tardanza pero mi mari… primo, (*que suene "mari-primo"*) para lucir bien, lleva tres días con una mascarilla de avena, mezclada con miel y unas cuantas gotas de limón y, como podrán observar la cara le quedó tan blanca que "parece" maquillaje.

JOSÉ LUIS: Y ya que delatas mi truco de belleza quiero que sepan que Andrés no sale a ningún lugar si no se hace una mascarilla también. Es baratísima y da unos resultados únicos. El procedimiento se llama Mascarilla de El huevo y el pepinillo.

MATILDE: Pues adelante con el procedimiento.

JOSÉ LUIS: Primeramente debe haberse comprado un pepinillo así de grande y debe tener la habitación como de "show" porque es parte del ritual. Segundo paso. Prende el aire acondicionado del cuarto y lo pone en *high*. Entonces comienza la limpieza facial. Hace un licuado con el pepinillo. Entonces se rompe el huevo y guarda la yema. Mezcla la clara del huevo con el licuado del pepinillo y le añade unas gotas de miel. Va al espejo del baño, que también debe estar de *show* porque le traerá armonía. Con toda esa mezcla de pepinillo, huevo y miel se la aplica desde el cuello hasta la frente. Corre al cuarto y se recuesta en la cama pero sin usar almohada porque podría arrugársele el cuello. Se relaja completamente. Según se seca la clara, el pepinillo y la miel usted comenzará a estirársele el cuello hasta la frente. Cuando sienta la cara como un bloque de cemento eso quiere decir que el huevo y el pepinillo le hicieron efecto. Luego que todo se le haya secado corre al baño sin hacer ninguna mueca porque se le puede craquear la cara y se da un duchazo tibio y otro frío para que se le cierren los poros. Sale del baño, se seca suavemente y se mira al espejo. ¡Milagro! El cuello le quedará como si se hubiese pasado lija número ocho. La barbilla le llegará hasta la boca, la boca le llega donde estaba la nariz. Las cejas le llegaran a la frente donde comienzan las raíces del pelo y usted quedará como muñeca de porcelana.

JOHNNY: (*A Denis. En un aparte.*) ¿Parecen?

JOHNNY: (*En un aparte.*) Definitivamente son locas, locas, locas.

DENIS: (*Aparte a Johnny.*) ¡Loquísimas!

MATILDE: Pero guarde la yema y así aprovecha todo el huevo.

JOSÉ LUIS: ¡El huevo hay que aprovecharlo completo!

MATILDE: Pueden hacerse un revoltillo exquisito.

DENIS: (*A Johnny.*) Yo creo que a ellos les gusta más la tortilla. (*Timbre de puerta.*)

GUSTAVO: Ahora sí debe ser el señor Ministro. Con el permiso. (*Hacia la puerta. Notamos un cambio en su actitud. No vemos al visitante.*) Buenas noches. Es una gran sorpresa. Adelante. (*Entonces vemos a don Cesar que entra con autoritaria presencia y cínico rostro.*)

CESAR: Buenas noches para todos.

TODOS: Buenas noches.

CESAR: (*Ignora por completo a doña Gloria.*) No estoy aquí en calidad de juez, sino como el padre de Jacobo.

MATILDE: Pues bienvenido. Yo soy Matilde Figueroa y él es mi esposo Rafael Figueroa, los padres de Gustavo.

CESAR: Cuando exprese lo que tengo que decirles no creo que sea bienvenido. Tampoco me importa. Vamos al punto. Por varios años he sabido de la amistad que mi hijo Jacobo sostiene con el suyo y aunque me parecía un poco extraña fue aceptado en nuestro hogar sin reparos. Como otro hijo.

RAFAEL: Y se lo agradecemos.

CESAR: Pero ya no lo es. Jacobo es nuestro único hijo. (*A Gustavo.*) Y le exijo que no vuelva a buscarlo. (*A Jacobo.*) Desde hoy mismo, ahora, sacas cualquier pertenencia que tengas aquí y te vas para nuestra casa.

JACOBO: Papá, preferiría que te marcharas. Mañana voy a visitarte, nos sentaremos y hablaremos de todo.

CESAR: No tan rápido, no tan rápido que tenemos que poner los puntos sobre las ies. Hace varios días que se me arrastra la cara de la vergüenza porque esa que está ahí…

GLORIA: …Gloria, tu esposa.

CESAR: …me ha informado de hechos detestables que desconocía de mi hijo. (*A Gustavo.*) Quiero escucharlo de su propia boca. Dígame si lo que me dijo su compinche es cierto.

GLORIA: Elige tus palabras cuando hables de mí porque yo no soy compinche de nadie.

GUSTAVO: Don Cesar…

CESAR: ¡Señor juez!

GUSTAVO: Pues señor juez, como usted sabe entre Jacobo y yo ha existido una gran amistad. Hace cinco años exactamente que estamos viviendo juntos y ese afecto se ha convertido en otra cosa. Su hijo y yo nos queremos, no como amigos solamente, sino como pareja.

CESAR: ¡Usted no sabe lo que dice, dos hombres no pueden ser una pareja, eso es contra natura!

GUSTAVO: ¡Precisamente la naturaleza fue la que nos regaló nuestra manera de ser!

CESAR: O sea ¿que los dos son maricones?

GUSTAVO: ¡"*Gay*" sería la palabra más apropiada viniendo de un letrado!

CESAR: ¿Y desde cuando has tenido esa tendencia? (*Levísima pausa.*) ¡Contéstame!

JACOBO: No es una tendencia, papá. Simplemente soy como soy. Pero nunca me atreví hablarte del tema.

CESAR: Si no fuera por la consecuencias que esto me traería te juro que me cogería la cárcel.

GLORIA: Baja la voz y deja que Jacobo te hable.

CESAR: ¡Tú te callas! (*A Gustavo.*) ¡Usted tiene la culpa de esto! Sepa que mi hijo no es maricón. Y es usted el que lo ha seducido. Desde siempre sospeché de su extraña amistad.

GUSTAVO: Pues entérese por mi boca. Hoy, su hijo y yo, nos casaremos.

CESAR: ¡Le juro que los mato! (*Intetento de pelear.*)

RAFAEL: ¡Aguántese ahí señor Juez! Aguántese. No se atreva a ponerle una mano encima a ninguno de los dos porque de macho a macho no nos llevamos nada.

GLORIA: ¡Cesar, por Dios, estás haciendo un espectáculo ridículo!

RAFAEL: ¡Usted no tiene los pantalones para atentar contra nuestro hijo, pero yo sí los tengo para sacarlo a patadas de ésta casa. ¿Usted sabe lo que pasó el 26 de junio de 2015 en la Nación Norteamericana? El Tribunal Supremo de los Estados Unidos determinó que es "inconstitucional prohibir el matrimonio entre personas del mismo sexo", lo que obligó al gobierno de Puerto Rico a iniciar los procedimientos para reconocerlo y ya es ley. Eso quiere decir, señor juez, que el matrimonio es totalitario.

JOHNNY: Permitame darle la información completa, y cito. "La mayoría de los jueces de los Estados Unidos, incluída la juez puertorriqueña Sonia Sotomayor, determinó que el matrimonio es un derecho fundamental por la vía del Estado".

CESAR: ¡A mí me importa tres carajos

lo que haya determinado el Tribunal Supremo!

RAFAEL: Pues vaya y dígaselo al Tribunal. Le advierto que está fuera de orden, y respete que está en la casa del compañero de nuestro hijo. (*Amenazante.*) ¡Y no se lo voy a repetir más!

GUSTAVO: (*Aguantándolo.*) Tranquilo papá, tranquilo. Deja que Jacobo y yo aclaremos este asunto.

CESAR: ¡Es que me es inconcebible una boda entre machos! ¡Absurdo! (*A Jacobo.*) Vamos a ver. ¿Qué tú tienes que decirme sobre esta aberración? Anda, espepita, a ver si tienes el valor.

JACOBO: ¡Claro que lo tengo y aguántate ahí, papá. Tú no tienes el derecho a fiscalizar mis decisiones. Soy lo que soy. Y amo a Gustavo con quien comparto mi vida y ese es mi derecho y eso, señor juez, es innegociable.

CESAR: ¡Y tú Gloria, ¿no vas oponerte?

GLORIA: No.

MATILDE: Ni yo tampoco.

JACOBO: Papá, no se te olvide que tengo treinta años y que bajo las leyes nuestras soy un adulto que puede tomar las decisiones que quiera. Y esta es mi decisión: amo, quiero y voy a casarme con Gustavo.

CESAR: ¡No me insultes con el nombre de papá! Esto es una traición, una bofetada que me estás dando. Una vergüenza, y tiras por el piso la educación que te hemos dado. (*A Gustavo.*) Y a usted le digo lo siguiente, su visión del matrimonio es una tergiversada y si piensa que voy a hacérselo fácil se equivoca: Jacobo conoció un verdadero hogar, con un padre y una madre, un hombre y una mujer, como está escrito que debe ser una verdadera familia. En cambio usted le ofrece a nuestro hijo una vida torcida, una parodia humillante que conlleva el asmereír de la sociedad en que vivimos. El matrimonio Gustavo...

GUSTAVO: (*Altivo*).) ¡Doctor Ramírez...!

CESAR: ¡Lo mismo me da! Sepan que la palabra "matrimonio" viene de "*mater*" que significa "madre", de modo que jamás podría haber un matrimonio entre dos hombres. Sepan que es un sacramento religioso cuya finalidad es la procreación, el cuidado de los hijos y la preservación de la especie.

GUSTAVO: No meta a la iglesia en este asunto que bastante problemas que tiene. Esto, señor juez, es una cuestión de derechos, de dignidad ante los ojos de la ley y la constitución nos garantiza ese derecho y lee, claramente, que todos los hombres somos "iguales ante la ley".

CESAR: No voy a discutir de leyes con usted. (*A Jacobo.*) ¡Y a ti, solo te digo que eres la más grande desilusión que existe como hijo! ¡Me avergüenzo de que seas mi sangre y de tan solo mirarte me asqueas!

JACOBO: Yo tengo el derecho, papá, a vivir mi vida como yo quiera.

GUSTAVO: Señor juez, ¿sabe por qué quiero a su hijo? Porque cuando tengo que llorar no me da un pañuelo sino que seca las lágrimas con sus manos. Porque me hace reír y mirar el día de hoy como si fuese el último y cuando apreciamos un arco iris nos asombramos de la belleza que nos regala. Le damos gracias al Padre con esperanza, porque me reta todos los días a ser feliz y a no vivir la vida de mierda que usted carga.

CESAR: (*A Jacobo.*) ¡Pues tú has escogido! Prefieres estar en la basura en vez de con tu familia.

RAFAEL: (*Listo para la pelea.*) ¡Aguántame Matilde, aguántame...

MATILDE: (*Aguantándolo.*) ¡Tranquilo, tranquilo…

JACOBO: Papá, no se trata de eso. No sabes cuán orgulloso estoy de ustedes. ¿Piensas que no te quiero, que no te admiro? ¡Pues sí, te quiero al igual que quiero a mi ma
dre! ¡Papá, dime un día "te quiero"!

CESAR: ¡No se trata de querer, se trata de respetar! Claro que te quiero, pero estás tergiversando el concepto matrimonial.

JACOBO: Estoy convencido, totalmente, que quiero a Gustavo y voy a casarme con él y eso te debe quedar completamente claro.

CESAR: ¡Cállate! La relación de dos hombres es una perversión moral y yo estoy clarísimo en ese aspecto. Ya nos hemos dicho todo. Para nosotros ya no existes.

GLORIA: Me sacas de tus condenas. Mi hijo será mi hijo siempre.

CESAR: ¡Pues allá tú con tu conciencia! (*A Jacobo.*) ¡Nunca más, en tu vida, vuelvas a poner un pie en nuestra casa!

GLORIA: ¡Mi hijo podrá venir todas las veces que le de la gana porque esa es y siempre será su casa! ¡Y te advierto, no te pases de la línea porque tal vez seas tú el que nunca vuelvas a pisarla!

JACOBO: ¡Por favor! Esto es precisamente lo que quise evitar, no quiero verlos discutiendo por mi. Yo soy quien soy, y no tiene nada que ver con ustedes. Y si algo tengo es agradecimiento por la vida que me han dado y la manera en que me criaron. Ustedes son lo más importante en mi vida, pero Gustavo también lo es, te guste o no. Y ya que no quieres saber más de mí, déjame decirte algo antes de que te vayas...

CESAR: ¡No me interesa lo que tengas que decirme porque tu vida intima me da asco!

JACOBO: ¡Escúchame, te lo ruego! Desde que supe cómo iba a ser mi vida he tenido temor de vivirla. Me sentí fuera de lugar en nuestra propia casa. Tenía terror de fallarles, de no ser el hijo que ustedes esperaban que yo fuera. Pero mi vida es mi vida y no puedo escapar de ella. Y créanme que llegué a pensar hasta en el suicidio. ¡Pero me dije que no era justo ni para mí, ni para ustedes! Muchas veces le imploré a Dios que me guiara, que si Él me había hecho así que me diera la fortaleza de aceptarme a mí mismo. Y fui creciendo, y a medida que esto sucedía veía que cada vez era más intensa mi realidad. Busqué a quién contarle, ¡alguien con quien hablar!, pero no supe encontrarlo. ¡Crecí espantado y temeroso tratando de evitar a toda costa que la gente supiera cómo realmente era, todo porque no quería herirlos, no quería perderlos. Mucho tiempo busqué a los responsables y no los encontré, porque no había a quién responsabilizar. Era simplemente la vida que me tocaba vivir. La homosexualidad no es una enfermedad papá…

CESAR: ¡No vuelvas a llamarme papá!

JACOBO: …ni una patología, solo es una parte de nuestro yo, que no se elige. Hubo mucho tiempo que, si bien a veces me parecía como perdido, para mí fue tiempo ganado porque logré fortalecerme muchísimo con todo lo que tuve que superar.

CESAR: ¡No me hagas perder la paciencia!

GUSTAVO: ¡Que no se le olvide que yo estoy aquí!

RAFAEL : Y yo también estoy aquí.

MATILDE: Y yo.

GLORIA: Y yo.

JACOBO: ¡Me hastíe del disimulo, de querer vivir la vida que otros querían que viviera hasta que decidí vivir mi vida. ¿Escuchaste bien? ¡Mi vida!

CESAR: ¡Ya no quiero escucharte más!

JACOBO: ¡Claro que vas a oírme! "Un día me senté conmigo mismo y el silencio me dio una fortaleza que no tenía, con una entereza que jamás imaginé tener y con la firme convicción de que quiero, puedo y merezco ser feliz. ¡Que no soy ni más ni menos que nadie, que a quien le guste bien y al que no también! Muchas veces esperé a que me preguntaran, pero no fue así y no lo reprocho, simplemente no sucedió. También sentí que respetaron mi silencio pero no tengo forma de saberlo si no lo hablo con ustedes. Quiero que sepan que lo último que desearía es que se enteraran por terceros. Que quizás te haga falta tiempo para poder asimilar todo esto que te he dicho y que lo voy a saber respetar, pero tampoco quiero que sea visto como algo trágico ni para ustedes ni para mí, simplemente porque no lo es." Quiero que sepas, (recalca) papá, que no voy a casarme con una mujer por el mero hecho de complacerte, porque sería una mujer no amada y tener hijos que vivirían en el engaño.

CESAR: ¡Qué poco hombre eres!

GLORIA: Más hombre que tú, don Perfecto. Dígame una cosa señor juez. ¿Usted escogió ser derecho o zurdo, verdad que no? Pues eso mismo ha pasado con Jacobo.

CESAR: Pues, olvídate de que tienes un padre. Estás muerto para mí. ¡No quiero verte nunca más!

RAFAEL: Espero que su conciencia se encargue de sacarle todos los prejuicios que carga y le aseguro que un día caerá de rodillas pidiéndole perdón al Cristo.

GLORIA: Cesar, te llegó el momento de quitarte la toga y pensar bien lo que estás diciendo como padre y como esposo. Si mi hijo no puede pisar nuestra casa porque tú no lo quieres, entonces el que se va de la casa serás tú, porque mi hijo siempre tendrá un hogar a mi lado.

JACOBO: ¡Gracias mamá!

CESAR: Pues entonces parece que esto lo arreglamos a las malas.

RAFAEL: No, no, no. Nada de broncas porque nosotros no somos de esa clase de gente. Les pido respeto para el señor juez. Mire don Cesar, Gustavo también es nuestro único hijo y Matilde y yo, padres al fin, teníamos las esperanzas puestas en él. Queríamos nietos, tener una familia grande como todo el mundo desea, sentarnos en una mesa, cenar entre todos… Eso nos hubiese llenado de alegría. Lamentablemente no sucederá. ¿Y sabe una cosa? No me apena porque Gustavo tuvo los pantalones de sentarse con nosotros y explicarnos la manera que deseaba vivir. No fue fácil para nosotros entenderlo pero tuvimos que hacerlo, sabe porqué, porque necesitábamos que él fuera feliz, y si él lo era, pues nosotros también. Así de sencillo fue.

CESAR: Pues yo estoy hecho de otra madera. Y entiéndanlo todos. ¡Jamás aceptaré tener un hijo homosexual .

RAFAEL: Pues se está perdiendo la maravilla que lo llamen papá. Entienda, estos muchachos simplemente se quieren, se aman, y si su ambición es casarse y vivir la vida a su manera, ¿quiénes somos nosotros para impedírselo? Si no se lo permitimos lo harán de todas formas y a escondidas. No pierda un hijo tan bueno como Jacobo. Gáneselo y tendrá su respeto y amor para toda la vida. ¡Dese el gustazo que le pidan la bendición, le den un beso y que lo llamen papá!

CESAR: (Despreciativo hacia Gloria.) Quiero divorciarme de ti.

GLORIA: Yo me adelanté y ya visité a mi abogado.

CESAR: (*En la puerta.*) No se te ocurra a pisar mi casa. Estás muerto para mi.

JACOBO: ¡Acaba de irte y no me jodas más la vida, papá! (*Don Cesar sale. Jacobo se desploma desconsoladamente. Gloria se apresura hacia él y lo abraza. Esto dejará una dejadez en el grupo.*)

TODOS: ¡Vamos… estamos contigo… pero tómalo suave… esa es una rabieta de tu viejo…

GUSTAVO: ¡Jacobo, mírame, mírame! No hay palabra que pueda decirte cuanto te quiero, pero estoy dispuesto a posponer la boda y continuar de la manera que lo hemos hecho hasta ahora.

JACOBO: Gracias cariño. Gracias. Pero la boda va. (*Timbre de puerta.*) Denis, mira a ver quién es.

JOHNNY: Cuidado loqui, que no te vayan a partir la cara ...

DENIS: (*Desde afuera.*) Buenas noches.

MINISTRO: Buenas noches. ¿Es la residencia del señor Gustavo Ramírez?

DENIS: Sí. (*Volviendo al grupo.*) Es el señor Ministro

JACOBO: Dile que pase.

GUSTAVO: Déjame a mí.

GUSTAVO: Adelante, adelante… (*Aparece el señor Ministro que es un hombre amabilísimo y de buenos modales. Digamos que es un personaje "folklórico" por no decir que a cada rato se le sale el plumero y no puede evitarlo. Viene de otra boda y tiene unos cuantos tragos arriba.*) Adelante. Señores, el señor Ministro.

MINISTRO: Muy buenas noches para todos y para todas.

JOHNNY: ¿Oíste Dennis? Dijo "*para todas.*"

DENIS: A la verdad que tú eres bien pato.

GUSTAVO: Bienvenido señor Ministro. Permítame preséntale a nuestras familias. Ella es mi madre, Matilde.

MINISTRO: Es un placer señora.

MATILDE: El placer es mío.

MINISTRO: ¿Alguien más de tu familia?

GUSTAVO: Él es mi padre, Rafael Figueroa. Ella es mi madre, Matilde.

MATILDE: Bienvenido señor Ministro. Y este es mi esposo, Rafael.

RAFAEL: Matilde, déjame hablar. Mucho gusto.

MINISTRO: Un gusto caballero.

GUSTAVO: La madre de mi prometido, doña Gloria…

DENIS: De La Mata.

NINISTRO: ¿De la mata de qué? Porque a mí me fascinan las matas. De rosas, de azucenas, pero las de plátano son mis preferidas… por los tostones, usted sabe.

ANDRÉS: ¡Ay, al Ministro también le gusta el plátano!

GLORIA: Es mi apellido, señor Ministro.

MINISTRO: Pues encantado.

GUSTAVO: Y ellos son nuestros íntimos amigos Denis y Johnny.

MINISTRO: Un gusto. A veces los amigos llenan ese espacio que la familia nos nos brinda.

GUSTAVO: Y ellos son Andrés y José Luis…

DENIS: …y son "*primos*"…

MINISTRO: ¿"Primos"? Bueno, si usted lo dice…

GUSTAVO: …y estudiantes de medicina…

JOHNNY: (*En una aparte a Denis, por Andrés y José Luis.*) …en cosmetología...

DENIS: …con especialidad en mariconería.

MINISTRO: Con el permiso de todos y sin la más minima intención de ofender las creencias de cada cual, quiero decirles que yo poseo cierta videncia. Tal vez sea un don que Dios me ha dado.

Videncia quiere decir "ver con los ojos de la mente". Y yo siento el ambiente muy cargado. Tenso. ¿Y su contrayente?

GUSTAVO: Aquí está. Él es Jacobo.

MINISTRO: ¡Pero qué guapo! Un gusto joven.

JACOBO: El gusto es mío.

MINISTRO: ¿Y el padre de Jacobo?

GLORIA: No estará presente. Estuvo aquí, pero tuvo que marcharse.

MINISTRO: Pues parece que dejó una estela muy negativa con su presencia. Casi puedo palparla. ¡Uf! Por favor, que alguien traiga un vaso de agua y lo coloque en la puerta.

JOHNNY: Yo. (*Sale.*)

MINISTRO: No se preocupen. En algún momento todo se calmará.

JOHNNY: (*Entrando.*) Aquí está el vaso de agua.

MINISTRO: Gracias. Ese vaso de agua, cristalina, transparente y pura recogerá cualquier maldad que aquí se haya desparramado. Recuérdenme llevármela para botarla en el primer cruce de carretera que encuentre.

JOHNNY: (*En un aparte.*) ¡Denis, el Ministro es santera!

DENIS: ¡Pues pídele que te quite la peste de perro que tienes arriba!

MINISTRO: (*Cambiando de actitud.*) Hoy es una noche especial porque Dios se encuentra entre nosotros y Él es todo bondad. Estoy seguro que si tuviésemos al todo poderoso en todos nuestros actos, tanto en la alegría como en el llanto, la vida sería más gozosa. (*Observando.*) ¡Pero qué mucha gente elegante…!

TODOS: Gracias… Gracias señor Ministro…

MINISTRO: …y bella. (*A Andrés.*) Joven, usted es guapísimo, tiene un cutis como de ángel.

JOSÉ LUIS: Son los huevos.

MINISTRO: ¿Usted se referirá a las mascarillas de huevo?

JOSÉ LUIS: Por supuesto.

MINISTRO: Pues como les decía, me place enormemente compartir con ustedes este evento porque eso demuestra que vuestros corazones están limpios de rencores y resalta el amor que sentimos por nuestros hijos. Es una muestra de amor, perdonando la redundancia. (*A Jacobo y Gustavo.*) ¿Nerviosos?

GUSTAVO y JACOBO: (*Mintiéndole.*) No, no…

MINISTRO: ¿Podemos comenzar?

TODOS: Sí…

MINISTRO: Que cada uno tome su copa de champaña. La mía me la ponen ahí, cerquitita. ¿Saben? Vengo de oficializar otra boda y ¿a que no saben qué sirvieron? Vino El Canario. ¡Vino El Canario! ¡Uf!

JACOBO: Este es especial para usted.

MINISTRO: (*Prueba el champaña.*) ¡Ah, pero hijo mío, esto debió costarte una fortuna.

JACOBO: Usted se lo merece.

MINISTRO: Luego me dice dónde lo consiguió. (*Se toma el champaña de un cantazo.*) ¡Oh, creo que estoy viendo doble! Bueno, vamos al mambo. Amigos, me llena de satisfacción esta noche la cual me colma de regocijo. Reitero que Dios, quien es todo poderoso, comprensible y todo bondad se encuentra entre nosotros. Bien. Como parte del protocolo es indispensable que les pregunte, ¿lo hacen por su propia voluntad o porque están obligados a ello?

JACOBO y GUSTAVO: Por voluntad propia.

MINISTRO: Bien. Entonces podemos comenzar. Su nombre, hijo mío.

JACOB: Jacobo De La Mata.

MINISTRO: Tienes un nombre de artista

¿Y el suyo?

GUSTAVO: Gustavo Figueroa.

MINISTRO: Me encantan los nombres por lo masculino que suenan. "Gustavo y Jacobo." ¡Qué *chic*! ¿Quién tiene los anillos?

JOHNNY: Yo. Aquí están.

MINISTRO: ¡Ay pero qué bellos! Me "fax-si-nan". El otro día oficialicé otra boda y los anillos aparentaban que los habían comprado en Walgreens. Pero no importa. Los aros son simplemente prendas simbólicas. ¿Alguien tiene una plu-ma?

DENIS: Por plumas no se preocupe. José Luis, llévale unas cuantas.

JOSÉ LUIS: (*En aparte.*) Cabrona. Tenga señor Ministro.

MINISTRO: Gracias. (*Advierte a* Andrés.) ¿Y usted joven, cómo se llama?

ANDRES: Andrés.

MINISTRO: Tienes una cara bella. De *magazine*. Quiero que sepa que poseo un *Penthouse* con vista a la Laguna del Condado. Si en algún momento se sintiese triste o siente deseos de reflexión, mi terraza está a sus órdenes. (*A Jacobo y Gustavo.*) ¡Ay, ustedes perdonen, pero es que el vino me pone malo, malo. Jacobo, hijo mío… Bueno, no puedes ser mi hijo porque yo nunca me he casado ni pienso hacerlo.

JOSÉ LUIS: No tenemos la menor duda

MINISTRO: ¿A cual duda se refiere?

JOSÉ LUIS: De que no tiene hijos.

MINISTRO: Pero estuve así, a punto de echarme la soga al cuello. Cuando el cura preguntó ¿hay alguien que se interponga a esta boda? ¡Miren, yo grité a todo volumen, ¡yo, yo mismo me opongo y salí volando como cohete de Navidad y todavía me están buscando! (*Se tambalea.*) No sé, pero yo siento como que a ocurrido un temblor escala cuatro, ¿lo sintieron?

TODOS: No… no señor Ministro…

MINISTRO: Bueno, pues, continuemos. Los novios, por favor, que se adelanten. Gustavo…

GUSTAVO: ¡Lo acepto!

MINISTRO: ¡Pero hijo, qué prisa tienes en casarte!

GUSTAVO: ¡A la verdad que sí!

MINISTRO: ¿Aceptas a Jacobo como tu legitimo amado para quererlo y amarlo en la enfermedad, la pobreza y la riqueza?

GUTAVO: ¡Lo…

MINISTRO: Bueno, ya dijiste que lo aceptabas. (*Los tragos continúan haciéndole efecto.*) ¡Ay, yo no sé, pero sigo sintiendo como un temblor! ¿Y tú Jacobo?

JACOBO: ¡Lo acepto también!

MINISTRO: ¡Fax-ci-nante! Espero que no pierdan la costumbre de mirarse fijamente a los ojos hasta que uno de los dos se ría. (*Llora.*) Ustedes perdonen, siempre me pasa lo mismo. Es que las bodas me emocionan. Bueno, ahora lo que viene es la pregunta de los sesenta y cuatro mil chavitos. ¿Hay alguien que se interpongan a esta fabulosa boda?

TODOS: ¡No…

MINISTRO: ¡*Good*! Entonces los declaro en nombre de Dios santo marido… y marido!

TODOS: ¡Eh… felicidades… becitos…

MINISTRO: Bueno, ya están casados. Espero que en vuestros corazones siempre estén teñidos de esperanza y de perdón. Perdonar es un enorme alivio para el alma. Jacobo, Gustavo, quiero recordarles que un corazón "*no puede solitario volar*". Llega la primavera, luego el verano y más tarde el invierno. Aquí están sus padres y amigos. Gente que los quiere y cuando llegue algún momento difícil podrán contar con ellos o conmigo. Sigamos con el mambo. Ahora, de acuerdo con el protocolo, viene el brindis. ¿Quién de ustedes lo hará?

MATILDE: Yo. Me encuentro muy feliz de estar presente en esta maravillosa boda y les deseo toda la felicidad del mundo a mi hijo y al otro hijo que se integra hoy a nuestra familia. Yo sé que su amor es puro y verdadero y por eso su vida de casados será muy hermosa. Como madre me siento muy dichosa de haber presenciado su boda y poderles acompañar en este momento tan especial. Jacobo, no tienes que llamar a nuestra casa para visitarnos porque ya eres ese otro hijo que nunca pude tener. Yo seré tu segunda madre y mis brazos siempre estarán abiertos para ti tanto en la alegría como en la congoja. ¡Brindo por mis hijos, brindo por la alegría! ¡Ven, dame un abrazo.

JACOBO: (*Abrazándolos.*) ¡Gracias doña Matilde, gracias don Rafael!

MINISTRO: ¡Lloro, les aseguro que tanto amor me va a producir un ataque de histeria! Doña Gloria, estoy seguro que todos quisiéramos escucharla.

GLORIA: Hijos míos, nunca olviden levantar los ojos al cielo para agradecer a Dios. La vida es amarse, respetarse, valorarse, comprenderse, sostenerse, reenamorarse siempre, mantener los principios sin dejarse endurecer por ellos. Si alguna vez sus mentes no saben dónde resguardarse, busquen en el corazón y las palabras de sus padres como una luz segura para iluminarlos. El matrimonio es un largo camino de continua edificación y cada uno de ustedes será la columna que sostiene la casa de sus sueños. ¡Hoy, todos brindamos por que sean felices! ¡Que Dios los bendiga!

MINISTRO: (*Emocionadísimo.*) Es que esta familia es tan y tan "*fantabulosa*" que necesito otra copa de champaña pero me la mezclan con una Xanax.

Ahora me firman este contrato el cual llevaré al Registro Demográfico junto con los demás documentos.

DENIS: Bueno, un besito en la mejilla no vendría mal.

GUSTAVO: No, no. Eso se deja para la intimidad.

MINISTRO: Bueno, Jacobo, puedes decirle algunas palabras a Gustavo.

JACOBO: Gracias por compartir tantos amaneceres.

GUSTAVO: Gracias a ti por llenarme los ojos de estrellas.

MINISTRO: (*Llora.*) ¡Qué bella frase! – Llenarme los ojos de estrellas-. Perdonen pero es que yo me emociono de cualquier cosa. Se puede saber, ¿dónde pasaran la luna de miel?

GUSTAVO: En Nueva York.

MINISTRO: ¡Ah, Nueva York siempre tan "avanti"! Parece que el vaso de agua ha recogido las malas conmociones. ¿Alguien desea decir unas palabras finales?

GUSTAVO: ¡Que todo el mundo agarre su copa!

TODOS: (*Ad-Libs.*) Pa' encima… esta es mi copa…

JACOBO: ¡Dale mamá…

GLORIA: Yo les deseo toda la felicidad del mundo. Ya no es uno. Ahora tengo dos hijos. Como consejo les digo que el matrimonio es para amarse. Y amar es un sentimiento, no una decisión. La medida del amor es la capacidad de sacrificio. La medida del amor es amar sin medida. Quien no sabe morir, no sabe amar. No olviden: amar ya es una recompensa en sí. Amar es buscar el bien del otro: cuanto más grande el bien, mayor el amor.

RAFAEL: "Séneca" afirmó: "Si quieres ser amado, ama". Hijos míos el verdadero Amor busca en el otro no algo para disfrutar, sino alguien a quien hacer feliz. La felicidad de tu pareja debe ser tu propia felicidad. No te has casado con un cuerpo, te has casado con una persona, que será feliz amando y siendo amada. No te casas para ser feliz. Te casas para hacer feliz a tu pareja.

MINISTRO: ¡Ay, yo lloro, les juro que lloro!

JACOBO: ¡Ahora le toca a usted doña Matilde!

MATILDE: Pues, mis hijos, les digo que el amor matrimonial es como una fogata, se apaga si no la alimentas. Cada recuerdo es un alimento del amor. Piensa mucho y bien de tu pareja. Fíjate en sus virtudes y perdona sus defectos. Que el amor sea tu uniforme. Amar es hacer que el amado exista para siempre. Amar es decir: "Tú, gracias a mí, no morirás".

ANDRÉS: ¡Ah, la verdad que esto es muy fuerte para mi... ¿Alguien tiene una Prozac?

JOSÉ LUIS: ¿Y la vas a mezclar con champaña? Vas a coger una nota que de seguro despertarás en agosto.

GUSTAVO: ¿Y usted, señor Ministro, tiene algo que aconsejarnos?

MINISTRO: Pues para perseverar en el amor hasta la muerte, vivan las tres "Des": Dios, Diálogo y Detalles. Y ahora lamento tener que marcharme porque tengo que descansar y tengo una nota arriba que ni Beethoven me la toca. Mañana tengo otra boda y debo estar en optimas condiciones.

GUSTAVO: ¿Y dónde será esa boda? ¿En el Paseo La Princesa?

MINISTRO: ¡No! ¡En los terrenos de El Morro porque será masiva! (*Sale. Música bailable y todos agarran su pareja mientras que, cortante baja el*

Telón

Domingo 11 de octubre/2015 4:17 PM

La boda de Jacobo y Gustavo: Actores: Juan González-Bonilla, Carlos Miranda, Luisa de los Ríos, José Eugenio Hernández, Eddie Noel, Sara Pastor, Joaquín Jarque, Albert Rodríguez, Raymond Gerena, Jorge Armando, Héctor Escudero Lobé.

¡MI AMOR, ME LLEVÉ LA LOTO!

(**¡Mi amor, me llevé la Loto!** *fue estrenada en el Centro de Bellas Artes Luis A. Ferré en San Juan de Puerto Rico la noche del viernes 6 de marzo de 2014. Luego se representó en el Teatro La Perla de la Ciudad de Ponce con el siguiente reparto y ficha técnica*:)

(Personajes en orden de intervención.)

CARMELO:	Junior Álvarez
CARMEN:	Marian Pabón
GUMERSINDA:	Linnette Torres
DORIS:	Maribel Quiñones
PAQUITO:	Eddie Noel
CARMENCITA:	Wanda Sais
CONCHITA:	Noelia Crespo
ISABELO:	Albert Rodríguez

Dirección artística: J. M. O.
Asistente del Director: Cristina Robles Arias
Regidora de escena: Cristina Robles Arias
Diseño y construcción del decorado: Raúl Dones
Diseño de luces y realización: Jacky Rosado
Maquillaje y peinados: Ivette Colón Ayala
Su Asistente: Guillermo Alejandrino
Página "Web" José A. Ballester Panelli
Utilería: Neida Lee Vidal Febus
Videos: G W Cinco Studio
Locución para televisión: Joaquín Jarque
Vestuario: Producciones Candilejas

Produce: Joseph Amato

(*Es una buena casa que está bien construida pero que demuestra que hace algún tiempo no se pinta. Toma lugar en algún lugar de Santurce. Nos da la impresión de mudanza porque el mobiliario es mínimo aunque puede haber cosas de acuerdo con las necesidades del Director Artístico. Pero hay una mesa de comedor y algunos muebles donde sentarse. Los muebles aparentan los años de uso pero lucen limpios. A la izquierda hay una salida a la cocina y a la derecha está la puerta de entrada. Una salida hacia un cuarto de la hija y otra para el hijo. Lo que vemos es un decorado sencillo para que contraste con la decoración del segundo acto y el vestuario es de lo más simple para que se diferencie del segundo.*)

Voz: (*Sube el telón. Con la escena a obscuras.*) ¡Juega, juega que a cualquiera le toca, juega! Tengo de la grande: la extraordinaria… Juega, juega… (*La voz se va perdiendo… Entonces es que se ilumina la escena. Suena el pito de un cartero y de cualquier lado aparece Carmelo y sale. Al volver tiene una carta en las manos. La abre de mal gusto. Se abruma. Carmen entra.*)
CARMEN: ¿Qué pasa? ¿Otro aviso?
CARMELO: Sí. Y creo que este es el último. (*Carmen toma la carta.*) "Estimado señor Flores. Luego de innumerables avisos, visitas relacionadas sobre los pagos que usted adeuda de su residencia localizada en la Calle Santa Cecilia #126 en Santurce usted nos adeuda seis meses de su hipoteca. Su residencia corre peligro. Este es su último aviso. Le avisamos por este medio que en cualquier momento procederemos a enviar su caso a nuestro Departamento Legal quienes procederán con el desahucio. Quedamos de usted, muy gentilmente…

CARMELO: Voy a salir a ver si consigo algunos pesos pero si ves gente extraña tocando la puerta me llamas inmediatamente porque de esta casa no nos saca nadie y te juro que no les tengo miedo y no me asusta ir a parar a la cárcel.

CARMEN: Tenemos que resolver esto de alguna manera menos con la violencia y no te olvides del dicho "Dios aprieta pero no ahoga".

CARMELO: Pues que se de prisa porque el agua me llega hasta los ojos.

GUME: (*Toques en la puerta y aparece Gume. Es una mujer que todavía está en buenas carnes pero viste discretamente. Trae algo envuelto en una de esas bolsas de supermercado.*) ¡Hola… buenos días …

CARMELO: Hola Gume…

GUME: Hola, y salud, mucha salud, porque podemos tener de todo pero si no hay salud no hay nada. Tengan, esto es para ustedes… Pero cambien esas caras que vecino no es aquel que vive en el mismo vecindario. Para mí unos vecinos son como si fueran parte de mi la familia.

CARMEN: Por aquí no pasa nadie. Ni hermanos, tíos, ni primos...

GUME: Adió, ¿y porqué es eso?

CARMEN: Porque no hay nada que llevarse. Ni ron, ni cervezas…

GUME: Pero si el día de Acción de Gracias no es para emborracharse…

CARMEN: Depende, depende de la familia…

CARMELO: Verdad es, mañana es día de Thanksguivin. Con tantas cosas en la cabeza se me había *olvidao*…

GUME: Para eso estamos. Ahí les traje unas cositas. ¿Y qué, qué hay de nuevo…?

CARMEN: Lo mismo de siempre. Y tú, Gume, ¿cómo te va?

GUME: ¡Ay, salí a dar una vueltecita! ¡Estoy harta de estar en la casa y quise tomar un poquito de aire.

CARMEN: ¡Tan rápido, pero si estás, como quien dice, recién casada.

GUME: Hay días que uno mete la pata y hace seis meses las metí hasta *home*.

CARMELO: ¿Y cuándo fue ese día?

GUME: El día que le di el sí al trapo de viejo ese con quien me casé.

CARMEN: Pero tú decías que por fin te había llegado la felicidad…

GUME: Pero me duró poco: uf, qué viejo más baboso, Cristo: "mi amor, cuánto te quiero, mi amor siéntate aquí, mi amor, ¿te prendo la tele?, mi amor, ¿tienes catarito.? Te preparo en tececito. Vamos, vamos, déle un besito a su nene". ¡Carajo, pero qué viejo más baboso.

CARMELO: Pero tú dijiste que lo querías aunque fuese un hombre mayor y que no te importaba que tuviese una prótesis…

GUME: Es que me sentía muy sola y, pues, no me importó que tuviese una pata de palo.

CARMELO: Pero si ya hay piernas metálicas.

GUME: Pero se ha acostumbrado a la pata de palo y dice que no la cambia por nada del mundo.

CARMEN: Pues, si eso no es nada del otro mundo y además tú dices que es un buen hombre…

GUME: ¡Ojala le de una polilla coño y que le coja la otra pata. Pero él no sabe que le tengo una sorpresa: de este mes no pasa el divorcio. Por cierto, el otro día estaba fregando, me pasó por el lado y me dijo: -"me haces el hombre más feliz del mundo y deja que pruebes el beso ne-gro-" ¿Me quieren explicar qué es un
beso negro?

CARMELO: ¡Ni pal' cará, que te lo explique Carmen pero yo quiero estar a millas de distancia…!

GUME: Este… te lo explico más tarde…

DORIS: (*Entrando. Trae un saco, de esos*

de hule donde guarda muchas cosas.)
Señores, el día está calientito, calientito… La Loto está hoy en treinta y la revancha en cinco mil y el pueblo está jugándose hasta la camisa.

CARMEN: ¿Y cómo estás, Doris?

DORIS: ¡Uf, estuve un poco malita por el Debo.

GUME: ¿El Debo?

DORIS: Es que debo la casa, debo el cable, debo el teléfono, debo el agua… Pero me tiré a la calle y puse mi sillita en el garaje, al lado de los que compran la Loto y se me fueron casi todos los billetes como pan caliente. No me queda casi na'. ¿Alguien quiere jugarse dos o tres pesitos?

CARMELO: Muchacha, si aquí lo que hay es una pelambrera…

DORIS: Juégate algo Gume que a cualquiera le toca.

GUME: No, no, si el viejo mío siempre compra…

DORIS: Estoy equipá, como siempre. Bueno, ¿y los muchachos, cómo están?

CARMELO: Pues, imagínate, con el follón del primer año en la universidad no paran la pata.

DORIS: Ese es el mejor regalo que pueden hacerles, los estudios. Bueno voy a sentarme otra vez en la fila de la Loto en el mismo garaje y no me va a quedar ni un solo billete. *(Se marea.)* ¡Ay, ay… pero qué es esto Dios…!

CARMEN: ¿Pero qué te pasa…?

CARMELO: ¡Siéntese, siéntese aquí!

CARMEN: Déjame buscarte un poco de alcoholado…

DORIS: No te preocupes que yo siempre tengo en el bulto. Este… ¿verdad que yo dije uno?

TODOS: ¿Uno, uno…

DORIS: ¡Ah sí, recuerdo, dije –no va a quedar un solo billete…! Ah, ya sé. Eso es un mensaje… en la Loto o en los billetes hay un uno… Miren, aquí les traje una caja de coditos, papas para la ensalada, un pote grande mayonesa, cebollas, bueno, de todo. *(Leve pausa.)* Pero qué pasa, vamos, cambien esas caras que pa' eso estamos los vecinos…

CARMELO: Tengo fe que un día te recompensaremos por tanta gentileza.

DORIS: ¡Ah, que frío me ha entrado!

CARMELO: ¿Frío? Muchacha, con el calor que hace.

DORIS: Es un frío diferente. ¡Uf! Me huele como a… billetes… Pero de que viene dinero viene.

(Se abre la puerta y, en puro relajo, entran Carmencita y Paquito. Ambos tienen mochilas, más libros en las manos.)

LOS DOS: Bendición…

CARMEN: ¡Que el Señor me los bendiga…

CARMELO: Dios me los cuide.

GUME: Y nosotras, ¿estamos pintadas en la pared…?

CARMELO: ¡Vengan para acá! *(Besos.)*

DORIS: No es por alabarlos pero si hay unos niños agradables esos son ustedes…

LOS DOS: ¡Gracias!

GUME: ¿Y cómo les ha ido el primer semestre en la universidad?

PAQUITO: Bien, muy bien pero como que es bastante impersonal. Los profesores dan sus clases y en cuanto terminan simplemente agarran el maletín y se van. Ni los buenos días dan.

GUME: Dejen que cojan el piso.

PAQUITO: Lo mejor es que ahora tengo un bonche de nuevos amigos que nos pasamos en la joda.

CARMELO: Cuidao con los corillos. No busques fuete para tú fondillo. Llegas un día apestando a cerveza que se te va a acabar la joda. Quiero que les quede esto bien claro. Los dos comenzaron la universidad al mismo tiempo. Tú, como hombre que eres vas a cuidar de tu hermana como si fuera el más grande de los tesoros y tú vas hacer lo mismo con tu hermano.

PAQUITO: Puedes estar seguro papá. Lo que queremos es graduarnos y reciprocar toda la educación y consejos que tú y mamá nos han dado.

CARMENCITA: Así será. Jamás imaginé que la universidad fuera así. Tengo nuevas amigas y me han invitado a… tú sabes, al parrandeo de los viernes. Pero siempre les digo que no. Que yo entré a la UPI a otra cosa.

CARMEN: ¿Y los maestros?

CARMENCITA: Muy buenos… pero un poco impersonales como dice Paquito. Eso si, se aprende tanto que quisiera estar en la UPI todos los días.

CARMEN: Yo solo les pido que tengan cuidado con las juntillas porque que no dejan nada bueno. Lo que queremos es que estudien para que el día de mañana sean profesionales, gente de respeto y puedan ganarse la vida honradamente.

CARMELO: Y tú, ojo con los buitres. Nada de noviecitos.

CARMENCITA: ¡Ay papi, no me interesa y mira que me *rapean*…! Yo solo tengo un deseo, hacerme una profesional y ayudarlos para mejorar nuestra situación.

PAQUITO: Papá, si de algo ustedes pueden estar seguros es que seremos personas de provecho. Queremos recompensar todo el sacrificio que han hecho por nosotros.

CARMEN: Miren, Gume y Doris nos trajeron unas cosas para la cena de mañana.

CARMENCITA: Gracias. (*Suena el teléfono celular de Carmelo.*)

CARMELO: Haló, este es Carmelo: instalador profesional de losetas, instalo puertas, arreglo fregaderos, hago jardinería, lavo autos que quedan como nuevos y… eh, perdone doña Conchita…

TODOS: (*Descontento general.*) ¡Oh!

CARMELO: (*Hipócrita.*) ¡No sabe el gusto que nos da! Pues aquí en la casa… Sí, sí. Mañana es Thanksguivin… pero no se preocupe, no tiene que venir… visítenos otro día… bueno, como guste… será un placer… Sí, sí, me muero por verla. Adiós, adiós… Tu santa madre viene mañana y acompañada de tu santo hermano Isabelo.

CARMEN: ¿Es una broma, verdad? ¿Porqué no le dijiste que teníamos un compromiso con tu familia?

CARMELO: Pa' adivino Dios, Carmen,

CARMEN: Que quede claro cuánto quiero a mamá pero cuando viene virá no hay quién la aguante.

GUME: Ustedes saben que los queremos como si fuera parte de nuestra familia. Que la amistad nuestra durará hasta que estiremos la pata, pero Carmen, querida amiga… ¿cómo te lo digo finamente? Tu madre es un petardo.

DORIS: Y perdona que sea tu mamá y tu suegra, pero es la arrogancia hecha persona.

CARMEN: Bueno, es que mamá algunas veces es medio… difícil.

CARMELO: ¿Medio? Escúchala Señor y perdónala.

CARMEN: Recuerda que es mi madre y abuela de tus hijos.

CARMELO: Si de algo puedes estar segura es que nunca lo he olvidado. Gracias a Dios que solo nos visita en Thanskiving.

DORIS: Esto no falla. Santo remedio. Ponte la escoba al revés y verás que la visita no dura ni una hora.

GUME: Yo no sabía que tu eras santera.

DORIS: Es un *partirme* que tengo.

CARMEN: Por favor, no dejen de venir.

DORIS: Bueno, déjame tirarme a la calle a ver si vendo algo más. (*Al otro día. No me agradan los apagones porque pienso que desconectan al público. La luz se esfuma lenta y ahora vemos que la mesa está preparada para la noche de Acción de Gracias. Carmen da los últimos retoques. Suena el teléfono y...)*

CARMEN: Hola... ¿mamá? Sí, sí, pueden llegar cuando gusten...¿vienen de camino? Mejor todavía... mejor todavía. Bueno, los esperamos.

CARMELO: ¿Tu mamá le dio un derrame y no puede venir, verdad?

CARMEN: Pues fíjate no. Está muy saludable y ya están a punto de llegar.

CARMELO: Señor, tú sabes que eres el rey de mis pasos y hasta cierto punto bastante buena gente, te pido Padre que a mi suegra le den unas churras de abanico en cuanto se coma la primera tajada del pollo se tenga que ir. Otra petición, Padre, que cojan un tapón y lleguen la próxima semana.

CARMEN: Ya me estás cansando con tus comentarios sobre mami.

CARMELO: Pero mi amor, tú sabes que son de broma.

CARMEN: Pues ya estoy bastante encabroná de tus bromas. Así que ponte pa' tu número.

CARMELO: La voy a tratar como a un reina, ya verás. *(Toques en la puerta y Carmen la abre. Entra Doris.)*

DORIS: Que el Señor derrame la paz en esta casa que, desde la esquina, se siente el aroma del mejor pollo del mundo. ¡Qué digo pollo, huele a pavo!!

CARMEN: Me tenías preocupada. Pensé que no vendrías.

DORIS: Es que entré al garaje a ver si vendía algún billetito.

CARMEN: ¿Y vendiste algo?

DORIS: Siempre se vende algo. ¿Saben que anoche se llevaron la Loto?

CARMEN: Que Dios le de salud a quien se la llevó para que los disfrute.

DORIS: Treinta millones más cinco con la revancha.

CARMEN: Estoy segura que tendrá unas churras por los próximos siete días...

CARMELO: ¿Y dónde se los llevaron?

DORIS: Nunca se sabe.*(Toques a la puerta.)*

CARMELO: Mira a ver si es de Hacienda que vinieron a decirme que me llevé la Loto.

GUME: *(Entrando.)* ¡Ave María, ese olor a pavo llega hasta la esquina!

CARMEN: Es pollo, adobao como pavo.

GUME: Me da lo mismo. Para mí es pavo. Por cierto, aquí les traje los postres de calabaza e hice otros cuantos de coco.

CARMEN: Gracias. ¿Y tu marido, cómo está?

GUME: Bien. Cenamos temprano, pero está que se le ha cagado en la madre a quien se llevó la Loto. Así que perdió ciento treinta billetes en jugadas.

CARMENCITA: *(Entrando.)* Yo estoy lista para la cena.

PAQUITO: *(Entrando.)* Pues ya somos dos.

CARMELO: Con calma, con calma que tenemos que esperar por doña Conchita y su adorable hijo Isabelo.

CARMEN: En otras palabras mi santa...

CARMELO: ...madre.

CARMEN: No jodas...

CARMELO: Y el caso de tu hermano es, cómo te diría, un poquito difícil de tragar. Señor, te ofrezco ciento veinte y cinco Padre Nuestro y de rodillas si no vienen.

CARMEN: No me voy a poner de pico a pico contigo porque quiero una noche tranquila. Pero, el momento te llegará.

CARMELO: Pero si es de vacilón, chica.

CARMEN: ¡Pues vacila con la tuya!

CARMELO: ¡Pero si está muerta! *(Toques a la puerta y Carmen la abre. Es doña Conchita quien entra muy distinguida e Isabelo quien viste con un turbante, tipo hindú, pantalones bien an-*

chos y chaleco.)

CARMEN: ¡Hola… bendición mamá…

CONCHITA: El Señor te acompañe.

ISABELO: Un beso para mi hermana.

CARMEN: Por supuesto, pero adelante, adelante…

CARMELO: (*Lloroso.*) ¿Y cómo está la más adorable y simpática de las suegras?

CONCHITA: (*A Carmen.*) ¿Y porqué llora?

CARMELO: De verla solamente.

CONCHITA: (*Fría.*) Hola Carmelo. Estamos bien, un poco cansados por las vacaciones.

CARMEN: Mamá, Isabelo, permítanme presentarles a unos amigos. Ella es Doris.

DORIS: Mucho gusto Conchita.

CONCHITA: (*Distinguida*). ¡Doña Conchita!

DORIS: Pues doña Conchita.

ISABELO: Mucho gusto doña Doris.

DORIS: Igualmente.

CARMEN: Y ella es Gume.

DORIS: ¿Gume qué?

GUME: Gumercinda.

CONCHITA: Estoy segura que sus padres sacaron ese nombre del Almanaque Mundial.

GUME: No. Fue para honrar el nombre de mi abuela.

CONCHITA: (*Para ella.*) Pobrecita. Él es mi hijo Isabelo.

GUME: Mucho gusto.

ISABELO: Igualmente.

CARMELO: Estoy seguro que fue para honrar el pueblo donde nacieron: Isabela.

CONCHITA: Isabelo, que es casi un genio, está a punto de graduarse de ingeniería.

TODOS: ¡Qué bueno… ¡Qué Maravilla…

ISABELO: Gracias mamá.

CONCHITA: Pero por las noches, para soltar el stress de los estudios, se desahoga con el ballet.

TODOS: ¿Ballet?

ISABELO: Eso es así mamá.

CARMELO: ¡Un momentito, que quedé bruto…

CONCHITA: …no lo dudo.

CARMELO: ¿Él estudia ballet?

CONCHITA: Sí. Es su relajamiento personal. (*Mirando a su alrededor.*) ¿Y piensan mudarse, porque la sala está casi vacía?

GUME: Es que los mejores limpiadores y tapizadores de muebles están en el Pulguero. Carolina Bargain. Lote cuatro. Carmen, tienes que cambiarlos, son muy lentos.

CARMEN y CARMELO. (*Por lo bajo. A Gume.*) Gracias.

CARMEN: Bueno mamá, ¿y qué tal les fue el viaje?

CONCHITA: ¡Ah, una maravilla! Rusia es una maravilla. Tienen que ir, es un "most".

DORIS: Pues precisamente estaba pensando tomarme unas vacaciones y definitivamente será a Rusia.

CONCHITA: Isabelo aprovechó y tomó varias clases de ballet.

CARMENCITA: ¿Qué Isabela tomó clases de ballet?

ISABELO: ¡Isabelo!

CARMENCITA: Sí, eso quise decir.

CONCHITA: Vamos Isabelo, demuéstrale cuánto aprendiste en el Ballet Nacional de Rusia.

ISABELO: Sí mamá. Es bueno saber que todos los nombres de los pasos del ballet vienen del francés. Primeramente aprendamos lo que es un *Arabesque* que es una de las posiciones básicas del ballet clásico. Inicialmente aprendamos qué es un pas de deux. "*Pas des deux*" es una expresión francesa que corresponde al ballet, y significa "danza para dos"… También existe el "*pas des trois*", para tres o el "pas des quatre", para cuatro. Se les llama a esas partes de algún ballet en el que bailan en el escenario sólo dos personajes. *El Cascanueces* y *El lago de los cisne* son dos grandes ejemplos. Vamos, Paquito y Carmencita. Tomen esta posición, que es la básica.

PAQUITO: ¿Que yo voy hacer un pas de qué?

ISABELO: *Pas de deux*. Miren, se paran así. (*Carmencita y Paquito lo intentan con dificultad.*) Y la postura es así.

PAQUITO: Espérate, que yo tengo la música ideal. (*Saca el celular y escuchamos un reguetón y hacen unos treinta segundos de baile.*)

ISABELO: (*Histérico.*) ¡Mamá, van a destruir mi sentido musical!

CONCHITA: Paquito, ¿cómo puedes cargar con esa cosa llamada reguetón?

PAQUITO: Abuela, eso es lo que baila la juventud.

CONCHITA: ¡Eso es baratería que nos descontrola el buen gusto y me ofendes. Vamos Isabelo enaltece a Paquito con el buen gusto musical. Muéstrales lo que es un Adagio que los movimientos son lentos.

ISABELO: Bueno, bueno…
¡пожа́луйста!

CARMENCITA: ¿Qué fue lo que dijo?

CARMELO: Dijo alcapurrias.

ISABELO: Dije: пожа́луйста.

CARMELO: Si alguien lo entiende que me lo explique.

ISABELO: Para que te cultives un poquito, es una palabra rusa que quiere decir en español "por favor" y se pronuncia así: pa-zhá-lus-ta. Repitan conmigo: pa

TODOS: Pa

ISABELO: zhá

TODOS: zhá

ISABELO: luz

TODOS: luz

ISABELO: ta

TODOS: ta

ISABELO: Todos: pa-zhá-lus-ta.

CARMELO: Suena como a "hijo de puta."

CARMEN: (*Lo aparta.*) ¡Una más y mañana te pongo el divorcio!

CARMELO: Pa-zhá-lus-ta Carmen. Vamos a escuchar a tu hermano.

ISABELO: Bueno, solamente voy a enseñarles un paso porque es excelente para la salud. Se llama *"entrechacat"*. Las manos se colocan en esta posición. (*Todos lo hacen.*) Y comenzamos dando brinquitos y entrelazando las piernas. Así. Vamos. (*Todos lo intentan.*) Vamos… arriba… crucen las piernas. Como batiéndolas. Arriba. (*Todos lo intentan, nadie lo logra. Se marean, se asfixian y hacen un pandemónium de ridiculeces.*)

CARMEN: (*Asfixiada.*) Isa, más tarde podríamos seguir aprendiendo algunos movimientos de ballet, ¿te parece?

ISABELO: Como gusten.

CARMEN: ¿Y saben a quién le gustaría aprender algo?

ISABELO: No.

CARMEN: (*Para fastidiarlo. A Carmelo.*) Vamos cariño, inténtalo.

CARMELO: (*Por lo bajo a Carmen.*) En cuanto se valla tu madre te voy a asesinar. (*Todas las caras inimaginable. Entonces propone.*) Querido, te propongo que aprendas el salto mortal.

ISABELO: ¿Salto mortal, y cuál es ese?

CARMELO: Pues te llevas a tu mamá al Empire State Building y la tiras desde la azotea y yo estaré esperándola abajo con los brazos abiertos y rezándole el Padre Nuestro.

CARMEN: (*Advirtiéndolo.*) ¡Carmelo…

CONCHITA: ¿Y porqué no tiramos a su madre desde la azotea?

CARMELO: Porque murió hace como diez años y debe estar hecha polvo.

CONCHITA: Y usted doña Doris, ¿a qué se dedica?

DORIS: Pues antes vendía bolita pero desde que se inventaron el Pega Tres soy billetera.

CONCHITA: (*Espantada.*) ¡Billetera!

CARMEN: Pero mamá, Doris tiene una suerte... ha vendido cuatro primeros premios de la grande.

CONCHITA: (*Abre su cartera.*) ¡Tenga, déme un billete completo!

DORIS: (*Tiembla, le dan contracciones.*) ¡Ah, ah...

TODOS: ¿Pero qué le pasa...

CONCHITA: ¡Santo! ¿Y esos temblores?

DORIS: (*Balbucea.*) ¡Veo dinero, mucho dinero en esta casa!

CONCHITA: ¡Tenga, déme otro billete!

PAQUITO: No te preocupes abuela. Es que, cuando vende un buen billete completo, le entran cosas extrañas... (*Le da unos pases.*)

CARMENCITA: ¡Sálvala Señor, sálvala...!

DORIS: (*Normal.*) Bueno, ¿y de qué hablábamos?

CARMENCITA: Es que te entró como un templequeo...

DORIS: Siempre pasa lo mismo. Cuando vendo un buen billete me descontrolo.

ISABELO: Con el permiso. En el ballet siempre pasa lo mismo. Dos o tres minutos antes de comenzar todos los bailarines se tornan tensos.

GUME: A mí me pasa lo mismo. Me descontrolo por mi amantísimo esposo.

CONCHITA: ¡Ay caramba, no me diga que está enfermo!

GUME: No. Es que tiene una pata de palo y tiene polilla.

CONCHITA: ¡Uf, hija! ¡Tienes unas amistades...

CARMELO: Queridísima y admirada suegra, ¿le parece bien si cenamos?

CARMEN: Enseguida traigo las bandejas porque todo está preparado. (*Sale.*)

CONCHITA: Seamos lo más breve posible, porque tenemos otra cena con la familia de la novia de Isabelo.

TODOS: ¿Cómo?

PAQUITO: ¡Un momentito, un momentito...

CARMENCITA: ¿...que Isabelo tiene novia?

CONCHITA: Si. La boda está pautada para el próximo mes de mayo.

CARMENCITA (*Por lo bajo.*) No sé. Pero yo estoy tan confundida.

PAQUITO: (*A Carmencita*) A mí se me jodió la cabeza hace rato.

CONCHITA: Es una muchacha alegre y muy extrovertida. Habla con todo el mundo y cuando no tiene con quien hacerlo habla hasta sola.

CARMELO: (*Aparte.*) Entonces habrán dos locas en la casa.

CARMEN: (*Entrando. Quien escucha el comentario de Carmelo. Le advierte.*) ¡Carmelo... no me cuques... ¡Bueno, aquí está nuestra cena de Acción de Gracias. Pueden sentarse donde gusten.

CONCHITA: ¡Qué bonito se ve todo!

CARMEN: Gracias mamá. Una oración por favor. Señor, te damos gracias por esta cena que hoy nos permites disfrutar en familia, especialmente por la presencia de mamá, Isabelo, Carmelo, amigos e hijos.

CARMELO: ¡Bueno, a comer se ha dicho!

CARMEN: ¡No he terminado! Omnipotente, santísimo, altísimo y sumo Dios, Padre santo y justo. Señor rey del cielo y de la tierra, por ti mismo te damos gracias porque, por tu santa voluntad y por tu único Hijo con el Espíritu Santo, creaste todas las cosas espirituales y corporales, y a nosotros, hechos a tu imagen y semejanza, nos pusiste en el paraíso.

CARMELO: ¿Dónde fue que nos colocaron?

CARMEN: ¡En el paraíso!

CARMELO: Yo pensé que fue en Santurce. Bueno, que se enfría el pavo...

CARMEN: Amén.

TODOS: Amén.

CARMEN: Mamá, tú que eres la reina de la casa, por favor sírvete primero. (*Conchita lo hace. Prueba la comida.*)

CONCHITA: (*Vuelve y prueba.*) Extraño sabor. ¿Estás segura que esto es pavo?

CARMELO: Es que este pavo era bisexual. Tiene algo de pavo, pollo y pato.

ISABELO: Pues yo no como pato.

PAQUITO: ¡Pero pruébalo, pruébalo!

GUME: ¡Pruebe, pruebe los coditos que mi receta es única!

CONCHITA: (*Lo hace.*) ¿Cómo logró este sabor tan… especial?

GUME: Con Meatballs de Chef Boyardee.

CONCHITA: ¿Un pavo relleno con Meatballs Chef Boyardee?

DORIS: Y de pasas y pasta de guayaba.

CONCHITA: ¡Uf! Nosotros les agradecemos la invitación tan… especial, pero nos vamos.

ISABELO: Como tú digas, mamá. Y nos vamos en "*total partie*".

DORIS: Dice que se van partío.

ISABELO: ¡Que nos vamos juntos y volando es lo que quiero decir!

CARMELO: ¡Pues vuela, vuela!

CONCHITA: Hija ven acá. (*Aparte a Carmen.*) Es una ofensa que nos hayas invitado a un acto tan desagradable y con esa gentuza que tienes por amigos. La Doris tiene cara de friturera y la otra de chinchorro de Luquillo. Y la culpa la tiene ese obrero con quien te casaste. Mira que te lo dije, que ese hombre no era para ti. Pero tiraste para el monte como buena cabra que eres.

CARMEN: ¡Me estás faltando el respeto, mamá!

CONCHITA: ¡Fuiste tú quien nos lo faltó al casarte con tan semejante cosa!

CARMEN: Mamá, Carmelo es un hombre honrado y trabajador y estamos pasando por un mal momento.

CONCHITA: Por supuesto que tienen que estar hasta el cuello de deudas porque te casaste con un albañil. Gente común que desayuna arroz con habichuelas.

CARMEN: Será albañil y todo lo que tú quieras pero es un hombre trabajador y decente. No es el único puertorriqueño que se ha quedado sin trabajo y estamos haciendo de tripas corazones y nunca te lo he dicho porque a mí me duele, me duele, ¿oíste? y me avergüenza ir a decirte que debemos hasta la casa que en cuestión de días nos tiraran a la calle por falta de pago. ¿No te imaginas porqué la sala está casi vacía? Porque lo hemos vendido casi todo para sostenernos.

CONCHITA: Por tu culpa. Lo único que puedo hacer, y porque eres mi hija, es enviarte cinco mil dólares por correo y hasta ahí, resuelvan como puedan porque si fuera por el asno ese que está ahí, en cuatro patas, me importaría tres pitos que durmieran debajo de un puente.

CARMEN: Mamá, eso dos jóvenes son tus nietos.

CONCHITA: ¿Y cuándo fue que te pedí nietos?

CARMEN: Como tú digas entonces.

CONCHITA: Isabelo, vámonos de esta pocilga.

ISABELO: Como tu digas mamá. (*Salen*).

CARMELO: Bueno, si algo sabíamos es cómo era tu madre. No voy a decir nada, por el momento. Bástate con saber que eres la mujer de mi vida. Te amo.

CARMEN: ¡Y yo también, amor mío!

PAQUITO: ¿Y esa señora tan agradable es mi abuela?

CARMEN: Sí, y hay que respetarla porque sea como sea es mi madre.

GUME: No permitamos que nos agüe la tarde.

DORIS: A mí se me quitaron los deseos de comer. Guárdelo todo para mañana.

CARMENCITA: ¿Quieres comer algo,

Paquito?

PAQUITO: Sinceramente no.

CARMENCITA: Ni yo tampoco.

DORIS: Me sigue apestando a dinero. Oye Carmelo, ¿te acuerdas que el lunes, cuando iba camino al garaje a vender billetes, me diste cinco pesos para que te los jugara en la Loto?

CARMELO: Sí.

DORIS: ¿Dónde está ese billete?

CARMELO: No sé. Creo que se me perdió.

DORIS: ¡Búscate ese billete y es ya!

CARMEN: En ningún sitio he visto un billete de la Loto.

CARMELO: A lo mejor se fue entre las cosas que vendimos.

DORIS: Cuando uno venden cosas y vemos un billete nunca debemos tirarlo.

CARMEN: Deja ver, deja ver…

CARMELO: Carmen, búscate en la ropa, es lo único que no hemos vendido.

CARMEN: (*Mientras sale.)* Ya recuerdo, lo guardé en un traje rojo.

DORIS: ¡Búscalo y es ya! (*Carmen sale a buscar el billete.)*

CARMENCITA: Y en el "*hamper*".

CARMELO: De eso es que vivimos los pobres, de la fe.

CARMEN: (*Regresando.*) Aquí esta el billete. Estaba en el piso del guarda ropa.

GUME: ¿Quién tiene el periódico de hoy?

PAQUITO: El vecino. Siempre lo compra.

GUME: Mira a ver si todavía lo tiene. (*Paquito sale.)*

DORIS: (*Le entran fluidos, se retuerce.)* ¡Ay, ay, qué es esto… ¡Asú, bomquis… (*Sigue habado en "lenguas".)*

CARMEN: Carmencita, búscate en el baño una botella de alcoholado. Vamos, tranquila, tranquila que eso se te quita enseguida… (*Doris hace amague de vomitar.)*

CARMENCITA: (*Entrando.)* ¡Aquí está el alcoholado!

CARMEN: (*Se lo pasa por la frente.)* Vamos, vamos…

DORIS: (*Natural.)* Ah, ¿qué pasó.?

CARMEN: Que te dio una de esas temblequeras que te entran.

PAQUITO: (*Entrando.)* Aquí está el periódico…

DORIS: En la portada es donde siempre aparecen los números. Díctamelos…

PAQUITO: El 5.

DORIS: Lo tienes.

CARMELO: ¡Dame acá ese billete! ¡Dime cual es el otro!

PAQUITO: El 13.

DORIS: Lo tienes también. ¡Coño el otro! ¡Tiene que haber un uno, yo vi un uno.

CARMELO: ¡El otro carajo!

PAQUITO: El 43.

DORIS: También lo tienes. (*Histérica.)* ¡El otro!

PAQUITO: El 11.

CARMELO: ¡Dime cuál es el otro coño que me estoy meando.

DORIS: El 22.

CARMELO: Tengo unos deseos de cagarme encima. Dime el último pero poco a poco.

DORIS: Es… el… 1. ¡La pegué!

CARMELO: (*Se lleva las manos al pecho, temblores, y cuanta cosa quiera hacer.)*

CARMEN: ¿Pero qué te pasa, también te van a entrar fluidos?

CARMELO: ¡Ahh! ¡Carmen, mi amor, me llevé la Loto!

TODOS: ¡Oh! (*Todos caen redonditos al piso.)*

Telón

(Fin del primer acto. Domingo 21/09/14 5:20 PM)

ACTO II (*Es la misma escenografía mas, para evitar otro decorado, estará totalmente redecorada la cual nos dará la impresión de otra residencia. Debe causar gran reacción entre los espectadores. Fácilmente podría aparentar una tienda por departamentos por la cantidad de cosas que vemos. Las paredes están casi cubiertas de cuadros. Hay oleos, (copias), de Picasso, Monet, Dalí Rembrandt... Los nuevo ricos disfrutan a cabalidad de su nuevo estatus económico y el derroche de cosas superfluas. Los muebles son otro insulto al buen gusto: Art Deco, Barroco, Enrique II, Neoclásico, Gótico y sabrá Dios cuántos más. Las matitas de agua no deben faltar. La abundancia de cosas es una muestra, según ellos, de estatus. Suena el teléfono y Doris, sale de algún sitio para contestarlo. Hay en ella un cambio radical: está bien vestida, maquillada y, en algún momento, hay cierto cambio en sus modales los cuales se les olvida y le sale la Doris billetera.*)

DORIS: Halo. Oh, sí, sí, es la residencia de la familia Flores. Es la secretaria de la señora Flores. Oh, ¿de Italia? *Buongiorno.* (*Con un acento italiano terrible.*) ¿En qué puedo servirle? Bueno, la señora está a punto de llegar y en cuanto lo haga se lo diré. *Molte grazie. Arrivederci.* (*Entra Carmelo. Viene con vestuario típico del juego de golf.*)
CARMELO: Hola Doris.
DORIS: Buen día don Carmelo.
CARMELO: Buen día.
CARMELO: ¿Y Carmen?
DORIS: Está en una reunión, pero debe estar a punto de llegar. Estoy preparándoles el almuerzo.
CARMELO. Gracias. Usted siempre tan atenta con nosotros. ¡Ah, estoy muerto de cansao!
DORIS: Gracias a ustedes por el *subión* que me han dado. Porque de billetera a secretaria hay un gran trecho. (*Paquito entra apresuradamente a la casa e intenta entrar a su cuarto. Carmelo lo percibe.*)
CARMELO: Eje, parece ahí un momento, jovencito. ¿No va a pedirme la bendición como siempre se acostumbra?
PAQUITO: Bendición. (*Vuelve e inicia la marcha.*)
CARMELO: Pero qué mucha prisa tienes... Aparentemente tanto estudio te tienen despistao...
PAQUITO: Sí, así es papá.
CARMELO: Doris, ¿podría irse al patio y regar las matas porque quiero tener una conversación privada con Paquito?
DORIS: Hombre, claro. Con el permiso. (*Sale*)
CARMELO: Paco, cuando se tiene un título universitario, por lo general, el camino se hace más fácil, tienes mayores posibilidades de progreso. Cuando solo se tiene un cuarto año de escuela superior las posibilidades de progreso son nulas.
PAQUITO: Eso es así.
CARMELO: Mírame a los ojos. ¡Que me mires a los ojos te he dicho! Uh, ya no los tienes iguales...
PAQUITO: Para mí, sí.
CARMELO: Para mí, no. A cada rato los tienes muy irritados y rojos.
PAQUITO: Es... de tanto estudiar..
CARMELO: Te pedí que limpiaras el patio el sábado pasado.
PAQUITO: ¿Si? Pues lo siento papá, se me olvidó.
CARMELO: Según tu madre tienes un apetito voraz...
PAQUITO: Será porque estoy creciendo...
CARMELO: Pásame el bolso.
PAQUITO: Lo que tengo son libros, bolígrafos y la tableta que me regalaste. (*En milésima de segundos Carmelo se lo arrebata y rebusca en él.*)
CARMELO: Vamos a ver qué hay aquí. Cierto. Libros, la tableta, bolígrafos... ¿Y esto, qué es? (*Pausa.*) ¡Pero mira que sorpresa, ni me lo imaginaba... Un "moto". Querido hijo, ¿estás fumando marihuana? (*Paquito baja la cabeza.*) Esta es la porquería más grande que puedes hacer. ¿Crees que no me había dado cuenta? Apestas a la mierda esa que estás fumando... ¿A esto fue que te enviamos a la universidad? Trata de hacer memoria. ¿Sabes que en la otra casa a veces no había ni qué comer pero me

tiraba todos los días a la calle para que, en nuestra mesa, por lo menos, hubiese arroz y habichuelas y tuvieses lo necesarios para que estudiaras? ¿Recuerdas que aquella casa estaba casi vacía, que lo que había era una simple mesa para comer? ¿Sabes por qué? Porque lo habíamos vendido todo en los pulgueros para poder echarnos algo a la boca. ¿Sabías que estábamos a punto del desahucio, que en uno o dos días nos tirarían a la calle por falta de pago al banco? ¿Que le debíamos a todo el mundo? Pero siempre hacíamos maromas para darles estudio y ahora que tenemos de todo ¿tú estás fumando esta mierda?

PAQUITO: ¿Cómo lo supiste?

CARMELO: Yo vengo de barriadas y me conozco la movida de cada una de ellas. Del que lo está y el que no. Pero tu madre y yo te dimos educación y te creíamos diferente. Pero este lobo viejo tiene ojos de águila. No fallan los ojos vidriosos, la mirada caída y el balbuceo al hablar. Pero yo me decía –no, no, mi nene no… Y cuando las cosas cambiaron, y yo como te creía casi un santo, te regalé el mejor de los carros y te puse billetes en la cartera. Pero como ya te crees todo un hombre dime si ese será tu nuevo estilo de vida o cuales son tus planes. ¡Mírame que te estoy hablando! ¡Que me mires te digo! No tenía que haberte encontrado un "moto" en tu mochila. ¿Dónde los compras?

PAQUITO: En la barriada donde vivíamos.

CARMELO: Tu madre y yo te cuidamos como un tesoro de aquel lugar. Paco, yo te creía diferente. Pero de un tiempo para acá no te han fallado los ojos vidriosos, la mirada caída y la poca memoria. Pero, como ya eres todo un "hombre", dime si ese será tu nuevo estilo de vida o cuáles son tus planes. ¡Que me mires que te estoy hablando!

PAQUITO: ¡Ya soy todo un hombre y puedo hacer lo que me dé la gana!

CARMELO: ¡Ah, eres un hombre! (*Carmelo le da tremendo pescozón.*) Pues vamos, defiéndete como un hombre entonces. ¡Carajo, he querido cuidarte, prepararte para cuando seas un hombre de verdad! ¡Prepararte para un futuro para que no comas mierda como yo por falta de una preparación universitaria!

PAQUITO: ¡Perdóname papá!

CARMELO: ¡Perdónate tú! Y te advierto que del "pasto" a otros vicios solo basta con un empujón.

PAQUITO: ¡Lo siento, lo siento…! De verdad que lo siento… Tú has sido un padre extraordinario y mamá también.

CARMELO: Ahora suenas mejor.

PAQUITO: Eso se acabó desde hoy.

CARMELO: Me alegro por ti.

PAQUITO: Lo único que voy a pedirte es que mamá no lo sepa.

CARMELO. Así será. Ahora puedes irte a tu cuarto. (*Paquito lo abraza y destruido se aleja a su cuarto. Se abre la puerta de entrada y aparece Carmen que viene vestida con un exquisito traje.*)

CARMELO: Bueno, que al fin llega la señora de la casa.

CARMEN: Estaba en *un Brunch* con la alcaldesa.

CARMELO: ¡Oh, en un *Brunch*! ¿Y qué es eso?

CARMEN: Es un tipo de desayuno que podría llegar hasta el almuerzo.

CARMELO: Pues yo estaba esperándote precisamente para…

CARMEN: Almuerza tú. He descartado el almuerzo. Tengo que mantener la línea.

CARMELO: Pero Carmen, nosotros siempre hemos almorzado juntos.

CARMEN: Querido, eso ya se acabó. Tengo tantos compromisos sociales que no tengo tiempo para eso.

CARMELO: ¿Y qué quería la alcaldesa?

CARMEN: Un donativo para los niños de La Perla. Le di mil dólares solamente.

CARMELO: ¡Coño, qué desayuno más caro!

CARMEN: Tú le diste cinco mil a Suárez para su campaña electoral y yo no te he dicho nada.

CARMELO: Pero tú sabes que hay que dar para recibir.

CARMEN: Nosotros no tenemos que alcahuetar a nadie porque si algo hay aquí es dinero.

CARMELO: ¿Te has dado cuenta cuánto te has gastado en vestuario?

CARMEN: ¿Y tú? Te has gastado un dineral en un club de *golf*. ¡Uf, un jíbaro de Lares jugando *golf*!

CARMELO: Pues este jibarito ha vendido hasta su sangre para que tú y todos puedan comer. ¡Ah, y que no se te olvide que tú vienes de Carolina!

DORIS: (*Entrando.*) Con el permiso del caballero y la dama. Recuerden que hoy tienen de invitados a Gume, y a doña Conchita que viene con su hijo Isabelo.

CARMELO: ¿Pero quién los invitó?

DORIS: ¿Tan ocupados están que se les olvidó que siempre celebramos Thanskiving y es una tradición reunirnos y, por fin, comeremos pavo? El almuerzo está en la cocina y el mozo también.

CARMELO: ¡Ah, ¿también tenemos mozo?

CARMEN: Por supuesto.

CARMELO: ¿Pediste el postre?

DORIS: Sí. Uno que a ustedes les encantó cuando estuvieron en Roma: un Tiramisú de limón.

CARMEN: ¿Y Carmencita?

CARMELO: Debe estar a punto de llegar y Paquito está estudiando en su cuarto.

CARMEN: Gracias a Dios que tengo dos hijos maravillosos.

DORIS: ¡Ay no sé, me han entrado unos escalofríos…

CARMEN: En el botiquín hay Tylenor, Advir…

DORIS: Son unos temblores diferentes…

CARMENCITA: (*Entrando con libros y una mochila.*) Hola… bendición mamá, bendición papá.

TODOS: El Señor te bendiga. (*Y sigue su camino hacia su cuarto.*)

CARMEN: Cámbiate de ropa enseguida para que almorcemos con los invitados.

DORIS: ¡Ay no sé, pero tú como que está más llenita!

CARMENCITA: Sí, he aumentado unas libritas. Prefiero quedarme estudiando en el cuarto.

CARMELO: Hoy es día de Thanskiving y toda la familia debe estar reunida.

CARMEN: Tienes razón, querido. No podemos perder esa costumbre.

CARMENCITA: Pues excúsenme, el lunes tengo examen.

CARMEN: Pues estudias luego que almorcemos. Hoy, más que nunca, tenemos que darle gracias al Cristo por todas las cosas que nos ha dado. (*Teléfono.*)

CARMENCITA: Vuelvo enseguida. (*Sale.*)

DORIS: Yo lo contesto. Residencia de la familia…. Déjeme ver si se encuentra… (*A Carmelo.*) Es de parte del señor gobernador.

CARMELO: Dile que estoy en San Thomas en un juego de golf y que regreso la próxima semana…

DORIS: Dice el señor… quiero decir, don Carmelo, se encuentra en San Thomas y estará de vuelta la próxima semana. Pero no se preocupe que ya tomé nota y de inmediato se lo informaré. A sus órdenes.

CARMELO: Me tienen un lado seco. Se ve que estamos en campaña.

DORIS: (*Vuelve a sonar el teléfono.*) Residencia de la familia Flores. (*A Carmen.*) La llama la esposa del Secretario de Departamento de Estado.

CARMEN: ¡Otra vez! Dile que estoy en la China tomando un curso de acupuntura.

DORIS: Don Carmelo, su esposo, me informa que está de viaje y que regresa en dos meses, después de las elecciones… Por nada, por nada. (*Timbre de puerta y Doris la abre y vemos a doña Conchita, Gume e Isabelo.*)

CARMEN: ¡Ay, esto sí que es una alegría! Bendición mamá, cómo estás, cuéntame…

CONCHITA: Muy bien, gracias al Padre. (*Hacia Carmelo, le hace una reverencia.*) ¡Ay don Carmelo, don Carmelo! Usted me ha hecho la mujer más feliz de la tierra. Usted sí que es un caballero, distinguido y un hombre de bien. Cuando mi hija me dijo que se casaría con usted corrí hasta la iglesia, le di gracias a Dios y resé treinta Padre Nuestro y arrodillada. ¡Este matrimonio es una bendición! Carmen, hija, siempre te dije que estaba engrandecida de tu matrimonio.

CARMELO: Y yo siempre dije que usted sería la más perfecta de las suegras. Estoy a sus órdenes. Siéntase como en su casa.

CARMEN: Gume, un besote, pero que linda estás, y luces de maravillas.

GUME: Gracias. Usted también.

CARMEN: Pero la invitación era también para tu esposo….

GUME: Es que hoy se sentía indispuesto…

CARMELO: (*Aparte. A quien tenga al la-*

do.) Creo que la polilla le cogió la otra pata.

CONCHITA: Pero si Carmen me dijo que usted lleva como seis meses de casada.

GUME: Eso es así.

CONCHITA: Como se dice comúnmente "están recién casados". No sé cómo un hombre tan joven puede sentirse indispuesto, ¿Qué edad tiene tu marido?

GUME: Ochenta solamente.

CARMELO: (*A quien tenga al lado.*) ¡Y ya llenó los papeles en Puerto Rico Memorial!

DORIS: Mamita, acá entre tú y yo. ¿Tú estás totalmente enamorada de ese hombre?

GUME: ¡Completamente! No se si les he dicho que tiene dos apartamentos en el Condado y otro en Isla Verde. ¡Y los pasó a mi nombre! A la verdad que lo amo.

DORIS: Yo también lo amaría. Voy por el almuerzo. (*Sale.*)

CARMEN: Bueno, ya es hora de disfrutar el pavo (*Llamando.*) ¡Paquito… Carmencita ya es hora de almorzar . (*Ambos llegan a la sala y con unas caras…y se sientan.*)

CARMENCITA: Bendición abuela.

CONCHITA: El Señor me los acompañe.

CARMENCITA: Hola Isabelo.

ISABELO: Hola. Un besito.

CARMEN: Doris, por favor, sirve la mesa.

TODOS: Sí.

CONCHITA: Los manteles y cubiertos son una exquisitez.

DORIS: (*Entrando con una hermosa bandeja.*) ¡Aquí está el almuerzo! (*Destapa la bandeja.*)

TODOS: ¡Oh!

CARMEN: ¡Debe estar riquísimo!

ISABELO: ¿Y dónde consiguieron esta maravilla?

CARMEN: En el Restaurante Tradición Francesa. (*Carmencita comienza a marearse.*) Padre amado gracias te damos por este almuerzo de hoy.

TODOS: ¡Amén!

CARMEN: ¿Te pasa algo cariño?

CARMENCITA: No. Nada. (*Vomita.*)

CONCHITA: ¿Qué le pasa a la nena?

ISABELO: Carmencita, ¿qué te pasa?

GUME: Ella no se ve bien.

CARMEN: ¿Y de dónde te vienen esos vómitos?

CARMENCITA: Ahorita te digo… Ya estoy bien, ya estoy bien…

CARMELO: ¿De verdad?

CARMENCITA: Sí papá.

CARMELO: ¡Carmen, pásale una servilleta… ¿Estás segura que estás bien?

CARMENCITA: Sí papá.

CARMELO: Me alegro. Bueno, el mejor de los momentos es poder compartir con la familia y darle gracias al Padre por tanto que nos ha dado.

CARMENCITA: Pues en el nombre del Padre, del Hijo y del Espíritu Santo les tengo que decir algo porque tarde o temprano se enterarán.

CARMELO: Pues adelante, hija mía.

CARMENCITA: Estoy embarazada.

CARMEN: ¿Cómo fue que dijiste?

CARMENCITA: Que tengo dos meses de embarazo.

CARMELO: ¡Te mato aunque seas mi hija!

CARMEN: ¡No te atrevas a darle!

CARMENCITA: No me importa.

CARMEN: ¡Aguanten la cena!

DORIS: Con el permiso, yo me marcho.

CARMEN: Amiga Doris, ya tú eres como parte de la familia. Quédate que hay noticias y no son muy buenas. (*A Carmencita.*) ¿Es cierto que estás embarazada?

CARMENCITA: Sí.

CARMELO: ¿Dónde fue?

CARMENCITA: En mi carro.

GUME: Bueno, por lo menos fue en un BMW.

CARMELO: ¿Cómo y cuándo?

GUME: Pues subiéndose las faldas, ¿"y cuándo"? pues cualquier día de la semana es bueno.

CARMELO: ¿Con quién fue… que con quién fue…

ISABELO: Definitivamente con un hombre.

CARMEN: ¿Cómo se llama la familia y dónde viven?

CARMENCITA: Crest. Creo que en Hato Rey.

ISABELO: Al menos tendrá pasta de dientes para toda la vida.

CARMELO: ¿Y quién es esa familia?

CARMENCITA: Es que esas cosas no se preguntan… No sé, papá…

DORIS: ¿Es una broma verdad?

CARMEN: Con tan solo mirarle la cara de la vergüenza sé que está embarazada.

DORIS: ¡Pero si es casi una niña!

CARMEN: ¡Jamás pude pensar que mi única hija, que sabe cómo la hemos pasado, nos haya echo una jugada tan sucia. ¿Estás segura que el tipo es de Hato Rey?

CARMENCITA: Sí.

CARMELO: Dime, ¿es fácil conseguir a ese tipo?

CARMENCITA: Sí

CARMEN: ¿Y cuántos años tiene?

CARMENCITA: Veinte y cuatro o veinte y cinco. Por ahí, por ahí. Estoy arrepentida, mamá.

CARMEN: El arrepentimiento no baja barrigas. Déjame contarte una cosa que no dura más de un minuto: Por unos seis meses tu santo padre estuvo haciéndome cucamonas en la escuela y diciéndome –hola- y haciéndome guiñaditas y jamás se las contesté para que supiera que no era una mujer fácil y sobre todo decente, aunque me moría por hablarle. Siete meses estuvo rondándome hasta que un día caí y nos casamos al año del noviazgo. Y tú, en cuestión de nada, fuiste a parar no sé a dónde y saliste preñá. Fácil. ¡No sabía que fueses tan fácil!

CARMELO: ¡Mañana mismo me llevas a su casa!

GUME: ¡Yo lo denunciaría en Asume inmediatamente!

ISABELO: Señora, si todavía no ha parido.

GUME: Por lo menos que vaya llenando los papeles.

CARMEN: Te creía única, perfecta e irrepetible. Todas las madres del mundo aspiran lo mejor para sus hijos… y hoy, todos mis sueños e ilusiones los has roto. Ahora vas a aprender lo que es ser madre porque vas a tener un hijo que te ocupará las cuarenta y ocho horas del día y vas a adorarlo como yo lo hice contigo. Sin poder te hemos dado todo lo que has necesitado. Y ahora vienes a decirnos que estás embarazada. Ya no importa. ¡Desde hoy se acabó lo de Carmencita! Serás Carmen, como yo. Y si por un instante piensas que te proponga que te saques ese muchacho te equivocaste

conmigo porque yo no voy a cargar con ese sacrilegio. ¡Vas a parirlo!

ISABELO: ¡Qué bello, le dirán abuela!

CARMEN: ¡Si vuelves a abrir la boca te juro que voy a meterte el pavo por el…

GUME: Por donde quiera le cabe, por donde quiera le cabe…

CARMELO: ¡Mira, desgraciada, quiero conocer a esa familia y es mañana mismo!

CONCHITA: Un momentito un momentito. Qué importa que esté embarazada. Ella viene siendo como… la ciento veinte mil cuatrocientos setenta y cinco joven que comete ese error, y eso es en el área metropolitana solamente. Y como el chisme va a correr como pólvora por todo el barrio, porque en este país se vive del chisme y del embuste, con tan solo decir que se fue a proseguir sus estudios a Nueva York con una beca le tapan la boca a todo el mundo.

CARMELO: Mándala más lejos: a Siberia, en Rusia, para que se congele del frío.

CARMEN: Con el lío que tienen con los Estados Unidos.

GUME: Con un Presidente que no cree ni en su madre, el tal Puta.

ISABELO: Putin nena, Putin.

GUME: Yo creo que debe casarse aquí. Con velo, corona y vestida blanco y eso es pa' ya porque eso crece. ¡Ah, y yo me encargo de las invitaciones.

CARMENCITA: ¡Un momentito, un momentito! ¿Y quién les dijo que yo voy a casarme?

CARMELO: ¡Te arrastro por el piso si no te casas!

CONCHITA: Bueno, según las últimas estadísticas del Departamento de La Familia hay sobre un millón de madres solteras!

CARMEN: ¡Por mi santa madre te aseguro que te vas a casar! Y será de blanco porque no nos va hacer pasar por esa vergüenza!

CARMENCITA: ¡Ya, ya, ya! Me enamoré, simplemente me enamoré y comprendo el error que he cometido. Lo siento por todos. Necesito que me perdones papá. ¡Y tú también mamá! (*Carmelo y Carmen, agraviados, no le con-*

testa.) ¡Se los ruego! ¡Si quieren me arrodillo y les pido perdón!

ISABELO: Yo lo que no entiendo, del tal Crest, es porqué no usó condones si los venden hasta en los garajes. Hay de piña colada, tutti frutti, chocolate de frambuesa, y hasta de Nutella…

CONCHITA: (*Sorprendida*.) Isabelo, ¿dónde aprendiste eso?

ISABELO: ¡Me lo han dicho mamá, me lo han dicho!

GUME: Bueno, pues… yo no me siento bien y lamentablemente me tengo que retirar.

CARMENCITA: Quiero irme al cuarto.

CARMELO: ¡Y de una vez guarda la poca vergüenza debajo de la cama!

CARMENCITA: Siento haberles aguado el almuerzo, pero Gume, tenía que decirlo.

GUME: Te entiendo, claro que te entiendo… Gracias por la confianza y cuenta conmigo. (*Besos*.) Bueno, un abrazo para todos y aprovechando la ocasión, ¿alguien podría decirme qué es un beso negro? (*Doris se le acerca y se lo dice al oído*.)

GUME: (*Saliendo*.) ¡Ahhhh….

CONCHITA: Ven acá Carmencita, para mí siempre serás Carmencita. Has cometido un grave error y tienes que enfrentarte a las consecuencias y no será una tarea fácil ni para ti ni para tus padres que han hecho todos los sacrificios del mundo para que seas la mujer que siempre soñaron. Lo hecho hecho está. No voy a dejarte sola. Cuando quieras me presentas al tal Crest o Colgate, o como se llame. Dame un abrazo. (*Lo hacen*.) Vamos, dales un abrazo y pídeles perdón.

CARMENCITA: ¡Perdóname papá, perdóname mamá!

PAQUITO: Ven, dame un abrazo.

CONCHITA: (*A Carmen y Carmelo*.) Es mi nieta. Una mujer y no es perfecta. ¿Lo comprenden verdad? El Señor me la cuide.

CARMENCITA: (*La abraza*). Gracias abuela.

ISABELO: Cuando quieras me das la primicia y lo pongo en FaceBook.

CARMENCITA: Bendición mamá, bendición papá. (*Se retira*.)

CARMELO: Dios te acompañe.

CARMEN: El Señor te bendiga.

CONCHITA: Bueno, nosotros nos retiramos. Estoy veinte y cuatro siete para lo que sea. Carmelo, sé cuánto quieres a mi nieta y te lo agradezco profundamente. De ahorra en adelante pasaré más a menudo a verlos. Vámonos Isabelo.

ISABELO: ¡Voy a ser tío! ¡Me parece tan y tan fantabuloso!

PAQUITO. Los acompaño, y de una vez confronto una Loto que jugué. (*Salen. Levísima pausa y Carmelo y Carmen se pasean por la sala en profunda reflexión*.)

CARMELO: ¿Y… qué vamos hacer?

CARMEN: Nada. Nadie puede detener la vida y hay que dejarla que corra.

CARMELO: Carmen, ¿cómo nos llamaban los vecinos antes?

CARMEN: Carmelo y Carmen.

CARMELO: Ahora, en esta nueva casa nos llaman doña Carmen y don Carmelo. ¿Sabes porqué?

CARMEN: No.

CARMELO: Porque todos saben que estamos llenos dinero.

CARMEN: ¿Recuerdas cuando vivíamos en la Calle Santa Cecilia en Santurce?

CARMELO: No teníamos nada pero nos amábamos infinitamente.

CARMEN: Sí. Hablábamos de todo y entre los dos siempre llegábamos a un acuerdo.

CARMELO: Y la gente era indiferente con nosotros…

CARMEN: …porque no tenían nada que sacarnos. El teléfono apenas sonaba.

CARMEN: Ahora no deja de timbrar. Yo sé que el dinero se necesita para todo pero jamás pensé que desuniera tanto. Carmelo, la familia está al borde de desintegrarse.

CARMELO: Por el poder. Pero el dinero es importante, tanto, que con él podrían hasta comprarse hasta las amistades. No tienes que pararte en una parada de guagua y achicharrarte por el sol. Ahora solamente entras al carro y ya. Si estás enfermo te vas a la mejor de las clínicas y alquilas una habitación privada con los mejores médicos para que intenten darte más años de vida y te llena de comodidades.

CARMEN: Cierto. El dinero también compra el tiempo y la vida, es lo más que debemos valorizar, aferrarnos a ella y amarla. Carmelo, yo pienso que estamos embriagados de poder. Lo que debemos hacer es darle gracias a Dios y buscarle un nuevo rumbo y un nuevo sentido.

CARMELO: Sí, sí. El dinero es el veneno más grande que el hombre haya podido inventar. (*Le toma las manos.*) Cariño mío, esta familia no se va a desintegrar porque, mientras nosotros nos queramos y continuemos con nuestros principios, eso no pasará. Quiero que mañana Carmencita, Paquito, tú y yo nos sentemos y, cómo te digo, tengamos como una reunión, diciéndonos verdades, que tenemos que reinventarnos como familia. Mirarlos a los ojos y explicarles cuánto los queremos y que siempre estaremos juntos, y que nada ni nadie podrá separarnos.

CARMEN: ¡Eso estaría perfecto!

CARMELO: ¿Recuerdas que a veces casi comíamos del mismo plato para estar más juntitos?

CARMEN: Sí. Y también recuerdo que eras talla treinta y seis de cintura. Ahora, mi amor, con toda esa manteca que tienes en la barriga podemos hacer pasteles por los próximos cinco años.

CARMELO: Y yo, como te quería tanto me acostumbré a chocar con tus huesos.

CARMEN: (*Cariñosa.*) Pero nunca te obligué a nada. Y no son huesos mi amor. Simplemente soy una mujer estilizada.

CARMELO: Carmen…

CARMEN: Dime…

CARMELO: Esta casa nos a traído muchos problemas…

CARMEN: No es la casa es el riqueza que tenemos. (*Suena el teléfono.*)

CARMELO: Déjalo sonar. Debe ser algún primo, tío, amigo buscando plata. Este… tengo algo aquí que no me sale del pensamiento.

CARMEN: ¡Pregúntamelo a ver si es lo mismo que estoy pensando!

CARMELO: ¿Te gustaría vender todo esto y volver a la Calle Santa Cecilia?

CARMEN: ¡Lo mismo pensaba yo! Por supuesto que sí.

CARMELO: La casa está saldada. Un poco más y don dinero nos descompone.

CARMEN: Vivíamos escasos de muchas cosas. Pero ese tiempo nunca desunió a nuestra familia.

CARMELO: El tiempo siempre estará ahí. Los tiempos no se olvidan aunque hayan sido buenos o malos y luego, solamente quedaremos en una foto dentro de un marco para que nuestros hijos y nietos nos recuerden. (*Diminuta pausa.*) ¿Qué te parecería guardar un poco de ese premio y el resto donarlo a alguna institución de niños enfermos… como de cáncer?

CARMEN: A donde vaya el marido allí también debe estar su mujer. Las maletas están en el último cuarto de la casa. (*Leve pausa.*) ¿Quieres volver a ser novio mío?

CARMELO: Tendré que pensarlo. Ya. ¡Sí! (*Se besan. Sonríen.*) Sabes, tú eres una gran mujer aunque seas flaca.

CARMEN: ¡Y tú un marido excelente aunque estés barrigón!

CARMELO: ¡Sabrosón es lo que estoy!

PAQUITO: (*Se abre la puerta de un sopetón y Paquito llega corriendo y fatigado.*) ¡Mamá, mamá, papá, papá…

CARMELO y CARMEN: ¿Qué pasa… qué es…

PAQUITO: (*Mostrando un billete de la Loto.*) ¡Mamá, papá: ¡Me llevé la Loto!

CARMELO y CARMEN: ¡Ay no! (*Y caen redonditos al suelo.*)

Violento cae el **Telón**.

4 de octubre 2014 3:37 PM

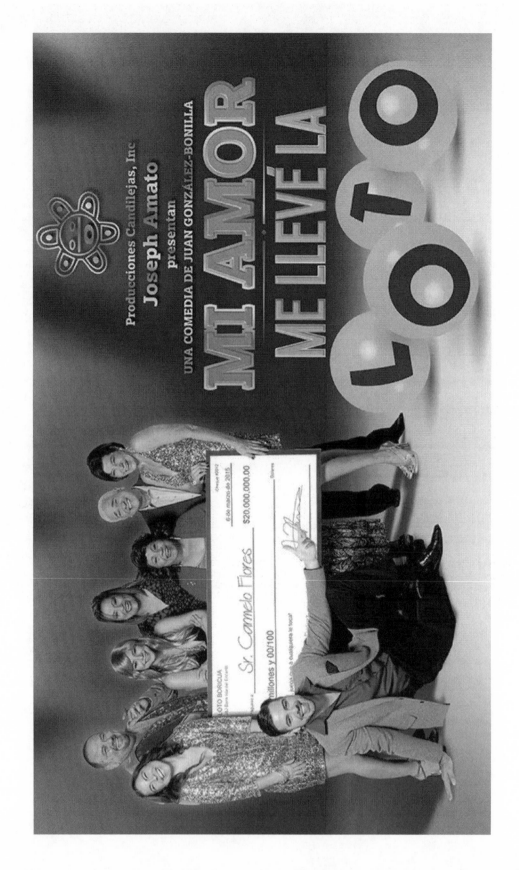

Elenco: Eddie Noel, Wanda Saiz, Linnette Torres, Maribel Quiñones, Noelia Crespo, Albert Rodríguez y Marian Pabón.

RETRATO

por dentro

Gonzalez y Amato
Creadores de teatro

8 de julio de 1990. Portada *El Nuevo Día*, celebrando 20 años de Producciones Candilejas, Inc.

retrato

Los que encienden sus propias candilejas

Por ILEANA CIDONCHA
Redactora de Por Dentro

"¿TU ERES el Juan de la carta?," preguntó allá por la década del '70 el doctor Almodóvar, entonces presidente de la Universidad de Puerto Rico, a Juan González al entregarle un premio por la obra *La plena murió en Maraquez* con la que Juan había competido en un concurso de dramaturgia organizado por el Instituto de Cultura Puertorriqueña y los recintos de Río Piedras y Humacao de la UPR. "Sí, soy ése Juan," contestó con su usual grandilocuencia, seguridad y gracia.

La carta de marras no era otra que una que Juan le había dirigido a Almodóvar explicándole sus circunstancias y pidiéndole entrada a la Universidad– "a la de La Torre", donde él siempre había querido estudiar sin lograrlo a pesar de que desde 1956 había sido parte integral –y estelar– de la Comedietta Universitaria, del Teatro Rodante de la Universidad de Puerto Rico y de su Departamento de Drama, amén de sus trabajos como actor invitado en el Teatro Escolar, que dirigía en ese entonces Poldín Santiago Lavandero. Cuando Juan se graduó de escuela superior del Ramírez Business College, debido a su total entrega al teatro y a su novia Ruth, no tenía el promedio de admisión a la UPR, más no cejó en su empeño de ser estudiante oficial de nuestro primer centro docente, aunque había sido durante luengos años "oyente" de Drama. (Le faltaron, finalmente 40 créditos para graduarse con promedio de 3.40, pues al fallecer su padre, Luis González Pagán, hace diez años, se hizo cargo de su mamá, doña Arcadia Bonilla y tenía demasiado trabajo para dedicarse a los estudios.)

EN 1956 un amigo de Juan del, que hoy él sólo recuerda que era un muchacho evangélico de nombre Pepito, lo llevó a la Comedietta Universitaria –fundada y dirigida por Victoria Espinosa– que hacía teatro con jóvenes de escuela intermedia y superior. "Llegué a aquel mismo teatro, donde de pequeñito me habían llevado con mi gabancito color crema a ver una obra, y, cuando me vi en el escenario por primera vez, supe que ése era mi camino, mi vocación, mi amor... y para siempre." Su primera actuación fue en *Títeres de Cachiporra* de García Lorca y, desde un principio, tuvo que leer como cualquier estudiante universitario: Lope de Vega, Hoffman, Chejov... de suerte que un día una maestra de intermedia –República de Colombia– no supo pronunciar bien el nombre del autor de *Crimen y castigo* y Juan sí: "Dostoyevsky". Molestita la maestra preguntó: "Muchachito, ¿dónde aprendiste eso?" Con gran aplomo –y sin duda con algo de altanería– el Juan contestó que en la Universidad.

Pero otro amor le saldría al paso a Juan –una jovencita a quien, al verla por primera vez, cerca de su casa en la Calle Benítez Castaño en Santurce, le dijo: "Niña, ¡qué linda eres! ¿quieres ser mi novia? ¿Te llevo los libros?" Durante siete años le cargó los libros. La niña de sus ojos. La única. De suerte, que entre ella y el teatro, Juan no tuvo una verdadera adolescencia. Mientras otros jugaban baloncesto, Juan leía *The Tempest* de Shakespeare– en su lengua original... Tal vez ésa sea la clave del espíritu joven de Juan, de su eterna jovialidad, de su amor a la belleza, de su gusto por verse bien. De manera que el exterior refleje su interior, cliente agradecidísimo y agraciado del doctor Planell. ¡Las arrugas al bisturí! ¡Los chichos al gimnasio! ¡Los biceps a las pesas! El resultado: un Juan sin edad ni tiempo. Con la fortaleza del león, la astucia de la zorra y la simpatía de la ardilla, Juan González es hoy, junto a su socio, su amigo y su hermano, Joseph Amato, uno de los productores de teatro más renombrados –y prósperos– del País.

CANDILEJAS, SU compañía, cumplirá 20 años cuando suba el telón en el Teatro Tapia en septiembre con su próxima producción, *Baño de damas*, del dramaturgo venezolano Rodolfo Santana. Esta comedia que trata de lo que las damas hablan en los baños,-cuenta con la participación de trece actrices. Nada nuevo para Candilejas –que significa fila de luces en la boca del proscenio– es famosa por sus obras de "mujeres". Esa noche denominada ¡La Noche de las Cien Estrellas!, será un homenaje a los

Fotos/PABLO CAMBO

Juan y Joe frente al Teatro Tapia, hogar de la mayoría de sus obras.

191 teatristas que han trabajado con ellos y a la prensa. En 20 años, 50 producciones, que han variado entre las originales de González –como *Siete paredes negras* y *Flor de presidio* y los clásicos *Títeres de Cachipora, La casa de Bernarda Alba, Antígona, Bodas de sangre* y *Marianela*. Entre obras contemporáneas como *El hombre elefante, La jaula de las locas* y *Hablemos a calzón quitao* y las de la dramaturgia nacional como *La carreta, Soles truncos, Tiempo muerto* y *La descomposición de César Sánchez*. Igualmente significativo ha sido su quehacer en el género de teatro infantil. Inolvidables sus tres "Pinochos", que se coronaron con *Pinocho y el Circo de la alegría*, que recibió en 1989 del Círculo de Críticos de Teatro el doble premio de mejor producción y mejor obra infantil.

No olvidemos que Candilejas, como el Dios Jano que protegía las puertas de la ciudad de Roma, tiene dos lados a su faz; que Candilejas, como las máscaras del teatro que prefigura, son dos; que Candilejas es Juan González y Joseph Amato. Juan y Joe. Joe fue el socio a la par de Juan desde que presentaron su primera producción en el Ateneo Puertorriqueño en 1970 –un recital de poesía puertorriqueña de Juan que llamaron "De cara al amor, la patria y la

muerte". Dos dólares costaba la entrada y, desde ese momento, Joe, quien entonces cursaba el tercer año de Comercio en la UPR, comenzó la tarea de administrar Candilejas. Con su característico estilo pausado, casi tímido, el hijo del italiano Moris Amato y la utuadeña Gloria Villanueva, a emergido de su efervescente carrera de banquero hasta convertirse no sólo en un productor de teatro sino en un creador, un teatrista de ley, sabio duende entre las bambalinas, las diablas, los focos, los bastidores y, más aún, entre las casi desaparecidas *candilejas*.

JOE NACIO en Nueva York, pero siendo aún un chicuelo, al separarse sus padres viajó junto a su madre a su Utuado natal, donde vivió y estudió, en el Colegio San Miguel, hasta graduarse de secundaria. De Utuado a Barcelona, a estudiar medicina, mas al año regresó pues ésa no era su vocación. Un segundo intento en la Esuela de Arquitectura de la UPR tampoco colmó sus aspiraciones. Dos años que no perdió, pues entra a la Facultad de Comercio y se gradúa en dos más. Veinte tenía. "Luz María Rondón me consiguió trabajo de cajero en un banco de San Juan, en el que rápidamente me dí cuenta de dos cosas: primero que tenía que aprender banca de verdad y, segundo, que mi

González y Amato
Creadores de teatro

Ivette Rodríguez y Gladys Rodríguez junto a Joe Amato durante la sesión de fotografías para la nueva producción de Candilejas.

silla no era detrás del mostrador sino más allá, en la plataforma." Se matriculó de noche en el Instituto Americano de la Banca. A los dos años se fue un analista financiero del banco; Joe solicitó la plaza; se la dieron; a los tres meses pidió "firma autorizada" y, de nuevo lo ascendieron. "Como era tan joven," dice el guapísimo Amato, flor del enclave mediterráneo caribeño, "no temía a que me dijeran que no y, desde ese entonces, mi vida siempre ha sido moverme." Antes de que transcurrieran tres meses más surgió una plaza de subgerente en otra filial del mismo banco y, al cumplir los 23, regresó de gerente a la sucursal donde comenzó.

Amato es equivalente de éxito. En el ochenta decidió buscar nuevos horizontes. Con un traje y unos zapatos en una sola maleta se fue para Los Angeles sin despedirse de nadie. En lo que estornuda un ángel, Joe, era el vicepresidente del tercer banco de California a cargo de las sucursales. Y, en el interín, Candilejas siguió su trayectoria de producciones- seis obras entre las que se destacó *El primer encuentro de actrices puertorriqueñas* con Norma Candal, Iris Martínez, Angela Meyer, Johana Rosaly y Esther Sandoval –y cientos de dólares en llamadas entre San Juan y la ciudad del séptimo arte.

"UN BUEN DIA me confronté con el pesar de la frialdad de los Estados Unidos. ¿De qué vale el dinero y la seguridad económica si sólo eres un número más? Regresé a Puerto Rico para negociar con Joe Lacomba la producción de *La carreta* y *Los soles truncos.* Me olvidé del sueldo seguro y, desde entonces, no nos hemos detenido." La disciplina, la organización y la planificación –ya Joe está en el 91 y en el 92– mientras, "la próxima producción ya está planchada", dice Juan al mostrar su agenda de trabajo. Detalle por detalle, día por día. Todo escrito. Y ésta es sólo la parte externa del gran libreto de producción en el que hay 92 puntos a seguir.

Juan y Joe. Candilejas. Estudian el mercado del teatro, ya que éste es un negocio, y como tal, promueven su producto, que siempre ha de ser de primera calidad. ¿Qué produces? ¿Para quién? ¿Cómo llevarlos al teatro? ¿Con quién gente para que los traten igual. Su regla de oro: tratar bien a su Juan: "Nosotros no somos gente que compramos nombres sino que trabajamos en equipo con seres humanos." Cuando el núcleo del equipo es de primera." Y los refuerzos responden con altura al Minaya de Rodrigo, al Oliveros de Roldán, al Sancho de Don Quijote, al Patrocio de Aquileo. Realismo e idelismo. Creador y hacedor. Mas hoy, ¿cuál es Juan?, ¿cuál es Joe? ¿Importa?

Libamos por los próximos veinte años de Candilejas.

8 de julio de 1990

¡Primer congreso de esposas felices!

(**Primer Congreso de Esposas Felices** *fue estrenada en el Centro de Bellas Artes Luis A. Ferré, San Juan, Puerto Rico, desde el viernes 18 de abril de 2008, en Bellas Artes de Aguada el sábado 3 de mayo y el Teatro Taboas, Manatí, el sábado 17 de mayo por la compañía teatral Producciones Candilejas en una producción de Joseph Amato. Fue representada con el siguiente reparto y ficha técnica.*)

ELVIRA: Maricarmen Avilés
MARÍA: Marian Pabón   **Asistente del Director: Cynthia Cofino**
ESMERALDA: Sully Díaz   **Regidora de escena: Sylvia Cofino**
MARA: Linnette Torres   **Diseño de Luces: Ligia Rolón**
EVA: Sara Jarque   **Concepto de la escenografía: Albert Rodríguez**
LEONORA: Deddie Romero   **Realización del decorado: José Manuel Díaz**
SEBASTIAN: Enrique Fossé   **Vestuario: Producciones Candilejas, Inc.**
ALFREDO: Red Shadow   **Peinados y maquillaje: Ivette Colón Ayala**
ROBERTO: Raúl Rosado   **Asistente: Guillermo Alexandrino**
    Locución comerciales radio y televisión: Linnette Torres

Dirección Artística: Albert Rodríguez

Producción General: Joseph Amato

Lugar de acción: En un salón de convenciones. En la intimidad del hogar de varios personajes, en una barra.

Escenografía. *(Cámara negra. En el mismo centro del escenario cuelga un letrero que lee: Primer Congreso de Esposas Felices. En el centro de escena hay tres podios con sus respectivos micrófonos y colocados en semicírculo. En el momento dado tendremos seis pedestales. Cuando llegue el momento los seis podios formarán una media luna dándonos un área donde se desarrollarán varias escenas. Es de noche. Por el fondo, centro de la escena, radiantes y felices aparecen Elvira, María y Esmeralda.)*

ELVIRA: ¡Amigas, muy buenas noches para todas! ¡Bienvenidas al Primer Congreso de Esposas Felices!

MARÍA: ¡Buenas noches... buenas noches...

ESMERALDA: ¡Buenas noches...

MARÍA: ¡Pero qué muchas somos! Felicidades, y a los esposos que acompañan a sus respectivas esposas.

ESMERALDA: ¡Gracias, gracias por llegarse hasta aquí! Esto es una reafirmación de que sí! ¡Que somos esposas felices! ¡Bravo!

ELVIRA: Bueno, amigas y amigos... ha sido un día maravilloso porque hemos compartido con cientos de parejas que reafirman las palabras de Esmeralda.

MARIA: Sin más preámbulos queremos presentarnos. ¡Mi nombre es María Andrades y soy una esposa feliz! Soy publicista, aunque de momento estoy retirada. ¡Llevo diez años de casada y tengo una hermosa hija!

ELVIRA: ¡Yo soy Elvira Figueroa y también soy una esposa feliz! Estudié ciencias secretariales en la UPR, pero una vez me casé, me alejé de la profesión y me dediqué de lleno a la tarea de ama de casa, pues inmediatamente quedé embarazada. ¡Mi matrimonio es de doce años y ha procreado tres hijos maravillosos!

ESMERALDA: ¡Yo soy la señora Esmeralda Aristegui y por supuesto, soy una esposa feliz! ¡Soy dueña de mi propia empresa y mi marido, con quien estoy casada hace nueve años, es Corredor de Seguros y es mi mayor premio!

MARÍA: ¡El mío también!

ELVIRA: ¡Igualmente! Y hablando de ellos, pues, los conocerán dentro de un ratito, ya que se nos unirán aquí en el escenario.

ESMERALDA: ¡Como buenos anfitriones están verificando el más mínimo detalle para el baile de cierre!

MARÍA: Ustedes se preguntarán cómo surgió la idea de hacer este Congreso. Bueno, pues Elvira, Esmeralda y esta servidora fuimos intimas amigas en la escuela superior y luego de graduarnos, como nos pasa a todos, perdimos contacto.

ESMERALDA: ¡Pero un buen día las tres coincidimos en un centro comercial...

MARÍA: ¡Y ya se imaginan cómo fue ese encuentro!

ELVIRA: ¡Besos, abrazos, recuerdos y la pregunta que no podía faltar! ¿Casadas?

ELVIRA, MARÍA, ESMERALDA: ¡Sí!

ELVIRA: ¿Y saben qué? Después de dos horas de cháchara coincidimos que éramos felices con nuestras parejas. Entonces propuse que por qué no hacíamos una reunión entre matrimonios para reafirmar los valores y compartir todas esas experiencias que el casamiento nos a regalado.

ESMERALDA: Yo fui la primera en plantear que tenía que ser algo grande. Que tenía que ser un Congreso donde se estimularan a las parejas a seguir la batalla diaria que significa lograr la estabilidad matrimonial.

MARÍA: ¡Y luego de varios meses de preparativos... ¡Aquí estamos, en el Primer Congreso de Esposas Felices!

ESMERALDA: ¡Un momentito, un momentito! ¡No podemos dejar afuera a los esposos!

ELVIRA: ¡Por supuesto! Estoy segura que vinieron voluntariamente. ¿Verdad?

ESMERALDA: ¡Un aplauso para los maridos!

MARÍA: ¡Ellos son parte importantísima de nuestro Congreso!

ESMERALDA: Porque de eso se trata. De la unión de un hombre y una mujer, que son los arquitectos del matrimonio, el cual es un contrato de fe para toda la vida.

ELVIRA: ¡Risas, llanto, peleítas, peleotas... ¡Pero al final triunfa la razón y la estabilidad de la pareja!

ESMERALDA: Bueno, bueno. Comencemos que nos atrasamos en la agenda.

ELVIRA: ¡Uh, estoy un poco nerviosa...

MARÍA: ¡Y yo también!

ELVIRA: ¡Quiero aclarar que yo no soy oradora ni nada por el estilo...

ESMERALDA: ...pero tuvimos nuestros ensayitos saben...

ELVIRA: ...y no es fácil enfrentarse a una concurrencia tan grande...

MARÍA: (*A Elvira.*) Imagínate que estás en la sala de tu casa charlando con amistades.

ESMERALDA: ¡Usted comience y verá qué fácil nos vamos a desenvolver!

MARÍA: ¡No te preocupes, dale, dale!

ELVIRA: Bueno, pues, ya ustedes recibieron una orientación de expertos en la materia y han recibido varios panfletos relacionados con la familia. Lo que diremos a continuación es una recopilación de nuestras experiencias y las razones por las cuales nos consideramos felices.

MARÍA: Me preocupa que, en estos tiempos, la institución del matrimonio se halla amenazada. Como que van apareciendo unas nuevas reglas. Vivimos un tiempo de gratificación instantánea. Todo aquello que nos es muy complicado pues sencillamente lo descartamos. Estoy segura que hemos escuchado este comentario: –*si me va mal pues me divorcio*-. No podemos casarnos con eso en mente. Otras parejas prefieren la convivencia porque creen que no vale la pena casarse. Si no recapacitamos y hacemos algo positivo por cambiar esa imagen, la institución del matrimonio, como la hemos conocido, va a desaparecer. En la boletería se han recibidlo varias llamadas de personas que han considerado el nombre de nuestro congreso como algo... irónico, como una falacia. Pues miren, se puede estar bastante cerca de la felicidad siempre y cuando la pareja una esfuerzos y la palabra clave es, eso mismo; comunicación. ¡Es imprescindible! Para que el matrimonio pueda echar hacia delante necesita metas, respeto a la individualidad, valorización y resaltar las cosas buenas de su pareja.

ELVIRA: Estoy muy de acuerdo contigo. La comunicación es la raíz del éxito matrimonial y si la logramos, conseguiremos una institución fuertísima y perdurable. Pero la falta de ella es la roca donde el barco puede estrellarse. Algo vital. Las parejas no deben tener ningún miedo en hablar.

ESMERALDA: ¿Pero, saben qué? ¡Hay que buscar el momento justo para hacerlo! Si un matrimonio tiene comprensión y confianza logran la comunicación constructiva. ¿Y cómo se logra esto? (*Recalcando.*) Cuando los cónyuges consideran que su unión es para toda la vida y cuando sentimos el compromiso sincero para que el matrimonio funcione.

MARÍA: Para que esa transmisión de ideas y para que esa conversación sea constructiva el intercambio de opiniones tiene que ser edificante, reconfortante, de alabanzas y palabras consoladoras.

ESMERALDA: Yo entiendo que esto del matrimonio no es una tarea fácil. Que, aparte del amor que podamos tenerle a nuestros maridos, siempre tendremos diferencias con ellos. ¡Es natural! ¡Los hombres tienen su cabeza y nosotras las nuestras! Pero la clave, la diferencia, está en cómo se trabaje esa relación.

MARÍA: Un comentario muy importante, bueno, todos lo son, un matrimonio tiene que entender que, para perdurar se requiere, no solamente ese sentimiento que llamamos amor, sino sacrificios también.

ELVIRA: Correcto.

MARÍA: Desde mi punto de vista el matrimonio suple correspondencia. Como por ejemplo, en una enfermedad inesperada necesitamos en conforte de quien amamos. Jamás imaginé cuánto iba a necesitar la de mi esposo!

ESMERALDA: El matrimonio fue creado por Dios! ¿Olvidaron que desde el principio Él se percató que no era bueno que el hombre estuviese solo?

ELVIRA: ¡Por eso nos creó a nosotras, para hacerles compañía!

MARÍA: "*-por lo tanto, dejará el hombre a su madre y padre y se unirá a su mujer y serán una sola carne-*".

ELVIRA: Hablemos de la noche de boda…

MARÍA: Pues déle.

ESMERALDA: ¡Yo estaba majestuosa!

ELVIRA: ¡Cuándo comencé a caminar por la nave central, me dio un tembleque…

MARÍA: ¡Yo tenía el corazón en la boca!

ESMERALDA: ¡Yo caminé como una reina por aquel pasillo!

ELVIRA: ¡Besos, abrazos, risas, fotos, el lloriqueo de Mami y Papi, la limosina que alquilamos… Bueno, de película!

MARÍA: ¡Se te olvidó el arroz!

ELVIRA: ¡Niña! ¡Sacos de arroz! ¡Es la

noche en que la imagen del cuento de hadas se hace realidad!

MARÍA: ¡Yo bailé como trompo en la recepción! ¿Y saben una cosa? ¡Me di unos palitos de más! ¡Y me cuentan que tenía una pavera...

ESMERALDA: El vals que Sebastián y yo seleccionamos fue "Love Story". ¡Y bailamos toda la noche!

ELVIRA: (*Maliciosa.*) ¿Toda?

ESMERALDA: Bueno... casi toda porque no fue hasta las tres de la mañana que nos escapamos para el Hilton. ¡Y dos días después a disfrutar de uno de los regalos de papá, un viaje a Venecia! (*A Elvira.*) Amiga, ¿y hacia dónde ustedes se desaparecieron?

ELVIRA: ¡A un parador por Rincón porque nos habíamos gastado casi todo en la boda y estábamos pelaos! ¡Cinco días comiendo mofongo con camarones!

MARÍA: ¡Nosotros tomamos un crucero por Islas Vírgenes y creo que todavía me duran lo mareos...

ELVIRA: ¿Mareos? ¡Mm, ¿no sería que ya habías practicado para la luna de miel...

MARÍA: ¡Mira, yo no me hubiese atrevido!

ESMERALDA: Es que, cuando nosotras nos casamos, todavía la virginidad estaba de moda.

ELVIRA: ¡No exageres Esmeralda, no exageres!

ESMERALDA: Para mí, era vital llegar virgen al matrimonio. Una pareja que ha logrado la abstinencia es una excelente prueba de control que establece una base para los compromisos que se avecinan, y los problemas también.

MARÍA: ¡Amigos, tenemos que entender que somos desiguales, que cada uno necesita su espacio y su tiempo, y que hay días que, mire, a uno no le huelen ni las azucenas!

ELVIRA: ¡Dímelo a mí que tengo tres

muchachos! Los hijos son una bendición amigas, pero qué trabajo y sacrificios conllevan... Y son bendiciones de la edificación del matrimonio. Y esos hijos, que fueron creados con amor también son seres diferentes, con otras personalidades e intereses opuestos a los nuestros. ¡A veces me vuelven loca pero los adoro!

ESMERALDA: Yo, sinceramente te digo que el rol de la esposa es una de las responsabilidades más arduas que pueda tener ser alguno.

MARÍA: Pero si cimentamos nuestros matrimonios sobre el amor esas obligaciones se hacen llevaderas.
¡Vale la pena casarse!

ELVIRA: ¡Eso es así! Porque ese sentimiento sobrelleva cualquier dificultad.

ESMERALDA: ¡Completamente de acuerdo!

ELVIRA: ¡Es que el amor es la base del matrimonio, porque casarse es darse! ¡Eso tiene que estar bien clarito! Y si matizamos esta relación con respeto mutuo, con confianza y el dialogo, ese matrimonio va hacia delante y no hay nada que lo haga tambalease. Así que, las que están aquí, que todavía no han dado el paso hacia el matrimonio, escuchen esta primera orejita. Es imprescindible que el respeto mutuo comience en el noviazgo.

ESMERALDA: Creo que se te ha olvidado algo muy importante...

ELVIRA:¡Ah, sí, sí! Importante, importante. Luego de esta charla pasaremos al salón de al lado para darnos unos traguitos y mover el esqueleto con nuestros maridos... (*Mara, que está sentada en la audiencia, se levanta e inicia la salida del lugar.*)

MARÍA: (*Llamándola.*) Amiga, amiga...Todavía no vamos al cóctel. Estamos comenzando y, créame, cada palabra que digamos es de vital importancia.

MARA: Es que prefiero escuchar desde la

parte trasera del salón.

MARÍA: ¿Qué le ha parecido nuestro congreso?

MARA: Tengo que marcharme...

ELVIRA: ¿Se siente mal?

MARA: Estoy bien, estoy bien. Pero debo irme...

ESMERALDA: Pero ya que está de pie, amiga, cuéntenos. ¿Es una es-posa feliz?

ELVIRA: Háblenos de su matrimonio, comparta con nosotras su éxito.

MARA: Prefiero irme, buenas noches.

ESMERALDA: ¿Tiene alguna pregunta o preocupación de lo dicho hasta ahora?

MARA: No, no. Ninguna pregunta.

ELVIRA: Estoy segura de que es una esposa feliz. Se le puede observar en el rostro. ¿Y su esposo la acompaña?

MARA: (*Para ella.*) ¡Cristo, ampárame! (*Mutis.*)

ESMERALDA: De veras, nos gustaría escuchar su opinión.

ELVIRA: Díganos al menos cómo le ha parecido el evento...

MARA: ¿De verdad?

MARIA: ¡Nos encantaría!

MARA: Con todo el respeto que ustedes se merecen… casi todo lo que han dicho hasta ahora es pura baba.

ELVIRA: ¿Cómo?

MARA: Es que las cosas no son así de sencillas como ustedes las están presentando y no todas las mujeres tienen la suerte de tener un marido ideal como, aparentemente, ustedes han encontrado. Sus comentarios me parecen tan irreales... y mi estilo de vida es otro.

ELVIRA: ¿Podríamos saberlo?

MARA: Es un poco complicado, y no es el lugar adecuado. Buenas noches.

ELVIRA: ¡Pero dígalo! ¿Les parece?

MARIA-ESMERALDA: ¡Pues claro!

ELVIRA: Estoy segura que puede aportar al tema de la felicidad matrimonial.

MARA: He tenido relaciones con un hombre casado.

ELVIRA: ¿Cómo dijo?

ESMERALDA: ¿Usted nos está diciendo que ha tenido amoríos con un hombre casado?

MARA: ¿Qué fue, que no me entendieron? Pero no vine hasta aquí para crear ninguna controversia.

ELVIRA: ¡Pues nos ha dejado pasmadas!

MARIA: ¿Y lo dice así tan tranquila y atrevidamente delante de nuestra audiencia?

MARA: Mis razones he tenido. Vine a escuchar lo que tenían que exponer y, por lo percibido, ustedes andan por las nubes.

ELVIRA: ¿Usted cree?

MARA: Se están mintiendo. Tanta dulzura, felicidad, uf, empalaga. Así que, con su permiso, me marcho.

ELVIRA: Sí, es mejor que se marche.

MARA: Buenas noches...

EVA: (*Entre la audiencia. A Mara.*) Señora, por favor, espéreme, la acompaño...

ELVIRA: (*A Eva.*) Amiga, por favor, no se retire. Sólo ha sido un pequeño estorbo...

EVA: Es que yo estoy de acuerdo con la señora.

ELVIRA: ¿Cómo que está de acuerdo?

EVA: En que la felicidad puede llegarnos de distintas maneras.

ELVIRA: ¡Explíquese, por favor!

EVA: También soy pareja de hombre casado.

ELVIRA: ¡Están fuera de lugar!

LEONORA: (*Poniéndose de pie.*) Yo me uno a las señoras. ¡Amigas, espérenme!

ELVIRA: ¡Este congreso es de esposas felices, no de mujeres fáciles!

LEONORA: Como soy una dama voy a ignorar el insulto. Casi les puedo asegurar que las señoras son tan felices como ustedes.

ELVIRA: ¿De veras?

LEONORA: A nuestra manera lo somos.

ELVIRA: ¡Por favor! ¡Es imposible ser feliz con un hombre casado!

MARA: Está equivocadísima.

ESMERALDA: Pues ya que han interrumpido nuestra agenda, y con el permiso del público, se me ocurre lo siguiente. Vamos hacer este momento más interesante. Les propongo un intercambio de opiniones entre

ustedes, las amantes y nosotras, las esposas.

MARIA: ¿Cómo vas a pretender que ésas mujeres suban al escenario?

ESMERALDA: ¿Y porqué no? Tranquila, tranquila. ¡Nosotras somos las esposas! ¡Las que, legalmente, tienen todos los derechos!

EVA: ¡Eso es bien debatible! Amigas, sobre la mesa hay una propuesta. ¿Aceptan el reto?

LEONORA: (*A Mara.*) ¿Qué dices?

MARA: Quiero dejar claro que mi asistencia al congreso no fue para crear polémica.

ESMERALDA: (*Retánte.*) ¿Miedo?

MARA: Ninguno. (*Definitiva.*) ¡Vamos pal' debate!

ELVIRA: ¡Pues adelante, pero les advierto que van a quedar mal paradas.

EVA: Eso está por verse.

ESMERALDA: Pueden subir al escenario.

EVA: ¡Vamos!

ESMERALDA: (*Llamando.*) ¡Tres atriles por favor! Nosotras ya nos hemos presentado. Por favor, háganlo ustedes.

EVA: Mi nombre es Eva Bermúdez. Soy madre de una hija y trabajo para el Estado.

MARA: Mara Rosado. Trabajo para una corporación privada y tengo dos hijos.

LEONORA: Leonora Fonseca. Dueña de una *boutique*. No tengo hijos.

ESMERALDA: Vamos al grano. ¡Nosotras estamos reconocidas por la sociedad como las compañeras legales de nuestros hombres!

LEONORA: ¿Y?

ELVIRA: ¡Ustedes son adúlteras!

LEONORA: Lo aceptamos.

MARIA: ¡Y aparentemente no tienen vergüenza!

MARA: ¡Es que no tenemos nada de qué avergonzarnos!

MARIA: ¿No?

MARA: Es que ustedes son perfectas y nosotras no.

MARIA: ¡Esos hombres no le pertenecen y se confabulan en una traición!

MARA: Depende, depende con el cristal con que se mire.

ESMERALDA: ¡Hay una sola manera de mirarlo! ¡Ustedes arruinan el corazón de otra mujer, corroen los cimientos de un hogar hiriendo mortalmente a los hijos!

EVA: ¡Con calma, calma... No nos juzgue tan volátilmente! Estoy segura que ninguna de nosotras es tan perversa como para decir que va a destruir a una mujer o deshacer un hogar a propósito. Lo que pasa es que hay que saber en cuál terreno se conoció al hombre.

LEONORA: En muchísimos casos uno se entera que es casado cuando las cosas ya están a punto de caramelo o cuando ya se han comido el postre. ¿Me entendieron o soy más explicita?

MARA: En mi caso nunca existió esa atracción porque éramos amigos. Fueron ciertas circunstancias, muy lamentables, las que propiciaron nuestra relación.

MARIA: ¿Y sabía que era casado?

MARA: Sí. Lo sabía.

ELVIRA: ¿Y sabía de las consecuencias de esa relación?

MARA: También las sabía.

ESMERALDA: ¡Es que yo no entiendo cómo una mujer, a sabiendas, se entremete e intenta hacer pedazos un matrimonio!

EVA: ¿Y nunca se ha preguntado si el matrimonio del susodicho estaba tambaleándose cuando apareció la otra?

ESMERALDA: Explíquese.

EVA: ¡Que son muchas las mujeres que tiran al marido a la calle!

ESMERALDA: Una esposa siempre tiene control de su hogar. (*Baja la luz y se ilumina el redondel. Ahora estamos en la casa de Esmeralda y Sebastián. Esmeralda, con cartera en mano, cruza la sala ignorándolo.*)

SEBASTIAN: ¿Vas a salir?

ESMERALDA: Así es.

SEBASTIAN: ¿Y para dónde vas, digo, si se puede saber?

ESMERALDA: Voy al *beauty* a hacerme las uñas y el pelo.

SEBASTIAN: ¿Otra vez?

ESMERALDA: ¿Cuál es el problema? Lo pago con mi dinero. ¡Ah, y cuando regrese, tenemos que hablar!

SEBASTIAN: ¿Sobre?

ESMERALDA: Sobre lo mismo de siempre, Sebastián, sobre lo mismo de siempre. Tu ascenso en el trabajo.

SEBASTIAN: No me han dicho nada todavía.

ESMERALDA: ¿Y estás esperándolo? ¡Tú eres quien tiene que preocuparse! ¡Tienes que ser más agresivo! El mundo corporativo es una jungla y no te puedes sentar a esperar que te den las cosas en bandeja de plata.

SEBASTIAN: Circularon un memo que, por el momento, no habría ascensos ni aumentos de sueldos.

ESMERALDA: ¡Tenemos compromisos y yo sola no puedo pagarlos!

SEBASTIAN: ¡Compromisos que no eran necesarios!

ESMERALDA: ¡Pues claro que los eran! ¡Yo estoy haciendo más de lo que se supone que haga!

SEBASTIAN: ¿Me vas a recordar que ganas más dinero que yo?

ESMERALDA: ¡No tengo que recordártelo porque lo sabes! Lo que te pido es que te superes para que tengas más dividen-dos.

SEBASTIAN: ¡Ay, no quiero seguir hablando de lo mismo!

ESMERALDA: ¡Pues yo sí!

SEBASTIAN: ¿Pero qué tú quieres que haga?

ESMERALDA: ¡Lo que sea! Que toques todas las puertas existentes para acrecentar tus ventas. ¡Que dejes los cascos pegados en la calle y tú verás cómo aparece el ascenso, te aumentan el salario y tendrás mejores comisiones! ¡No puedo hacer más de lo que hago!

SEBASTIAN: ¡Me tienes hasta las teleras con el dinero! Me deterioras y me denigras con el mismo tema. ¿No te das cuenta? Me haces sentir menos que tú. Menoscabas mi posición de hombre, me haces sentir inferior frente a ti y me siento miserable. Y me encojonas cada vez que me gritas a la cara que ganas más dinero que yo!

ESMERALDA: ¡No te me alteres que no soporto que me griten! ¡Tú sabes de dónde vengo! De una familia excelentísima. Dime, ¿qué quieres que haga, que le diga a papá que tú no aportas lo suficiente y que me pase una mensualidad?

SEBASTIAN: ¿Sabes qué pasa? Que siempre me hablas de lo malo. Para ti no hay nada más importante que el bienestar económico. Nos estamos perdiendo. ¿Tú quieres estar conmigo?

LEONORA: ¡Pues claro que quiero estar contigo! ¡Yo te quiero!

SEBASTIAN: ¿Sí?

LEONORA: ¡Es que el querer no tiene nada que ver con que te pida que te superes!

SEBASTIAN: Resáltame el esfuerzo que hago todos los días. Fortaléceme! Aliéntame, pero deja de fustigarme tú superioridad económica!

ESMERALDA: ¿Para dónde vas?

SEBASTIAN: ¡A darme un palo de

Whisky, con mi dinero! (*La acción vuelve al Congreso.*)

ELVIRA: Y díganme, a ver si las entiendo. ¿Ustedes están esperando que el hombre se divorcie para casarse con él?

EVA: Algunas tenemos esa esperanza.

ESMERALDA: ¿Y él se casaría con usted?

EVA: Sí. Estoy segura.

ELVIRA: (*A público.*) Por lo menos es una mujer de fe.

MARA: Cada día me asombro más de la vida. Yo sé que mi compañero ama a su esposa. Precisamente por eso es que lo admiro.

MARIA: Espérese, espérese. ¿Usted está conciente que su "compañero", por llamarlo de alguna manera, ama a su esposa?

MARA: Sí.

MARIA: (*A público.*) ¿Alguien la entiende? Porque yo estoy bien perdida con su planteamiento. (*A Mara.*) ¡Es incoherente lo que está exponiendo! ¿Pero en qué papel se sitúa?

MARA: Es una situación muy particular.

LEONORA: Yo estoy clarísima, y me conformo con lo que tengo.

MARIA: ¡Es que no tiene nada!

LEONORA: Yo estoy tranquila *full* porque soy la primera en la cama.

MARIA: ¡Dios mío! (*A la audiencia.*) Pido excusas por lo que la señora acaba de decir.

ELVIRA: Quisiera que nos explicaran cómo se puede ser feliz con un hombre casado. ¡Porque estoy segura que todos quisiéramos saberlo!

EVA: La clave está en las expectativas que se tengan con ese hombre.

ESMERALDA: ¿Pero cuáles expectativas puede tenerse en una posición como la suya?

LEONORA: En esto de entenderse con un hombre casado hay varios tipos de mujeres.

ELVIRA: ¡Todas cargan el mismo apodo!

LEONORA: Usted se asombraría cuántas relaciones duran para toda la vida.

MARA: Yo soy de las que vive diariamente. No sé cómo va continuar la relación de mi hombre con su mujer ni conmigo tampoco. Simplemente estoy ahí, porque lo amo y porque me necesita.

MARIA: ¿Y no ha pensando que, quien verdaderamente lo necesita, es la esposa?

ELVIRA: Usted es un vivo ejemplo de la mujer descarada que está dispuesta a robarse el marido de otras.

MARA: ¿Y no se ha preguntado si fue en la amante y no en la esposa donde encontró consuelo?

LEONORA: Yo, como no fiscalizo al mío, todo está *peaches and cream*. Eso de que –dónde estabas– -para adónde vas- No, no. Eso se les deja a las sufridas y abnegadas esposas.

EVA: ¡Pobrecitas, y cómo sufren!

LEONORA: Distinguidas esposas, en nuestras relaciones impera la democracia. Cuando un hombre y una mujer saben que ese junte va para largo se llegan a ciertos arreglos, como los limites de la relación. Pero, de que tenemos reglas, las tenemos.

ELVIRA: ¿Reglas para la infidelidad?

MARA: Esas restricciones estimulan el juego complicado de la relación.

MARÍA: Como consecuencias de sus enredos ustedes no pueden llevar una vida social como nosotras. Como reunirse en familia, ir a la iglesia, al cine a ver una buena película bien juntitos...

LEONORA: ¡Ay señora, las películas que a mi hombre le gustan no las presentan en los cines!

EVA: (*A María.*) Tiene razón. Quién lo pretenda se creará una distorsión de la realidad.

ELVIRA: ¡Viven a escondidas!

LEONORA: ¡Pero si lo sabe casi todo el mundo, excepto la esposa! Por más que una se cite en una barra y aparente un encuentro casual hasta el del *parking* lo sabe. ¡Y los hombres se vanaglorian de eso! Ante sus amigos quieren aparentar que tienen más güevos que los demás.

ESMERALDA: ¡Es que yo no logro entender cómo ustedes pueden aceptan una relación que tanto las limita en su vida personal!

EVA: Es que nosotras no tenemos ningún interés en tener una relación como la de ustedes.

ESMERALDA: ¡Las usan, las usan simplemente!

EVA: Esa percepción es errónea. No es cuestión de quién usa a quién. ¡Se trata de que nos necesitamos! Yo hago sentir a mi hombre como el macho de la casa, porque así los criaron a todos. ¡Yo lo animo en sus guerras, en sus fracasos! ¿Qué no puede llevarme a un restaurante y obsequiarme con una gran cena? ¡Pues mire, no lo necesito porque yo cocino exquisitamente! (*Baja la luz del Congreso y se ilumina el redondel. Elvira realiza los menesteres del hogar. Alfredo abre la puerta y entra. Es un hombre de hablar callejero aunque luce bien vestido.*)

ALFREDO: Hola.

ELVIRA: Hola. ¿Qué tal, cómo te fue el día?

ALFREDO: ¡Uh! El día entero tratando de cuadrar el presupuesto de la oficina. Estoy cansao. Quiero darme un baño con agua bien caliente y tirarme en la butaca.

ELVIRA: Ni lo mires, no me ha dado tiempo para recogerlo ni limpiarlo. ¡Ah, toma, busca la escalerita y ponte esta bombilla en el patio, pero antes de que te bañes, toma esa bolsa de basura

y la metes dentro del zafacón que tampoco he tenido tiempo de botarla.

ALFREDO: ¿Algo más?

ELVIRA: Ya que vas a estar en el patio *chequéate* la pluma del agua que la está botándola desde esta mañana...

ALFREDO: ¿Tú necesitas un marido o un *handyman*?

ELVIRA: ¡Los dos en uno! ¡Ah, y trata de bañarte ligero porque Mami y Papi vienen para acá... ¡Cristo, ni siquiera he preparado la comida!. ¡Ah, y ponte éstas facturas junto al llavero para que no se te olviden, tampoco me dio tiempo para pagarlas!

ALFREDO: Evira...

ELVIRA: ...dime...

ALFREDO: ¿Te has dado cuenta de cómo estás?

ELVIRA: ¿Y cómo estoy?

ALFREDO: Olvídalo, olvídalo...

ELVIRA: ¿No pretenderás que esté como si fuera para una fiesta? ¿Quién friega, quién plancha, quién cocina, atiende a los hijos, limpia el patio, la marquesina, tu perro, porque el perro es tuyo... ¿Qué más quieres?

ALFREDO: ¡Llegar a mi casa y encontrarme con una mujer! Tienes grasa hasta dentro del pelo. ¡Apestas a Lestoil!

ELVIRA: Es posible. Pero míralo desde otro punto de vista. ¡Qué bueno es llegar a la casa y encontrase con una mujer decente y trabajadora! ¿No te parece?

ALFREDO: ¿Vas a seguir con esa cantaleta?

ELVIRA: Solamente te recuerdo que soy tú esposa. Una mujer honrada que cumple a cabalidad con los menesteres de una ama de casa. No como otras mujeres...

ALFREDO: No sé de qué me estás hablando.

ELVIRA: ¡Del día que fui a tu oficina a llevarte almuerzo y te sorprendí con la sata aquella!

ALFREDO: ¡Estás inventando, estás inventando...

ELVIRA: Que yo no te sorprenda sateando otra vez...

ALFREDO: ¡Ay chica, era una clienta!

ELVIRA: ¿Y porqué llegas a estas horas?

ALFREDO: Te dije que estuve cuadrando el presupuesto de la oficina. (*Engañador*) Vamos, quítate esas cosas de la cabeza que tú sabes que eres la mujer de mi vida, que te quiero, por eso me casé contigo. ¿O todavía no lo sabes?

ELVIRA: (*Elvira cede lentamente.*) ...bueno...

ALFREDO: No te preocupes por la comida... compraré algo afuera. Ah, y aprovecho de una vez y voy a la casa de los viejos que los tengo un poco olvidados.

ELVIRA: ¿Entiendes que tenga que preocuparme verdad? Por ahí hay un chorro de mujeres que se les sobran a los hombres…

ALFREDO: Si algo admiro de ti es lo dama que eres.

ELVIRA: (*Manipulando.*) ¡Alfredo, tenemos unos hijos preciosos y tenemos que cuidarlos! ¿Lo sabes, verdad?

ALFREDO: Claro que sí. ¡Un besito! (*Mientras sale.*) ...voy a tardar...

ELVIRA: Sí, sí. Está bien. Salúdame a don Alfredo y a doña Carmen... (*Mirando a su alrededor.*) ¡Dios mío, por dónde iba! (*Se retira. Alfredo se llega hasta otro espacio. Unas notas sexuales de saxofón se agitan de fondo. Toca una puerta imaginaria. Leonora, impecablemente vestida con una bata casi transparente, la abre.*)

LEONORA: ¡Hola! ¿Cómo está el hombre más *sexy* de la tierra?

ALFREDO: Un poco cansado.

LEONORA: ¡Pues llegó al justo lugar donde reposar!

ALFREDO: (*Entrando a la casa.*) ¡Uh! ¡Qué olores!

LEONORA: ¡Aceite de manzana con canela!

ALFREDO: Rico. ¡Uh, y ésas velitas...

LEONORA: ¡Puterías mías!

ALFREDO: ¡Puta!

LEONORA: ¡La mejor de todas!

ALFREDO: ¡Esos detallitos son los que hacen de cada encuentro un acontecimiento!

LEONORA: ¡Es que eres tan único papá! Estás fuera de hora. ¿Cómo está todo?

ALFREDO: La señora de la casa estaba infumable, vestida de sirvienta, apestando a Clorox y me formó un pleplé. ¡Vine porque necesitaba relajarme un rato!

LEONORA: ¡Bienvenido a mi sosiego! Su mamacita le quitará todas sus angustias y, como siempre, estará dispuesta a complacerlo!

ALFREDO: ¡Me tienes amarradito con tus bellaquerías!

LEONORA: Si tú lo dices. Llegaste justo a tiempo porque iba a darme un baño. Si quieres aprovechar… La bañera está llena de agua caliente con sales de pino que levanta... cualquier cosa que esté muerta...

ALFREDO: ¡Desde ya está resucitando!

LEONORA: ¡Venga, venga por aquí que su mamita le va a enseñar cómo bañarse... (*La acción vuelve al Congreso.*)

MARÍA: Ninguna me ha convencido de sus planteamientos. Yo no le veo futuro a esa clase de relación.

MARA: El futuro es incierto tanto para usted como para nosotras.

MARÍA: La base de sus relaciones es el sexo.

LEONORA: ¡A todas nos encanta! ¿Y por qué siempre nos relacionan con la cama? ¿Y no se han puesto a pensar que muchos vienen a buscar lo que no encuentran en sus hogares?

ELVIRA: Con esa cara de locura vaginal que tiene no lo dudo.

LEONORA: Gracias.

MARIA: Nosotras les brindamos a nuestros cónyuges compañía hasta la vejez y, en infinidad de casos, hasta el último instante de la vida.

LEONORA: Las amantes jamás vamos al entierro de nuestros hombres. ¡Para gritar y rodar por la tierra están las esposas! (*Se oscurece el grupo de esposas y María entra al redondel.*)

MARÍA: He visto cientos de fotos de cuando era niña y cuentan mis padres que tenía una belleza tal que acordaron llamarme María. Crecí escuchando esta frase: *-qué linda es la nena-*. En el colegio me pasaba lo mismo y, además, me alababan por mi figura: *—Puedes salir con quien quieras-* me decían mis amigas. ¡Con tantos halagos me concentré en el modelaje y, eventualmente, a la publicidad! En ese tiempo conocí al que es hoy mi esposo. Un maravilloso y guapo hombre que se embrujó "*de tanta belleza*" según sus propias palabras. ¡Yo también quedé prendada de él! Tiempo después nos casamos y tuvimos una hermosa niña. ¡Éramos tan felices el uno con el otro! Pero la señora Vida tiene sus ironías. Un día, mientras me vestía para ir a trabajar sentí como un endurecimiento e hinchazón en el seno derecho. ¡Pero qué esto! Las axilas me dolían también. ¡Esto no es normal! ¡Corrí de inmediato al médico! Si angustioso fue hacerme los exámenes más lo fue esperar por la respuesta. -Vine a saber los resultados... ¿Cómo que tengo que estar acompañada? Soy yo quien tiene que saberlo... no se preocupe, soy

una mujer bastante fuerte... bueno, es natural que esté ansiosa pero puede decírmelos... ¿Cómo que positivo? ¡Imposible! ¿Cáncer de mama? ¿Pero sabe lo que me está diciendo? ¡A lo mejor hay un error... ¿verificó que sean mis resultados? ¡Pero, es que no puede ser! ¡Dios mío! ¡Cáncer de mama! ¡Pero por qué, por qué a mí... Hasta ése día había vivido como en un mundo casi perfecto, que se desboronó con una sola palabra: Cáncer. ¡De inmediato comencé con las terapias con la esperanza de curarme! (*Se lleva las manos a la cabeza. Atemorizada observa cabellos en sus manos.*) ¡Pero qué esto, me estoy deshaciendo! La quimioterapia es un tratamiento difícil de soportar. Hay dos alternativas. O entras al procedimiento con la esperaza de curarte o te enfrentas a la muerte. Así que acepté la primera alternativa. Después de tanta tortura vino la recomendación directa, dura y fría... (*Frente al médico.*) ¿Y... cuál es la opción? ¿Pero sabe lo que me está diciendo? ¡No, no, no quiero, no quiero... eso no, eso no... ¡Por favor, déme otra elección... No la hubo. Mutilaron uno de mis senos. Cuando creí que estaba estabilizada llegó la peor de las noticias. (*Roberto entra al círculo de luz. María le da la espalda. Roberto intenta abrazarla pero se le escapa.*)

ROBERTO: ¿Qué pasa?

MARÍA: Vengo de la oficina del médico. Hay que extirparme el otro seno inmediatamente para que el cáncer no se riegue...

ROBERTO: ¡Pero estaba controlado!

MARÍA: ¡Lo estaba, lo estaba! ¡No hay otra alternativa! (*Se ahoga en llantos.*)

ROBERTO: ¡Calma, calma... Te recuperarás completamente... ¡Vamos, vamos!

MARÍA: ¡Es que ya no soy la misma

María!

ROBERTO: ¡Vamos, abrázame!

MARÍA: No me toques, no me toques. ¡Me siento tan grotesca!

ROBERTO: Quiero que tengas algo muy claro. A mí no me importa...

MARÍA: ¡A mí sí! ¡Van a mutilarme!

ROBERTO: ¡Tú belleza nada tiene que ver con el amor que te tengo! ¡Yo te quiero por tu entereza, por tus luchas...

MARÍA: ¡Tengo miedo! ¡Mucho miedo! Las nauseas y los vómitos volvieron a aparecer. Mira cómo tengo los brazos... negros por las agujas que me traspasan la piel. Tengo resequedad en la garganta, y las llagas en la boca y en la garganta me descontrolan. ¡Los nervios y músculos me tiemblan desbocadamente! La irritación de los riñones y la vejiga me impacientan. ¡Pero en qué porquería me he convertido! ¡Dios mío! (*Lo hace.*) ¡Corro al espejo y observo que cada día tengo la piel más reseca... y nada puedo hacer para remediarlo.! ¡No quiero más espejos en esta casa!

ROBERTO: (*Que logra atraparla en sus brazos.*) ¡María, María no me importa que estés enferma como tampoco que no tengas senos... te reconstruyes el pecho! ¡Punto! ¿Sabes qué es lo más importante? Que tienes una hija preciosa, al igual que tú. ¡Tenemos que luchar por ella también! Lo importante es que estamos juntos, que tienes todo mi apoyo y que te quiero. (*Intenta besarla.*)

MARÍA: (*Esquivando el beso.*) No. (*Vuelve la luz del congreso.*)

LEONORA: Yo entiendo que el matrimonio es complicadísimo. Es como una lucha de poderes. Como un desafío constante. Si tú me das yo hago lo mismo. Pero si no, me voy a la calle a buscar.

ELVIRA: ¿Y qué es lo que van a buscar, vamos a ver?

EVA: Es que los maridos están hasta los timbales de la pena penita pena del diario vivir de sus esposas. Nosotras, en cambio, los escuchamos y suplimos esa necesidad emocional que no encuentran en sus hogares. ¡Y créame, también conversamos de sus esposas!

ESMERALDA: ¿Cómo dijo?

EVA: Que sabemos vida y milagros de las pirañas que nuestros maridos tiene en sus hogares.

MARA: Es que hay mujeres que se casan y se limitan al micro cosmos del matrimonio. En cambio nosotras barajamos un sin fin de temas y nos convertimos en grandes amigos que nos lo contamos todo.

LEONORA: Y somos el público perfecto que los escucha.

MARÍA: ¡Manipuladoras de sentimientos es lo que son!

MARA: Si usted lo entiende así...

ELVIRA: Hasta ahora, de lo que ustedes han hablado es de cómo maniobrar con un hombre. Ni por un segundo han hablado del amor. De ese sentimiento que es la base de la relación.

LEONORA: ¡Pero señora, eso va dentro del *package*! ¡Yo amo a mi hombre y él me adora a mí!

ELVIRA: ¡Cortejo!

LEONORA: ¡Y lo hacemos con la misma pasión que ustedes lo hacen! ¡Con la misma misma locura que pueda querer una adolescente!

ELVIRA: ¿Y nunca ha imaginado que ése hombre la dejará un día, que se cansará de usted y que volverá a dónde tiene que estar, a su hogar?

LEONORA: ¡Puede estar segura que no se irá porque lo que compartimos es único!

ESMERALDA: Valorizan a la esposa, la que les dio trabajo desposar y le parió los hijos. No a las que se llevaron en un segundo.

EVA: ¡Pues ésa que se llevó en un segundo es la que reina en la cama porque lo que es con sus esposas ya no se acuestan!

ELVIRA: ¿De verdad? ¿Y usted le cree?

EVA: ¡Me lo ha jurado!

ELVIRA: ¡Pero qué lavada de cerebro le han dado!

ESMERALDA: ¿Y cómo ustedes pueden besar unos labios que vienen repletos de otro aroma, sabiendo que se acuesta con otra?

MARA: En eso no se piensa.

EVA: Como no quiero caer en la trampa del querer, prefiero pensar que ese amor que me ofrece no se lo da a nadie más.

ESMERALDA: ¡Pues quítese esa venda de los ojos porque se está acostando con las dos!

MARA: Mi hombre no tiene nada de mujeriego. Estoy convencida. Es un buen hombre que ha buscado consuelo en mis brazos por el rechazo de su mujer.

MARÍA: Alguna razón tendrá la esposa.

EVA: Es que nosotras, las "amantes", somos muy versátiles en la cama y hacemos cosas que las "santas" esposas no hacen.

MARA: "¡Yo nunca he pensado en lo que nos separa sino en lo que nos une!"

ESMERALDA: ¡Pero es que nada los une!

EVA: ¡El que queramos estar juntos es suficiente!

ESMERALDA: ¿Y usted está preparada para cuando ese hombre le diga que prefiere la estabilidad de su hogar a lo poco que usted puede ofrecerle?

EVA: Nadie lo está. No quiero estar a su lado si no lo desea. Claro que lloraré, pero la vida no se me acaba si se marcha.

ELVIRA: ¿Sabe por qué llorará? Porque le cerrarán el banco. Porque si de algo ustedes tienen fama es de vividoras.

LEONORA: Si al mío le satisface que se valla a Macy's y me traiga la tienda completa.

EVA: Yo trabajo seis días a la semana porque de mi dependen mis padres y mi hija. Por lo tanto, no puedo echarme arriba un hombre que no pueda ayudarme en todos los problemas que tengo. Si le satisface, llámeme práctica.

ESMERALDA: Se está justificando también. ¡Le saca dinero al hombre!

EVA: ¿Y usted no le pide al suyo?

ESMERALDA: ¡Jamás!

EVA: Pues yo hago que se sienta útil y le acepto lo que pueda darme!

ESMERALDA: ¡Medio pasito más y llega así de rápido a la prostitución!

EVA: ¡No me insulte!

ESMERALDA: ¡Aprovechada!

EVA: ¡Manténgase como una dama!

ESMERALDA: ¡A las mujeres de su clase se les trata como lo que son! ¡Unas putas!

EVA: ¡Váyase al carajo!

ESMERALDA: ¿Cómo dijo?

EVA: ¡Venga, repítamelo frente a frente! ¡Dígamelo!

ELVIRA: ¡Un momentito, vuelva a su podio, vuelva a su podio!

EVA: ¡Venga, venga...

ESMERALDA: ¡Pues claro que se lo repito...

ELVIRA: ¡Esmeralda, vuelve a tu sitio! ¡Usted, vuelva a su podio... que vuelva a su podio! Señoras, están perdiendo la tabla. ¡Calma, calma...

EVA: (*A Esmeralda.*) ¡Blanquita come mierda, eso es lo que eres!

ELVIRA: ¡Una más y mañana estamos en primera plana!

EVA: ¡Me importa tres carajos cogerme una primera plana!

LEONORA: ¡Ella fue la que comenzó! ¡Subimos a este escenario para tratar de explicarnos! ¡No vuelvan a ofendernos porque de mujer a mujer no nos llevamos nada!

EVA: (*A Esmeralda.*) ¡A que no vuelve a repetírmelo!

ELVIRA: ¡Que vuelva a su podio!

EVA: ¡Como vuelva a ofenderme hasta aquí llega el Congreso de esposas felices!

ELVIRA: Respetable público, les ruego sus excusas. Esto se arregla en un segundo. (*A Leonora, Eva y Mara.*) ¡Nosotras no somos mujeres de controversia! ¡Y les ordeno respeto para la audiencia!

LEONORA: ¡La respetamos, pero tampoco somos pendejas! ¡Si nos ofenden no nos vamos a quedar calladas! ¡Y no me cuquen que se me sale el solar enseguida! (*A Eva.*) ¡Y te felicito por controlarte porque si me lo dice a mí le hago tragar el micrófono!

ESMERALDA: ¡Venga y hágamelo tragar!

LEONORA: (*Lista para hacerlo.*) ¡Mira coño...

ELVIRA: ¡No se mueva de ese podio, no se atreva!

LEONORA: ¡No me cuquen la *rotweiller* que llevo adentro!

ELVIRA: ¡Y yo tengo una sata que no se quiere para un divino! ¡Así que se callan! ¡Otra mala palabra y se acaba el debate! (*Llamando al orden.*) ¡Por favor, por favor!

ESMERALDA: (*Volviendo a la afrenta.*) ¿Y ustedes creen que se merecen algún respeto?

LEONORA: ¡Le advierto que pego duro!

ELVIRA: ¡Esmeralda, te voy a pedir cordura! ¡No vas a ponerte a nivel del betún como esas mujeres!

LEONORA: ¿Qué fue lo que esta pendeja dijo?

ELVIRA: ¡Dije, que no se moviera de ahí y le advierto que yo también pego duro!

MARA: ¡Les indico que no vamos a quedarnos arrinconadas!

LEONORA: ¿Ustedes creen que es fácil aceptar frente a todos la relación amorosa que llevamos? ¡Se tiene que estar bien segura de sí misma! ¡Tenemos decencia al igual que ustedes!

MARA: ¡Dejemos las ofensas a un lado y escuchemos a cada grupo y el debate tendrá más lógica! El punto de partida es que todas somos mujeres y todas tenemos un porqué.

MARÍA: Y lleguemos a un acuerdo. Ustedes exponen, muy tranquilamente, sus puntos de vista y nosotras los nuestros...

MARA: ...calmadamente también.

MARÍA: Así será.

LEONORA: (*A público.*) Como habrán visto, yo soy la más extrovertida de las tres. Puede que para algunos aparente una mujer fácil. Nada que ver. Aclarado este punto sepan que he tenido dos maridos. Sin contar las misas sueltas. Me casé jovencita, ilusionada como muchas otras. Después que me casé sacó las garras. Mi primer marido era un animal. El típico macho que quiere una esclava en la casa. Y cuando lo enfrenté me dio una galleta que todavía me suena el oído. La primera y la última. ¡Lo mandé para donde ustedes ya se imaginan y me tiré por el primer boquete que encontré! Después vino Carlos. ¡Ay Carlos! Elegante, caballeroso, fino, sin problemas económicos. Cuando un grupito de matrimonios nos reuníamos en casa, Carlos se quedaba con la fiesta. Bueno, el tipo ideal. ¡Pero también fue una desilusión!

ELVIRA: ¿No sería que a usted le gustaba uno de los maridos de sus amigas?

LEONORA: No. ¡A quien le gustaba el marido de una de mis amigas fue a Carlos!

ELVIRA: ¡Dios mío!

LEONORA: Eso me dije yo. ¡Dios mío, por qué me lo diste maricón! Como aparentemente no tengo suerte para el matrimonio, ahora me quiero con un hombre casado. ¡Y no investigué si lo era o no porque había que tirárselo de todos modos, porque estaba riquísimo; y necesitaba, a gritos, una buena cama! Y no siento ningún reparo en aceptar que estoy atrapadísima en una relación sexual divina.

ELVIRA: ¡Piense más con la cabeza que con la tota!

MARÍA: (*El redondel adquiere un color intranquilo y María, un poco fatigada, se desplaza hasta él.*) Las sustancias químicas que combaten los microorganismos que produce el cáncer parecen hormigas por todo el cuerpo. Y te desesperas al borde de la locura porque sabes que hay algo que te come persistentemente! (*A punto de caerse.*) ¡La anemia te hace cada día más débil! ¡Hay algo en tu cuerpo que te corroe, que te hace chiquita! La fatiga me desespera! (*Aguantando el vomito.*) ¡Las nauseas y los vómitos me abruman! (*Roberto entra al redondel.*)

ROBERTO: Vamos a dar una vuelta. Me gustaría que te distrajeras un poco... Encontré un rinconcito buenísimo para cenar.

MARÍA: No. Estoy cansada.

ROBERTO: Pues, recuéstate un rato...

MARÍA: ¡Lo que quiero es estar sola! (*Roberto se pasa la mano por la cabeza, un poco hastiado, un poco impotente. Sale.*) La radioterapia no sólo ayuda a destruir las células cancerosas. También mata, emocionalmente, a quien la recibe. ¡Pero tengo que salir de esto! ¡Padre amado, tengo una hija! Lo que pido es una oportunidad. ¡Tan solo una! Para ser como fui. (*A lo alto.*) ¡Dios, Vida, Universo, lo que sea! ¡Tan solo una oportunidad! (*Vuelve a su podio. El círculo adquiere otro color. Leves toques musicales. Es de noche. Roberto está en el bar. Mara entra al círculo.*)

MARA: (*Juguetona, amiguísima.*) Pero mira, mira quién está ahí. ¿Cómo está mi amigo del alma? (*Roberto no contesta.*) Mal. Se te nota. (*A un mozo imaginario.*) Tráigame un vodka, por favor. Cuéntame, que para eso estamos los amigos.

ROBERTO: Estoy totalmente perdido. ¡No puedo hacer más de lo que he hecho! ¡Estoy al borde del hastío!

MARA: Pero Roberto, no es cáscara de coco por lo que está pasando tu mujer. Entiéndelo.

ROBERTO: ¡La entiendo, la entiendo! ¡Es que no sé qué más hacer para fortalecerla!

MARA: Tienes que seguir ahí, mi amigo, tienes que seguir ahí como lo has hecho hasta ahora. Es una gran mujer, como me has contado. Y está enferma. Y hay una hija que se afecta también. Llévala a algún médico.

ROBERTO: Lo tiene. Quisiera hablarte de algo muy intimo...

MARA: ¡Estoy quí para escucharte!

ROBERTO: Hace más de dos años que María se fue a dormir a otro cuarto...

MARA: ¿...y eso?

ROBERTO: No quiere que la vea desnuda.

MARA: La entiendo. (*Al imaginario mozo.*) Otro trago para el caballero... Te digo una frase gastadísima pero más cierta que el cará. En la vida todo pasa.

ROBERTO: Lo sé. ¡Y estoy haciéndolo todo, y con el mejor deseo! Pero (*y le echa los brazos por la cintura*) yo necesito una mujer...

MARA: Roberto…

ROBERTO: No puedo más. (*Haciéndolo.*) ¡Yo necesito besos, caricias! ¡Todo lo que una mujer puede ofrecer! Te necesito, Mara.

MARA: (*Comprensiva.*) ¡Ay, Roberto, deja eso! ¡Tú y yo somos otra cosa!

ROBERTO: ¡Pero yo soy un hombre... y tú una mujer! (*Roberto vuelve a aprisionarla con gran pasión. Luego se retira. Mara queda en el redondel, que adquiere otro color.*)

MARA: (*A público.*) Mi hombre era uno de mis mejores panas y yo su paño de lágrimas. El café, el traguito después de las horas de oficina, el bolerito doloroso que se escapaba de la vellonera, el compartir nuestras soledades... Lo que nunca imaginé fue que un día me mirara como mujer. Entonces me encontré en una encrucijada angustiosa. ¿Podrían entender que, por soledades, se cometen errores? Él comenzó a visitarme una, otra vez y tantas otras fue rechazado. Y una de esas noches, pues, pasó lo que tenía que suceder... Entonces me convertí en la otra. De eso hace casi dos años. Hace aproximadamente un mes me llamó: –*necesito verte inmediatamente*- y ya se imaginan que pensé lo peor. Pero la urgencia no era su esposa. Era yo. Me dijo que la situación con ella había mejorado. Que ella había cambiado. Que lo quería y lo necesitaba. Me dijo que él nunca la había dejado de amar, y que daba por terminada nuestra relación. (*Sale del redonder.*)

MARÍA: ¿Y aceptó su decisión?

MARA: ¡Cómo buena macha que soy!

MARÍA: ¿Entonces está sola?

MARA: Sí.

MARÍA: ¡La utilizó, simplemente la utilizó! ¡Déle gracias a Dios por salir de esa prisión!

MARA: ¡Placenteramente aprisionada!

MARÍA: ¡Ríase nuevamente! ¡Es libre!

MARA: Llevo una vida tan normal como cualquier otra mujer. Yo puedo ir...

MARÍA: No, no. ¡De aquí, de aquí! La prisión emocional que incomunica.

MARA: Pues sí. Hay algo de eso.

MARÍA: En una esquina está la esposa, en la otra el marido, y usted en la tercera punta del triangulo. Entrelazados pero separados al mismo tiempo.

ESMERALDA: Eva, ¿usted está con ese hombre porque lo ama o porque la ayuda económicamente?

EVA: Porque lo amo. Espontáneamente él se complace en traerme cosas porque se siente como… como el proveedor de la casa.

ESMERALDA: ¿Usted tampoco sabía que era casado?

EVA: Sí, lo sabía. (*En el redondel. Leve fondo musical de barra.*) Después de trabajar toda la semana me fui a una barrita que queda cerca de la oficina. Me senté en una mesita y no pasaron cinco minutos cuando el mozo me dijo: "*el caballero que está en la barra le envía este trago*". Alcé la copa en señal de gracias. "¡Qué soledad refleja ese hombre encima!" me dije. Casi al instante se marchaba, pero tres veces más volvimos a coincidir, hasta que una noche cruzó hasta mí.

SEBASTIAN: ¡Gracias por aceptarme el trago nuevamente!

EVA: Gracias a usted.

SEBASTIAN: Fue una invitación con todo el respeto del mundo.

EVA: Mejor todavía.

SEBASTIAN: ¿Puedo sentarme?

EVA: Adelante.

SEBASTIAN: No es justo que una mujer tan guapa esté sola en una barra.

EVA: Gracias por la galantería.

SEBASTIAN: ¿Está bien?

EVA: ¡Bien, muy bien! ¿Solo nuevamente?

SEBASTIAN: Estoy pasando un mal momento y nada mejor que una hermosa dama para mejorarlo.

EVA: Gracias por la galantería. ¿Y por cuál momento pasa, digo, si se puede saber?

SEBASTIAN: Ahora la importante es usted.

EVA: ¿Yo?

SEBASTIAN: Por supuesto. A que no sabe quién dijo: "me dejaste un sabor amargo en la boca".

EVA: Caramba… pues... no sé…

SEBASTIAN: Mónica Lewinski.

EVA: (*Sonríe.*) Está bueno. Y a que usted no sabe quién dijo: "a mí lo que me revientan son los camiones".

SEBASTIAN: No... no sé...

EVA: ¡El sapo!

SEBASTIAN: (*Luego de disfrutarse el chiste.*) ¿Puedo tutearla?

EVA: Claro.

SEBASTIAN: Gracias.

EVA: ¿Y ese mal momento por el que pasa, tiene que ver con faldas?

SEBASTIAN: Me gustaría ser su amigo. Quién sabe, a lo mejor usted también necesita uno.

EVA: ¡Un buen amigo siempre es bien recibido!

SEBASTIAN: ¿Lo celebramos con otro trago?

EVA: Por supuesto.

SEBASTIAN: ¡Mozo! (*Vuelve la luz del congreso. Eva retorna a su podio.*)

EVA: Entre chistes y uno que otro bailecito pasamos una noche divina y comenzamos a coincidir en el mismo lugar todos los viernes. La casualidad se convirtió en costumbre y la costumbre en deseos de compartir y de allí a dónde se imaginan.

ESMERALDA: ¿Le dijo que era casado, si o no?

EVA: Sí, me lo dijo. Pero que estaba en planes de divorcio.

ESMERALDA: ¡Ah, pero eso es tan gastado!

EVA: Una siempre les cree. Pero no me quejo porque se ha portado de maravillas conmigo. Me ayuda económicamente y adora mi hija.

ESMERALDA: ¿Y tiene hijos propios?

EVA: No.

ESMERALDA: Está jugando a ser papá con su niña.

EVA: No, no. De veras, la quiere mucho. ¡Y me quiere a mí también! ¿Qué más puedo pedir?

ESMERALDA: ¿Y la visita…

EVA: …dependiendo cómo le vallan las cosas.

MARÍA: (*Apunta hacia Leonora.*) Al igual que el suyo, que la ata sexualmente, (*apunta hacia Eva.*) y el suyo, que la utilizaba como paño de lágrimas y el de usted, que la amarra económicamente, está claro que esos hombres les presentan una falsa compañía, un bienestar
temporero.

ELVIRA: Reflejando una autoestima bajísima.

MARÍA: Y ahí radica el problema de ustedes. Falta de amor propio.

ESMERALDA: ¡Aspirar! Desear siempre lo mejor para uno. Ustedes tienen toda la capacidad de hacerlo. ¡Valoricen esos sentimientos!

EVA: A veces hay que ceder a ciertas reglas para alcanzar algún propósito.

LEONORA: En el juego del amor a veces se gana perdiendo.

ESMERALDA: Yo no se perder. No fui criada para eso.

MARA: (*A quien tenga al lado.*) Yo las encuentro tan perfectas. ¿De veras son esposas felices?

ESMERALDA: (*Sobre Esmeralda cae un rayo de luz.*) Económicamente hablando mi padre es un hombre independiente. Mi madre también. Para poder casarme primero tuve que cumplir con la obsesión de ellos: los estudios, que desembocan siempre en la estabilidad económica. Siempre dijeron que, aunque el dinero no daba la felicidad, con él se podía comprar el noventa y ocho por ciento de ella. En otras palabras, que soy una mujer autosuficiente. Una cualidad muy necesaria en estos tiempos. Mi matrimonio de diez años ha sido duro de mantener. Al principio, como en todos los casos, el sexo y la pasión dominan nuestra vida y todo es romance y chulería. ¿Qué importa si tu marido no tiene un buen trabajo, si no genera suficiente dinero? Tú lo tienes y estás dispuesta a compartirlo. Pero un día te cansas de ser la proveedora de la casa. Por eso le exijo cosas que debí hacerlo desde el principio. Y en ese juego económico, ni siquiera saqué tiempo para tener hijos. Ahora, ya no sé si pueda tenerlos. Pero a pesar de ello, puedo decir que sí. Soy feliz junto a mi esposo. (*Sale del redondel.*)

EVA: ¿Y se ha preguntado si él lo es?

ESMERALDA: Yo trato de que lo sea.

MARÍA: De acuerdo con sus plataformas, ¿por qué creen que los hombres son infieles?

LEONORA: ¿Pero no se han dado cuenta que la culpa la tienen ustedes mismas?

MARÍA: ¿Nosotras?

ELVIRA: Ser esposa conlleva una cantidad de obligaciones y responsabilidades que sería imposible de enumerarlas ahora. En cambio, us-tedes se muestran casi perfectas.

LEONORA: Es como un mundo de fantasía. Siempre estamos perfectamente vestidas, peinadas y olorosas y jamás nos quejamos de las cuentas de fin de mes. Nuestras casas parecen un *show-room*. No hay interés alguno en la procreación de hijos. ¿Y sabe una cosa? ¡Somos tan perfectas que ni menstruamos!

EVA: Y a nuestros hombres les gusta así. Cómo lo que buscan es un espejismo de una mujer, ¿por qué no aceptarles que paguen esos detalles que tanto les encanta?

ELVIRA: Eso es irreal. No se puede estar siempre como si se fuese para una fiesta. Yo prefiero mantener la casa limpia, aunque de vez en cuando me vea un poco desarreglada.

EVA: Pues entonces pague las consecuencias.

LEONORA: (*A Elvira.*) Pues yo le recomendaría que siempre la encuentre como la conoció. ¿Y cómo era su esposo al principio? Quiero decir, ¿era tranquilo, se le escapaba de vez en cuando...

ELVIRA: Jamás. Era el hombre perfecto para casarse.

MARA: Dios mío, ten piedad de ella.

ELVIRA: ¿Por qué pregunta?

LEONORA: Por nada, por nada. Es que hay algunas mujeres que se casan pensando que, con el matrimonio, van a cambiar al hombre.

ELVIRA: Nunca he intentado cambiarlo. Y como nota al calce fue él quién me rogó que nos casáramos.

MARA: El asunto del amor está relacionado con la oferta y demanda. Hay demasiadas mujeres y los hombres solteros están escasísimos; y autosuficientes ni se diga, y los que quedan prefieren mujeres jóvenes. Las que estamos solteras nos cuidamos mucho la apariencia porque eso les gusta a nuestros hombres. Mi consejo es que ustedes deberían hacer lo mismo.

EVA: ¿Y cómo podemos lucir frescas, maquilladas y bien vestidas si nuestros días comienzan a las cinco de la mañana y terminan como a las diez de la noche?

LEONORA: Perdóneme la *bichería* pero, ¿usted trabaja como policía o es ama de casa? (*A Eva y Mara.*) ¿Nos permiten unos consejitos?

EVA y MARA: ¡Por supuesto que sí!

LEONORA: Y las damas que se encuentran en la sala, presten atención también, que esto es muy importante. El que se hayan casado no quiere decir que alcanzaron sus metas. El noviazgo, señoras, continúa después del matrimonio. ¡Memorícenlo por favor! Y no les estoy cobrando por el consejo. Miren, por más trabajo que tengan, por lo menos, tienen que pintarse los labios y un *eye liner* es obligatorio. ¡Un mumu bonito, de colores siempre realza! ¿Me entiende lo que le quiero decir? ¿Saben que existen *nursery's*, amas de llave o sirvientas para que tengan un poco de tiempo y puedan lucir atractivas para sus hombres? ¡Ah, y olvídese de las pantaletas tipo abuela de Capri que los *g'istro* llegaron hace tiempo!

EVA: Aquí va el mío. ¡Suspendan el arroz y las habichuelas porque, en caso de un divorcio, Dios no lo quiera, queden exactas, y no como mondongo!

MARA: ¡Eliminen las puertas de madera del cuarto y póngalas de espejo, que es alucínate! ¡Y saquen el Lestoil de la casa y llénenla de *sachets*! ¡Yo tenía un compañero de trabajo que siempre me decía que quería tanto a su esposa "porque ella era tan y tan noble…" Hasta que un día le pasaron por el frente un par de tetas reconstruidas así de grandes. ¡Jamás ha vuelto a saber de la "noble esposa"!

LEONORA: A todas las esposas que están en el escenario y en la audiencia quiero preguntarles algo, pero con todo el respeto del mundo: ¿a alguna se le ha ocurrido meterse en algún motelito con su marido? ¿No? ¡Pero qué poca imaginación! Métanse una que otra vez en un matorral como cuando éramos jóvenes! ¡Háganlo, a los hombres les gusta lo prohibido y les aseguro que ese macho no se irá nunca de la casa!

ELVIRA: Nosotras contamos con otros valores y somos la mayoría.

LEONORA: Les aseguro que, si nosotras quisiéramos celebrar el Primer congreso de amantes felices llenaríamos Coliseo viernes, sábado y domingo.

ELVIRA: Aunque no estoy de acuerdo con sus estilos de vidas es una experiencia el haberlas conocido. Por favor, no lo tomen a mal porque no estoy hablando de ustedes. Pero la percepción general sobre las amantes es que son…

EVA: ¿Recuerdan a Jacqueline Kennedy, la ex Primera Dama de los Estados Unidos y viuda del ex presidente John F. Kennedy? Bueno, pues doña, doña Jackie convivió los últimos dos años de su vida con Maurice Tempelsman, un industrial belga y comerciante de diamantes. Pues el señor Tempelsman era un hombre casado. Y según las propias palabras de la distinguida dama, fueron *"los años más felices de mi vida"*. Y nadie, nunca, le dijo cuero.

ESMERALDA: ¡Ah, pero esa era Jacqueline Kennedy!

MARÍA: Yo entiendo lo que Eva expone. Muchas veces juzgamos mal a algunos, pero a otros, por la fama y el dinero, se lo aceptamos.

ELVIRA: La que nunca lo acepta es la esposa del condenao hombre.

LEONORA: Y nunca lo hará, por orgullo, que su hombre se le fue de las manos.

ELVIRA: Es que, cualquiera de nosotras que supiese de la infidelidad del marido, jamás podría aceptarlo.

MARA: Como dijo doña Elvira: no estoy hablando de ustedes. (*A Leonora.*) "¡Están choretas las mujeres que saben que su marido se las pega!"

EVA: Créame que se las ingenian. Cuando un hombre quiere citarse con la otra se inventan lo que sea. Se la pasan barajando el tiempo para vernos.

MARÍA: Dígame sinceramente, ¿no temen ser descubiertas?

MARA: Por supuesto que sí, pero cuidamos de cada detalle porque fue parte del arreglo. Jamás pintamos sus camisas ni le dejamos marcas. Como tampoco debe tener la llave de nuestra casa porque, con lo detectivescas que somos nosotras las mujeres, para qué arriesgarse. Además, nos privaría de la privacidad alcanzada que tanto atesoramos.

LEONORA: Saben, al hombre no le gusta la inseguridad. Él piensa que uno podría estar con otro hombre y eso lo intranquiliza. Por eso la llave se convierte en un juego de poder.

ELVIRA: ¡Pero eso es una desconfianza total!

LEONORA: ¡Es parte del juego de la vida!

MARÍA: Pero en el fondo, ustedes saben que ese juego va a terminar un día.

LEONORA: Igual que cualquier matrimonio.

EVA: Es asunto de visión. De espera. ¿Y si por alguna razón no aguanta más a su mujer y se divorcia?

ELVIRA: ¿Pero en cuál cabeza cabe que un hombre va a divorciase para casarse con la amante? ¿No se da cuenta que ese hombre la está usando, aprovechándose simplemente?

EVA: ¡No, no! ¡Estoy convencida que me quiere!

LEONORA: Mi posición es que el día que todo se acabe cada cual tome su camino. Ahora, le aseguro que mientras tanto, *"estoy convencida que ese cariño que me brinda no se lo da a nadie más"*.

ELVIRA: Si esa es su posición, que eventualmente cada cual tome su camino, sus aspiraciones como mujer son muy pobres.

MARA: Yo estoy clarísima. Este tipo de relación me es muy cómoda. Y por nada del mundo deseo perder mi independencia. Yo no tengo que tenerle medias, ni camisetas, ni calzoncillos limpios. ¡No, no! ¡Eso le pertenece a la esposa!

ELVIRA: Ustedes tienen un concepto equivocadísimo de lo que es un hogar. Los más importantes son los hijos...

LEONORA: ...el marido, porque los hijos se irán un día.

ELVIRA: ...por que la encomienda más grande es llevarlos por el camino recto.

Yo dejé la universidad para convertirme en ama de casa y...

LEONORA: ...fatal decisión.

ELVIRA: ...porque creo en la institución del matrimonio y todas las complicaciones que ello conlleva. Como limpiar la casa. Lavar, planchar, fregar, cocinar para cuando la familia llegue a la casa.

LEONORA: ¡Usted lo que tiene es el síndrome de Martha Stewart!

MARA: Es que yo soy fiel creyente de la independencia de la mujer. ¡Y por favor, no me vengan con la cosa de que en la casa siempre hace falta un hombre porque si necesito un plomero llamo a Roto Rooter!

MARÍA: Como comentara Elvira al principio, estamos aquí porque es una reafirmación de nuestro papel en la sociedad. Esto implica que nosotras tenemos derechos ante la iglesia y voz y voto ante la instrucción de nuestros hijos.

MARA: En estos días el tema de la iglesia hay que tomarlo con pinzas porque, lo que es la institución del matrimonio, cualquier ráfaga puede estropearlo. Nosotras no exigimos tantos derechos como ustedes.

MARÍA: No pueden hacerlo. Ni moral, ni espiritual, ni legalmente. Ya tenemos un panorama de sus plataformas y quisiéramos nos dijeran, como conclusión, cuál futuro les ven a sus relaciones y cómo se visualizan en un futuro.

EVA: (*Concluyendo.*) Pues yo quiero seguir siendo como soy y aceptándolo todo tal y como la vida me lo ofrece. Con todas las alegrías y las caídas también. Y me visualizo como hasta ahora. ¡Retándola! Puede estar completamente segura que no cambiaría nada de mi vida. ¿Qué mi relación no es un lecho de rosas? ¿Y quién la tiene? Así que voy a seguir arañando la vida porque la cuesta está empinada y grasosa. ¿Y sabe cuál es mi visualización? Que a mi manera, aunque sea con un hombre casado, yo soy feliz.

MARÍA: ¿Y usted Mara?

MARA: Primero quiero que sepan algo. Jamás he visto y ni tan siquiera sé quién es la esposa de mi hombre. Pero la conozco a trevés de mi compañero. Es una gran mujer, que sufre inmensamente y la valorizo por el reto que tiene ante la vida y nunca, nunca sería capaz de causarle alguna pena. Acepto mi estilo de vida aunque conlleve soledades. Ya rondo los cuarenta años. ¿Cuántos más me quedan? ¿Cinco, tres, dos, una semana, una hora de vida? ¡Pues me agarro a cada instante, a cada soplo que la jungla de la vida me ofrece! Pueden estar seguras que no busqué amar o enredarme, como lo prefieran, a un hombre casado y no estoy justificándome porque me importa un bledo lo que la gente piense de mí. ¿Qué no era lo más correcto? Pues mire, sí. ¿Qué si me arrepiento? ¡Jamás! ¡A mi manera, a mí estilo, yo también soy feliz!

ELVIRA: ¿Y usted Leonora?

LEONORA: Voy a admitir frente a todos, y porque me da la gana, que mi "compañero" no ha sido el primer hombre casado con el que he mantenido amoríos. Como castigo, o por lo que sea, soy la que siempre está detrás de la puerta en espera de una llamada que, aunque se materialice el encuentro, tendrá soledades de amaneceres. ¡Claro que un día indagaré el porqué de esta conducta repetitiva! ¿Y saben qué? ¡Hoy no es ese día porque a mi manera, también soy feliz! ¡Estas son nuestras vidas y las aceptamos con todos los sinsabores que pueda acarrear!

MARÍA: Ser esposa es recibir todas las inimaginables embestidas de la vida y mantenerse de pie, no sólo a sí misma, sino todos los que conviven en lo que llamamos hogar. (*Emotiva.*) Cuando la prosperidad me arropaba, vino la vida y me dio una bofetada para que entendiera de qué se trata el vivir... pero también me dio un hombre que aunque estuve alejada de él, siguió ahí. ¡Inalterablemente ahí! Pasamos por una terrible situación y les admito que, en aquellos momentos, fui la causante de que nuestra relación matrimonial se estancara. ¡Pero ese hombre supo esperarme! ¡De la manera que fuera, me esperó! ¡Está a mi lado! ¡Y estoy viva nuevamente! ¡Sorprendidamente la vida hizo un balance y estoy estabilizada! ¡Señoras, yo soy una esposa feliz!

ELVIRA: ¡Concluyo diciéndoles que soy una esposa feliz porque jamás le he fallado a la institución del hogar! ¡Quién sea, me puede mirar a la cara y ni parpadeo! Reconozco que mi marido no es un juguito de piña porque es, vamos a llamarlo "medio sato", pero también es cierto que nunca me ha faltado el respeto, adora a nuestros hijos porque es un excelente padre y buen proveedor.

ESMERALDA: (*A público.*) Yo estoy segura que los hombres y mujeres que se han llegado hasta éste Congreso, todos, son fieles y que no tienen nada de qué preocuparse.

MARA: ¿Qué tú crees de eso Leonora?

LEONORA: ¡Déjame ver! (*Escudriña toda la platea. Asombrada.*) ¡Oh! ¡Pero si estamos en el cielo! ¡Todos son unos santos!

ELVIRA: (*Advierte que le hacen señas del lateral.*) Con el permiso. (*Volviendo a su podio. A la audiencia.*) Amigos, lo prometido es deuda. La sala de baile está lista. Ya nuestros esposos prepararon todo y me informan que podemos ir pasando.

ELVIRA: ¡Que la pasen de maravilla!

ESMERALDA: ¡Es un fiestón volver a bailar con el hombre que las enamoró!

ELVIRA: Pero antes, quisiéramos presentarles a nuestros cónyuges. ¡Aquí están nuestros esposos! (*Entran. Las esposas los reciben con gran regocijo y les dan un besito. Ellos les corresponden. Los toman de la mano. Ahora los hombres perciben de la presencia de las tres mujeres. Momento tenso cuando las miradas y ademanes son más importantes que las palabras. Alfredo, disimulada y hábilmente rompe el hielo.*)

ALFREDO: ¿Y... las señoras?

ESMERALDA: Vengan, queremos presentarles tres nuevas amigas...

ELVIRA: Tres amigas panelistas con argumentos diferentes, pero que concluyen que, en cuestión de relaciones, de una manera u otra, todos somos felices. Señoras, queremos presentarles a nuestros esposos. Él es mi esposo, el señor Alfredo Sánchez.

ALFREDO: Mucho gusto.

MARA-LEONORA-EVA: Mucho gusto.

MARÍA: Él es mi esposo, Roberto Benítez.

ROBERTO: Buenas noches.

MARA-LEONORA-EVA: Muy buenas...

ESMERALDA: ¡Y él Sebastián Fernández, mi esposo!

SEBASTIAN: Buenas noches.

MARA-LEONORA-EVA: ¡Muy buenas! Es un placer. (*Un rayo de luz divide al grupo. Muy disimuladamente los hombres logran la conversación.*)

EVA: ¿Por fin tu mujer se enteró que eres un buen hombre?

SEBASTIAN: Sí.

MARA: ¿Feliz?

ROBERTO: Espero que tú también la logres.

ALFREDO: ¿Qué haces aquí?

LEONORA: Aunque no lo creas fue de casualidad.

ALFREDO: Yo siempre he sabido que tú eres una jodedora, pero nunca pensé que llegarías a presentarte donde estuviese mi mujer.

LEONORA: Tranquilo. El mapo se vistió, perdóname pero así llamas a tú mujer, y se ve de lo más mona.
na.

ALFREDO: Desaparécete y nos vemos mañana.

LEONORA: Querido, nunca sabremos cuál de los dos es el más hijo de puta.

ELVIRA, MARÍA, ESMERALDA: ¡Bueno, pues a bailar se ha dicho!

ALFREDO: (*A María.*) ¿Y... las señoras no nos acompañaran?

ELVIRA: Estamos seguras que no.

MARÍA: Tienen ciertos compromisos personales que las obligan a esperar detrás de una puerta.

ESMERALDA: Bueno, ya ustedes presentaron sus ponencias así que pueden marcharse.

EVA: Les recomendamos, distinguidas esposas felices, que cuando ustedes se marchen lo hagan por la acera y por la sombrita que nosotras nos vamos…

EVA, LEONORA y MARA: ¡Por la calle del medio! (*Mágicamente la luz forma un triángulo de colores. En el centro los hombres y en cada esquina del triangulo las mujeres. Las amantes rompen el triángulo y fabulosamente salen por el público. Cortante entra la música del baileteo y la escena se transporta al salón de baile. Amorosamente María, Elvira y Esmeralda bailan con sus respectivos esposos.*)

Telón

31/10/07 9:45 PM.

"Flyer" con todo el reparto.

de Juan González-Bonilla

(Comedia Burlona)

(La Viuda fue estrenada en el Municipio de Ceiba, Puerto Rico, el domingo 3 de Junio de 2007. La comedia es hermana de Velorio Boricua. Fue comisionada por la Sociedad General de Teatro, que fuera fundada por el productor Xavier Cifres, para la primera gira teatral de la Sociedad que la componían doce grupos teatrales. Se representó en teatros, centros culturales y universidades en veintidós funciones todas fuera del área metropolitana. Resultó un gran ejercicio dramatúrgico el reducirla a tres personajes ya que la original fue de quince. La Viuda pertenece a la trilogía sobre temas puertorriqueños: Divorcio a lo puertorriqueño, Velorio Boricua y Huracán Criollo. Esta es la segunda versión de la comedia. Fue estrenada con el siguiente reparto y ficha técnica.)

(Personajes en orden de intervención: primera versión.)

CATALINA MIRÓS y MIRÓS:	Georgina Borri
SR. RIVERA:	Juan González-Bonilla
LOLA:	Linnette Torres

Dirección Artística:
Juan González-Bonilla

Asistente del Director:	Joseph Aguayo
Concepto escenográfico:	Amato & González-Bonilla
Utilería:	José Manuel Díaz
Utilera:	Neyda Lee Vidal-Febus

(Esta segunda versión se estrenó en el Centro de Bellas Artes Luis A. Ferré en San Juan de Puerto Rico el viernes 4 de marzo de 2014. Fueron eliminados dos personajes que fueron agregados, de alcaldes, que fueron interpretados por Junior Álvarez y Alí Warrington. Se representó, además, en el Centro de Bellas Artes de Caguas para la celebración de su décimo aniversario en agosto del mismo año con el siguiente reparto:)

CATALINA MIRÓS y MIRÓS:	Marian Pabón
SR. RIVERA:	Albert Rodríguez
LOLA:	Linnette Torres

Dirección Artística:
J. M. O.
Producción General: Joseph Amato

Nota: (*Un recurso gastado por los actores y los productores de hoy es atestar sus trabajos con malas palabras buscando la risa fácil. Esta táctica desfavorece la puesta escénica. La viuda de esta comedia no dice palabras soeces. La vulgaridad insinuada es más efectiva que cien palabras vulgares. La única que dice es al final de la comedia y está perfectamente colocada. La comedia no debe ser localizada en el área metropolitana porque la historia sería otra.*)

Acto único:

(**No hay telón.** *La comedia toma lugar en la capilla de una funeraria de cualquiera de nuestros típicos poblados puertorriqueños. Los cirios estarán perfectamente colocados al centro. De esta manera al entrar el ataúd quedará colocado perfectamente entre ellos. Para evitar llenar la sala de coronas existirá solamente una, que estará al lado izquierdo y es despampanante. La actuación juega entre lo real, la farsa, grandilocuencia y lo ridículo. Si se hiciese todo real, simplemente no funcionará. Está concebida para que reúna todos los estilos aquí anotados. Los espectadores son el pueblo que ha asistido al funeral de Bartolo Mirós y Mirós para rendirle sus respetos. Vestida solemnemente de negro, con velo, pero con falda corta, Catalina Mirós y Mirós, la viuda, aparece por el público. Entra espectacularmente, como si se tratase de una diva. Por el pasillo saluda llorosa y humildemente a los afligidos.*)

CATALINA: Gracias... gracias por venir... gracias... Gracias... sí, estoy destruida... gracias por estar aquí... (*Llega al centro de escena e implora al cielo.*) ¡Ay Señor! ¡Ay gran Poder! ¿Por qué te lo llevaste? ¡Dime, por qué! ¡Dame fuerzas Cristo amado, porque esto es terrible! (*Suavemente echa el velo hacia atrás. Lleva unas enormes gafas de marco rojo y detalles en rhinestone.*) He tenido que recurrir a estas pestañas, estilo María Félix, para aliviar la mirada. (*En tribuna.*) ¡Amigos correligionarios, compatriotas... buenos días para todos! ¡Qué acontecimiento más penoso! ¡Qué desgracia! Y ustedes aquí... al lado mío... al lado de esta humilde sierva... Tantas caras conocidas... y otras que no conozco... ¡Gracias por venir a rendirle sus respetos a mi adorado esposo Bartolo Mirós y Mirós. Pero por mí no se preocupen. Me tomé un par de Tylenol, dos Advil, tres aspirinas y cuatro Xanáx! para apaciguar el dolor e inmediatamente termine el novenario, viajaré a Paris. Nada mejor que Paris para ahogar las penas. Y para levantarme el ánimo, antes de llegarme hasta aquí, me compré un Mercedes. ¡Oh sí! ¡Porque yo voy en Mercedes para el cementerio! La oferta incluía unos CD de cantos tibetanos que, a los cinco minutos de *shantear,* quedas nueva, y me han venido de maravillas para este desgraciado momento. Estoy fuerte, no se preocupen. Gracias al Padre que, junto a mi amantísimo esposo, tomé un curso intensivo con el Dalai Lama. (*Hace una muestra.*) ¡Uh... uh... uh... uh... (*Hace leve rutina.*) ¡Oh Shanti... Shanti, Shanti... A nombre de nuestra familia Mirós y Mirós... a nombre de mi hijo menor, Ramón, a quien llamamos cariñosamente Ramoncito. De mi hija Stephanie, quien ha llegado directamente desde Boston donde está felizmente casada con el señor Charlie Towers, un comerciante de la ciudad de Nueva York, riquísimo, que le ha comprado una mansión nada menos que en la Quinta Avenida... le damos las más expresivas gracias por compartir con nosotros esta terrible mañana. Gracias por llegarse hasta aquí. Hasta la Funeraria El Roto Frío. Y, de antemano, les agradezco nos acompañen al Cementerio El Último Boquete. Donde no le dan un roto a cualquiera. Los rotos de ese cementerio son muy selectos. Y sólo a alguien como a Bartolo le brindan un roto caliente. ¡Tanta gente linda en el día de hoy! ¡Allí esta doña Tomasita! (*Muy fina, saluda a una persona en primera fila.*) Doña Tomasita, gracias por venir. (*A público.*) Doña Tomasita es la Presidenta de la Cruz Roja Americana, capitulo local. Quiero felicitarla, sabe, porque por el pueblo se comenta que usted se la pasa metida en la sacristía... (*Para ella.*) ...sí, sí, y que planchándole la ropa al padre Andrés... ¡Qué católica doña Tomasita! ¡Ah, y más atrás tenemos a Don Teodoro González, director de Emergencias Médicas Estatal... íntimo amigo de mi Bartolo... santo varón que está camino al cielo. Quiero felicitarlo don Teodoro porque sus ambulancias llegan cuando el enfermo es casi cadáver... y los paramédicos... bueno... qué preparados están! El pasado mes un paramédico certificó que un hombre había fallecido en un accidente de autos y lo dejó sobre el pavimento. Pero las noticias captaron que el hombre aún vivía. Horas después se confirmó que, debido a esa espera, lamentablemente, el ciudadano falleció... ¡Felicidades don Teodoro! (*Advirtiendo a un amigo de la familia.*) ¡Ay don Roberto, gracias por venir! No tenía que hacerlo. Yo hubiese comprendido su ausencia. Pero ya que está aquí, gracias... gracias. (*A público.*) Don Roberto enviudó hace tres semanas cuando su adorada esposa, doña Margarita, se fue por un precipicio por estar hablando por el celular. Cuando se le hizo la obligada autopsia se descubrió que no murió de los golpes, sino que el celular se le quedó taponado en la garganta. ¡Ay don Roberto, si ella se

hubiera puesto el *bluetooth* que usted le regaló... También contamos con una representación de la Asociación de Damas Cívicas, otra sociedad que Bartolo socorría. A él le encantaba ayudarlas... tan finas, con sus sombreros adornados con guineos, plátanos, aguacates, toronjas, chinas y quenepas, entre otras cosas... y cómo le gustaban a Bartolo las cívicas. ¡Santo varón que en gloria esté! No puedo dejar pasar por alto las atenciones de la ex senadora Myriam Ramírez de Ferrer, del Partido Nuevo Progresista, quien nos envió una despampanante corona de orquídeas azules. Estamos esperándola de un momento a otro y nos hemos asegurado de tenerle una cómoda butaca. Es que ustedes saben, ella quedó un poco malita desde que se subió en aquel poste de la Energía Eléctrica a quitar las banderas del Partido Popular Democrático y puso una de las suyas... bueno, ustedes saben el chisme. ¡Desde entonces, dicen que ella no puede ver un poste de la luz porque se trepa! Así que la Autoridad de Energía Eléctrica engrasó todos los postes cercanos para evitarle cualquier desgracia a la ex senadora. Quiero que todo el mundo se sienta cómodo en la funeraria. Por eso, si hay alguna madre lactante, en confianza, puede sacarse una teta y amamantar a su niño. A Bartolo le encantaban las madres lactando... ...es más, tenía una salita en la maderera para que se sentaran allí y, santamente, las admiraba. Era un ejemplo de hombre. (*Sufrida.*) ¡Hermanos, este es un día negro! Más negro que cualquier otra negra noche de nuestra existencia. Me faltan las palabras para agradecer vuestra presencia que, más que presencia, es como si los tuviese a todos *"guindando... de los hombros, como los racimos de plátanos que guindan de la mata"*. A decir verdad, esas no son palabras mías, sino del difunto. ¡Qué digo difunto: mártir, prócer, benefactor! Así me decía Bartolo cuando me hablaba de su pueblo: *"los tengo guindando"*. ¡Qué bien se expresaba! Yo sé que todos quieren saber qué le pasó a Bartolo. No había hecho expresión alguna esperando por Carmen Joder. Perdón, quise decir, Carmen Jovet. Está a punto de llegar. Bueno, pues... vamos a lo que todo Puerto Rico quiere saber. Según los médicos a Bartolo se le paró de momento. Se le encogió. Y luego se le murió. A todas las amigas que se encuentran en la mañana de hoy conmigo compartiendo la pena que me embarga, quiero preguntarles si alguna vez han pasado por la experiencia de ver cómo a sus maridos se les ha arrugado. (*Busca entre el público.*) ¿A su marido se le ha encogido? ¡Qué susto le daría! ¿Y cómo se le puso? Cuénteme... No se alarme. Yo sé que a uno no le gusta hablar de esas cosas... Pero si le volvió al estado natural, entonces no se preocupe. Usted también tiene cara de que a su marido se le dobló, ¿verdad? ...a usted se le nota en la cara... Sí, sí, es para preocupar a cualquiera... (*Vuelve a buscar dentro del público.*) Usted también, verdad. Pues si a su marido se le vuelve a encoger le recomiendo que se lo frote con las manos por lo menos diez minutos en lo que se le vuelve a calentar. No se lo caliente por más tiempo porque se le podría parar para siempre y eso sí que sería un problema... (*Llorosa.*) ¡Ay, lo tenía tan grande... se le había hinchado... Lo tenía enfermo. Aún así, se lo daba a quien lo necesitara. Y eso fue lo que pasó. A Bartolo se le encogió y se le murió... el corazón. Quiero que sepan que estoy destruida. Pero sé que el Señor me dará fuerzas para aguantar este terrible momento. Vamos a las noticias en detalle y a todo color. Estaba arreglando las plantas que tengo en el jardín interior de mi casa cuando de momento escuché unos golpes desesperados en la puerta. Me dije: ¡ah, tiene que ser Bartolo! Corrí hasta la puerta para recibirle. -¡Hola cariño! Aguantándose de la puerta estaba Bartolo. Tenía los ojos brotados... transpiraba profundamente... Tomé una de sus manos, me lo eché sobre los hombros y lo llevé hasta nuestra habitación. –Aquí, aquí, siéntate aquí... Como continuaba sudando copiosamente lo recosté sobre la cama. (*Lo recuesta.*) Le quité la ropa... (*Lo hace.*) -¡Uh, qué susto! (*A público.*) ¡Se le estaba encogiendo! Inmediatamente comencé a agitárselo. Para arriba y para abajo. (*Sacudiéndoselo.*) ¡Así, así! Se lo bombeaba... se le encogía... Se lo bombeaba... y se le encogía. ¡Otro susto! Comenzó a botar una baba... (*Aclarándole a alguien*) ¿Pero señora que le pasa? Por la boca, por supuesto. ¿Pero qué te pasa, qué te pasa, le preguntaba... ¡Otro susto! Se le encogió un poco más. Desesperada comencé a golpeárselo. (*Lo hace.*) ¡Así ¡Vamos, no dejes que se te muera! Me le trepé encima para calentárselo (*lo hace*) pero se me fue para siempre. Se le murió. ¡A mí, que nunca se me había muerto nada en las manos! No entendía nada. Porque si uno llegar a saber que Bartolo estaba enfermo pues se prepara... Pero si él se veía de lo más bien... Oficial: A Bartolo se le encogió y se le murió. Un ataque masivo lo consumió. El exceso de uso le ocasionó un desgaste. ¡Ay, ese corazón era único! Es una pena porque serán muchas las instituciones que lo echarán de menos. Sí. Porque Bartolo fue un gran filántropo. Él siempre hacía grandes donativos a instituciones que lo ameritaban. Por ejemplo: Asociación de mujeres rescatadas del fango, por ahí debe estar su presidenta. Asociación de mujeres extraditadas de moteles, aquí hay una gran representación. Asociación de mujeres sifilíticas, o sea, cueros infectados, esas están por llegar… no debo pasar por alto y quiero darle las gracias a todas esas entidades que han publicado una esquela en los periódicos de hoy. ¡Treinta y cinco páginas de esquelas sumándose a la pena y al dolor que nos embarga! ¡Un *"shopper"* de esquelas! Gracias a todas esas instituciones que nos han enviado sus condolencias por medio de arreglos florales. Los hemos enviado directamente al cementerio porque aquí no caben. ¡Siete mil coronas atestiguan el respeto del pueblo hacia mi querido esposo! Me dicen que, en Aibonito, no habrá flores por los próximos cinco años. ¡Uh, y las que siguen llegando! (*A un doliente.*) ¿Perdón? ¿Cómo dijo? Sí. Sí. Mi hija Stephanie está a punto de llegar.(*En un aparte.*) Yo no quiero estar aquí cuando la gente se entere de que su marido no se llama Charlie Towers. Realmente se llama Carlos Torres y el dinero lo ha hecho vendiendo bolita en una bodega del barrio latino en Nueva York. ¡Eso sí que es un bochinche! ¡Me van a despellejar! Y para colmo es... levemente oscurito. Catalina, acéptalo. ¡Es prieto como un chango! ¡Y de ñapa, dominicano! ¡Una Mirós y Mirós, la crema de este pueblo, casada con bolitero! ¡Cristo, ampárame! ¡Gracias a Dios que nosotros, los puertorriqueños, no somos racistas! -Mira hija de tu madre, por no decirte otra cosa. Coges al tizón ese y lo escondes en la butaca más lejana que tenga la funeraria y lo tapas con una corona que si tu padre lo ve, se muere dos veces. ¡Nos van a desprestigiar! (*Rompe el aparte.*) Quiero, como un homenaje póstumo, hablarles de mi amantísimo esposo. Fue un gran trabajador. Me contó que, con algunos cuantos pesos, se compró un terreno y estableció su primer negocio, una ferretería. "Ferretería Mirós y Mirós". En el mismo centro del pueblo. Como la ferretería fue un éxito entonces montó una maderera. "Maderera Mirós y Mirós". Y se vendía de todo. En época de huracanes todo el mundo se clavaba a nombre de Bartolo. Si algo hizo mi esposo fue clavar a la gente. No tienen idea. Y se clavó a familias enteras, saben. Como hombre de campo, le fascinaba la avicultura, o sea, la cría de aves, para la explotación de huevos del país. Entonces montó su tercera empresa: "Huevos Mirós y Mirós". ¡Y cómo dio huevo Bartolo! Si había una mujer feliz en este pueblo era yo, porque siempre tenía huevos en la casa. Yo jamás cambiaría un huevo nuestro por uno americano. Los americanos son chiquitos y medios *eñemaos*... ¡Pero un huevo del país sí que vale la pena! (*A una dama.*) Usted, ¿tiene huevos en la casa? ¿No? Me hubiese llamado. Estoy segura que Bartolo la hubiese complacido. (*A otra dama.*) A usted se le nota que tiene. ¡Qué si se le nota! ¿Feliz, verdad? Sí. Porque son necesarios y un resuelve. Lo mismo los hace duros, que fritos, con o sin queso... para los postres son un *"must"*. A mí me gustan por la mañana y por la tarde. Y si me dan huevo por la noche pues mejor todavía. A todas las personas que se han dado cita en la funeraria para rendirle sus respetos al patriota, pero que no conocieron a Bartolo personalmente, quiero decirles que mi marido fue un hombre sencillo. De pueblo. Lo criaron con leche de cabra acabadita de ordeñar. Sí. Porque hay una diferencia entre la leche vieja y la acabada de exprimir. Bueno, pero nos alejemos del tema. Desayunaba con malanga y yautía. Almorzaba carne de cerdo. Y en una dita, tamaño palangana, comía tres libras de pana de pepita. Cuando las comía había que irse de vacaciones tres días para Arecibo. A la verdad que fue un hombre próspero. Y siempre le gustó tirarle la mano a la gente. Él decía -¡*si te sobra, reparte*! Bartolo me veneró más que a su madre porque yo siempre fui su amantísima esposa. Poseía miles y miles y miles y miles y miles y miles y miles y miles y miles miles y miles y miles y miles y miles y miles de cualidades. Entre tantas, dos me emocionaban. El cuido y el respeto hacia su familia y su amor incondicional hacia mi persona. "*Te amo, Catalina, te amo.*" Esa frase la escuché incesantemente desde que lo conocí. ¿Qué más puede pedir una mujer? Tenía leña, un marido que sabía clavar y le sobraban huevos. (*Emocionadísima.*) ¡Fue un gran líder, ejemplar marido y abnegado padre! (*Suena su teléfono móvil.*) Con el permiso. Sí, dígame... No. No. No. No. No. No. No. No. No. No. ¡Sí! Por nada. Gracias. (*A público.*) Era de la Oficina del Superintendente de la Policía. Querían hacerme llegar sus respetos e informarme que ya está seleccionada la Guardia de Honor que acompañará la comitiva, pero les dije que no era necesario porque Bartolo no quería grandes muestras de protocolo y que además no era muy fanático de la trompeta. Ahora, les dije que sí a los diecisiete cañonazos porque eso es un bótate. ¡Ay, déjenme hablar, déjenme hablar! Necesito que todo el pueblo sepa de las bondades de mi marido. Cuando nos conocimos yo tenía diecinueve años y él alcanzaba los cuarenta. Para mí la diferencia de edades no era importante. Me enamoró su sapiencia. Su caballerosidad. Su cortejo. Jamás me faltaron rosas, mi flor predilecta. Me sentía segura junto a él. Jamás me importó que fuese el hombre más rico del pueblo. Bueno, a nadie le amarga un dulce pero, sinceramente, jamás me interesó su dinero. Rendida ante tanta galantería, acepté que me desposara. Entonces nacieron los Mirós y Mirós. Les dio a nuestros hijos una excelente educación universitaria y les inculcó principios morales y espirituales. Yo me sentía realizada y juntos hicimos una gran fortuna. Sí, sí. Porque yo no me quedé jamás en la casa. Trabajé junto a Bartolo para echar hacía adelante la maderera. Miren mis manos. Aunque hermosas, están llenas de cicatrices de ordenar, recibir y despachar toda la madera que se necesitó en el área del centro de nuestra isla y toda el área noroeste. En otras palabras, trabajé como una esclava para mi marido. (*En un aparte.*) ¡Y nadie me va a quitar lo que tanto sudor me costó! (*Mirando hacia la puerta de la capilla.*) ¡Dios mío, sigue llegando gente! Es que a Bartolo lo quería todo el mundo. Por favor, no olviden firmar el registro. Quiero que sepan que vamos por el registro número dos mil, segundo tomo... Por favor. Tomen asiento. No se preocupen que la capilla es enorme. (*Suena su teléfono móvil. Volviendo al papel de victima.*) Halo... Sí, es Catalina Mirós y Mirós... (*Alegre.*) ¿De verdad que vienen? Dígales que le tenemos un asiento reservado para cada uno. Que lleguen a la hora que gusten, pero que lo hagan. Gracias, sí, como no... (*Reguetoneando.*) ¡Me informan que, Don Omar y Daddie Yankee vienen a rendirle sus respetos a Bartolo y que aquí mismo, en plena funeraria, estrenaran un *reggeton* dedicado al difunto, el cual han titulado Me *huele a panti*. La silla que esté al lado de los raperos se la hemos dejado reservada a la distinguida ex Vicepresidenta del Senado, la Honorable Velda González, que sabemos es una admiradora del *perreo*. (*Con rostro atento y caminar peculiar, llega el señor Rivera. Diestro en las artes funerales. Experto en maquillaje y arreglos decorativos para la ocasión. Cortés, pero de lengua filosa. Es simplemente... un hombre con cierto manerismo y si lo es, jamás se enteró.*)

SR. RIVERA: Señora Mirós y Mirós, permítame presentarme. Soy el señor Serafín Rivera, uno de los propietarios de la funeraria. Desde lo más profundo de mi ser, quiero expresarle nuestro más sentido pésame. A nombre de mi esposa y de mis hijos, tengo tres, queremos agradecerle que haya seleccionado nuestros servicios en tan penoso momento.

CATALINA: (*Asombrada, por la finura del señor Rivera.*) ¿Su... esposa?

SR. RIVERA: Sí. Mi esposa y este servidor, somos los propietarios de la Funeraria El Roto Frío. Yo me encargo de los arreglos florales, del vestuario de los fallecidos, los maquillajes, me encanta el Fax Factor, y de las pelucas. Mis hijos se encargan de los asuntos de la oficina y mi esposa de los coches fúnebres: del cambio de filtro, engrase, "tune-up", hojalatería y pintura. ¡Fuertecita sabe, fuertecita que es!

CATALINA: ¿Y su esposa... no se ha dado cuenta de nada?

SR. RIVERA: ¿Mi esposa? ¡Ah, sí! ¡Se ha dado cuenta de todo! Es muy observadora. ¡Por eso es que el Roto me funciona tan bien! Le estoy hablando de la funeraria sabe.

CATALINA: ...sí, sí, claro...

SR. RIVERA: ¡Me tiene así, derechito, derechito! Señora Mirós y Mirós...

CATALINA: ...si, dígame...

SR. RIVERA: ...le ruego me acompañe a la oficina. Hay algo que aún no se ha resuelto y es imperativo que usted decida.

CATALINA: Me imagino. Es el momento de traer al difunto, ¿verdad?

SR. RIVERA: En unos minutos. Pero...

CATALINA: ¿Y me lo dice así, tan tranquilo?

SR. RIVERA: Señora, yo veo muertos todos los días. Aunque debo decirle que, de todos los difuntos del mes, su marido es el mejor que se ve. ¿Podríamos hablar en la oficina?

CATALINA: No se preocupe.

SR. RIVERA: Pues, como usted sabe, su marido dejó instrucciones de que lo cremaran. Pero usted ordena que lo llevemos al campo santo, enterito como está. Quería saber qué ha decidido al respecto, porque todo está pautado para las tres de la tarde. ¿Se crema al señor Mirós y Mirós o partimos hacia el campo santo?

CATALINA: ¡Jamás permitiré que lo cremen! Es en lo único que no puedo complacer a mi amantísimo esposo. Yo quiero que llegue a la tierra nuestra. ¡Qué nuestro suelo se nutra con su cuerpo y sea dueño de toda su sabiduría! Ese hombre fue un santo. Su único pecado fue el original.

SR. RIVERA: A la verdad que es difícil conseguir un hombre así.

CATALINA: La comitiva, (*Y señala hacia público.*) que será enorme, partirá a las tres en punto hacia el campo santo.

SR. RIVERA: Como ordene la señora. (*Se retira.*)

CATALINA: ¿Qué les pareció el señor Rivera? Como que es un poco... fino, verdad. Quiero que sepan que, cuando vio al esposo de Stephanie, le dio una mirada de arriba abajo... Yo creo que al señor Rivera le gusta el mangú. El mangú se hace con guineos y plátanos saben... (*Se marea.*) Estoy bien. No se preocupen. Tienes que ser fuerte Catalina, tienes que ser fuerte porque en segundos traerán el ataúd con los restos mortales de tu amantísimo esposo y tienes que dar el ejemplo ante todos. No puedes flaquear. ¡Dame fuerzas Santa Rita!

RIVERA: (*Entrando.*) Señora Mirós y Mirós...

CATALINA: Dígame señor Rivera...

SR. RIVERA: Mi esposa me informa que llegó el momento de exponer al difunto.

CATALINA: Acá entre nos, ¿puede dejarlo para un poquito más tarde? Yo no tengo prisa, sabe.

SR. RIVERA: ¡Señora Mirós y Mirós, hay miles de personas allá afuera, esperando verlo y decirle adiós!

CATALINA: Está bien. (*A público.*) Calma amigos, calma... no lloren... Yo sé que este momento es difícil pero no hay otra alternativa... ¡Dame fuerza Santa Rita para verlo postrado para siempre!

RIVERA: ¿Preparada?

CATALINA: Sí señor Rivera, sí, estoy preparada. Seré fuerte porque yo tengo un *finishing school*... ¡Que entren el ataúd! (*Música para la ocasión. El señor Rivera lo hace. Sobre el ataúd está la bandera de Puerto Rico. El señor Rivera la compone.*)

CATALINA: ¡El ataúd de Bartolo! Esto es lo que yo llamo un Mercedes Benz serie 500. ¿Ven ese huequito que está ahí? Pues es una cápsula del tiempo. Se escribe la biografía del difunto y se aloja dentro. Si por casualidad un día hubiese una tormenta y todos los ataúdes saliesen flotando por el pueblo con tan sólo abrir esa hendidura se identificaría a Bartolo. Como podrán observar es de madera sólida. Caoba del Municipio Autónomo de Ponce. Sus terminales son de bronce. Pero no un bronce elaborado en Cataño o Carolina. No, no. Yo no lo hubiese permitido. Este bronce viene de Egipto. De la mina donde Cleopatra forjaba sus vasijas y meaba. ¡Qué botada me he dado! (*Aclarando.*) ¡Es que Bartolo se lo merece!

SR. RIVERA: Señora Mirós y Mirós...

CATALINA: Dígame señor Rivera...

SR. RIVERA: Como viuda a usted le toca abrir el ataúd.

CATALINA: ¿Qué a mí me toca abrir el ataúd? ¡Ay, deje eso! Ábralo usted…

SR. RIVERA: De acuerdo al nuevo protocolo...

CATALINA: ¿Tengo que ser yo?

SR. RIVERA: Sí señora.

CATALINA: Así será entonces. Seré fuerte. Y me comportaré como una Mirós y Mirós. Con clase y altura, como la gente de este pueblo. ¡Dame fuerzas Santa Rita, dame fuerzas! (*Para ella.*) Mete mano Catalina, mete mano. (*Con visible miedo Catalina abre la tapa del feretro.*) Señor Rivera, ¿está ahí?

SR. RIVERA: Sí señora. Le apliqué una base Max Factor y quedó bello, bello!

CATALINA: ¿Y está muerto?

SR. RIVERA: ¡Y no lo levanta ni Cristo!

CATALINA: ¿Y está seguro que es Bartolo?

SR. RIVERA: ¡Segurísimo!

CATALINA: (*Temblorosa se llega y observa a Bartolo.*) Ahhh!

SR. RIVERA: (*Asustándose por el grito de Catalina.*) ¡Ahhh!

CATALINA: (*Se da contra las paredes, corre y se sienta en la falda de algún caballero.*) No se aproveche, sabe, no se aproveche. ¡Gracias por ese minuto de gloria! (*El señor Rivera corre tras ella con intención de asistirla.*)

SR. RIVERA: (*Luego de sentarse en la falda de algún caballero.*) ¡Respéteme, respéteme que soy casado y tengo tres hijos!

CATALINA: (*Se repone falsamente. El señor Rivera la asiste hasta el ataúd.*) ¡Ay Bartolo, Bartolo! (*Toma al difunto por los hombros y lo sacude.*) ¡Ay Bartolo, no te vayas, no te vayas! (*Ahora comienza a echar saliva por la boca, comienza a temblar. Ahora su temblor es más fuerte. Fuera de control, Catalina da un salto en el aire. Rueda por el piso. Se para en seco. A Público.*) Les dije que sería fuerte y lo cumplí. Este momento tan terrible debe prevalecer para la historia. (*Entregándole una cámara al señor Rivera.*) Una foto, por favor. (*El señor Rivera toma la cámara y la retrata.*) Un momentito, por favor. (*Posa en varias actitudes, ridiculísimas.*)

SR. RIVERA: Tómeme una para ser parte de la historia. (*Posa. Catalina lo retrata.*)

CATALINA: Gracias. Por favor, envíe copias a la Alcaldía. A nuestro Centro Cultural, al Ateneo Puertorriqueño y al Instituto de Cultura Puertorriqueña. (*Sale el señor Rivera. Por el público aparece Lola Marrero, quien está rigurosamente vestida de negro y con sombrero. Toma asiento en la primera fila. Luce llorosa y no despega los ojos del ataúd. Observando fijamente a Bartolo.*) ¡Qué bien se ve! Parece que está dormido. Con la misma paz que siempre le distinguió. Le dejé sus espejuelos. Aunque sé que no es necesario porque estoy segura que nuestro Señor lo esperó en la misma puerta del túnel: "*Bienvenido a tu nueva morada*", estoy segura que le dijo. ¡Ay, yo me imagino la alegría que sintió cuando, al comienzo, del túnel se encontró con su madre! (*Con intención.*) ¿Verdad que te alegró ver a tu madre? (*Llora desconsoladamente.*) ¡Ay Bartolo, Bartolo cuánto te extraño! Quería decirles que, dentro de las manos de Bartolo, encontré ésta nota y quiero hacerles partícipe: (*Toma la nota dentro de las manos del difunto.*) La nota dice así: "Por favor, que alguien se comunique con Dios para que Dios me explique qué fue lo que Aníbal Acevedo Vilá se fumó cuando aprobó el IVU". ¡Qué bonita escritura tenía! Señor Rivera, por favor, una silla...

SR. RIVERA: (*Desde afuera.*) ¡Enseguida! (*Entra, le coloca la silla y le entrega el Libro de Oraciones.*)

CATALINA: Gracias. (*Abre su cartera y saca otros espejuelos. Estos son estrepitosamente llamativos. Mostrándolo.*) Cartier, por supuesto. Ahora procede la invocación, que se llama "Oración de los Fieles", que no es otra cosa que rogar por el descanso eterno de ése siervo de Jesús que partió desde la tierra hacia la eternidad. A cada una de mis plegarias ustedes contestaran "Roguemos al Señor". Hagamos un ensayo. (*Instándolos. Lo próximo es leído del libro.*) Vamos, repitan: Roguemos al Señor.

PÚBLICO: Roguemos al Señor.

CATALINA: Perfecto. (*Anuncia.*) "Oración de los Fieles." Por el descanso eterno de Bartolo Mirós y Mirós.

PÚBLICO: Roguemos al Señor.

CATALINA: Por las mujeres con quien fue tan generoso...

PÚBLICO: Roguemos al Señor.

CATALINA: Por los huevos de Bartolo.

PÚBLICO: Roguemos al Señor.

CATALINA: Por el roto de Bartolo.

PÚBLICO: Roguemos al Señor.

CATALINA: Por las damas de este pueblo que se las pegan al sus maridos.

PÚBLICO: Roguemos al Señor.

CATALINA: Por los maridos que no saben que sus mujeres se las pegan.

PÚBLICO: Roguemos al Señor.

CATALINA: Por que nos clavaron con el IVU.

PÚBLICO: Roguemos al Señor.

CATALINA: Por el Impuesto Municipal.

PÚBLICO: Roguemos al Señor.

CATALINA: Por los dientes de Michelle Obama.

PÚBLICO: Roguemos al Señor.

CATALINA: Por el Articulo 103 que prohíbe el matrimonio entre parejas del mismo sexo.

PÚBLICO: Roguemos al Señor.

CATALINA: ¡Porque sea aprobado y sea para ya!

PÚBLICO: Roguemos al Señor.

CATALINA: Por las lesbianas destapadas de América.

PÚBLICO: Roguemos al Señor.

CATALINA: Por las que aún no se han destapado.

PÚBLICO: Roguemos al Señor.

CATALINA: Por Jeniffer López y Mark Anthony.

PÚBLICO: Roguemos al Señor.

CATALINA: ¡Porque la metan presa para siempre!

PÚBLICO: Roguemos al Señor.

CATALINA: Por Sila María Calderón y por Cantero... que Dios los haya perdonado.

PÚBLICO: Roguemos al Señor.

CATALINA: Por las escoltas de los ex gobernadores.

PÚBLICO: Roguemos al Señor.

CATALINA: Por las madres de los que aprobaron los descuentos para los *seniors* a los espectáculos públicos.

PÚBLICO: Roguemos al Señor.

CATALINA: Por Ricky Martín y sus hijos.

PÚBLICO: Roguemos al Señor.

CATALINA: Por los futuros amantes de Ricky Martin.

PÚBLICO: Roguemos al Señor.

CATALINA: ¡Porque Bartolo se encuentre con su madre en el cielo!

PÚBLICO: Roguemos al Señor.

CATALINA: Amigos, voy a tomar un leve descanso y vuelvo enseguida con ustedes. (*Llamando.*) ¡Señor Rivera... (*Le entrega el libro al señor Rivera, quien sale. Llega hasta el ataúd. Observa a Bartolo triste e hipócritamente, le pasa la mano por la frente. Al levantar la cabeza descubre a Lola en el público, quien llora desconsoladamente. Para ella.*) No me gusta esa mujer ni la continua pena que la embarga. (*Llamando.*) Señor Rivera...

SR. RIVERA. (*Entrando.*) Sí. Dígame.

CATALINA: (*Secretamente.*) ¿Sabe quién es la del sombrero y velo en el rostro?

SR. Rivera: No sé. Pero lleva bastante tiempo sollozando y no le ha quitado los ojos de encima a usted. ¿Me permite un leve comentario?

CATALINA: Adelante.

SR. RIVERA: Tiene una cara... cómo le digo, tiene una cara... no sé, pero tiene una cara...

CATALINA: ¿De qué?

SR. RIVERA: ¡De puta que no hay quien se la despiste! ¡Oh, perdón!

CATALINA: Eso pensé. Que tiene cara de... pena. (*Decidida y, desde donde esté, Lola inicia el camino hacia Catalina.*)

SR. RIVERA: Parece que el cuero, digo, la señora, viene a rendirle sus respetos al difunto. (*Se retira.*)

LOLA: (*Llegando hasta Catalina.*) La acompaño en su dolor.

CATALINA: Gracias.

LOLA: Mi nombre es Lola Marrero.

CATALINA: Gracias señora Marrero.

LOLA: ¿No me recuerda?

CATALINA: ¿Lola... Marrero... (*Y sigue.*) Perdóneme, pero no la recuerdo. Ah, ¿Lola Marrero, del Departamento de Contabilidad...?

LOLA: La misma.

CATALINA: (*Maliciosa.*) ¡Oh, sí, sí, claro! Ahora la recuerdo. Usted trabajó por muchos años para nuestra empresa. (*Con intención.*) Yo siempre le decía a Bartolo... -qué amable es esa empleada que con tanta frecuencia te trae café-.

LOLA: Es que, además de ser mi jefe, el difunto y yo fuimos íntimos amigos.

CATALINA: Sí, sí. Es que, como hombre inteligente que fue, prefería que los empleados de sus empresas se sintiesen como "*íntimos amigos*".

LOLA: A decir verdad, fuimos algo más.

CATALINA: Caramba, no sabía de esa confianza, pero no me sorprende. Bartolo fue un hombre muy reservado. Nunca me habló de sus trivialidades ni me importaron.

LOLA: No fue una trivialidad. Y como el tiempo acorta vine a...

CATALINA: ...a preguntar lo que todos quieren saber, qué le pasó a Bartolo,

90

¿verdad?

LOLA: Pues entre otras cosas, pues... sí. ¿Es cierto que pidió que lo cremaran?

CATALINA: Sí. Lo dejó estipulado en el testamento y que esparciesen sus cenizas por nuestras montañas. Pero, por supuesto, no voy a permitirlo. Será sepultado en el cementerio del pueblo.

LOLA: No salgo del asombro porque Bartolo era un hombre mayor (*sexualmente*), pero muy saludable...

CATALINA: Demasiado saludable. Pero tenía una gran debilidad. Le gustaba demasiado la carne, (*con intención*) y de la barata.

LOLA: (*Devolviéndole la agresión.*) Así es. Él siempre me decía que odiaba la carne de gallina... vieja.

CATALINA: Pero hay gallinas viejas que dan buen caldo. Y por tener aventuras fuera de su gallinero, por estar comiendo en exceso carne barata, le provocó un ataque fulminante al corazón. Bueno señora, gracias por venir.

LOLA: Todavía no he terminado. ¿Ve al joven que está sentado allí, el de la camisa blanca?

CATALINA: (*Mirando hacia público.*) Sí.

LOLA: Es mi hijo Junior.

CATALINA: (*Indagando, pero adivinadora.*) Es muy guapo. No sé por qué, pero me parece familiar. Como si lo hubiese visto antes.

LOLA: Es que se parece a su padre.

CATALINA: ¿A su padre? ¡Cuánto me alegro que se haya casado!

LOLA: Nunca me casé.

CATALINA: Veo, veo... ¿Entonces ese hijo es... ilegítimo, no?

LOLA: Pues fíjese, no lo es. Fue reconocido por su padre. Mírelo bien.

CATALINA: (*Reconociendo en el joven la cara de Bartolo.*) De momento estoy desconsolada por la partida de mi marido... no puedo hablar más...

LOLA: ¡De aquí no me muevo sin hablar con usted!

CATALINA: Perfecto. (*Llamado.*) ¡Señor Rivera...

SR. RIVERA: (*Entrando.*) Dígame...

CATALINA: No permita que nadie pase hasta el ataúd, debo terminar un asunto con esta... señora.

SR. RIVERA: (*Apartándola.*) ¿Me permite otro leve comentario?

CATALINA: Por supuesto.

SR. RIVERA: ¡A mí que me perdonen, a mí que me perdonen, pero esa ha echado más polvos que el Sahara! (*Sale.*)

CATALINA: (*Llegando hasta Lola. (Especial sobre las dos mujeres.*) Usted dirá.

LOLA: Catalina...

CATALINA: ¡Señora Mirós y Mirós!

LOLA: Comprendo por el momento que atraviesa.

CATALINA: ¡Le aseguro que no lo sabe! Usted no vino aquí a rezar. Vamos al grano.

LOLA: (*Volviendo el rostro hacia Junior.*) Observe bien a mi hijo. Obsérvele los ojos, la caída de la mirada... la forma del rostro... Note, además, las dos entradas al comienzo del cabello...

CATALINA: ¡Al grano!

LOLA: Su marido es el padre de mi hijo.

CATALINA: ¡Mentira!

LOLA: Obsérvelo bien.

CATALINA: ¡Le repito que es mentira! ¿Hijo de Bartolo? ¡Explíqueme lo que está diciendo!

LOLA: Todo comenzó cuando yo trabajaba en la maderera.

CATALINA: Veo, veo. ¿Entonces fue por eso que renunció, para ocultar la barriga? ¡Qué fácil brincó del escritorio a la cama de un motel de mala muerte con el jefe! ¿Quiere que le diga una verdad?

LOLA: Adelante.

CATALINA: A las mujeres de su clase se les llama de una sola manera. Y voy a ser elegante con el apodo: rameras.

LOLA: ¡No me falte el respeto!

CATALINA: ¡Usted me lo faltó primero! ¿Y cómo quiere que la llame? ¿Sabe lo humillante que me resulta que una ex empleada de mi empresa, porque también es mía, venga a decirme que tiene un hijo de mi marido?

LOLA: Déjeme que le explique. Yo era una muchacha...

CATALINA: ¡Ya comenzó mal! "*Yo era una muchacha...*" ¡Gastado! Cuénteme algo terrible. Espelúznate. Que mi marido le puso un cuchillo en la garganta y la ultrajó. Entonces, ¿por qué no corrió inmediatamente a la policía y lo denunció? ¿Sabe por qué no lo hizo? ¡Porque estaba mareada con los billetes de mi marido!

LOLA: ¡No es cierto.

CATALINA: Ya sé que eso es muy común en estos días, y cómodo para muchas mujeres, sostener una relación con un hombre casado. Se diría que ya es hasta aceptable en nuestra sociedad. ¡Pero yo soy de las que no me echaría un cortejo arriba porque esa práctica a mí no me va! Mis principios morales no me lo permitirían porque en mi casa me enseñaron decencia. ¿Qué vino a buscar? Imagino que usted no está aquí porque tenga el corazón dolido, porque no tiene. Vamos al grano. ¿De cuánto estamos hablando?

LOLA: Yo no vine a buscar dinero para mí.

CATALINA: ¡Ay Lola, el noventa y nueve punto noventa y nueve de las cosas se resuelven con dinero! El dinero nos alivia las penas porque, en nuestros momentos de dolor, no es lo mismo llorar en un restaurante sobre una langosta que llorar sobre un Whopper en un Burger King.

LOLA: Vine, preocupada, por el futuro de mi hijo.

CATALINA: ¿Ve que se trataba de dinero? No se preocupe. Si ese niño es hijo de Bartolo tendrá la educación y el cuidado que se merece. ¡Pero tendrá que probarlo en una corte!

LOLA: No me preocupa, en lo más mínimo, lo que la gente hable de mí!

CATALINA: Es obvio. Le recuerdo el dicho. "*Pueblo chiquito infierno grande*". Ante todos usted será la infame. La otra. ¡Y su hijo un polvo más de Bartolo!

LOLA: ¿Conoce la firma de abogados Gutiérrez & Martínez?

CATALINA: ¡Me basta con saber quiénes son los míos! ¿Dónde usted trabaja Lola?

LOLA: No ha sido necesario.

CATALINA: ¿Entonces mi marido la mantenía?

LOLA: Si gusta, llamémoslo así.

CATALINA: Veo, veo. ¡Entonces, mientras yo estaba en mi casa, protagonizando el papel de señora, usted estaba en la suya...

LOLA: ...en una actuación especial como la corteja! ¡Y no siga insultándome porque se me va a olvidar que estamos en una funeraria!

CATALINA: ¡Pues tírese que está llanito! Y como usted no tiene nada que perder me voy a echar arriba el papel de victima. ¿Quiere que le diga a toda esa gente que Bartolo murió en un motel de mala muerte, después de haberse revolcado con usted? ¿Que después de haber tenido relaciones lo dejó allí, en aquél motelucho? ¡O peor aún! ¿Murió frente a usted y para no verse implicada allí mismo lo abandonó?

LOLA: ¡Eso no es cierto!

CATALINA: Pasó horas tirado en el baño hasta que los empleados del motel, preocupados por la tardanza del cliente, abrieron la puerta y lo encontraron. Como aparentemente lo conocían llamaron entonces a la maderera. De allá me llamaron a mí y ésta servidora corrió al repugnante recinto. ¡Qué humillante! Una dama de mi clase entrando a un motel para socorrer a su marido. Entonces lo traje a la casa y aparenté que, en su hogar, había recibido un ataque masivo al corazón.

LOLA: Pero las noticias dijeron...

CATALINA: Sí, sí. Eso fue lo que dijeron las noticias, que murió en mis manos. Pero fue en un motelucho de mala muerte y usted lo dejó allí muriéndose.

LOLA: ¡Usted esta loca!

CATALINA: ¡Pero estoy en tratamiento!

LOLA: Bartolo, en un motel...

CATALINA: Palidece Lola. El sudor se le asoma en la frente en signo de sorpresa. Es natural que usted dude de mis palabras, pero pase por el motel nuevamente y pregunte si en la cabaña ciento catorce apareció un hombre tirado en el suelo y si una mujer, o sea, yo, fue a recogerlo para llevarlo a su casa.

LOLA: ¡Señora Mirós y Mirós, yo no tenía necesidad de entrar a un motel con Bartolo! ¡Se lo juro por lo más sagrado!

CATALINA: ¿Me lo jura? ¿Me jura, por la salud de ese niño, que usted no estaba en ese motel con mi marido?

LOLA: ¡Se lo juro!

CATALINA: ¡Pues entonces nos la estaba pegando a las dos! (*Lola, temblorosa, y con gran disimulo se llega hasta el ataúd.*) Lola, Lola... ¿qué le pasa, se fue en paro? La comprendo. Yo quedé comatosa cuando encontré a Bartolo tirado en un baño de un asqueroso motel.

LOLA: ¡Perro!

CATALINA: ¡Tranquila Lola, tranquila! Disimule su indignación. ¡Y bienvenida a la gran payasada que es la funeraria! (*Vuelve la luz natural.*) Señor Rivera...

SR. RIVERA: Sí, dígame...

CATALINA: La señora Marrero está en *shock*. ¿Podría ofrecerle un calmante?

SR. RIVERA: Con mucho gusto. (*Salen.*)

CATALINA: (*Llega hasta el féretro.*) Santa Rita estoy comenzando a irme en brote. No me lo permitas. (*En baja voz a Bartolo.*) ¿Recuerdas cuando te confronté porque hacía años que en nuestra cama no pasaba nada? Yo me la pasaba dando brincos como si fuese un pez fuera del agua por las calentura que tenía. Temblorosa y sudorosa te pedía que me echaras la patita. Con lágrimas en los ojos, y apenadísimo, me dijiste que estabas impotente. Entonces me callé y nunca más volví ha hablarte del tema. ¡Canalla! Si no fuera porque la funeraria está llena de personalidades y en estos momentos hay que aparentar, se me olvidaba el *finishing school*, te sacaba de la caja y te aplastaba como a una cucaracha. ¡Asqueroso! (*A los dolientes.*) Amigos, la comitiva partirá a las tres en punto de la tarde y pienso que estaremos llegando al cementerio pasado mañana como a las once, ya que primero lo pasearemos frente a la Alcaldía, por la maderera, por la ferretería, por la huevera, por los barrios que tanto socorrió y por varios moteles... (*Para que todos la escuchen. Agarrándose al féretro.*) ¡Ay Bartolo, Bartolo, qué bueno fuiste! ¡Cómo voy a extrañarte! (*Por lo bajo.*) Siempre supe que tuviste una corteja en cada montaña del pueblo. Eso siempre te lo aguanté muy disimuladamente. Me hacía la desentendida porque cuando me casé contigo lo hice para siempre, siguiendo las recomendaciones de mi madre y de la santa iglesia. Pero, que te hayas muerto por un polvo mal echado, sabrá Dios con qué cuero; que tengas un hijo con una ex empleada, es un agravio imperdonable. (*Volviendo al disimulo.*) ¡Ay Bartolo, Bartolo, qué pena tengo en el alma! (*A lo lejos, escuchamos toques de bomba y plena.*)

SR. RIVERA: (*Entrando.*) ¡Amigos, se prendió la funeraria! La música que escuchan de fondo es la delegación del Instituto de Cultura Puertorriqueña. Bartolo fue muy amigo de Ricardo Alegría y Ricardo, como excelentísimo guardián de nuestra cultura, nos ha enviado esos toques musicales tan patrióticos. Por supuesto, Ponce no podía quedarse atrás y nos ha enviado una comparsa de vejigantes. (*Dando pasitos de baile.*) Allá fuera, Tembandumba de la Quimbamba está revuelta sacudiendo las caderas y los espíritus de Carmita Jiménez, Churumba, Tite, René y Paco Arriví bajaron a sacudirse en una explosiva plena. (*Haciéndolo.*) ¡Eso! Que nadie se preocupe que, en segundos, llegaran los sandwiches confeccionados en "Bocadillé La Morsillé ", una pastelería francesa radicada aquí, en nuestro culto pueblo de Utuado. ¡Ah, tenemos chocolate! El chocolate no puede faltar. ¿Saben que el chocolate es mejor que el sexo? ¿Usted no lo sabía? Pues mire, el chocolate es mejor porque, duro o blandito, satisface de la misma forma. Y para los que no deseen chocolate, en el estacionamiento tenemos Ron Don Q, Whiskey, cerveza y chicharrones, cortesía de Ramón Luis, el alcalde de Bayamón. Por supuesto, el toque clandestino no puede faltar: tenemos pitorro de las montanas de Utuado. ¡Hay de todo, señores! (*Llegando hasta Catalina.*) Como ve, señora Mirós y Mirós, me he encargado de todos lodos los detalles.

CATALINA: Gracias.

SR. RIVERA: Ah, y quería decirle que, aquella señora que está allí, con dos niños al lado, quiere hablar con usted.

CATALINA: ¿Conmigo? Pero si yo no la conozco.

SR. RIVERA: Me dijo que era muy importante. Y aquella otra, la que está detrás de ella, la que tiene otro niño al lado, también quiere hablar con usted.

CATALINA: ¡Pero qué extraño! Será que quieren darme el pésame.

SR. RIVERA: Y la que está llorando en la esquina, con gemelos... también desea hablarle.

CATALINA: ¡Qué mucha gente buena, verdad!

SR. RIVERA: Sí. ¡Parece que don Bartolo repartió bastante huevo!

CATALINA: Dígales que, en cuanto tenga tiempo, les saludaré.

SR. RIVERA: Se lo diré a mi esposa para que se encargue personalmente de ese detalle. (*Va a retirarse.*)

CATALINA: Señor Rivera...

SR. RIVERA: Mande usted.

CATALINA: ¿Podría darme una manita con los rezos? Estoy sumamente cansada.

SR. RIVERA: Con mucho gusto.

CATALINA: Y dígale a la señora Marrero que nos acompañe, por favor. (*El señor Rivera sale en busca de Lola y el libro de rezos.*) Amigos, llegó el momento de rezarle a ese hijo de la gran... noble tierra borincana. (*El señor Rivera regresa acompañado de la señora Marrero.*) Por favor, busque una silla para la señora. (*A público.*) Las oraciones estarán a cargo del señor Rivera. Lola, ¿me acompaña?

SR. RIVERA: Dos Padre Nuestro, *please*. Vamos... Se comienza así: "Por la señal de la santa cruz de nuestros enemigos, líbranos Señor Dios nuestro. En el nombre del Padre, del Hijo y del Espíritu Santo, amén. (*Hará lo imposible para que todos los dolientes recen y los guiará para que, en determinando momento, bajen la voz, lo suficiente, para escuchar la próxima conversación. Los rezos a continuación no son los rosarios exactos que se harían en una ceremonia de este tipo, porque son larguísimos. Los próximos, son una licencia de tiempo, teatral, que se toma el autor. El señor Rivera toma una esquina de la funeraria para dejar espacio a Catalina y Lola en el centro de la escena.*)

SR. RIVERA: (*Instando al público a rezar.*) "Padre nuestro, que estás en los cielos, santificado sea tu nombre..." (*El público no lo hace.*) ¿Qué pasa, se les olvidó el Padre Nuestro?

SR. RIVERA Y PÚBLICO: Padre nuestro que estas en los cielos...

LOLA: Llévatelo contigo a las pailas del... infierno.

SR. RIVERA: (*A público.*) ¡Más alto, que las cosas están calientitas! Hágase Tu voluntad aquí en la tierra como en el cielo.

CATALINA: ¡Cuida de las once mil vírgenes Señor! ¡Aléjalas de Bartolo!

SR. RIVERA: Y perdona nuestras deudas así como nosotros perdonamos...

CATALINA y LOLA: ¡No lo perdono! ¡No lo perdono!

SR. RIVERA: Por favor, ahora dos Santa María. Dios te salve María, llena eres de gracia. Bendita tú eres entre todas las mujeres y bendito sea el fruto de tu vientre Jesús... Santa María, Madre de Dios. Ruega por nosotros los pecadores ahora y en la hora de nuestra muerte. Amen.

CATALINA: ¡Santa María, que no tenga descanso nunca, nunca, nunca!

LOLA: Estoy de acuerdo con usted.

CATALINA: ¡Usted se calla que la esposa soy yo!

SR. RIVERA: Por favor. Ahora el Credo. ¡Dos veces, *please!* (*Por lo bajo.*) Creo en Dios padre, Todo poderoso... Creo en Dios padre, Todo poderoso Creador del cielo y de la tierra. Creo en Jesucristo, su único hijo que fue concebido por obra y gracia del Espíritu Santo.

(*Las plegarias siguen de fondo.*)

LOLA: ¡Bartolo, muerto en un motel sabrá Dios con quién…

CATALINA: Señora Marrero, ¿usted ve a aquella señora que tiene un niño al lado, y la otra y la otra que están detrás?

LOLA: Sí.

CATALINA: ¡También quieren hablarme y presentarme a sus hijos!

LOLA: (*Hacia el ataúd.*) ¡Bartolo, chupa mattre!

CATALINA: Al menos me cabe una satisfacción. No me la pegó dentro de la casa porque, lo que fue a Hilary Clinton, creo que escuchaba los gritos de Mónica todos lo días desde su oficina.

LOLA: ¡Es que es insoportable pensar que fui traicionada!

CATALINA: Bartolo siempre decía. "*Del polvo vengo y pal' polvo vuelvo*". (*Se vuelve hacia la muchedumbre y reza.*)

SR. RIVERA ...por obra y gracia del Espíritu Santo. Amén. (*Sale.*)

CATALINA: ¡Señora Marrero, antes de irse para el bufete de sus abogados, la invito a quedarse porque habrá un final espectacular! (*Llega hasta el ataúd.*) Por si acaso tu espíritu está rondando quiero que sepas que ya tus hijos preguntaron por la repartición de bienes. Imagino que harán lo mismo cuando me toque. A la verdad que cuando uno se muere no vale un carajo. Sí, sí. Eso no puedo negártelo. Fuiste un excelente padre. Nada les faltó y los querías apasionadamente.

SR. RIVERA: (*Entrando.*) Señora, Mirós y Mirós...

CATALINA: Sí, Señor Rivera, dígame...

SR. RIVERA: Llegó el momento.

CATALINA: (*Dramática.*) Eso me temía. Llegó el momento duro. El del adiós. Pero nunca se le dice adiós a quien se ha amado. Señor Rivera...

SR. RIVERA: ¿Sí...

CATALINA: Continúe con los rezos mientras me despido de mí amantísimo esposo.

SR. RIVERA: ¡Por supuesto que sí... (*Sale y regresa con otro libro de oraciones.*)

CATALINA: (*Llega hasta el ataúd y por lo bajo comenta.*) Ya dije, para que todos escucharan, las bondades que te caracterizaban. Ahora tengo que decirte otras... entre tú y yo. ¡Qué asqueroso fuiste! Como soy una gran dama no me queda más remedio que darte cristiana sepultura. ¡De lo contrario te hubiese llevado a la plaza del pueblo y te hubiese dejado a la intemperie para que los perros te devoraran! (*Aparentando hacia el público.*) ¡Ay, Bartolo, Bartolo! (*Vuelve a Bartolo.*) ¡Que no tengas perdón del Padre, que jamás tengas consuelo, ni en el infierno que es donde debes estar! (*Disimulando.*) ¡Ay Santa Rita, llévalo ante la presencia de Dios! (*Hacia Bartolo:*) ¡Me las vas a pagar! (*Hacia público.*) ¡Qué bueno fue Cristo amado, qué bueno fue! (*Hacia Bartolo.*) ¿Sabes una cosa? ¿Sabes de lo que verdaderamente me arrepiento? Que jamás te las pegué. ¡Qué pendeja fui! Voy a gastarme todo tú dinero. ¡Todo, hasta el último centavo y voy a buscarme un par de novios! ¡Pues claro que voy a hacerlo si yo todavía estoy enterita! Es una pena que tenga que enterrarte, por lo que soy yo, hubiese preferido dejarte pudrir en plena plaza del pueblo, delante de todo el mundo y sin el Padre Nuestro.

SR. RIVERA: ¡Y vendrá a juzgar a los vivos y a los muertos!

CATALINA: ¡Que me juzguen, que me juzguen! ¡Me importa tres pepinos!

SR. RIVERA: ¡La resurrección de la carne y la vida perdurable!

CATALINA: ¡Al infierno la carne!

SR. RIVERA: (*Por el comentario de Catalina.*) ¡Amén! ¡Amén! ¡Amén! Por los siglos de los siglos...

CATALINA: ¡De tal palo tal astilla! ¡Fuiste como tu madre, que se la pegó a tu padre con su mejor amigo!

SR. RIVERA: ¡Amén! ¡Amén!

CATALINA: (*En alta voz, para que todos la escuchen.*) ¡Ay Bartolo, Bartolo, qué pena tengo en el alma! (*Volviendo la cara hacia el difunto.*) ¡Prepárate, que lo que te viene es espectacular!

CATALINA: Señor Rivera, ¿usted preparó al difunto?

SR. RIVERA: Sí señora. (*Sexual.*) ¡Era... talentosísimo!

CATALINA: ¿Existe alguna posibilidad, aunque sea remota, de que esto sea un mero ataque de catalepsia?

SR. RIVERA: Señora Mirós, antes de meterle la manguera, repleta de formalina, y el jarabe "*Tutancamón Plus*", le dije los polvos, perdón, los verbos mágicos: *levántate y anda*. Y no dijo ni pío.

CATALINA: ¿Entonces está muerto *plus*?

SR. RIVERA: Sí.

CATALINA: ¿Y es la hora?

SR. RIVERA: Sí. Ya mi esposa y mis hijos (*recordándole*) tengo tres, llamaron al cementerio y la fosa está lista. En estos casos, se pronuncian unas breves palabras y suplicamos, para evitar tristes despedidas, que la familia abandone el salón y espere afuera. Yo me encargaré de cerrar el ataúd.

CATALINA: No. (*Para ella.*) ¡Ese gusto me lo doy yo! No se preocupe. Desde hoy mismo se cambia el protocolo. Le toca a la viuda cerrar el ataúd. (*A público.*) Amigos... Hermanos... de pie. (*Debe lograr que el público lo haga.*) Llegó el momento de darle cristiana sepultura a quien fuera mi amantísimo marido... (*se persigna*) descanse en paz... (*entre dientes.*) si puede. Señor Rivera, por favor, avísele a mis hijos que llegó el momento.

SR. RIVERA: ¡Están en el estacionamiento y tienen una borrachera... (*Sale.*)

CATALINA: Adelante, señora Marrero. Estoy segura que usted querrá compartir este momento.

LOLA: ¡Mándelo pal... lejos, lejos!

CATALINA: ¡La última mirada!

LOLA y CATALINA: (*Llorosas*.) ¡Ah, ah!

CATALINA: (*Tristísima*.) Quiero darles a todos las más expresivas gracias por la asistencia en este momento tan doloroso. En especial a la señora Marrero que, al final del camino, me trajo un poco de luz. Este es el momento más desgarrador de mi vida. Si algo me distinguió, fue superarme cada día como madre, y ser la más amorosa de las esposas. Lamento que Bartolo ya no esté entre nosotros para que de fe que siempre le obedecí como fiel esposa. Como saben, siempre me reafirmé en que los restos de nuestro querido Bartolo fueran llevados a la tierra que lo vio nacer. (*Gozosa*.) Pero he cambiado de sentir y yo, Catalina La Grande cumpliré su último deseo. ¡La decisión es firme e irrevocable: (*Pone su mano sobre la tapa del ataúd. Fulminante*.) ¡Que quemen a ese hijo de la gran puta! ¡¡Que lo quemen, que lo quemen!! (*Violenta tira la tapa y sale triunfante por el público*.)

Telón

25 de Diciembre de 2006 12:14 PM

Reparto de la segunda versión: Maribel Quiñones, Noelia Crespo, Albert Rodríguez, Marian Pabón, Junior Álvarez, Alí Warrington, Linnette Torres.

¡Terapia para mi suegra! (¡Ay mi madre!)

(**Terapia para mi suegra (¡ay mi madre!)** *fue estrenada en el Centro de Bellas Artes Luis A. Ferré, San Juan, Puerto Rico, la noche del Sábado 11 de Marzo de 2006. Luego se representó en el Teatro Oliver de Arecibo el Sábado 1ro. de Abril y el Centro de Bellas Artes de Aguada el Sábado 8 de Abril. Fue producida por Joseph Amato para la compañía teatral Producciones Candilejas con la siguiente reparto y ficha técnica.*)

(Personajes en orden de intervención)

ESTHER:	Ofelia Dacosta	Asistente del Director: Carlos Santiago
HELDA:	Noelia Crespo	Diseño de la escenografía: José Manuel Díaz
CELESTE:	Alba Nydia Díaz	Concepción cuadros y telaraña: Sr. Díaz y Sra. Valentín
CORDELIA:	Raquel Montero	Utilería: José Manuel Díaz
LUISA:	Johanna Ferrán	Utilera: Suannette Vidal-Febus
TERAPEUTA:	Georgina Borri	Publicidad: Juan González-Bonilla
UN HOMBRE:	Abdiel González	
UNA MUJER:	Sara Jarque	

Dirección Artística:
Sonia Valentín

Producción General:
Joseph Amato

Escenografía:

(*La comedia toma lugar en el consultorio de una terapeuta. Al fondo la puerta de entrada color roja. Al lado izquierdo un escritorio con un colorido arreglo floral. Un sofá o cinco butacas que estarán en forma de media luna de modo que el escritorio de la Terapeuta les quede de frente. A esa "media luna" la llamaremos "redondel", que nos transportará a diferentes lugares. Cada vez que la acción tome lugar en ese redondel tendrá una luz especial dejando el resto de la escena en tinieblas. Al lado de cada butaca una mesita y sobre ellas una caja de Kleenex que las belicosas madres utilizarán casi continuamente. Entre cada butaca habrá suficiente espacio para que la Terapeuta interactúe con las conflictivas madres. El color del decorado junto con el arreglo floral hacen del lugar uno placentero. Como el decorado no es corpóreo tendremos de fondo una tela de araña como símbolo de las mentes de los pacientes.*)

La acción:

(*Un timbre de puerta suena varias veces y, como nadie contesta, Helda la abre y entra. Advierte un paquete de Kleenex y corre hacia él. Apresuradamente toma varias hojas y se las guarda en el pecho. Suena el timbre de la puerta. Helda se asusta y apresuradamente toma asiento. Nuevamente suena el timbre. Ahora Helda da unos pasos para abrirla, pero no se decide a hacerlo y vuelve a su sitio. Ahora el timbre suena constante y desesperado.*)

ESTHER: (*Desde afuera.*) ¿Es que no hay nadie? (*El timbre vuelve a sonar y su sonido es más constante. Helda decide entonces abrir la puerta. Entra Esther.*)

HELDA: Buenas tardes.

ESTHER: Si está aquí ¿por qué no abrió la puerta?

HELDA: Usted perdone señora... es que yo...

ESTHER: ¿Acaso es manca?

HELDA: No señora. Lamento haberla incomodado.

ESTHER: ¿Y dónde está la doctora?

HELDA: Pues... no sé... Creo que no ha llegado todavía.

ESTHER: Los doctores piensan que sus pacientes no tienen nada que hacer y que uno puede perder toda una santa tarde esperándolos. Son ellos los primeros que deberían estar en la oficina porque somos nosotros los que le pagamos para que vivan como reyes. (*Helda llora.*) ¿Y qué le pasa?

HELDA: Es que usted me pone un poco... nerviosa.

ESTHER: ¿Que yo qué?

HELDA: ¡Que me pone nerviosa!

ESTHER: No es para tanto. Tómese algún calmante. (*Para ella.*) A la verdad que hay mujeres pendejas. (*Esther toma una revista y se sienta. Suena el timbre de la puerta. Helda mira de soslayo a Esther quien hojea la revista despreocupada. Vuelve a sonar el timbre.*) ¿Qué hace ahí sentada? Levántese y ábrala o piensa hacerle lo mismo que a mí.

HELDA: ¡Sí, enseguida! (*Helda lo hace. Aparece Celeste y al rato advertimos que tiene una "nota" altísima de marihuana o algún otro estupefaciente.*) Buenas tardes.

CELESTE: Buenas. (*Intenta entrar. Disimula su estado. Entonces entra y saluda a Esther.*) ¡Saludos! ¿Qué tal?

ESTHER: La terapia de Alcohólicos Anónimos es en la sala de al lado.

CELESTE: Yo no tengo problemas con la bebida. ¿Sabe lo que me pasa? Que necesito pastillas para dormir. Anoche me tomé una y luego me levanté como a las doce de la noche y no recordé si me la había tomado. Así que tomé otra. ¿Y sabe una cosa? Como a las cuatro de la mañana volví a despertarme y creo que me tomé otra más. Me acabo de levantar, como quien dice, y camino acá me tomé una copita de vino y se me ha formado un revulú en la cabeza que no sé ni la hora que es.

HELDA: ¡Ay virgen santa! (*A Esther.*) ¿Escuchó lo que ella dijo?

ESTHER: Y a mí qué me importa lo que ella dijo.

HELDA: ¿Pero cómo va a tomarse tres pastillas para dormir en la misma noche? Podría hasta morirse porque el licor multiplica los efectos de la droga.

ESTHER: ¿Y a usted, qué le importa si ella se muere? (*Timbre.*)

CELESTE: (*Se pone las manos sobre la cien.*) ¿Ustedes escuchan cómo me hace la cabeza? Bee... bee...

ESTHER: Es el timbre de la puerta.

CELESTE: ¿Ah sí? Gracias a Dios. (*A Esther.*) Pues ábrala, ábrala.

ESTHER: ¿Es que yo le tengo cara de abrepuertas? Usted, abra la puerta. (*Helda lo hace.*)

CORDELIA: (*En la puerta.*) Que la paz del Señor reine en esta sala.

ESTHER: (*A Cordelia.*) ¡Acabe de entrar que se sale el aire acondicionado!

HELDA. Adelante.

CORDELIA: Gracias. ¿Este es el salón de la Terapeuta Díaz?

HELDA: Sí.

CORDELIA: (*A Helda*) ¿Usted es su secretaria?

HELDA: No. Estoy aquí para...

ESTHER: Para lo que estamos todas. No le dé más explicaciones.

CELESTE: ¿Podrían bajar la voz un poquito? Parece que la cabeza me va a explotar.

CORDELIA: Ah. ¿Padece de migraña?

ESTHER: No, no. Lo que ella tiene es un *hangover* exquisito.

CELESTE: Yo no bebo, señora. Ya se lo dije. (*A Cordelia. Cortésmente.*) Sólo un vinito de vez en cuando. (*Tropieza con alguna silla.*)

ESTHER: (*A Celeste.*) Si se cae, conmigo no cuente para levantarla.

CELESTE: Nunca se lo pediría.

CORDELIA: (*A Esther.*) ¡Ay, por favor, no la trate así! (*A Celeste.*) Se le nota cansada.

HELDA: (*A Cordelia.*) Es que anoche se tomó tres pastillitas para dormir y está un poquito... como ida.

CORDELIA: ¡Entréguele sus problemas al Señor y verá como le resuelve lo de las pastillas!

CELESTE: Ese señor, ¿es farmacéutico? Porque se me acabaron las Xanáx, las Librium y las Zoloft...

CORDELIA: Me refería al Señor de los cielos. ¡El gran Sanador! (*Timbre en la puerta. Leve pausa. Timbre nuevamente.*)

CELESTE: Yo la abro. (*Lo hace. Entonces vemos a Luisa, quien viste elegantísima y en la mano trae un hermoso maletín de cuero.*)

LUISA: (*Indiferente.*) Buenas tardes.

CELESTE: ¿Ustedes vienen para terapia?.

LUISA: Yo estoy sola.

CELESTE: ¿Y... la señora que está a su lado?

LUISA: ¿Cuál?

CELESTE: ¿De verdad que está sola?

LUISA: Pues claro.

CELESTE: (*Para ella.*) Debe ser la nota que tengo. Estoy viendo doble.

LUISA: (*Mirando el lugar con cierto recelo.*) ¿Entonces... es aquí?

ESTHER: ¿Y qué usted quería, un salón de terapia de cinco estrellas?

LUISA: Por lo que la terapeuta cobra lo menos que se espera es algo más elegante.

HELDA: (*Familiarizándose con Cordelia.*) Y usted, ¿cómo está?

CORDELIA: Pues, medio mareada. Sabe, últimamente me están dando unos vahídos...

HELDA: Yo tampoco me he sentido muy bien en estos días. La presión, usted sabe. También he tenido los tobillos bastante hinchados...

CORDELIA: Eso es que está reteniendo agua.

HELDA: ...pero lo que más me preocupa es el desbalance...

CORDELIA: ¡Ah, eso es terrible!

HELDA: ¡Mire, a veces me voy como de lado!

CELESTE: A mí también me pasa lo mismo. ¿Dónde compra la suya?

HELDA: ¿Perdón…?

CELESTE: Lo que se está fumando.

HELDA: No fumo.

CORDELIA: (*A Helda.*) El Señor puede curarla, hermana.

ESTHER: (*Para ella.*) ¡Si el Señor se las llevara a las dos! (*Se abre la puerta y, con maletín en mano, aparece la Terapeuta. En su debido momento sacará tarjetas y alguna libreta.*)

TERAPEUTA: Buenas tardes para todas .

ALGUNAS: Buenas tardes.

LUISA: (*Para ella.*) Ya era hora.

TERAPEUTA: Tomen asiento por fa-vor. Comenzaremos de inmediato.

HELDA: Mire, hoy le traje un termo llenito de café y le aseguro que está riquísimo. ¡Bueno, como que yo lo hago!

TERAPEUTA: ¡Muchas gracias!

HELDA: Por nada.

TERAPEUTA: ¿Se presentaron ya?

HELDA: Es verdad. Ni siquiera nos hemos presentado. (*A Cordelia.*) Mucho gusto. Yo soy la señora Helda Espinosa.

CORDELIA: (*A Helda.*) Y yo la señora Cordelia Santos. Mucho gusto.

TERAPEUTA: (*A Celeste.*) ¿Y usted?

CELESTE. (*Ausente.*) ¿Ah?

TERAPEUTA: Que cómo se llama.

CELESTE: Ah, Celeste Santaella. (*Luisa y Esther vuelven las cabezas hacia algún lugar para evitarse la presentación. La Terapeuta lo percibe.*)

TERAPEUTA: Ellas son las señoras Esther Candelas y la señora Luisa Pagán. Bueno, ¿y cómo pasaron el fin de semana?

HELDA: Bien...

CORDELIA: ¡Muy bien! (*Luisa y Es-ther no contestan.*)

CORDELIA: Me alegro.

TERAPEUTA: Bien. Como ustedes saben nos hemos estado reuniendo individualmente en éstas últimas semana con el propósito de ayudarlas, en la medida que podamos, a bregar, a entenderse a sí mismas en relación con sus hijos. Yo soy fiel creyente que toda cura, sea cual sea el sufrimiento, comienza por la información y aceptación de que estamos enfermos. Aceptación personal y pública. En la tarde de hoy quiero hacer una terapia de grupo con el propósito de que puedan discutir, unas frente a otras, el problema individual que confrontan. Tengo mucha fe en este tipo de terapia, la cual fue creada desde la teoría del sicoanalista alemán Doctor Fritz Perls, ya fallecido...

CORDELIA: ¡Qué el Señor lo tenga descansando!

TERAPEUTA: ...la cual permite que los pacientes se expresen libre y totalmente de los problemas que los aqueja. Claro está, yo he hecho unas modificaciones. En la terapia de grupo quedan englobadas diferentes técnicas. La de hoy comparte cierto aire de escuela. Es decir, donde aprenderemos algo. El propósito es que nos ayudemos los unos a los otros a bregar con las dificultades normales de la vida, a desarrollar mejores relaciones personales con nuestros hijos y sus esposas...

ESTHER: ¡Insoportables que son!

TERAPEUTA: ...eso es nuestro objetivo principal: la confraternización madre-hijo-nuera.

HELDA: Mi hijo me adora.

CORDELIA: El mío igual. A su manera, pero sé que me quiere.

ESTHER: ¡Más le vale al mío!

LUISA: Si el mío no fuera tan inútil...

CELESTE: Yo no tengo problemas con el mío.

TERAPEUTA: Comencemos por no alejarnos de la realidad. Todas ustedes tienen dificultades con sus hijos y sus respectivos matrimonios. ¿Pero saben qué? Que en su gran mayoría podemos solucionarlas, siempre y cuando pongamos de nuestra parte. (*En otro aire.*) No podemos vivir aisladamente. Siempre hace falta un amigo, un vecino, gente con quien hablar, con quien compartir. Ustedes están aquí precisamente para eso. Para hablar entre todas, como amigas y que entre todas podamos ayudarnos a entender un poco la raíz de esos problemas.

ESTHER: En otras palabras, ¿usted pretende que le contemos a este chorro de... señoras nuestras intimidades?

LUISA: Deténgase ahí. Yo no soy un "chorro". Soy una profesional.

TERAPEUTA: Estamos solas. Aquí nadie nos escucha. Les pido que hablémonos con el corazón en las manos. Si vinieron voluntariamente a mi consultorio ya es un paso hacia la aceptación de que tienen un problema. Problema enorme, porque sus hijos no son felices, sus esposas, ni ustedes tampoco. Y yo quiero que lo sean. ¿Entendido?

HELDA: (*Dudosa.*) Sí. (*Luisa y Esther indiferentes al comentario.*)

TERAPEUTA: Una cosa va unida a la otra. Para entrar en el tema de los hijos, debemos comenzar por las relaciones maritales. ¿Quién desea ser la primera? (*Se hacen las desentendidas.*)

HELDA: Bueno, pues, yo estoy dispuesta a romper el hielo.

TERAPEUTA: Muy bien. ¿Cómo le va con su esposo, Helda?

HELDA: Bueno, pues... todo está bastante bien.

TERAPEUTA: ¿Sí? Eso de "*bastante bien*" no suena muy halagador.

HELDA: Bueno, pues mi marido, hace tiempo que vive en un silencio agobiante. A veces se va a la terraza y yo, preocupada, le pregunto: -¿Luís, quieres un cafecito? -No, no quiero nada- me contesta, y se va para el patio. Entonces, más preocupada me pongo. Me llego hasta el patio y le digo –yo hago un café riquísimo, tú lo sabes-. ¿Entonces, sabe lo que hace? ¡Sube a la azotea de la casa como para alejarse de mí y mi preocupación llega al máximo, porque usted sabe, podría sufrir algún accidente. Desde el patio, muy amorosamente, le digo: –Luís, el café es de Yauco. ¿Apeteces, aunque sea, un pocillito? ¿A que no sabe lo que me contesta?

ESTHER: ¡No quiero café, carajo!

TERAPEUTA: ¡Esther, por favor...

ESTHER: ¿Pero usted sabe lo que es tener una mujer repitiendo como una cotorra - quieres café, quieres café, quieres café...

LUISA: ¿Y cuántos años de casados llevan, doña Helda?

HELDA: Muchos. Muchos años... difíciles. Pero ya me he acostumbrado a que me ignore.

LUISA: (*A quien tenga al lado.*) Yo me hubiese divorciado al mes.

HELDA: Es el padre de mi hijo. ¡Mi hijo, que es mi porqué en la vida!

TERAPEUTA: ¿Y usted, Celeste, que opina de eso?

CELESTE: Un hombre que se sube a la azotea de la casa... que se aísla... (*A Cordelia.*) Bueno, a lo mejor quiere darse un "*pasecito*" y no quiere que nadie lo vea.

HELDA: (*A la Terapeuta.*) ¿Pasecito? ¿De qué habla?

TERAPEUTA: (*Sin dar importancia al comentario de Celeste.*) La comunicación con nuestros maridos es indispensable. Pero hay ocasiones en que, cuando se callan, debemos respetar ese momento de reflexión que todos necesitamos. En el silencio, muchas veces encontramos respuestas a nuestras preocupaciones. Cuénteme de su hijo.

HELDA: ¡Ese es el que va a acabar conmigo! ¡Guardo aquí, en mi corazón, un dolor inmenso que me hace sufrir día tras día!

TERAPEUTA: Hábleme de ese sufrimiento.

HELDA: (*Llorosa.*) Se casó. (*Más Kleenex.*)

TERAPEUTA: Pero es el proceso natural de cualquier hombre, ¿no cree?

HELDA: Yo hubiese preferido que no se casara hasta que yo muriera. (*Más Kleenex.*) Que fuera mi apoyo en esta vida de sufrimiento que me ha tocado vivir.

TERAPEUTA: ¿Y cuáles son esos sufrimientos, doña Helda?

HELDA: ¡Ay Doctora, usted sabe cuánto sufrimos las mujeres! Como esposas, como madres, aunque tengo que decirle que mi hijo es mi único tesoro. Y, hasta cierto punto, no puedo quejarme porque me trata como una reina. (*Helda se llega a la casa de su hijo, en el redondel. Lleva un paquetito en las manos. El hijo y su esposa están esperándola en la puerta.*)

ALBERTO: ¡Mamá, qué bueno que llegaste! Me tenías preocupado. Pasa.

HELDA: ¡Ay nene, fue que tu padre me detuvo para contarme sobre varios problemas que tiene en el trabajo! ¡Tú no sabes lo mucho que lo hacen sufrir en esa oficina!

ALBERTO: Pues que renuncie entonces.

HELDA: ¿Y con qué vamos a vivir si ese es el único ingreso que tenemos? Estoy preocupadísima. Esa hermana tuya se la pasa pidiéndonos dinero prestado. Y con lo enferma que estoy, a cada rato me trae los niños para que se los cuide.

ALBERTO: Pero mamá, si me has dicho que te encanta tener los nietos en la casa.

HELDA: Pues claro. Son mis nietos. Yo lo que trato es de aliviarle la carga porque está sufriendo muchísimo con el marido ese que tiene.

NUERA: (*Seca.*) Buenas, doña Helda.

HELDA: ¡Ay mija, no te había visto...

NUERA: ¿No?

HELDA: ...es que tengo tantas cosas en la cabeza... Mira, aquí le traje al nene unas habichuelitas que le guisé como a él le gustan.

NUERA: No debió ponerse con eso, siempre está trayéndole comida a Alberto.

HELDA: ¡Como yo las hago no las hace nadie! No digo que las tuyas sean malas...

NUERA: No claro...

ALBERTO: Te ves cansada.

HELDA: ¡Ay mijo, los pies me están matando!

ALBERTO: Ven. Acomódate en el sofá. Estábamos a punto de ver un programa que nos gusta mucho.

HELDA: ¡Ay nene, pero es hora de la novela! ¿Crees que podamos verla un ratito?

NUERA: (*Seca.*) Nosotros no vemos telenovelas.

ALBERTO: (*Directo a su mujer.*) Pero ésta noche, sí. ¡Claro que podemos verla mamá, lo que tú quieras!

HELDA: Si gustan, pueden irse a su habitación mientras yo veo el capítulo de hoy. ¡Ay, esa novela está divina!

NUERA: (*Aparte con Alberto.*) ¡Es la cuarta vez, en un mes, que viene a ver la novela a mi casa!

ALBERTO: ¡No se te olvide que es mi madre! (*Desaparecen discutiendo. Helda regresa al grupo.*)

ESTHER: Oiga pero, ¿por qué no se queda en su casa a ver la dichosa novela?

CORDELIA: Parece que a su nuera no le gustó mucho lo de las habichuelas...

HELDA: Pues lo siento muchísimo si se ofendió. Acá entre nosotras, Alberto me dijo que las hace malísimas.

CORDELIA: ¿Y a qué edad se casó su hijo?

HELDA: Apenas un bebé. A los treinta y cuatro.

CELESTE: ¡Estaba a punto del Seguro Social!

TERAPEUTA: ¿Se siente bien, doña Cordelia?

CORDELIA: Escucho a doña Helda y se me aprieta el pecho de la ansiedad. Mi hijo también es mi tesoro, pero su trato...

TERAPEUTA: Cuéntenos, cuéntenos.

CORDELIA: Pues, no puedo comprender el comportamiento de mi hijo Omar. Es... hostil y agresivo. Yo siempre he sido una madre trabajadora y una esposa complaciente. A mi marido, Alberto, le tengo todo planchado. Los pisos limpios, la comida a la hora exacta. Todo fregado. Yo me dejo llevar por los mandatos de la santa iglesia. La esposa está para servirle al marido y serle obediente. Desde el primer momento aprendí a conocer sus gustos y lo complazco en todo. Cuando me pita de cierta manera ya sé que quiere una cerveza.

LUISA: ¿Su esposo le pita para pedirle una cerveza?

CORDELIA: Sí.

CELESTE: ¿Y usted corre y lo hace?

CORDELIA: No corro. ¡Vuelo a llevársela! Pero quiero aclarar que el licor está en contra de mis creencias religiosas.

ESTHER: ¡Es que no ha nacido el hombre que se atreva a humillarme! Mi marido jamás se hubiese atrevido a pitarme. Se pita a un perro. (*A Helda.*) Lo que pasa que usted es una estúpida (*a Cordelia.*) y usted una sirvienta.

HELDA: (*A la Terapeuta.*) Esta señora no tiene por qué ofenderme.

TERAPEUTA: Esther, evite las provocaciones, por favor.

ESTHER: Es que yo soy así. Directa y sin tapujos.

TERAPEUTA: En mi consultorio están prohibidas las malas palabras.

ESTHER: Son afirmaciones que le dan color a la expresión.

TERAPEUTA: Continúe hablándome de su esposo.

CORDELIA: Pues, para cada cosa que necesita me da un pito diferente.

LUISA: ¡Qué educado es su marido!

CORDELIA: Cuando me pita así (*lo hace*) es que quiere una cerveza. Cuando lo hace así (*lo hace*) es que quiere los periódicos...

ESTHER: Y cuando la silba, ¿por qué usted no le contesta con otro silbido? Como por ejemplo: (*silba.*)

HELDA: ¿Y eso qué quiere decir?

ESTHER: ¡Levanta el culo de la silla y búscalo tú, mamalón!

TERAPEUTA: Ya le dije que evitara las malas palabras. Y aparte de silbarla para comunicarse, ¿cómo la trata?

CORDELIA: Él siempre tuvo mal carácter. Pero estoy segura que, a su manera, me quiere. Yo le he pedido tanto al Señor que apacigüe su genio... Recuerdo una vez... (*Se aparta del grupo. Don Roberto, su esposo, está sentado y lee el periódico.*)

CORDELIA: Roberto, perdona que te interrumpa...

ESTHER: ¿Perdona que te interrumpa? ¿Lo ven? Es que ella es una... blandengue.

CORDELIA: ...quiero hablarte algo. (*Roberto no contesta.*) Hace un tiempo que noto cierta conducta en nuestro hijo. Omar y Sandra se la pasan en una pelea constante y a mí como que me huele que han llegado hasta la violencia.

ROBERTO: No te metas en lo que no te importa.

CORDELIA: Pero es que...

ROBERTO: ¡Es que nada! Omar es un macho y como tal tiene que comportarse. Y si le ha alzado alguna vez la mano pues será para corregirla porque a ustedes las mujeres hay que jamaquearlas de vez en cuando para que caminen por donde tiene que ser.

CORDELIA: ¡Es que no es correcto que...

ROBERTO: Yo no me meto entre pugilatos de marido y mujer, y no vuelvas a traerme chismes de tu hijo porque no me interesan. Vamos, sé buena Cordelia. Vete y prepárame algo de comer.

CORDELIA: ¡Pero eso es un problema muy grande!

ROBERTO: Si te quieres echar encima el matrimonio de tu hijo pues allá tú.

CORDELIA: Yo solo te pido...

ROBERTO: ¡Vete para la cocina que no quiero perder la paciencia!

CORDELIA: Pero tú tienes que entender...

ROBERTO: ¿Qué yo tengo qué? ¡Mira, quítate del frente! (*Cordelia vuelve a unirse al grupo.*)

ESTHER: (*Al grupo.*) ¿Ustedes escucharon? Ella le dice "*cómo tú digas, Roberto*". ¿Usted no tiene criterio propio? ¡Mira carajo, yo le hago comer el periódico!

Las mujeres como usted son las que ha-cen que los hombres no nos respeten.

LUISA: Es que los hombres se buscan mujeres como ella, sin instrucción para poder someterlas. ¿Por qué se deja tratar así?

CORDELIA: Bueno, pero... él es mi esposo.

LUISA: Pero no su dueño.

CORDELIA: Cuénteme de su hijo, doña Cordelia.

CORDELIA: Ahora está desempleado. Pero estoy ayudándolo. Compro diariamente los periódicos, le recorto las ofertas y se las entrego. Trato de encaminarlo, de que sea un buen esposo, un buen padre. Pero ni me escucha. (*Molesta.*) ¡Es igualito al padre! (*Toma un Kleenex.*) No sé que más hacer para ayudarlo.

TERAPEUTA: Cordelia nos está dando la oportunidad del análisis. ¿Usted que opina, doña Luisa?

LUISA: Que es él quien tiene que buscarse el trabajo.

CORDELIA: Soy su madre, es mi deber darle la mano.

HELDA: Déjelo que se valga por su propia voluntad. Que sea él mismo quien se preocupe por su desenvolvimiento.

CORDELIA: Mi preocupación es Omar. Si no cambia su carácter no sé a donde va a parar. (*Más Kleenex.*)

CORDELIA: Doña Cordelia ¿y cómo su hijo mantiene el hogar?

TERAPEUTA: Su mujer es la que está trabajando y yo, por supuesto, le doy algo también.

TERAPEUTA: Cuando vemos un problema desde afuera, como no estamos involucrados emocionalmente, somos más objetivos y podemos ver soluciones. ¿Se han dado cuenta que Cordelia tiene una percepción muy baja de ella misma? (*Al grupo.*) Observen que es muy servil ante su esposo.

LUISA: Es que hay hombres que no se casan, simplemente compran una sirvienta.

TERAPEUTA: El esposo de Cordelia ni la llama por su nombre ni tampoco la trata como mujer y la degrada como ser humano. Ella le ha aceptado hasta que la silbe, dándole al marido el control total de la relación. Y este tipo de madre, la cual catalogaremos como la "madre santa", es la que forja un hijo dominante y agresivo con la mujer. Con toda seguridad tratará a su esposa como su padre trata a su madre. Y hablando de hijos, ¿desde cuándo usted no ve al suyo, Esther?

ESTHER: Trato de no ir mucho a su casa porque no me gusta meterme en su vida. Además, soy alérgica a los basureros.

TERAPEUTA: Explíqueme eso por favor.

ESTHER: Eso es lo que mi hijo tiene por casa. Y, por supuesto, la creadora del chiquero es su mujer. Ayer fui a visitarlo. (*Llegando hasta la sala de su hijo. Se va la luz general. Se ilumina el redondel.*)

FELIPE: Bendición mamá.

ESTHER: Dios te bendiga.

FELIPE: ¡Qué sorpresa!

ESTHER: Sí, sí, sí. Yo siempre soy una sorpresa. ¿Y esa mancha que tienes en la camisa?

FELIPE: Ah, me la ensucié mientras comía.

ESTHER: (*Observa a su alrededor. Pasar un dedo sobre alguna mesa.*) Esto se limpia con un paño. Y por si acaso tu mujer no lo sabe, en el mercado hay un producto llamado "*Pledge*", que le saca brillo a la madera.

FELIPE: Ahora mismo iba a limpiar los muebles.

ESTHER: Eso le toca a la puerca de tu esposa. Te apuesto que está durmiendo o viendo la televisión.

FELIPE: ¡Por favor, mamá!

ESTHER: Si tú no abres la boca, alguien tiene que meterla en cintura. Y por lo visto me toca a mí.

ADELA: (*Entrando.*) ¿Qué es lo que le toca a usted? ¿Hay algo que quiera decirme?

ESTHER: Vine, simplemente, a ver a mi hijo y he quedado en *"shock"* al ver la pocilga en que usted lo tiene viviendo.

ADELA: Yo limpio muy bien mi casa.

FELIPE: Ahora mismo íbamos a hacerlo.

ESTHER: ¿Íbamos? Tú no tienes que limpiar la casa. Es ella. ¿Dijo que la limpiaba? Pues su casa parece una letrina. Miren cómo está esa trastera, llena de grasa. ¡Uf! ¿La comida de anoche, verdad? Y me imagino que comieron con las manos y pasándole la lengua a los platos porque todavía tienen manteca en la ropa.

FELIPE: ¡Mamá, no quiero crear una discusión, pero nos estás faltando el respeto...

ESTHER: ¡Tú te callas!

FELIPE: ...y no puedes venir a nuestra casa a ofendernos ni a darnos ordenes.

ESTHER: Cuando eso que tienes ahí parado en cuatro patas sepa lo que es ser una esposa, lo que es disciplina, dejaré de dar órdenes en tu casa.

ADELA: No, no, no. Está bien equivocada. ¡Si quiere dar "ordenes" váyase a la suya porque en la mía no se lo voy a permitir!

ESTHER: A la verdad que estuve loca el día que te di permiso para que te casaras con... esa cosa.

ADELA: Es que usted no tenía que darle permiso para que se casara.

ESTHER: Mira mijita...

ADELA: ¡Adela!

ESTHER: ¡Mijita, Adela o como se llame! ¿A usted se le olvidó que se casó preñá? Es un truco bastante trillado para amarrar a un hombre. Y para que vea que no

soy tan mala, tuve piedad, no de usted, que me importa un divino, sino por el niño que nacería. Y no crea que me engañó porque yo me la talé así (*trilla los dedos*) desde el primer momento en que la vi.

ADELA: ¡Quiero decirle algo...

ESTHER: Me importa tres pitos lo que quiera decirme. Lo que sí me importa es mi hijo. ¡Mi hijo! (*Mirando a su alrededor.*) ¡Qué cuadro más desolador! Mira esos pañales, amontonados. Y el niño, sucio y sin recortar. ¡Es un asco!

ADELA: ¡Pero es su nieto!

ESTHER: Es que yo no les pedí un nieto. Con haber criado a ese fue suficiente. Y lo crié con educación, con disciplina, y en lo limpio y así lo quiero ver siempre. Más nada faltaba, que también tuviera que encargarme del nieto.

ADELA: Es que yo no le estoy pidiendo que se ocupe de nada. En esta casa la que manda soy yo.

FELIPE: Espérate un momentito. ¡Le estás faltando el respeto a mamá!

ADELA: ¡No, no, espérate tú! ¿De cuál lado estás? Porque si estás de parte de ella me temo que esto parará en divorcio.

ESTHER: Por el abogado no se preocupe que va por la casa.

ADELA: Claro, lo que usted quiere es divorciarnos. Quiero que sepa que yo trato de respetarla lo más que pueda, porque es la madre de Felipe, pero mi paciencia tiene limites. Quiero que le quede bien claro porque es la última vez que se lo digo. ¡Esta es mí casa y aquí vivo con mi esposo, mi hijo y la que está de más es usted!

FELIPE: ¡Adela!

ESTHER: ¿Le vas a permitir a esa atrevida que me hable así?

FELIPE: ¡Por favor mamá...

ESTHER: ¡Cállate! ¡Te callas cuando yo hable!

ADELA: ¡Le suplico que se vaya!

ESTHER: Pero vendré todas las veces que me dé la gana porque es la casa de mi hijo. Y si usted la mantiene como una chiquero, pues va a tener que aprender a limpiarla, porque lo que soy yo no pienso tragármelo. Mi hijo no puede vivir de esta manera. Yo soy su madre y nadie lo quiere como yo. Así que, enderécese, porque de mí no se va a deshacer.

ADELA: (*A Felipe.*) Un día de estos me marcho, créeme, me marcho y te dejo solo.

ESTHER: ¡Sería su mejor regalo! Y no se preocupe porque mi hijo no estará solo, me tiene a mí. Y antes de marcharme le recuerdo que Felipe siempre estará de mi lado porque yo fui quien lo parió. (*Sale y vuelve al grupo.*)

ADELA: Estás del carajo, cómo le permites a esa bruja que venga a dar órdenes a nuestra casa.

FELIPE: Pero es que..

ADELA: ¡A la verdad que eres bien mamalón! ¡Mira, y que venir a mi casa a insultarme!

FELIPE: No quiero discutir contigo.

ADELA: (*Ordena.*) Vete a planchar la ropa que te pondrás mañana porque yo no tengo cien manos. ¿O es que no piensas ayudarme?

FELIPE: Sí. Claro que sí. (*Vuelve la luz general.*)

CELESTE: Yo quiero saber cuán desubicada estoy o si la nota no me permite recordar. (*Por Esther.*) ¿Ella dijo que no le gustaba meterse en la vida de nadie?

ESTHER: ¡No puedo mantenerme callada cuando esa mujer lo tiene viviendo en un basurero. ¡Es mi hijo!

NUERA: (*Llegando hasta el centro del redondel.*) Nosotras las nueras lo hemos tratado todo por ganarnos a nuestras suegras pero hemos fracasado. Hemos sido buenas esposas, buenas madres, amigas... Pero nada de eso las complace. Y son ellas las que nos empujan, de tal manera, que terminamos siendo enemigas. ¡Qué mal paradas estamos las nueras! Nombre científico para la suegra: *suegronis ponzoñosus malignus cabronis*. Describámosla: ¡Arpías! ¡Maquiavélicas! ¡Enredadoras! El noventa por ciento son una aberración de la naturaleza. ¡Yo no aguanto más y protesto! ¡Están de madre la suegras! Ellas siempre buscan la manera de crear bronca en la casa de su hijo para luego recriminar, "*yo te lo dije, que esa mujer no te convenía*". Y cuando más ocupada uno está llega el acostumbrado favor, que siempre tiene un tono hiriente: -Hola, como sé que debes estar sin hacer nada, ¿podrías venir a buscarme para llevarme al *Shopping*-? (*Sonríe.*) La mía cree que puede conmigo. Que me va a vencer cansándome y no sabe que yo tengo más testículos que su hijo. Aún así, yo no quiero que le pase nada. Yo simplemente quiero que se enferme, ¡de lo que sea!, que coja cama y pasen los años y se vaya secando, secando y secando como una pasa hasta que ella misma implore: "*-quiero morirme*". Yo estaría a su lado y con una amorosa sonrisa le diría al oído: "*dear mother in law*" no se muera, quédese así unos veinte años más para que sufra lo que me ha hecho. Aunque, si tengo la suerte de que se muera, juro que le recomendaré a mi marido que la incinere, luego la entierre cubierta de cemento. ¡Ambas cosas, para no correr el riesgo de que resucite! (*Sale.*)

CELESTE: ¡Ay Virgen Santa! Si eso es así, yo estoy segura que la mía le echará cianuro a la comida para verme morir lentamente.

ESTHER: ¡La mía... no, no... ¡Esa no se atrevería a llevarme un plato de comida porque sabe que le abro la boca y se lo atraganto en la traquea!

HELDA: ¡Egoísta es lo que son!

CORDELIA: Hay que orar...

LUISA: ¡Mediocres!

CELESTE: (*A Esther.*) Pues parece que a su nuera usted no le mete miedo...

CORDELIA: (*A quien tenga al lado.*) No quiero ni pensar lo que haría Omar si yo me comportara así.

CELESTE: La mía tampoco me respeta. Uno se mata criándolos, para que venga una...

ESTHER: ...una basura...

CELESTE: ...una ladrona, y se lo quite a una de las manos. A la verdad que hay que meterse algo al cuerpo para soportar tantas ingratitudes. Por favor, ¿alguien tiene alguna Xanax que pueda regalarme?

TERAPEUTA: Esther, con la autoridad que somete a su hijo le está causando un grave problema. Nuevamente lo enfrenta al divorcio. Lo está haciendo infeliz. Y lo precipita a la disyuntiva de escoger entre usted y su esposa.

ESTHER: ¡Pero si lo hago por su propio bien!

CELESTE: ¡Primero es la madre!

ESTHER: Toda la vida lo he cuidado para que sea un hombre de provecho y no le voy a permitir...

TERAPEUTA: ¡Ahí está la situación! Ya usted no está para permitirle o no permitirle. Su hijo se casó. Su mujer y él son un nuevo mundo. Usted tiene que dejarlos vivir a su manera. Si su casa está limpia o no, eso a usted no le incumbe.

ESTHER: ¡Pues sí me importa y tiene que vivir a mi manera aunque no esté en mi casa! No va a cambiarme por la escoria que tiene por mujer.

LUISA: Es que se le pasó, se le pasó lo más importante. La culpa es suya por haberle permitido que se casara con una mujer inadecuada. (*Al grupo.*) La mujer que para mí no reúna todos y cada uno de los requisitos que yo exijo no se lleva a mi hijo de mí casa. Punto.

TERAPEUTA: Háblenos de su hijo, Luisa. Ya lleva varios divorcios, verdad.

LUISA: Por no seguir mis advertencias.

ESTHER: (*A Luisa.*) Pues yo no advierto. Yo actúo. Entraré a su casa todas las veces que me dé la gana.

LUISA: ¿Y usted cree que eso es lo correcto?

ESTHER: No se meta en lo que no le importa.

TERAPEUTA: Recuerde que es parte de la terapia.

ESTHER: (*Para ella.*) ¡Dita sea la terapia! (*A Luisa, pero sin mirarla.*) Fui a poner disciplina. Cuando mi hijo vivía conmigo...

LUISA ...y con su esposo.

ESTHER: ¡En mi casa, las reglas las ponía yo! ¡Mi marido no opinaba!

TERAPEUTA: ¿Y su esposo estaba de acuerdo con eso?

ESTHER: Tempranito, desde que éramos novios, se lo dejé saber.

LUISA: (*A quien tenga al lado.*) Pobrecito.

ESTHER: Cuando me propuso matrimonio le dije que podría ser pero con ciertas condiciones. Le dije: -*que te quede claro que no seré una esposa sometida. El hogar será mi terreno y mis hijos se criaran bajo mi dominio. -A ti te toca trabajar y mantenernos-.*

CORDELIA: ¡Hay que orar!

CELESTE: (*A quien tenga al lado.*) Ella es como de pelo en pecho... Fuertecita la doña.

ESTHER: Es que yo, sin modestia ninguna, era una mujer espectacular y a mi marido le gustaba aquel trofeo.

TERAPEUTA: Doña Esther, ¿ese es el primer matrimonio de su hijo?

ESTHER: El segundo, y por lo que a mi respecta que se vuelva a divorciar.

CORDELIA: Usted perdone verdad, pero es mi pensar que usted no está ayudando a su hijo a independizarse y ser un hombre. Esa actitud suya le crea una incapacidad de elección que no le permite tomar decisiones por su cuenta.

ESTHER: Yo las tomaré por él.

HELDA: (*A quien tenga al lado.*) Y parece que la esposa lo domina también.

LUISA: (*A Esther.*) ¿Ella es mayor que él?

ESTHER: En sus dos matrimonios se ha casado con una mujer mayor.

LUISA: Claro, claro, ahora veo...

ESTHER: ¿Qué es lo que ve?

LUISA: Que su hijo se las busca como usted, mayorcitas y gritonas.

TERAPEUTA: Más adelante profundizaremos en su relación con su hijo pero, aparentemente, él ha buscado en sus esposas una similitud con usted. Ya tiene dos matrimonios y la relación con su actual esposa no es la mejor como hemos visto. Si no corregimos la relación madre-hijo-nuera, es muy posible que sus divorcios se acrecienten.

ESTHER: (*Al grupo, pero encara hacia Luisa.*) Yo, lo que les recomendaría, es que busquen un sitio dónde meter la lengua porque lo que es en la boca, nos les cabe.

LUISA: Se nos dijo que opináramos. Cuando las demás estaban hablando usted no paró de hacer comentarios. Pero ahora no le gusta que opinemos. (*A la Terapeuta.*) ¿Seguimos el formato o no?

TERAPEUTA: Lo seguimos.

ESTHER: A mí no hay que recomendarme lo que tengo que hacer para cuidar a mi hijo porque soy lo suficientemente inteligente para saberlo.

LUISA: (*A Esther.*) ¡Mira qué bueno! ¿Tiene algún bachillerato en educación?

ESTHER: Sólo un curso llamado "*No se meta conmigo que va a pasarla bien mal*".

LUISA: (*Para ella.*) Me lo imaginaba. (*Al grupo.*) Yo sí soy una profesional. Tengo una maestría en Relaciones Obrero-Patronales y otra en Relaciones Públicas.

ESTHER: Me imagino que con tanto título le habrá sobrado poco tiempo para criar a su hijo.

LUISA: (*A la Cordelia.*) Ella no me cae bien. Pero voy ha hacer un esfuerzo grande. (*Hasta donde se encuentre Esther.*) Estamos tratando de ayudarla porque usted pretende tener un dominio absoluto sobre su hijo. De manipularlo.

ESTHER: Eso no es manipular. Simplemente me obedece. Como tiene que ser.

HELDA: A mi no me gusta esa palabra. Yo, jamás, he manipulado a nadie.

CORDELIA: Yo menos. ¡Y con el carácter que mi hijo tiene... En su casa, y con su esposa, yo no me meto.

TERAPEUTA: Todos manipulamos de una manera u otra. En nosotras se acrecienta porque, como los engendramos, creemos que nos pertenecen.

CELESTE: ¡Claro que nos pertenecen!

TERAPEUTA: Cordelia, ¿usted se lleva bien con su nuera?

CORDELIA: (*Evitando el tema.*) Ya dije que yo no me meto en la vida de Omar y su mujer.

TERAPEUTA: ¿Y... usted diría que es buena esposa?

CORDELIA: ¡Oh sí, lo es, lo es!

LUISA: Aparentemente el problema es su hijo.

CORDELIA: No puedo entender su comportamiento...

TERAPEUTA: Cuéntenos de Omar.

CORDELIA: (*Llorosa.*) Mi esposo me tiene prohibido hablar de eso.

LUISA: Por favor, es hora de que muestre alguna valentía ante su marido.

CORDELIA: ¡El Señor es mi valentía! Pero Satanás tiene entre sus garras a mi esposo y a mi hijo también.

ESTHER: ¡Mira para allá! ¡Y que Satanás! Eso no existe. No sea ridícula.

CELESTE: (*A Cordelia..*) Claro que existe. (*Señalando a Esther.*) Vino a coger terapia.

LUISA: Háblenos, a ver si entendemos algo.

CORDELIA: La otra noche Sandra, mi nuera, vino a verme. (*Se levanta y toma espacio en el redondel.*) Yo estaba planchando, luego de haber limpiado la casa. (*Por algún lado aparece Sandra.*)

SANDRA: Buenas noches doña Cordelia...

CORDELIA: Buenas noches Sandra...

SANDRA: ¡Ay, doña Cordelia...

CORDELIA: Sandra, cariño, qué te pasa. Dios mío, ¿y esos moretones? ¡Por favor, explícame, explícame!

SANDRA: ¡Omar!

CORDELIA: ¿Omar?

SANDRA: Anoche llegó tardísimo y borracho, y porque no le tenía la comida caliente comenzó a romperlo todo y me pegó.

CORDELIA: ¿Que Omar hizo eso?

SANDRA: No es la primera vez. Por eso vine a hablar con usted y con don Luis, porque no puedo seguir así.

CORDELIA: No, no. Luis no puede saberlo.

SANDRA: ¡Pero es su padre!

CORDELIA: No lo entendería. Me echaría la culpa y se pondría de su parte.

SANDRA: ¡Pero es que no puedo seguir así!

CORDELIA: Mira, vuélvete a la casa y métete al cuarto y ni chistes. Yo voy a hablar con Omar a ver qué le pasa. Trata de comprenderlo. A lo mejor está pasando por un mal momento.

SANDRA: ¡Pero eso no justifica que me llene de golpes!

CORDELIA: Baja la voz. Luis no puede enterarse de nada de esto. Sal por la parte de atrás de la casa no vaya a ser que se levante, te vea en esas condiciones y se forme otro problema. (*Sandra sale y Cordelia, llorosa, vuelve a su lugar.*)

LUISA: ¡Pero qué maravilla! La madre que se la pasa hablando de Dios tiene un hijo abusador.

HELDA: Usted es la culpable de lo que le pasa a la esposa de su hijo.

CORDELIA: ¿Yo?

ESTHER: ¿Y por qué tiene que esconderle al padre los abusos de su hijo? Desenmascárelo. Su hijo está cometiendo un crimen contra una mujer.

CORDELIA: ¡Es que no me atrevo!

LUISA: ¡Pues atrévase! ¿No se ha dado cuenta que su hijo es un reflejo de su marido?

CORDELIA: ¿Qué?

CELESTE: (*Aclarándole.*) Que de tal palo tal astilla.

CORDELIA: (*Desesperada. Buscando ayuda en la terapeuta.*) ¡Yo no entiendo lo que esas mujeres están diciendo!

HELDA: (*Afectuosamente, le explica.*) Doña Cordelia, su hijo está imitando a su padre porque eso es lo que vio, lo que aprendió en su casa.

LUISA: (*Superior.*) Su gran problema es que no se valora. Comience por quererse. Y sobre todo, respétese a sí misma.

CORDELIA: El Señor ha querido darme esta prueba de fe. Yo lo pongo todo en las manos de Jesús.

LUISA: Pero Él dice ayúdate que yo te ayudaré.

ESTHER: No le pida a su marido, exíjale, prohíbale que la trate como basura. (*A la terapista.*) Dígaselo usted porque hay que darle algunas armas.

CELESTE: (*Se asusta ante la palabra "armas".*) ¡No ponga armas en las manos de nadie! Ponga mejor besos.

ESTHER: Me refería a conocimientos, para bregar con su hijo y con su marido.

LUISA: (*A quien tenga al lado.*) Habló doña perfecta.

ESTHER: (*Que logra escucharla. Para ella.*) ¿Por qué será que ésa mujer no me gusta? (*Directa.*) ¡A mí me importa un divino lo que usted pueda pensar de mí! Yo estoy tranquilísima porque, ante todo, mi hijo me respeta.

LUISA: Le tiene miedo, que es diferente.

ESTHER: Preferible a que abuse de mí.

HELDA: Doña Esther, todavía no ha cortado el cordón umbilical con su hijo…

ESTHER: ¡Pero miren quién habla, una que engatusa al hijo, que lo tiene amarradito con sus lloriqueos de madre victima!

LUISA: ¿Hasta cuándo tendremos que soportarla?

ESTHER: ¡Hasta que gaste el último centavo que me cuesta la tortura de ésta terapia! (*Llega hasta frente de Luisa.*) No me gusta su cara de *"tiquismiqui"*, ni su vestuario de ejecutiva, ni su porte de primera dama. Entiéndalo. ¡Usted no me gusta!

LUISA: ¡Ni usted a mí!

ESTHER: ¡Como tampoco la manera en que mueve su odioso dedo pulgar cada vez que habla porque me es acusatorio! Vamos, háblenos de su hijo.

LUISA: ¡No me da la gana!

ESTHER: ¡Pues le toca porque no es mejor que nosotras!

TERAPEUTA: No se trata de discutir entre ustedes, sino de ayudarse mutuamente al escucharse la una a la otra. Pero si gustan, se pueden ir afuera y entrarse a golpes. (*Pausa. A Luisa.*) ¿Su hijo se llama Rigoberto, verdad? (*Luisa no contesta.*)

ESTHER: ¡Le toca, le toca y me muero por escucharla!

LUISA: Sí. Se llama Rigoberto. (*Luisa se desplaza al redondel. Viniendo de alguna discusión.*) ¿Sabes cuál es tú problema, Rigoberto?

RIGOBERTO: Sí. Tú eres mi problema.

LUISA: ¿Yo?

RIGOBERTO: Sí. Tú. Hace muchísimos años que me siento viviendo en un limbo porque nada de lo que hago te satisface…

LUISA: (*Instándolo.*) ¡Supérate, supérate…

RIGOBERTO: Criticándome siempre. Es un machacar de reproches que me agobia. ¿Y sabes lo que logras? Que me haces sentir inferior. ¡Chiquito!

LUISA: Entonces tu problema no soy yo. Tu problema eres tú porque continuamente fracasas en todo lo que haces y es mi obligación señalártelo para que aprendas.

RIGOBERTO: ¿Aprender qué, mamá? Tú actitud es la que continuamente me empuja hacia a un barranco. No logro complacerte en nada. Trato de ser el hombre más cortés y sociable del mundo. Mis logros profesionales ni te inmutan como tampoco las mujeres que me acompañan.

LUISA: ¡Ay Rigoberto, y perdóname que te lo diga, pero es que tienes un gusto pésimo cuando se trata de mujeres!

RIGOBERTO: Pero es que todas las mujeres no pueden ser como tú. No todas tienen que contar con un título ni mucho menos con una profesión lucrativa. ¿Recuerdas a Blanca? Se sentía impotente ante tu intelectualidad que continuamente anteponías entre ambas.

LUISA: ¡Ay, por favor! Contaba simplemente con un diploma de High School y estoy segura que lo pasó raspando. ¿Y tú crees que eso es lo que yo quiero para ti?

RIGOBERTO: ¿Y Maritza?

LUISA: Barata. Se le notaba desde lejos. Como tampoco hacías pareja con la tal Leonor porque era feísima.

RIGOBERTO: Conseguí un excelente trabajo por mi esfuerzo y ni tan siquiera me felicitaste.

LUISA: ¿Pero qué querías que te dijera? Es muy correcto que hayas obtenido tu propio trabajo. ¿O pretendías que yo te lo consiguiera?

RIGOBERTO: Me compré, con mi esfuerzo, el mejor auto que pueda correr por nuestras calles y fuiste indiferente. No tengo problemas económicos y no me premias con un halago.

LUISA: ¿Pero por qué habría de halagarte? Dale gracias a Dios de haber tenido una madre como yo, porque gracias a mí, con mi trabajo y contactos, has podido obtener esos logros que te achacas.

RIGOBERTO: ¡Los logros que he obtenido han sido gracias a mi trabajo!

LUISA: Si tú lo crees así...

RIGOBERTO: ¡Pues claro que sí!

LUISA: ¿Entonces a qué viene tanta discusión? ¿Tú estás seguro que eres un triunfador? (*Pausa para Rigoberto*) ¿Te desequilibré verdad? ¡Yo sí soy una mujer emprendedora! No te "*halago*", como tú dices, para que seas tú, con tu esfuerzo y trabajo el que tire hacia delante. Te anularía con adulaciones. Lo que hago es retarte para que desarrolles tu potencial.

RIGOBERTO: Primero, quiéreme.

LUISA: (*Fría.*) ¡Ay Rigoberto, pero si yo te quiero! Dale gracias a Dios que no tienes nada de qué quejarte.

RIGOBERTO: ¡Deja de estar señalándome con el dedo!

LUISA: No puedo controlarlo. ¿Sabes de dónde me viene eso? De mi padre, que me apuntaba con el dedo y me repetía constantemente que jamás llegaría a ser alguien. ¡Y no sólo lo logré, sino que lo superé a él también! ¡Por eso te señalo, para que luches por brillar!

RIGOBERTO: ¡Es que yo no quiero superarte!

LUISA: ¡Te reto que lo intentes!

RIGOBERTO: (*Confuso.*) ¡Constantemente busco algo nuevo... Algo nuevo que te complazca. Una nueva mujer, un mejor carro, un nuevo empleo, más dinero, para sentirme respetado, para sentirme exitoso. ¡En fin, para que me ames!

LUISA: No seas ridículo. Eres mi hijo y como tal quiero lo mejor para ti.

RIGOBERTO: ¡Pero es que tú me quieres perfecto y no puedo lograrlo! ¡Dime, por favor! ¿Cómo te complazco? (*Poniendo sus manos sobre los hombros de Luisa.*) Entiéndelo. Tú eres mi problema. (*La desnivela.*)

Pero, ¿cuál es el tuyo, mamá?

LUISA: (*Traga.*) Yo no tengo problemas.

RIGOBERTO: ¿Cuál es el tuyo que no te deja quererme como soy? (*Luisa regresa a su espacio. Disimuladamente toma un Kleenex.*)

ESTHER: ¡Miren eso, a doña ejecutiva se le han aguado los ojos! (*La Terapeuta advierte que Celeste está cabeceando.*)

TERAPEUTA: Celeste, Celeste…

CELESTE: ¿Ah? ¿Qué pasó? Perdone doctora, pero es que no dormí bien anoche y se me cierran los ojos.

TERAPEUTA: ¿Por dónde andaba?

CELESTE: Lejos, bien lejos. (*Nerviosa. Sacando un cigarrillo de su cartera. A la Terapeuta.*) ¿Le molesta si me fumo un moto?

TERAPEUTA: Este no es el lugar.

CORDELIA: (*Casual.*) ¿Un moto? ¿Y eso qué es?

TERAPEUTA: Un cigarrillo de marihuana.

CORDELIA: ¡Cristo, ampáranos!

HELDA: ¿Un cigarrillo de marihuana?

LUISA: (*Por Celeste. Despectiva.*) Yo no sé cuáles fueron sus propósitos pero debió citarnos por categoría.

CELESTE: (*Por Luisa.*) Ella tampoco me cae bien. (*A Helda. Mostrándole el cigarrillo.*) Sabe, es medicinal. Algún día lo descubrirán.

ESTHER: (*A quien tenga al lado.*) Yo la tasé desde el principio. Alcohólica y adicta.

113

CELESTE: (*Hasta Esther.*) Yo soy pacifi- ca, ¡pero no me empuje porque le arran- co la lengua! Tan sencillo como eso. No soy alcohólica y en cuanto a la yerba... ayuda, sabe, ayuda.

LUISA: ¿Esta es la clase de terapia que usted promueve?

TERAPEUTA: Mis razones tendré.

HELDA: ¿No le da miedo hacer eso? Está en contra de la ley.

CELESTE: Lo sé. ¿Y saben por qué está en contra de la ley?

LUISA: Claro. Porque es un alucinante y dañino para la salud.

CELESTE: No. Porque no paga impuesto.

TERAPEUTA: Cuéntenos qué siente cuando fuma marihuana.

CELESTE: (*Mira al cigarrillo. Se lo lleva a la nariz y lo huele profundamente, de tal manera que nos da la impresión que lo fumara.*) Esta yerba tiene algo de má- gico. Te lleva a un lugar donde nada te duele... y todo es tan relajante que nada te perturba, ni te hiere... ¡Logras volar! ¡Y te elevas, y te elevas!

TERAPEUTA: Por un rato solamente. Es un volar sin despegar del mismo sitio. Está buscando en la droga un efecto es- timulante que la impulse a vivir.

ESTHER: Celeste, está prohibido fumar... esa *cosa.*

CELESTE: Pero es que hay otras cosas que también están prohibidas, como te- ner un arma y dispararla la noche de despedida de año... (*Luz especial sobre ella. Efecto de fiesta.*) Yo bailaba con mi marido esa noche en la terraza. (*Sube las manos imitando cómo lo hacía.*) Y cuando dieron las doce me dijo: -Feliz año nuevo, negrita... -Feliz año nuevo, mi amor... ¡Las doce! Gritos, risas, alga- rabía, pitos, fuegos artificiales... ¡Cuán- tos colores se reflejaban en el cielo! ...y de pronto detonaciones...Y mi mano derecha, con la que le sostenía su cintu-

ra... comenzó a ponerse caliente... y ro- ja... ...y se desplomó.

CORDELIA: ¡Ay Señor, ampáranos!

CELESTE: Y en un minúsculo parpa- dear... mi todo cambió. (*Nuevamente inhala el cigarrillo.*) ¡Volar!

TERAPEUTA: (*Amablemente le quita el cigarrillo y lo guarda.*) Cuéntenos de su hijo.

CELESTE: Fue lo único que me quedó. Siempre a mi lado. Cuidándome, velan- do por mí. Pero...

TERAPEUTA: ¿Sí?

CELESTE: Creció. (*Se aparta del grupo y llega hasta la casa de su hijo Alfredo.*)

ALFREDO: ¡Mamá, bendición!

CELESTE: (*Seca.*) Dios te acompañe.

ALFREDO: ¿Qué te pasa?

CELESTE: (*Llorosa.*) Te necesito. Tienes que volver a casa.

ALFREDO: Mamá, yo sé que es difícil para ti. Yo también siento el vacío que nos dejó papá. (*Impotente.*) No podemos hacer nada… tener la fe que se encuentra en un lugar mejor… su recuerdo siempre estará con nosotros pero, tienes que salir de esa pena…

CELESTE: (*Rápido.*) Vuelve a casa.

ALFREDO: Mamá, ya yo me casé. (*En- tra Carmen, la esposa de Alfredo, quien al ver a Celeste hace un gesto cansancio porque sabe lo que le viene.*)

CARMEN: (*Disimulando.*) Hola doña Celeste. ¿Le sirvo algo, un refresco, un cafecito...

CELESTE: Una copa de vino sería mejor.

CARMEN: ¡Pero son las diez de la maña- na!

CELESTE: Una copa de vino no mata a nadie. Otras cosas hieren más. Como la indiferencia. ¿Verdad Alfredo?

CARMEN: Con el permiso. Tengo cosas que hacer.

CELESTE: ¿Y por qué quieres retirar- te?

CARMEN: Nosotros tratamos de hacer lo mejor por usted…

CELESTE: Pero no aceptaron vivir en casa.

CARMEN: (*Persuadiéndola.*) Somos un matrimonio. Necesitamos estar solos.

CELESTE: ¡Es mi hijo! ¡Mío! ¡Me pertenece! ¡Y es lo único que tengo!

CARMEN: ¡Me tiene a mí también!

CELESTE: Tú no eres mi hija. Él sí, y es lo único que me queda!

CARMEN: Pero si usted lo tiene. Siempre ha podido contar con él.

CELESTE: Tú me lo quitas, lo alejas de mí. No tienes corazón. (*A Alfredo.*) El día que no me tengas te vas a arrepentir... y vas a llorar tanto…

ALFREDO: Mamá, yo estoy tratando de ser feliz...

CELESTE: ...conmigo podrías serlo.

ALFREDO: Estoy tratando, por lo menos, de estar tranquilo.

CELESTE: ¿Pero cómo puedes estar tranquilo cuando tienes una madre sufriendo?

ALFREDO: Y me culpo constantemente por eso mamá. Quisiera poder ayudarte más... darte un poco de tranquilidad. Pero por más que lo intento no puedo lograrlo.

CELESTE: Podrías aliviarme la carga si vuelves a casa.

ALFREDO: Mamá, seríamos tres mundos viviendo bajo el mismo techo y por más que lo intentemos llegaría el momento en que chocaríamos. No podemos mudarnos contigo.

CARMEN: Entiéndalo. Yo la quiero. Usted es la madre de mi marido. Pero...

CELESTE: Pero eres egoísta. (*Hacia Alfredo.*) ¿Así me pagas después que me he sacrificado tanto por ti? Te vas a arrepentir. Está bien. Ahora me voy a casa, a pedirle a Dios que no te castigue por haberme dejado sola. (*A Carmen.*)

Un día tendrá un hijo y se acordará de mí. (*Vuelve al grupo.*)

ESTHER: Son unos ingratos. Nos abandonan cuando más los necesitamos. (*A Celeste.*) Mire, por mí, puede fumarse una cajetilla de motos si quiere.

CELESTE: ¿Dónde la venden por cajetilla?

TERAPEUTA: ¿Usted cree que su nuera es egoísta, que le quita a su hijo?

CELESTE: Sí.

TERAPEUTA: ¿Y usted no hizo lo mismo cuando se casó?

CELESTE: Fue diferente. ¡La madre de mi marido no lo entendía! Era infeliz en su casa.

ESTHER: Las madres siempre salimos jodidas. Lo pagamos todo.

CORDELIA: (*A Celeste.*) La Biblia dice, en Ruth 4:15, "*una buena nuera es mejor que siete hijos*". Aprenda a quererla como yo quiero a la mía.

LUISA: ¿Y por qué no le muestra a su marido la cara de la suya y le dice que todos los golpes que tiene en la cara son hechos por su hijo? Cierre, por un ratito, la Biblia y aprenda a ser suegra.

HELDA: (*A Celeste.*) Lo que Cordelia quiere decirle es que deje a su hijo ser feliz con su esposa al igual que usted lo fue.

CELESTE: Pues aplíquese el cuento porque con su aire de victima también le hace la vida imposible a la suya.

TERAPEUTA: (*Mirando una tarjeta.*) Cuénteme de su madre, Esther.

ESTHER: Esa tenía un concepto muy equivocado de lo que era querer, y de la disciplina. Había llegado de la escuela. (*Hacia el redondel.*) Entonces corrí a la cocina porque mamá se encontraba cocinando. Me dijo que me bañara e hiciese las asignaciones del otro día. Le dije que luego porque quería irme a jugar con mis amigas. -Primero las asignaciones-, me dijo. -Estoy cansada de la escuela. Yo me voy a jugar-. Me tomó por el brazo, me apretó fuertemente y me detuvo. -Hoy no vas a jugar. Le levanté la mano: -Mala, yo quiero jugar-. Entonces me tomó la mano que le levanté y se la pegó al caldero donde cocinaba.

LUISA: (*Mofándose.*) *Linda manita que tiene el bebé, qué linda que bella...* (*Y con la otra se la pega al caldero imaginario.*) *¡qué graciosa es!*

ESTHER: Y mi padre era peor. Fue militar y como tal dirigió su casa, que estaba en la base donde prestaba servicios. Mi casa era un reflejo de aquel fortín. Mi madre imitó esa disciplina. Así que me crié entre rangos. ¡Asfixiante! Todo lo planifiqué. Una noche, mientras dormían, abrí la puerta y sin llevarme ni una sola muda de ropa me largué con el que es hoy mi marido, que me estaba esperando en la entrada de la base. Jamás volví a poner un pie en aquella casa.

CORDELIA: A mí me gustaría decir algo... pero no me atrevo.

TERAPEUTA: Vamos, vamos. Cuéntenos.

CORDELIA: ¡Pues... yo también me escapé con mi marido!

TODAS: ¿Que qué?

TERAPEUTA: ¡Adelante, adelante...

CORDELIA: Pero es que me da vergüenza...

TERAPEUTA: ...adelante, que nadie nos escucha.

HELDA: Yo sé que la iglesia prohíbe el chisme, pero déle, déle...

CORDELIA: Pues... tuve que hacerlo porque... estaba embarazada.

CELESTE: ¿Qué la madre santa se casó embarazada? ¡Ay, yo lo que quiero es fumarme aunque sea una *chicharrita*!

HELDA: ¿Una chicharrita, y eso qué es?

CELESTE: Una colilla de marihuana.

CORDELIA: ¡Pero es que yo lo amaba y en casa no lo querían! ¿Y saben lo que me hicieron? Me enviaron para el campo para terminar con aquel... "*embelesamiento*" que yo sentía por Roberto.

HELDA: ¿Entonces, encima de una montaña fue que usted perdió la...

CORDELIA: ¡No, no, fue en el río! (*Por primera vez todas ríen y logran cierta fraternidad.*)

TERAPEUTA: Bien. Me parece que es momento de recapitular sus problemas. Cada día los hijos se van más tarde del hogar. Es más, hay treintones y hasta cuarentones que viven y dependen de sus padres.

HELDA: Pero yo creo que eso no es malo.

TERAPEUTA: Es que de esa manera estamos fallando en el proceso de separación, independencia y de crear individualidad. ¿Saben que hay hombres que llegan a la mayoría de edad y no saben tan siquiera hacer un arroz con habichuelas? Estos hijos tendrán que depender de alguien para su sustento. (*A todas.*) Es irónico lo que pasa. Los padres dedican sus vidas a hacer felices a sus hijos y el resultado es la infelicidad, pues ellos nunca aprenden la autosuficiencia porque nadie los preparó para eso. En aras de la felicidad mal entendida los padres les están dando a sus hijos todo, y más, y no les permiten la oportunidad de ganarse las cosas por sí mismos. ¿Saben cómo aprendemos a hablar?

LUISA: Por repetición.

TERAPEUTA: Correcto. La primera escuela que tienen nuestros hijos es la del hogar. (*Puntualiza unas palabras.*) Allí escuchan, repiten, asimilan, aprenden y ponen en práctica lo *que escuchan* y *ven* en el hogar. En otras palabras, amigas nuestros hijos son un reflejo de lo que aprendieron en nuestros hogares, de nosotros mismos. Aunque seamos las que los engendramos tiene que llegar el momento de dejarlos ir porque, aunque salieron de nuestro vientre, son mundos diferentes que en ciertos casos no tienen nada que ver con nosotras. Voy a repetirles algunas frases que han aflorado en esta charla sobre sus hijos: "Mi hijo, yo lo parí, es mi sangre, es mío, mío, mío, mío... me pertenece..." (*Firme.*) Métanse esto en la cabeza: nuestros hijos no son nuestros y, mientras lo sigan creyéndolo la crisis será permanente en la relación madre-hijo-nuera. Cordelia, recuerde que usted se fue de su casa, y usted también Esther.

HELDA: Es que es dificilísimo.

CORDELIA: Yo estoy segura que no podré lograrlo.

TERAPEUTA: ¡Claro que pueden! ¡Están creando en sus hijos una vida estrésica! Con esas actitudes no los encaminan a la veracidad de una vida propia. Y es preferible que un hijo las visite voluntariamente, porque lo quiere, a que lo haga por miedo o porque se sientan obligados. ¿Saben una cosa, saben a lo que verdaderamente le tememos? A encontrarnos solos, especialmente cuando llegamos a viejos. Conclusión sobre este tema: No podemos repetir y repetir el rol de madres porque no permite realmente la independencia física y emocional del hijo.

HELDA: Doctora...

TERAPEUTA: Dígame...

HELDA: Yo no he entendido ni papa de lo que usted ha dicho.

CORDELIA: Vamos por parte. Luisa, ¿su hijo le preguntó que si sabía cuál era su problema?

LUISA: Y no le contesté porque yo no tengo problemas.

TERAPEUTA: Ahí está. Primero sea mamá y luego juez. Usted como que está cobrándole por ser su madre y él no le pidió ser su hijo. Regocíjenselos. Disfrútenselos y felicítenlos por los logros que ha obtenido al igual que usted se siente orgullosa de los suyos. Si no trabajan con eso se la pasará en mi consultorio o en cualquier otro intentando entender en

la disyuntiva en que viven. Hay un vacío muy grande en su vida, Luisa, y lo demuestra porque es imposible de complacer. Usted, Cordelia, es el prototipo de la esposa servil..

CORDELIA: ¿Servil?

TERAPEUTA: Subordinada. (*Aclarándole más.*) Sometida. Que no tiene personalidad propia y sabe por qué, porque la valorización que tiene de sí misma es muy baja. ¿Y qué es lo que está pasando con su hijo? Pues que no la respeta porque es una copia de un padre agresivo.

CORDELIA: Pero es que al principio del matrimonio él no era así.

TERAPEUTA: Es que *"al principio"* todo es maravilloso.

CORDELIA: Yo lo que he querido es evitarme problemas.

TERAPEUTA: El no discutirlos permite el desarrollo de la agresividad. Su casa está gobernada por el miedo. (*Hacia Celeste.*) Usted, Celeste...

LUISA: Esa es la peor que está.

TERAPEUTA: (*A Luisa.*) ¿Lo ve? Ese comentario es una critica que viene del desconocimiento. Para hablarle bien claro. Usted es la perfecta madre criticona.

CELESTE: (*A Luisa.*) Chúpate esa mientras te mondan la otra.

TERAPEUTA: Celeste, tenemos que trabajar en varias cosas. Está pasando por una depresión profunda. Y no me refiero a estar melancólico o sentirse triste. No, no. Una depresión es una enfermedad biológica que afecta el comportamiento, los pensamientos y los sentimientos, según hemos podido observar todas. La depresión ocurre como resultado de un desequilibrio químico en el cerebro. ¡Y qué maravilla, tiene cura si ponemos de nuestra parte! También tenemos que trabajar con la inestabilidad que ha forjado en su hijo. Usted no quiere aceptar la perdida de su esposo y desborda toda su soledad en su hijo. Ese hombre llegó a su vida y la hizo feliz por un tiempo, le dio un hijo y tuvo que irse. Usted me preguntará que si hay alguna lógica de la manera en que se fue. No. No la tiene. ¿Sabe lo maravilloso del día de hoy?

CELESTE: No

TERAPEUTA: Que es diferente al de ayer. La invito a que busque algo nuevo en cada día. Lo importante no es estar vivo. Lo importante es para qué se vive. Usted, Esther, es el tipo de madre dominante por excelencia.

ESTHER: No, no. Disciplinada es lo que soy.

TERAPEUTA: Es la sexta vez que utiliza la palabra disciplina. Y viene muy a tono con usted ya que se crió en una base militar. Pero usted no disciplina a su hijo. Más bien lo castiga. (*Al grupo.*) Y todos podemos modificar nuestra conducta. Especialmente si está de por medio la felicidad de los que queremos. (*A Esther.*) Su conducta va en detrimento de su hijo y de su matrimonio. Y si de veras quiere lo mejor para él, tiene que aprender a callarse; contrario a Cordelia, que tiene que aprender a hablar, a exteriorizar su personalidad. Todas, de una forma u otra, están manipulando a sus hijos.

ESTHER: ¿Y qué hay de malo en eso?

TERAPEUTA: Nada, si se hace inteligentemente por el bien de la otra persona. Todo, si se hace egoístamente y por el bien propio.

CORDELIA: Yo, sinceramente, no entiendo.

TERAPEUTA: Oigan algunos ejemplos típicos de manipulación: "-Me vas a valorar el día que ya no esté viva". "-Te arrepentirás si vuelves a hacer eso". "-Un día me encontraras muerta-" –"Vas a acabar conmigo". "¿Así me pagas después que me he sacrificado tanto por ti?"

¿Alguna le ha dicho alguna frase como esa o parecida a su hijo? (*Todas: algún gesto de incomodidad*) ¿Y saben? La madre manipuladora no tiene límites. Estas frases las hacemos con un propósito. Que nuestros hijos cambien su manera de ser para que sean como nosotras queremos, logrando con ello una sensación de culpabilidad. Pero no se preocupen que la situación por la que atraviesan tiene cura. No quiero dejar pasar por alto un personaje que se une a nuestra familia y con el cual estamos siendo sumamente injustas: nuestra nuera.

LUISA: ¡Por favor...

TERAPEUTA: Debemos verlas como una prolongación de nosotras mismas. ¿Por qué tenemos que convertirlas en una intrusa o en nuestra enemiga? Ellas serán quienes cuiden a nuestros hijos. Tenemos que verla como una amiga. ¿Por qué no la vemos como una hija que la vida nos regala y que puede hacer tanto por nosotras como por nuestros hijos? Yo casi, casi les puedo asegurar que, cuando llegue el momento en que estemos de cama y apenas podamos comer, allí estarán las manos de ellas, cuidándonos fielmente. Bueno, señoras, el tiempo se nos terminó. Creo que hemos cumplido con el propósito de hoy. La próxima semana comenzaremos con las terapias individuales. Así iniciaremos el llegar a la medula del problema y a darles herramientas para lidiar con la problemática de sus hijos. (*Tomando una libreta de citas.*) ¿Usted Luisa, podría venir el jueves de la próxima semana a la una de la tarde?

LUISA: ¿Y... cuántas terapias son?

TERAPEUTA: Por el momento, dos terapias semanales.

HELDA: ¿Dos terapias semanales? Mire, yo tengo tanto trabajo en la casa... déjeme hablar con mi marido primero...

TERAPEUTA: ¿Usted Cordelia...

CORDELIA: Pues... la próxima semana... ya tengo un compromiso. Un seminario cristiano y... no puedo cancelarlo. Pero déjeme ver... yo la llamo. Buenas tardes... (*Mientras va saliendo con Helda.*) ¡Mire, y que ciento cincuenta dólares por visita!

HELDA: (*A Cordelia.*) Trescientos dólares a la semana! Con eso hago la compra. (*Y salen.*)

TERAPEUTA: ¿Y usted, Luisa? También tengo espacio a las diez de mañana...

LUISA: (*Mientras inicia salida.*) Se lo diré a mi secretaria y ella se comunicará con usted. Recuerde que soy una mujer muy ocupada, pero ya veremos. (*Con las muelas de atrás.*) Ha sido un placer. Buenas tardes. (*Sale.*)

ESTHER: (*Abre su cartera y le extiende una tarjeta a Celeste.*) Tenga mi número de teléfono. Si un día no tiene con quién hablar o quiere darse un vinito, en confianza, me puede llamar. Pero le advierto, yo fumo de los que pagan impuestos.

CELESTE: Gracias.

ESTHER: (*A la Terapeuta.*) Yo la llamo, sabe, yo la llamo. (*Abre su cartera, toma su teléfono. Mientras disca un número.*) Bueno, y ahora a saber dónde carajo está mi marido. (*Sale.*)

CELESTE: Es dura la vida, eh doctora.

TERAPEUTA: Así es. Pero todo se trata de aceptar el reto que nos ofrece. ¿Cuánto tiempo hace que su esposo falleció?

CELESTE: Seis años.

TERAPEUTA: Lo mantiene muy presente para seis años. ¿Ha pensado, aunque sea remotamente, volver a casarse?

CELESTE: ¿Casarme?

CORDELIA: ¿Sorprendida?

CELESTE: Nunca lo he imaginado.

TERAPEUTA: Dese la oportunidad que un nuevo día la sorprenda. (*Dejando el libro de cita sobre su escritorio.*) Me imagino que también está ocupada.

CELESTE: No. A mi "*bookéeme*" todos los viernes a la una de la tarde y hasta fin de año porque sé que lo mío es grave. (*Sonríen y hasta podrían darse un abrazo. Sale. Suena el timbre de la puerta.*)

TERAPEUTA: Adelante. (*Entra Baby. Tendrá unos veinticuatro años. Tiene una t-shirt y pantalones cortos. Lleva un "back pack".*)

BABY: Hey mai!

TERAPEUTA: ¿Qué es eso de mai? Te he dicho que no me gusta ese jerga. ¿Y ese bulto?

BABY: Una ropita.

TERAPEUTA: ¿Una ropita? ¿Y para dónde vas?

BABY: A pasarme el fin de semana con mi novia y unos amigos en un apartamento que rentamos en Luquillo.

TERAPEUTA: ¿Qué tú vas para dónde?

BABY: Para Luquillo.

TERAPEUTA: ¿Para Luquillo? ¿Pero tú no sabes que podrías ahogarte o tener un accidente de carro tan lejos?

BABY: Solamente dos noches mamá.

TERAPEUTA: ¿Dos noches fuera de casa? ¡Ni una! ¿Pero tú crees que te gobiernas?

BABY: ¡Pero mamá, yo tengo veinticuatro años!

TERAPEUTA: ¡A mí me importa tres pitos que tengas veinticuatro años! ¡Y entérate, no me gusta esa noviecita que, supuestamente es señorita, que tan libremente se pasa dos noches con un macho fuera de su casa!

BABY: ¡Pero mamá!

TERAPEUTA: ¡Vamos! ¡Para casa!

BABY: ¡Mamá, pero ya dije que iba!

TERAPEUTA: Pues la llamas y le dices que no vas. Tan sencillo como eso.

BABY: ¡Pero Mami!

TERAPEUTA: Mami nada. Dame acá ese bulto. ¡Qué cosa, que ahora los pájaros le quieren tirar a las escopetas! ¡Camina pa' casa, carajo!

(Apagón y Telón)

Terapia para mi suegra. **Reparto:** Ofelia Dacosta, Alba Nydia Díaz, Noelia Crespo, Johanna Ferrán, Raquel Montero.

¡DEVUELVE A MI MARIDO, PERRA!

(Dedicamos esta comedia al siempre recordado amigo Luis Raúl quien interpretó a "Lulo" en su estreno. Luis anda por el cosmos y está feliz junto al Cristo.)

(**Devuélveme a mi marido, perra**, *fue estrenada la noche del viernes 6 de febrero de 2004 en el Centro de Bellas Artes Luis A. Ferré en San Juan de Puerto Rico en una producción de Joseph Amato para la compañía teatral Producciones Candilejas. Luego se presentó en el Teatro Oliver de Arecibo el sábado 28 de febrero. Continuó hacia el Centro de Bellas Artes de Aguada, el sábado 6 de marzo. Teatro La Perla de la Ciudad de Ponce el sábado 27 de marzo. Volvió a representarse en el Teatro La Perla el sábado 26 de junio. Teatro El Josco, San-turce, desde el viernes 13 de agosto. Fue estrenada con la siguiente reparto y ficha técnica.*)

(Reparto en orden de intervención:)
LULO: Luis Raúl
MARITZA: Deddie Romero
PRODUCTOR: Junior Álvarez
MARTA: Noelia Crespo
MÓNICA: Maribel Quiñónes
TERESA: Johanna Ferrán
FRANCISCO: Jaime Bello
GUSTAVO: René Monclova
RODOLFO: Ernesto Javier Concepción
HERMANA SONIA: Ofelia Dacosta
WARM-UP: Alí Warrington

Dirección Artística:
Albert Rodríguez

Asistente del Director :   Joseph Aguayo
Regidor de Escena: Joseph Aguayo
Diseño de la escenografía: Félix Juan Torres
Realizacion   Félix Juan, Raúl Dones y Stephanie Taylor
Diseño de la iluminación: Ligia Rolón
Realización: Técnicos Centro de Bellas Artes Luis A. Ferré, Teatro Oliver, Centro de Bellas Artes de Aguada y Teatro La Perla
Coreografía del "warm-up":   Alí Warrington
Coordinación del vestuario: Joseph Amato
Utilería: Neyda Lee Vidal Febus
Peinados y maquillaje: Carlos Flores
Spot TV   Estudios WIPR TV Canal 6
Edición: Domenek Group
Locución cuña TV: Jaime Bello
Concepto publicitario: Amato & González-Bonilla
Cuña televisiva: DR Production
Locución Radio: Luis Raúl
Caricatura: Johnathan Dwaye
Director Boletería Arecibo: Miriam Camacho
Director Boletería Aguada: Maritza Cruz
Director Boletería Ponce   Ángel Rolón
Publicidad: Juan González-Bonilla

Producción General:
Joseph Amato

Escenografía:

(La escenografía nos muestra un estudio de televisión donde en breve se realizará un "Talk Show." Observamos una cantidad de luces que tienden del techo del estudio. Podremos ver, además, los lados del estudio de televisión, los cuales lucen con algún que otro bastidor de otro programa. Hay gente que pasa por el estudio, observa, y continúa. Lulo es un hombre dinámico, que se mueve estupendamente, con seguridad y control de lo que hace. Conoce del refrán callejero, del doble sentido y escudriña y casi adivina el pensamiento de los participantes de su programa. Sabría, perfectamente, cómo decirle prostituta a una participante sin que ésta se ofendiese. Lulo siente piedad y cierto afecto por los que entrevista y si los lleva al borde de la locura es porque conoce perfectamente las reglas de su programa. Tiene toda la picardía posible al entrevistar, al expresarse. En contradicción, es tan victima como los participantes al programa. Todos los personajes, con excepción de Lulo , "hablan a lo puertorriqueño", es decir, utilizando en muchas ocasiones la letra L por la R. Así como también en muchas ocasiones excluirán la S final de las palabras. En cambio, Lulo es bastante correcto al hablar. El Productor tiene un acento de cualquier sitio de Americana Latina menos de Puerto Rico. A conveniencia del Director habrá cuatro carteles que cuelgan del techo del estudio los cuales se iluminaran cuando Producción así lo desee. Estos carteles instarán al público a participar dentro del programa. Uno dice "Lulo-Lulo", -exclamativo-. Otro dice "Aplausos". Otro es un "Buuu", de abucheo. El otro es un "Ohhh", de sorpresa y el otro leerá "Perra-Perra". A comodidad del Director habrá un monitor que el Productor observará casi continuamente apreciando cómo sale al aire el programa. Se utilizaran dos "bauncers", los cuales atenderán la disciplina de los entrevistados. En primer término, al lado izquierdo, habrá un micrófono donde los panelistas testimoniarán. El Director montará la comedia como si fuese un programa de televisión. El sonido del "beep" se escuchará luego que el personaje diga la mala palabra. Esta comedia se estrenó con un "warm-up-man". En casi todos los programas de la televisión norteamericana y en algunos de la televisión nuestra se utiliza un warm-up-man, que es un comediante. Es la persona que, un tiempo antes de grabar el programa o de que valla al aire en vivo, conversa con el público, los relaja haciéndoles chistes, en la mayoría de los casos subidos de tono, con el propósito de calentarlos y ponerlos en orbita para el programa. Por supuesto, deben existir dos cámaras de televisión con su respectivos camarógrafos. El Productor del programa debe estar todo el tiempo en escena, con auricular, para tener contacto con el Master Control. Cada vez que entre un nuevo personaje tendrá un tema musical e irá directamente al micrófono para dirigirse a la concurrencia a menos que se indique lo contrario. Para no repetirlo continuamente cada personaje se encaminará al micrófono para expresar su "testimonio", más entrará con algún tema musical que le distinga.)

VOZ: (*Escuchamos una voz grabada que anuncia al Animador del programa.*) Buenas noches amigos televidentes, bienvenidos al programa más visto y mejor cotizado de la televisión puertorriqueña: ¡el Talk Show de Lulo! (*El Coordinador del piso incita al público a aplaudir.*) Y ahora, el ganador del Premio Paoli, como el mejor Animador de nuestra televisión... ante ustedes el sin igual Lulo del Campo. (*Aplausos. Grandioso y espectacular aparece Lulo.*)

LULO: ¡Ay, gracias, gracias... (*A cámara.*) ¡Puerto Rico... buenas noches... ¡Este es su amigo de siempre, Lulo del Campo, que les brinda el más cordial de los saludos desde éste, su canal 15, donde se lleva a cabo el mejor programa de la televisión puertorriqueña, El Show de Lulo! ¡Si me abres el corazón yo te abro el mío! (*Bajando a las butacas de la primera fila.*) ¿Usted está bien...

PÚBLICO: ¡Sí!

LULO: ... ¿y usted?

PÚBLICO: Sí...

LULO: (*Se detiene frente a dos damas de la primera fila. Las observa.*) ¿Perra o víctima? ¿Víctima? ¡Que pendeja fuiste! (*A otra.*) ¿Perra o victima? ¡Oh sí, tienes cara de perra! ¡Muchacha, cómo se te nota! (*Hacia el segundo piso del teatro.*) ¿Hay perras allá arriba? (*Reacción.*) Lo sabía. La peste me llega acá abajo. (*Sube al escenario. A los televidentes.*) ...y ustedes, ¿están bien? Pues si ustedes están bien nosotros también lo estamos. Pero antes, Master Control, ¿tenemos el *beep* preparado?

COORDINADOR: ¡Sí, está preparado!

LULO: Estoy seguro que esta noche no necesitaremos usar el *beep*... ese sonidito que se utiliza cuando alguno de nuestros participantes dice alguna palabra... digamos... folklórica; porque, además de advertírselo, sabemos que nuestros participantes son personas educadas... pero, por sí acaso... Amigos bienvenidos nuevamente a este programa parapelos, tan real y escalofriante como la vida misma. Esta noche, como de costumbre, y en este escenario de la vida, vamos a presentarles dos casos que están tomados, arrancados de la naturaleza humana. Hemos titulado el programa de esta noche "*Devuélveme a mi marido, perra*", porque se trata de ese tipo de mujer que, usted sabe, sabiendo que un hombre es casado pues se conforma con ser... la otra. Y no solamente eso sino que, sin preocupación alguna, está dispuesta a romper cualquier matrimonio con tal de salirse con la suya. Eso demuestra la

crisis en la que estamos viviendo hoy día. Hay crisis en la amistad, hay crisis en el trabajo, hay crisis en las relaciones paterno-familiares, crisis existenciales, sexuales, crisis políticas... ¡El mundo está repleto de crisis..! Pero bueno, comencemos sin más demora. Música, por favor.(*Tema Musical.*) ¡Adelante Maritza! (*Maritza aparece. Da unos pasitos de salsa.*)

PRODUCTOR: (*A Master Control.*) ¡Olvídate de Lulo y enfócale las tetas! (*Maritza saluda a los presentes, a la cámara y tira besos.*)

LULO: Maritza será conocida en esta historia como "la amante", la mujer que no le importa nada, que lo soporta todo defendiendo al hombre que ama. Dice Maritza que no le importa ser "la otra" y que se siente feliz amando a Francisco y espera que, en algún momento, él abandone a su esposa para casarse con ella. ¡Testimonio por favor!

MARITZA: ¡Hooola! Yo soy Maritza y vengo aquí para defender a las mujeres que como yo, no tenemos la culpa de que algunas esposas no "atiendan" bien a sus maridos.

LULO: Bueno, eso esta por verse. Tome asiento, por favor.

MARITZA: Gracias.

LULO: Buenas noches, Maritza...

MARITZA: Buenas noches Lulo y al público televidente. A los presentes y a los ausentes.

LULO: Vamos a ver, Maritza, ¿a qué usted se dedica?

MARITZA: Yo soy beautician.

LULO: ¡Qué bien, qué bien! Y dígame Maritza, ¿el negocio es suyo?

MARITZA: No. Yo solamente trabajo allí.

LULO: Y dígame, ¿conoce usted al señor Francisco González?

MARITZA: Sí, lo conozco y muy bien.

LULO: ¿Y dónde lo conoció?

MARITZA: En Piñones.

LULO: (*Asombrado.*) ¿En Piñones?

MARITZA: Sí. En Piñones.

LULO: Piñones. Tan fresquito, tan fantástico, con tantos matorrales, con tantas olas, palmeras, verdad. ¡Que romántico! Y Maritza, ¿qué hacía usted en Piñones?

MARITZA: Pues fui a darme un chapuzón y a coger... un poco de sol.

LULO: Sí, claro. Me imagino que usted "*coge*"... mucho... sol.

MARITZA: Por supuesto.

LULO: ¿... y siempre "*coge*" en Piñones?

MARITZA: ¿Y qué de malo tiene *coger* un poco de sol en Piñones?

LULO: Nada. Pienso que uno "coge" donde le de la gana. Y dígame, ¿allí fue que usted conoció a Francisco?

MARITZA: Sí.

LULO: Y cuénteme, cuénteme... ¿cómo fue eso?

MARITZA: Pues me dio un poquito de hambre y caminé hasta un negocito de frituras que estaba, como dice la canción, "debajo de un palmar...

LULO: (*Tararea*n.) "... *era que estabas tan hermosa,* (*Maritza abraza a Lulo y dan unos pasitos.*) *con aquel color de rosa, de tu traje tan sencillo...*" Sí, sí. Me acuerdo de la canción.

MARITZA: Pues allí estaba Francisco, quien me atendió muy bien. Yo le pregunté que si tenía algún bacalaíto que me pudiera vender.

LULO: Veo.

MARITZA: Me dijo que sí. De inmediato lo sacó, lo sacudió y en menos de un segundo, ya lo tenía en la boca.

LULO: ¿A Francisco?

MARITZA: No. Al bacalao.

LULO: Ah. ¿Y Francisco, dónde estaba?

MARITZA: Detrás de mí. Pero yo le dije -un poquito para atrás, por favor-. Es que hacía mucho calor, sabe. Entonces le pagué el bacalao. Y una Coca-Cola también. ¡Ay, el bacalaíto estaba riquísimo!

(*Vanidosa.*) Entonces me dio una mirada tipo cuatro por cuatro...

LULO: Explíquenos Maritza ¿cómo es esa mirada cuatro por cuatro?

MARITZA: ¡Baja panti! Entonces cuando iba a retirarme me preguntó que si quería sorullo.

LULO: ¿Y qué le contestó?

MARITZA: Le dije que sí. Que lo quería.

LULO: ¿A Francisco?

MARITZA: No. El sorullo.

LULO: Ah... ¿Y a usted le gustan los sorullos?

MARITZA: Me encantan. No son muy grandes pero son sabrosos.

LULO: Pues entonces... ¿todo comenzó por un sorullo?

MARITZA: Bueno sí. Pero el sorullo de Francisco es único en su clase. ¡Lo fríe en mantequilla!

LULO: ¿Y dígame, Maritza, qué tiempo hace de eso?

MARITZA: Pues hace seis meses y, ¿sabe una cosa?

LULO: No. Dígame usted.

MARITZA: ¡Llevo seis meses a sorullazo limpio!

LULO: Veo, veo. ¿Y usted sabía que Francisco era casado?

MARITZA: Ah, él me ha dijo que no estaba casao na'.

LULO: (*A cámara y público.*) Y ahora, amigos, haremos una pausa. Y, cuando regresemos, conoceremos a Marta, la esposa de Francisco. ¡No se vaya nadie!

COORDINADOR: ¡Pausa para comerciales!

PRODUCTOR: (*Llegando a Lulo.*) Lulo, venga acá.

LULO: Diga.

PRODUCTOR: ¿Qué le está pasando?

LULO: A mí no me pasa nada.

PRODUCTOR: Tiene que ser más agresivo. Tiene que ser más irónico. No está pasando nada en el programa. El público espera que lo escandalicen.

LULO: Yo creo que, luego de dos años en el aire, ya sepa cómo conducir este programa. Además, no es mi estilo. Yo soy el mantenedor de este programa y lo conduzco como yo quiera.

PRODUCTOR: ¡Usted lo conduce como la Producción diga! ¡Y yo soy el Productor y hace lo que yo le ordene! ¡Este es un programa para el pueblo y éste pueblo es novelero! ¡Le gusta, se derrite, le fascina el chisme porque vive del chisme! Como ustedes mismo dicen "soy cafre y qué". Así que, póngase a nivel del pueblo. Casi, casi llegando a la cuneta. ¿Me entiende?

LULO: Si no cambia de actitud las cosas entre nosotros van a terminar mal.

PRODUCTOR: Pues comience por preocuparse...

COORDINADOR: ¡Tres segundos para ir al aire! ¡Silencio, silencio en el estudio! (*Lulo vuelve al centro de escena.*)

VOZ: ¡Señoras y señores y ahora, nuevamente con ustedes Lulo del Campo y su Talk Show Boricua!

LULO: Amigos, saludos nuevamente. ¡Y ahora conoceremos a nuestra nueva participante, la señora Marta Gutiérrez! ¡La esposa engañada! (*Tema Musical. Entra la señora Marta Gutiérrez, quien va derechito hasta Maritza y le tira un golpe. Maritza se defiende.*) Por favor señoras, por favor... (*Las separa.*) La señora Gutiérrez es la esposa del señor Francisco González, el sorullero y viene derechita desde Piñones a decirle a Maritza que ella es una atorrante. Adelante, por favor, adelante. ¡Testimonio, por favor!

MARTA: Buenas noches. Yo soy Marta Gutiérrez y vengo a desenmascarar a esa mujer y a decirle que ella es peor que un vomito de borracho.

LULO: ¡Uh, pero que asco! ¿Escucharon eso?

MARTA: ¡Deja que yo te coja, deja que yo te coja!

MARITZA: No me busques muy lejos mamita que aquí me tienes.

LULO: ¡Por favor, señoras, por favor! Marta, por favor, tome asiento. Para beneficio de nuestra tele audiencia, en caso de que alguien nos haya sintonizado tarde, por favor, repítanos su nonbre.

MARTA: Marta Gutiérrez.

LULO: Bien. Usted es de Piñones, ¿es cierto?

MARTA: No. Yo soy de Santurce, de la *Barriada Los Puñales*, y tengo, junto con mi marido, un negocio en Piñones.

LULO: Bien. ¿Y desde cuándo ustedes mantienen ese negocio?

MARTA: Desde hace dos años.

LULO: ¿Y el negocio se llama…?

MARTA: "El sorullo y algo más".

LULO: (*A cámara.*) ¡Otra vez el sorullo! Pero doña Marta, dígame, ¿venden sorullos solamente?

MARTA: Nos especializamos en sorullos pero vendemos de todo. Alcapurrias, guineítos, bacalaitos, empanadillas de "meat balls", pulpo...

LULO: (*Malicioso.*) Ah, ¿venden pulpo también?

MARTA: Sí, sí. Dicen que la gente que va a Piñones le gusta el pulpo... por el fósforo, usted sabe, porque es bueno para la salud. Vendemos también cuajo y refrescos... de todo, de todo...

LULO: Y dígame, Marta, ¿usted conoce a la señora aquí presente, Maritza?

MARITZA: ¡Esa atorranta...

LULO: No. Será atorrante.

MARTA: Atorranta. Porque es mujer.

LULO: Como usted diga...

MARTA: Pues esa atorranta...

MARITZA: ¡Atorrante serás tú!

MARTA: ¡Tú eres la atorranta! Porque estás saliendo con mi marido.

LULO: ¿Y cómo usted se dio cuenta?

MARTA: Porque iba demasiadas veces a buscar sorullo.

LULO: ¡No me diga! ¿Y su marido le daba sorullo?

MARTA: Estoy segura que se lo dio. Por eso yo siempre estaba allí. Ella, con su carita de mosquita muerta, le decía: "hola, dame el sorullo". Y eso tenía mala intención, usted sabe, porque lo que tenía que decirle era -por favor, déme (*recalcando*), déme un sorullo-. ¡Es que hay una diferencia entre *dame* y *déme*!

LULO: Bueno, podría ser, podría ser... Oiga, ¿y quién hace los sorullos?

MARTA: Yo hago la masa, pero mi marido es un experto manejando el sorullo.

LULO: Bien. Dejemos por unos instantes el tema del sorullo para presentarles otro caso de la vida real. ¡Éste, más candente que el anterior! (*Anunciando.*) ¡Ante ustedes... Mónica... ¡La seductora! Mónica se quiere con Gustavo, el esposo de Teresa. (*Tema Musical. Mónica aparece y se queda mirando al público. Saluda, mientras Lulo la describe.*) Mónica es una joven de Puerta de Tierra y es la típica seductora. ¡Adelante Mónica! ¡Testimonio, por favor!

MÓNICA: Saludos para todos. Mi nombre es Mónica. Y todos los que me conocen dicen que soy muy simpática. Yo soy el tipo de mujer que tiene el corazón como una avenida, que siempre hay alguien cruzándola. Y vengo a decirle a la esposa de mi "chillo" que lo deje tranquilo.

LULO: Buenas noches Mónica. ¿Cómo estás?

MÓNICA: Muy bien, gracias a Dios.

LULO: (*Haciendo memoria.*) Mónica, Mónica... a mí ese nombre me suena... Mónica... Mónica... ¿usted tienes algo que ver con Casa Blanca?

MÓNICA: No.

LULO: Dígame Mónica, ¿cómo fue que te levantaste a Gustavo?

MÓNICA: Pues yo vendo cosméticos y una tarde pasé por esta casa y entré a vender mis productos; que son naturales y excelentes para la piel. Entonces, allí, estaba Gustavo.

LULO: ¿Y a quién le estabas vendiendo sus productos?

MÓNICA: A Teresa.

LULO: ¿A Teresa, la esposa de Gustavo?

MÓNICA: Correcto.

LULO: O sea, que viste a Gustavo en su casa, tranquilito junto a su mujer, y quedaste hecha una pieza.

MÓNICA: Eso es así.

LULO: ¿Y no te importó que Gustavo estuviese casado?

MÓNICA: No. No me importó.

LULO: ¡Qué franca y... qué ligerita eres Mónica!

MÓNICA: Sí. Lo soy. La vida hay que aprovecharla.

LULO: A la verdad que eres una... *aprovechadita*". Para resumir, Moniquita, ¿Entonces vendes cosméticos, te metiste en una casa, viste a un hombre, te gustó y sin importarte nada... *pa'* encima?

MÓNICA: Así fue.

LULO: (*A público.*) ¿Verdad que es... franca? Y dime, ¿cómo fue que comenzaron a hablar clandestinamente?

MÓNICA: Él empezó a darme llamaditas, usted sabe.

LULO: Pero para darte "llamaditas" tuviste que darle el teléfono. ¿No crees?

MÓNICA: No. No fue así. (*Aclarando.*) Yo le dije a la mujer que le dejaba el "Magazín" de los productos y que si le interesaba alguno me podía llamar al 834-6969.

LULO: Pero lo suficientemente alto para que él escuchara el número telefónico, ¿verdad? Vamos Mónica, sea sincera.

MÓNICA: ¡Ay, así fue!

LULO: ¿Y qué tiempo estuviste saliendo con ese hombre?

MÓNICA: Unos... seis meses solamente.

LULO: Y digame, Mónica, para aclarar

esto (*a cámara*), porque lo que viene es peor, ¿por qué terminaste con esa relación secreta?

MÓNICA: Porque se quedó sin trabajo.

LULO: (*Pasmado.*) ¿Qué lo dejaste porque se quedó sin trabajo? ¡A la verdad que ella es franca!

MÓNICA: Pues claro. ¿Para que me sirve un hombre que no pueda resolverme? Entonces le dije "chao" piojito y pa' fuera.

LULO: Pero Mónica, ven acá, ¿no había algo... no sé, afectivo entre ustedes?

MÓNICA: Bueno, lo que pasa es que para mí, ve, primero viene el dinero y luego, luego, vienen las... consideraciones, usted sabe.

LULO: ¡Ah, por lo menos estás clara! (*A público y cámara.*) ¿Ustedes escucharon bien? Esta mujer me deja pasmado.

MÓNICA: ¡No se preocupe que usted no es el único que se ha quedado pasmado!

LULO: ¡Cristo, pero a dónde vamos a parar! (*A cámara.*) Pero quédense sentaditos que ahora es que viene algo insuperable. Y dígame, Mónica, ¿con quién usted está saliendo ahora?

MÓNICA: Con Rodolfo.

LULO: Ah, con Rodolfo. Bonito nombre, eh. ¿Y quién es Rodolfo?

MÓNICA: El hijo de Gustavo.

LULO: ¡Pero voy a morirme! ¡Esta mujer está saliendo con el hijo de su chillo!

MÓNICA: (*Esclareciendo.*) No, no. Del que era mi chillo.

LULO: Esta sociedad se hunde. Se hunde y no hay quien pueda evitarlo. Dígame una cosa, Mónica, ¿quién le presentó a Rodolfo?

MÓNICA: Pues el *pai*, Gustavo.

LULO: Espere, espere. ¿El ex chillo le presentó al hijo y usted está saliendo ahora con él?

MÓNICA: Así es. Así es.

LULO: ¡Deliro! Simplemente deliro.

MÓNICA: Sí, sí. Si es para delirar. ¡Jamás pensé que el *chillito* estaba mejor que el *chillo*!

LULO: ¿Y qué fue lo que pasó con el padre, además de haberse quedado sin trabajo?

MÓNICA: Bueno, pues usted sabe cómo son los hombres.

LULO: ¡A mí no me meta en ese lío! Dígame, dígame usted cómo son los hombres.

MÓNICA: Pues al principio todo estaba bien. Pero al mes le comenzaron los ataques de posesión: "*no te pongas eso, estás muy pintada, las faldas están muy apretadas, no mires para allá, ven temprano... ¡Ay, deje eso!*

LULO: Pero Mónica, ven acá. ¿Tú sabías que Rodolfo era un hombre casado y que tiene dos hijos?

MÓNICA: Pues yo lo lamento por la estúpida esposa.

LULO: (*Atónito.*) ¿Lo lamentas simplemente?

MÓNICA: ¿Pero qué quiere que haga, que me suba a un edificio y me tire desde el techo? Déjeme decirle que yo no lo obligo a nada.

LULO: Explícame una cosa Mónica ¿Tú estás con Rodolfo porque tiene dinero y el padre no?

MÓNICA: (*Mintiendo.*) Bueno... yo estoy con Rodolfo porque estoy enamorada de él y al padre no le daba ni un chavo para que me resolviera.

LULO: ¿Para que te resolviera? ¡Ay Señor! Ven acá Moniquita, ¿entonces no te importan las esposas, las inocentes víctimas de tú aprovechamiento?

MÓNICA: ¡Yo soy más mujer que las dos juntas!

LULO: Pero Mónica, no se trata de que una sea mejor o peor que la otra. ¡Es que tú eres la intrusa en ese matrimonio!

MÓNICA: Pues a mí no me importa. ¡Yo no quiero saber nada de esposas!

LULO: ¡Pues yo quiero conocer a una de esas mujeres... ahora! En el escenario de la vida recibamos con un fuerte abrazo a Teresa, la esposa engañada. (*Tema Musical. Teresa aparece.*) Por favor, Teresa, haga su testimonio.

TERESA: Con mucho gusto. Pero antes... (*Va derechita hacia Mónica y le da una bofetada. Mónica se la devuelve y ruedan por el piso. Sufrida, llega hasta el micrófono.*)

TERESA: Pues, yo soy Teresa, la esposa de Gustavo Rodríguez. Y vengo aquí a decirle a todos que esa mujer (*señala a Mónica*) me sacó a mi marido de la casa.

LULO: Y el que no lo sabía se acaba de enterar porque este programa lo ve la isla completa.

TERESA: Ella es una *filtrafa* de mujer, que está destruyendo mi hogar.

LULO: Mamita, se dice piltrafa. Piltrafa. Con P de pellejo.

TERESA: ¡Bueno, pues *piltrafa* con P de pellejo!

LULO: Adelante, Teresa, adelante... (*Teresa se sienta. Mónica sonríe. Es una risa burlona por la apariencia física de Teresa.*) Y tú, Mónica, ¿de qué te ríes?

MÓNICA: De lo fea y ordinaria que es esa mujer. ¡Dios mío, cómo viste! Me da gracia.

LULO: Pero no me vas a negar que luce como una dama. En cambio tú no dejas nada a la imaginación.

TERESA: ¿Escuchaste bien, pellejo? ¡Una dama!

MÓNICA: ¡Pero es que yo soy también una dama!

TERESA: ¿Tú? ¡Tú eres el facsímil razonable de una puta! (*Beep. Y vuelven a darse golpes.*)

LULO: Por favor, señoras, por favor. (*Las separan.*) Teresa, ¿te has fijado cómo esa mujer te mira, con el desprecio, con arrogancia, con el insulto con que lo hace?

TERESA: Me tiene sin cuidao porque yo soy la esposa.

MÓNICA: ¡Pa' cocinar, fregar y lavar calzoncillos cagaos!

LULO: (*A cámara.*) ¡Pero qué puercada!

TERESA: ¡Ella es la puerca!

MÓNICA: ¡Ay, mira, vete a tu casa a seguir aguantando cuernos!

TERESA: (*A Lulo.*) Mire la cara de atrevida que tiene esa escoria de mujer. Yo no sé cómo se atreve venir a la televisión y aceptar que me ha quitado a mi marido.

LULO: Dime una cosa, Teresa, ¿tú marido, en qué trabaja?

TERESA: Es pintor.

LULO: Ah, pintor. ¡Que bonito! ¡Pintor! ¿De brocha gorda o finita?

MÓNICA: (*Sexual.*) ¡De brocha gorda, gordísima! ¡Así tiene la brocha!

TERESA: (*A Lulo.*) ¿Se fija? Esa mujer es una vulgar.

LULO: Y dime, Teresa, ¿tu marido, está trabajando ahora?

TERESA: Sí. Ahora volvió a trabajar.

LULO: ¿Monica, escuchaste eso? Gustavo volvió a trabajar. Hay *billes* nuevamente en el bolsillo de ese hombre. ¿Qué dices a eso?

MÓNICA: Ah. Ya yo no lo quiero.

LULO: Teresa, a ella ya no le interesa tu marido. Y quiero hacerte una pregunta muy importante, pero antes, haremos una pausa para que nuestros patrocinadores se manifiesten. (*A público.*) ¿Y ustedes qué dicen? (*Se ilumina el cartel "Lulo te queremos".*)

PÚBLICO: ¡Lulo, te queremos!

LULO: ¡Ay, gracias!

CODINADOR: ¡Pausa para comerciales! (*Lulo se retira y, de inmediato, es detenido por el Productor.*)

PRODUCTOR: (*Brusco.*) ¡Vamos a perder el *rating*! ¡Vamos a perder el *rating* del programa!

LULO: (*Molesto.*) ¿Y qué pasa ahora?

PRODUCTOR: (*Molesto.*) Que vamos a parar al infierno si continúa llevando este programa de la manera que está conduciéndolo. ¿Para quién usted cree que se hace este programa?

LULO: ¿Dígame a dónde quiere llegar?

PRODUCTOR: ¡Este programa es para el pueblo! ¿Me escuchó? ¡Para el pueblo! Para la ralea del caserío, para las barriadas, para gente sin educación.

LULO: (*Molesto.*) ¡Escúcheme un momentito...

PRODUCTOR: ¡No, no, no! ¡Escúcheme usted a mí! Este programa no es para nosotros que tenemos educación y somos gente de clase. Es para la gente bruta y hay que hablarles en su idioma! ¡Dele su pan nuestro de cada día! ¡Hágalos sufrir! Que se vean reflejados en los participantes. ¡Incite a que esa mujer (*señala a Teresa*) que llore a boca de jarro por su marido, (*señala Mónica*) que el "fleje" ese luzca lo más barata posible y dígale que, si se quita la ropa en el programa, le regalaremos una nevera!

LULO: ¡Pero éste programa también es visto por niños!

PROUCTOR: ¡Me importan tres carajos! ¡Los dueños de la emisora no se alimentan con niños sino con dinero!

LULO: ¿Pero qué es lo que más le interesa a usted, el *rating* o el bienestar de nuestros panelistas?

PRODUCTOR: ¡El *rating*! Nosotros trabajamos para un *rating*. ¡Esta no es una oficina de bienestar social!

LULO: Yo entiendo que si conservamos un excelente *rating* el programa se mantiene en el aire. Pero también creo, firmemente, educar al pueblo a través del mismo.

PRODUCTOR: ¡Si quiere educar al pueblo le recomiendo que se vaya al canal 6! Entiéndalo de una vez: la televisión es un negocio y lo que vende son las desgracias humanas, los chismes. De eso nos alimentamos. ¡O vela por nuestros intereses o se va del programa!

CORDINADOR: ¡Diez segundos para ir al aire, diez segundos! ¡Silencio en el estudio, silencio!

VOZ: ¡Y ahora, nuevamente ante ustedes, el Animador del Año, Lulo del Campo! (*Se ilumina el cartel de Aplausos.*)

PÚBLICO: (*Aplaude.*)

LULO: Gracias, gracias. Quiero aprovechar la oportunidad para darle las más expresivas gracias a nuestro pueblo por todos esos votos que tan generosamente depositaron en mi persona. Porque a la verdad que, fueron ustedes, por medio de cartas, llamadas e *e-mails* que lograron que yo recibiera este codiciado premio, tan y tan inmerecido. Gracias, de verdad, muchas gracias. Quería comentarles, además, que deseo hacer una pequeña encuesta. Como ustedes me aprecian tanto quisiera le escribieran al Gerente de este canal si prefieren que el Productor sea el Animador de este programa. ¡Y esa encuesta va comenzar ahora mismo con el distinguido público que nos visita en el estudio! (*Al público del estudio.*) Amigos, ¿desean que Lulo sea sustituido por el Productor de este programa?

PÚBLICO: (*El "Warm-up Man" los incita.*) ¡Nooo!

LULO: ¡Ay, gracias, gracias! ¡Pero qué amables, qué cariñosos!

PRODUCTOR: (*Asomandose entre cámaras.*) ¡Rata! ¡Eres una rata!

LULO: ¡Ay, pero qué bueno! El Productor del programa acaba de informarme que tendremos un nuevo patrocinador que nos auspiciará por seis meses: "Rata-Fin". Un nuevo y sorprendente exterminador de ratas. ¡Ah, pero el Productor no sabe que yo le tengo otra sorpresa! Que además tendremos el patrocinio de otro nuevo producto: (*Directo al Productor.*) "Pañales Tu Madre". Tan acariciantes como las manos de mamá. (*El Productor se retira.*) Bueno, gente, volviendo a nuestro programa, ¿no les parece que ya es hora de conocer a los hombres que le han destrozado el corazón a tan exquisitas damas? (*El Coordinador insta al público a que grite sí.*)

PÚBLICO: ¡Sí!

LULO: ¡Y ahora recibamos con un fuerte aplauso a Francisco, el hombre del sorullo! (*Francisco aparece y se detiene.*) ¡Testimonio, por favor!

FRANCISCO: (*Francisco usa una boina. Tienes gafas. Lleva varias sortijas y varias cadenas al cuello.*) Hola, yo soy Francico, y vengo a decirle a mi mujer que su sorullo está seguro. Pero que me dé un "*brake*" porque si continúa celándome va a ser la causante de nuestra separación.

LULO: Buenas noches Francisco...

FRANCISCO: Muy buenas noche. Lulo, usted se ve más joven en persona que en la televisión...

LULO: Muy amable, muchas gracias. (*A cámara, pero con intención hacia el Productor.*) Eso es para que ustedes vean las cortesías y los modales de nuestro pueblo. Francisco, ven acá, ¿amas a tu mujer, a Marta?

FRANCISCO: Este yo... bueno... ¿Podría repetirme la pregunta por favor?

LULO: ¿Que si amas a tu mujer, a Marta?

FRANCISCO: Este... Pues, bueno... sí.

LULO: ¿Y por qué le has pegado los cuernos con Maritza?

FRANCISCO: Lo que pasa es que ella no me entiende.

LULO: ¿Y qué tienen que ver los cuernos con que no te entienda? (*Leve pausa.*) Contéstame, Francisco, ¿qué tienen que ver?

FRANCISCO: Es que ella es muy celosa.

LULO: ¿Y el que sea celosa te da derecho a serle infiel? (*Leve pausa.*) Contéstame. (*Francisco titubea.*) No me quie-

res contestar, ah. Recuerda que estás aquí porque tienes un problema y estás buscándole una solución. Dime Francisco, ¿todo comenzó por un sorullo, verdad?

FRANCISCO: Los sorullos no tienen nada que ver.

MARITZA: Pues sí. ¡El sorullo tiene que ver, y muucho!

LULO: Ven acá, Maritza, ¿solamente le viste el sorullo a Francisco o se lo probaste?

MARITZA: Primero se lo vi y, como aparentaba estar bueno, entonces se lo probé.

LULO: ¿Y desde que se lo probaste...

MARITZA: ¡A sorrullazo limpio! ¡Ah, es que los hace tan buenos!

LULO: (*Estimulando la guerra.*) Oye, Marta, ¿has visto cómo Maritza te observa, con una mirada hiriente y burlona y has visto cómo mira a tu marido, como queriendo comérselo, apretujárcelo, tragárselo con los ojos?

MARTA: (*Hasta Maritza.*) ¡Te voy a decir una cosa, con mi marido no te metas, oíste!

MARITZA: ¿Y qué vas hacer, mamita, me vas pegar un tiro, ah?

MARTA: No. No te voy a dar un tiro porque tú no mereces que yo me coja la cárcel, pero sí puedo darte una buena galleta, so' puta. (*Beep.*)

LULO: (*A cámara. Disimulando.*) Le dijo rusa. ¡Fue rusa lo que le dijo!

MARTA: No Lulo. "Rusa" no. ¡Le dije puta! (*Beep.*) (*Y sin pensarlo le da una bofetada.*)

TODOS: ¡Ay! (*Marta y Maritza se agarran del pelo y ruedan por el piso.*)

LULO: ¡Por favor, que separen a esas mujeres, que las separen... ¡Alguien haga algo, por favor... (*Ad-lib en la pelea.*)

MARITZA: ¡Eres fea, fea y fea!

MARTA: ¡Y tú una roba sorullo!

LULO: ¡Se matan, se matan! ¡Basta,

basta, sepárenlas, por amor a Dios... (*Logran separarlas. Luego dice.*) ¡Niñas, pero qué es esto, han perdido la compostura, el caché... Les voy a decir una cosa, en este programa están prohibidas las peleas, ¿me escucharon? Y se comportan como lo que son, personas decentes, para que nadie luego diga que son gente de barriadas.

MARTA: ¡Devuélveme a mi marido, perra!

MARITZA: ¡Ese sorullo es mío!

LULO: ¡Basta, basta! (*A cámara.*) ¿No les digo yo? Este programa es un espejo de la vida misma. Y ahora, haciendo su entrada triunfal, recibamos con un aplauso a Gustavo, el otro marido infiel. El esposo de Teresa. (*Tema musical.*) ¡Testimonio, por favor!

GUSTAVO: (*Entra. Camina con dificultad ya que tiene una prótesis en el pie derecho.*) Hola, yo soy Gustavo Rodríguez. Y vengo a este programa a decirle a mi esposa, públicamente, que la amo. Y decirle a Mónica que es una mala mujer.

MARITZA: (*A Mónica.*) Nena, ¿y tú te lo dejaste meter por un cojo?

LULO: Adelante, Gustavo, adelante... toma asiento, por favor...

GUSTAVO: ...gracias...

LULO: Dime Gustavo, ¿entonces es cierto que te enredaste con esa mujer, con Mónica?

Gustavo: Sí. Pero ahora estoy arrepentido.

LULO: ¿Arrepentido después que te estrujaste, te arrastraste, te *besuqueaste* y te acostaste con ella? Cuéntame, Gustavín, ¿qué sientes ahora por esa mujer?

GUSTAVO: Nada. Absolutamente nada.

LULO: Gustavo, tengo entendido que eres pintor, verdad.

GUSTAVO: Sí.

LULO: Cuéntanos cómo fue que comenzó todo este lío.

GUSTAVO: Buen, pues... todo comenzó cuando fui a pintar a su casa.

LULO: ¡Ay, pero que sutil Gustavo, que sutil! ¿Y cada cuánto tiempo le pasabas... la brocha... a la casa?

GUSTAVO: ¡Eh, todos los días!

LULO: ¿Y en ese... ejercicio... de pasar la brocha fue que te atrapó?

GUSTAVO: Ajá.

LULO: Y para que los televidentes estén claros... ¿por dónde le pasabas la brocha?

GUSTAVO: Por la azotea y por el patio interior.

LULO: ¿Ah sí? Y dime, Gustavin, ¿por dónde comenzabas?

GUSTAVO: ¡Por la covacha!

LULO: ¿Por la covacha?

GUSTAVO: Sí. Es que yo pinto de adentro hacia fuera.

MÓNICA: Quiero aclarar algo. ¡Primero me raspaba, luego me pasaba el *primer* y entonces era que comenzaba la "pintaera"! (*Se dobla hacia cámara y enseña las nalgas.*) Y cuando se metía en el cuartito de atrás...

LULO: (*Aterrado.*) ¡Ahh! ¿Lo pintaba también?

MÓNICA: ¡*E'a*, tres o cuatro manos al día!

LULO: Mónica, querida, cuéntame, ¿y mientras ese hombre estaba en la covacha, que tú decías?

MÓNICA: (*Cantando.*) "Se me sube, se me sube... (*Musiquita del Rap de "Se me sube". Mónica culea.*)

LULO: (*A cámara.*) ¡Pero han visto, qué versatilidad! ¡Esa mujer es una tormenta! Y Gustavo, ¿nunca pensaste que, por estar pasándole la brocha a Mónica, estabas destruyendo tu hogar?

GUSTAVO: No. No lo pensaba.

LULO: Incluso, fuiste el causante de llevar a tu propio hijo al libertinaje, al borde de la locura.

GUSTAVO: Mi hijo se ha vuelto loco.

TERESA: Ven acá, Gustavo. ¿Qué tiene

que ver nuestro hijo con todo esto?

LULO: (*Suspenso.*) ¡La trama se complica, los nudos se comprimen y un inesperado personaje irrumpe en la escena! (*Acordes musicales de tensión.*) En este, su escenario de la vida, recibamos con un aplauso a Rodolfo. El hijo desequilibrado de Gustavo y Teresa. (*Rodolfo aparece. Tema Musical. Rodolfo es "rapero" y está vestido como tal. Luce una gorra. Lleva los pantalones por debajo de las nalgas. Se le ven los calzoncillos. Tiene chivita y bigote y dos cadenas como de una pulgada de espesor. Gustavo tiene alguna "nota" de marihuana o coca y tiene cierta peculiaridad, repite la última palabra cuando habla, como "rapeando".*) ¡Testimonio, por favor!

RODOLFO: Hola, buenas noches para todos. Mi nombre es Rodolfo y vengo a decirle a mi pai, a mi mai y a mi esposa algo que tengo escondido en el corazón. Algo que me agobia y ya no puedo callarlo más. ...Callarlo más, callarlo más…

LULO: Adelante Rodolfo, adelante y toma asiento, por favor. (*Rodolfo le da un beso a su madre y padre y luego se sienta junto a Mónica, a quien besa y manosea.*)

TERESA: (*Sorprendida.*) Rodolfito, ¿y qué tú haces aquí?

LULO: Espérate Rodolfo, antes de que le contestes... (*Llamando.*) Producción, producción... ¿tienen lista alguna taza de Romero para los nervios o Valeriana? (*Corre-corre detrás de cámaras.*)

TERESA: ¡Gustavo, explícame inmediatamente, qué hace nuestro hijo en este programa!

GUSTAVO: ¡Rodolfo, explícame inmediatamente qué haces aquí para yo explicárselo a tú madre!

LULO: ¡Rodolfo, si quieres explícame a mí, para yo explicárselo a tu padre y para que tu padre se lo explique a tu ma-

dre! (*A cámara.*) ¡Preparados, preparados que ahora todos van a quedar cuadrados! ¡Testimonio, por favor!

RODOLFO: ¡Que me quiero con Mónica y voy a casarme con ella! Con ella... con ella… (*Acorde musical de suspenso.*)

TERESA: (*Dando tremendo brinco en la silla.*) ¿Qué qué? ¡Ay, yo me voy a morir! (*Y se desmaya.*)

LULO: (*Llamando.*) Producción, Producción algún calmante para nuestra panelista. (*Entran unos técnicos y le dan algún medicamento a Teresa que, mientras se restablece, Lulo se dirige a Gustavo.*)¡Gustavo, por favor, aconseje a su hijo!

GUSTAVO: Mira, Rodolfo, hijo mío, tú estás a punto de dar la metía de pata más grande de tu vida...

RODOLFO: ¡Papá, pero es que yo la amo! A ella es la que yo amo.

LULO: ¿No se los dije? Por eso es que, el Talk Show de Lulo, o séase, yo, es el primer programa de nuestra televisión. Porque aquí presentamos casos reales. Que desgarran cualquier sensibilidad. (*Corre al lado de Teresa y Gustavo.*) Calma, calma... así, así... tranquila que esto es fuerte. Todos sabemos que esto es fuerte. (*A cámara.*) A la verdad que hay hombres que, cuando nos enamoramos, somos como niños. No razonamos, nos volvemos tontos, no pensamos en nada... ¡Nos cegamos! ¡Es la crisis! Ya lo había dicho, es la crisis. La crisis en que vivimos. Entonces, Rodolfo, vamos a dejar una cosa clara: Tú eres el amante de la ex chilla de tu padre, ¿no es así?

RODOLFO: Cierto.

LULO: (*Pasmado.*) ¡Cristo!

RODOLFO: Cristo no tiene nada que ver con esto.

LULO: Ya lo sé, amigo. Cristo no se mete en estas cosas. Cristo es todo bondad. Todo perdón.

RODOLFO: Eso es así. Él perdonó a Mónica.

LULO: Ah, ¿entonces Cristo perdonó a Mónica? ¿Y cómo tú lo sabes?

RODOLFO: Porque Mónica me lo dijo. Me lo dijo... me lo dijo…

LULO: ¡Ah, ¿entonces Mónica habló con Cristo? ¡Qué maravilla! (*A cámara.*) Mónica es como el Reverendo Font, que habla con Cristo cuando le da la gana. Mónica, te felicito. Fíjate Rodolfo, entiendo muy bien que te hayas enamorado de Mónica, porque es una mujer muy guapa. Pero Rodolfín, tú eres casado.

RODOLFO: Sí.

LULO: ¿Y dónde está tu mujer?

RODOLFO: En la casa.

MARTA: ("*E'playá*".) ¡Ay... mis nietos!

LULO: (*A Marta.*) Sí, sí. Esos son los que más sufren. ¿Y dónde estás durmiendo, Rodolfo?

RODOLFO: Con mi mujer de lunes a jueves y con Mónica de viernes a domingo.

LULO: Pero Rodolfo, eso dice poco de ti. Porque te muestras como un hombre inestable y sobre todo, no le das la categoría que tu esposa merece como madre de tus hijos.

TERESA: ¡Ay, yo lo que quiero es morirme! Que alguien me ayude, que alguien me ayude.

LULO: (*Hacia Teresa.*) No te preocupes que vamos a ayudarte. No llores. Vamos, no llores. (*A cámara.*) Ya lo dije, es que la crisis arropa a toda nuestra comunidad. (*A Rodolfo.*) Entonces, por lo visto, tú estás entregado a esos placeres malsanos, pecaminosos y morbosos que esa mujer te brinda, ¿no?

RODOLFO: Es que Mónica es la mujer de mi vida. De mi vida... Yo estoy, como se dice por ahí, enchulao de su *suavena*.

LULO: O sea, que ella es como una gata salvaje.

RODOLFO: ¡Ay sí! Salvaje, salvaje ¡Salvajísima!

LULO: ¡Mira eso! Y cuéntame, Rodolfo, ¿por qué estás tan obsesionado con esa mujer?

RODOLFO: ¿Le digo?

LULO: Sí, amigo mío, para eso es que estás aquí, para testimoniar. Cuéntame, cuéntame. Es entre tú y yo y que nadie se va a enterar.

RODOLFO: Lo que pasa es que esa mujer es una "*monstrua*" en la cama. (*Rapea.*) En la cama, en la cama…

LULO: (*A cámara y público.*) ¿Escucharon eso amigos? ¡La cama! En todos nuestros programas la cama siempre sale a relucir. ¡La cama es el principio y el final de todo! Definitivamente la cama vino a protagonizar y no hay quien la tumbe de su puesto. (*Incisivo.*) Oye, Rodolfo, ¿entonces esa mujer te comprime el cerebro?

RODOLFO: Sí.

LULO: ¿Te lo machaca?

RODOLFO: ¡Sí!

LULO: ¡Te le da contra el piso!

RODOLFO: ¡Sí!

LULO: ¡Te lo exprime!

RODOLFO: ¡Sí!

LULO: ¿Te lo pudre?

RODOLFO: ¡Ay sí!

LULO: ¡Y te lo cuela también!

RODOLFO: ¡Ay sí!

LULO: ¡Ay mijo, tu estás clavao!

RODOLFO: Un momentito. ¡A mí nadie me clava!

LULO: Me refería que estás clavado de la cama.

RODOLFO: ¡Ay sí!

LULO: (*A cámara.*) Quiero que sepan que yo me ruborizo ante tanto sexo, tanta cama, tanto deseo pecaminoso. Mónica, por favor, contéstame algo. (*Apuntando hacia Rodolfo y Gustavo.*) Antes de estos dos... amantes, y perdona que los llame así...

MÓNICA: ...no se apure que no es nada...

LULO: Mónica, dime un más o menos,

¿con cuántos otros hombres tú has... salido?

MÓNICA: Este... uno... siete... doce... ¡Ay, es que son tantos que se me ha *perdio* lo cuenta!

LULO: (*A cámara.*) A mí lo que me sigue gustando de ella es su franqueza. (*A Mónica.*) Dime Moniquita, esa actitud suya ¿es provocada por alguna herida que llevas adentro, estimulada tal vez por algún hombre que te rompió el corazón, que te pegó, que te humilló y que te arrastró por cuanta cuneta encontró y ésta es la manera de vengarte, rompiendo matrimonios?

MÓNICA: No, no. Para nada. Lo que pasa es que yo siempre fui así.

LULO: (*Atónito.*) ¡Madre mía!

MÓNICA: Todo lo que me gustó me lo llevé pol'medio.

LULO: (*Por Mónica.*) Si de algo no podemos acusarla es de mentirosa porque ella es franca, franca... Dime, Rodolfo, ¿no te parece algo lujurioso, descabellado, mugriento, pecaminoso y hasta medio pornográfico que te estés acostando con la ex amante de tu padre?

GUSTAVO: ¡Pero yo me arrepentí!

LULO: ¿Escuchaste eso Teresa, tú marido se arrepintió de habértelas pegado?

TERESA: (*Llorosa. De pie.*) ¡Es que yo siempre dije que ese hombre era un santo hasta que ese *fleje* llegó y se lo llevó al infierno!

LULO: ¿Al infierno? ¿Ahora le dicen infierno? ¡A los muelles de sabrá Dios qué prostíbulo fue que se lo llevó!

GUSTAVO: (*Aclarando.*) No, no. Ella no me llevó a ningún prostíbulo.

TERESA: (*Aliviada.*) ¡Que bueno!

GUSTAVO: Ella tiene casa propia.

TERESA: ¡Ahhhhhhhhh! (*Y cae redondita sobre la silla.*)

LULO: Marta, cariño, tú viniste al programa a decirle algo a Maritza. ¿Se lo quieres decir ahora?

MARTA: Sí. Mira, canto de... como dijo Lulo, yo soy una señora, pero a veces pierdo la paciencia, sabes. Quiero desenmascararte y decirte que eres peor que la sífilis.

MARITZA: ¡Espérate un momentito, espérate un momentito! A mí tú no me ofendes. Yo no tengo la culpa que tu santo marido, en cuanto llegué a su kiosco, me ofreciera su sorullo.

MARTA: ¡Te ofreció un sorullo de los que se venden en la vitrina!

MARITZA: No mamita, no. Me dijo otra cosa.

MARTA: ¡Francisco...

FRANCISCO: (*Hastiado.*) ¿Qué es?

MARTA: ¿Qué fue lo que tú le dijiste a éste cuero?

FRANCISCO: Que le tenía un sorullo especial.

MARITZA: Se fija.

MARTA: ¡Explícame, inmediatamente, sobre ese sorullo!

LULO: ¡Tenga cuidado Francisco que estamos en vivo!

MARITZA: ¡Vivo lo tenía cuando me lo dio!

LULO: Francisco, explique lo del sorullo, por favor.

FRANCISCO: Pues yo le dije que los sorrullos que estaban en la vitrina estaban blanditos... pero que tenía otro que estaba duro.

LULO: (*A Maritza.*) ¿Y usted, qué le contestó?

MARITZA: ¡A Dios cará! Que me diera el duro.

MARTA: ¡Francisco, te mato!

FRANCISCO: Yo me refería al sorullo de maíz porque el sorullo que ella estaba mirando era de papa.

MARTA: Y tú, perra, ¿por qué no te comiste un sorullo de papa?

Maritza: ¡Me los como de papa o de maíz, pero que tengan carne!

MARTA: (*A Francisco.*) ¿Y por qué no le

134

diste una mazorca?

FRANCISCO: (*Lascivo.*) ¡Le metí mazorca también!

MARTA: ¡Me va a dar algo malo, me va a dar algo malo!

LULO: ¡Testimonio Francisco, testimonio!

FRANCISCO: Mira, Marta, tu sorullo está seguro. Pero necesito que me des un "brake". ¡Estoy... que ya no puedo más con tus celos!

MARTA: ¡Tú eres mi marido! ¡Y tenemos dos muchachos que tienes que respetar!

FRANCISCO: ¡Mira, de mis hijos me preocupo, pero recuérdate que tú y yo no estamos casados!

LULO: ¡Santo Dios! (*A cámara.*) ¡No están casados y tienen dos hijos! ¡Crisis, crisis en la institución matrimonial!

MARITZA: Mire Lulo, una mujer que le pare dos hijos a un hombre y que no esté casado con él no tiene nada de dama. (*Continúan discutiendo por lo bajo.*)

MARTA: (*A Francisco*) ¡Vas a respetarme, vas a respetarme!

FRANCISCO: ¡Ay, déjame tranquilo y no me jodas más! (*Beep*)

MARTA: ¿Sabes lo que voy hacer, ah? ¡Voy a separarme, voy a separarme de ti!

LULO: Mira, Gustavo, usted tiene que decirle algo a su esposa, ¿no es así?

GUSTAVO: Sí. Mira, Teresa, quiero decirte que, aunque te las pegué con esa mujer...

MÓNICA: ¡No le haga caso que todos son iguales!

GUSTAVO: ¡Cállate, que tú eres una sata!

RODOLFO: ¡No le diga sata, no le diga sata!

TERESA: ¡No le faltes a tu padre!

RODOLFO: ¡Pero mamá, ella es mi mujer!

TERESA: ¡Rodolfito, el que te estés acostando con ella no implica que sea tu mujer! ¡Tu esposa está en tu casa!

RODOLFO: ¡Pero mamá, yo la quiero a ella! (*Rapea.*) A ella... a ella...

LULO: ¡Dios mío, pero cómo puede querer a esa mujer si fue la ex pareja de su padre!

TERESA: ¡Fue su corteja! ¡La esposa soy yo!

LULO: ¡Testimonio Gustavo, testimonio!

GUSTAVO: Mira Teresa, vengo a este programa a decirte públicamente...

LULO: ¡Arrodíllese Gustavo, arrodíllese!

GUSTAVO: ¿Pero como voy a arrodillarme si tengo una pata de palo?

LULO: Mala mía, mala mía. No se arrodille.

GUSTAVO: Mira Teresa, tú eres la mujer de mi vida. Tú eres... como el papel de inodoro, que se necesita siempre. Y quiero decirte públicamente que te amo.

LULO: (*A cámara y público.*) ¡Ay, pero que tierno, verdad, después que le pasó brocha a la otra ahora viene a decirle a su mujer que la ama! ¡Pero que tierno! Teresa, dígame, ¿qué tiene que decir a esa declaración de amor?

TERESA: Tengo que pensarlo, tengo que pensarlo.

LULO: Gustavo, ¿ya terminó con su argumento?

GUSTAVO: No. Me falta decirte algo a Mónica...

LULO: Pues dígaselo para que todos nos enteremos...

RODOLFO: (*A Gustavo.*) ¡Cuidado con lo que le vas a decir...

TERESA: (*A Rodolfo.*) ¡No le levantes la voz a tu padre!

GUSTAVO: (*A Rodolfo.*) ¡Tú te callas! ¡Mira, Mónica, hija de Satanás, eres una escoria humana! (*El Productor le hace señas a Lulo.*)

LULO: Gustavo, nuestro Productor está haciéndome señas de que seas más explicito. Todos nuestros televidentes no saben lo que quiere decir *escoria*. Sé más claro, por favor.

GUSTAVO: ¡Mónica, eres una mierda de mujer! (*Beep.*)

LULO: ¡Pero Gustavo, no tenías que ser tan claro, chico!

GUSTAVO: ¡Pues Mónica, eres una *caca* de mujer!

LULO: ¡Eso está mejor! ¡Eso está mejor! Si algo distingue este programa son los cultos panelistas. Escúchame Mónica, ¿gustarías declamarle algo a Teresa?

MÓNICA: ¡Por supuesto que sí! Título: La barriada. -Mira, vieja, espero que estas Pascuas encuentres los "güevos" que te faltan-.

LULO: ¡Oh! ¡Mira, Teresa, esa mujer te ha insultado! ¿Deseas contestarle con otro poema?

TERESA: ¡Claro que sí! Poema número cien. Autor anónimo: -En ninguna feria habrá una atracción como una puta en televisión-. (*Gran discusión en la que todos se gritan improperios. A cámara.*) Y ahora, vamos a la sección "La voz del pueblo". Se trata de los comentarios y consejos que ofrecen a nuestros panelistas los amigos que nos visitan en el estudio. (*A los panelistas.*) Gente, gente, presten atención... (**Importante**: *Esta sección del programa es sumamente arriesgada para los actores, por las preguntas y comentarios que el público podría hacer. Esta parte es toda improvisada. Así que los actores deben estar preparados para contestar las preguntas que se les haga. Los actores que estrenaron esta pieza mostraron enorme maestría en manejar la situación e improvisaron espectaculares respuestas contra las increíbles preguntas de la culta audiencia. A continuación algunas preguntas que el público hizo durante algunas representaciones.*)

LULO: Nombre, por favor...

PÚBLICO: (*Respuesta.*)

LULO: ¿De dónde?

PÚBLICO: (*Respuesta.*)

LULO: Por favor, algo que le traiga luz a estos personajes. Su comentario, por favor...

PÚBLICO: "Mi pregunta es para Maritza. Maritza, ¿cuánto tú cobras por una mamadita y una chichaíta?

MARITZA: "Pregúntale a tu madre cuánto cobraba ella y entonces yo te digo."

LULO: Nombre por favor...

PUBLICO: Respuesta.

LULO: Dígame, ¿a quién le interesa iluminar o preguntarle algo?

PÚBLICO: Al cojo.

LULO: Ah, a Gustavo... Su pregunta, por favor.

PÚBLICO: Mira, yo lo que quiero saber es cómo tú chichas con una pata de palo.

GUSTAVO: Respuesta.

LULO: Nombre, por favor...

PÚBLICO: (*Respuesta.*)

LULO: ¿De dónde?

PÚBLICO: (*Respuesta.*)

LULO: Su comentario, por favor...

PÚBLICO: Esta pregunta es para Adolfo.

LULO: Ah, para Adolfo. Perfecto. Adelante.

PÚBLICO: Mira, cabrón, (*beep*) ¿qué es lo que te estás metiendo?

RODOLFO: Lo que la cabrona de tu mai me está vendiendo, so' pendejo.

LULO: ¡Cristo rey! A la verdad que el público que nos visita esta noche es bien, pero bien culto. Por favor, una dama. Una dama que oriente, que le de luz a nuestros panelistas... Usted por favor.

PUBLICO: (*Una dama.*) Mi pregunta es para el sorullero...

LULO: Ah, para Francisco... Francisco, adelántese, que una dama desea hacerle una pregunta. Por favor, déle algún consejo.

PÚBLICO: "Mira Francisco, ¿tú siempre tienes ese surullo bien duro? Porque yo estoy dispuesta hacer algo por ti."

FRANCISCO: "Amiga mía, venga detrás del decorado que, cuando lo vea, aplaudirá con las nalgas."

LULO: Señora, perdóneme la pregunta, porque a las damas nunca se les cuestiona, pero, ¿qué edad usted tiene?

PÚBLICO: Setenta y cinco.

LULO: (*A público.*) "Ya quisiera yo llegar a los setenta y cinco con la misma bellaquería que la señora tiene". Bueno, hasta aquí, hasta aquí los comentarios de nuestro exquisito público en el estudio... (*Se vuelve hacia los panelistas.*) ¡Dios mío, pero como siguen discutiendo! No paran, no paran. Amigos, ahora vamos hacer una pausa comercial para que nuestros anunciantes se manifiesten y no se les ocurra levantarse de sus sillas porque, si desgarrador fue la primera parte del programa, esperen por la segunda que les aseguro que nuestros participantes llegarán al borde del abismo porque les afirmo que viene una gran sorpresa. ¡No se vaya nadie! Pausa para comerciales. (*A los panelistas.*) ¡Calma señores! ¡Calma! (*Lulo se arregla su traje mientras que una asistente le pasa alguna mota al rostro para cuidarle su maquillaje. El Productor del programa se le acerca.*)

LULO: ¡Por favor! ¡Qué quiere ahora!

PRODUCTOR: Usted ha cambiado muchísimo, Lulo. Cuando comenzamos con este programa usted sabía, perfectamente, cómo agitar a los panelistas para sacarles la cafrería para afuera...

LULO: Cuando uno está empezando con un canal a veces hace lo que sea por llegar. Pero no estaba orgulloso de lo que hacía. El que da la cara ante el televidente soy yo y tengo una responsabilidad con ese pueblo.

PRODUCTOR: ¡Qué responsabilidad ni que mierda! Usted gana unos diez mil dólares quincenales por animar este programa...

LULO: ¡Y usted veinte mil!

PRODUCTOR: ¡Dio en el clavo! Precisamente de eso es de lo que se trata todo esto. De dinero. Este programa lo sacó de una urbanización barata y lo tiene viviendo en el Condado.

LULO: ¡Y a mucha honra! Y si en algún momento se me perdió el camino, hoy estoy bien claro de quién soy y de la deuda que tengo hacia mi pueblo. ¡Mi pueblo! ¿Me escuchó? Pero claro, eso usted no lo entiende porque es extranjero.

PRODUCTOR: ¿Qué ha dicho?

LULO: ¿Qué le pasa? ¿Le asombra que me atreva a pronunciar la palabra que todos se tragan? ¡Sí, extranjero! ¡Y mediocre! Gente como usted es la deshonra de nuestro país. Pero yo no sigo con esto, la gerencia tendrá que decidir. ¡O se va usted o me voy yo!

COORDINADOR: ¡Cinco segundos para ir al aire, cinco segundos! ¡Silencio, silencio! ¡Preparados, preparados!

PRODUCTOR: Pero si yo estaba muy tranquilo en mi país. Fue la gerencia, su gerencia la que fue a buscarme.

LULO: En eso tiene razón. En este país es muy frecuente darle una patada al talento local y contratar a un extranjero.

PRODUCTOR: Lo que pasa es que a usted se le subieron los premios a la cabeza. Así que, si se quiere quedar en la calle, como el resto de sus compañeros... tírese. Y para que vea que no soy rencoroso, en vez de despedirlo, le voy ha hacer una propuesta. Si logra que uno de los participantes le meta un tiro al otro en pleno aire, le duplico el sueldo.

LULO: ¿Pero usted está loco?

PRODUCTOR: No. Simplemente soy el cerebro detrás de todo esto. ¿Se imagina? Elevaríamos el *rating* a lugares insospechados y los clientes harían fila para anunciarse.

LULO: Déjeme contestarle a lo puertorriqueño. ¡Tú eres un cabrón!

PRODUCTOR: Hago lo que sea para mantenerme en el poder, porque el poder me da el dinero y el éxito. Todos somos victimas del medio. Los patrocinadores quieren ver sus productos en programas que vendan, que se vean masivamente. Los propietarios del canal presionan al Gerente General. Él presiona a la corporación productora. Ellos me presionan a mí como productor ejecutivo. Y por ende, yo lo presiono a usted. Es una cadena imparable de intereses. Pero no se preocupe tanto porque usted obtiene la mejor parte. Para la tele audiencia usted es el bueno. ¡El público lo ama!

LULO: ¿Y qué le parece si le digo al gerente que tengo dos ofertas de otros canales y que me pagarían el doble y que solo me quedo en éste si lo mandan para el carajo?

COORDINADOR: ¡Dos segundos para ir al aire, dos segundos! (*Los participantes del programa se mantienen en plena discusión. El Coordinador del programa hace las señales correspondientes y...*) ¡Cue!

LULO: (*Recomponiéndose.*) ¡Amigos, amigos... bienvenidos nuevamente a este, *su Talk Show* favorito, el Show de Lulo! (*Se vuelve hacia los participantes.*) ¡Pero esta gente no para de discutir, no para! (*Llamando.*) Rodolfo, Rodolfo, ¿qué te pasa Rodolfo?

RODOLFO: Que vine a decirle algo a mi mai y a mi esposa y todavía no he podido hacerlo. (*Acorde de suspenso.*)

LULO: ¡Testimonio, por favor!

RODOLFO: Mai, pai, yo lo que quiero es que ustedes me comprendan. Porque desde que conocí a Mónica mi vida a cambiado totalmente. Esa mujer es la taquicardia de mi corazón, la arritmia de mi pecho.

TERESA: Pero hijo mío, si esa mujer es como el Pega 3, que a cualquiera le toca. (*Atacada.*) ¡Ayyy Dios mío!

RODOLFO: Mamá, no te desmayes. ¡No te desmayes!

TERESA: (*Llorosa.*) ¿Pero cómo vas a enredarte con esa mujer si fue la *chilla* de tu padre?

GUSTAVO: (*A Rodolfo.*) ¡Pero lo que yo quiero saber es qué fue lo que tú le viste a esa mujer!

RODOLFO: ¡Lo mismo que le viste tú, papá!

TERESA: ¿Te fijas Gustavo? Ese es el ejemplo que le has dado a tu hijo. ¡Lo que yo quiero es gritar! ¡Ayyyyyyyyyy!

MARITZA: (*A Teresa.*) Mire, señora, ese es un problema de hombres.

TERESA: (*A Maritza.*) ¡No se meta en lo que no le importa! ¡Sorullera!

MARTA: (*A Teresa.*) ¡Señora, la sorullera soy yo!

RODOLFO: ¡Un momentito un momentito que todavía no he terminado! También vine a este programa a decirle algo a mi mujer.

LULO: Pues esa cámara que esta ahí es toda suya. ¡Exprésese Rodolfo, exprésese!

RODOLFO: (*A cámara.*) Mira, Carmen, quiero que sepas que tú ya no me mueves los... timbales. ¡Que estoy enamorao de Mónica y que voy a casarme con ella! (*Rapea.*) Con ella...

TERESA: (*Llorosa.*) ¡Pero Rodolfito, tú tienes dos hijos!

RODOLFO: ¡Pero si yo no los he negao, mamá!

LULO: Mira, Rodolfo, ¿y la Mónica es... tan exuberante, tan divina, tan extraordinaria, tan lujuriosa y exorbitante que tú estás dispuesto hasta a abandonar a tus hijos?

RODOLFO: ¡Esa mujer es... para... pelos!

LULO: Moniquita... Rodolfo dice que tú eres una... para... pelos. ¿Qué tienes que decir a eso?

MÓNICA: ¡Yo soy una experta parando... pelos!

LULO: Y tú, Maritza, parece que eres un sartén encendido donde Francisco quiere meter su sorullo...

MARITZA: ¡Y la manteca está ardiendo! (*El Productor le hace señas a Lulo de que incite a Maritza y a Mónica a hacer algo escandaloso en el programa. Lulo se da cuenta de las intenciones del Productor.*)

LULO: Quiero hacerles una oferta niñas, a ver qué me dicen. ¿Quieren mostrar sus encantos a nuestros televidentes y se llevan como premio una nevera? ¿Qué me contestan?

MARITZA: ¡Claro que sí!

MÓNICA: ¡Pa' encima que se hace tarde!

LULO: ¡Señor Musicalizador, música para mostrar encantos! ¡Pasarela por favor, pasarela! (*Música. Maritza y Mónica comienzan a quitarse la ropa. Marta y Teresa quedan petrificadas. Francisco, Gustavo y Rodolfo gritan. Maritza y Marta ahora despojan de las faldas. Francisco, Gustavo y Rodolfo se excitan. Marta y Teresa la emprenden contra sus respectivos cónyuges. Maritza y Mónica modelan a ritmo para las cámaras. Francisco, Gustavo y Rodolfo se retuercen. Marta y Teresa obtienen de sus carteras unos pañuelos y le tapan los ojos a sus cónyuges. Maritza y Mónica llegan hasta Francisco, Gustavo y Rodolfo y le culean. Francisco, Gustavo y Rodolfo se quitan los pañuelos y maravillados bailan con Maritza y Mónica. A Marta y Teresa les da un ataque. Maritza y Mónica hacen ademán de quitarse el brassiere mientras que Lulo grita.*)

LULO: ¡Basta, basta! ¡He dicho basta! (*Ad lib en lo que todos se aquietan. Maritza y Mónica vuelven a vestirse.*) ¿Pero qué es esto, qué importancia puede tener que dos damas se quiten, por un instante, la ropa?

FRANCISCO: (*Llamando.*) Lulo... Lulo...

LULO: Dígame Francisco...

FRANCISCO: ¡Yo pienso que, pa' que se las coman los gusanos... mejor nos las comemos nosotros.

MARTA: Lulo... Lulo...

LULO: Dígame Marta...

MARTA: (*Llorosa.*) ¡No es justo... no es justo!

LULO: Estoy de acuerdo con usted. No es justo que estas damas se mostraran ante nuestra tele audiencia casi como Dios las trajo al mundo.

MARTA: No. No es eso. Que no es justo que les regalen a ellas dos neveras y a nosotras ninguna.

LULO: ¡Ah, pero yo creo que con eso no habrá problemas! (*A cámara.*) Todo programa televisivo llega a ustedes bajo la creación de una persona llamada Productor. Amigos, amigos... quiero presentarles al Productor del programa que se encuentra entre cámaras divirtiéndose de lo lindo. (*El Productor se asusta.*) Adelante señor Productor, vamos adelante que a usted no lo asustan las cámaras. (*El Productor se une a Lulo aparentando alegría. Cínico.*) Dígame, señor Productor, ¿está contento?

PRODUCTOR: Sí. Lo estoy.

LULO: La competencia no puede con nosotros, ¿no es cierto?

PRODUCTOR: ¡Eso es así! ¡Hay que aplastarlos!

LULO: ¿Está satisfecho con todo lo que está pasando en el programa?

PRODUCTOR: (*Mintiendo.*) Sí... pero muy apenado también. Lamento profundamente por el problema que atraviesan nuestros participantes...

LULO: ¿No me diga? ¡Ah, los participantes, los participantes... Aprovecho la oportunidad, ¿qué les parece nuestros invitados?

PRODUCTOR: (*Mira a los ojos de Lulo, como queriendo matarlo.*) ¿Los participantes?

LULO: Sí. (*Señalándolos.*) Esos que están ahí.

PRODUCTOR: Pues... son personas muy buenas...

LULO: ¿Y qué más?

PODUCTOR: ¡Y cultas!

LULO: ¿Y qué más?

PRODUCTOR: ¡Muy... humanas!

LULO: Dígame algo que sea contrario a "cafre". ¿Por qué ellos no son cafres, verdad?

PRODUCTOR: ¡No! Jamás.

LULO: ¡Testimonio señor Productor, testimonio!

PRODUCTOR: Todo nuestro público es muy inteligente, culto, afortunado, fino, cortés, sensible...

LULO: ¡Aplausos por favor! (*Aplausos*.) Y dígame una cosa, señor Productor, ¿usted cree que nos queden otras dos neveras que podamos regalárselas a Marta y Teresa?

PRODUCTOR: (¡*Insufrible*!) ¡Pero Lulo, solamente tenemos dos neve-ras por programa!

LULO: ¡No importa! ¡Las otras dos usted las paga con su sueldo (*Estimulándolo*.) Vamos, no desanime a esta gente "inteligente, culta, fina, cortes y sensible". (*Al público*.) Vamos a estimular a nuestro Productor. Vamos. ¡Que las pague, que las pague...

PÚBLICO: ¡Que las pague, que las pague...

LULO: ¿Qué me dice señor Productor, se las regala o no?

PRODUCTOR: (*Pausa, se paraliza, hace esfuerzos por no mandar a Lulo al carajo y entonces grita*.) ¡Se las regalo, se las regalo!

LULO: ¡Aplausos para nuestro Productor! (*El Productor saluda hipócritamente y se coloca entre cámaras. A público y cámara. Emocionado*.) Amigos, por eso éste programa es el favorito de la televisión nuestra, porque no escatimamos en nada para complacer a este espectacular pueblo. (*A los participantes*.) Mis amo-res, mis amores, díganme una cosa. ¿Llegaron a alguna solución, ven ustedes alguna posibilidad a la gran tragedia que los azota?

TODOS: (*Los próximos parlamentos no son individuales. Van unos encima de los otros en una discusión general. Pandemonium*.)

MARTA: (*A Maritza*.) ¡Eres una sata!

Maritza: (*A Marta*.) ¡Tú eres la sata!

TERESA: (*A Mónica*.) ¡Eres una perdida!

MÓNICA: (*A Teresa*.) ¡Ay, vete a bañarte!

FRANCISCO: (A Marta.) ¡Cállate, Marta, cállate y siéntate!

MARTA: ¡No me siento na'.

TERESA: (*A Mónica*.) ¡Eres una gusana!

MÓNICA: (*A Teresa*) ¡Límpiate la boca, límpiate la boca!

FRANCISCO: (*A todos*.) ¡Cállense, cállense!

TERESA: (*A Rodolfo*.) ¡Hijo mío, pero tú tienes mujer!

RODOLFO: ¡Pero quiero a Mónica, mamá, quiero a Mónica!

TERESA: ¡Ayyyyyyyyyyyyyyyy!

MARITZA: (*A Marta*.) ¡Sorullera, sorullera!

TERESA: (*A Gustavo*.) ¡Tú eres el culpable, tú eres el culpable de todo!

GUSTAVO: ¡Estoy arrepentido, estoy arrepentido...

LULO: ¿Pero qué esto? ¡Les entró el perreo, les entró el perreo! (*Acordes de música de perreo*.)

LULO: (*A Cámara*.) Amigos, amigos, como ustedes podrán advertir nuestros invitados no paran (*mirándolos*) no paran. Discuten todo el tiempo. (*Apenado*.) Se humillan, se gritan improperios, se dicen cosas... En fin, que nadie se entiende. Pero este programa es tan divino y sorprendente que, de alguna manera u otra ayudaremos a nuestros participantes. Les traigo a la persona idónea que traerá luz, entendimiento entre estos se-

res. Esta persona lee el Tarot, es espiri-
tista, santera... en fin, una mujer excep-
cional. Ante ustedes "La Hermana Sonia". (*Introducción musical de tambores.
Sonia aparece fumando un tabaco.Viste
de blanco con paño rojo en la cabeza y
lleva varios collares puestos.*) Buenas
noches Hermana Sonia.

SONIA: Buenas noches, Lulo.

LULO: (*A cámara.*) Amigos, como ustedes saben, la Hermana Sonia es la conse-
jera de nuestro programa. Estas recomendaciones que nos hace son unas
guías para nuestros participantes que, en
situaciones difíciles, no saben cómo lidiar con ciertos problemas. Y muy importante, los guías espirituales de Hermana Sonia hablaran a través ella y si
fuese preciso o si hubiera algo oculto
que nuestros participantes no hayan dicho, saldrán a flote. ¿Escucharon? Si hay
algo escondido... la Hermana Sonia lo
desenmascará. (*A Sonia.*) Pero tome
asiento Hermana Sonia. (*Unos técnicos
colocaran una mesa pequeña y una silla.
Sonia se sienta. La mesa está equipada
con todo lo que la hermana Sonia necesita. Hay una bola de cristal, yerbas,
una dita- (higuera) con agua. Sonia da
unas patadas en el piso. Ahora da unos
golpes sobre la mesa.*)

SONIA: ¡Esto está fuerte, fuerte! (*Vuelve
a dar unas pataditas y otros golpes sobre la mesa.*)

LULO: Cuidado Hermana Sonia, no vaya
a romper la mesa.

SONIA: Si se destroza compren otra
porque yo no estoy cobrando por este
servicio. Esto lo hago porque es un don
que Dios me ha dado y, en recompensa,
auxilio a los participantes de este programa. Ahora, si alguien quiere alguna
consulta privada yo se lo hago más fácil:
acepto ATH. Además hago consultas
telefónicas a $9.99 el minuto y se lo
puede cargar a la Visa o Master Card.

Leo el Tarot, las barajas españolas. La
Taza también la leo. Soy la única en leer
las barajas americanas y soy una experta
leyendo el aura.

LULO: Hermana Sonia, ¿tiene algún
teléfono que se le pueda llamar?

SONIA: Los interesados me pueden dar
una llamadita libre de cargos al 1-800-
Te-Cla-Vo. La consulta la puede finan-
ciar a través del Banco Popular. (*Dando
leves golpecitos sobre la mesa.*) Esto
está fuerte... fuerte... fuerte... (*Dando
vaivenes en la silla.*) Estoy tomando
impulso... (*Sigue dando golpecitos en la
mesa. A Lulo.*) Dígale a la producción
que abra las puertas del estudio porque
cuando esto explote se va a formar tremenda *cagaera* que no habrá dios que la
resista. (*Enorme quejido.*) ¡Aaaaaaaaah!

LULO: ¿Se comunicó ya hermana Sonia?

SONIA: Todavía. Las líneas están ocupadas... Hay mucha gente consultándose.

LULO: Desde el principio lo dije: el
mundo está en crisis.

SONIA: Lo peor está por venir. No me
interrumpan, por favor. Estoy tomando
impulso. (*Ahora da una gran patada en
el piso. Tira unos caracoles sobre la
mesa. Hablando en lengua.*) ¡A mama, a
tuto, a coco, fara fo, a santo, a nono, a
tití... ¡Ahhhhhhh!

LULO: ¡Se comunicó, se comunicó!

SONIA: (*Transformada.*) Plumas, plumas.
¡Yo veo plumas!

LULO: ¿Plumas dijo?

SONIA: ¡Plumas, plumas! (*Conectándose
a sus deidades.*) ¡A mama, a tuto, a
coco, fara fo, a santo, a nono, a tití...

LULO: ¡Yo no la entiendo, yo no la entiendo!

SONIA: (*Desconectándose.*) No me tiene
que entender. ¡Ah! ¡Luego vendrán las
plumas, luego vendrán! (*Conectándose
nuevamente.*) ¡A mama, a tuto, a coco,
fara fo, a santo, a nono, a tití... (*Da tres
cantazos sobre la mesa. Conmovedora.*)

¿Quién es Teresa?

LULO: (*A cámara. Sorprendidísimo.*) ¡No conoce a los participantes y acaba de llamar a uno por su nombre! Esta mujer es buenísima.

SONIA: (*A Lulo.*) ¡Cállese la boca que no es con usted!

LULO: ¡Está bien hermana, perfecto!

SONIA: ¿Pregunté que quién era Teresa?

TERESA: (*Tímida.*) Yo.

SONIA: ¿Cuál es tu pena, hermana?

TERESA: (*Tímida.*) Bueno... yo creo que usted debe saber, verdad...

SONIA: (*Cortándola.*) ¡Carajo, (*Beep*) ¿que cuál es tu pena?

TERESA: Pues mire, Hermana Sonia, mi marido, que se llama Gustavo, se envolvió con... con una mujer...

SONIA: ¡Y le pasó la brocha, verdad!

TERESA: ¡Ay, ¿y cómo usted lo sabe?

SONIA: La bola todo lo ve.

TERESA: Pero mi marido se arrepintió. Entonces esa mala mujer se envolvió con...

SONIA: (*Dramática.*) ¡Con su hijo!

TERESA: ¡Ay sí! Pero él está casado. (*Llorosa.*) ¡Yo lo que le estoy pidiendo a Dios que mi hijo vea la luz. Que no abandone a su mujer. ¡Y tengo un miedo terrible a que se desintegre mi familia!

LULO: Eso sería desastroso. No se preocupe, que vamos a ayudarla...

SONIA: ¡Lulo cada vez que interviene me desconecta!

LULO: Sí, sí. Adelante, adelante...

SONIA: (*Se estremece. Le da frío. Emocionada. Agitando las manos al aire.*) ¡Ave María, tengo "al 'muerto' arriba"!

TERESA: (*Preocupada.*) ¿Un muerto?

SONIA: Sí. Pero no te preocupes, que es un guía espiritual que tengo y habla a través de mí... (*Cambio de voz. Haciendo del muerto.*) -Mira, Teresa, no te preocupes, que tu marido terminó con esa mala mujer...

TERESA: ¡Ay, gracias a Dios...

SONIA: (*Con voz natural.*) ¡No interrumpa al muerto!

TERESA: Sí, sí, sí...

SONIA: (*Con voz del "muerto".*) "Al final del camino tendrás días placenteros y tu hogar se restablecerá". (*Sube los brazos y los mueve como un tornado.*) Ahora sacudo y me voy. ¡Me voy, me voy! (*Da otros cantazos en la mesa y el "muerto" se va. Natural.*) ¡Ave María, cuando el muerto se me trepa me deja un dolor de cuello...

RODOLFO: Pero Hermana Sonia, yo quiero que mi mamá comprenda...

SONIA: ¡Te callas, que todavía no te toca y te tengo una sorpresita Rodolfito!

RODOLFO: ¿Y cómo usted sabe mi nombre?

SONIA: ¡Cómo te vuelvas a parar de la silla te tiro con ésta bola! ¡Siéntate que te tengo noticias más tarde! (*Vuelve a dar golpes.*) ¡A mama, a tuto, a coco, fara fo, a santo, a nono, a tití... ¡Hoy estoy directa, directita! ¡A mama, a tuto, a coco, fara fo, a santo, a nono, a tití...

LULO: Lo que yo admiro es la facilidad con que la Hermana Sonia se conecta, se desconecta y vuelve comunicarse con sus deidades.

SONIA: ¡Pero hay días que pierdo la paciencia con la gente que me interrumpe!

LULO: Adelante, hermana, adelante...

SONIA: ¿Esto que estamos buscando cuando no está duro está blando, puede ser largo, redondo y de varios tamaños?

TODOS: (*Asombrados.*) ¡Ah!

SONIA: ¿Se le puede tomar con la mano y, si está calientito, es cuando mejor sabe?

MARTA: (*Asombrados.*) ¡Oh!

FRANCISCO: ¡Ah!

SONIA: ¿Y, aunque podría tener varios usos, en la boca sabe mejor?

TODOS: ¡Sí!

SONIA: ¿Cuando está duro y caliente es

cuando mejor sabe?

TODOS: ¡Sí!

SONIA: (*Inspirada.*) A través de los caracoles dice la Caridad del Cobre que aquí huele a... engaño... ¡Qué fina es la Cachita, eh! ¡Qué fina! En mi plano personal, y con el respeto a Ochún, yo diría que huele a... maricón. (*Beep.*)

MARTA: (*Atónita.*) ¿A qué?

SONIA: ¿Quién es Florindo y le dicen... Flor? (*Silencio.*)

LULO: Hermana Sonia aquí nadie se llama Florindo.

SONIA: (*Fuerte.*) ¡Que quién es Florindo! (*Silencio.*) Si no me dicen quién es Florindo lo tiro al medio. (*Pausa.*)

FRANCISCO: (*Titubea.*) Bueno, Florindo es un cliente que tengo en Piñones.

SONIA: ¿Y le dicen Flor?

FRANCISCO: Sí.

SONIA: ¡Usted también le está dando sorullo a Florindo!

MARTA: ¿Cómo fue que usted dijo?

SONIA: Que el caballero le está dando sorullo a Florindo.

MARTA: ¡Francisco, ¿tú eres bi-social?

LULO: (*A Marta.*) Señora, será bisexual.

MARTA: (*A Lulo.*) Eso mismo. (*A Francisco.*) Si no fuera porque estamos en la televisión, y nos está viendo todo el mundo, te mandaba pal' carajo. Pero como estamos frente al pueblo te digo que eres un degenerado.

SONIA: ¡Desde que llegué sentí la peste a plumas!

MARITZA: ¡Un momentito, un momento to! ¡Yo puedo dar fe de que Francisco es todo un macho!

SONIA: Él será todo lo macho que usted quiera. Pero de que reparte el sorullo... lo reparte.

MARTA: ¡Francisco, te asesino como a un perro! ¿Quién es Florindo?

FRANCISCO: ¡Mira, como tú dudes de mi hombría voy a atravesarte como a un pincho!

LULO: (*A cámara. Instigador.*) ¿Escucharon eso? ¡Va a matarla, a asesinarla, a estrangularla... a traspasarle el corazón como a un pincho!

MARTA: ¡Francisco, dime inmediatamente quién es Florindo!

FRANCISCO: ¿Pero qué es lo que te pasa? Florindo es un viejo pana y se ha quedado sin trabajo y lo que está haciendo son chiripas por ahí y a veces no consigue na' y de vez en cuando pasa por el negocio y le rega
lo uno que otro sorullo!

SONIA: ¡Usted le está dando sorullo a Florindo!

MARTA: Francisco, ¿tú le estás dando sorullo a un hombre?

FRANCISCO: Te digo que es un amigo como cualquier otro y sí, le doy sorullos. Eso es todo.

MARTA: (*A Francisco.*) ¿Pero tu sabes el trauma que vas a causarle a tus hijos si se enteran de que tienen un padre...

FRANCISCO: ¡Como me llames "pato"...

LULO: Un momentito, un momentito. Ese es un apelativo insultante. Se dice "*gay*".

FRANCISCO: (*Colérico.*) ¡Que alguien me mate, que alguien me mate si yo soy "*gay*", coño!

MARTA: Bueno, por lo menos en inglés no suena tan ofensivo, pero que lo llamen maricón sí que está del carajo. (*Beep.*)

SONIA: Déjame ver qué dicen las barajas americanas...

LULO: ¡Adelante, adelante!

SONIA: (*Exponiendo las barajas americanas.*) Dicen "dont worry Marta. Your husband is a macho-man *right true*".

MARTA: Lo único que entendí fue "macho".

SONIA: Que no te preocupes, mija. Que tu marido es un verdadero hombre. Y, usted Francisco, tenga cuidado con el sorullo. (*Tirando los caracoles sobre la mesa y golpeando sobre ella.*) Los santos quieren seguir hablando... los santos quieren seguir hablando...

FRANCISCO: ¡Por mi parte que se mueran los santos!

SONIA: (*Advirtiéndolo*) ¿Usted sabe que si los santos se ofenden podrían convertirle el sorullo en un maní?

FRANCISCO: ¡Ah, que me perdonen los santos, que me perdonen!

MARTA: Mira Francisco, yo te perdono todo, pero si tu tienes bretes con el tal Florindo, me separo hoy mismo de ti.

SONIA: (*Da varios golpes sobre la mesa.*) ¡Se me esta trepando el "muerto", se me esta trepando el "muerto"! (*Con la voz del "muerto".*) -No te preocupes, hermana, que el sorullo de tu marido no le atraen... ciertas cosas. Tu marido, tratando de echar pa'lante el negocio, hace alardes de su sorullo para conseguir dinero porque en Piñones hay demasiados sorrullos. ¡Bola, bola... Bola... bola... Dime... Bola. Ajá. Yo quiero saber quién es Tito... ¿Que quién es Tito?

TODOS: Tito... quién es Tito... tú sabes quién es Tito... Yo no conozco a nadie que se llame Tito...

SONIA: (*Llamando.*) Marta... Gustavo...

LULO: (*Asombrado.*) ¡Esta mujer es extraordinaria! Llama a la gente por su nombre...

SONIA: ¡Si me vuelven a interrumpir me marcho!

LULO: ...siga hermana Sonia. Siga.

SONIA: Marta, Gustavo... (*Observando la bola de cristal.*) Estoy viendo a un hombre... joven, alto, delgado, pero con buenos músculos... y tiene bigote...

MÓNICA: (*Levantándose.*) Yo creo que me voy...

SONIA: ¡Ah, conque te vas... ponzoñera...

LULO: (*A cámara.*) ¡Ah, los nudos del conflicto se van desatando!

SONIA: (*Cantazo sobre la mesa.*) Gustavo... Teresa... Ese hombre es parte de su familia y lo apodan Tito. Tito.

MARTA: (*Recordando. A Sonia.*) ¡Ah, Tito! Tito es el sobrino de Gustavo...

RODOLFO: Yo quiero que alguien me explique lo que está pasando...

SONIA: No te preocupes que eso viene ahora...

LULO: (*A cámara.*) ¡Otro nudo que está a punto de desatarse!

SONIA: ¿Y quién es la vendedora de productos de belleza?

MÓNICA: (*Altanera.*) Bueno, pues yo.

SONIA: Rodolfito, te dije que tendrías una sorpresa... y llegó.

MÓNICA: ¿Qué es lo que pasa?

SONIA: ¡Bola... bola... ¡Dime bola. ¡Háblame de la vendedora! ¡Háblame bola...

MÓNICA: (*Mofándose.*) A mí nunca las bolas me han hablado y mira que he tenido muchas.

SONIA: Depende de la bola. ¡La mía dice que usted... se la está pegando a Rodolfo con... el sobrino de Gustavo! (*Acorde musical de tensión.*)

PÚBLICO: (*Se ilumina el rótulo de Oh.*) ¡Oh!

TERESA: ¡Ahhhhhhhh!

SONIA: ¡Admítelo o te dejo bizca!

RODOLFO: ¿Cómo fue que usted dijo?

SONIA: Que te la están pegando, *mijito.*

LULO: ¡Pero esto es sorprendente! Primero salió con el padre, luego con el hijo y ahora con el sobrino. ¡Pero a esta mujer le encanta esa familia! Mónica, cariño mío, tesoro mío, cuéntame de ese *fatal attraction,* de ese río morboso y subyugador que sientes por la familia de los Rodríguez.

RODOLFO: (*Amenazante.*) ¡Monicaaaaa!

MÓNICA: ¡Pues mira, sí, te la estoy pegando!

RODOLFO: ¡Mira, en verdad, en verdad tú eres una...

LULO: (*A Rodolfo. Advirtiéndole.*) ¡Recuerde que estamos en vivo!

ROOLFO: ...prostituta!

LULO: (*A cámara.*) ¡Así me gusta, que nuestros participantes se expresen con altura! (*A cámara.*) La pudo haber llamado puta, (*beep*) cuero, (*beep*) fleje (*beep*) pero no lo hizo. ¡Qué culto! (*A Mónica.*) Mamita, mamita ¿Y qué fue lo que viste en el sobrino que no encontraste en Gustavo padre y Rodolfo hijo?

MÓNICA: ¡Ay, ese hombre me colma de regalos y no es como su tío y primo, que son unos *macetas*!

LULO: Pero Moniquita, dejaste al padre cuando se quedó sin trabajo, desprecias a su hijo por tacaño y ahora te interesa el sobrino porque te colma de regalos. (*A cámara.*) ¡Pero qué versátil es ella! Moniquita, ¿tú no crees que esa relación es por puros motivos económicos?

MÓNICA: ¡Pues a mí me parece que es un buen motivo!

RODOLFO: ¿Entonces tú estás saliendo conmigo solamente por el dinero?

MÓNICA: ¿Y tú piensas que yo voy a salir contigo solamente por tu linda cara?

RODOLFO: (*A Mónica.*) ¡Te voy a matar!

GUSTAVO: (*A Rodolfo.*) ¡Lo mato yo primero!

LULO: ¡Quietos, quietos que en este programa no se mata a nadie!

TERESA: Lulo, ¿usted me permite decir algo?

LULO: (*A Teresa.*) Sí, por supuesto.

TERESA: (*A Mónica.*) ¡La que te va a matar soy yo! (*El Productor da saltos instando a Teresa que mate a Mónica.*)

PRODUCTOR: ¡Mátela, mátela!

LULO: Un momentito, un momentito. Nada de violencia. ¡Exijo respeto! Mira, Mónica, tú dijiste al principio del programa que te habías enamorado del hijo de Gustavo, o sea, de Rodolfo. ¿Qué fue lo que te pasó?

MÓNICA: Pues que me desamoré.

LULO: O sea, que por tu corazón, que es como una avenida, según tus propias palabras, pasó otro transeúnte y te enganchaste enseguida en los brazos de la lujuria, del pecado y del morbo.

MÓNICA: Ujú. Tan sencillo como eso. Siempre hay que tener dos hombres. Si te cansas de uno ya tienes el de repuesta.

RODOLFO: ¡Pero Mónica, ¿por qué nunca me dijiste eso?

MÓNICA: ¡Porque nunca me lo preguntaste!

LULO: (*A cámara.*) Hay crisis. Ya lo dije al principio del programa. Hay crisis señoras y señores. (*A Rodolfo.*) Rodolfo, Rodolfin, como ves, esa mujer ha desbaratado tu hogar, ¿qué vas ha hacer ahora?

Rodolfo: ¡Ay! ¡Yo lo que quiero es que mi mujer me comprenda y me perdone! (*Rapea.*) Me perdone, me perdone…

LULO: Pues mira, Rodolfin, esa cámara es toda tuya. Háblale a tu mujer.

RODOLFO: Mira Carmen, Carmencita...

LULO: ¡Primero, arrodíllese!

RODOLFO: Me arrodillo.

LULO: ¡Explíquese!

Rodolfo: Me explico. Mira, Carmencita, sueño mío, tú sabes que estas cosas son muy comunes en nosotros los hombres. Que esas mujeres son aves de paso. (*Concluye.*) ¡Es el diablo, sabes, es el diablo que nos tienta! ¡Ay, yo quiero ir a la iglesia, puñeta!

LULO: (*A cámara. Asombrado.*) ¡Dice que es el diablo! ¡El diablo es el culpable de los cuernos que le ha puesto a su mujer! (*A Rodolfo.*) ¡Vamos, comprométase con su mujer!

RODOLFO: Me comprometo. ¡Te juro que tú eres la mujer de mi vida y jamás, nunca más volveré hacerlo!

LULO: ¡Ah, los hombres, los hombres! Preparen el *beep*, por favor, preparen el *beep*... Amigos, este programa es la prueba más fehaciente de que algunos hombres, tienen el cerebro más estrecho... que el culo de un coquí. (*Ahora *suena el beep.)*

SONIA: Y ahora me desconecto. ¡Ayyyyyyyyyy! (*Da varios cantazos en el piso y golpes sobre la mesa.*) A la verdad que esto estaba fuerte. (*Sale. Discusión general.*)

LULO: Mis queridos televidentes y público presente, el tiempo nos traiciona. Una vez más, gracias por sintonizar éste, su *"talk show"* favorito, El show de Lulo. Ábreme tú corazón y yo te abro... el... mío. Gracias por compartir estos dramas que están vivitos y coleando en la sociedad de hoy día. (*Hacia los panelistas.*) Como ven, nuestros participantes no paran de discutir. Cada uno le echa la culpa al otro. Discuten, se ofenden... en fin, que nadie se entiende. ¡Qué triste, qué triste! Lo que están viendo es un ejemplo vivo de cómo está la familia puertorriqueña hoy en día. ¿Y saben por que? Por la falta de amor, de valorización y de respeto que son las causantes de la desintegración familiar. Quiero que todos se lleven este mensaje: la familia es el tesoro más importante que el hombre pueda ostentar. (*Observando a los panelistas discutir.*) Y me reafirmo en que el medio televisivo tiene la responsabilidad de aportar a esa familia. De sembrar semillas de esperanza en éste pueblo que cada día va más cuesta abajo.

Pero el *rating...* el dinero... el poder... Un consejo de lo más profundo de mi corazón. Apague el televisor de vez en cuando y siéntese con sus hijos a cenar. Los invito a una charla familiar, por lo menos una vez a la semana. Compartan sus vidas y que ellos compartan las suyas. Y cuando vea programas como este, acuérdese que usted no está lejos de éstas realidades... ¡Bueno, pero el show debe continuar! La próxima semana le traeremos otro programa que será más dramático que el de ésta noche, el cual hemos titulado "Mi marido es bisexual y me preocupa". Así que, si usted tiene un marido que le gusta la papaya y el guineo también, puede llamar a la emisora inmediatamente para que participe. Y nos despedimos entre la discusión de los panelistas y las amenazas de nuestro Productor, a quien le damos éste mensaje que debe subir el *rating...* (*El Productor, de entre las cámaras, le para dedo.*) Master Control, Master Control, preparen el *beep* que tengo algo que decirle algo al Productor. ¡Este es el Show de Lulo, quítate de mi camino o te doy una patada en el culo! (*Beep. A cámara.*) ¡Amigos, llévense bien y recuerden que Lulo los ama! ¡Buenas noches para todos!

Telón

Segunda puesta en escena: Sully Díaz, Alí Warrington, Johanna Ferrán, Rafo Muñiz, Noelia Crespo, Deddie Romero, Luis Raúl, Linnette Torres, Francis Rosa y Juan Gonález-Bonilla.

Lulo: el animador

"La come sorullo"

El productor ambicioso

La esposa sufrida

La busca brocha

La sorullera

El sorullero infiel

El pintor de brocha gorda

El rapero, hijo del pintor

La "hermana Sonia" adivinadora

El agitador de masas

Devuelveme a mi Marido, Perra

Comedia de
Juan González
Bonilla

Dirección:
Albert Rodríguez

(Es el talk-show
más real y
escandaloso
de la televisión
puertorriqueña.)

Luis Raúl es
el anfitrión
del programa
"El Show de Lulo".
"Si me abres tu corazón
yo me abro el... mío".

¡Si la dejaron por otra y está despechada...
esta comedia es para usted!

Feminicidio

(**Feminicidio** *fue estrenada en el Centro de Bellas Artes Luis A. Ferré, San Juan, Puerto Rico, la noche del viernes 1ro. de mayo de 2009. El sábado 23 fue representada en el Teatro La Perla, Ciudad de Ponce. Fue producida por Joseph Amato para la compañía teatral Producciones Candilejas con el siguiente reparto y ficha técnica.*)

(*Personajes en orden de intervención.*)

MARGOT:	Ofelia Dacosta
CECILIA:	Sully Díaz
GLORIMAR:	Nelly Jo Carmona
ILEANA:	Linnette Torres
HOMBRE:	Ernesto Javier Concepción
OMARCITO:	Fernando Tarrazo
SUSANA:	Daniela Droz
MIRIAM:	Maricarmen Avilés

Asistente del Director: Johnathan Cardenales
Regidor de escena: Johnathan Cardenales
Diseño y realización de la escenografía: José Manuel Díaz
Diseño de la iluminación: Ligia Rolón
Concepto publicitario: Joseph Amato
Cuña televisiva: Ángel Domenech
Arte gráfico: Heriberto Olavarría
Fotos: Eric Borcherding
Maquillaje y peinados: Ivette Colón Ayala

Dirección artística:
Dean Zayas

Producción general:
Joseph Amato

(**Feminicidio** *termino asignado al asesinato de mujeres, usualmente esposas o "compañeras". El termino sigue la línea de infanticidio, parricidio o genocidio.*)

Nota: (*La pieza está visualizada para que las escenas de violencia fuesen grabadas y proyectadas en una pantalla que estaría al fondo. Lo hice para lograr más realismo, para que las escenas de abuso a las diferentes mujeres estremeciesen más a los asistentes. En la Universidad de Puerto Rico, Recinto de Río Piedras, uno de los estudiantes de dirección escénica, como requisito, representó varias escenas en diferentes plazoletas con motivo de La semana de la mujer. En una de las glorietas se representó la escena entre Glorimar y el maltratante donde éste la incendia con gasolina. Los estudiantes se las ingeniaron y regaron gasolina y Glorimar quedó en el centro. Fue sumamente aterrador. Quedé completamente complacido. En la producción teatral todos los personajes de los agresores fueron interpretados por un sólo actor, pero lo ideal es que se hiciese con diferentes histriones, por la diferencia de sus edades y tipos. Sería más efectivo. El personaje de Susana proviene de alguna parte de Latinoamérica, menos de Puerto Rico. Inmediatamente será reconocida por su acento.*)

Acto único. Escenografía:
(*El decorado es mínimo. La pieza toma lugar en el refugio Hogar La esperanza y consiste de una sala que tiene su entrada al lado derecho segundo termino. Al fondo otra puerta. Al lado izquierdo las patas negras del escenario podría conducirnos a varias dependencias. Unas cuantas sillas. Un sofá, con su respectiva mesa de centro y un pequeño*

escritorio con su silla al lado izquierdo. También hay un archivo. Algún tiesto con llamativas flores. La sala está ambientada para que sea acogedora. A pesar de lo mínimo, un toque femenino deja sentirse en cada esquina. Con la sala a obscuras escuchamos el siguiente dialogo el cual es grabado. Suena un timbre de un teléfono.)

VOZ: Línea de emergencia, diga...

MIRIAM: ¡Ayúdeme por favor, ayúdeme... ¡Está como loco, me va a hacer daño!

VOZ: Por favor, mantenga la calma. Dígame dónde está...

MIRIAM: ¡Estoy encerrada en el baño! (*Golpes en puerta.*) ¡Está furioso, como de costumbre!

ÁNGEL: (*Continúan los golpes en puerta.*) Abre la puerta te digo! ¡Ábrela o la tumbo!

MIRIAM: ¡Dios mío, va a tumbar la puerta! ¡La está pateando!¡ No creo que aguante más... me llenó la cara de puños! ¡Ayúdeme por favor, ayúdeme!

VOZ: Mantenga la calma y preste atención a lo que le pregunto. ¿Dónde se encuentra?

MIRIAM: ¡En mi casa!

VOZ: Dígame la dirección.

MIRIAM: ¡Estoy en la Calle cuarenta y dos número ciento veinticuatro en la urbanización Las Gaviotas en Caguas.

VOZ: ¿Quién quiere hacerle daño?

MIRIAM: (*Durísimo golpe a la puerta.*) ¡Dios mío, la puerta! (*Efecto. La puerta cae.*) ¡Tumbó la puerta! ¡Auxilio!

ÁNGEL: ¡Suelta ese teléfono! ¡Que lo sueltes te digo!

MIRIAM: ¡Me mata! ¡Mi esposo me mata! (*Gritos de Ángel y de Miriam forcejeando. Ahora hay total silencio.*)

VOZ: ¡Estamos en camino! ¡Señora, hábleme, señora... señora... (*Ahora escuchamos el tono del teléfono perennemente. Transición de tiempo. Se ilumina la escena. Estamos en el Hogar La Esperanza. Vemos a Margot en el área del escritorio y estará en una conversación desde un teléfono celular.*)

MARGOT: Haló...le habla Margot. Sí, sí, del Hogar La Esperanza ¿Me puede explicar por qué no nos ha enviado la compra? Ya sé que le debemos tres meses, pero es que el Estado aún no nos ha enviado el donativo de este año, y quiero recordarle que aquí tenemos mujeres y algunas llegaron con sus hijos y si algún niño le pasa algo prepárese porque la demanda que le vamos a meter... No, no. Mañana no. ¡Hoy! Apenas tenemos seis potes de comida en el armario. ¡Avance con esa compra! ¿Cómo que no puede hacer nada? Pues envíela con Lalín... pues con Tito... y a mí qué me importa que estén enfermos... pues mire, cierre el negocio si no puede atenderlo... ¡ay don Julio! ¿Entonces uste la traerá? Yo siempre he dicho que usted es un santo... ¿en hora y media? Perfecto. Que el Señor lo colme de salud y prosperidad... gracias, gracias... (*Concluye la llamada.*) ¡Viejo mamalón! (*Y deja el teléfono sobre él escritorio.*)

CECILIA: (*Entrando.*) Buenas días.

MARGOT: Hola Cecilia... Para usted también.

CECILIA: (*Observa el teléfono sobre el escritorio.*) ¿Y ese teléfono?

MARGOT: Pues... necesitamos comunicarnos con el exterior, como hacer compras, llamar al Departamento de la familia, abogados... recibir cualquier llamada de auxilio y es el único que tenemos. Como le explicáramos aquí nadie puede tener teléfono. Y esa es una de las reglas más importantes de la institución.

CECILIA: ¿Y hablaba...

MARGOT: ...con la tienda que nos suple la compra. ¡Un chorro de manduletes! Como hay que chuparse unas cuantas millas para llegar hasta aquí se la pasan posponiendo el viaje.

CECILIA: ¿Y esa gente es de confiar?

MARGOT: ¡Oh sí, sí! Son muy reservados y entienden nuestra situación. ¡Pero de que son unos vagos, lo son! ¡Oye, te ves muy bien ¿Dormiste tranquila anoche?

CECILIA: ¡Qué va! Estuve desvelada toda la noche.

MARGOT: Eso es bien natural aquí. Todas se desvelan. Pero es en lo que se acostumbran.

CECILIA: (*Pasándose las manos por la barriga.*) ¡Creo que se está moviendo!

MARGOT: ¿Y cuántos meses tienes ya?

CECILIA: Voy para los cinco meses. ¡Ahora mismo se está moviendo! ¡Y cómo patea!

MARGOT: ¡Pues es macho! Las hembras son más tranquilas.

CECILIA: ¡Lo que quiero es que venga!

MARGOT: ¡Vas a tenerlo y será una criatura preciosa!

CECILIA: ¡Gracias Margot! Usted es tan buena conmigo.

MARGOT: Estoy aquí para ayudarlas a todas.

CECILIA: Gracias. Me siento tan cómoda y en confianza con usted, pero con Glorimar... no sé, la encuentro tan seria, tan rígida...

MARGOT: ¡Ah, nada que ver! Glorimar es una gran mujer. Ponte en su lugar y entonces la entenderás. ¡Se echa encima los problemas de todas ustedes! Y créeme que no es nada de fácil.

CECILIA: Me lo imagino.

MARGOT: Para ella no hay nada más importante que este hogar.

CECILIA: Entiendo. No debe ser nada de cómodo.

MARGOT: Y no tiene favoritismos con ninguna. Para ella todas ustedes son lo más importante. Tenemos que entenderla. Ella también ha sufrido mucho, créeme.

CECILIA: ¿Sí?

MARGOT: ¡Uf, pasó las de Caín con el que fuera su marido!

CECILIA: ¿También?

MARGOT: (*Secretamente.*) ¡A ella no le gusta hablar de ese tema pero, su ex marido…

GLORIMAR: (*Entra con paso firme. Lleva un maletín en la mano y va directo al escritorio.*) ¡Buenos días...

CECILIA: ¡Buenos días!

MARGOT: ¡Buenos días Glorimar!

GLORIMAR: (*Percatándose del teléfono. Molesta.*) Margot, ¿qué hace ese teléfono sobre el escritorio?

MARGOT: ¡Ay, perdone, no me di cuenta!

GLORIMAR: ¡No puede fallar en esa regla! ¡Guárdelo inmediatamente y bajo llave!

MARGOT: Sí señora.

GLORIMAR: (*En otra actitud.*) Hola Cecilia. ¿Cómo se siente hoy?

CECILIA: El hombro me duele menos. Las náuseas han cedido un poco.

GLORIMAR: ¡Qué bien! Debes haberlo sentido ya.

CECILIA: Eso le decía a Margot...

MARGOT: ¡Sí, será un bebito bien inquieto! Un día de estos te saca una manita para saludarte, ya verás.

CECILIA: ¡Ay Doña Margot...

GLORIMAR: (*A Cecilia.*) Margot es la alegría de este hogar. (*A Margot.*) ¿Llamó al almacén?

MARGOT: Creo que, como en dos horas, estarán aquí.

GLORIMAR: ¿Hemos recibido algún donativo?

MARGOT: Alguna ropa y algunos pesos de las artesanías que vendemos.

GLORIMAR: Muy bien. Por favor, busque a Ileana y a Susana. Necesito hablarles.

MARGOT: Sí, enseguida. (*Sale.*)

CECILIA: ¿Pasa algo?

GLORIMAR: En cualquier momento nos llegará otra mujer. Acaba de salir del hospital y según me indicaron está malherida.

CECILIA: Pues, yo prefiero retirarme al cuarto.

GLORIMAR: Debería quedarse. Ante el rostro de una mujer golpeada debe razonar –yo no quiero estar así-. ¿Entendió? Reviértalo como una terapia interna para ayudarse a salir a flote.

CECILIA: Sí, sí. Tengo que hacerlo. Pero todavía estoy muy débil. Cuando veo una mujer maltratada… (*Baja la luz, Cecilia se aparta y sobre ella cae un rayo de luz punzante. Glorimar queda quieta al lado contrario.*) Video: (*Ahora estamos en la casa de Cecilia y Mario. Cecilia está dando vueltas por la sala, pensativa. Pasa sus manos sobre su barriga. Entonces entra Mario.*)

MARIO: (*Indiferente.*) ¿Qué te pasa?

CECILIA: Tengo nauseas.

MARIO: Estoy llegando de la calle, con diez horas de trabajo encima, quiero comer y descansar un rato y tú me recibes con esa cara, diciéndome que tienes nauseas…

CECILIA: ¿Y a quién voy a decírselo?

MARIO: ¡A quien te de la gana menos a mí!

CECILIA: Pero si yo no te molesto en nada. A veces hasta ni te hablo para que te sientas bien. No tienes que tratarme así. Estoy bien delicada. Me mareo, vomito… es natural cuando se está embarazada.

MARIO: ¡Y a mí qué carajo me importa!

CECILIA: ¡Pues te debía importar porque voy a tener un hijo tuyo!

MARIO: ¿Y quién te lo pidió, quién?

CECILIA: ¡Lo más lógico, en una pareja, es que formen una familia…

MARIO: ¡Es que yo te dije, desde el primer momento, que no quería tener hijos!

CECILIA: ¡Pues yo sí!

MARIO: Tras que eres mujer ¿también eres sorda? ¡No quiero tener hijos! Pero tú insistes en parir. Voy a decírtelo bien claro. Métete esto en la cabeza, vas a sacarte ese muchacho.

CECILIA: ¡Estás bien pero bien equivocado! ¡Voy a parirlo! Mario, mira, tener un hijo es algo precioso. Anda, dime qué te pasa ¡Ya no eres el hombre que conocí!

MARIO: Quien se ha convertido en una mujer insoportable y bruta eres tú, que no comprende a su marido y para completar esta locura, no le haces un carajo de caso.

CECILIA: Pero si yo trato de complacerte en todo.

MARIO: ¿En todo? ¿Y por qué estás preñá?

CECILIA: Porque es algo natural que, entre un matrimonio, quieran tener hijos.

MARIO: (*Empujándola.*) ¡Ay cállate ya, y te advierto, tú sabes que pego duro!

CECILIA: Ya no eres el hombre que conocí.

MARIO: ¿No? Es posible. ¿Tú te has mirado en un espejo? Estás deformada. Te ves horrible.

CECILIA: ¿Deformada? ¡Eres un animal que me ofende, que me menosprecia, que me lastimas!

MARIO: ¡El único animal bajo este techo eres tú! ¡Y cállate ya!

CECILIA: ¡Pues no voy a callarme!

MARIO: ¡Baja la voz que los vecinos te pueden escuchar!

CECILIA: ¡Un día voy a pararme en esa puerta y voy a gritarle al vecindario lo abusador que eres!

MARIO: Ven acá Cecilia, ¿qué es lo que tú quieres?

CECILIA: ¡Que me trates como a una mujer, como una esposa! No como a una cosa.

MARIO: (*Dándole un empujón.*) ¡Ay mira

no me jorobes más!

CECILIA: ¿Ves que tú eres el bruto?

MARIO: Escúchame bien que no te lo voy a repetir. ¡Vas a abortar! ¿Me oíste? ¡Vas a abortar!

CECILIA: ¡Me vas a tener que matar!

MARIO: ¡Eso es facilísimo!

CECILIA: ¡Hasta hoy llegaron tus abusos! No voy a abortar, eso es un crimen, y prepárate porque vas a ser padre lo quieras o no.

MARIO: (*Perdiendo la cabeza.*) ¡Mira... (*Le tira tremenda patada a la barriga y Cecilia la esquiva. De la parte de atrás de la espalda Mario saca un revolver y le apunta.*) ¡No me hagas perder la paciencia.

CECILIA: ¡Tú no tienes suficientes pantalones!

MARIO: ¡Cecilia, estoy que no aguanto más!

CECILIA: ¡Yo soy la que no aguanta más! ¡Vamos, mátame y así sales de los dos! (*Violentamente se vuelve y dispara a Cecilia quien se desploma. Jadeante, Mario hace una llamada desde su teléfono.*)

MARIO: Hola... hola... Habla el policía Tirado, placa 6766... Estoy llegando a casa y encontré a mi mujer en el suelo... parece que alguien entró y la asaltó... ¡Dios mío, creo que está muerta... sí, sí, creo que fue recientemente... ¡Ayúdenme, ayúdenme por favor... (*Vuelve la luz natural. Cecilia jadea fuertemente.*)

GLORIMAR: ¿Qué le pasa Cecilia?

CECILIA: ¿Ah?

GLORIMAR: ¿Que qué le pasa?

CECILIA: (*Agarrándose a Glorimar.*) ¡Mi hijo va a nacer, ¿verdad que va a nacer?

GLORIMAR: ¡Por supuesto! (*Entra Margot seguida de Ileana.*)

MARGOT: Aquí está Ileana.

GLORIMAR: ¡Buenos días Ileana!

ILEANA: Hola.

GLORIMAR: (*A Margot.*) ¿Y Susana?

MARGOT: Viene enseguida.

ILEANA: (*Con intención.*) Aunque no lo crea... está decidiendo cual ropa podrá ponerse para esta tarde. Es que tiene un *cocktail*. ¡Insoportable que es!

GLORIMAR: Le dije desde el principio que omitiéramos los comentarios personales sobre cualquier mujer que se encuentre aquí.

CECILIA: Es que la señora no es fácil de tragar, créame.

GLORIMAR: ¿No me entendió?

ILEANA: Haré el esfuerzo entonces.

SUSANA: (*Llegando.*) Buenos días para todas.

TODAS: (*Menos Ileana.*) Buenos días.

GLORIMAR: Buenos días Susana. (*A todas.*) Tengan la bondad de acomodarse lo mejor puedan. (*Lo hacen.*) Bueno, lamentablemente, hoy nos llega otra mujer al Hogar.

SUSANA: ¿Otra?

GLORIMAR: Y seguirán llegando. Susana, como usted es extranjera, el año pasado se registraron en Puerto Rico sobre 16,000 casos de violencia sobre mujeres.

SUSANA: ¿Y dónde va a dormir?

GLORIMAR: Algún sitio le encontraremos. Margot, hay que traer alguna litera.

SUSANA: ¿Literas? ¡Con lo incómodos que son esos cuartos... y el calor es insoportable!

ILEANA: No se preocupe Susana, ayer nos compraron un aire acondicionado central y lo instalarán en unos días.

GLORIMAR: Cuando usted nos pidió albergue las otras que estaban aquí la recibieron con los brazos abiertos. Le voy a pedir, muy gentilmente, que evite hacer comentarios.

ILEANA: (*A Susana.*) Chúpate esa mientras te mondan la otra. (*A Glorimar.*) Yo hago el esfuerzo, sabe, yo hago el esfuerzo.

SUSANA: ¿A qué se refiere?

ILEANA: ¡Que no me la trago!

SUSANA: ¡Ni yo tampoco a vos!

GLORIMAR: (*Firme.*) Un momentito, un momentito. Ustedes están aquí porque vienen de un hogar maltratante. ¿Van a llegar aquí como una continuación de ese humillación? Vamos a tener algo claro. Aquí estamos para que reciban amor, comprensión y darles herramientas sobre el maltrato. para que inicien una nueva vida. Así que no hay espacio para tonterías. Bastantes inconvenientes que tienen para crearse nuevas complicaciones ¿Me han entendido?

TODAS: Sí.

GLORIMAR: (*Más firme.*) ¡Esto es un hogar! ¡Les estamos dando amor, albergue, comida, consejos, ayuda legal y moral y bregamos con su restitución como mujeres y comprensión ante todo! Así que no nos hagan la carga más difícil porque estamos haciendo de tripas corazones. Susana, con todo el respeto que se merece, esto no es un hotel.

SUSANA: Excúseme. Pero no me acostumbro a la idea de estar en un refugio. Ileana, si usted no me soporta hágale una queja oficial a la señora Glorimar, pero frente a mí.

GLORIMAR: (*A Ileana.*) Y usted, métase esto bien en la cabeza. Esto es un Hogar de cuidado, de rehabilitación.

ILEANA: ¡No es mi hogar! ¡Aquí no están mis hijos! ¡Cómo estarán, Padre santo!

GLORIMAR: (*A Ileana.*) Desde un principio le expliqué nuestras reglas. Usted las aceptó. Su estadía aquí es transitoria en lo que se resuelva su situación ante un juez. ¡Qué más quisiera yo de tenerles más facilidades y albergar a todo el que lo necesite, inclusive a sus niños!

ILEANA: (*En otro tono.*) ¡No, no, si yo estoy más que agradecida por lo que han hecho por mí! Pero, estar sin mis hijos, sin saber si comieron, si durmieron ... no logro acostumbrarme.

MARGOT: Me dijiste que los habías dejado con tu mamá y las abuelas son iguales a una madre. Te aseguro que están bien.

ILEANA: ¡Es que me siento tan vacía sin ellos! (*Se aparta del grupo. Video. Sobre ella cae un rayo de luz. Estamos en la sala de casa de Ileana y Omar. Estará recogiendo alguna ropa que está sobre algún mueble o algún otro detalle. Omar entra furioso y fatigado en la sala.*)

ILEANA: ¡Hola!

OMAR: ¿Dónde te metiste? Fui a buscarte al trabajo y no estabas.

ILEANA: (*Simple.*) Me trajo una compañera.

OMAR: ¡Sabes que siempre voy a buscarte!

ILEANA: Te llamé para que no lo hicieras pero tenías el teléfono apagado.

OMAR: ¡No me di cuenta. Solamente yo puedo irte a buscar al trabajo.

ILEANA: Te esperé lo suficiente. Pero no tienes que enojarte por eso.

OMAR: ¡Te advertí que no quiero que tengas amigos en el trabajo! ¡Y te he repetido, no sé cuántas veces, que no confíes en la gente! ¡En nadie!

ILEANA: ¡Pero es una compañera de trabajo que conozco desde hace años!

OMAR: ¡Grábatelo aquí dentro, yo soy tu marido, tu único amigo y soy la única persona en quien puedes confiar!

ILEANA: ¡Es que tú pretendes como... que sé yo, como aislarme de todo el mundo! ¡Ni tan siquiera te gusta que vea a Mami y eso no puede ser, no puede ser! ¡Hasta los niños quieren ver a su abuela!

OMAR: ¡Pues dile a tu vieja que te visite aquí, porque para la casa de tu madre no volverás a ir!

ILEANA: Con la cara que la recibes.

OMAR: ¿Para qué yo trabajo, dime, para qué me sacrifico? ¡Pues para que ustedes no tengan que depender de nadie! ¡Ni tan siquiera de tu familia!

ILEANA: Trabajas porque constituimos un hogar. Yo también tengo que hacerlo como también necesito el cariño, la relación con mi familia. Es natural.

OMAR: Dime una cosa Ileana, ¿tú tienes alguna queja de mí?

ILEANA: Omar, tú eres un excelente padre y un hombre de trabajo que ha logrado mucho éxito con tu compañía. Y me siento muy orgullosa de eso. Pero se trata de mí. Yo no puedo ni quiero desprenderme de mi familia.

OMAR: Casarse quiere decir, por si no lo sabes, independizarse. Intenta pensar. Lo que quiero que comprendas es que no te hace falta nada porque aquí lo tienes todo.

ILEANA: Esta discusión es innecesaria. Estamos hablando de cosas diferentes. Una, mi familia es mi familia, es parte de mi vida y dos, yo necesito trabajar!

OMAR: ¿Para qué?

ILEANA: Para generar mi propio dinero. Para comprarme mis propias cosas.

OMAR: ¡Yo te quiero dentro de la casa! Donde perteneces. Pero no. Te empeñas en irte a dar clases en vez de cuidar a tus hijos. Yo no sé para qué tanto magisterio porque mira que eres torpe. ¡Ni tan siguiera sabes llevar las cuentas de la casa!

ILEANA: ¡Ya se te salió el contable! Mira, vamos a hacer una cosa...

OMAR: ¡Tú eres quien tiene que hacer una cosa! Terminas este semestre y renuncias a la escuela. ¡Te quiero dentro de la casa y no voy a repetírtelo!

ILEANA: Es que... yo no te entiendo. ¿Tú sabes lo que me estás proponiendo? Que me deshaga de mi familia, del trabajo y de mis amistades. ¡No puedes, no puedes intentar controlarme de esa ma-

nera!

OMAR: ¿Ves que eres torpe? ¡Yo no te controlo, te estoy protegiendo!

ILEANA: ¿Protegiendo? ¿Sabes qué es lo tú que tú quieres en verdad? Aislarme de mi familia para tener el control total sobre mí y no te lo puedo a permitir. No te lo voy a permitir porque un día por esa puerta van a entrar papá, mamá, mis hermanos y ese día se te van a poner los huevos a cinco pesos.

OMAR: (*Agarrándola por el pelo.*) Tú eres de esas mujeres que necesitan una pela semanalmente para que entiendan las ordenes del marido. (*Mientras la hamaquea por el pelo.*) ¿Verdad que eres de esas, verdad? (*Continúa haciéndolo.*) ¡No quiero a tú familia dentro de mi casa y vas a renunciar a la escuela, vas a hacerlo, vas a hacerlo... (*La tira sobre algún sofá.*)

ILEANA: ¡Bestia, eres una bestia!

OMAR: ¡Ay, cállate ya! (*Ahora un jovencito aparece en la puerta de la casa. Omar lo percibe. Disimulando y dócilmente Omar se arrodilla frente a Ileana.*) Ileana, amorcito, dime qué te pasa. Tú sabes que te amo con todo mi corazón. Que lo más importante son nuestros hijos y nuestro hogar. Si no te sientes bien en la escuela te propongo que renuncies y despreocúpate, aquí nada te faltará. ¡Ay Ileana, yo no sé que más hacer para complacerte! (*Sale angustiado. El jovencito llega hasta Ileana.*)

OMARCITO: ¿Qué pasa? ¿Qué le pasa a Papá?

ILEANA: Omarcito, son asuntos personales entre tu padre y yo.

OMARCITO: ¿Qué le hiciste a Papá, por qué salió llorando?

ILEANA: ¡No le he hecho nada a tu padre, créeme!

OMARCITO: Él me dice que te adora, que después de mí y Robertito tú eres lo más grande de su vida. ¿Qué le estás haciendo a Papá?

ILEANA: (*Respirando profundamente e inmensamente angustiada.*) Omarcito, mi hijo querido, hay cosas... que no te puedo explicar todavía... que tú no entenderías... Mira, yo amo a tu padre, por eso me casé con él... pero toda persona, aunque ame a otra, es un mundo diferente... tú también lo eres. Mamá, como individuo, como una persona diferente también, necesita tener... cierta libertad... y papito está...

OMARCITO: No, no, no. ¡Tú no quieres a Papá, él me lo ha dicho!

ILEANA: (*Sorprendida.*) ¿Tú papá te ha dicho eso?

OMARCITO: Si lo amas, como dices, ¿porqué lo haces llorar? ¡Él sí que es bueno conmigo! (*Se le enfrenta.*) ¡Eres mala, mala! (*Intenta salir. Ileana lo detiene.*)

ILEANA: ¡No vuelvas a alzarme la voz!

OMARCITO: ¡Quítame las manos de encima porque te doy! (*Saliendo.*) Papá, papá… (*Termina el video. Vuelve la luz natural.*)

GLORIMAR: Ileana..

ILEANA: Sí, dígame…

GLORIMAR: ¿Es la primera vez que su marido...

ILEANA: No. (*Respira aceptándolo.*) Me ha golpeado varias veces.

GLORIMAR: ¿Sabe Ileana? Usted no se está valorizando. Le he hecho una cita con el psicólogo para que, de inmediato, comience a trabajar con usted. ¡Incremente su autoestima!

ILEANA: Y quiero hacerlo. Si no me he decidido por el divorcio es porque soy creyente del matrimonio y sería traumático para mis hijos. Omar los está manipulando en mi contra.

GLORIMAR: Eso es muy cierto. Es parte de su artimaña. Un distintivo de los hombres agresores es que son muy astutos y controladores. (*En otro aire.*) Bue-

no, como les dije, hoy tendremos una nueva compañera. Está recién salida del hospital gracias a la golpiza y un disparo que le hizo su marido. Un poco más y la mata. Esta muchacha, a diferencia de ustedes tres, no está muy convencida de que quiera alejarse de su marido. Es su primera experiencia de una agresión. Y es muy frecuente pensar que una primera provocación es un caso aislado. ¿Pero saben qué? Lo hacen una vez y volverán a repetirlo. Como estaba tan desorientada nos llamaron del hospital para que la albergáramos. Entre todas tenemos que lograr que se sienta positiva al cambio y decida alejarse de ese agresor. Quiero que ustedes les sirvan de espejo.

SUSANA: Yo no hago charlas en grupo.

GLORIMAR: Dije –entre todas-. Y créame Susana, al principio es común sentirse incomodo. Pero poco a poco se gana confianza y ya verá cómo surge el interés y se sentirán más aliviadas. Es bueno que sepan que esta reunión podría ayudarlas individual y mutuamente. ¿Y qué es lo que pretendemos? Que ustedes se conozcan particularmente. Les doy un ejemplo: antes de casarse, ¿no intercambiaban problemas con sus amigas, cómo la pasaban cuando fiesteaban, cómo les fue en el último noviazgo, de la primera cita que tenían con alguien y estaban nerviosas… cómo fue ese primer beso que quedaron por encima de las nubes? ¿Verdad que llegaron a hacerlo en grupo? Pues en eso es que consiste la terapia. ¡En desahogarse y aprender junto con los demás! Miren, mejor vamos a cambiar el nombre y vamos llamarle conversaciones entre amigas. ¿Les parece más cómodo?

TODAS: Sí… es mas relajante… me parece mejor…

GLORIMAR: Pero les debe quedar algo claro y me refiero a usted personalmente, Susana. Esto no es un club social y si no quiere entenderlo le abrimos las puertas y puede regresar con su maltratante.

CECILIA: (*A Ileana y Susana.*) Pues yo me quedo. (*A Glorimar y Margot.*) Y en lo que pueda ayudar a las muchachas, pues, con mucho gusto.

SUSANA: (*En otro tono.*) Es que, cómo le digo, no me gusta hablar en público sobre mi vida personal.

ILEANA: A mí tampoco me agrada hablar de mis asuntos ante extraños.

GLORIMAR: Margot, llame a Servicios Sociales para que vengan a buscar a dos de nuestras mujeres.

MARGOT: Sí, enseguida…

SUSANA: Retiro cualquier comentario.

ILEANA: Quiero excusarme. Me quedo.

GLORIMAR: Sabia decisión. (*En otro aire.*) Charlemos entonces como íntimas amigas.

CECILIA: Perdóneme, pero antes de comenzar me llama la atención esa jaula que está ahí con un pájaro de tela y con la puerta cerrada.

GLORIMAR: (*Sin darle importancia.*) Me gustan las manualidades. Es una creación mía. Más adelante les explicaré cómo la hice. Bueno pues, como les dije, hablemos mejor como amigas que se cuentan cosas y así no nos aburrimos, ¿les parece?

TODAS: Sí… claro… es mejor…

GLORIMAR: Quiero hacerles una pregunta, ¿alguna vez indagaron sobre las familias de sus esposos, "compañeros" o lo que fuesen?

TODAS: No… ni yo… yo tampoco. ¿Porqué tendríamos que hacerlo?

GLORIMAR: ¿Y si ese hombre proviene de un hogar donde el maltrato era la orden del día? ¿Si está moldeado por el padre, que también fue un abusador? Claro, esas cosas él no va a decirlas nunca porque en su subconsciente lo más importante es acorralar a su presa. Saben, el ciclo del maltrato suele comenzar en la infancia: en el hogar del maltratante. Según el niño aprende a hablar en el hogar también aprenderá a comportarse cuando llegue a la adultez. Ileana…

ILEANA: Sí, dígame…

GLORIMAR: Su hijo Omarcito la llamó "mala". O sea, él aprendió el significado de la palabra. Pero también pudo haber aprendido el significado de "buena". ¿Porqué se decidió por "mala" para describirla? ¿Dónde aprendería el significado de "mala"?

ILEANA: Pues… del padre con toda seguridad.

GLORIMAR: Cierto. Su esposo le dijo que no quería que le hablara a sus vecinos y mucho menos que su familia la visitara, ¿correcto?

ILEANA: Sí.

GLORIMAR: ¿Sabe porqué? Le pide además que renunciara a su profesión de maestra.

GLORIMAR: ¿Alguien tiene alguna contestación sobre el particular?

SUSANA: Para controlarla.

GLORIMAR: ¡Palabra mágica, Susana! ¡Muy bien!

CECILIA: Mi madre siempre me decía que había que respetar al esposo.

GLORIMAR: Yo le hubiese contestado que el marido también tenía que respetar a su mujer.

CECILIA: Es que la iglesia…

GLORIMAR: ¡Ay, no me hable de la iglesia! Si alguien predica la moral en calzoncillos son algunas iglesias… Cuando nos casan nos dicen algo así: "amarás a tu marido en la pobreza, en la riqueza" y otras cosas pero el sacerdote nunca dice, "*tu mujer es una hermosura, hónrala, te dará hijos, los cuales amarás porque son tu propia sangre, jamás levantarás la mano sobre ella, jamás la tendrás como esclava y jamás la matarás*".

MARGOT: El cura de mi pueblo se metía

como veinte palos antes de casar a una y eso lo vi con mis propios ojos.

TODAS: (*Se sonríen.*)

GLORIMAR: Yo diera lo que no tengo por encontrarme con el cura que me casó.

CECILIA: Bueno, ya que estamos hablando como amigas, díganos qué le diría.

GLORIMAR: ¡Pues le diría...! (*sonríe*) vamos a dejarlo ahí. Otro día se los cuento. (*Se escuchan tres bocinazos.*)

MARGOT: ¡Al fin llegaron esos manduletes con la compra!

SUSANA: ¿Y cómo lo sabe?

MARGOT: La bocina es diferente y son tres bocinazos.

GLORIMAR: Margot, por favor, reciba la compra y vuelva inmediatamente.

MARGOT: Sí, enseguida. (*Sale*)

SUSANA: Yo he entendido todo lo que usted quiere decirnos pero... es que no estoy acostumbrada a nada de esto. Y ahora, para completar vendrá otra mujer al grupo.

GLORIMAR: Usted no está obligada a estar aquí. Llegó por su propia voluntad. Es una muchacha al igual que usted.

SUSANA: No creo.

GLORIMAR: (*Firme.*) Lo es. (*Frente a frente.*) Mírese las marcas que tiene en el cuello tapadas con maquillaje. ¿Cuántas veces ha tenido esos moretones en la mejilla? (*Le toma una mano y se la vira.*) ¿Y esas marcas se las hizo un gato o trató de suicidarse? (*Susana esquiva el interrogatorio de Glorimar.*) ¿Y cómo se hizo esas marcas en el cuello las cuales disimula con maquillaje, estaba jugando con un perro o son recuerdos de una corbata enredada en su cuello? (*Susana se levanta pensativa y camina disimuladora.*) ¿Entiende porqué todas somos iguales?

MARGOT: Ya llegó la compra y la están almacenando en la cocina. Parece que le

hizo efecto lo que le dije a don Julio.

GLORIMAR: ¿Y qué fue lo que le dijo?

MAGOT: Le digo ahorita. (*Pasos, quejidos por la parte trasera del hogar.*)

GLORIMAR: Mire a ver qué es eso. (*Intranquilidad en el grupo.*) Tranquilas, tranquilas... (*Margot sale y regresa sosteniendo a Miriam quien tiene el rostro amoratado por los golpes más un vendaje en el hombro, en la frente y en las manos. Reacción de todas ante el aspecto de Miriam.*)

MARGOT: Vamos, con calma... poco a poco...

GLORIMAR: (*Por Miriam.*) ¡Dios mío! (*A Margot.*) Siéntela aquí... (*A Miriam.*) Vamos, con cuidado... (*La sientan. Miriam, temblorosa, entra en un llanto inmenso y se hunde entre sus manos. Margot intenta consolarla. Glorimar la detiene con la mano. Pasándole la mano sobre la cabeza muy consoladoramente.*) Aquí puede llorar todo lo que guste. Permita que baje todo ese dolor que lleva adentro. Las cosas se irán arreglando poco a poco. Pero todo depende de usted.

MIRIAM: ¿De mí? Ni siquiera sé qué hago aquí.

GLORIMAR: Escondiéndose.

MIRIAM: ¿Y dónde estoy?

GLORIMAR: En el Hogar La Esperanza.

MIRIAM: ¿Dónde?

GLORIMAR: Me llamaron de la Sala de Emergencia del hospital, luego de un cuartel de la policía y nos pidieron que la socarráramos porque usted no tenía donde ir y aceptó que la trajeran aquí.

MIRIAM: Pero dígame, ¿dónde estoy? ¿Qué es eso del Hogar la Esperanza?

GLORIMAR: Mire joven, en sí esto es un refugio para mujeres maltratadas pero a mí no me gusta eso de "refugio". Entonces optamos por la palabra Hogar que es un lugar donde habita una familia. Donde hay cariño, comprensión, ayuda, donde nos sentimos seguros. Nosotros contamos con profesionales que nos ayudan a volver a ese hogar que una vez tuvimos y cuando estamos preparadas hacia ese regreso, a esa vivencia que perdimos, les damos libertad para comenzar una nueva vida.

MIRIAM: (*Llora desconsoladamente. Leve pausa.*) Usted no sabe cuánto hecho de menos un hogar. ¿Y usted es...

GLORIMAR: Glorimar, la directora de la institución. Y ella es Margot, mi asistente.

MARGOT. ¡Y te voy a cuidar como si fueras mi hija!

MIRIAM: Gracias. (*Y vuelve al llanto.*)

GLORIMAR: (*Extendiéndole la mano.*) ¿Amigas?

MIRIAM: Sí.

GLORIMAR: Aquí estarás a salvo. Cuando logramos escapar de nuestros agresores nos llamamos "sobrevivientes". Apréndase ese nombre. Aquí todas lo somos. Vas a tener nuevas amigas y todas estarán dispuestas a ayudarte. (*Apuntando.*) Ella es Cecilia. (*Miriam la mira solamente.*)

CECILIA: (*Con cuidado la estimula por el hombro.*) Aquí tienes una nueva amiga. Cuenta conmigo.

GLORIMAR: Y ella es Susana.

SUSANA: (*Sincera. Sobrecogida por el estado de Miriam.*) No se te ha acabado el mundo. Por el contrario. Te estás dando una oportunidad. Date tiempo y verás. (*Miriam vuelve al llanto.*) Yo, del mismo modo, he estado en el fondo. Puedes contar conmigo también.

MIRIAM: ¡Gracias!

ILEANA: Yo soy Ileana, y también entiendo tu angustia. Aquí tienes una nueva amiga.

MIRIAM: Gracias. Estoy muy agradecida. Yo... (*Intenta moverse pero...*) ¡Uh, que dolor!

MARGOT: No trates de hacer nada.

MIRIAM: (*Escondiendo la cabeza entre las manos.*) ¡Estoy tan y tan perdida... no entiendo nada... todo fue tan rápido! Él...

GLORIMAR: Todas nuestras historias comienzan con "él".

MIRIAM: Es que no es malo. Estoy segura que me quiere...

GLORIMAR: ¡Por favor! ¿Escucharon eso? Su marido llega borracho a su casa y ella tiene que encerrarse en el baño. Él tumba la puerta y la llena de golpes y la deja tendida en el suelo ensangrentada y el "caballero" llama al 911 y pide ayuda para su esposa y ella dice "que no es malo."

MIRIAM: De veras. ¡Esta es la primera vez y es por eso que no entiendo nada!

GLORIMAR: ¿Entonces usted se conforma porque "es la primera vez"? ¿Y qué pasa, va a esperar por la segunda para que la mate? (*A todas.*) ¿Saben qué pasa? Si nos agredió la primera vez y no nos separamos del agresor, de seguro continuaran los golpes y esa agresión se convertirá en una rutina. (*A Miriam.*) ¡Mírese, está llena de golpes!

MIRIAM: Es la bebida. ¡No sé cuántas veces se lo he dicho que no puede darse un trago porque se descontrola! A veces pienso que tengo la culpa.

GLORIMAR: ¡Ay Miriam, esa es una de las triquiñuelas del agresor! Hacernos creer que somos nosotras las culpables de sus salvajadas.

MARGOT: Creo que comenzaremos la terapia de grupo antes de tiempo.

GLORIMAR: Explíquenos porqué se siente culpable.

MIRIAM: Pues a él no le gusta que hable con los vecinos...

MARGOT: ¡Otro que no quiere tener vecinos!

SUSANA: ¡Bueno, pues que el desgraciado se largue a vivir al carajo! Perdón. (*A Glorimar.*) ¿Usted cree que tendremos cabida para ella?

GLORIMAR: Aunque llegáramos al techo siempre tendremos cabida. Además, tenemos contactos con otros hogares. Margot, ¿subió las literas?

MARGOT: Sí, ya están colocadas.

GLORIMAR: ¿Y su nombre es…

MIRIAM: Miriam.

GLORIMAR: Aquí tendrá nuevas amigas y todas están en el mismo hoyo. Pero como pudo observar todas le dieron la bienvenida. Miriam, teníamos una charla entre compañeras, ¿desea unirse a la conversación, podría decirnos algo sobre usted?

MIRIAM: Es que hablar sobre el tema me abruma. ¡Yo lo que quisiera es morirme!

MARGOT: Pues este no es el sitio indicado. No tenemos servicios de funeraria y conversando nos evitaríamos todo ese enredo. Díganos algo, estamos charlando sobre nuestros problemas.

MIRIAM: (*Suspira profundamente.*) Es que él no entiende que se me hace muy difícil estar todo el santo día en la casa. Y sola. Antes me iba a casa de mamá un rato pero me lo prohibió. Tampoco le gusta que maneje el carro. Él dice que eso es cosa de hombre. Y me lo quitó.

GLORIMAR: ¡Mira eso! (*A todas.*) ¿Se dan cuenta? Presten atención. Esa es otra de las tácticas del abusador. Incomunica a su presa para tener total control de ella.

MIRIAM: Yo trato de complacerlo. No hablo con los vecinos para que no se altere. La comida siempre está puntualmente servida, a la hora que le gusta. Nada de pantalones y las faldas jamás pueden subirme sobre las rodillas.

GLORIMAR: ¡Uf, esto es para gritar! No, no Miriam, usted es la sirvienta de su marido. Eso no es complacerlo. Usted está subordinada, dominada por él. Y a pesar de que lo "complace", como usted dice, ¿por qué le dio esa paliza?

MIRIAM: ¡No sé, no sé... (*Y vuelve al llanto incontenible.*)

GLORIMAR: Cuando un hombre nos agrede de esa manera, salvajemente, inmediatamente tienen que hacerle una querella a las autoridades o informárselo a su familia para que tomen acción. Contéstese a sí misma, ¿para eso usted se casó, para recibir golpes de su marido? ¿Sabe de la existencia de una ley creada por el Estado que se conoce como el divorcio?

MIRIAM: Yo no me atrevería.

GLORIMAR: Pues vamos a ayudarla a que se atreva. Usted está acostumbrada al maltrato. Está pasando por un momento de crisis y es natural que se desemboque en el llanto, en la desesperanza. Aquí estamos para ayudarla en todo lo que podamos. (*A todas.*) Continuaremos charlando en otro momento. Miriam no está en condiciones. Es mejor que se recueste un rato.

MIRIAM: Gracias, pero no me gustaría quedarme sola.

GLORIMAR: Quédese sentada ahí y nosotras continuaremos con nuestra charla. Vamos, vamos, acomódense a su gusto. Ayúdenla… Susana, háblenos de usted.

SUSANA: ¿Yo, primero?

GLORIMAR: Nos ayudaría a todas.

SUSANA: Me es bien difícil.

GLORIMAR: Estamos entre amigas. Miriam, preste atención. (*A Susana. Astuta.*) Usted es una mujer lindísima y resplandece, porque tiene una gran personalidad; como de reina y aparenta ser una mujer muy distinguida.

SUSANA: Gracias.

GLORIMAR: Y debido a eso, tiene que haber sido colmada de halagos. ¿No es así?

SUSANA: Pues sí. Verán, yo soy comentarista de deportes de la principal cadena de televisión de mi país.

ILEANA: ¡Yo sabía que tenía que ser de la farándula!

MARGOT: Ileana, dijo de deportes.

SUSANA: Por lo tanto siempre he estado entrevistando a futbolistas, peloteros, corredores, nadadores; en fin, personalidades que estén relacionadas con estas disciplinas.

ILEANA: ¿Pero ha entrevistado gente famosa, como actores?

CECILIA: ¿Pero tú eres sorda? Dijo que es comentarista de deportes!

GLORIMAR: ¡Vamos, vamos...

SUSANA: Un día la empresa me asignó que hiciera un reportaje para pasarlo por tres días, a la figura más destacada del deporte nuestro. Y así lo hice. La compañía hizo la cita y entonces fui a su residencia y, a la verdad que quedé maravillada ante tantos detalles, gentilezas, y sobre todo, la espectacularidad física del entrevistado porque nunca lo había visto personalmente. Fue una entrevista larga e intensa. ¡Pero valió la pena porque nos llevamos muy bien!

MARGOT: ¡Échale!

GLORIMAR: Parece ahí. Falló en su profesión. No guardó distancia entre el entrevistado y usted.

SUSANA: Ese fue mi primer error. Lo acepto. Al otro día de la entrevista comenzaron las flores, las llamadas y, como yo estaba maravillada con el hombre, pues le respondí a todas sus galanterías. Para abreviar, nos casamos. Una boda espectacular. Todos los medios cubrieron el evento. –*"Una boda de ensueño"*- tituló un periódico. Pero el príncipe azul no fue lo que yo esperaba. (*Se conmueve.*) ¡Lo siento, lo siento, pero no puedo hablar de esto! ¡No puedo hacerlo! (*Susana se aparta del grupo. Baja la luz y sobre ella cae otro rayo de luz. Luce desesperada. Video. Ahora estamos en la casa de Susana y Víctor, quien está vistiéndose.*)

SUSANA: ¿Vas a salir nuevamente? Pensé que hoy sería diferente, que ten-

dríamos un domingo tranquilo. Sólo los dos.

VÍCTOR: Ya lo tendremos, cuándo se pueda.

SUSANA: ¡Cuándo se pueda! ¿Sabes cómo me siento dentro de esta casa? Como un adorno. Como un trofeo más.

VÍCTOR: Cuando nos casamos sabías que yo era una figura pública. Primero van mis fanáticos y luego mi vida personal. Es el precio a pagar.

SUSANA: Y si se puede saber, digo, si se puede saber, para dónde vas tan elegantemente vestido.

VICTOR: Susy, yo siempre estoy bien vestido. Tengo un almuerzo de negocios.¿Te preocupa?

SUSANA: Pues sí. Antes de que te marches, dime, ¿cómo se llama?

VÍCTOR: ¡Por favor! ¡Me aburres con el tema!

SUSANA: Solo por saber, ¿quién vive en Mansiones La Monserrate?

VÍCTOR: Hay cientos de familias que viven allí y no tengo tiempo para tus estúpidos celos.

SUSANA: ¡Que cómo se llama!

VICTOR: ¡Me estoy vistiendo y me sacas de tiempo! ¡Cuándo te casaste conmigo sabías que las mujeres me persiguen porque para ellas yo soy su ídolo y no puedo evitarlo!

SUSANA: Sí, sí. Eso ya lo sé, que el pueblo te adora porque eres lo más grande del deporte nacional. Pero no saben que aquí, en su casa, trata a su mujer...

VÍCTOR: (*Todavía se arregla la corbata.*) ¡Pero es que no puedes quejarte de nada! Vives a todo lujo como si fueses una reina. Tienes sirvientas, coches a tu disposición, joyas y el prestigio de ser mi esposa. ¿Qué más quieres?

SUSANA: ¡Un marido con el que pueda compartir, que me quiera! Que me respete y que sea hombre en todo el sentido de la palabra. Que no me exhiba como un trofeo más.

VÍCTOR: ¡Qué ridícula eres!

SUSANA: ¿Te molesta que diga la verdad? Créeme que me encantaría que tus fanáticos supieran cómo eres en la intimidad del hogar.

VÍCTOR: ¡Susana, cariño, no me hagas perder la cabeza...

SUSANA: ¿Y qué vas hacer? ¿A llenarme de golpes y patadas? ¡No sería la primera vez!

VÍCTOR: ¡Susana, me vas a violentar y tengo una cita de negocios!

SUSANA: ¡Víctor Salduando! ¡Ídolo de multitudes! Modelo de moralidad y ejemplo para los jóvenes. Venerado por la prensa y gobernantes...

VÍCTOR: (*Soltándose la corbata.*) ¡Pues claro que lo soy, y más todavía! He luchado como lo hace un macho para llegar a la cima.

SUSANA: ¡Una mentira es lo eres! ¡Yo, tu mujer, te dice que eres una porquería de hombre! ¡Agresivo y abusador! Pero tranquilo, señor ídolo, tranquilo. Contéstame esta pregunta, una sola, y te juro que jamás te molestaré y seré la perfecta esposa sumisa. ¿Qué es lo que te depositan semanalmente y de noche en el buzón de la casa?

VÍCTOR: ¡Lo que a ti no te importa!

SUSANA: Como sabes soy periodista y me conozco medio ambiente, ¿qué te parece si le cuelo a algún compañero que estás metiéndote coca y como eres "el héroe" del país, claro, las autoridades pasaran por alto ese detalle? Pero te haría un hoyo imborrable esa publicidad porque, como dice el dicho "cuando el río suena…"

VÍCTOR: Por fin llegas a dónde querías. ¿Quieres hundirme? (*Toma la corbata, se la amarra al cuello y la aprieta.*) ¡Pues no vas a hacerlo, no vas a hacerlo!

SUSANA: ¡Suéltame, suéltame!

VÍCTOR: Yo no sería capaz de hacerte daño pero con mil dólares cualquiera lo haría mientras yo estaría con mis amigotes, en un bar dándome un trago. ¿Te parece bien esa coartada? Luego lloraría por horas sobre tu féretro. ¿Qué te parece? (*La zarandea por el piso y contra las paredes.*) ¡Si cuelas ese comentario en la prensa date por muerta!

SUSANA: (*Inaudible.*) ¡Auxilio!

VÍCTOR: (*La mantiene amarrada por el cuello.*) ¡Te estoy hablando muy en serio, querida esposa!

SUSANA: ¡Socorro! (*La tira contra el suelo y le da una patada.*)

VÍCTOR: ¿Verdad que vas a obedecerme, verdad amor mío que sí, que lo harás?

SUSANA: ¡Sí, sí! ¡Te juro que no diré nada! Te lo juro. ¡Me callaré, pero por favor, no me hagas daño!

VÍCTOR: (*Vuelve a patearla.*) ¡Cállate ya! (*Sale. Fuera el video. La acción vuelve al grupo.*)

MIRIAM: ¡Dios mío...

MARGOT: ¿Y cómo llegó a nuestro país?

SUSANA: Una amiga puertorriqueña que trabaja en la emisora me habló del lugar. Esperé el momento justo en que el canal me envió a cubrir un evento deportivo que se celebraría aquí.

CECILIA: ¿Y usted escapa por…

SUSANA: Estoy amenazada de muerte.

ILEANA: ¿Usted cree que lo haría?

SUSANA: No tengo la menor duda.

GLORIMAR: Tarde o temprano tendrá que enfrentarlo. Denúncielo a las autoridades.

SUSANA: Disimuladamente lo intenté y, prácticamente, se rieron en mi cara. -*Nosotros no nos metemos en líos de matrimonio*- me dijeron. Nadie puede creer que el ídolo del fútbol sea un agresor.

GLORIMAR: Usted trabaja en una emisora de televisión. Cuéntele a un periodista el calvario por el que está pasando y desenmascare al ídolo y verá cómo se cae de su pedestal.

MARGOT: ¡Y de postre le mete una tronco de demanda y lo deja en calzoncillos en plena calle!

SUSANA: Me juego la vida en ello.

MIRIAM: Pues entonces yo no estoy tan mal.

MARGOT: ¿Ah no?

MIRIAM: Yo estoy segura que Ángel no es un hombre malo. Realmente no tiene la culpa. Es que cuando se da el trago le afloran todos esos resentimientos y complejos de su niñez.

GLORIMAR: Cuéntenos algo de él.

MIRIAM: Cuando pequeño fue abandonado por su madre, quien desapareció y jamás volvió a saber de ella. Fue un golpe muy grande para su padre, quien nunca más volvió a casarse y le metió en la cabeza la desconfianza hacia nosotras.

GLORIMAR: Ahí tiene la respuesta.

MIRIAM: Que no tenemos valor alguno y que somos unas traidoras. Pero, ¿matarme? No. Estoy segura que no haría una barbaridad como esa.

GLORIMAR: ¡Pare, pare ahí y todas me prestan atención! Su marido está traumatizado en contra de las mujeres. Él no la ve como tal. La juzga a usted y todas como si fueran su madre.

MIRIAM: Pero es que yo no tengo nada que ver con eso.

GLORIMAR: Usted, Miriam, es un vivo ejemplo de la mujer que depende emocionalmente de un hombre. Subconscientemente le tiene pena. La dependencia emocional es la necesidad efectiva extrema que algunas personas de las que dependen en sus relaciones de pareja. Dígame, ¿usted trabaja fuera de su casa?

MIRIAM: No.

GLORIMAR: ¿Entonces su marido es el proveedor del hogar?

MIRIAM: Sí.

GLORIMAR: Miriam, usted está muy "enganchada" con su marido. Muchas personas, sobre todo las mujeres, "idealizan" a su compañero, les tienen pena, y tienen una dependencia patológica de él y justifican el maltrato y llegan incluso a culpabilizarse de éste. Esto se conoce como *Síndrome de Estocolmo* y es un estado en el que la víctima se ha identificado con el maltratador. Usted esta idealizando a su marido aunque la maltrate. Usted nos dijo que "Ángel no es un hombre malo".¿Verdad que lo dijo?

MIRIAM: Sí.

GLORIMAR: La dependencia emocional es la necesidad afectiva extrema que algunas personas sienten en sus relaciones de pareja. Esta necesidad hace que se *enganchen* demasiado de las personas de las que dependen. El patrón más habitual de relación de pareja de un dependiente emocional es el de sumisión e idealización hacia el compañero, por la baja autoestima que suele tener. El tratamiento es principalmente psicoterapéutico y a largo plazo, porque desde mi punto de vista la dependencia emocional es un trastorno de la personalidad en sus formas más graves y crónicas. Suele haber una sucesión casi ininterrumpidas de relaciones muy tormentosas y desequilibradas. Usted tiene, ¿me escuchó? tiene que poner de su parte y aquí contamos con buenos consejeros, psicoterapistas que la echaran hacia delante.

MARGOT: Ella también dijo "realmente él no tiene la culpa". Dime muchacha ¿Y no crees que la pela que te ha dado es una barbaridad?

CECILIA: ¿Y que te pudo haber matado también?

MIRIAM: Fue que se descontroló en un minuto. Ya les dije. La culpa es mía.

MARGOT: ¡Ay mija, yo creo que tú estás más loca que él! ¿Sabes lo que te pasa? Que estás totalmente enamorada y ciega por ese hombre y de eso te podría contar una buena historia.

CECILIA: Miriam, todas nosotras hemos creído que nuestros hombres serían incapaces de hacernos daño. ¿Y qué es lo pensamos entonces? Que la culpa es nuestra.

GLORIMAR: (*A todas.*) Esa es una cualidad del agresor. Hacernos sentir que sus bestialidades son provocadas por nosotras. Miriam, ¿de cuánto fue su noviazgo?

MIRIAM: De cuatro meses.

GLORIMAR: ¿Y se casó a los cuatro meses de haber conocido a un hombre? ¡Pero en cuál cabeza cabe!

MARGOT: Miriam...

MIRIAM: ¡Es que me están diciendo tantas cosas a la vez... ¡Yo necesito pensar por mi misma!

GLORIMAR: Le hacemos estos comentarios con las mejores de las intenciones. Por favor, siéntase con nosotras como unas amigas que se cuentan sus cosas.

ILEANA: Omar no quiere que tenga amigas.

MARGOT: ¡Ay Cristo, perdónala, porque yo lo intento pero no puedo comprenderla!

ILEANA: Me dice que no crea en los amigos porque son gente que te usan. Que están contigo por conveniencia. Que confié en él únicamente.

GLORIMAR: ¡A la verdad que estos hombres son artífices del control!

CECILIA: Mario tampoco me permitía tener amigas, y mucho menos que me visitaran en casa. Ni mi familia podía hacerlo sin que le pidieran permiso.

MARGOT: ¡Pero qué pendejas son ustedes! ¡Ay, perdón, se me escapó! La mujer debe siempre establecer su posición antes de casarse. Yo podía tener todas las amigas que quisiese.

GLORIMAR: Déle casco a esto. Para caiga en tiempo. Su marido no se casó con usted. Simplemente la compró y le puso grilletes. Concentren en esto por favor. Aquí hay un denominador común. El aislamiento. Cuando un hombre comienza a alejarnos de nuestras amistades, de nuestra familia, es una señal inequívoca de que está tratando de controlarnos, de manipular nuestra interacción con los demás para ser él, lo más importante de nuestro mundo.

ILEANA: ¿Pero se supone que así sea, que nuestro esposo es lo más importante de nuestro mundo?

GLORIMAR: ¡Ayúdame Cristo! ¿Y quién diablos le metió eso en la cabeza? ¡Nosotras somos lo más importante! Ileana, hay una gran diferencia entre respetar, honrar a nuestros cónyuges y permitirles que nos manipulen. ¡Entiendan esto! ¡Cada una de nosotras es un universo!

CECILIA: Mi madre me enseñó que al esposo se le obedecía y ella así lo hizo con mi padre. Bueno, todos nos sometíamos a mi padre. Era el dueño y señor de la casa. Yo le tenía terror. Así que siempre hice todo lo que me ordenaba. Todo. ¡Espero que, cuando se muera, no tenga paz ni descanso! (*Rabiosa y angustiada se vira de espaldas al grupo. Glorimar hace señas a las demás para que no hagan comentarios.*)

GLORIMAR: Esa terrible crianza bajo un padre abusivo y controlador, nos hace perder la perspectiva de lo que realmente es una relación afectiva entre hijos y padres. Entonces es muy común que lleguemos a la adolescencia y arrastremos hasta la adultez la creencia de que, para amar a un hombre, hay que temerle y servirle de esclava.

CECILIA: (*Ahogada.*) Tengo que decirles algo que tengo aquí, encerrado, que no me deja vivir y tengo que sacármelo del sistema.

MARGOT: ¡Precisamente para eso es que estamos aquí! Para escucharnos.

CECILLIA: Fui violada por mi padre. ¡Fue horrible! Hice todo para que me quisiera como una hija. Más de lo que una hija debe hacer. (*Nerviosa.*) ¡Le tenía pánico a aquella mirada lujuriosa y a su deshonesta voz! ¡Nunca he podido superarlo!

GLORIMAR: ¿Y nunca se lo dijo a su madre?

CECILIA: Yo tenía dieciséis años. Me envió a Lares, a la casa de mi abuela para esconder la vergüenza pero no hizo nada en contra de papá.

GLORIMAR: Las victimas de violación sienten culpas, odio, vergüenza y desconfianza sobre ese tipo de acción. Estoy segura que por mucho tiempo durmió con cierto tipo de iluminación en su cuarto.

CECILIA: Sí. El miedo nunca nos abandona y tengo problemas para dormir.

GLORIMAR: Es natural. ¿Y su padre todavía vive?

CECILIA: No. Entonces volví a casa de mamá.

MARGOT: ¿Y la perdonó?

CECILIA: Sí, porque en su fondo, ella sabía que fue verdad. Ya tengo treinta y cinco años. Hasta que me encontré con mi tabla de salvación. Mario. Un hombre mayor que yo, de aspecto fuerte, masculino y cariñoso a la vez. Jamás le dije nada porque me sentía avergonzada.

GLORIMAR: Sin darse cuenta buscaba un sustituto de su padre, Cecilia.

CECILIA: ¡No, no! ¡Buscaba ser amada! ¡Protegida! Un día mamá me envió a comprarle una receta a la farmacia. Y allí estaba Mario. ¡Guapísimo que era y resultaba más atractivo en su uniforme de policía! Si supieran el juego de miradas que se formó. ¡Yo me puse nerviosísima! De momento se desapareció. Entonces recogí las medicinas y en la misma salida de farmacia... ¿A qué no saben quién estaba?

MARGOT: ¡El farmacéutico!

CECILIA: No, Margot, Mario. Me pre-

guntó si le permitiría llevarme a casa. Por supuesto, le dije que no porque mamá me hubiese matado.

MARGOT: ¡Niña, acaba, acaba que me desesperas! ¿Qué pasó?

CECILIA: Me dijo, -*no te preocupes, ella entenderá que la policía está para servirle al pueblo*-. Y a mí me pareció tan galante, tan maravilloso...

GLORIMAR: ¿Escucharon bien eso? Cecilia, usted dijo "me pareció tan galante, tan maravilloso". Esa es una de las apariencias del agresor para cazar la presa. Hay que escudriñar al hombre que se fija en nosotras. Comparémoslo con una planta de trinitarias. Sus flores son hermosísimas y de variadísimos colores que nos invita de inmediato a tenerlas. Pero, ¿saben qué sostiene tan hermosas flores? El tallo, que está repleto de espinas en todas las direcciones y que son punzantes como alfileres. ¿Porqué no investigó quien era ese hombre? Se tiró de pecho ante la galantería del policía-lobo disfrazado de oveja.

CECILIA: ¡Me moría por desaparecer de mi casa! ¡Yo estaba como en un momento mágico! Mario se mostraba caballeroso, buena gente... Al tiempo pidió mi mano, mamá aceptó y nos casamos.

SUSANA: ¿Y a dónde fue a parar ese hombre tan maravilloso?

CECILIA: (*Sin interés de ofender. Más bien cansada.*) Al mismo lugar dónde se fue el suyo. La noche de bodas recibí mi primera lección de su desequilibrio. Aquel hombre cariñoso y amable se convirtió en una fiera sexual que me violaba. Que me hacía sentir como una cualquiera. Por noches. Por años.

ILEANA: ¿Por qué no lo abandonaste inmediatamente?

CECILIA: ¿Y regresar a mi casa y contarle a mi madre la misma historia? Yo estaba convencida de que con amor y paciencia un día Mario cambiaria. Que un día iba a quererme.

GLORIMAR: ¡Ay Cecilia, ese es uno de los errores más grandes de nosotras las mujeres! Creemos que con amor los hombres van a cambiar y la realidad es que nadie cambia. Algunos podrían modificar su conducta por un tiempo, pero lo que está podrido en el interior nunca puede salvarse

CECILIA: Tardé años en entenderlo. Me regaló dos abortos provocados por sus golpes y una bala en el hombro. Ahora es que entiendo que nunca me quiso.

SUSANA: Comparto el comentario que acaba de hacer Glorimar. A mí me asombra el arte que tienen algunos hombres para el engaño. Se presentan como ese príncipe azul que llega cabalgando en un caballo hermosísimo y nos toma por la cintura y nos lleva a un mundo mágico cuando realmente son unos lobos. Escuchen esto. Si ustedes vieran a mi marido quedarían en una pieza. Atlético, divertido, romántico y guapísimo. ¡Con una labia que cualquier mujer caería redondita! ¡Y yo fui una de ellas!

GLORIMAR: La deslumbró el futbolista.

SUSANA: Así fue. Y en vez de hacer lo más sensato, investigar más profundamente quién era...

ILEANA: Se tiró de pecho, como decimos aquí.

SUSANA: Así fue. En el canal se rumoró por un tiempo que su primera esposa se había suicidado y yo pasé por alto ese detalle.

MARGOT: ¿Pero cómo pudo pasar por alto un comentario tan importante?

SUSANA: ¡Por estúpida! ¡Ciega que estaba!

GLORIMAR: Es que yo no puedo entender que un suicidio pase así, como si nada. ¿No se realizó una investigación profunda del caso? SUSANA: Aparentemente no.

GLORIMAR: ¿Cómo fue que la señora...

SUSANA: Las noticias dijeron que fue un lamentable accidente. Que se había caído por las escaleras de la casa.

GLORIMAR: ¡Ah no, no! ¡Eso no hay quién se lo trague!

ILEANA: ¡Pongo mi cabeza que la empujó!

SUSANA: Una manera extraña de suicidarse, ¿no creen? Y así quedó todo. Como les dije, es un hombre de mucho poder. Una vez casados, mágicamente cambió.

ILEANA: ¿Y por qué no lo cuestionaba?

SUSANA: Porque estaba cansada y angustiada de sus palizas.

GLORIMAR: Debió separarse de ese hombre.

SUSANA: ¡No sé, no podía dejarlo!

CECILIA: (*A las demás.*) Estaba, como se dice, enamorada hasta el soco del medio.

SUSANA: ¡Obsesionada! Y no tenía con quién hablar. Para las amistades que a veces nos visitaban, él era su ídolo. El atleta preferido y admirado de todo el país. Así que mi única alternativa fue escapar. Aquí no podrá encontrarme.

GLORIMAR: Les repito que, ante el primer ataque y aunque suene drástico, hay que terminar con la relación y punto.

ILEANA: Es que no es tan fácil como usted lo pinta. ¿Qué hacemos cuando tenemos hijos?

GLORIMAR: ¡Y qué pasa! ¿No tiene cabeza para pensar, piernas para caminar y manos para trabajar? Hay miles de mujeres solas con hijos que han logrado echar pa' lante y son un éxito.

ILEANA: Cuando uno se enamora se le escapan los avisos que están ahí, frente a nuestras narices. Desde la escuela Omar siempre tuvo mal genio. Como era tan jovencita pues, nunca imaginé que sería siempre así. ¡Celoso como él sólo y cambiaba, en cuestión de segundos, de un estado anímico al otro! No le gustaban las fiestas, ni estar en grupo ni mucho menos que saliera con mis amigas.

MARGOT: ¡Pero si estaba mostrándote las garras desde el principio!

ILEANA: Ahora lo acepto. Estaba ciega por Omar al igual que Susana lo estaba.

MARGOT: Y cometiste el error de casarte.

ILEANA: Sí, y con el casamiento, al igual que Cecilia, comenzó el maltrato. ¡Hasta me ofendía delante de la gente y luego se arrodillaba pidiéndome perdón! Yo estaba totalmente perdida porque después me llenaba de regalos.

ILEANA: O sea, la recompensaba. ¡Qué buen truco! Una artimaña perfecta del abusador.

MARGOT: ¿Pero por qué no te separaste hija?

ILEANA: Porque estaba embarazada de mi segundo hijo.

MARGOT: ¡Mira para allá!

ILEANA: Ni tan siquiera de eso compadeció. Aún embarazada continuaron los insultos y agresiones. Y como nada cambiaba intenté buscar ayuda en mi pastor. Pero mi iglesia no cree en el divorcio y el pastor me recomendó que continuara con él y tratara de agradarlo.

GLORIMAR: Razone Ileana, simplemente usted se acostumbró al maltrato.

ILEANA: ¡Por mis hijos! Si no hubiese sido por ellos me hubiera largado qué sé yo para dónde. Lo que temo es que salgan iguales al padre.

GLORIMAR: El problema se agranda porque sus hijos están en una etapa de aprendizaje. Si se queda junto a ese hombre le aseguro que salen igualitos al padre. Miriam, no ha hecho ningún comentario.

MIRIAM: Es que mi marido no se parece en nada a los hombres que ellas han tenido.

MARGOT: ¡No me diga!

CECILIA: ¿Y quién le dio esa golpiza, los vecinos?

GLORIMAR: Miriam, si usted no acepta la realidad, su vida pende de un hilo. Todas, de cierta manera, están buscándole una razón a la violencia de sus maridos y no la hay. ¡No existe excusa alguna para la agresión! No importa cuánto un hombre haya sufrido en su niñez. Eso no le da el derecho de pasarle ese infierno a la mujer que lo ama.

MIRIAM: Tal vez si yo fuera una mejor esposa...

MARGOT: ¡Mira eso! ¿Y qué significa ser una buena esposa? (*De carretilla.*) ¿Parir, no tener personalidad ni opinión propia, aguantar humillaciones, golpes y cuánta ofensa pueda existir? ¡Yo me muero por entender esa cabeza suya!

GLORIMAR: ¿Tiene algo que decirle a las muchachas?

MARGOT: Quiero que todas sepan que yo también soy una sobreviviente.

ILEANA: ¿Usted?

CECILIA: ¿Y por qué no nos lo dijo?

MARGOT: No fue necesario hasta ahora. Miriam, yo también me preguntaba si era una buena esposa. Ésta curita que ven aquí fue la esposa de Antonio Alberti, Sargento de las Fuerzas Armadas. Mi casa se convirtió en una extensión del ejercito. La comida lista y a la hora exacta. Pantalones planchados y con filos cortantes como navajas, botas relucientes como espejo, y la casa extremadamente limpia también. Así lo hice por años y, créanme, que no era cáscara de coco mantener tanta rigidez. Muchos años después se retiró del ejercito. Entonces yo me dije –bueno, ahora tendré mi descansito-. ¡"*Nacarile* del oriente!" Nada cambió en mi casa. Para el Sargento yo fui la mujer que le había parido sus hijos. Una sirvienta que podía denigrar, humillar cuando le venía en gana. ¡Fue un hombre que me hacía sentir inferior! Creo que nunca conseguí ser su esposa, sino una cosa que estaba subordinada a sus directrices como un soldado más que tenía que acatar sus órdenes. ¡Pasé años con el viejo borrachón y déspota! Y cuando mis hijos crecieron y se fueron de la casa me quedé solita en aquel infierno. Y para hacerles la historia corta un día el Sargento llegó "jendío" (*hendido*) como tuerca y me levantó la mano y ahí fue que yo le dije "hasta hoy llegaste". ¡Miren, cogí la cartera y sin pensarlo dos veces, salí por la puerta y hasta el sol de hoy! ¡Jamás volví a mi casa y me importa tres pitos si se murió o no! Tú estás más que a tiempo Miriam. ¡Abre los ojos! (*A todas. Tirando a la risa.*) ¡Y aunque me vean así, arrugadísima, soy feliz porque soy un ser libre!

GLORIMAR: ¿Entiende lo que estamos diciéndole?

MIRIAM: Claro que las entiendo pero, sinceramente, no es como ustedes dicen. Estoy segura que a mi esposo ya se le pasó el berrinche pero como no hemos podido hablar, porque ustedes me exigieron entregar mi celular y no decir dónde estaba, pues..

GLORIMAR: (*Molesta.*) ¿Con la pela que le dieron se le atrofió el cerebro? ¿Se imaginan si alguno de sus agresores las encontraran? ¡Aquí no se puede tener teléfonos! ¡No se puede fallar en esa regla! Miriam, no sólo por su seguridad sino por la de todas. Si necesitan hablarle algo a sus padres, pues dígamelo y yo los llamaré.

MARGOT: Tenemos que defender nuestra privacidad.

CECILIA: (*A quien tenga al lado.*) ¡Uf, estamos llenas de reglas!

GLORIMAR: Para protegerlas.

ILEANA: (*A Glorimar.*) ¿Y no es efectiva una orden de protección?

GLORIMAR: Eso es solo un papel. ¿Usted sabe cuantas mujeres han sido asesinadas aún con una orden de protec-

ción o de alejamiento? Los agresores no tienen limites! Por eso es que estamos retiradas del área metropolitana. Quisiéramos tener más facilidades pero, como se han dado cuenta, el personal con que contamos es muy limitado.

MARGOT: La mayoría son voluntarios que ceden su tiempo para ayudarnos gratuitamente. El dinero que conseguimos del gobierno no es suficiente, sólo da para pagar la renta del local y la comida.

GLORIMAR: Nosotras mismas tenemos que hacer las camas, fregar, cocinar... En fin, como si estuviésemos en nuestras propias casas.

CECILIA: ¡El pan nuestro de cada día!

SUSANA: El suyo, porque yo estoy acostumbrada a tener sirvientas.

MARGOT: ¡Estaba, estaba acostumbrada! Dígaselo muchas veces a ver si se le queda en la cabeza.

GLORIMAR: Han llegado hasta aquí y estamos dispuestas a ayudarlas a que cambien sus vidas. A que tengan un nuevo comienzo lejos de ese hombre que puede quitarles la vida. ¿O todavía no se han dado cuanta de eso? ¡Todos son el mismo! Un encuentro con ése hombre y podría ser el último. ¿Entendido? Aquí las ayudaremos sicológica, emocional y legalmente. ¡Aprovechen estos servicios porque es el trampolín a una nueva existencia, a retomar a una nueva vida!

SUSANA: ¡Es que no sé cómo hacerlo! ¡Estoy tan lejos de mi país...

GLORIMAR: Susana, entienda que usted tomó la decisión de escapar de su agresor. Sus sentimientos están dolidos y la cabeza llena de preguntas, de indecisiones.

CECILIA: ¡Eso mismo es lo que yo quisiera! Como acostarme y levantarme diez años más tarde para no recordar nunca más a ese...

MARGOT: Todavía sientes algo por ese

hombre...

CECILIA: Sí. Pero se va desvaneciendo poco a poco porque no le voy a perdonar nunca que intentara matar a mi hijo.

GLORIMAR: Y está llena de rencor también. Es natural. ¿Sabe por qué? Porque está defraudada. Con el tiempo ese dolor menguará hasta llevarlo a un recuerdo que, aunque nunca nos dejará, no nos hará daño. Nos acompañará como una prueba de que hemos sobrevivido y que la vida que tenemos es un regalo que debemos atesorar.

MIRIAM: (*Pasando su mano sobre sus golpes.*) Yo sé que no me merezco esto pero... es que yo amo a mi marido. Lo extraño mucho.

CECILIA: Un día dejarás de hacerlo. Te lo aseguro.

GLORIMAR: (*Seca.*) Quizás usted lo ame pero él no la ama a usted. El supuesto amor de ese hombre es enfermizo, egoísta y está destinado a llevarla al desamparo o quien sabe, a la muerte.

MIRIAM: Es que eso suena tan exagerado. No creo que Ángel pudiera llegar a tal cosa.

GLORIMAR: ¿No, y porqué está aquí? Ese es problema de muchas de nosotras. Que no queremos ver lo que tenemos frente a los ojos. Le aseguro que no hay crimen más violento que el pasional. Podría contarles de Alicia, una joven de veintisiete años que su marido "la acuchilló cincuenta veces hasta desbaratarle el pecho". O de Marta, de cuarenta y tres años, a quien "encontraron muerta, desnuda en el baño de su casa con una botella rota dentro de la vagina". (*Fuerte.*) ¡Les estoy pidiendo un esfuerzo! ¡Sé que es bastante difícil! Pero comencemos por aceptar que la elección de nuestros maridos no fue, lamentablemente, la más correcta.

CECILIA: ¿Usted se ha enamorado?

GLORIMAR: Por supuesto que sí. Y también perdí la cabeza al igual que ustedes. De ser necesario hubiese dado hasta la vida por él. Ustedes me ven aquí tranquila, tan segura de mí misma. Tal vez muy autoritaria. Pues les tengo noticias. Yo también he sido una mujer maltratada y soy una sobreviviente del abuso.

Video: (*La siguiente escena debe ser grabada porque su efecto sobre el público deber ser aterrador y todos los más adjetivos inimaginables. El fuego realizado, realmente, fue impactante. La vi representada en la Universidad de Puerto Rico por estudiantes del Departamento de Drama y fue escalofriante y altamente efectiva. Cambio de luz. Video. Ahora estamos en la casa de Glorimar que, aunque está cocinando, aún viste con el atuendo de su oficina. Gustavo, su marido, aparece en la cocina. Luce un mameluco de mecánico de autos. Está sudado y lleno de grasa. Carga un recipiente de gasolina y un estropajo para limpiarse la grasa de las manos. Glorimar lo recibe agradablemente.*)

GLORIMAR: ¡Hola mi amor!

GUSTAVO: ¿Y todavía no está la comida?

GLORIMAR: Acabo de llegar del trabajo. Tuve un día complicadísimo.

GUSTAVO: ¿Otra vez? ¡Ya son las siete de la noche y tú sabes cuánto me saca de tiempo que llegues tarde a la casa!

GLORIMAR: (*Tranquila, explicativa.*) Gustavo, si un día tú deseas cerrar el taller de mecánica a las tres de la tarde puedes hacerlo porque eres el dueño del negocio. Pero yo soy una empleada a sueldo y como ejecutiva no tengo hora de salida.

GUSTAVO: ¡A mí lo único que me importa es que vengo del taller, con grasa hasta dentro del pelo, muerto de cansao y mi mujer no me tiene la comida preparada!

GLORIMAR: (*Incomoda.*) Pues debería importante porque yo también llego de trabajar y fíjate, ya son casi las siete y media y todavía estoy trabajando. Y tengo que seguir haciéndolo porque con lo que los dos ganamos es que hacemos un balance de nuestros gastos, ¿no te parece?

GUSTAVO: ¡Ah, ya sacaste tu posición de ejecutiva, como siempre! Me muero porque renuncies porque estoy hasta la coronilla de tus tardanzas, de tus reuniones de juntas y de que te creas mejor que yo.

GLORIMAR: Ay, ¿de dónde te sacas eso? ¡Yo siempre me he sentido orgullosa de ti!

GUSTAVO: ¡Voy a la pileta a quitarme toda esta grasa y cuando vuelva quiero tener la comida lista!

GLORIMAR: ¿Pero cómo voy a tenerte la comida lista si he tenido que aguantarte todo ese berrinche? Mira a ver qué haces para entenderlo porque me estás confundiendo con una sirvienta.

GUSTAVO: ¡No me jodas porque tú sabes lo que te viene pa' arriba! ¿Y qué te pasa ahora?

GLORIMAR: Que todo tiene un limite y que no puedes seguir tratándome así!

GUSTAVO: ¡Ah, no te gusta cómo te trato! ¿No será que, mientras yo estoy jodiéndome en un taller estás con otro ejecutivo pegándomelas?

GLORIMAR: Me estás ofendiendo. ¡Tú fuiste mi único novio y el único hombre que yo he mirado en mi vida! ¿Cómo puedes inventarte un disparate como ese?

GUSTAVO: (*La agarra por los hombros y la zarandea fuertemente.*) ¡No me lo invento! ¡Por eso es que llegas tarde, por eso! ¿Verdad que es por eso? ¡Si te atra-

po pegándomelas date por muerta. (*La abofetea.*) ¡Dímelo de una vez! ¿Verdad que estás pegándomelas?

GLORIMAR: ¡Suéltame, suéltame que me estás lastimando!

GUSTAVO: (*Intentado ponerle la cara en la hornilla.*) ¿Verdad que hay otro? Dímelo, dímelo...

GLORIMAR: (*Con una mano logra arañarle la cara y se suelta. Histérica.*) ¡Cualquiera sería mejor que tú, cualquiera!

GUSTAVO: ¿Ves que hay otro, lo ves? ¡Nadie va a mirarte después que acabe contigo, nadie! (*Toma el recipiente de gasolina y se lo riega.*)

GLORIMAR: ¿Qué es eso, que es eso? ¿Pero qué haces, qué haces…? (*Percibe el olor del combustible.*) ¡Eso es gasolina! ¡Gustavo...

GUSTAVO: (*Saca un encendedor de su mameluco. Lo enciende.*) ¡Adiós niña bonita! (*Y se lo tira. Fuego de inmediato. Retumban los gritos de Glorimar. La escena vuelve a oficina.*)

GLORIMAR: (*Se desabrocha un poco la blusa.*) Esto que me ven en las manos, cuello, pecho y cara son las cicatrices de las quemaduras que me produjo el fuego, pero logré escapar. Yo también soy una sobreviviente. ¿Sorprendidas verdad? Jamás se me pasó por la cabeza que mi marido llegaría a tanto. Pero lo hizo. Y si llegan a conocerlo jamás se imaginarían que ese hombre de apariencia agradable, que le daba la mano a cualquiera, guardara en su corazón tanto odio. Por eso les machaco e insisto para que logren salir ilesas de sus agresores y alcancen llegar a una nueva vida llena de esperanzas.

SUSANA: ¡Dios mío, Glorimar!

ILEANA: ¿Y ese hombre está...

GLORIMAR: Dónde tiene que estar. Pudriéndose tras una rejas. Pero no crean que mi triunfo fue su condena. No, no.

¡Fue recuperarme de mis quemaduras internas y reparar mi espíritu! Entonces renuncié a mi trabajo y fundé este Hogar para restituirle a muchas mujeres los deseos de vivir. (*Transición. En otro aire.*) Bueno, antes de comenzar a preparar la cena, ¿qué les ha parecido la charla entre amigas?

TODAS: Estupenda… estupenda… cosas que no sabíamos.

GLORIMAR: ¿Y… no se han dado cuenta de algo?

TODAS: Bueno, yo creo que si… no, solamente hablamos… nos…

GLORIMAR: Tal vez alguna no se ha dado cuenta pero, esta conversación entre amigas, hemos compartido el perfil, de los diferentes grados de abusadores. Hagan memoria de todo los que nos hemos contado. Usted, Cecilia, me preguntó sobre esa jaula que está ahí con un pájaro adentro encerrado. Es una jaula simbólica. Si ese pájaro fuese real y fuese libre alcanzaría los cielos y retozaría entre las nubes. Se sostuviera sobre las ramas de un árbol y desde él observaría el colorido mundo que lo rodea. Bajaría hasta las más hermosas de la flores y quedaría maravillado de sus coloraciones y con su pico extraería el fecundo polen. Bajaría, también, hasta cualquier quebrada y se refrescaría batiendo sus delicadas alas y bebería de sus aguas. Podría hacerlo porque es libre. Nada ni nadie se lo impediría. Sin embargo ustedes no pueden disfrutar como lo haría ese pájaro porque están encerradas dentro de una jaula que les construyó un hombre y las encerró. ¡Las estoy invitando a volar de ella para que sean libres y comiencen a fundarse una nueva vida! Conclusión: ustedes no han estado casadas. Ustedes han sido esclavas de sus hombres. ¡Y hoy hemos comenzado a romper los grilletes que esos hombres les colocaron! (*Cambio de actitud.*) ¡Bueno, ya es hora de ir preparando la cena, ¿les parece?

CECILIA: Déjeme eso a mí. (*Inician la salida.*)

SUSANA: Pero que no tenga mucha grasa...

ILEANA: No se preocupe que lo suyo viene de un hotel del Condado. (*Todas salen, menos Margot y Miriam. Margot abre la gaveta del escritorio, saca el teléfono y hace una llamada. Miriam la observa con el rabo del ojo y se concentra en el teléfono.*)

MARGOT: Halo. ¿Quién habla? ¿Don Julio? Es Margot…. Sí, sí, del Hogar La Esperanza. Es para darle las gracias porque la compra ya nos llegó. ¿Sabe una cosa? Yo siempre le tiro bendiciones por lo atento que usted es para con nosotras… bueno, un placer. Gracias nuevamente y que el Señor me lo bendiga… gracias otra vez. (*Margot percibe a Miriam y, despreocupada, deja el teléfono sobre el escritorio y llega hasta ella.*) ¿Te pasa algo cariño?

MIRIAM: Sentía el silencio del campo.

MARGOT: Sí. Este lugar es muy tranquilo.

MIRIAM: Pero abruma. Me produce como un pito dentro de los oídos y la cabeza, parece que me va a estallar.

MARGOT: No es el silencio del campo. Es que tienes ese hombre metido en ella. Sabes, aún, desde la distancia, te está controlando. No lo permitas.

MIRIAM: ¡Estoy tratando, estoy tratando! ¡Pero aquí dentro me siento tan sola!

MARGOT: ¡Estás con nosotras! ¡Confía en eso! Pon la mente en blanco e invéntate un escape. ¡Vamos, escápate… escápate. Dime de un lugar que te guste mucho, que te fascine.

MIRIAM: (*Luego de suspirar profundamente.*) La playa.

MARGOT: Llégate por un instante hasta ella. (*Transportándola.*) ¡Qué sereno está el mar, verdad! A pesar de eso la espuma revolotea sobre sus aguas jugando como niñas. ¡El cielo, clarísimo, te regala un azul intenso y la arena te dice –ven, písame, déjame tus dolores y déjame tus huellas y luego vuélvete y verás cómo desaparecen!

MIRIAM: ¿De verdad que es así?

MARGOT: Sí. Escápate al mar cuando lo necesites. Permite que una ola aniñada arrastre tus dolores a sus profundidades. Déjala que te arrope y verás como todo desaparece. Yo también me doy mis escapaditas a mi campo y funciona. Luego quedo lista para lo que sea.

MIRIAM: Quisiera ser tan valiente como usted.

MARGOT: Aquí lo aprenderás.

MIRIAM: Margot, ¿y esas campanas que se escuchan tan de cerca?

MARGOT: Es la iglesia San Mateo.

MIRIAM: Ah. ¿Y cómo se llega al patio? Me gustaría sentarme y distraerme un poco.

MARGOT: (*Mostrándole.*) Por allí. Bajas las escaleras, abres la puerta de la derecha y estarás en el patio. ¡Es precioso y bien tranquilo! Está lleno de arboledas y en el mismo centro hay un árbol de flamboyán azul, tan grande, que parece que se traga el edificio.

MIRIAM: ¿Puedo bajar un ratito? No tengo mucha hambre.

MARGOT: Sí, sí, hazlo. Yo te guardo la comida. Bueno, déjame ayudar a las otras no vaya a ser que hagan un arroz amogollao. (*Y sale, pero olvida llevarse el teléfono. Tan pronto lo hace Miriam va al escritorio, toma el teléfono y disca un número.*)

MIRIAM: ¿Ángel? ¡Soy yo, Miriam! ¿Estás bien? ...le dije a mamá que fuera al cuartel y no te levantara cargos... que fue una simple discusión de matrimonio... sí, estoy bien... tú también me haces falta... pero creo que, aunque sea por un tiempo, debemos separarnos... pero

no digas eso... yo también te quiero... pero tenemos que pensarlo mucho... estoy en un buen lugar, con gente muy buena... pero es que no se permiten visitas... ¿pero cómo vas a matarte? ¡Me moriría yo también! ...Ángel, tú eres el único hombre de mi vida, cómo puedes pensar eso... tendría que ser en secreto... un ratito nada más... Ángel, no se cuánto tiempo debo permanecer aquí... no sé, me tendría que inventar algo... tiene que ser tarde en la noche... hablaremos en el patio de la institución... mira, subiendo por la carretera número veinte... Sí, la que sale al pueblo dónde vive Carmen... tomas la salida que dice Ensenada, por esa carretera encontrarás una iglesia que se llama San Mateo... la institución queda muy cerca de ella porque las campanas se escuchan muy claras... busca una casona de dos pisos que, por fuera, parece abandonada... tiene muchos árboles y sobresale un flamboyán azul que casi arropa el edificio... sobre las doce de la noche... un ratito solamente porque todavía tengo que pensarlo... Recuerda, espérame en el patio. (*Coloca el teléfono sobre el escritorio y sale. Casi al mismo tiempo y desesperada entra Margot.*)

MARGOT: (*Encontrando el teléfono.*) ¡Mira dónde lo dejé... (*Rápidamente lo guarda en el escritorio bajo llave y sale nuevamente. Transición de tiempo. Ahora es de noche. Después de la cena. Han pasado dos o tres horas. Todas regresan a la salita a compartir un rato.*)

ILEANA: ¡A la verdad que usted hace unas habichuelas riquísimas, Margot!

MARGOT: Gracias. Pero no voy a decir la receta porque eso es un secreto. Yo se las hacía al sargento y se revolcaba del gusto.

CECILIA: ¡Pero mi arroz quedó divino!

ILEANA: ¡Niña, te quedó riquísimo, granosito como a mí me gusta!

MARGOT: ¡Mañana voy a prepararles un

pastelón de plátanos maduros, uf, que se van a chupar los dedos!

SUSANA: Yo admito que soy un desastre como cocinera.

ILEANA: Pues yo no. Me entusiasmaba que mi familia comiera bien. Me satisfacía grandemente. Y también me gustaba mi papel de esposa.

GLORIMAR: Estoy segura que a todas nos gustaba. El problema es que, a quien le servíamos la comida con tanto amor, jamás supo agradecerlo.

MARGOT: ¡Qué modelitos de virtudes nuestros maridos, verdad!

CECILIA: ¡Ay, yo quiero hacer una buena digestión! ¡Vamos a olvidarnos, aunque sea por cinco minutos, de nuestros maridos!

GLORIMAR: Buena idea. A la verdad que todas tienen mejor semblante. Hasta usted Miriam, la veo como mejorada, casi contenta.

MIRIAM: Sí, a la verdad que me siento mejor.

MARGOT: Eres una muchacha muy hermosa, ¿lo sabes, verdad?

MIRIAM: ¡Ay Margot, ni tanto!

MARGOT: ¡Pues claro que lo eres!

CECILIA: (*A Miriam.*) Cuéntame algo. ¿Cómo eras antes, tú sabes, en tu soltería?

MIRIAM: (*Un poco sonreída.*) ¡Pues, muy alegre... a cada rato me miraba al espejo, ensayando poses de dama y me encantaba el modelaje. Hasta llegué pensar que podría ser modelo de televisión... y me movía en mi cuarto como si estuviese en una pasarela.

CECILIA: ¡Anda, enséñanos como lo hacías!

MIRIAM: ¡Ay no, que me da pachó!

ILEANA: ¡Dale, que es para nosotras!

MIRIAM: Bueno... (*Miriam lo hace.*)

TODAS: ¡Ea! ¡Muy bien, eso...

SUSANA: Yo siempre fui medio...

ILEANA: (*Sin intención*) Medio presen-

tá...

SUSANA: (*Sin ofenderse.*) ¡Pues mira, sí, por eso estudié comunicaciones y como me gustaba el atletismo de inmediato me decidí por esa rama! ¡Me gustaba el bullicio, socializar, conocer gente!

ILEANA: ¡Pues yo era como una castañuela que, con su repicar, contagiaba a cualquiera que estuviese a mi lado! Yo creo que me invitaban a las fiestas para que le diera vida al jolgorio. ¡Conmigo no había tiempo para la tristeza!

GLORIMAR: ¡Y eso es lo que quiero! ¡Que vuelvan a reírse, que vuelvan a ser como antes! ¡Esa autoestima, miren, pa' arriba, pa' arriba! ¡Busquen en sus corazones esa muchacha de antes! ¡Les aseguro que está escondidita en una esquina del pecho! ¡Encuéntrenla!

CECILIA: ¿Y cómo?

GLORIMAR: ¡Con pensamientos positivos y encomendándose al Padre! Háblenle al Cristo. Vacíen sus pesares en sus manos. Él siempre nos escucha. Y así, poco a poco, irán encontrando una luz al final del túnel.

MARGOT: ¡Y en silencio quiero que se repitan esto, bien firmemente: -yo soy mi mejor amiga, mi mayor recurso! ¡Tengo gente que me quiere y voy a cuidarlos y a quererlos también; pero ante todo, voy a quererme a mí misma porque yo soy importante. ¡Única! Vamos, complázcanme, repítanlo conmigo ¡Yo soy única!

TODAS: (*Muy suavemente*) Yo soy única.

MARGOT: No niñas, así no. ¡Con todos los pulmones, como si se lo gritaran al mundo!

TODAS: ¡Yo soy única! ¡Yo soy única... (*Se ríen, se motivan una a la otra.*)

GLORIMAR: ¡Eso! (*Todas se abrazan, se contagian de alegría y hay un gran deseo de recuperación. Miriam se aparta.*) ¿Qué le pasa, Miriam?

MIRIAM: Nada.

GLORIMAR: ¿Segura?

MIRIAM: Sí. (*Inesperadamente Ángel entra por donde Margot le dijo a Miriam cómo se llegaba al patio. Pánico general. Ángel tiene un aspecto agresivo.*)

ÁNGEL: ¿Dónde esta mi esposa?

MARGOT: ¿Qué esposa? ¿Quién es usted?

ÁNGEL: ¡Que dónde está mi esposa! ¡Quiero ver a Miriam ahora mismo.

MARGOT: ¡Está equivocado de lugar! ¡Váyase ahora mismo o llamo a la policía!

ÁNGEL: ¡No me voy de aquí sin mi mujer! ¡Quítese! (*Ángel luce desequilibrado por el licor.*) ¡Miriam, Miriam!

GLORIMAR: ¡Está es una propiedad privada! Salga de aquí inmediatamente.

MIRIAM: ¿Qué haces aquí?

ÁNGEL: ¡Vine a buscarte! ¡Ven, vámonos, ahora!

GLORIMAR: (*Se le enfrenta.*) ¡Ella no va para ningún lado!

ÁNGEL: ¿Ah sí? ¿Y quién va a impedírmelo?

GLORIMAR: Yo.

MARGOT: Y yo.

CECILIA: ¡Yo también!

MIRIAM: ¡Vete por favor, vete!

ÁNGEL: ¡Miriam, te necesito! ¡Te hecho tanto de menos! ¡Sin ti, la casa está tan vacía!

MIRIAM: ¡Te dije que vinieras tarde en la noche! ¡Que hablaríamos en el patio! ¡Que tenía que pensarlo!

GLORIMAR: ¿Cómo, cuándo habló con ese hombre?

MIRIAM: ¡Margot dejó el teléfono sobre la mesa!

ÁNGEL: (*A Glorimar.*) ¿Y a usted qué le importa cómo lo hizo? Ella es mi mujer. ¡Es mía! ¡Y nadie puede interponerse entre nosotros! Miriam, escúchame bien y te lo digo por última vez. ¡Vámonos!

GLORIMAR: ¡Usted es quien tiene que escuchar…!

ÁNGEL: ¿Qué es lo que tengo que escuchar?

GLORIMAR: ¡De aquí no la saca!

ÁNGEL: ¿Y quién va a impedírmelo?

GLORIMAR: ¡Nosotras!

ÁNGEL: ¡Miriam, ven aquí! ¡Qué vengas acá te digo! ¡Muévete! ¡Qué te muevas te dije!

MIRIAM: ¡Cálmate, cálmate! ¡Estás descontrolado otra vez y me prometiste no volver a hacerlo!

MARGOT: ¡Miriam, hija mía, de qué valieron tantos consejos! ¿Ahora te das cuenta que estos hombres no cambian?

ÁNGEL: ¡No se meta en lo que no le importa vieja bochinchera!

MIRIAM: ¡Por favor, vete!

ÁNGEL: ¡Es que no puedo vivir sin ti!

MIRIAM: ¡Pues mira a ver cómo te las arreglas! ¡Esto se acabó ¡No quiero estar contigo! Vete por favor. ¡Vete!

ÁNGEL: ¿Y tú crees que puedes dejarme? ¡Perra! (*Y saca un revólver y le apunta.*)

GLORIMAR: ¡Pero cálmese, cálmese! ¡Guarde ese revólver! ¡No cometa una locura!

ÁNGEL: ¡Ella es mi locura, mi todo! ¡La amo desesperadamente y no sé cómo vivir sin ella!

MIRIAM: ¡Estás enfermo, necesitas ayuda!

ÁNGEL: ¡Tú eres lo único que necesito! ¡Te vas conmigo y es ahora mismo!

MIRIAM: (*Intenta persuadirlo.*) No Ángel, no. Mira, dame unos días, necesito poner las cosas en orden.

GLORIMAR: (*Con intención de calmarlo.*) ¿Escuchó bien? Ella intenta poner su vida en orden. Hágalo usted también.

ÁNGEL: (*Suplicándole. Angustioso llega hasta Miriam y se le arrodilla.*) ¡Miriam, estoy sufriendo mucho sin ti y es intolerable la angustia de no tenerte. ¡Vámonos por favor!

MIRIAM: ¡Yo te amo! ¡Pero no puedo irme contigo!

ÁNGEL: (*En la total locura le apunta a la frente.*) ¡Te mato aquí mismo si no lo haces!

CECILIA: ¡Dios mío, ayúdanos…!

MIRIAM: Está bien. Me iré contigo. (*Pone su mano sobre la de Ángel y comienza bajársela sin desprenderle la suya.*) Vamos, baja ese revólver, cariño. Si dices que me amas, más te amo yo a ti. Vamos, demuéstrame que me quieres. Dámelo y me iré contigo. (*Ángel lo hace y al mismo tiempo Miriam lo toma, le tuerce la mano y con la otra mano le apunta a la frente.*) ¡Aguanten a ese hijo de la gran puta! (*Todas, menos Glorimar, se abalanzan sobre el hombre y logran dominarlo y queda en el piso como aplastado por todas.*) ¡Ahora soy quien tiene el revólver!

ÁNGEL: ¿Pero… qué están haciendo?

MIRIAM: (*Continúa apuntándole.*) ¿Te sentías invencible con el revólver verdad?

GLORIMAR: ¡Tranquila Miriam, tranquila! Si mata a ese hombre le espera la cárcel y entonces no tendría ninguna esperanza de una nueva vida. (*Ángel intenta zafarse.*)

MIRIAM: ¡Quieto!

ÁNGEL: ¡Debí matarte! ¡Eres una embustera! ¡Cómo todas las mujeres!

MIRIAM: ¡Se te acabaron las mentiras, los insultos, los golpes...

ÁNGEL: ¡Baja ese revólver!

MIRIAM: ¿Cómo te sientes cuando te apuntan con uno?

ÁNGEL: (*Masticando las palabras.*) ¡Igual de fuerte! ¡Dale, vamos, dispara! ¡Tú no tienes los cojones para eso! ¡Dispárame! Tú no puedes vivir sin mi. Nunca podrías matarme.

GLORIMAR: (*Le quita el revólver a Miriam y apunta a Ángel.*) ¡Pero yo sí!

MIRIAM: ¡Mátelo, mátelo! Vamos, dispárele.

GLORIMAR: Eso sería lo más fácil. (*Le pasa el revólver sobre los labios.*) Así es la muerte, tan fría como este cañón. Imagínese cómo una bala le atravesaría su sucia boca y estallaría en pedazos. ¡Eres una mierda de hombre! (*La escena se oscurece y sobre cada una de las mujeres cae un especial de luz furiosa. Se aleja del hombre. Al público.*) ¡Qué fácil es dejarnos llevar por la violencia y justificar la venganza, matarlo entre todas y luego decir que fue en defensa propia! En nuestro país, diariamente se agreden a cientos de mujeres. ¡Y no debería ser un problema ajeno! ¡Entiéndalo! ¡Es un problema suyo también! ¿Por qué, sabiendo del maltrato, no lo denunciamos? ¡Aquí no se muere nadie hoy! (*Especial sobre Miriam y se adelanta.*) Ni ella. (*Especial sobre Ángel y se adelanta.*) Ni él, porque la violencia engendra la violencia y alguien tiene que romper con ese patrón de conducta.

MIRIAM: (*A público.*) ¡Escúchame, yo puedo ser tu hija, y me viste soportar el atropello, día a día, y no hiciste nada!

ÁNGEL: (*A público.*) Yo puedo ser tu hijo al que le enseñaste a ser impulsivo y le permitiste crecer en la violencia. ¿Por qué no me ayudaste?

MARGOT: Yo puedo ser tu madre, tu abuela y no me socorriste cuando podías hacerlo con tan sólo una palabra.

SUSANA: Y yo tu amiga, a la que no aconsejaste.

ILEANA: Y yo tu vecina, a la que no le ofreciste tú apoyo.

CECILIA: Y yo tu hermana, a la que dejaste que un hombre la pisoteara, la humillara y la maltratara.

GLORIMAR: ¡Basta ya de indiferencia! ¡Cada vez que lo ignoras, cada vez que te callas es un crimen también! ¡Ya es hora de que grites, de que denuncies, porque duele un puño en la cara, los mordiscos en el pecho, los dedos que se entierran en el cuello y te dejan sin aliento y el filo de una navaja que te abre la carne! (*Grande*.) ¡Nosotras, a quienes nos mató la apatía de la página veintisiete de un periódico que no le dio relevancia a otro asesinato perpetrado por un hombre le exigimos que griten! ¡Despierten, protesten, acusen! ¡No permitan una lágrima más! ¡Se abrió la puerta de la jaula, vamos todas a volar como pájaros para llenarnos de todo lo bueno que la vida nos ofrece.

TODAS: ¡Vuelen libremente y griten! ¡Vuelen como pájaros libres! ¡Griten!

(***Apagón violento y luego el telón.***)
Jueves 2 de octubre de 2008

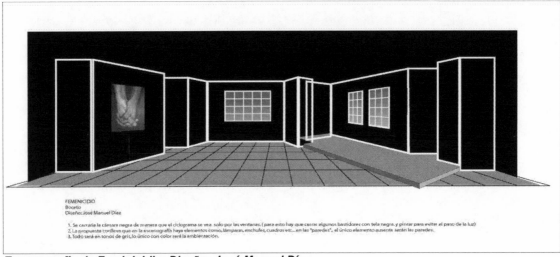

Escenografía de Feminicidio: Diseño: José Manuel Díaz.

176

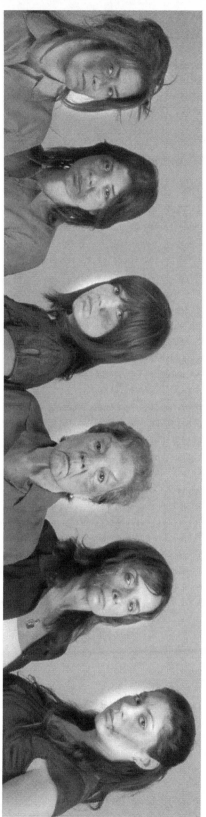

Feminicidio. Reparto: Sully Díaz, Linnette Torres, Maricarmen Avilés, Ofelia Dacosta, Nelly Jo Carmona, Daniela Droz.

El veneno se sirve a las 8:00 P.M.

(Comedia tóxica)

(El veneno se sirve a las 8:00 P.M. *fue estrenada la noche del viernes 21 de Febrero de 2003 en el Centro de Bellas Artes Luis A. Ferré de San Juan de Puerto Rico. Fue producida por Joseph Amato para la Compañía teatral Producciones Candilejas y estrenada con el siguiente reparto y ficha técnica.***)**

(Reparto en orden de intervención:)

ANGÉLICA Hepburn:	Marilyn Pupo
MECA GOENTI:	Noelia Crespo
ESTHER Crawford:	Ofelia Dacosta
PAOLA Streep:	Linnette Torres
MARIANA Roberts:	Marian Pabón
MARIE Turner:	Yamaris Latorre
ANDREA Monroe:	Nashalí Enchautegui
MÁXIMA LOREN:	Sonia Noemí González

Dirección Artística::
Joseph Aguayo

Asistente del Director:	Antonio Vargas
Regidor de escena:	Antonio Vargas
Diseño de la escenografía:	Félix Juan Torres
Realización de la escenografía:	Félix Juan Torres, Stephanie Taylor y Raúl Dones
Diseño de la iluminación:	Ligia Rolón
Realización:	Técnicos de los diferentes Teatros
Diseño y realización del vestuario:	Carlos Alberto
Asistente del diseñador Carlos Alberto:	Luis López
Utilería:	Neyda Lee Vidal Febus
Peinados y Maquillaje:	Carlos Flores
Concepto Publicitario:	Amato & González Bonilla
"Cuña" televisiva:	DR Productions
Locución televisión y radio	Jaime Bello
Director Boletería en Ponce:	Ángel Rolón
Director Boletería en Aguada:	Maritza Cruz
Publicidad:	Juan González-Bonilla

Producción General:
Joseph Amato

Escenografía:

(Consiste de un hermoso apartamento donde reside la estrella de la televisión y el Teatro Angélica Hepburn, que está localizado en una zona residencial. La decoración nos dice, de inmediato, que allí vive una artista, pero está recargado de muebles y cosas, que lo hace lucir menos bello de lo que es. Hay trofeos, placas, pergaminos. Alguna imagen de algún santo y recuerdos y recuerdos... En alguna pared un oleo o foto grande de la artista. Al fondo, a la derecha, la puerta de entrada que tiene una antesala y escalones para llegar al centro de escena. Luego, una pata de cortina que simula salida hacia las habitaciones. Al lado de la puerta principal le sigue un pasillo que conduce a otras dependencias de la casa. Una de las patas negras del lado izquierdo es una salida hacia la

cocina. En primer termino, lado derecho, dos sillas reposan sobre una alfombra. En la pared del lado, junto a la puerta, está el intercom. Hay un gran ventanal. Al centro de la escena está la sala, con sus respectivos sofá y butacas. Mesitas, lámparas, magazines, figuras, flores... bueno, la casa luce repleta de cosas.)

Nota importantísima:

(El autor se sugestiona con aquellas famosas rivalidades entre las grandes divas del cine, como Joan Crawford, Bette Davis... por mencionar solamente a dos. Todas las situaciones, como los personajes de esta comedia, son imaginadas por su autor. Palabra clave para la comedia: hipócrita, "quien dice lo que no siente". Piensen en la cebolla, por la cantidad de capas que tiene. También en las trinitarias que, aunque hermosas, son espinosas. Las divas que componen la comedia son unas mujeres que visten exquisitamente. Se diría que los atuendos que lucen esta noche fueron diseñados especialmente para la apariencia de la reunión a la que están invitadas. Sus prendas son atrayentes y delicadas. Sus peinados y maquillajes elaborados por los más expertos de los maquillistas. Sus rostros muestran frescura nacarada. Sus uñas, las externas, son de exquisito brillo. Son actrices para todo y en todo momento. Sus entradas son un acto estudiado, posado e irreal. Lucen afectadas y su caminar es de grandes reinas. Siempre dispuestas al "shock" de la imagen. Sus amaneramientos son lentos, posados, artificiosos y gatunos. Hay momentos que nos da la impresión de que van a partirse. Toman asiento en la punta del sofá con extremo cuidado de no estropear su vestuario. Al momento de sus entradas aparentaran cierta irrealidad. Detrás de cada palabra siempre habrá una intención. Lucen falsas, estudiadas y una hipocresía rampante se desliza en lo que dicen. Se abrazan y se besan de lejos, como con miedo a contagiarse de algo. Se perciben obligadas a la visita y un gesto de desagrado, matizado por un "escudriñeo" casi constante del apartamento, las hace lucir incomodas en el lugar. La comedia es un mar de falsedades, dobleces y navajas flotantes. En un momento del segundo acto lucen más falsas aún pero, llegado el momento, se convierten en mujeres ásperas, de mucha calle, montunas, perdiendo de inmediato toda aquella pose presentada en el primer acto. No obstante, después de cada barrabasada, de cada tirada para el solar, de inmediato retoman sus poses de divas. La escena se torna en una vorágine en el momento de la discusión, y esto hace espléndida a la comedia. Como algunos chistes están muy pegados a los otros se harán las respectivas pausas y, con movimientos y actitudes, se llenará la escena para no perder ninguno, como tampoco el ritmo. En un momento dado surge una gran hermandad. Entonces sus parlamentos son sinceros, como si se aferrasen al dicho "Todas para una y una para todas". De las divas, la Crawford y la Loren son las de mayor edad. Cuando la Crawford se molesta, pone las manos en la cintura, en forma de jarra, que le da cierto aire masculino que, en milésima de segundos, desaparece. Es una chimenea ambulante pues fuma casi constantemente. Una buena arma para interpretar esta comedia es "gufeo", de "goof". Esta comedia hay que "gufearsela" y el resultado será desmedido. Meca es la secretaria de la Hepburn y es su fiel devota. Se percibe cierta sumisión hacia la Hepburm pero es la admiración que siente por su jefa y, algún día, espera ser tan estrella como ella. Sin embargo, le notaremos en ciertos momentos, que está hastiada de su jefa.)

Nota:

("Bicha" es una derivación fonética de la palabra inglesa "bitch", que significa "puta", "perra", etc. En nuestro medio es muy frecuente escucharla cuando nos referimos a alguna actriz: "es una bicha". Le hemos adjudicados los siguientes significados en el teatro: cabrona, hija de puta, sarcástica, chismosa, mala fe, entre tantos. Cualquier parecido con cualquier actriz puertorriqueña es pura casualidad. Todos los personajes son inventos del autor.)

Acto 1

ANGÉLICA: (*Sale de su habitación y se detiene en la puerta.*) ¡Bichas! ¡Todas son unas bichas! (*Buscándola.*) ¡Meca, Meca! (*Casi tropieza con ella que está arrodillada en el suelo.*) Pero, ¿qué hace en el suelo?

MECA: Estoy perfumando la alfombra con extracto de "diente de dragón", según usted me ordenó.

ANGÉLICA: Pues levántese y búscame el hielo. No quiero repetirle que hoy, precisamente hoy, tengo que lucir más regia que nunca. ¡Pero rápido!

MECA: Es que yo pensé...

ANGÉLICA: No está aquí para pensar.

MECA: Enseguida. Enseguida. *(Sale a la cocina.)*

ANGÉLICA: ¡Bichas!

MECA: (*Volviendo.*) No debe alterase. Recuerde que le sube la presión...

ANGÉLICA: Si hoy no me da un infarto no me da nunca. ¿Pero, es que no comprende la seriedad del asunto? Todas esas víboras estarán en mi casa hoy. ¡En mi templo! Y le he repetido, hasta la saciedad, del veneno que cada una arrastra.

MECA: Si usted lo dice... (*Sale nuevamente.*)

ANGÉLICA: Meca...

MECA: (*Regresa desesperada para agradar a su jefa. Generosa.*) Aquí está.

ANGÉLICA: Que esté bien picadito.

MECA: Como la señora ordene. (*Vuelve a la cocina.*)

ANGÉLICA: ¿Y dónde están los periódicos?

MECA: (*Desde adentro.*) Están en el sofá.

ANGÉLICA: ¿Y qué espera para traérmelos?

MECA: (*Saliendo de la cocina.*) Tenga. (*Y vuelve a la cocina.*)

ANGÉLICA: ¡Bichas! Todas son unas bichas. (*Ojeando el periódico.*) ¡Dios mío! Estos periódicos son todo chisme... (*Se detiene en una página y cuenta.*) Una, dos, tres... A la verdad que los artistas que nos visitan no pueden quejarse. Tienen la prensa a sus pies. ¿Y quién es ella para que el Senado le de un reconocimiento? Sabrá Dios con quién se está acostando. ¡Pero qué ridiculez! ¡La alcaldesa de la capital entregándole las llaves de la ciudad a un cantante que nos visita! Nada, nada que, cuando de ponerse en cuatro se trata a nosotros nadie nos pone un pie delante. (*Buscando.*) ¿Y los nativos, dónde están los nativos? En ninguna parte. (*En otra página.*) ¡Pero qué es esto! Miren eso. (*Lee.*) "Carmen Ríos vuelve a los escenarios." ¿Y quién diablos es Carmen Ríos para "volver" a los escenarios? ¡Nunca lo estuvo, nunca! Hizo una sola obra y decía: "la cena está servida." Eso fue todo. ¡Jú, lo que es tener amistades en los medios! ¿Y estas niñas, quienes son estas niñas para estar en la prensa? Mira esta otra, la autoproclamada primera actriz. Pobrecita. ¡Y esta otra! (*Leyendo.*) -Espero que en algún momento pueda debutar en el tea-

180

tro-. ¡Necia, pararse en un escenario implica dominarlo por las cuatro esquinas y desaparecer a todos los demás y solamente yo puede hacerlo! (*Continúa ojeando el periódico.*) Deja ver... deja ver... (*Se agrada al verse publicada.*) Dios mío, pero qué foto más bella me han publicado. Es que la prensa no puede vivir sin mí. (*Llamando.*) Meca. ¡Meca!

MECA: Aquí está el hielo. Picadito, como a usted le gusta.

ANGÉLICA: Recuérdame enviarle una canasta de vinos a Héctor Flores, el periodista de espectáculos.

MECA: Pero si le envió una botella de Dom Perignon la semana pasada...

ANGÉLICA: ¿Acaso usted piensa que uno se mantiene en los periódicos de este país así por que sí? Eso cuesta. (*Se pasa el hielo por la cara.*) ¡Oh, qué hielo más frío! (*Coloca el hielo dentro de una bolsita. Se recuesta en el sofá y coloca la bolsita sobre su rostro. Recostada, toma una pose, de aquellas grandes actrices de los años cuarenta.*) Nadie sabe los sacrificios que hago para tener un cutis perfecto. Por favor Meca, rocíe el aire con algún perfume... uno que sea relajante. De esos que compro en Macys, de la Quinta Avenida, por supuesto...

MECA: Enseguida. (*Meca rosea el aire.*)

ANGÉLICA: ¿Y la menta? ¿Dónde está la menta?

MECA: Ahí, al lado suyo...

ANGELICA: Démela.

MECA: (*Agriada.*) Tenga.

ANGÉLICA: ¡Ah, la menta es divina para el estado anímico! No sé lo que tiene, pero es divina. (*Se da palmaditas en el rostro. Meca queda absorta, mirando a la Hepburn.*) ¿Qué mira?

MECA: La delicadeza y estilo con que usted se rocía la menta sobre el rostro. Sólo una estrella...

ANGÉLICA: ...una gran estrella...

MECA: ...una gran estrella como usted puede hacerlo. Señora Hep-burn...

ANGÉLICA: Sí...

MECA: Quería decirle que le estoy muy agradecida que me haya llevado de extra a sus telenovelas. Cuando entré en aquel estudio, donde usted grababa "Mala Sangre" y vi aquellas cámaras me dije: -¡Meca, este es tu mundo!- Gracias a usted mi carrera va en camino. Después me enteré en "Maquillaje" que, como yo lucía tan dramática, al director no le quedó más remedio que darme un "close-up".

ANGÉLICA: (*Aturdida.*) Sí... sí...

MECA: Y en aquella obra de teatro, donde trabajamos juntas...

ANGÉLICA: (*Asustada.*) ¿Cuándo fue eso?

MECA: En la última que hizo en Bellas Artes, que usted me llevó para que le repasara los parlamentos en su camerino...

ANGÉLICA: ¡Ah... sí...

MECA: ¡Y cuando pisé el escenario... sentí todas las vibraciones del público que admiraba, cómo tan distinguidamente, pasaba por la escena!

ANGÉLICA: (*Pasmada.*) ¿Usted pasó por la escena?

MECA: No, fue usted. Pero, escondida detrás de una cortina, lo viví como si hubiese sido yo...

ANGÉLICA: Ah...

MECA: Es por eso que continúo tomando mis clases de actuación.

ANGÉLICA: Sí, claro.

MECA: Y dígame, ¿a qué hora espera a sus amigas?

ANGÉLICA: ¡Esas no son amigas mías! Deben estar abajo, esperando en su carro, para ser la última en llegar. ¡Es que no le veo el sentido!

MECA: Usted siempre lo hace. Dice que da categoría.

ANGÉLICA: ¡Porque soy una actriz! Con letra mayúscula. Que tiene el mismo rostro, la misma voz, la misma estatura pero cuando interpreta un personaje deja de ser Angélica Hepburn y se transforma en otra y en eso radica la actuación: en la transformación. (*En plena actuación.*) ¡Medea, La Celestina, Lady Macbeth, Fedra...! ¡Un catálogo de heroínas es lo que cargo en los hombros! Las serpientes que entrarán por esa puerta no son actrices... simplemente trabajan en el medio, que es diferente, y no voy a repetirle cómo llegaron.

MECA: ¡Pero doña Angélica ellas son divas!

ANGÉLICA: ¡Principiantes de segunda y tercera categoría que están de etapa caída! Jamás llegaron a ser estrellas. ¡Ni a cucubano llegaron!

MECA: Pero doña Angélica, ellas son la flor y nata de la actuación de nuestro país.

ANGÉLICA: Hay muchas maneras de engatusar al público y solamente yo sé cómo hacerlo.

MECA: ¡Y son tan bellas!

ANGÉLICA: Están operadas desde el dedo gordo de los pies hasta tres pulgadas después de las cabezas. Cuando yo tenía como diez años mamá me sentaba frente al televisor para verlas. A la verdad que la vida castiga. Nunca entendí cómo llegaron a alcanzar la fama que tienen, bueno, que tuvieron porque por talento no fue.

MECA: Pero el pueblo las adora. Yo nunca me perdí una novela de Paola Streep, ni de Mariana Roberts...

ANGÉLICA: ¡Paola Streep! ¡La santa! A mí nunca me ha caído bien. ¡Tan tonta e ingenua! Tanta dulzura... tanto melao. ¡Por favor!

MECA: La pobre no ha tenido suerte con sus tres maridos.

ANGÉLICA: ¡Seis! Sin contarles los "*compañeros*".

MECA: ¡Pero eso es una infamia!

ANGÉLICA: Eso es para que usted vea lo que algunas divas, estoy hablando de mí, tenemos que aguantar de tanta lengua filosa.

MECA: Cuando yo termine mis clases de actuación y tenga la oportunidad de hacer una escena junto a Paola Streep será algo así como... una pelea entre Tito Trinidad y Hopkins. ¡Ah, doña Paola Streep, esa es una actriz!

ANGÉLICA: ¡Qué suerte tiene! Paola puede interpretar a una prostituta y la gente la percibe como a una mártir. Puede salir desnuda en una película, en alguna obra de teatro, y el público solamente la aprecia del cuello hacia arriba. Nada, nada, que es la Virgen María del pueblo y de ahí no hay quien los saque.

MECA: ¿Y doña Mariana Roberts?

ANGÉLICA: ¡Como vuelva a nombrarla le aseguro que vomito! ¡Uf! ¡Esa es la cotorra nacional! ¡Dios mío, qué falsa es! ¡Tiene la voz más chillona del ambiente artístico!

MECA: ¡Pero siempre está en la televisión!

ANGÉLICA: A las diez de la mañana dando noticias de farándula y nadie la ve. ¿Le digo un secreto que solamente yo sé?

MECA: Dígame, dígame.

ANGÉLICA: No tiene corazón.

MECA: ¿Cómo...

ANGÉLICA: Cuando se hizo el busto le encontraron una pepita de jobo.

MECA: Pero, ¿se ha hecho cirugías?

ANGÉLICA: ¡Todas! ¡Está más cosida que Frankenstein!

MECA: Lo mismo dicen de Marie Turner.

ANGÉLICA: ¡Uh! ¡Tiene la piel transparente como una lagartija, porque eso es lo que es, ¡una lagartija! ¡La Roberts chilla y ésa lagarta tiene voz de cloaca!

MECA: ¡Son callos en la garganta!

ANGÉLICA: ¡De lo mucho que la ha usado! La voz le sale desde los tobillos y cuando llega a la traquea tiene un sonido cómo de letrina.

MECA: Pero, si tiene la voz tan fea, como usted dice, ¿cómo llegó a protagonizar tantas telenovelas?

ANGÉLICA: ¡Ay Meca, jamás se confíe de una actriz, excepto en mí, por supuesto! Su "compañero" era el productor.

MECA: ¡Pero si ella es casada!

ANGÉLICA: Una cosa no tiene que ver con la otra.

MECA: ¡Dios mío, el ambiente que me espera! Pero ya sabré lidiar con todo eso. Bueno, doña Angélica, los entremeses están apetecibles. ¿Dónde los pongo?

ANGÉLICA: Manténgalos en la nevera. Con lo glotonas que son sin duda se comerán hasta las bandejas. ¿El agua Perrier está bien fría?

MECA: Sí.

ANGÉLICA: ¿Y los limones, están bien verdes?

MECA: También. ¡Qué noche me espera! ¡Rodeada de tanto glamour! Estoy que me muero por ver a Andrea Monroe.

ANGÉLICA: Esa es el engaño hecha persona.

MECA: ¡Es la actriz con el mejor y más hermoso cabello de la televisión!

ANGÉLICA: Son pelucas.

MECA: ¿Cómo?

ANGÉLICA: Toda la vida ha usado pelucas. Está casi calva.

MECA: ¡No me diga...

ANGÉLICA: Y el poco pelo que le queda lo tiene así de grueso, como canelones.

MECA: Pero no me va a negar que tiene los ojos más bellos del universo.

ANGÉLICA: Lentes de contacto, Meca, lentes de contacto. Esa es otra mediocre que piensa que con cambiarse de peluca y unos nuevos lentes de contacto ya tiene una nueva caracterización. Y los tiene de todos los colores imaginables. ¿No se ha dado cuenta?

MECA: ¿Entonces esos ojos como marrones…

ANGÉLICA: La hepatitis, la hepatitis que tuvo por seis meses que por poco la mata. Meca, preste atención que esto es importante. Le suplico que, todo el tiempo que dure esta insoportable reunión, me llame Señorita Hepburn...

MECA: ¡Por supuesto!

ANGÉLICA: Con las víboras que aparecerán por esa puerta, sea lo más cordial y agradable que pueda. Mantenga distancia y sólo interrumpa cuando se le llame. Saque los más exquisitos vasos y refiérase siempre a todo por la marca. Eso las impresionará. Ah, y llámelas siempre "señoritas", como cortesía. ¿Entendido?

MECA: Sí.

ANGÉLICA: Voy a cambiarme. (*Sale hacia su cuarto.*)

MECA: Estoy tan emocionada. Por primera vez estaré cara a cara con las primeras actrices del país: Paola Streep, Andrea Monroe, Marie Turner, Mariana Roberts... ¡Que se preparen para cuando tengamos que compartir escena!

ANGÉLICA: (*Apareciendo en la puerta con un nuevo traje.*) Meca, por favor, ayúdeme con el traje.

MECA: ¡Estoy tan nerviosa! Oiga Doña Angélica, digo señorita Hep-burn... ¿y está invitada la primerísima actriz Esther Crawford?

ANGÉLICA: ¡Se murió hace diez años pero todavía camina! Después de mí es la única que tiene talento. Excelente actriz, pero jamás se lo he dicho.. ¡Uf, con tan sólo oír su nombre se me paran los pelos! A esa me la llama "señora" Crawford porque se ha ganado el título. Está embalsamada y es más vieja que las pirámides. Le compré cinco flores blancas y metí su foto en una tazón con miel. ¡Cristo, dale luz a ese ser que es lo más atrasado del mundo! Preste atención que esto es muy importante: para las demás serpientes dejé en la cocina varios vasos con agua. Tráigamelos.

MECA: ¡Inmediatamente! (*Sale hacia la cocina.*)

ANGÉLICA: Ah Meca, y por si acaso, tráigame la pulsera de piedras obsidianas, que absorben y dispersan la negatividad.

MECA: (*Entrando.*) Aquí están los vasos de agua. Enseguida le traigo la pulsera.

ANGÉLICA: (*Observando su apartamento.*) ¡Van a morir cuando vean el palacete donde vivo!

MECA: (*Entrando.*) Aquí está la pulsera. (*Angélica extiende el brazo y Meca se la coloca.*) ¡Qué bien le queda esa cadenita que le regalé con los ojitos de Santa Lucía, para la envidia!

ANGÉLICA: (*Subiendo la otra mano.*) Las hermanas de Santa Lucía me prestaron sus cuatro ojos y tengo seis... por si acaso. (*Señalándose otra cadena en el brazo.*) Esta otra pulsera tiene un *resguardo* preparado en Loíza Aldea que es un tiro.

MECA: ¿Dónde coloco los vasos de agua?

ANGÉLICA: Ponga uno en cada esquina de la sala para que recojan todas las malas vibraciones que esas mujeres traigan. *Camuflageados*, por supuesto. (*Mientras Meca lo hace.*) Ah, déme acá uno. Voy a ponerlo en la entrada. (*Meca sale. Salpicando gotas de agua por toda la sala.*) "Haché pa' mi. Eleguá, Changó, Obatalá, Ochum Mamá, Papá, Olofi... (*Se llega hasta la puerta. Anuncia, mientras se estremece.*) "Oración de la puerta": Gran Poder: que este vaso de agua en la puerta de mi casa sirva de muralla para todos mis enemigos, vivos, muertos y por nacer. ¡Oh Gran Poder, y si son actrices las que blasfeman contra mí, no te lo pido yo Señor, porque yo sería incapaz. Que mis guardianes las hagan cada día más viejas, pierdan la voz y que todas se queden sin dientes! Y que vuestra divina gracia nos cubra con su manto". Amén. Esa agua recogerá toda la maldad que estas partiquinas cargan. (*Meca entra. Angélica, de alguna mesita, obtiene un pañuelo blanco. Se lo pasa por la cabeza y da tres patadas en el suelo. Sacude.*)

MECA: Yo no sé de dónde se sacan que usted es bruja.

ANGÉLICA: Porque ahora soy una mujer progresista. Ah, y por favor, saque todas las velas del armario.

MECA: Ya lo hice.

ANGÉLICA: Hay que estar protegida contra esas lagartas. (*Se mira en el espejo de la sala.*) ¡Y que a mí, que me he ganado veinte Agueybaná, cinco Paoli y sobre treinta Resoluciones de Senado y Cámara!

MECA: ¡Es que usted es tan admirada por todo el país! Cuando yo me lance, voy a hablar con Velda González para que dirija mi homenaje en el Senado.

ANGÉLICA: ¡Hay que ganar premios, Meca! Es indispensable. Eso eleva la categoría del artista.

MECA: Ojala yo pueda algún día ganar tantos como usted.

ANGÉLICA: Es que yo soy bien... múltiple... puedo hacer drama, tragedias, comedias, cantar, entrampar, quiero decir, bailar y graduada de la Universidad de Murcia en Artes Plásticas. Mis pinturas han sido cotizadas como excelentes... y de mis discos... bueno, qué puedo decir... He cantado con los grandes... por supuesto me retiré joven porque la magia me atraía más.

MECA: ¿La negra o blanca?

ANGÉLICA: La magia del teatro Meca. La magia del teatro. Resumiendo: que soy la más grande y polifacética actriz de América Latina y una artesana de la actuación. Por eso las ratas que hoy me visitaran no me resisten.

MECA: ¡Ah, es por eso! Y dígame señorita Hepburn, ¿cuál es la ocasión tan especial que las hace venir a su casa?

ANGÉLICA: Es una emergencia porque tenemos un problema en común. Les dije que se vistieran rápido, que se pusieran cualquier trapo... porque eso es lo que tienen, trapos, y que llegaran de inmediato porque el problema lo amerita. En ningún lugar estaríamos más seguras. Si la prensa nos viera juntas indagaría hasta averiguar qué es lo que pasa y, si lo descubren, el chisme sería tal que tendríamos que irnos del país.

MECA: ¡Ay, pero qué maravilla, se irían todas a la vez! Quiero decir que estarían juntas en un viaje...

ANGÉLICA: Esta noche se condensará en mi casa el veneno más mortal que pueda destilar ser alguno. Así que, si nota que las cosas se caldean, cambie los vasos de agua cada diez minutos. Tire el agua por la ventana, para que no se quede el flujo e inmediatamente eche agua nueva en el vaso. (*Suena el timbre de la puerta. Aterrada.*) ¡Llegaron! (*Corre a su retrato y ruega.*) ¡Santa Angélica, no me abandones ni de noche ni de día! (*Desaparece a su cuarto.*)

MECA: (*En el Intercom.*) ¿Sí? Suba, suba por favor.

ANGÉLICA: (*Sacando la cabeza de su cuarto.*) ¿Cuál llegó?

MECA: La señora Esther Crawford.

ANGÉLICA: ¡En cuanto pueda corra al cuarto de atrás y le prende una vela blanca para darle claridad. (*Se esconde. Meca se cerciora de que todo esté en orden. Timbre de puerta. Meca la abre. La Crawford aparece espectacular. Lleva un traje negro precioso y un bello collar de esmeraldas.*)

MECA: ¡Oh! Buenas noches, señora Crawford .

ESTHER: Igualmente.

MECA: Adelante, y siéntese por favor.

ESTHER: Gracias. (*La Crawford escudriña cada esquina de la casa. Sin sentarse aún.*) He tenido que dejar el Mercedes frente al edificio. ¡Qué fastidio! Estos condominios baratos no tienen estacionamiento para visitas. ¿Estará seguro en la calle?

MECA: Segurísimo. No se preocupe. Yo estaciono mi Toyota diariamente en ella y jamás he tenido un problema. Por favor, tome asiento.

ESTHER: Gracias.

MECA: (*Admirada.*) He visto todas sus novelas. Usted es una de las mejores actrices de nuestro país, señora Crawford.

ESTHER: ¡La mejor! (*Cambiando el tono.*) Usted me honra, señora.

MECA: Sólo le pido al Señor que me brinde la oportunidad de estar a su lado en alguna obra de teatro.

ESTHER: ¡Hay que tener un toque de Dios para pararse en un escenario y tener un auditorio a sus pies sin tan siquiera decir una sola palabra! Humildemente le digo que cuando interpreté (*poses*) a Madre Coraje, Bernarda Alba, La "Nina" de La Gaviota, Blanche Dubois, Fedra, la "Nora" de La casa de Muñecas y tantas otras, simplemente paralicé al país. ¿Usted.. es actriz?

MECA: Estoy tomando unas clases privadas con la señora Angélica. Observe, (*Se inspira y toma escena. Ridículamente dramática.*)

¡Quiero estar sola!
¡Eternamente sola!
¡Aquí, en mi casa,
y beberme estas lágrimas tan mías! ¡Sola!
¡Lagrimeando mis soledades!

¿Qué le pareció?

ESTHER: (*Aturdida.*) Practique, sabe, practique.

MECA: La señorita Hepburn está...

ESTHER: haciéndose esperar...

MECA: ...ya mismo vendrá a atenderla. (*Llamando.*) Señorita Hepburn...

ESTHER: Dígale que es de noche, que puede salir del ataúd. Una cosa…

MECA: …sí, pregunte.

ESTHER: Yo siento como un olor, no sé, extraño, como a cera, como a velas…

MECA: ¿A velas? Caramba no.

ANGÉLICA: (*Angélica aparece en una estrada espectacular. Desde la puerta hace una reverencia que casi-casi toca el piso con la frente.*) Esta humilde casa se honra con la presencia de la primerísima actriz de la escena nacional, Esther Crawford.

ESTHER: Eso es tan cierto como que hay Dios en el cielo.

ANGÉLICA: ¡Esther, Esther pero qué alegría me da verte!

ESTHER: A mí también. (*Besitos.*)

ANGÉLICA: ¡Pero estás... hermosísima!

ESTHER: ¡Y tú también!

ANGÉLICA: ¡Tienes ese cutis...

ESTHER: ¡Ya quisiera yo tener, aunque sea una cuarta parte, de esa lozanía que siempre llevas en el rostro!

ANGÉLICA: Gracias. Pero me superas. ¡Oh, pero qué traje más hermoso!

ESTHER: Lo sé. Negro como la vida misma.

ANGÉLICA: (*A Meca.*) Qué positiva es, ¿verdad?

ESTHER: Lo soy. Pero siempre he sentido predilección por el negro.

ANGÉLICA: ¡Pero siéntate, siéntate! Repito que esta casa se enorgullece con la visita de la primerísima actriz de la escena nacional.

ESTHER: Bueno, es un honor que pesa como una cruz...

ANGÉLICA: ¡Pero qué humilde eres, querida!

ESTHER: El pueblo lo ha repetido por décadas: (*A voces.*) "-Es la primera actriz, es la primera actriz...-" auque yo no le hago caso a esos halagos. Jamás he permitido que la fama me nuble porque entiendo que soy la primera actriz del país.

ANGÉLICA: Eso es verdad. ¿Sabes una cosa? A mí me gritan: "-Diva, diva..."

ESTHER: ¿Estás segura que es eso lo que te gritan?

ANGÉLICA: ¿Y de qué otra manera deberían llamarme?

ESTHER: La lista es larga… digo, de cosas que al pueblo le gustaría gritarte: (*Lo hace.*) -Insigne, leyenda... mito... ¡Hija de la gran... patria- (*Saca un paquete de cigarrillos.*) ¿Tienes un cenicero?

MECA: A su derecha, en la mesita, hay un cenicero Lalique.

ESTHER: Gracias.

ANGÉLICA: Pero Esther, ¿todavía fumas? Es peligrosísimo para la salud y para la voz.

ESTHER: ¡Dos cajetillas diarias, y todavía tengo la voz que llega al próximo pueblo!

ANGÉLICA: Perdona que no te recibiera. Tenía una llamada de mi agente en Londres. Están buscando una Julieta para una producción en el Shubert Theater.

ESTHER: Lo sé querida. Tuve que decirles que no hace como dos semanas.

ANGÉLICA: ¿Por la edad del personaje?

ESTHER: No querida, todavía me veo de quince en un escenario...

ANGÉLICA: (*A Meca.*) ¿Se da cuenta lo positiva que es? ¡Ay Dios mío, pero que torpe! Esther, ella es mi secretaria…

MECA. Meca Goenti.

ESTHER: Extraño nombre.

MECA: Recuérdelo. Estoy segura de que estará en boca de muchos.

ANGÉLICA: Por favor, Meca, sírvale un ron en las rocas a la señora Crawford.

ESTHER: ¡Que sea fuerte, para que me llegue a los huesos!

MECA: Enseguida. (*Sale.*)

ANGÉLICA: (*A Esther.*) Excúsame. (*Llega hasta Meca.*) ¡Cámbiele la vela blanca por una negra!

ESTHER: Te digo que quisiera morirme. La fama me persigue a todos lados.

ANGÉLICA: No puedes morirte... aún. Quiero decir, no es justo que dejes a este país sin el disfrute de tu talento.

ESTHER: Cierto. Serían unos noventa días de duelo nacional donde el pueblo viviría entre tinieblas y no puedo permitirlo. Perfecto. No moriré jamás.

ANGÉLICA: Bueno, tanto como no morirte... no lo tomes tan a pecho. Quiero decir, que jamás morirás, porque todas tus novelas, que aún se conservan en *cinescopio*, quedaran como prueba indiscutible de que
fuiste grande.

ESTHER: Yo, querida, soy del "*video tape*" para acá.

MECA: Aquí tiene su ron en las rocas en un vaso de Bacará.

ESTHER: Gracias. (*Se lo toma de un cantazo.*)

ANGÉLICA: (*Con intención.*) Tú siempre... tan fuerte.

ESTHER: ¡Hay que serlo, la gente es mala, mala! Pero te digo que, quien toque a mis hijos, se muere. ¿Qué culpa tienen de ser mis hijos? Salieron como su madre: talentosísimos. ¡Espectaculares! Por eso engalanan las pantallas de todos los televisores del país.

ANGÉLICA: Una segunda generación de Crawfords... ¿Crees que el público resista... tanto talento junto? (*Suena el teléfono.*)

MECA: Residencia de la señorita Hepburn... Sí, un momentito, por favor...

ANGÉLICA: ¿Quién es, Meca?

MECA: La llaman de Sears.

ANGÉLICA: ¿De Sears?

MECA: Sí. Del departamento de Crédito.

ANGÉLICA: (*A Esther.*) Hace tres meses me llaman para aumentarme la línea de crédito a treinta mil dólares... Por favor, dígales que sí. Que los llamaré mañana.

MECA: La señorita Hepburn dice que sí. Que les pagará... digo que les llamará mañana.

ESTHER: Angélica…

ANGÉLICA: Ah, perdona la interrupción querida.

ESTHER: (*Preocupada.*) ¿Quiénes son las otras actrices que están invitadas?

ANGÉLICA: El reparto es único. Ya verás. Y dime querida, aparte de tus hijos, ¿cómo están las cosas?

ESTHER: Mal. Muy mal. (*Mirándola fijamente.*) Este país está lleno de mediocres.

ANGÉLICA: (*Devolviéndole la intención.*) Lo sé.

ESTHER: (*Mirándola fijamente.*) De gente mala.

ANGÉLICA: (*Le devuelve la mirada.*) ¡Así es!

ESTHER: (*Insiste en su mirar.*) ¡De mentirosos!

ANGÉLICA: ¡Correcto!

ESTHER: Voy a darte un ejemplo. Dicen que tu madre se hartó que la usaras en cada entrevista para limpiar tu imagen de… tú sabes. Y que, para no verte la cara jamás, prefirió irse a vivir en un asilo en Miami.

ANGÉLICA: ¿Eso dicen?

ESTHER: ¿Ves que la gente es mala?

ANGÉLICA: ¡Lo sé!

ESTHER: Pero no le hagas caso a esos chismes. Tienes un hermoso apartamento.

ANGÉLICA: Es tuyo, querida.

ESTHER: (*Amarrándosele la boca.*) ¡Y qué gusto tienes! (*Mirando a su alrededor.*) La mezcla de estilos lo hace... diferente. (*Para ella.*) Parece una mueblería.

ANGÉLICA: (*Que logra oírla. Culta.*) El

amasijo de muebles se conoce como decoración ecléctica. Antes, todo mi mobiliario era Luis XV. Pero mi decorador me recomienda cambiarla todos los años.

ESTHER: (*Observando los muebles.*) ¡Caramba, sí, fíjate, tiene sus ventajas! Se puede poner de todo un poco y... pasa. Aunque podría jurar que ese sofá... se parece a uno que usaban en la novela "La Impostora".

ANGÉLICA: (*Cambiando el tema inmediatamente. Observándole el collar.*) ¡Crawford, pero qué maravilla!

ESTHER: Sí, son esmeraldas. Y las pantallas también. Me las regaló Felipe cuando interpreté a Andrea, para el estreno de La Casa de Bernarda Alba...

ANGÉLICA: (*Sorprendida.*) ¿Entonces... conociste a García Lorca?

ESTHER: Querida, García Lorca murió en 1936.

ANGÉLICA: Y tu fragancia... es tan...

ESTHER: Ah, ¿el perfume? Es el mismo de siempre. Es una colección de flores y especies del Japón, de la India, de la China y de Pakistán.

ANGÉLICA: (*Suena el "Intercom".*) Meca...

MECA: (*Entrando.*) No se preocupe... Diga... Sí. Suba, por favor. Es la señorita Paola Streep.

LAS DOS: (*Exasperadas se dispersan.*) ¡Oh!

ESTHER: (*Incómoda por la llegada de Paola.*) ¿Puedo servirme otro ron?

ANGÉLICA: Estás en tu casa, querida. (*Timbre en la puerta y Meca la abre. Con gran estilo de primera figura, Paola Streep, aparece en la puerta exquisitamente vestida. La Crawford se aleja.*)

PAOLA: Que la paz del Señor reine en esta casa.

ANGÉLICA: Ahora y siempre.

PAOLA: Hola.

ANGÉLICA: (*Y le da un besito.*) Cariño...

PAOLA: Ahora son dos besitos. Como los europeos.

ANGÉLICA: (*Reverenciándola.*) Esta casa se privilegia con la presencia de la primerísima actriz de la escena nacional, Paola Streep. Bienvenida.

PAOLA: ¡Querida, ya me conformaría con una cuarta parte de tu talento!

ANGÉLICA: ¡Gracias, gracias! Por favor, adelante, adelante... ¡Esther, mira quién llegó!

PAOLA: (*Advirtiéndola.*) ¡Ay, pero mira quién está aquí! ¡Esther,Esther, pero qué placer verte!

ESTHER: ¿Sí? ¡Oh! ¡Querida Paola, pero qué reluciente estás!

PAOLA: ¡Ah, eres tú la que resplandeces!

ESTHER: Son las esmeraldas.

ANGÉLICA: Por favor, siéntate. ¡Te ves... insuperable!

PAOLA: Gracias. Pero a decir verdad ustedes me superan. (*Mintiendo.*) Angélica, a mí me encantaría pasar la noche con ustedes y con... las otras, pero tengo un comercial mañana y debo acostarme temprano... para descansar el cutis, ustedes saben. ¿Comenzamos la reunión?

ANGÉLICA: Tenemos que esperar por las otras.

PAOLA: ¿No han llegado todavía? (*Hipócrita.*) ¡Ay, yo que me muero por verlas! (*Se sienta y hace un gran suspiro.*) ¡Oh!

ANGÉLICA: Querida, ¿qué te pasa?

PAOLA: (*Levemente llorosa.*) Ahora, en el "lobby" del condominio, una señora me reconoció y me llenó de besos. Me dijo: "-ya puedo morirme tranquila porque la vi en persona-". (*Leve llanto.*)

ESTHER: (*A Angélica, en un aparte.*) ¡Qué poco exigente es la señora, verdad!

MECA: ¡Lo que pasa es que usted es una gran actriz!

PAOLA: Gracias. Pero las actrices solamente actúan. ¡Las divas deslumbramos!

ANGÉLICA: ¿Y todavía no te has acostumbrado a esos halagos? Eres la más mimada del público. (*Malintencionada.*) Tienes una fama...

PAOLA: Cuando encuentres a tu madre…

ANGÉLICA: ¿Sí?

PAOLA: …me le das un abrazo…

ANGÉLICA: …así lo haré. ¿Qué deseas tomar?

PAOLA: Agua Perier con limón, por favor.

ANGÉLICA: ¡Tengo un vino chileno…!

PAOLA: No me gustan los vinos chilenos. Agua Perrier con limón.

ANGELICA: Meca complazca a la señorita. ¡Ah, perdóname, ella es mi secretaria y ama de llaves… MecaGoenti. (*Que suene –me cago en ti.*)

PAOLA: ¿Cómo?

MECA: Meca Goenti. Recuerde ese nombre porque pronto estará en boca de muchos. El placer es mío señorita. Enseguida le traigo su agüita.

ANGÉLICA: (*Llegando hasta Meca.*) La vela de Paola es violeta. ¡Para que transmute! (*Meca sale.*) Ahora que la secretaria no está quiero felicitarte. ¡Has quedado regia! Ese nuevo médico te ha hecho un trabajo perfecto.

PAOLA: Todavía no me toca. Es un nuevo tratamiento de tonificación de músculos mediante el uso de electricidad. Es tan milagroso que los reafirma, los sube, te hace circular la sangre eficientemente y, por lo tanto, te llena de energía e iluminación.

ESTHER: Cuidado con el voltaje. Una interferencia en la electricidad y te podrías electrocutar. Y la perdida sería irreparable. (*Hastiada de Paola.*) ¡Quiero otro ron, pero triple!

MECA: (*Corriendo.*) Sí, enseguida.

PAOLA: Crawford, no me digas que tomas ron!

ESTHER: A veces tengo que hacerlo. Hay gente que me produce estrés, que me saca de tiempo. Y si alguien dice algo de mis hijos...

PAOLA: ¿Tus hijos, qué pasa con tus hijos?

ANGÉLICA: (*Disimuladamente.*) No le hagas caso. Sabes que tiene una fijación con eso...

PAOLA: Esther, yo te recomendaría un Curso en Milagros Rebirthing.

ESTHER: ¡Eso es lo que quiero, un milagro! ¡Que ocurra un milagro y todas las autoproclamadas actrices de este país tengan, por lo menos, una gota de talento!

MECA: (*Entrando.*) Aquí tiene su Perrier, en un una copa de Bacará. (*A Esther.*) Y su ron. ¡Ah, estoy tan emocionada... pensar que están aquí... tenerlas tan cerca... En esta casa sólo se habla de ustedes...

ESTHER y PAOLA: (*A punto de guerrear.*) ¿Y qué se dice de nosotras?

MECA: Textualmente: "Cuando se habla de damas y de actrices Crawford y Streep encabezan la lista".

PAOLA y ESTHER: ¡Ah!

PAOLA: ¡Ya quisiera yo tener una cuarta parte de la versatilidad que Angélica muestra frente a las cámaras!

ANGÉLICA: ¡Ay, Paola, gracias!

ESTHER: (*A Paola.*) Y lo más que me gusta de ella es que sigue actuando hasta cuando las apagan. (*Timbre y Meca contesta.*)

MECA: Buenas noches... diga... Sí, con mucho gusto. Suba por favor.

ANGÉLICA: ¿Quién es, Meca?

MECA: Es la señorita Mariana Roberts.

TODAS: (*Disgusto.*) ¡Oh! (*Se dispersan.*)

ESTHER: ¡Es que no puedo verla ni en pintura!

PAOLA: ¿Es una broma verdad?

ESTHER: ¡Dios mío, perdóname, pero qué insoportable es!

ANGÉLICA: (*A Meca, disimuladamente.*) Préndale una vela anaranjada.

ESTHER: ¿Este apartamento tiene alguna

escalera de escape?

ANGÉLICA: No. (*Paola toma una posición de yoga. Esther se sirve otro trago y prende un cigarrillo. Timbre y Meca abre la puerta.*)

MARIANA: (*Vemos a Mariana Roberts que luce otro espectacular traje. Antes de entrar se persigna y dice.*) En el nombre de Dios...

MECA: Buenas noches, señorita.

MARIANA: (*Seca.*) Señora.

MECA: ¡Pero qué hermosa es!

MARIANA: (*Sin mirarla.*) Lo sé.

ANGÉLICA: (*Llegando hasta Mariana y repite la reverencia.*) ¡Querida, esta casa se honra con la presencia de la primera actriz de la escena nacional, Mariana Roberts. Bienvenida a este templo que es tuyo.

MARIANA: (*Sin mirar a nadie, ni a Angélica. Antipática, seca y sin hacer caso al saludo.*) Como el edificio no tiene estacionamiento para visitantes, dejé el Porche en la calle. ¿No tienes *valet parking*, querida?

ANGÉLICA: ¿Un Porche del setenta y no le tienes seguro?

MARIANA: Por supuesto, tan caro como el auto.

ANGÉLICA: Despreocúpate. El vecindario es exclusivo. Mariana, ¿me puedes saludar?

MARIANA: ¿No lo hice?

ANGÉLICA: No.

MARIANA: Pues... hola. ¡Cada vez que te veo me produces, cómo te diría, un inmenso regocijo!

ANGÉLICA: Estás en tu casa.

MARIANA: (*Mirando la casa.*) No creo. ¡Ay Paola pero qué rico verte!

PAOLA: ¡Mi amor, pero si el gusto es mío!

MARIANA: Y esa figura que está ahí, que resplandece como un sol, tiene que ser la Crawford. (*Esther se vuelve muy posadamente.*) ¡Por supuesto que sí!

Esther, estás espectacular...

ESTHER: Es inevitable.

MARIANA: (*Irónica*) ¡Tan amorosa, como siempre!

ESTHER: ¿Y cómo estás cariño?

MARIANA: Celestialmente... bien. Dame un besito...

ESTHER: (*Lo hace.*) Perdona que no te haya saludado de inmediato, estaba distraída pensando en mis hijos y te juro que, ¡si alguien se atreve a decir algo de ellos se las tiene que ver conmigo! (*Se retira.*)

MARIANA: ¿Y qué pasa con sus hijos?

ANGÉLICA: (*Disimulando.*) No le hagas caso, es que ya la arteriosclerosis la está afectando. (*Amable.*) Siéntate, por favor, que esta casa se enorgullece con tu presencia.

MARIANA: Gracias.

ANGÉLICA: Estás preciosa.

MARIANA: Gracias.

ANGÉLICA: ¡Ese traje es espectacular!

MARIANA: Es de Valentino. Pasé por una tienda, tenía tres mil dólares en la cartera y me lo compré.

ANGÉLICA: ¿Estuviste en el barrio chino de Nueva York?

MARIANA: No. En Madrid.

ANGÉLICA: ¡Por supuesto! ¿Qué deseas tomar?

MARIANA: Solamente agua Perrier con limón.

ANGÉLICA: Me encantaría si degustaras una copa de vino francés...

MARIANA: Si te complace...

ANGÉLICA: (*A Mara.*) Vino francés para la señorita Roberts.

MECA: (*A Mariana.*) Permítame presentarme. Mi nombre es Meca. Meca Goenti. Recuerde ese nombre, pronto estará en boca de muchos. Por el momento, soy la secretaria de la señorita Hepburn. (*Sale, muy posada a buscar el vino.*)

MARIANA: ¡Dios mío, todas quieren ser actrices!

ESTHER: Estoy fascinada con la novela que estás haciendo...

MARIANA: ...gracias...

ANGÉLICA: ¡Excelente! Estás insuperable.

MARIANA: Gracias.

ESTHER: Y cada vez que tienes una escena con la damita joven que te han puesto, la que hace de hija tuya, la desapareces de la pantalla y para remachar, te ves mejor que ella.

MARIANA: Gracias por el cumplido, querida Esther. Viniendo de ti, que eres la más vieja de todas nuestras viejas actrices, es el más grande de los halagos.

ESTHER: Es que yo nunca vendí belleza sino talento. Ah, y quería felicitarte porque se comenta que te llamaron para la próxima novela.

MARIANA: Correcto.

ESTHER: *La Hiena.* ¿Protagonizas, verdad?

MARIANA: ¿Y qué le pasa a Paola?

ANGÉLICA: Medita. (*Llamándola suavemente.*) Paola, Paola…

ESTHER: (*Gritándole.*) ¡Paola!

PAOLA: (*Despertando sobresaltada.*) Jehová es mi pastor. Nada me faltará. Soy un ser de luz. De paz. (*Percibe a Mariana y pregunta extrañadísima.*) Mariana, ¿y cuándo llegaste?

ANGÉLICA: Pero si la saludaste hace un momento.

PAOLA: Es que, cuando medito, mi chacra habla por mí. A veces puedo estar horas sin bajar a la realidad.

MARIANA: Pero, ¿has bajado alguna vez?

PAOLA: En este instante llegué.

MECA: Con el permiso de las damas. (*A Mariana.*) Aquí está su agua Perrier en una copa...

MARIANA: (*Tomando el vaso y observándolo.*) ...de Pitusa. Angélica, ¿estás comprando en Pitusa? Tienen un anuncio de vasos idénticos.

ANGÉLICA: Los de Pitusa son copias. Los míos son auténticos Baccarat.

MARIANA: Si tú lo dices...

ANGÉLICA: Pero por favor, vengan tomen asiento aquí.

PAOLA: (*En un aparte a Esther.*) Mariana, como que está más gordita.

ESTHER: (*Al oído.*) El silicón que se le ha regado.

MARIANA: Paola, te ves espectacular.

PAOLA: (*Para que todas lo escuchen.*) Gracias a Dios me he mantenido en las mismas medidas: treinta y cuatro, veinte y cuatro y treinta y cuatro. Envidiable.

MARIANA: (*A quien tenga a su lado.*) Esas son las edades de sus hijos.

ANGÉLICA: Pues, como ya les dije, esta casa se honra con la presencia de tantas primerísimas y espectaculares actrices, pero más que ello, de amigas.

TODAS: Gracias.

ANGÉLICA: Mariana, a la verdad que te ves de maravilla.

ESTHER: Son las enemas de café.

ANGÉLICA: ¿Te estás poniendo enemas de café? (*Toma un atomizador y rosea el aire. A todas.*) Es... para la atmósfera de la caoba.

MARIANA: Bueno, aunque es correcta la palabra a mí siempre me ha sonado un poco vulgar. Yo te diría que a veces utilizo irrigaciones. Déjame ponértelo más fácil. Lavativas, que son excelentes para la figura. Casi todas las bailarinas de ballet las
utilizan.

ANGÉLICA: Tú me quieres decir a mí que con tan buen café que producimos aquí, que hasta en el Vaticano lo consumen, incluyendo al Papa... ¿te lo pones de enema?

ESTHER: Debe tener un insomnio en el... de la cintura para abajo...

ANGÉLICA: Esther, ¿te pondrías una... cómo fue que ella dijo...

PAOLA: Lavativa.

ANGÉLICA: ¿Te pondrías alguna para rebajar?

ESTHER: ¡Me asesino a mí misma si me pongo una mierda de esas! ¡Y quien le hable de lavativas a mis hijos... (*Timbre. Malestar general. Meca contesta.*)

MECA: Buenas noches... Sí, sí, adelante por favor...

MARIANA: (*A Angélica.*) ¿Y... cuántas seremos?

ANGÉLICA: ¿Quién es Meca?

MECA: Es la señorita Marie Turner.

TODAS: ¡No...

MARIANA: ¿Por qué no me dijiste que esa...

ANGÉLICA: Me vi obligada a invitarla.

PAOLA: Esa es un vivo ejemplo de la que triunfa sin tener talento.

TODAS: ¡Uh! (*Malestar general. Todas las expresiones posibles.*)

ESTHER: ¡Pero esto es un castigo!

PAOLA: (*Rezando.*) ¡Con Cristo me acuesto, con Cristo me levanto...

MARIANA: No es con Cristo mi vida.

ANGÉLICA: ¡Nada perturba mi paz interior!

MARIANA: Esto es una pesadilla.

PAOLA: Marie Turner. Yo no hablo mal de nadie pero esa...

ESTHER: ¡Dilo! ¡Suelta el chacra y dilo!

ANGÉLICA: Tuve que invitarla porque es parte del problema que tenemos.

MARIANA: Pues habrá que tragársela. (*A Meca.*) Sírvame otro vino, aunque sea "El Canario", pero pronto.

ESTHER: ¡Por favor, otro ron en las rocas! ¡Triple!

PAOLA: ¡Por favor, sírvame otro vino, pero me trae la botella de una vez!

ANGÉLICA: (*Llegando hasta Meca.*) Prepare los tragos. ¡Le enciende una vela azul a la ácida que va a entrar, escribe su nombre en un papel de estraza y lo sumerge en el tazón de miel que tengo en la cocina. (*Angélica abre la puerta. Marie Turner deja verse en un traje suntuoso.*)

MARIE: Buenas noches.

ANGÉLICA: ¡Hermana, bienvenida al templo!

MARIE: ¡Ay, gracias!

ANGÉLICA: Adelante. Esta casa se honra...

TODAS: (*Repetitivas y hastiadas.*) ...con la presencia de la primera actriz, Marie Turner.

MARIE: Hola. (*Nadie le contesta.*) Hola.

ANGÉLICA: (*Llamando.*) Compañeras, llegó Marie Turner.

MARIANA: ¡Ay sí, pero si es ella, qué bueno... (*Dos besitos.*) ¡Amorosa, que bella estás!

MARIE: Hola Amiga. ¡Ay, pero qué bella, Paola! (*Dos besitos.*)

PAOLA: (*Dos besitos.*) Gracias. Hola mi amor, ¿cómo estás?

MARIE: Excelente.

ANGÉLICA: Esther, llegó Marie Turner.

ESTHER: ¿Dónde, que no la veo?

MARIE: Aquí.

ESTHER: ¡Ah! Pero qué alegría Marie, qué alegría! (*Dos besito. Esforzándose.*) Quiero felicitarte por el trabajo que estás realizando.

MARIE: ¡Ay, gracias! A la verdad que tengo la tele audiencia cautiva con la nueva telenovela. (*Meca entrega los tragos.*)

ESTHER: Me refería al anuncio de tampones que tienes en la televisión. Lo pasan cada media hora.

MARIE: Esa firma ha aprovechado del "*boom*" que me rodea con la telenovela. El cliente está contentísimo y yo estoy feliz de estar en la boca del público...

PAOLA: (*A quien tenga al lado.*) ...y en la del productor...

MARIE: ¡Ay, estoy tan y tan contenta, como hago el papel de buena!

ANGÉLICA: (*A quien tenga al lado.*) La odian igual.

ESTHER: Tienes que ser la envidia de

muchas porque has protagonizado dos novelas seguidas.

MARIE: ¡Ay, no creo!

ESTHER: Por si acaso quiero darte un despojo que es buenísimo. Pues, vestida de blanco, vas a la playa por siete días y tomando cualquier posición de yoga y gritas a boca de jarro: (*Mirándolas a todas.*) ¡Odio las actrices... (*A Marie.*) putas y mediocres! Y quedas... nueva.

MARIE: Te agradezco el ritual. Pero yo no padezco del síndrome de muchas compañeras: "-es que me quieren hacer daño-" porque, estoy tan segura de mí, y de mi talento, no tengo porqué tirarle fango a nadie.

ANGÉLICA: Marie, ¿qué deseas tomar, querida?

MARIE: Tequila.

ANGELICA: ¿Tequila?

MARIE: Sí. Promueve la formación de nuevos huesos y es excelente para la osteoporosis.

PAOLA: (*A quien tenga al lado.*) Como ella es zamba se la debería tomar por galones.

ANGÉLICA: (*Volviendo el rostro hacia Meca.*) Te presento a mi secretaria. ¡Meca- Goenti!

MARIE: Es un nombre muy artístico.

MECA: Gracias. Ya la señorita Hepburn me había comentado que, esta noche, se reunirían en su sala las más talentosas actrices de la escena nacional. Yo aspiro un día compartir con alguna de ustedes. (*A todas.*) Vean esto: -¡Sola, ¿me habéis escuchado? ¡Sola! ¡Mis lágrimas y yo! ¡En este pantanal de recuerdos!-

MARIE: ¡Muy bien!

MECA: (*Complacidísima por el comentario se arrodilla frente a Marie.*) ¡Gracias, gracias, enseguida le traigo su tequila! (*Sale.*)

MARIE: (*Pausa.*) Qué bueno es estar rodeada de amigas...

PAOLA: Sí, gracias al Señor que estamos entre... amigas...

MARIE: Por eso quiero compartir con ustedes mi buena estrella. Debido al éxito que estoy teniendo, para el mes de marzo, la Kellogg's va a publicar mi foto en sus cajas de Corn Flakes.

ESTHER: (*A quien tenga al lado.*) ¡Gracias a Dios que yo no desayuno.

ANGÉLICA: ¿Entonces vamos a verte la cara todas las mañanas? ¡Pero qué alegría!

TODAS: ¡Pero qué bueno! (*Meca le sirve la tequila a Marie.*)

MARIE: No sé pero... ¿alguien siente como un olor extraño?

ANGELICA: Caramba, no.

MARIE: Serán manías mías pero me huele a velas. (*Timbre en la puerta.*)

MECA: Diga... Como no. Suba, por favor, suba.

ANGÉLICA: ¿Quién es?

MECA: La señorita Andrea Monroe.

TODAS: ¡Es una broma, ¿verdad que es una broma?

MARIANA: ¿Esa está ahí? ¡Esto es imperdonable! Dijiste que era una reunión de actrices, no de coristas!

ANGÉLICA: ¡Calma!

MARIE: (*A Angélica.*) ¡Yo no tengo necesidad de aguantar esto! Ustedes saben lo que se dice de ella en el ambiente...

ANGÉLICA: Yo no sé qué es lo que se dice. ¡Pero dímelo, dímelo!

MARIANA: Que entre ella y su secretaria...

ANGÉLICA: ¡Yo sería incapaz de insinuar que la secretaria de Andrea Monroe es un cruce entre el Sylvester Stallone y Arnold Schwarzenegger. (*Llega hasta Meca.*) En cuanto esa llegue le enciende una vela "arco iris".

MECA: Sí señora. (*Meca abre la puerta y Andrea Monroe se muestra preciosamente. Luce un esplendoroso traje que reluce más espectacular, por su belleza y feminidad.*)

MECA: ¡Adelante, adelante!

ANDREA: Buenas noches para todas.

TODAS: Esta casa se honra con el talento y belleza de la primera actriz...

ANGÉLICA: Adelante, querida, adelante...

MARIANA: (*Seca.*) Buenas.

PAOLA: (*Amable.*) Hola.

MARIE: (*Hipócrita.*) Buenas noches...

ANGÉLICA: Bienvenida a tu casa...

ANDREA: Gracias. (*Entrando a la sala.*) ¡Ay, Esther, qué gusto me da verte...

ESTHER: Y a mí también... (*Besitos.*)

ANDREA: (*A Paola.*) ¡Ay, Paola, qué bueno...

PAOLA: ¿Cómo estás, mi amor?

ANDREA: Bien, bien... ¡Ay, Marie, qué bueno!

MARIE: Estás preciosa...

ANDREA: ¡Ay gracias! Y tú también.

ANGÉLICA: ¡Andrea, pero qué bella estás... (*Con intención.*) Tienes un toque divino, misterioso. Algo así como... entre Marlene Dietrich y Greta Garbo!

ANDREA: ¡Gracias!

ANGÉLICA: (*A Andrea.*) Estás en tu casa. Siéntete a tus anchas.

ANDREA: (*Con intención.*) ¡Uh! ¡Pero qué linda tienes la casa!

ANGÉLICA: Gracias.

ANDREA: (*A Angélica.*) Estoy tomando un curso del antiguo arte chino, el Feng Shui, que puede servirte de mucho. Trata de las técnicas de ubicación que logra un ambiente armónico, equilibrado y relajante de las cosas que nos rodean en nuestro hogar, que es el centro, lugar donde todo comienza. Te lo recomiendo.

ESTHER: (*A Angélica.*) Tómate ese curso inmediatamente.

MECA: La decoración de la señorita Hepburn es ecléctica y sus muebles son exclusivos.

MARIANA: ¿Ecléctica? Yo no sé, pero ese sofá... me parece haberlo visto en...

ESTHER: Yo se lo dije a Angélica, pero ella dice que no, que es el estilo...

MARIANA: Estilo intercambio.

ANDREA: (*A Angélica.*) ¿Y... tú vives aquí, solita?

ANGÉLICA: Sola no. Con Dios.

PAOLA: (*A quien tenga al lado.*) Pero se le fue de vacaciones...

ANGÉLICA: Andrea, ¿qué deseas tomar?

ANDREA: Pues mira, un Sambuca me caería bien, pero que sea italiana.

ANGÉLICA: A mí también me encanta la Sambuca, por tradición, mi abuelita era romana.

PAOLA: (*A quien tenga al lado.*) De la Calle Roma, en Hato Tejas.

ANGÉLICA: ¿Escuchó, Meca? Un Sambuca para la primera actriz. Que sea romana. (*En voz baja.*) Sírvale anís, total, esa necia no reconoce la diferencia...

MECA: Enseguida. (*A las demás.*) Quisiera saber si desean algo más; tenemos unos piscolabis...

TODAS: No, gracias.

MECA: (*Para ella.*) Pues ya tenemos desayuno para mañana. (*Se llega al bar.*) Aquí está la Sambuca en una copita Lalic.

ANDREA: Gracias.

MECA: ¿Observaron con qué delicadeza he extendido esa copa de Lalic? Son mis clases de pantomima. (*A Andrea.*) No nos han presentado pero yo soy Meca Goenti, la próxima Gabriela de "La carreta".

ANGÉLICA: Meca es mi secretaria y tiene grandes sueños de ser actriz. Por cierto Andrea, ¿cuales son los sueños de la tuya?

ANDREA: Mi secretaria está muy conforme con lo que es.

ANGÉLICA: Ay virgen, ¿y a qué viene eso? Yo sólo dije...

ANDREA: ¿Has leído la Revista Vea de esta semana?

ANGÉLICA: Para cualquier revista es un prestigio que yo engalane su portada. Pero no tengo por qué leerlas.

ANDREA: No te enteres entonces...

ANGÉLICA: (*Rápido.*) ¿Por qué dices eso?

ANDREA: Le hicieron una entrevista a tú ex secretaria y dijo que estaba harta de tus recaídas.

TODAS: ¿No?

ANDREA: Asegura que, en el último año que trabajó para ti, te internó tres veces en una clínica de salud, con un seudónimo, porque estabas perdiendo la memoria y que todo comenzó cuando ingresaste a tu madre en un asilo, por remordimientos...

ANGÉLICA: ¿Por... remordimiento?

ANDREA: Ella dice que fuiste la causante de su divorcio porque te metiste dentro de los pantalones de su marido. (*Disimuladamente, Meca va ha alguna esquina, toma un vaso de agua, la tira por la ventana y llena el vaso de agua nuevamente.*)

PAOLA: ¡Que ingrata es la gente!

ESTHER: Y mentirosas, ¿verdad querida Angélica?

ANGÉLICA: ¡Pura envidia! Por eso la despedí.

ANDREA: También dice que usas a tus secretarias como esclavas, prometiéndoles cosas, como presentarlas en televisión.

MECA: ¡Eso es lo que yo llamo ser malagradecida! La señorita Hepburn es muy generosa con sus asistentes. Por eso es que yo, aparte de los servicios secretariales que le brindo, le hago la compra, le plancho toda la ropa, le paseo los perros, le manejo el auto, mapeo el piso y le friego y todo por el mismo precio.

ANGÉLICA: (*Revancha.*) Y dime, Andreíta, ¿cómo te sentiste cuando ciertas revistas publicaron sobre tu viaje de incógnito a Nueva York junto a tu secreta

ria?

ANDREA: Fuimos a trabajar. Me acompañó a firmar un contrato, para eso es mi secretaria. Por lo demás, yo reto a cualquiera a que pueda comprobar alguna desviación de ella.

MARIANA: Bueno, es que a nadie tiene que importarle que tu secretaria sea lesbiana. Lo único malo de eso es que... tú sabes, se pueda pensar que tú también...

ANDREA: ¡Por favor! Todo el mundo sabe que yo he salido con todos mis galanes...

MARIE: Pero los últimos tres son maricones. Y eso, todo el mundo también lo sabe, mamita. (*A quien tenga al lado.*) Y cuando el río suena...

ANDREA: ...cabronas arrastra.

ANGÉLICA: Bueno compañeras, olvidemos los chismes que dicen de nosotras...

TODAS: ¡Gracias!

MARIE: Les tengo una exclusiva.

PAOLA: ¿De qué se trata?

MARIE: (*Emocionadísima.*) ¡Voy a hacer teatro! (*Pasme general.*)

ANGÉLICA: (*Se llega hasta Marie y le pone una mano en la frente.*) Fiebre... no tiene.

MARIE: ¡Pero dentro de mi corazón estoy ardiendo de la felicidad! ¡Ay, Esther, si pudieras trabajar conmigo!

ESTHER: Está interesante, ¿para cuándo es el proyecto, mi amor?

MARIE: Dentro de dos meses.

ESTHER: Tengo un compromiso en Egipto, querida.

ANGÉLICA: Mira, cómo te digo... (*fuerte.*) ¿Estás segura que vas hacer teatro?

MARIE: (*Feliz.*) ¡Sí!

PAOLA: ¿Y de quién fue la idea?

MARIE: Pues, de cierto productor, y perdonen que no diga su nombre...

ANGÉLICA: No tenemos idea de quién pueda ser ese productor. ¿Verdad que no tenemos idea?

TODAS: ¡No!

MARIANA: Estuve leyendo un comentario de Oscar Wilde, quien dijo: "*Quisiera que el escenario fuera tan estrecho como una cuerda, para que ningún torpe osara pararse en él.*"

PAOLA: Y cierto actor, productor y dramaturgo nacional dice que el escenario es tan noble que acoge hasta el que no tiene talento.

MARIE: (*A la revancha.*) Y ese mismo dramaturgo dijo también que -el escenario es un universo piadoso. Tan humano es que, cuando un chorro de hijas de la gran puta lo pisan, sus tablas lloran. Y agregó que todas terminarían abandonadas por sus maridos o amantes. ¡Qué lengua tiene, verdad.

ANGÉLICA: El teatro es un arte muy difícil, Marie, podríamos darte algunos consejos. ¿Qué te parece?

MARIE: ¡Por supuesto!

MARIANA: (*Haciéndolo.*) Si no articulas perfectamente parecerá que tienes una pelea de perros en la garganta. Pero se articula sin perder el realismo. Pero claro, con esa voz tan hermosa que tienes... no tendrás problema alguno.

PAOLA: Sobre todo, en proyectar más allá de la primera fila, con mucho cuidado para que no te quedes ronca.

MECA: (*Inmiscuyéndose. A Marie, pero con sincera convicción.*) Las "d" finales no se pronuncian. No se dice "libertad" sino "libertá". La "d" final se aspira y la palabra tiene un sonido más real. (*Para ella.*) ¡No va a quedar una viva cuando yo debute!

ANDREA: Y tienes que estar lista para improvisar en cualquier momento. ¡Hasta se puede morir una compañera en escena y tienes que resolver sin que el público se de cuenta!

TODAS: Sí, eso puede suceder...

ANDREA: (*Llega hasta Marie.*) En ese caso te acercas hasta ella, le pasas los dedos por la frente, los bajas hasta los ojos y, como si fuera una línea de la obra, dices: "*la compañera está dormida*" y le cierras los ojos... (*le mete los dedos en los ojos*)... para siempre. Entonces la obra continúa como si nada.

MARIE: ¡Dios mío! ¿Y qué se hace con ella?

ANDREA: En el intermedio los técnicos se la llevaran al primer crematorio disponible y entre todas se reparten las líneas de la compañera muerta y ya. "*The show must go on*".

MARIE: Pero yo sería más feliz si pudiéramos trabajar en algún drama. Vamos, déjense de tonterías y trabajemos juntas.

ANGÉLICA: ¿Nosotras juntas en un escenario?

MARIANA: (*Para ella.*) ¡Ni muerta!

ANGÉLICA: Bueno compañeras ya casi es hora...

MARIANA: ...vamos al punto...

ANGÉLICA: ...a eso voy... En esta sala, que es como un altar, se encuentran las más selectas actrices...

MECA: Ah, pues déjame sentarme.

PAOLA: Mamita, ya sabemos que somos las mejores actrices del país, vamos al problema...

ANGÉLICA: ¿Recuerdan a Máxima?

ANDREA: (*Haciendo memoria.*) ¿Máxima...

PAOLA: (*Igual.*) ¿Máxima...

ANGÉLICA: Máxima Loren.

MARIE: ¡Ah, Máxima, claro que la recuerdo!

ESTHER: ¡Excelentísima actriz!

MARIE: Ni tanto. Lo que tenía era dinero y suerte porque fue una gran productora.

ESTHER: Quiero darte un consejo y no lo olvides nunca porque te engrandecerías ante los demás: no le quites a nadie el arte que Dios le ha dado. Máxima fue una primerísima actriz y ya quisieran muchas tener, aunque fuese una gota, de su talento.

MARIANA: Máxima está en la cárcel.

PAOLA: Hace tanto años... pensé que había muerto...

ANDREA: Y el olvido del público es la peor de las muertes.

MARIANA: Creo que ni sus nietos la recuerdan. ¿Y a qué viene que la nombres?

ANGÉLICA: Está vivita y coleando y hace una semana que concluyó su sentencia. No sé cómo consiguió mi teléfono. Anoche me llamó y me dijo que nos reuniéramos porque en la cárcel se dedicó a escribir un libro sobre su vida en la televisión y en el teatro. Y para que estuviese completo nos dedicó un capítulo del libro a cada una. Y me dijo textualmente- "van a tener que esconderse debajo de la tierra".

MARIANA: ¿Tú me quieres decir que yo voy a hablar con Máxima esta noche?

ANGÉLICA: Sí.

MARIANA: Es que yo no tengo nada que hablar con esa señora.

MARIE: ¿Pero se volvió loca? Yo me voy.

ANGÉLICA: Quédate que te conviene.

Una mujer que sale de una cárcel se juega cualquier maroma. Ya tramitó con "El Vocero" los derechos de publicación.

ANDREA: Pues que eche pa'lante porque yo no le tengo miedo.

PAOLA: Yo no tengo nada que esconder...

ESTHER: (*Muy clara.*) La que no tiene nada que ver con eso soy yo. Lo único que tengo que decir es que, si interfiere con mis hijos, la meto a la cárcel nuevamente.

MARIE: Yo no tengo nada que ocultar. Mi vida es un libro abierto.

MARIANA: Una enciclopedia, querida, y bastante leída.

ANGÉLICA: De mí no hay nada que se pueda decir.

MARIANA: Tienes razón. Ya se ha dicho todo. (*Suena el Intercom.*)

ANGÉLICA: Meca, por favor, conteste.

MECA: Diga. Un momento, por favor. Afuera está... Máxima Loren.

Telón cortante

Acto II:

(*Al subir el telón la comedia retoma unos parlamentos atrás. Suena el Intercom.*)

ANGÉLICA: Meca, por favor, conteste.

MECA: Diga... Un momento, por favor. Afuera está... Máxima Loren.

ANGÉLICA: Hágala pasar. Exijo la mayor tranquilidad.

MECA: Adelante, Adelante... (*Pausa tensa. Timbre de puerta. Meca la abre y aparece Máxima.*) Buenas noches, señora.

MÁXIMA: Buenas. (*Máxima luce arreglada de maquillaje pero sobriamente vestida. Observándolas.*) A pesar de todo, hay cierto regocijo al verlas nuevamente. Estoy casi segura de que ustedes sienten lo mismo. Pero como la alegría no es tanta, vamos al grano.

ANGÉLICA: ¡Me parece un sueño verte en la puerta de mi casa!

MÁXIMA: Tú no sueñas, Ángela, porque siempre estás tramando, inventando cómo hacerle daño a los demás.

ANGÉLICA: He sido cortés.

MÁXIMA: No es necesario.

MARIANA: Es una pena que hayas olvidado los buenos modales en la cárcel.

MÁXIMA: Mariana, ¿te queda corazón?

MARIANA: ¡Por supuesto!

PAOLA: ¡Ay, Máxima! (*La abraza.*) Pero

que regocijo. ¡Me haces llorar!

MÁXIMA: Recordada Paola, es muy temprano para llorar... pero no pierdas las esperanzas que la noche acaba de comenzar.

MARIE: A pesar de todo te ves muy bien...

MÁXIMA: Marie Turner, lamento no decir lo mismo de ti. Te han pasado los años por encima. ¿Recuerdas cuando, casi una niña, entraste al canal como asistente de maquillista de una actriz, pero con el deseo callado y ambicioso de actuar y dispuesta a cortarle el cuello a cualquiera?

MARIE: Jamás tuve esa necesidad. La empresa estaba rendida ante mí porque era una joven espectacular.

MÁXIMA: Un consejo para que se lo pases a tus hijas. Las jóvenes no se acuestan con sus jefes. (*Advierte a Crawford. Los próximos cinco parlamentos me emocionan. Esto es un saludo entre dos buenas "guerrilleras", en el mejor sentido de la palabra.*) Hola Crawford, ¿todavía en la pelea?

ESTHER: Sí. Todavía. ¡Y voy a continuar dándola porque no pienso morirme! Dinos, de inmediato, cómo se llama mi capítulo.

MÁXIMA: Eres la única en no tenerlo.

ESTHER: Fuimos amigas dentro y fuera del escenario porque siempre supimos lo que podíamos dar. ¡Se te hecha de menos en la escena!

MÁXIMA: (*Franca.*) Viniendo de ti, que tienes la mejor voz y eres la primera actriz nacional, es un halago.

ESTHER: ¡Tú también lo eres! Cuando Dios nos regala ese gracia jamás se pierde.

MÁXIMA: ¡Ven, dame un abrazo pero que sea bien fuerte! (*Lo hacen.*) ¡Cuánto me hacía falta un abrazo de una amiga!

ANGÉLICA: Por favor, sentémonos cómodamente. Esta casa se enorgullece con la presencia de las primeras actrices... qué digo actrices, artífices de la actuación. Estoy segura que el cielo envidia esta sala donde hay más estrellas que en él mismo.

TODAS: (*Menos Máxima y Esther.*) ¡Gracias!

MECA: Así me gusta. ¡Humildes, humildes!

MÁXIMA: (*A todas.*) ¿Saben cómo llegaron a llamarle a los actores en la antigua Grecia?

MARIE: Caramba no.

MÁXIMA: "Hipócritas".

MARIE: Pero tú también eres actriz.

MÁXIMA: Después de Esther, la mejor.

ANGÉLICA: Por favor, Máxima, ¿qué deseas tomar? ¿Vino, ron, vodka...

MÁXIMA: Lo que sea.

ANGÉLICA: (*Festiva.*) ¡Meca, por favor, tragos para las amigas, champán para la insigne Máxima Loren! (*Llegando a su lado. Por lo bajo.*) Y préndale todas las velas restantes para que se calme. (*Meca sale. Pausa. No hay palabras. Una sonrisa incómoda inunda el ambiente.*)

MÁXIMA: ¿Y qué hora es?

ANGÉLICA: Las ocho.

MÁXIMA: La hora perfecta para servir el veneno. (*Meca sirve los tragos.*)

ANGÉLICA: ¿Alguien desea hacer algún brindis?

MÁXIMA: Yo. Uno que hace un personaje de la obra La Zapatera Prodigiosa: "-*Vino de uvas negras, como el alma de algunas mujeres que yo conozco.*" ¡Salud!

TODAS: Salud. (*Pausa incomoda.*)

PAOLA: ¡Ay Cristo, todo el mundo se calló... ¿Alguien quiere decir algo?

MÁXIMA: Yo. Paola, ¿qué has sabido de Roberto?

PAOLA: ¿Roberto, cual Roberto?

MARIANA: Debe ser difícil llevar la cuenta porque, después de Roberto vino Augusto, luego Cesar. Cesar desapareció y llegó Antonio. De Antonio no se ha vuelto a saber. Entonces llegó Fernando y ahora está Orlando.

ANGÉLICA: (*A quien tenga al lado.*) ¡Esa, esa tiene más cancha que Piculín!

MARIANA: Paola se ha casado tantas veces que todavía tiene arroz en el *brasier*.

ANDREA: ¡Qué próspera, verdad! ¡Ay hermanita, no sabes cuánto me alegro porque, si algo te mereces es felicidad!

PAOLA: Gracias.

MARIE: Sabes que, en lo que me necesites y a cualquier hora, puedes contar conmigo.

MARIE: ¡Y tú también, *dear* Marie!

PAOLA: ¡Ay, Gracias, Marie!

PAOLA: Andrea, sabes que siempre puedes contar conmigo, ¿no?

ANDREA: Gracias Paola. Igualmente, tú lo sabes...

ANGÉLICA: (*A Máxima.*) Como ves, esta no es una reunión de actrices, ni mucho menos de estrellas. Es un encuentro entre amigas.

MARIANA: Más bien es un encuentro de hermanas.

MARIE: Nosotras siempre hemos sido como una familia y, a la familia, siempre se le cuida.

ANGÉLICA: (*Mirando a Máxima muy fijamente. Como advirtiéndole.*) Así es y así tenemos que estar por siempre. Velando las unas por las otras porque, a la larga o a la corta, siempre vamos a necesitarnos.

PAOLA: Tengamos en cuenta que nosotras las actrices cargamos una falsa imagen de enemistad. Tenemos que romper con ese mito.

TODAS: ¡Ay sí, rompamos con esa mentira!

MARIANA: (*A Angélica.*) Tú eres mi hermana.

ANGÉLICA: (*A Mariana.*) ¡Gracias!

PAOLA: ¡Ay Andrea, un besito!

ANDREA: (*A Paola.*) ¡Sí, hermanita!

MARIE: (*A Angélica, Andrea, Paola y Mariana.*) ¡Sí, sí, sí un beso!

MARIANA: Y quiero que sepas que vamos a la iglesia por lo menos tres veces al mes.

MÁXIMA: (*Sorprendida.*) ¿Juntas?

TODAS: ¡Juntas!

ESTHER: Menos yo, por supuesto. Y con el permiso de todas, necesito fumar. Porque si no lo hago es posible que la vena aorta me reviente.

MÁXIMA: ¿Para quién es la comedia?

ANGÉLICA: No es comedia, es que hace tiempo...

MÁXIMA: ...años...

ANGÉLICA: ...que no compartes con nosotras.

MÁXIMA: Estaba detrás de unas rejas, en una penitenciaría. ¿O se les olvidó? Nadie se imagina, ni remotamente, la humillación que significa estar confinada. Mirando siempre a través de unas mismas rejas. Contando los días con la esperanza de que un pájaro me trajera una amiga. ¡Tengo mil amaneceres muertos en las pupilas porque en la cárcel se duerme con los ojos abiertos!

MARIANA: Pero fuimos a verte.

MÁXIMA: Una vez. A los tres meses de estar encarcelada. Y le sacaron un gran partido a la visita. Llegaron con todos los fotógrafos del país e hicieron una fabulosa promoción para el estreno de la nueva novela. ¡Qué gentiles fueron!

ANDREA: Bueno, tú sabes que esta profesión es muy ingrata, que hay que romperse el lomo trabajando: novelas, comerciales, radio...

PAOLA: ...teatro. Vivimos más dentro de un estudio que en nuestros propios hogares.

MARIANA: ...los hijos, el marido...

ANGÉLICA: ...a la verdad que no se tiene tiempo para nada.

MARIE: El otro día mi hijo se quejó de

que me veía más en la televisión que en la casa.

MÁXIMA: ¡Una carta... una tarjeta!

MARIE: Nadie mejor que tú para entender que, fuera del *glamour* que nos rodea, no es nada fácil nuestro diario vivir.

MÁXIMA: Pero sacan tiempo para traicionar y dañar reputaciones.

ANGÉLICA: En este grupo no se destila ese tipo de agravio.

MÁXIMA: Ángela, tú eres la actriz más ponzoñosa, traidora y piraña de nuestra televisión y del teatro nuestro. ¿Recuerdas la novela La Intrusa? ¿Sabes que fue Mariana quien te quitó el personaje? ¿Sabes lo que dijo a la administración del canal para que te lo quitaran?

ANGÉLICA: (*Furiosa hacia Mariana.*) ¿Qué fue lo que esa… quiero decir, qué fue lo que Marianita dijo de mí?

MÁXIMA: ¡Está escrito en mi libro!

ANGÉLICA: A la verdad que no sé por qué a la vida le da con golpearme. ¡Yo, que jamás he hablado mal de nadie! (*Entonces, disimuladamente, llega hasta Mariana y le dice.*) ¡Por eso es que nadie te soporta, por lo hija de puta!

MARIANA: (*Agresiva.*) ¡Espérate un momentito...

ANGÉLICA: ¡Espérate tú! ¡A mí no me levantas la voz "jincha" papuja! (*Meca, disimuladamente, vuelve a la rutina botar los vasos de agua.*)

MÁXIMA: ¡A ti, Marie, fue la primera que escuché decir...

MARIE: ¿Decir qué?

MÁXIMA: ¡Que no trabajabas con Angélica por lo "*bicha*" y bruja que era! Y que siempre llevaba dentro de su cartera collares de santería.

MARIE: ¡Uh, jamás he dicho eso!

MÁXIMA: Y Paola dijo, en un estudio, que no hacía teatro con Mariana porque tiene voz de cotorra y eres bipolar.

MARIANA: (*A Paola*) Hermanita...

PAOLA: ¡Tú no has sido mi hermana ni

en novelas!

MÁXIMA: Y a ti, Andrea, quiero refrescarte la memoria. Regaste por toda la emisora que, mientras Angélica estaba casada, bueno, en realidad pasaban como matrimonio, se acostaba con el director de la telenovela.

ANGÉLICA: (*A Andrea.*) ¿Tú dijiste eso de mí?

MÁXIMA: Dijo también que, desde tu cama llamabas a la esposa y preguntaba por él para despistarla.

ANGÉLICA: (*A Andrea.*) ¡Eres un vomito!

ANDREA: ¡Mentira, mentira! Yo lo único que sé es que Marie dijo que no trabajaba con Paola porque era la mujer más estúpida que existía!

PAOLA: (*A Andrea.*) ¿Yo, estúpida?

ANDREA: Y dijo también que, el galán de la novela, exigió no besarse contigo porque la boca te apestaba.

PAOLA: ¿Que la boca me apesta?

ANGÉLICA: ¡Lo único que yo sé es que Marie dijo que Andrea se quería con su secretaria!

ANDREA: (*A Marie.*) ¡Yo no soy lesbiana! ¡Eres una cabrona!

MARIE: ¿Escucharon? ¡Me llamó cabrona!

TODAS: ¡Lo eres! (*Meca vuelve a tirar otro vaso de agua.*)

MARIE: ¡Andrea, jamás me atrevería decir una cosa como esa! ¡Fue Angélica quien lo dijo!

ANDREA: (*A Angélica.*) Quiero que sepas que, cuando las perras nacieron hacía tiempo que tú tenías garrapatas. ¡Y quiero decirte algo de frente! ¡Eres la trepadora más grande que tiene este país!

ANGÉLICA: ¿Trepadora yo?

MARIANA: ¡Tú has trepado más que La mujer araña!

MARIE: ¡Y tienes más calle que Santa Juanita!

ANGÉLICA: (*A Marie.*) ¡Tú eres una rata

de dos patas!

ANDREA: (*Histérica.*) ¡Bichas, brujas, ladillas, hipócritas, charlatanas!

MARIANA: (*A Marie.*) ¿Sabes lo que dijo Ángela de ti? Que eras una una corista con ínfulas de actriz.

MARIE: Pues dile a Ángela que, siendo corista, he protagonizado más novelas que su madre.

PAOLA: (*A Esther*) ¡Pero Esther, di algo!

ESTHER: ¡Que si alguna habla mal de mis hijos la asesino como a una perra! (*Meca corre a otra esquina, toma el vaso de agua, lo tira por la ventana y vierte una nueva.*)

PAOLA: ¡Y Andrea dice de Angélica que todos los técnicos de la emisora te llaman La Botánica!

MARIANA: (*A Andrea.*) ¡Mejor perra que lesbiana!

ANDREA: ¡Tú hermana sí que es lesbiana y lo saben todas las revistas!

MARIANA: ¡Mi hermana es monja!

ANDREA: ¡Pero sigue siendo lesbiana!

MARIANA: ¡Evítate una demanda! ¡Lo que no veas con tus ojos no lo inventes con tu sucia boca!

MÁXIMA: ¡Angélica, Andrea dice de que tienes un macho adentro!

ANGÉLICA: ¡Puta, puta antes que lesbiana!

MÁXIMA: ¡Ay Angélica, pero si todas sabemos que en un juego de pelota tú has jugado todas las bases!

ANGÉLICA: ¡Eso no es cierto!

MÁXIMA: ¡Me basta con saberlo y está en el libro!

MARIE: (*A Angélica.*) ¡Vas a morir en la hoguera, so' bruja!

ANGÉLICA: ¿Pero por qué insisten? ¡Yo no creo en brujerías!

TODAS: (*Risas.*)

MARIANA: ¡Pero mamita, si naciste un treinta y uno de octubre, en pleno Halloween! ¡Bruja de capa, sombrero y escoba!

ANGÉLICA : (*Señalándose entre piernas.*) ¡Y aquí tengo la calabaza!

PAOLA: ¡Y le has dado un pedazo a quien puedas sacarle algo.

ANDREA: (*A Angélica.*) Al igual que Juana de Arco, escucharás estas palabras del pueblo:

TODAS: ¡Quémenla, quémenla!

MÁXIMA: ¡Que alguien corra a la cocina o a su cuarto porque la peste a velas es insoportable!

ANGÉLICA: ¡Es el vecino que es santero!

MÁXIMA: ¡Y tú eres una de sus ahijadas!

ANGÉLICA: ¡Yo no creo en brujerías! ¡Les pido respeto, que están en mi casa!

MARIANA: (*A Angélica.*) ¡Pero eres perra de todas maneras!

ANGÉLICA: (*A Marie.*) ¡Pero actriz! ¡Tengo más talento en el dedo meñique que en esos trapos de cinco-cinco que mides! ¡Y les ordeno que respeten mi casa porque aquí vive una mujer totalmente recta!

MARIE: ¡Lo único que tienes derecho son las tetas porque están llenas de silicona!

ANGÉLICA: (*A Mariana.*) ¡Eres una puerca!

MARIANA: ¡Y tú una serpiente! (*Discuten a viva voz.*)

ANGÉLICA: ¡No quiero escuchar una bichería más!

PAOLA: (*A Angélica.*) ¡Lo único que le pido a Dios es que te caigan encima las veinte plagas de Egipto!

MARIE: (*Aclarándole.*) ¡Paola, son diez solamente!

PAOLA: ¡Yo le añadí otras diez para que se joda para siempre!

ANGÉLICA: (*A Paola.*) Tú no tienes madre. A ti te parió un travesti.

ESTHER: ¡Compañeras, compañeras! Silencio, silencio. ¡He dicho silencio! (*Lo logra.*) ¿Pero qué escándalo es este? ¡Qué vergüenza! ¿Ustedes entienden que unas primeras actrices y aprendices se expresen de la manera que lo están haciendo? ¡Gracias a Dios que esta discusión, innecesaria, no llega hasta nuestro público, que nos adora, y que ignora que sepamos de palabras tan soeces! ¡Les suplico, y yo no soy mujer de súplicas, que tengan un poco de respeto hacia sus compañeras! Ya sé que aquí hay algunas *bichas,* lesbianas, brujas, egoístas, estúpidas, cabronas e hijas de la gran puta... pero cójanlo con calma. (*Suena el teléfono.*)

MECA: Buenas noches, es la residencia de la señora Hepburn...

ANGÉLICA: ¡Señorita Hepburn!

MECA: Señorita Hepburn. La llaman del Departamento de Crédito de JCPenney.

ANGÉLICA: ¡Usted está practicando para ser actriz! ¡Aprenda a improvisar, carajo!

MECA: La señorita Hepburn está reunida con la prensa. ¡Va a tener un hijo!

ANGÉLICA: Vamos a hacer una pausa en esta discusión inútil que no nos lleva a nada.

MARIANA: Pero antes, vamos a dejar las cosas claras. Yo seré toda lo hija de puta que la gente quiera llamarme. ¡Y lo soy! Pero tengo una virtud o una desgracia: ataco de frente. ¡En cambio tú, Ángela, eres una *generala* apuñaleando por la espalda!

MÁXIMA: ¡No hay un solo artista que no tenga un agujero en la espalda por tu culpa!

ANGÉLICA: ¡Estás en mi casa!

MARIANA: ¡Hasta en la calle te lo grito! ¿Quieres que te enumere tus cabronadas? (*Meca bota un vaso de agua y lo llena de nuevo.*)

ESTHER: ¡Que alguien me explique, por amor a Cristo, (*señala a Meca.*) por qué esa mujer se la pasa llenando vasos de agua y botándolos!

MÁXIMA: ¿Le dijiste a estas serpientes el propósito de mi visita?

ANGÉLICA: Sí. Se los dije.

MÁXIMA: Pues quiero ahorrarles tiempo. Estoy en la ruina. En el mismísimo fondo. Como ningún canal me va a dar trabajo, regreso al teatro. Así que volveré a producir y necesito dinero y ustedes me lo van a dar.

MARIANA: Nadie te lo impide, pero ¿porqué a costillas nuestras?

MARIE: Fuiste tú la que evadió los impuestos y eso se paga.

ANDREA: Por lo tanto no tenemos que pagar por tus errores.

MÁXIMA: Los pagué y con creces. Ustedes simplemente se beneficiaron. Diez mil cada una. Con eso me basta.

MARIANA: ¿Cómo dices?

PAOLA: ¿Pero tú estás loca?

MÁXIMA: ¡Sí!

ANDREA: Pues a mí no me chantajeas.

MARIE: Y a mí mucho menos. Pero aclárame algo, ¿cómo fue que nos beneficiamos?

MÁXIMA: ¡Qué mala memoria tienes querida! A los tres meses de estar en la cárcel indujiste a tu amantísimo amigo, el productorcito, a hacer una mini serie basada en mi vida. ¡Qué asquerosa eres!

MARIE: No era sobre ti.

MÁXIMA: ¡Pero basada en mi historia! Simplemente me cambiaron el nombre. Y el público, que no hay que empujarlo al morbo, porque se tira solo, rompió los records del *rating.* Un negocio redondo y una ganancia extraordinaria a costa de mi desgracia. ¡De esas ganancias yo quiero mi parte! ¡Tú escribiste el libreto! (*A Marie.*) Tú diagramaste, Mariana fue la protagonista y las demás actuaron. ¡Eran mis amigas!

ESTHER: Si algo he sabido siempre es que en nuestro ambiente no hay amigos. Conocidos de pasillos solamente. Si yo no tengo nada que ver con esta patraña, ¿por qué me invitaste?

ANGÉLICA: Pensé que... podrías servir

de mediadora.

ESTHER: Pues como intermediaria, paguen. Simplemente paguen.

MARIE: ¿Y si no lo hacemos.?

MÁXIMA: (*Alcanza de su cartera un manuscrito.*) Aquí les traigo una copia del mi libro. Se titula "*Las manipuladoras, biografías no autorizadas.*" Que trata de mis memorias en la actuación y de mis años en la cárcel. Para que el libro esté completo les dedico a cada una un capítulo. Narro de sus patrañas, de los amoríos, de las traiciones, del pan que le quitaron a muchas para conseguir trabajo.

ANGÉLICA: ¡En mi vida le he quitado a nadie el pan de la boca!

MÁXIMA: Angélica, tu fama de hacerle porquerías a la gente es insuperable! Por eso vives aquí, sola, poniéndote cada día más vieja, sin amigos, pudriéndote en tu propio veneno, porque nadie te quiere, incluyendo a tu madre. (*A las demás.*) Como en este ambiente la gente es tan hipócrita, tal vez no quieran testificar lo que digo en el libro. Pero como estará impreso, escrito quedará para siempre. Y como nuestra aldea se sustenta del chisme, enloquecerán por leerlo.

MARIE: ¡Yo me voy!

MÁXIMA: Piénsalo bien. Tu capítulo se llama *Cómo brincar de "mattre en mattre"*. Son diez mil dólares por cabeza. ¡Y esto se decide aquí hoy! ¿Saben cuánto se gasta Angélica en cenas con los productores, políticos y no invita a ninguna y le regala zapatos a sus esposas? ¡Eres una serpiente trepadora!

ANGÉLICA: ¡Pero tú me odias!

MÁXIMA: El odio ocupa demasiado espacio. ¡Te detesto simplemente! Tu capítulo se llama: -Cómo acostarse con un hombre y ser amiga de la esposa-. Como que te suena, verdad. Yo sé de tus amores escondidos, Andrea. Del secreto de tu marido, Paola. Del residencial donde te criaste y de cómo llegaste a protagonizar. Y tú Mariana, has dicho una sola verdad en toda tú vida. (*Señala a Angélica.*) ¡Esa es una mierda disfrazada de mujer! Pero tu capítulo me va a vender el libro! Hora de quitarse el maquillaje, amigas mías. Porque lo que soy yo no tengo nada que perder. Tienen cinco minutos para ponerse de acuerdo.

ANDREA: Pues yo no tengo diez mil dólares... quizás en dos meses podría darte algo...

MARIE: ¡Ni yo! ...bueno, tendría que buscarlos.

MARIANA: ¡Yo me niego a ser chantajeada! Pero ahora mismo no me conviene un escándalo, así que tendré que dárselos.

PAOLA: ¿Y... para cuándo necesitas ese dinero?

MÁXIMA: ¡Para hoy! ¿Y tú, Angélica?

ANGÉLICA: En nuestro medio entre más escándalos formemos más vigencia tendremos. Yo te diría que hagas varias propuestas, se las hagas llegar a todas las publicaciones y aceptes la mejor oferta.

TODAS: (*Menos Esther.*) ¡Pero cómo va a ser eso...

MARIE: ¿Te imaginas el escándalo que se formaría?

ANGÉLICA: También se vive de escándalos y nosotras necesitamos estar en la prensa para que amigos y enemigos sepan que estamos vivas. La televisión está llena de gente joven, sin talento y nosotras ya no estamos tan deseadas para los productores. Hace tiempo que no cogemos ninguna portada. Así que adelante con tu sucio chantaje.

MÁXIMA: ¿Estás segura?

ANGÉLICA: Sí.

MÁXIMA: Perfecto. Buenas noches. (*Inicia la salida. Se detiene. Se lleva las manos al pecho y un doloroso quejido llena el aire.*) ¡Uh! (*Se desploma.*)

ESTHER: ¡Máxima, Máxima! (*Todas co-*

rren a ayudarla. *Esther le toca la frente, le toma el pulso.*) ¡Está sudorosa y la boca se le está virando. ¡Yo creo que es un derrame...

TODAS: (*Con genuina preocupación.*) ¡Dios mío qué le pasa!

ANGÉLICA: ¡Máxima, Máxima... mira... óyeme... en mi casa no te mueras, en mi casa no! (*Mientras la recuestan Angélica corre y hace una llamada.*) Hola... hola... le habla la primera actriz de la escena nacional
Angélica Hepburn... (*Casual.*) ¿Sí? ¡Ay gracias, gracias... sí, muchas gracias... (*A todas.*) Es la operadora del nueve once y es fanática mía. Me está gritando ¡diva... diva... diva! Caramba, la empresa me tiene prohibido hablar del final de la novela, pero se va a llevar una gran sorpresa... (*Muy amable.*) Pues fíjese tengo una reunión aquí, en mi casa, con seis primerísimas actrices y... pues... (*A las demás.*) hay que acordarse que la conversación la están grabando... (*Actuando.*) Cenábamos langosta, unas que me envían desde Hawaii y... tomábamos champán... y de pronto, una de mis amigas parece que es alérgica a la langosta y se ha envenenado... Así que, por favor envíeme una ambulancia... ¡En la calle Hudson número cinco, Condado, en el *penthouse*, por supuesto! ¡De prisa que se está muriendo! (*Cuelga.*)

MARIANA: Máxima, quédate quietecita que vamos a atenderte.

MECA: ¡Déjenla que se muera y se economizan diez mil dólares!

MARIANA: ¡Dile a tu secretaria que se calle la boca!

ANGÉLICA: ¡Meca, una palabras más y la despido!

MECA: (*A Mariana.*) ¡Deja que te coja en un escenario!

ANDREA: No te preocupes Máxi que Angélica llamó a una ambulancia. A la verdad que todas somos unas tontas.

Humillándonos continuamente cuando deberíamos tratarnos como una familia.

MARIANA: Eso es verdad.

MARI: Tenemos que cambiar de actitud para lograr unirnos como clase.

PAOLA: Es que estamos caminando por calles diferentes y todo se va haciendo distancia, silencio. Sabemos que existe un abismo entre nosotras...

ANGÉLICA: ¿Y qué hacemos para evitarlo?

MARIE: Pero Máxima, di algo por favor, di algo...

MÁXIMA: (*Haciendo un gran esfuerzo.*) No tengo ni para pagar la renta...

ANDREA: ¿Qué dijo, qué fue lo que dijo...

MÁXIMA: ¡Que no tengo ni para pagar la renta...

ANDREA: Eso podría arreglarse inmediatamente. (*Tomado su cartera.*) Dime de cuánto es que voy a pagarte seis meses...

MÁXIMA: Alta... muy alta...

ANDREA: ¡Dios mío, yo no la entiendo...

MÁXIMA: ¡Dije que la renta es alta... muy alta...

ANDREA: No importa. Yo pago lo que sea...

ANGÉLICA: (*A Andrea.*) Tengo una idea. Propongo que, para liberar a Máxima de todos sus problemas económicos, que hagamos una obra y le entreguemos todas la ganancias.

PAOLA: ¿Escuchaste Máxima?

MÁXIMA: ¡Gracias, gracias!

MARIE: Y propongo que no cobremos ni un solo centavo...

TODAS: ...estoy de acuerdo.

MECA: Yo tampoco cobraría...

ESTHER: Está susurrando algo... qué dices Máxima... Habla claro...

MÁXIMA: Que sea... Las Troyanas... Todas son mujeres...

ANDREA: ¿Qué dijo, por favor, qué dijo...

ESTHER: (*Áspera, con gran vozarrón.*)

¿Pero tu estás sorda, carajo? ¡Dijo Las Troyanas!

MÁXIMA: (*Más claro.*) Me firman esta misma noche un contrato donde conste que trabajaremos juntas y que ninguna cobrará.

ESTHER: ¡Andrea, por si acaso no la escuchaste, dijo que le firmemos un contrato esta misma noche!

ANGÉLICA: Meca, busque un papel y haga un breve contrato. (*Meca lo hace.*) El Contrato leerá así: las abajo firmantes... no, no. De esta manera: Las primerísimas actrices, en orden alfabético por supuesto, Esther Crawford, Angélica Hepburn, Andrea Monroe, Mariana Roberts, Paola Streep y Marie Turner ...

MECA: Y el debut de Meca Goenti...

ANGÉLICA: ¡Si dice una palabra más la despido! Continúe escribiendo. Se comprometen a trabajar sin paga alguna, en la obra de teatro Las Troyanas, de Eurípides, por tres fines de semana junto a Máxima Loren.

MÁXIMA: (*Con voz débil pero muy claro.*) ¡Por seis semanas!

MARIANA: ¿Cómo dijo?

MÁXIMA: (*Más fuerte*) ¡Por seis semanas!

ANGÉLICA: Continúe escribiendo... por seis semanas. Todas las ganancias que se obtengan de estas presentaciones le serán entregadas a Máxima Loren. Eso es todo.

MÁXIMA: Y añada que, de no hacer la obra en un termino de cuatro meses, aceptan ser demandadas.

ANGÉLICA: ¿Pero cómo vamos a hacer eso?

MÁXIMA: ¡Me asfixio, me asfixio…

ANGÉLICA: Meca, escriba eso también.

MECA: Ya está redactado. Por si acaso alguna se enferma yo estoy disponible. Así que voy a firmar.

MÁXIMA: Que todas lo firmen. (*Todas lo hacen.*)

MÁXIMA: (*Quejido más fuerte.*) ¡Uhhh!

ESTHER: Máxima, las actrices se mueren donde les corresponde, en un escenario. Así que todavía no te toca...

PAOLA: (*Llorosa.*) Ay, Padre mío, yo la veo tan mal...

ANGÉLICA: Quédate tranquila que todo se resolverá... (*Escuchamos la sirena de una ambulancia.*)

MARIE: No te preocupes que no vamos a dejarte sola.

PAOLA: Todas vamos a acompañarte al hospital... ¿Y sabes una cosa? Queremos darte las gracias porque ha sido una noche para recapacitar sobre nuestras actitudes... Gracias por unirnos... (*Todas se abrazan.*)

ANGÉLICA: Meca, mientras tanto me llama a toda la prensa y la cita en la sala de urgencia. (*Aclarando.*) Para que conste públicamente que, entre nosotras, no existe enemistad alguna.

TODAS: ¡Gracias Máxima... te queremos...

MÁXIMA: (*Balbuceando.*) ¡El contrato, el contrato!

ANGÉLICA: ¿Todas firmaron?

TODAS: Sí. (*La sirena de la ambulancia se hace más audible.*)

ANDREA: (*A Máxima.*) Aquí está el contrato. (*Timbre. Meca corre y contesta.*)

MECA: Diga... Suban, suban... La ambulancia llegó...

MÁXIMA: (*Susurra.*) ¡Quiero decir algo... quiero decir algo...

ESTHER: ¡Ella dice que quiere decir algo... quiere decir algo...

ANGÉLICA: Vamos, di lo que quieras...

MÁXIMA: (*Se pone de pie. Muy natural.*) ¡Hacemos la obra, pero la protagonista seré yo! (*Y sale.*)

TODAS: ¡Eres una perra! ¡Perra! ¡Perra!

Telón.

(Domingo 16 de Junio de 2002 11:39 AM)

El veneno se sirve a las 8:00 PM. Reparto: Noelia Crespo, Yamaris Latorre, Marian Pabón, Sonia Noemí González, Marilyn Pupo, Linnette Torres, Nashalí Enchautegui y Ofelia Dacosta.

Secretos y confesiones
de un hombre y una mujer...
frente al espejo

(Secretos y confesiones de un hombre y una mujer frente al *espejo* *fue estrenada en el Centro de Bellas Artes Luis A. Ferré, San Juan, Puerto Rico, el Viernes 22 de Febrero de 2002 en una producción de Joseph Amato para la compañía teatral Producciones Candilejas. Luego se representó en el Centro de Bellas Artes de Aguada, el 16 de Marzo y en el Teatro La Perla de la Ciudad de Ponce el 23 de Marzo. Fue producida por Joseph Amato y estrenada con el siguiente reparto y ficha técnica.)*

(Reparto en orden de intervención.)

CRISTINA VALERIO:	Luisa De Los Ríos
FERNANDO:	Gustavo Rodríguez
EL ESPEJO:	Luis Raúl

Dirección Artística:
Joseph Aguayo

Diseño de la escenografía:	*Félix Juan Torres*
Diseño de luces:	*Ligia Rolón*
Vestuario:	*Joseph Amato*

Producción General:
Joseph Amato
Library of the Congress: Pau 2-663-072
30 de noviembre de 2001

Único Acto.

*(La escenografía es única y sugerida. El escenario estará dividido en dos espacios. Uno, el cuarto de Cristina. Un mueble que tiene solamente un marco de espejo. Este tocador estará lleno de envases de cosméticos, perfumes, cremas, y todo el mundo de lociones que comprende el universo de Cristina. Un adecuado gabetero. Una pequeña cama. Una cortina de baño al fondo, lado derecho, la cual insinúa que, detrás, hay una bañera. Al lado izquierdo está el cuarto de Fernando. Una pequeña cama. Un perchero con varios trajes, un mueble de varias gavetas con un espejo y que tendrá marco solamente. Sobre este gavetero varios perfumes. Una rampa, de mayor a menor y en forma de media luna rodea las dos habitaciones. En la parte superior de la rampa habrá un gran espejo. Sería ideal que el público pudiese reflejarse en ciertos momentos. **Importante**: El personaje del Espejo se moverá por toda la escena, cual sombra de Cristina y Fernando, pero hay ciertos momentos, cuando los personajes se observan en sus respectivos espejos, el Espejo estará detrás del marco haciendo la pantomima que ellos estuviesesn haciendo.)*

La acción: *Cuando sube el telón todo está a oscuras con excepción de un especial que cae sobre Cristina quien está colocándose una faja quita grasa para comenzar a hacer su workout.)*

CRISTINA: (*Encerrada en un círculo de luz.*) No tengo mucho tiempo para hablarles... estoy preparándome para mi *workout*... es que hoy tengo una cita con un hombre... Pero no es un hombre cualquiera... éste es diferente. Yo soy Cristina Valerio. Una mujer que acaba de cumplir treinta y... este... bueno, a decir verdad, cuarenta y pico... largos... Bueno, vamos a dejarlo ahí. Y soy una mujer divorciada. Esa condición es una tarea ardua para una mujer decente hoy en día, pues para los hombres que transitan por nuestras oficinas, por los supermercados, por los clubes nocturnos... para esos machos realengos que nos olfatean a cien pies de distancia una mujer divorciada es.. una mujer fácil. (*Desaparece del círculo de luz. De inmediato, en otro redondel de luz, aparece Fernando.*)

FERNANDO: Esta noche tengo una cita con una mujer divorciada. Yo soy Fernando García y estoy en mis cuarenta y pico... Por lo general, a nosotros no nos da ningún problema admitir la edad. Un hombre en los cuarenta está entero y es como un río desbordado. Espero ese encuentro con mucha ansiedad. Sí. Porque podemos poseer la mayor cantidad de dinero que nos satisfaga, los mil antojos que queramos, pero si no tenemos sexo podemos ser, en la mayoría de los casos, grandes desdichados. Es una noche importantísima para mí. No por que ella tenga unos cuantos años menos que yo, sino porque tengo que probarme cosas, como por ejemplo, si todavía sigo siendo el hombre aquél. (*Desaparece.*)

ESPEJO: (*En otro círculo de luz.*) Y entre Cristina y Fernando... yo. Un reflejo de ellos... De ustedes. Su misma imagen. El consciente y el subconsciente. Yo los afirmo o los desapruebo. La verdad y la mentira. Soy el rostro que muchas veces rechazan cuando han perdido la juventud. Soy el rostro que los juzga. Quien los disculpa por sus actos... ...para mí no hay secretos, ni mentiras... Soy, simplemente, el Espejo. (*Ahora la escena toma su luz natural. Cristina está en medio de la escena.*)

CRISTINA: ...siete, ocho, nueve, diez, once, doce, brinco el número trece porque no me gusta, catorce y quince... ¡Ya está! Tres *"sets"* de quince. Nada mejor para la cintura que los abdominales. Es muy importante la cintura... y nos da esa forma de guitarra que tanto a los hombre llama la atención. Y además, da un *"look"* juvenil.. Y ahora los hombros: (*Mientras hace la rutina de hombros.*) Los hombros son importantísimos. Uno, dos, tres... Toma parte del busto y de las axilas... Sí, hay que lucir juvenil hasta en las axilas. Bueno, a lo mejor te las miran en un momento de descuido, y cuando una mujer tiene arrugas en las axilas... ni Satanás sale con ella. (*Corre al Espejo. Se contempla el rostro. Del tocador toma un frasco. Se pasa la mano por el semblante. Preocupada.*) Creo que estoy perdiendo la firmeza.

ESPEJO: Eso es un problema de rostros maduros. En ti se incrementa porque has bajado de peso rápidamente.

CRISTINA: Nadie te llamó.

ESPEJO: Fuiste tú la que se miró en mí. Siempre estoy aquí, a tu lado.

CRISTINA: Sí, lo sé. (*Dándole la espalda.*) Pero a veces no me gusta mirarme en ti porque reflejas una imagen que no me gusta.

ESPEJO: Aún así, siempre terminarás mirándote en un espejo. No tienes otra alternativa, vanidosa amiga mía.

CRISTINA: ¿Vanidosa yo? ¡Te equivocas!

ESPEJO: (*Indicándole.*) Cristina, tie-nes las caderas caídas.

CRISTINA: ¡No me digas! (*Preocupada, se vuelve al Espejo y se mira las caderas.*)

ESPEJO: ¿Vanidosa tú?

CRISTINA: (*Atrapada por el Espejo.*) Todas lo somos, querido espejito. Nada más feo que unas nalgas tristes. Así que, para que vuelvan a su lugar, para que continúen su ascenso, déjame hacer dos "*sets*" de "*Lunges.*" (*Toma unas pesas. Mientras lo hace.*) Lo primero que un hombre mira en una mujer es el cuerpo. Sí. Porque si una mujer tiene una buena figura, aunque sea fea, los hombres suelen decir: -*bueno, le pongo la bandera en la cara y me la tiro en nombre de la patria-*. Las nalgas son una de las partes que más un hombre observa en una mujer. Diría más que las piernas. Yo he escuchado esta frase, "si ese es tronco cómo será la copa." (*Maliciosa.*) Bueno, *la copa* puede tener el tamaño que la mujer quiera, y eso los sabemos nosotras. (*Entrenándose.*) Uno, dos, tres... (*Mirándose por detrás.*) ¡Vamos niñas, suban, que hoy tienen una audición! ...y doce. Terminé. (*Mientras se quita la ropa de ejercicios.*) ¡Qué divino, estoy segura que he dejado como tres libras en esa ropa luego de esta rutina. Y ahora un vigorizante baño. (*Entra a la ducha y Fernando sale de ella.*)

FERNANDO: (*Una toalla a la cintura le cubre parte de su cuerpo.*) Uno de los placeres de la vida es darse un buen baño luego de hacer una buena tanda de ejercicios. El ejercicio es indispensable porque incrementa la salud cardiovascular, la cual, a su vez, se materializa en salud sexual. Al incrementar la circulación de la sangre el ejercicio puede disminuir la posibilidad de padecer disfunción eréctil. Un hombre que quema, al menos doscientas calorías diarias, reduce en gran medida las posibilidades de la impotencia. Eso quiere decir que jamás dejaré de hacer ejercicios. Luego de un baño de agua helada uno se siente como nuevo. Aunque por un ratito se nos encoja. Y oler a limpio es algo que siempre me agradó, como (*mientras busca*) usar una buena ropa interior también. No sé cómo hay tipos que pueden ponerse unos calzoncillos rotos. (*Toma un calzoncillo de una gaveta.*) Calvin Klein. (*Se lo pone.*) Me gustan los de esta marca, y que sean "*spandex*", porque sostienen bien los testículos. Y si hay algo incomodo son unas bolas dando cantazos de derecha a izquierda todo el día. Secreto número uno: el calzoncillo del hombre debe ser un poco ajustado para que, cuando estemos excitados, no se marque en el pantalón.

CRISTINA: (*Sacando la cabeza de la ducha.*) Secreto número dos: Cuando a un hombre se le nota su... *excitación,* la mujer sabe que "*todo*" marcha bien.

FERNANDO: (*Mirándose al Espejo.*) ¡Qué bien me quedó esa afeitada! Aunque siempre queda la sombra de la barba. Siento la piel como nalga de bebé. La sombra de la barba me da más virilidad ¡Muchísimas mujeres cayeron redonditas por la sombra de esta barba! Y cuando la pasaba sobre los senos de alguna... se enchumbaban. (*Vuelve a mirarse al espejo.*) ¡Es que estoy irresistible! ¡Mira que pelo! (*Modela frente al espejo.*) ¡Qué pinta de macho tengo! Las piernas un poco flacas pero... ¡cero barriga!

ESPEJO: (*Llamando.*) Fernando...

FERNANDO: ¿Qué quieres?

ESPEJO: Relájate.

FERNANDO: Lo estoy.

ESPEJO: No. No lo estás. Vamos, respira normalmente. Suéltala. (*Fernando respira normalmente y la barriga se le brota.*)

FERNANDO: Si hay algo que los hombres detestamos es la odiosa barriga. Quisiera que ocurriese un milagro y este adefesio desapareciera.

ESPEJO: Fíjate, no estás tan mal. Preocuparte cuando no puedas vértelo.

FERNANDO: No me importa que no pueda vérmelo. (*Se lo agarra.*) Sé que lo tengo aquí. (*Ahora se mira dentro de los calzoncillos.*) Hola *Fernandito*. ¿Qué te pasa que estás tan apagadito? No te preocupes *Fernandito* que, en cuestión de horas, vas a comer filete de *bacalao*. Secreto número cuatro. (*Mirándose al Espejo.*) Si el pene del hombre es "extra large" se vive tan orgulloso de él como sí se tuviese un carro en exhibición.

ESPEJO: Pues el tuyo no es el último modelo.

FERNANDO: ¡Desaparécete! (*Se aleja del espejo.*)

ESPEJO: (*Desapareciendo.*) Pues no te mires en mí.

FERNANDO: Espera.

ESPEJO: (*Apareciendo.*) Dime.

FERNANDO: Esta noche te necesito más que nunca.

ESPEJO: Si pones de tu parte yo podría ser tu mejor amigo. ¡Uh, no sabes cuánto me agrada verte tan entusiasmado, Fernando!

FERNANDO: Hoy preciso estar en todas mis facultades.

ESPEJO: Depende de ti. De lo que te esté rondando por la cabeza.

FERNANDO: Vamos, dime que luzco mejor que nunca.

ESPEJO: Mírame. ¡Estás elegantísimo!

FERNANDO: ¿De veras?

ESPEJO: ¡Te lo aseguro!

FERNANDO: Nunca la había visto. La primera vez fue en un "*pub*" que queda cerca del trabajo. Estaba vestida de color de rosa. El pelo, casi rubio, le caía sobre los hombros y jugueteaba en el aire. Quedé, como quien dice, congelado con aquella coquetería, con aquella frescura angelical y cierta ingenuidad que la envolvía...

ESPEJO: ¿De verdad que era así?

FERNANDO: No puedo mentirte. Dentro de tanta candidez había algo sensual que me alborotaba. Había cierto... -*no me mires pero no te vayas... -Respétame pero... oféndeme.* Entonces le envié una copa de vino más rosado que el traje que llevaba.

ESPEJO: ¿Y la aceptó?

FERNANDO: Sí. ¡Yo sabía que lo haría!

ESPEJO: ¿Y...

FERNANDO: Entonces el mozo llegó hasta mí y me dijo: -de parte de la señora, que muchas gracias... Comenzamos a coincidir todos los días a la hora del almuerzo. Durante cuatro días estuvo aceptando la copa de vino y al quinto llegué hasta su mesa. -¿Puedo sentarme?- Le pregunté...

ESPEJO: ¡Avanza que me muero por saber!

FERNANDO: -Sí-. Me contestó. Conversamos por más de una hora. -Sabes, a mí me gusta ir al *gym*. -A mí me gustaría pero no sé nada de gimnasio- me contestó. —Yo podría enseñarle... -Tengo que volver al trabajo, me dijo. —Sí, está bien- le respondí. Entonces, cuando el mozo le trajo la cuenta puse aquella American Express Platina sobre la mesa y la achoqué.

ESPEJO: ¿Y tú piensas que a una mujer le importa más el color de una tarjeta que el de tus ojos?

FERNANDO: Amigo mío, cuando se han cumplido más de cuarenta años, un hombre debe tener siempre dos aliados, la American Express Platina y un flamante Mercedes.

CRISTINA: (*Asomando nuevamente la*

cabeza.) Los hombres piensan que, con una American Express y un Mercedes-Benz, nos van a bajar los *panties*. ¿Sabes una cosa, espejito? ¡Tienen razón! (*Y vuelve a la ducha*.)

FERNANDO: Antes que se retirara, muy elegantemente, la invité a salir esa noche.

ESPEJO: (*Cómplice*.) ¡Qué interesante!

FERNANDO: Le pregunté que, si luego de la cena, podríamos pasar por mi apartamento a tomarnos unas copas. Y... ¿sabes? Lo aceptó.

ESPEJO: ¡El poder de la American Express!

FERNANDO: ¡Sí! Y me muero por revolcarme con esa mujer.

ESPEJO: ¿Tú piensas que luego del champán terminaran en la cama?

FERNANDO: ¡Por supuesto!

ESPEJO: Entonces el encuentro de esta noche es sólo una cita sexual...

FERNANDO: Tan válida como cualquier otra.

ESPEJO: Recuerda que, para que hagan un mejor efecto, debes tener el estómago vacío.

FERNANDO: (*Molesto*.) ¡Cállate!

ESPEJO: Te lo recordaba solamente. ¿Dónde están... las azules?

FERNANDO: (*Busca sobre el tocador un frasco de pastillas*. ¡Aquí están!

ESPEJO: No te enojes conmigo. Yo no tengo la culpa de que a *"Fernandito"* haya que estimularlo para que despierte. Pero con "las azules" no hay problemas. Son una maravilla las pastillitas esas. Te aceleran el torrente sanguíneo y cuando toda esa fuerza le llega a tu *"Fernandito"* puedes estar seguro que se pondrá tan duro como el cemento. Vamos, relájate. Soy tu mejor aliado. Te espera una gran noche, y te lo mereces. ¿Dijiste que la mujer tenía *"frescura angelical"*. ¿Entonces es una mujer joven?

FERNANDO: No. Proyecta esa frescura,

pero en realidad estará en los treinta y pico... (*Comienza a buscar su ropa*.)

CRISTINA: (*Sale del baño*.) ¡Ay, ese *"bikini line"* me quedó parejito, parejito! Secreto número seis. No hay nada más terrible para una mujer que cumplir cuarenta años. Casada, soltera, viuda, lo que sea. Cuando se llega a ese temible aniversario, el noventa por ciento ¡miente! Me he dado un baño impresionante. Estoy fascinada con las bondades que se obtienen luego de un baño de *gel* de almendras y un humectante natural de avena. La piel luce más tercia y con una apariencia más joven. (*Se admira al espejo*.) ¡Estás buena, Cristina! (*Se mira las piernas y va al tocador y toma un pequeño frasco*.) Pero un poquito de Dermablend Leg & Body Cover Créme me esconderá estas venas y estrías que tanto me molestan. ¿Qué miras? Desaparécete. No quiero que nada me perturbe.

ESPEJO: Vamos, Cristina, yo podría ser tu mejor aliado.

CRISTINA: También mi más ferviente enemigo.

ESPEJO: Hoy, más que nunca, me necesitas.

CRISTINA: Tienes razón. Necesito de un amigo.

ESPEJO: Todo depende de ti.

CRISTINA: (*Busca sobre el tocador un frasco*.) Deja ver, deja ver... Aquí está. Lift Minceur Visage, de Clarín. (*Se lo aplica*.) Es perfecto para reafirmar el rostro... (*tomando otro frasco*.) y si lo mezclo con un poquito de Face Sculptor, de Helena Rubinstein y unas gotitas de la línea Platino de Estée Lauder hace maravillas. ¡Oh, qué rico! (*Masajeándose*.) Las cremas con una buena cantidad de vitaminas y agentes regenerantes crean un toque de juventud.

ESPEJO: Siempre se está en la búsqueda de la juventud perdida. ¡Cuántas cosas hicimos, verdad.

CRISTINA: Confesión número uno. Me siento culpable de mi divorcio.

ESPEJO: Yo siempre estoy dispuesto a escucharte.

CRISTINA: Al principio de mi matrimonio la ilusión, la alegría y los trucos rondaban por cada esquina de la casa. Una noche Gustavo llegó a casa después del trabajo, como a las siete de la noche... y quedó en una pieza. Yo me había comprado una peluca roja, bien rizada, que me daba un "*look*" de ramera inaguantable. ¡Qué buena resultó aquella estrategia! Se me quedó mirando. Me agarró de la mano y me tiró a la cama. Y así, cansadito y sin bañarse, me dio una noche de cama espectacular. Como la maniobra resultó toda un éxito, el día de su cumpleaños compré otra peluca, color negra, lacia y tan larga que me llegaba casi a la cintura. No falló el hombre. Volvió a tomarme de la mano y me tiró contra la cama y, qué les voy a contar. ¡Qué cumpleaños! Con pitos, velas, petardos, mermelada y cuanto pude inventar. ¡Un éxito! Como al mes volví a comprar otra peluca.

ESPEJO: ¡Que interesante táctica, Cristina!

CRISTINA: Le escuché tirar la puerta de entrada y el maletín sobre la mesa del comedor. Me llamó varias veces y como no respondí entró a nuestra habitación.

ESPEJO: ¡Sorpresa!

CRISTINA: Entonces se topó con una rubia asfixiante. Le dije en francés: "Voulez-vous couche ave moi"".

ESPEJO: ¿Y por qué en francés?

CRISTINA: ¡Ay, es que en español se oye tan feo eso de... bueno, tú sabes!

ESPEJO: Pero Cristina, pudiste decir fornicar, copular, en fin...

CRISTINA: No creo que sea muy sensual decirle a tu marido, -ay nene... copúlame-.

ESPEJO: Con las pelucas aparentabas ser varias mujeres.

CRISTINA: Muchas... resumidas en una. ¡Yo!

FERNANDO: (*Mientras se viste.*) ¡Me encanta! Simplemente me encanta. Secreto número siete. Una orgía es una de las fantasías sexuales que a muchos hombres nos pudre el cerebro.

ESPEJO: Estás mal interpretando, Fernando. El acto de usar pelucas no puede juzgarse como una orgía, sino como trucos. Inventos para mantener el agarre.

CRISTINA: Fueron tiempos felices. Era un excelente padre. Se llevaba espléndidamente con mi familia, con mis amigos. Frecuentábamos la visita a los cines... gustábamos de cenar fuera de la casa... Pero después de los primeros cinco años, la repetición de todo lo que acontece en un matrimonio, comenzó a arrastrar nuestra relación a un hábito inaguantable. Esperanzada en reanudar aquel juego que tantos frutos nos había dado, una mañana volví a comprarme otra peluca, platina, y lo esperé en plena sala.

ESPEJO: Siempre se ha dicho que la mujer es la cuna de la artimaña.

CRISTINA: Pensé que así podría recuperar nuestra relación sexual.

ESPEJO: ¿Y cuáles fueron los resultados?

CRISTINA: Llegó, me miró fijamente y me dijo: -Qué fea te queda esa peluca-. Me dio un *down* tremendo. Me sentí tan ridícula, y todo volvió a la cansada rutina.

ESPEJO: (*A público.*) Lo que pasa es que muchas parejas no hacen todo lo que está de su parte para sostener su matrimonio. Se despreocupan de la variedad, de la improvisación, de la energía y la alegría que han llevado en algún momento a la alcoba. El sentido del humor es imprescindible. Hay que desdramatizar la cama y darle paso al sentido del humor. Como por ejemplo, ella puede decirle: -*papito, lo tienes encogido como*

212

un caneloncito-. Eso es retante para cualquier hombre. Con toda seguridad él contestará: -dale un besito, vida mía, y verás que se convierte en plátano. ¿A dónde fue a parar ese sentido del humor?

CRISTINA: ¿Quién te pidió opinión?

ESPEJO: Si quieres me marcho...

CRISTINA: Un día me desperté. Miré a mí alrededor y me di cuenta de que apenas hablaba con Gustavo. Que la comunicación, prácticamente, se había acabado. Ya no se hablaba de metas, de lo que compartiríamos al día siguiente. El lenguaje corporal, había desaparecido: eso de pasarse por el lado y darse un pellizquito o un breve *chinito*, una sobadita de cadera... Una mano excitada que, en segundos, rozaba el seno... Nuestra vida sexual era tan aburridísima que creo que metíamos mano cada dos o tres meses. Mi marido, que vestía impecablemente, se la pasaba los fines de semana desaliñado, sin importarle su apariencia física. El compartir se hizo mínimo. Y cuando había algo que hacer cada uno lo hacía por su lado. Nunca supe por qué se había derrumbado a la mayor de las tristezas.

ESPEJO: Vamos, miéntete más.

CRISTINA: (*Sin prestarle atención alguna.*) Entonces una mañana, muy casualmente, le pregunté que sí me quería. Qué estúpida. Esa pregunta jamás debe hacerla una mujer. Y me contestó, muy tranquilamente, que ya me había dejado de amar y que ya se le hacía imposible vivir bajo el mismo techo. Que la llama de la pasión se había apagado y me quería más como a una hermana. "Como una hermana". ¡Qué hijo de puta! Al tratar, infructuosamente, de salvar nuestra relación, quedamos en divorciarnos amigablemente. Y así lo hicimos, una mañana lluviosa en el tribunal de Hato Rey.

ESPEJO: ¡Qué buen libreto me has preparado!

CRISTINA: Fue un verdadero acto de honestidad.

ESPEJO: No hablo de Gustavo.

CRISTINA: ¡Y yo no te estoy haciendo caso! No se ha vuelto a casar. ¿De qué te ríes?

ESPEJO: De todas esas cosas que has dicho de tu matrimonio, la mitad, son mentiras. ¿Por qué no comienzas a decirte verdades?

CRISTINA: Desde que nos casamos Gustavo pretendió algo que yo no estaba dispuesta a darle. ¡Mira, ni jugando!

ESPEJO: Si lo hubieses complacido...

CRISTINA: ¿Estás loco? ¿Cómo iba a complacerlo? -¡Pídeme lo que quieras pero, eso, eso... jamás! Miren que traté de convencerlo de que... no era "normal"... Pero él siempre insistía en lo mismo. ¡Pero como me negué rotundamente... al carajo el matrimonio! ¡Ay, olvídate de eso Cristina! Dale *delete* y *escape* que estás en la mejor etapa de tu vida! (*Pasa al lado de una revista. Se detiene y lee.*) "Las primeras civilizaciones tenían distintas formas de expresar su sexualidad. En Babilonia, las mujeres estaban obligadas, al menos una vez en su vida, a acudir a un templo y ofrecerse a un hombre desconocido y así, según Herodoto, rendir culto a la Diosa Mylitta, equivalente de Afrodita, la divinidad griega del amor." ¡Si yo hubiese vivido en ese tiempo, hubiese ido al templo todos los días!

ESPEJO: (*Dándole la espalda.*) -¿Dónde estabas, cariño?

CRISTINA: -En el templo, amor mío.
¡En el templo! (*Para ella.*) ¡Pegándote un espectacular cuernazo!

ESPEJO: ¿Y nunca pensaste que tú también pudiste ser engañada?

CRISTINA: Jamás. Gustavo ni tan siquiera pensó pegarme cuernos porque siempre supo que, aunque era una esposa amante, también era una mujer de armas tomadas.

FERNANDO: (*Como Gustavo.*) ¡Claro que se la pegué! El reinado de los cuernos sigue siendo masculino.

ESPEJO: ¡Esa es una mentira suprema!

FERNANDO: (*Como Gustavo.*) Estaba harto de Cristina porque jamás quiso aceptar que, tarde o temprano, como una ley de la vida, tenía que envejecer. Estaba hasta las teleras de tropezar con todos los potes imaginables de todas las imaginables cremas que prometían desaparecer las arrugas. ¡Cristina llegó a lo inaudito para ocultar su fecha de nacimiento: invitó a cenar a la directora del Registro Demográfico con la esperanza de que le atrasara diez años en el acta de nacimiento! Estoy seguro que hubiese sido capaz de acostarse con cualquier tipo en Obras Públicas para que le cambiara la fecha de nacimiento en la licencia de conducir. Cristina se atrevió a decirle a nuestra única hija: -¡si te casas, jamás me traigas un nieto a esta casa!

ESPEJO: Cristina, hace tiempo que no me hablas de tu hija Isabel.

CRISTINA: Logró el sueño dorado de muchas mujeres, casarse. Y la dejé ir porque los hijos son como cosmos diferentes a sus creadores.

ESPEJO: ¿Y... nunca le dijiste la verdad?

CRISTINA: ¡Hay momentos en que no te soporto!

ESPEJO: ¿Por qué te santificas tanto cuando ambos sabemos la verdad?

CRISTINA: ¡Fuiste tú quien no se la dijo!

ESPEJO: Pues entonces fui yo.

CRISTINA: (*Se vuelve a público.*) Siempre cargamos con un yo que nadie conoce. Confesión número dos. Le fui infiel a Gustavo porque no me hizo sentirme deseada. Para romper con la rutina, para herirlo y para huir de las insatisfacciones del matrimonio. Secreto número ocho: nosotras, las mujeres, también pegamos cuernos... (*sagaz*) y lo sabemos ocultar mejor.

ESPEJO: ...astutas y manipuladoras. ¿Será por eso qué las mujeres prefieren tener amigos varones que a las de su propio sexo?

CRISTINA: ¡Por eso! ¡Porque sabemos de lo que somos capaces! Ser infiel es un atributo que se han ganado los hombres y eso nos conviene a todas. Piensan que el poder de los cuernos sólo les pertenece a ellos. Lo que no saben es que nosotras podemos ser tan infieles como ellos y además, tenemos el control en el sexo.

FERNANDO: Secreto número nueve. Los hombres también nos damos cuenta cuando nos están pegando los temidos cuernos: Si ella parece que ha rejuvenecido de momento, si aparenta más felicidad que lo normal... si adelgaza sin razón alguna... si no sale del "beauty"... si reanuda viejas amistades... ¡Te las están pegando! Aunque debo admitirlo. Cuando una mujer quiere ocultar su infidelidad tiene muchos elementos a su favor para esconderlos.

CRISTINA: (*Abstraída.*) La traición se percibe interiormente. Confesión número tres: me arrepentí enormemente de mi infidelidad.

FERNANDO: Secreto número nueve: El noventa por ciento de los hombres jamás nos arrepentimos de haber sido infieles. Es una cualidad muy machista, pero es verdad. Pero volviendo atrás, para averiguar si nuestra mujer no es infiel nada mejor que una pregunta directa y afirmativa: -Fulana, tú me la estás pegando, ¿verdad? Si pierden la sonrisa de inocencia y cruzan las manos sobre el pecho y las frotan rápidamente o las aprietan para evitar un grito de tensión y de momento aparece un tic, aunque resulte casi imperceptible de los músculos faciales, algo extraño está pasando. Punto determinante: cuando sus pupilas no aguantan tu mirada fija, definitivamente, la dolencia no es de dolor de cabeza.

CRISTINA: (*Se marea. Comienza a vomitar. Sigue mareada.*) ¡Cristo, qué hambre! Tengo que comer, tengo que comer. No. No puedo comer. No puedo comer. Engordo.

ESPEJO: ¿Por qué temes engordar?

CRISTINA: A nadie le gusta la gente gruesa. Tengo que lucir lo más delgada posible.

ESPEJO: Estás llevando muy lejos la obsesión de la imagen. Tu miedo de ganar peso es una alteración significativa de la percepción del cuerpo. Estás al borde de la anorexia.

CRISTINA: (*Corre al tocador. Busca entre los frascos.*) ¡Uh, tengo ese cuello terrible! Es donde más se nota la edad. Un cuello con papa y flácido es lo más horrible del mundo. (*Observándose.*) Bueno, no está tan mal pero, un poco de Neck Vibration lo hará lucir mejor. (*Se lo aplica.*)

FERNANDO: Los hombres no necesitamos de cremas para vernos bien. Aunque a diario nos topamos con algunos que ya llevan las cejas más exactas que las mujeres. Secreto número diez, si inventaran una crema para aumentar el tamaño del pene, todos, pero todos la usaríamos religiosamente.

ESPEJO. (*Observándola.*) Parece que te has arrastrado bastante, Cristina. Tienes esos codos como rodillas de cabra.

CRISTINA: (*Áspera.*) ¡Todavía no me he arrastrado lo suficiente! ¿Qué me estás insinuando? (*Brinca del tema evadiendo al Espejo.*) Sí. Ya lo sé. ¡Los codos también relatan la edad! (*Toma otro frasco.*) Este humectante es divino para los codos. (*Observándose en el espejo.*) Nosotras las mujeres somos un complemento de cosas. De pintura, de brasieres y fajas, de peinados... En cambio, ellos, se muestran al mundo como son. Espejo, ¿cómo me veo? ¿Verdad que voy luciendo más joven?

ESPEJO: ¡Ponte los espejuelos y es ya!

CRISTINA: (*Mientras se aplica alguna crema.*) Un hombre que se precie de tener tacto jamás debe preguntarle a una mujer la edad. De todas formas, ella siempre le mentirá. ¿Para qué un hombre quiere saber la edad de una mujer si lo más que les interesa es que le dé una buena cama?

FERNANDO: Nunca me ha dicho su edad, ni tampoco se la he preguntado. Confesión número tres: siempre me ha gustado una mujer que tenga experiencia.

ESPEJO: ¡Oh!

CRISTINA: ¡Que mala fama tenemos las divorciadas! Los hombres piensan que llevamos la "pájara" en la frente dispuestas a regalársela al primero que pase.

FERNANDO: Una mujer divorciada tiene mil caminos recorridos y tiene algo de maestra. Confesión número cuatro: a mí me gusta que me enseñen. ¡Ay sí, que me enseñen, que me enseñen, para luego darles la sorpresa! -¡No mamita, no! Aquí el maestro soy yo. ¡Soy yo el que mueve las fichas en este juego-!

CRISTINA: ¡Cómo está el pendejo en este país! Una potestad que ellos se adjudican es que son los activos en la cama. ¡Quién sería el morón que les adjudicó tal prepotencia! Una mujer en la cama es tan activa como un hombre. (*Lo hace.*) Cuando una mujer le sonríe a un hombre empieza a ser la activa. La trampa comienza aparentando ingenuidad. (*Fernando se revuelca en su cama.*) El primer contacto debe ser de labios solamente y cuando menos se lo imagine penetrarle la lengua hasta la traquea, hasta asfixiciarlo. Comienza a pasar la lengua por el cuello, por las orejas, que a muchos les produce escalofríos, y continúan su viaje "lingüístico", pasando por los pectorales... por su barriga, llegando hasta su ombligo, hasta desesperarlo y hacerlo gritar.

FERNANDO: ¡Baja, baja un poquito más!

CRISTINA: Y luego comienza a trabajarle las partes intimas.

FERNANDO: ¡Ah, ah!

CRISTINA: Cuando la mujer comienza a acariciar es ella la que controla. La caricia anal es divina.

FERNANDO: ¡Yo me cago en la madre de la mujer que quiera tocarme el culo!

CRISTINA: ¡A mí me fascina! Ahí es cuando muchos hombres pierden el control y canalizan su gusto.

FERNANDO: Confesión número siete: ¡No me gusta, no me gusta, no me gusta!

CRISTINA: Cuando un hombre y una mujer se tiran a una cama hay que hacerlo sin ningún complejo. Miles de mujeres lo hacen y a miles de hombres les gusta pero jamás lo aceptarían.

FERNANDO: ¿Pero para qué una mujer quiere tocar a uno... ahí?

CRISTINA: Porque, aunque no lo quieran aceptar, el hombre siente satisfacción "ahí". Pero acepto que les da inseguridad. Temen que esa caricia le reste hombría. Es cuestión de dejarse llevar. ¡Le tienen terror a perder el control! En la guerra, como en el sexo, todo es permitido.

FERNANDO: ¡Yo soy el que da, el que penetra! El que manda en la cama.

CRISTINA: Que mal informados están. Cuando ella se le trepa encima también es la activa. Ella es la que controla porque lo ha llevarlo a donde quiere tenerlo.

FERNANDO: ¡Soy yo el que controla las posiciones porque soy el activo!

ESPEJO: Es una batalla que no termina nunca. Lo ideal sería una simbiosis.

FERNANDO: Me enloquecen las mujeres que saben lo que uno quiere. ¿Te hago otra confesión?

ESPEJO: (*Entusiasmado.*) Sí.

FERNANDO: Confesión número cinco. No me gustan las mujeres flacas. No me gusta tropezar con huesos. Me gusta que la mujer sea un poco llenita porque uno tiene de donde agarrarse y así, cuando estemos en ciertas posiciones... ¡Que las nalgas me asfixien! Además, estoy seguro de que las mujeres llenitas tienen la vagina más grande.

CRISTINA: ¡A la verdad que hay machos que no saben un carajo de nada!

FERNANDO: Todo hombre, casado o soltero, necesita llevar consigo siempre un condón. Este, no solo puede preservarle la existencia si no que puede economizarle alimentar una boca por el resto de su vida, amén de meterse en otros líos. ¡A pesar de ello, cómo jode usarlos! No es lo mismo hacerlo con condón que sin él. Porque cuando no lo usamos sentimos un calentoncito divino y como que se... desliza mejor, verdad. Estoy seguro que alguno de ustedes le ha pasado lo siguiente:

CRISTINA: (*En alguna posición sexual.*) ¡Ahora es! ¡Dale papi, dale!

FERNANDO: (*Lo hace.*) Y en lo que uno rasga la envoltura, saca el condón, comprueba si está al derecho o al revés, porque no dice "*this side up or down*" y se lo enrolla... ¿Qué pasa? ¡Pues "Fernandito" se nos muere! Moraleja: póngase el condón desde el principio para que no se le baje.

FERNANDO: ¿Te confieso algo más, odioso espejito?

ESPEJO: Sí, amigo mío.

FERNANDO: Pues, confesión número seis: me encanta mirar las vagina antes de poseerlas.

ESPEJO: ¡Son feísimas!

FERNANDO: Pero riquísimas. Estoy seguro que si la vagina de esa mujer, con la que voy a salir esta noche, hablara, me diría: -entre, que la cena está servida-.

CRISTINA: (*Gozando.*) La de mi amiga Maritza diría: "no se preocupe y escúpame". La de Adela diría: "En reparaciones pero entre, entre". Y la mía: "Entre bajo su propio riesgo." ¿Te digo un secreto, inseparable amigo?

ESPEJO: ¡El número once! Cuéntamelo.

CRISTINA: -Me reconstruí la vagina por dos mil dólares. Y ya que iba a estar postrada en aquella cama, aproveché e hice lo mismo con el himen. La jugadita me costó tres mil
quinientos.

ESPEJO: Pero Cristina, ¿cuánto has invertido en ese cuerpo?

CRISTINA: Cuanto sea necesario. Creo que vale la pena volver a ser virgen por tres mil quinientos dólares ¿no?

ESPEJO: ¿Pero, qué importancia puede tener?

CRISTINA: Voy a salir con un hombre esta noche.

ESPEJO: ¡Qué maravilla! ¿Y dónde lo conociste?

CRISITINA: En un restaurante. Y un día me invitó al "gym". Desde que lo vi quedé tan mojada que el "super doppler"" me rastreo en su pantalla. Por supuesto, yo me hice la indiferente.

ESPEJO: Una indiferencia falsa que gritaba: -qué rico, llévame de aquí-.

CRISTINA: Así fue. Una tarde, sin despegarme la mirada, se quitó la camisa y quedó en un minúsculo tank-top.

ESPEJO: Es el ritual del cortejo.

CRISTINA: ¡Uh, qué derroche de belleza! Su pecho imitaba una pradera, su espalda simulaba una muralla y sus pectorales, prominentes, simulaban el concreto. Sus brazos, contorneados por unos extraordinarios bíceps, hacían de ellos unas enormes vigas.

ESPEJO: Pero Cristina, ¿era un hombre o un edificio?

CRISTINA: Temblaba, palpitaba, sudaba y la adrenalina hacía de las suyas. Sentía que la sangre me fluía a chorros por mi zona pélvica. Apreciaba que todo mi yo se hinchaba. Por un momento pen

sé que estaba enferma.

ESPEJO: Se llama... bellaquera.

CRISTINA: Entonces coincidimos en el Long Pully. Tomé la barra para hacer Push down, (Fernando llega detrás de ella.) se me acercó por detrás y me dijo:

FERNANDO: Así no se hacen los Push down.

ESPEJO: Y cómo se hacen, estoy seguro que preguntaste.

FERNANDO: Así. (Le muestra.)

CRISTINA: Entonces me encerró en aquellos brazos y me dijo:

FERNANDO: (Abrazados completamente.) Sin despegar los codos de la cintura, subes lentamente la barra. Haces una pausita y la bajas. La subes... y la bajas. La subes... y la bajas...

ESPEJO: ¡Y quedaste muerta!

CRISTINA: ¡Estremecida y lubricada! Sofocada, bajé la cabeza y...

ESPEJO: ¿Qué?

CRISTINA: (Maliciosa.) Espero que la teoría del zapato sea cierta porque eran enormes. ¡Uh! Todavía siento su voz agujereándome los oídos.

ESPEJO: ¡Qué cerebral eres! Pero lamento informarte que la teoría del zapato es falsa.

CRISTINA: ¡Qué pena! Yo estaba tan esperanzadita. (A carcajada limpia.) ¡Ay, quiera Dios no me pase como a mi amiga Carmen... ¡Pobrecita! Para ella, casarse virgen era una de las cosas más espectaculares que podía ofrecerle a su amantísimo prometido. Ella estaba orgullosísima de llegar virgen al altar. Y la primera noche de casados se llevó la desilusión de su vida... (Riéndose, mofándose.) ¡Su marido lo tenía tan chiquito como un maní! (Retorciéndose de la risa.) ¡Ay, ay, Carmen mete mano todas las noches con su marido y todavía es virgen!

FERNANDO: Confesión número doce. Yo calzo nueve. ¡Y a mucho orgullo! En mí la teoría es cierta.

ESPEJO: Tenerlo grande a los hombres les da seguridad.

FERNANDO: Nos hace atractivos al sexo opuesto.

CRISTINA: (*Risita.*) ¡Y a los del mismo sexo también, te lo aseguro! Pero ese es otro tema.

FERNANDO: A las mujeres, mientras más grande, mejor.

ESPEJO: Eso es una falacia.

CRISTINA: Tú perdona, tú perdona. ¡Pero no es lo mismo un güineito niño que un mafafo!

ESPEJO: Otro secreto. El tamaño no resulta en mayor o menor placer sexual. Ni tampoco hace al hombre más viril, apasionado o sensible. Se dice que el tamaño es lo de menos. Que lo que importa es el movimiento.

FERNANDO: ¡Ese es el consuelo de los que lo tienen chiquito!

ESPEJO: A veces un tamaño exagerado puede ser un impedimento para que la mujer disfrute del acto sexual.

CRISTINA: A mí me sacas de ese grupo. Secreto número once: a muchas mujeres nos complace que nuestros amigos, esposos, amantes o lo que sea, estén bien dotados. (*Risita.*) ¡Ay, eso inspira! Como que una se siente más... ¡ay no sé, (*riéndose*) como protegida!

ESPEJO: Sabes, se piensa que, "*el hombre bien dotado*", termina siendo el peor amante porque "*cree que por eso ya no tiene que hacer mayor esfuerzo para satisfacer a la mujer*". En verdad, hablamos de tamaño porque es algo cultural. Algo que hemos aprendido.

CRISTINA: (*Aguantando la risa.*) ¡Pues yo me lo aprendí de memoria!

ESPEJO: ¿Qué es ese sobre que tienes en las manos?

FERNANDO: Nada que sea de tu asunto.

ESPEJO: ¿Problemas?

FERNANDO: No tiene importancia.

ESPEJO: ¿No? Tiene algo que ver con la medicina que tomas todas las mañanas, ¿no es así?

FERNANDO: Son los resultados médicos... No puedo ocuparme de eso ahora.

ESPEJO: Vamos, ábrelos y entérate de una vez. (*Fernando se desespera y lee los resultados. Tiene un gran alivio.*)

FERNANDO: ¡Oh! Negativo.

ESPEJO: Me alegro.

FERNANDO: ¡Te confieso que me rejode hacerme una prueba de la próstata! Luego de varias averiguaciones conseguí al médico más viejo que encontré. Esperé en el pasillo del consultorio porque me daba vergüenza verle la cara a todos los tipos que hacían su turno para que otro macho les metiera el dedo lleno de crema por el recto hasta llegar a la próstata.

ESPEJO: Tiene que ser así.

FERNANDO: ¿Y tenía que estar justo... ahí?

ESPEJO: Es la manera más exacta para verificar si tenemos problemas con la próstata.

FERNANDO: ¡Qué vergüenza! Cuando salí del consultorio me imagino el comentario de los que allí estaban: -otro que sale con las nalgas engrasadas y el culo roto-. ¡Coño, prefiero morirme de cáncer que tener que volver al urólogo!

CRISTINA: (*Vanidosa se mima frente al espejo.*) Ese Láser es divino. Me eliminó las venitas varicosas sin dolor alguno. Me depiló los bellos indeseados y unas manchitas que tenía en los pómulos. Y para minimizar las líneas de expresión nada mejor que el "Botox", un medicamento que me inyectó el doctor que paraliza el músculo, lo que provoca una reducción de las líneas de expresión y las arrugas.

ESPEJO: (*Fernando ríe a carcajadas.*) Me gusta verte reír.

FERNANDO: Es que recordé que los

otros días, luego de darme un baño, observé en los bellos públicos como unas escamas blancas. Cuando me miré bien me dije: -Fernando, tienes que hacer algo. Tienes canas en los güevos-.

CRISTINA: (*Rápido.*) ¡Clairol, Clairol con ellos! ¡Mucho Clairol! ¿Recuerdas cuando descubrí mis primeras canas, espejito?

ESPEJO: Sí. La tota te parecía una mallorca.

CRISTINA: Entonces corrí a la farmacia y compré un tinte.

ESPEJO: ¿Y cómo lo hiciste? Porque no te quiero imaginar llegando a un mostrador de una farmacia y diciendo: -hola, déme un tinte para la tota, por favor-.

FERNANDO: (*Busca sobre el tocador.*) Primero el desodorante. Me encanta que sea "Baby powder". (*Busca en el tocador.*) Vamos a ver que perfume me va hoy. (*Sin decidirse.*) "Polo", de Ralph Lauren. "Boss", de Hugo Boss. "Body Kouros" de IvesSaint Laurent. Este. (*Mientras se aplica el perfume.*) Un "Ferre Pontaccio 21", un "*eau de toilette pour homme*" que podría decirse que es uno especial. A las mujeres les gusta que su hombre use un perfume atrayente y exclusivo. Y ahora el Bvlgari. Un reloj italiano que es una joya. (*Posando ante el espejo.*) Podría ponerme un Rolex pero es un reloj para hombres mayores. El Bvlgari es más juvenil.

ESPEJO: ¿Juvenil dijiste?

FERNANDO: (*Molesto con el el Espejo.*) Sí. Dije juvenil. (*Volviendo a su lascivia.*) ¿Por qué será que a nosotros nos gustan las cosas prohibidas?

CRISTINA: (*Sube las manos, las entrelaza y con la palma de las manos, simula una serpiente.*) Adán, amor mío, ¿quieres una manzanota?

ESPEJO: Es una de las grandes incógnitas que a menudo nos planteamos y la consigna que escuchamos en nuestro interior

nos hace dudar: es prohibido. Si lo haces te puede ir mal... Lo prohibido son aquellas prácticas que, de alguna u otra forma, no gozan de la aprobación, llámese moral, social o religiosa para establecer una relación con nosotros, o bien, practicarse libremente sin sufrir una represión.

FERNANDO: Es que lo prohibido tiene una gratificación más grande. Las sensaciones como que se multiplican. La excitación se vuelve incontrolable y es un momento que deseamos que se prolongue indefinitivamente. O séase, esta noche voy a comerme esa... *fruta*. Que debe estar colorá, colorá. Tierna y jugosa.

CRISTINA: ¡Y yo me comeré otra: un flamante guineo!

ESPEJO: ¿Entonces vas a jugarte esa maroma?

FERNANDO: ¡Claro que voy a jugarmela!

ESPEJO: Si roseas un poco de agua sobre el rostro la absorberá y lucirá más joven.

CRISTINA: Lo había olvidado. (*Lo hace.*) ¡Oh, que refrescante es el agua! (*Se marea. Intenta vomitar. No puede. Se repite el mareo y, jadeante, se recuesta de algún sitio.*)

ESPEJO: ¿Qué te pasa?

CRISTINA: Estoy mareada nuevamente del hambre que tengo.

ESPEJO: Come algo entonces...

CRISTINA: No puedo. ¡Podría engordar y tengo que lucir deseable!

ESPEJO: Estás escondiendo tu condición de mujer enferma.

CRISTINA: (*Molesta.*) ¡No estoy escondiendo nada! (*Intenta vomitar nuevamente.*) ¡Además, si como no podré ponerme el traje y hoy es una noche especial!

ESPEJO: Es una noche como cualquiera otra. Le damos importancia al evento cuando fue o será significativo para nosotros. Es un hombre como los demás.

CRISTINA: ¡Es... un hombre diferente,

creo! No sé si deba… Podría enamorarme.

ESPEJO: ¿A tu edad?

CRISTINA: ¡No me pongas dudas en la cabeza! ¿Qué te importa mi edad?

ESPEJO: ¡Es a ti a la que le importa!

CRISTINA: ¡No es problema tuyo!

ESPEJO: Si te molesta me concierne a mí también.

CRISTINA: Tiene algo que me subyuga. Siempre me gustaron los hombres jóvenes y más altos que yo. Mide seis pies. Sería como escalar una montaña en la cama...

ESPEJO: ¿Y...

CRISTINA: ...un trasero que me enloquece!

ESPEJO: (*Asombrado*.) ¡Cristina!

CRISTINA: ¡Ay sí, sí! ¡El próximo secreto! A las mujeres nos encantan los hombres con buenas nalgas. Yo diría que es un secreto que muchas tenemos pero no nos atrevemos a divulgarlo. En mí es casi un fetichismo. (*Lo hace*.) Cuando una toma ésta posición en la cama las nalgas del hombre quedan justas en las manos de la mujer. Las tomas sutilmente y se las acaricia. Y se las aprieta, se las soba, las golpeas... y se las mueve... y ahí es cuando el macho gime "*calabó y bambú. Bambú y calabó*". ¡Es como tener el mundo entre las manos!

ESPEJO: Estás embelesado mirándote. Esa cara dice mil cosas, Fernando.

FERNANDO: Estoy fantaseando con esta noche.

CRISTINA: A nosotras las mujeres nos encanta el sexo igual que a los hombres. Un secreto que guardamos es que fantaseamos igual que ellos lo hacen, pero por miedo a que se nos juzgue mal pocas veces lo decimos.

FERNANDO: Algo que me encanta es que una mujer sea sumisa en la cama.

CRISTINA: Hay hombres que piensan que una es una cosa. Que no sentimos igual que ellos.

ESPEJO: Unas satisfactorias relaciones sexuales en una pareja crean unos vínculos insospechados. Encadenan al matrimonio. Pero para que sean gratas tienen que agradar a los dos. ¿De qué te ríes Cristina?

CRISTINA: Que realicé una de mis fantasías.

ESPEJO: ¡Cuéntame, cuéntame!

CRISTINA: ¡Fui a "Condom World"!

ESPEJO: ¡Cómo nos recriminamos por las fantasías sexuales!

FERNANDO: Yo quería tenerlas con mi mujer y cuando se lo propuse me costó una semana sin dirigirme la palabra.

CRISTINA: Yo hubiese contestado: -Por cada una de las tuyas... yo tengo cinco-.

FERNANDO: Yo quería comprar unos condones que tenían unas protuberancias en forma de ojos y unas cuerdas de cuero para que me amarrase a la cama y que se pusiera un gorro de cuero también. Además, le prepuse hacerlo sobre la lavadora, que estaba en el cuarto de atrás.

CRISTINA: ¡Ay, que vergüenza! Entré con unas gafas enormes y de inmediato me percaté de que había más clientes que en un supermercado. ¡Todas las películas imaginables! Al fondo, un estante de penes de todos los tamaños creíbles para usarse manual o eléctricamente! Una joven se me acercó y me dijo: -Este, de nueve pulgadas, que es nuestro *best seller*, hoy lo tenemos en especial. Incluye las baterías y una pomada de Aloe Vera-. –Gracias, le dije. ¡Tenía hasta velocidades! ¡Ah, "Low", "Médium" y "High".

ESPEJO: ¡Cuéntamelo rápido!

CRISTINA: Fui a la caja registradora y le dije a la muchacha: -*envuélva-melo, por favor. Es para una amiga*-. Y la joven me contestó: -*todo el mundo lo compra para una amiga*. Me compré, además, una variedad exquisita de condones de varios colores y sabores. ¡Ay, qué *kinky*, un pene fosforescente, azul o anaranjado con sabor a Coco-Rico! Por eso nunca entendí la actitud de Gustavo. Porque si existe una mujer que le guste fantasear, esa soy yo.

FERNANDO: El querer se compone de varias cosas. Yo quería profundamente a mi esposa. Amaba a mis hijos y me sentía feliz con tener un hogar. El sexo era un complemento a esa felicidad. Un día me moriré sin entender a las mujeres.

CRISTINA: Ni yo a los hombres. Y creo que en muchos aspectos casi todas las mujeres los envidiamos. Se les está permitido muchas cosas por el mero hecho de ser hombres. Por ejemplo, en una fiesta, una mujer sola no se ve bien, no se ve bonito.

FERNANDO: "Esa debe estar buscando macho".

CRISTINA: Unas mujeres que anden en conjunto siempre se les hará saber que les falta algo y ese algo es un hombre. Las mujeres que están solas se les llama...

FERNANDO: "Mujeres sueltas".

CRISTINA: Es de hombre estar en un bar, solo, dándose una copa. Y puede llegar a su casa a la hora que le dé la gana. Si una mujer llega a las dos de la mañana…

FERNANDO: Viene de un motel.

CRISTINA: Fíjate espejito, qué muchas ventajas tienen los hombres...

ESPEJO: Muchísimas, y por lo visto, por más que las mujeres luchen por sus derechos y proclamen igualdad, en nuestra sociedad y en otras tantas, lo que significa ser Hombre, siempre estará por encima de la mujer.

CRISTINA: (*Realizándolo.*) Si algo le envidio a los hombres es que pueden caminar por un centro comercial y rascarse sus partes intimas delante de todos, sin importarles un divino.

ESPEJO: Eso es muy de hombre. ¡Linda te verías tú caminando por Plaza Las Américas rascándote el *bollo*! Eso no te va. Se espera que la mujer sea recatada.

CRISTINA: ¡Pero es que nos pica igual! Sin embargo tenemos que aguantarnos el hormigueo y caminar así, (*Haciéndolo. Rascándonos con los muslos.*) Oye Espejito, ¿y es cierto que algunos hombres... se lo miden?

FERNANDO: Es que los hombre siempre estamos retándonos y glorificándonos de nuestra hombría. Por eso, todos, hemos cogido la cinta métrica en algún momento de nuestras vidas.

ESPEJO: La eterna fijación del hombre es su pene.

FERNANDO: Linda se vería una mujer diciéndole a otra -yo la tengo más grande que tú-.

ESPEJO: Pero la supremacía de la mujer no reside en esos asuntos tan presuntuosos.

CRISTINA: Eso es así. La mujer tiene algo supremo. ¡Único! Simplemente es rociada por el hombre y entonces comienza a resplandecer su vientre. Comienza el descuadre de la preñez y luego de un tiempo, esplendorosamente, vibra la rosa que escondía, celosa en su vientre. Ensangrentado llega el capullo, que luego se aparta como un cosmos desigual a correr el mundo, como si nunca hubiese tenido nada que ver con la caverna que lo engendró.

ESPEJO: ¿Orgullosa de ser mujer?

CRISTINA: ¡Orgullosisima!

ESPEJO: Cristina, ¿y cuántos años me dijiste que tiene ese espécimen con el que vas a salir esta noche?

CRISTINA: No te lo dije. ¡Pero si te hace feliz tiene... veintidós años!

ESPEJO: ¿Y le dijiste la tuya?

CRISTINA: ¡Jamás!

ESPEJO: ¿Y por qué no lo haces?

CRISTINA: Nunca decimos la edad por

miedo a que no nos quieran.

ESPEJO: Pero en algún momento tendrás que admitirle que ya no tienes veinte, ni treinta, ni treinta y nueve... ¿Has pensado alguna vez que, en algún momento, llegarás a vieja?

CRISTINA: ¡Yo nunca voy a ser vieja!

ESPEJO: La vejez da sabiduría.

CRISTINA: Pues mira, prefiero quedarme bruta. Ahora, lo más importante, es que voy a salir esta noche con...

ESPEJO: ...un joven de veintidós años. Me alegra que aceptes tu infantilismo.

CRISTINA: ¡No padezco de hefebofilia! No imaginé su edad porque su cuerpo y su hablar son de hombre. Tampoco que tuviese veintidós años, auque la claridad de sus ojos y la frescura en el reír lo delataba.

ESPEJO: Estás jugando con fuego.

CRISTINA: ¡Y estoy loca por quemarme!

ESPEJO: Cristina, un joven de veintidós años no puede darte nada.

CRISTINA: ¿Y para qué voy a mirarlo con la vara de la opulencia si bien sé que no puede darme bienes? Además, nunca me atrajo un hombre por su posición sino por su hombría. Y eso, espejito, es otra confesión. Me atrae su alegría. La gente joven es retánte y despreocupada. Corren de prisa y llegan a mil sitios a la misma vez. ¡Como si tuviesen alas en las piernas!

ESPEJO: A lo mejor se trata de una buena noche y ya.

CRISTINA: ¡Pero una buena noche es mejor que mil imaginadas!

ESPEJO: ¿Y si luego te dice que sólo quería una bonita amistad?

CRISTINA: Cuando me enseñó los *push down*, lo que se le marcaba en el pantalón, no era para pensar "sobre una bonita amista". (*Mirándose fijamente al espejo.*) ¿Te hago otra confesión, querido y odiadísimo espejo? Me encanta los hombres jóvenes.

ESPEJO: Yo lo sabía, Cristina.

CRISTINA: ¡Es un atractivo que me estremece! El hombre con quien voy a salir esta noche tiene la piel fresca y rosada, como una rosa recién abierta. Su mirada es como la más alta de las olas. Su boca y labios como el más voraz de los incendios y su fuerza carnal es como el más devastador de los huracanes. (*Cambio.*) Además, un hombre joven es divertido, excitante y su hablar es refrescante. A la gente mayor siempre les duele algo. Se quejan de todo: del Income-tax, del colesterol, de la diabetes, de la gota, de las cataratas. Del agua, de la luz del teléfono, y se quejan y se quejan y se quejan y hablan y hablan y hablan... ¡Ah, veintidós años! ¡Es la edad maravillosa del que grita y del que vuela!

ESPEJO: ¿Y tú tienes...

CRISTINA: (*Leve pausa. Decaída.*) Los suficientes para sentirme cansada. ¡Oh, no lo quiero recordar! (*Se mira en el espejo. Angustiada.*) Cuando empiezan a decirle a una...

ESPEJO: -pase señora-.

CRISTINA: Cuando te tratan de…

ESPEJO: ...*usted*…

CRISTINA: …no por respeto, sino porque no hay maneras de ocultar las malditas arrugas, el caído busto, ni la deformada cintura. Cuando te dicen:

ESPEJO: -Ya sus hijos deben estar grandes, ¿verdad?

CRISTINA: Entonces uno comienza a darse cuenta que ya no es una muchacha... Que ha comenzado a decaer... Que ya no es esplendorosa como una rosa... Que ya es una... señora. ¡No soporto la piel incolora ni la peste de la gente vieja! No puedo permitirlo. (*Corre al tocador.*) Esta crema es estupenda para el busto. No hay hombre que se resista ante unos buenos senos.

ESPEJO: Los partidarios de Freud dirán que la atracción de los hombres hacia el seno está condicionada por el deseo de revivir las vagas memorias infantiles que se guardan acerca de la lactancia materna.

FERNANDO: Para nosotros no hay nada más hipnotizante que esas dos protuberancias redondas que lleva en el pecho la mujer y nos sentimos particularmente atraídos hacia los pezones.

CRISTINA: (*Masajeándose.*) La flacidez y las estrías son los enemigos número uno de los senos... esta crema mejora la elasticidad de la piel y favorece la microcirculación al nivel de la glándula mamaria. Es estupenda porque tiene colágeno y elastina que son constituyentes fundamentales de la piel y las que contienen ácido glicólico. El ácido glicólico mejora la elasticidad de la piel alrededor del seno y mejora la circulación. (*Continúa sus masajes sobre sus senos.*) Así, así... con movimientos rotativos porque reactivan la circulación y estimulan la regeneración celular. (*Se mira en el espejo.*)

ESPEJO: ¡Qué maravilla ¿Cuánto te costaron?

CRISTINA: Lo suficiente para que le diga a los que me las miren: (*Tomándose ambos senos.*) ¡Manos arriba! Paraditas, paraditas hasta que me muera. A la verdad que esta otra inversión valió la pena. Cuando me acostaba se me desparramaban. No me gustaron mis quince años. Cuando los cumplí, con un traje vaporoso, giré frente a papá hasta que el traje revoloteó hasta la cintura. Estaba orgullosísima y le pregunté: -¿cómo me veo papá? Y me respondió:

ESPEJO: (*Como el padre.*) -Estás un poco gruesa, Cristina. Si rebajaras un poco lucirías más... simpática-.

CRISTINA: ¿Pero... no me encuentras hermosa?

ESPEJO: (*Como el padre.*) Te ves de lo más mona.

CRISTINA: ¿Qué habrá querido decir papá con... "*lo más mona?*"

ESPEJO: ¿Tanto te marcó ese comentario?

CRISTINA: Jamás me llamó linda. ¿Sería porque mamá lo sorprendió al parirle una hembra y no un varón, seco y huraño como él? (*Intima.*) ¡Qué cosa, nosotras las mujeres siempre hemos sido juzgadas por los hombres! (*Corre al espejo, entrelaza sus manos entre su pelo y se admira cándidamente.*) A los quince aparenté ser soñadora, ingenua, inocente...

ESPEJO: ¿Y?

CRISTINA: ¡Que papá nunca supo que, a pesar de ser "de lo más mona", a los quince, ya había... copulado con cojones!

ESPEJO: ¡Cristina!

CRISTINA: A los quince salí con un vecino que nunca me había quitado los ojos de encima. Lo hice porque tenía algo de ferocidad. Nos fuimos en su carro una noche en que papá y mamá no regresarían hasta tarde. Le dije que quería selva, matorrales y tomamos camino hacia Caguas y Cayey. ¡Rodeada de montañas se abrió la rosa! Luego me preguntó que si era la primera vez. Yo, preocupada, le dije que sí, que era la primera vez. Lo que él nunca supo fue que era la primera vez que echaba *un polvo* dentro de un carro y a cuarenta y cinco millas por hora. ¡Ay, yo no entiendo nada! ¿Para qué querría saber si era la primera vez? Nosotras jamás le preguntamos eso a un hombre. Por el contrario, preferimos que el elegido tenga alguna experiencia... para que la cosa resulte mejor. ¡Ay, pero que no sea como El Cuidadoso! (*Corre al espejo.*) Sabes espejito, nosotras le ponemos nombre a los hombres... ¡ay, si ellos supieran cómo nos entretenemos con eso! El Cuidadoso es el que le pregunta a una- "¿estás cómoda...'"?

FERNANDO: ¿Sabes algo amigo mío?

ESPEJO: Cuéntame.

FERNANDO: Que nosotros también les ponemos nombres a las mujeres. Está La geográfica. La que dice -¡aquí, aquí, aquí!

CRISTINA: El Infantil: ¡Ay mami, ay mami...

FERNANDO: Está La matemática: -¡más, más, más!

CRISTINA: Y el Médico siempre pregunta -¿te duele, te duele?

FERNANDO: ¡Está La religiosa! -¡Ay Cristo, ay Cristo! La suicida: -¡Me muero, me muero!

ESPEJO: Y la profesora de Inglés: -¡Oh my God, oh, yes, oh yes!

CRISTINA: Está El clarividente: -¡lo siento venir, ya casi viene, lo veo, lo veo!

FERNANDO: Y está La negativa: -¡No, noo, nooo!

CRISTINA: ¡Tontos, todos son unos tontos! Lo importante es tener un hombre. No importa si sabe que París está en Europa o que Manhattan está en Nueva York. Si el Sushi es un plato japonés o italiano. ¡Lo que importa es que lo haga bien! Sí. Porque cuando un hombre sabe hacerlo no hay mujer que lo deje. No importa que tenga una gran educación, que gane un gran sueldo. Si lo hace bueno es el mejor hombre del mundo. Antes yo era llenita. Casi, casi gordita. Gustavo también. Pero no nos importaba porque nos queríamos. Pero cuando te dejan, y uno se sienta en el taburete del inodoro y los chichos de la barriga te tapan hasta la... Entonces es cuando una dice: -que fea estoy-. ¿Y a quién le va a gustar tanta grasa? Entonces uno se tira para la calle y ve a esas niñas tan apetecibles, sensuales, con esas cinturas tan provocativas... Las revistas te atosigan con mujeres delgadas, divinas, etéreas...

Mientras que las demás mortales tenemos que levantarnos a las seis de la mañana para ir a trabajar y para ponernos la odiosa faja que, al menos, nos reduzca dos pulgadas de cintura.

ESPEJO: Es la historia de un buen libro que tiene que tener una buena portada para que se venda. (*Baja en el área de Cristina y sube en la de Fernando.*) Te has callado de momento ¿Qué te pasa?

FERNANDO: Pensaba en Mercedes.

ESPEJO: ¿La que fue tu esposa?

FERNANDO: Sí. Nunca entendí el motivo de su separación. ¿Sería porque jamás logré complacerla sexualmente? Me niego a aceptarlo. Yo siempre fui como un toro.

ESPEJO: (*Como Mercedes.*) -Fernando, lo más conveniente es separarnos-.

FERNANDO: Tenemos todo lo que un matrimonio aspiraría. Salud, unos hijos preciosos, estabilidad económica y yo te amo.

ESPEJO: -Yo quiero vivir. Ir donde quiera, que nadie me pregunte a dónde voy... Hacer todas esas cosas que se hacen cuando se es libre...

FERNANDO: ¡Pero tú eres libre!

ESPEJO: ¡-No, no lo soy! ¡Yo quiero vivir! (*Y sale.*)

FERNANDO: ¿Qué significaría *vivir* para Mercedes? No hubo manera de retenerla...

ESPEJO: ¿Triste?

FERNANDO: Sí. Mercedes desoló mi vida. Con lo que me gustaba tener una familia. Yo era el tipo de hombre que gustaba sentarme a cenar rodeado de toda la familia. El primero en preocuparse en tener un árbol de Navidad, con cientos de bombillas encendidas era yo.

ESPEJO: ¿Cómo te ha ido la vida de soltero?

FERNANDO: Mal. Me siento inmensamente solo.

ESPEJO: ¡Vamos, sube ese animo que hoy tendrás compañía.

FERNANDO: (*Absorto.*) Sí.

ESPEJO: ¡Me alegro! Créeme que me alegro. Llevas demasiado tiempo solo.

FERNANDO: Las mujeres bregan mejor con la soledad que nosotros los hombres. Ellas pueden distraerse con tantas cosas. Los hijos siempre se quedan con las madres y en su cuidado pasan las horas. Se pierden por la cocina y por el patio de la casa sembrando flores... limpian, planchan, leen... No he logrado restablecerme desde que Mercedes se marchó.

CRISTINA: (*Arqueándose.*) ¡Ay no! ¡Otra vez los dolores!

FERNANDO: Si de algo estoy orgulloso es de haber nacido hombre. Las mujeres son complicadas en todo. Su periodo de menstruación vuelve loco a cualquiera y les produce un dolor terrible. En algunas ocasiones, lo toman de pretexto para no tener relaciones.

CRISTINA: Es que a ellos se les olvida, muchas veces, que se casaron con otro ser humano y no con una máquina que siempre está ahí, dispuesta a tener cama cuando ellos quieran. Me es muy desagradable tener relaciones cuando tengo la menstruación. Recuerdo que una noche *Gustavo* quiso tener relaciones a toda costa y no me quedó más remedio que complacerlo. Como quiso hacerlo tan de inmediato olvidé quitarme el tampón viejo.

ESPEJO: ¡Y se desapareció el tampón!

CRISTINA: No hay modo de que se pierda. El nuevo sólo empujará al viejo más dentro de la vagina.

FERNANDO: Estoy seguro que, habemos muchos, que no nos gusta ver esos menesteres.

CRISTINA: Entonces una se agacha y revisa el interior de la vagina con el índice y el pulgar para tratar de hallar el cordel.

ESPEJO: Lo más recomendable es buscar ayuda médica.

CRISTINA: Linda me vería en la Sala de Emergencia diciéndole al médico de turno: -Hola. Mire, se me perdió el tampón dentro de la vagina, ¿sería tan amable de sacarlo?

FERNANDO: Y cuando dicen que van a sangrar... ¡ay, eso me fastidia!

CRISTINA: Muchos hombres no saben que el óvulo no fertilizado baja y al hacerlo, viene desgarrando las paredes del útero. Por tal motivo la mujer se desangra. ¿Sabes que hay muchos hombres que se casan sin saber que el gusto de la mujer reside en el clítoris y que éste es mucho más sensible que el pene?

FERNANDO: ¡Pero qué complicadas son las mujeres!

CRISTINA: (*Invocando.*) ¡Dios mío, has un milagro y compláceme, no me dejes morir sin ver un macho con dolor menstrual!

FERNANDO: Hasta para orinar son un problema. Nosotros queremos hacerlo y es la cosa más fácil del mundo. Podemos hacerlo de pie y hasta caminando. El chorro de nosotros va a parar como a una yarda de distancia.

CRISTINA: ¡Ay, nosotras nos mojamos toda!

FERNANDO: Sacudimos y ya. Estoy convencido que nosotros somos más limpios.

CRISTINA: Pero la última gota es del calzoncillo. Pero nosotras también tenemos unas ventajitas que estoy segura que los machos envidian.

FERNANDO: Nosotros los hombres no tenemos nada que envidiarle a las mujeres.

CRISTINA: ¿No? ¡Nosotras podemos eyacular cuatro, cinco, seis veces si nos da la gana en menos de una hora! En cambio ustedes, una vez que lo hacen, se les muere. (*Mofándose.*) –Vamos papito, dale, dale. ¡Párate! ¿Pero qué te pasa? ¿Conque está *"moridito"* todavía, verdad? ¡Vamos, dale que estoy esperando! Tienen que hacer malabares para que "don Juanito" vuelva a despertarse.

ESPEJO: Oye Cristina, ¿le llamaste "don Juanito" al pene?

CRISTINA: Sí. A los hombres les encanta ponerle nombres a sus "cosos".

FERNANDO: Pero ustedes no pueden vivir sin "don Juanito".

CRISTINA: (*Resumiendo.*) Como tampoco ustedes no pueden vivir sin ellas. ¿Sabes una cosa, espejito? A veces pienso que el pene tiene vida propia porque el hombre quiere, pero "don Juanito" no puede. ¿Quieres saber una palabra que a los hombres les da terror? Es un secreto bien, pero que bien guardado. Flacidez. (*Fernando, preocupado, se mira al espejo.*)

ESPEJO: ¿Qué te pasa, Fernando?

FERNANDO: Nada.

ESPEJO: Estás pensando si, con la mujer que vas a salir esta noche, puedes tener una relación sexual satisfactoria, ¿verdad?

FERNANDO: (*Esquivándolo.*) No...

ESPEJO: Mírame fijamente. La clave para el arranque sexual no está dentro de las piernas. Está en el celebro que es el principal órgano sexual del hombre el cual envía impulsos nerviosos a través de la espina dorsal para incentivar la erección. ¡El juego erótico es una chispa eléctrica!

FERNANDO: (*Evadiéndolo.*) Hablemos de otra cosa.

ESPEJO: Ahí radica tu problema, ¿verdad? Cuando un hombre se excita sexualmente el pene se llena rápidamente con más sangre que lo normal. Luego se expande, se calienta y se endurece. Esto se conoce como erección.

FERNANDO: ¡No te metas conmigo!

ESPEJO: Busca en las entrañas de tu espejo.

FERNANDO: ¡Yo no tengo ese problema!

ESPEJO: (*Acosándolo.*) ¡Lo tienes!

FERNANDO: No

ESPEJO: ¡Claro que lo tienes!

FERNANDO: ¡No!

ESPEJO: ¡Claro que sí! (*Fernando evade de la presencia fulminante del espejo.*) No me esquives porque siempre vas a llegar a mí.

FERNANDO: ¡Te juro que no!

ESPEJO: ¡Estás mintiéndote!

FERNANDO: ¡No!

ESPEJO: ¿Y por qué me evitas el tema? Vamos, cuéntame.

FERNANDO: (*Leve pausa*) ¡Tengo un miedo espantoso de llegar a la cama con esa mujer y no poder...

ESPEJO: ¡Vamos, dítelo!

FERNANDO: ...de no poder... penetrarla... no estoy funcionando como hombre. ¡Quiero... pero es que no puedo, no puedo!

ESPEJO: Voy sacarte de dudas. La flacidez en un hombre puede ocurrir por varios motivos. ¿Sabes lo que quiere decir traumatismo? Es el trastorno psíquico producido por un choque.

FERNANDO: ¿Qué quieres decir?

ESPEJO: Busca dentro de ti. ¿Qué es de la vida de Mercedes, la que fue tu esposa?

FERNANDO: ¡No sé ni quiero saberlo!

ESPEJO: (*Acosándolo.*) ¿Supiste lo que significaba para ella... *vivir*?

FERNANDO: ¡No quiero recordarlo!

ESPEJO: Es una confiabilidad entre tú y yo. Nadie tiene que enterarse. Anda. ¡Quítate ese peso de encima porque no tienes la culpa!

FERNANDO: ¡No quiero hablar de eso!

ESPEJO: Sí. Quieres hablarlo.

FERNANDO: ¡Cállate!

ESPEJO: ¡Confiésamelo a mí que soy tú espejo!

FERNANDO: (*Rencorosa pausa. Iracun-*

do.) ¡Está... viviendo con una mujer y eso me desconcierta! ¿Acaso soy tan poco hombre?

ESPEJO: Si se hubiese ido con un hombre, eventualmente, le hubieses dejado libre el camino. Pero fue con una mujer y eso es lo que te perturba. Eso es lo que te duele. No fue culpa tuya. ¿Qué dispone que un ser tome ciertas decisiones, inequívocas para algunos y satisfactorias para otros? Olvídate de Mercedes. Déjala que marche por los caminos que su inclinación le dicten porque no eres el responsable de sus actos.

FERNANDO: (*Explosivo.*) ¡Nos enseñaron a ser duros, insensibles al dolor y que el llorar es cosa de mujeres!

ESPEJO: Amigo, muéstrame el secreto que guarda tu pecho.

FERNANDO: (*Atormentado y colérico.*) ¡No he podido olvidarla! Me despierto y la siento aquí, perforándome la cabeza. Todo el día la tengo presente. Y cuando llega la noche su presencia se hace más cercana y su traición me descompone.

ESPEJO: Mientras le tengas rabia, esa persona te cambia el sistema. Te controla. Mientras le tengas rabia te manipula. Hasta que no la sueltes te tiene en la mano. ¡Suéltala y podrás ver el horizonte!

FERNANDO: ¿Cómo lo hago?

ESPEJO: Quitándote la culpa y perdonando. (*Fernando baja la cabeza y se ahoga en llantos. ¡Pausa!*) ¿Un poco más tranquilo?

FERNANDO: Y un poco más libre.

ESPEJO: Cuando se es libre se vive con la esperanza de mirar hacia el mañana. ¡Y estás al borde de lograrlo! Depende de ti. Anda. Vístete. Date esa oportunidad qué te espera una noche espectacular! (*Fernando hurga en el ropero y prueba varios trajes.*) ¿Y tú, Cristina, cómo van los preparativos para salir con un joven de veintidós años que promete el mejor de los encuentros?

CRISTINA: No sé si salga con ese muchacho.

ESPEJO: ¡Vamos, Cristina, qué pasa!

CRISTINA: Reconsideraba tus palabras. (*Queda frente a frente al espejo.*) Ya no soy una mujer joven. Mira, aquí, junto a la oreja. Hay una cicatriz que sale y se esconde dentro del cabello. En los pezones también tengo suturas porque me arreglé el busto. Por acá hay otra. Estoy llena de cicatrices y aunque nadie las ve yo sé que están ahí. Me siento tan vieja... y fea. (*Le da la espalda al espejo. Desfallecida.*) ¡Qué puedo esperar de ese joven!

ESPEJO: ¡Vibraciones tempestuosas!

CRISTINA: Y yo me cansaré, tratando de alcanzarlo. De momento he recordado a Gustavo. ¿Te digo un secreto querido, queridísimo y odiado Espejo?

ESPEJO: Sí.

CRISTINA: Fue Gustavo el que no pudo bregar...

ESPEJO: Lo sabía. Yo siempre he sido la madriguera de tus mentiras. ¿Quieres que te diga otro secreto, uno que tienes muy guardado?

CRISTINA: Sí.

ESPEJO: Gustavo no pudo "bregar" cuando al fin descubrió que, su única hija, no era de él. (*Cristina, emocionada y aceptándolo, baja la cabeza.*)

CRISTINA: ¿Y te hago otra confesión amado y aborrecido espejo?

ESPEJO: Claro.

CRISTINA: (*Vacía.*) No hice nada por retenerlo.

ESPEJO: (*Alentador.*) La esperanza es como un marullo que se convierte en ola. Hay que treparse en su cresta para ver qué hay en la orilla. Les dije que podría ser su mejor aliado. Allá fuera, en algún sitio, hay un joven de veintidós años que espera por una mujer. Y en otro lugar, unas medias transparentes se deslizan por entre piernas glamorosas aún. ¡Vamos, sean como la flor que, aunque nace para tan breve vida: ¡nace! ¿Van a dejar que se les pase esta noche?

CRISTINA: (*Reviviendo. "Correcorre".*) No. ¡Claro que no! ¡Voy a salir con ese joven... porque me hace sentir igual! (*Se llena de entusiasmo. Poniendo un traje sobre sí y modelando frente al espejo.*) ¿Qué te parece este traje?

ESPEJO: Está bien. Pero esta noche deberías lucir más regia que nunca. (*Cristina busca otro traje. La habitación se llena de una adolescente alegría.*)

FERNANDO: ¿Y este traje, me luce bien?

ESPEJO: Un poco formal para una primera cita... (*Fernando busca otra chaqueta.*)

CRISTINA: ¿Y este...

ESPEJO: No. Aquel. Lucirías más jovencita con aquel, que tiene un seductor escote... (*Cristina busca otro traje.*)

FERNANDO: ¿Qué te parece este?

ESPEJO: Nada de trajes para esta noche, Fernando. Con aquel *sweater* lucirás irresistible.

CRISTINA: ¡Este me hacer lucir más joven!

ESPEJO: ¡Pues ése es el perfecto!

FERNANDO: (*Admirándose.*) ¡Qué bien me veo esta noche!

CRISTINA: (*Delirante, dando giros frente al espejo.*) ¡Ay, este traje me queda divino! (*Para en seco. Esperanzada, pregunta.*) Espejo, ¿tú crees que ese joven me encontrará al menos... elegante?

ESPEJO: ¿Elegante simplemente? Voy a decirte algo que tu padre jamás te dijo, y créeme, yo soy tu más justo amigo. ¡Ese joven te encontrará... linda!

CRISTINA: (*Rebosante de alegría.*) ¡Ay, gracias, querido espejo! ¡Te amo, te amo! Cuando me siente en esa mesa y cruce tímidamente las piernas, ese hombre va a quedar muerto. ¿Sabes una de

las ventajas que tiene ser mujer, espejito?

ESPEJO: Dímela.

CRISTINA: Podemos cruzar las piernas sin temor a que nos duelan las bolas.

FERNANDO: ¿Sabes una de las ventajas que tiene ser hombre, espejito?

ESPEJO: Dímela, Fernando.

FERNANDO: ¡No tenemos que juntar las piernas para que no se nos vea la to*ta*! Bueno, estoy listo para el encuentro.

ESPEJO: Hoy, en nuestra sociedad, muchos de nuestros valores están como trastocados. Apenas se habla de la unión familiar, de la moral y del amor. Lo más importante es el sexo, y luego, si queda tiempo se habla de la convivencia. Supón que la cita de esta noche fuese todo un éxito y se sucediese otra y otra, ¿existiría la posibilidad de algo más serio con esa mujer, volverías a casarte?

FERNANDO: ¡Claro que sí!

ESPEJO: Me alegro. Ah, no te olvides de llévate "*las azules*" en caso de que tengas alguna duda.

FERNANDO: (*Toma el frasco de pastillas.*) ¡No las necesito porque se me acabaron los traumas! (*Lo tira.*) ¡Se me va a parar solo! (*Sale. Cristina está tirándose una última roseada de perfume.*)

ESPEJO: Cristina ¿y si ese joven te pide lo mismo que una vez te pidió Gustavo?

CRISTINA: Bueno... ¡Entonces no tendré más remedio que dárselo! (*Sale. De inmediato Fernando aparece sentado en una mesa al lado izquierdo, primer termino del decorado y fuera de éste. Muy sonriente Cristina llega hasta él.*) Hola...

FERNANDO: (*Levantándose.*) ¡Hola Cristina! (*Se sientan.*)

CRISTINA: ¿Llego tarde?

FERNANDO: No. (*Ensimismado.*) ¡Estás preciosa!

CRISTINA: ¡Ay, no me mires así que sonrojo!

FERNANDO: ¡Es que luces espectacular! ¡Pareces una niña!

CRISTINA: ¡Ay, gracias! (*Extasiada.*) ¡Y tú... desde que te conocí, siempre me pareciste un joven de veintidós años!

(*El Espejo sale por el marco superior, se detiene, se da vuelta y un espejo baja de este y el público se ve reflejado en él. Entonces es que, cortante, baja el telón.*)

Telón

Secretos y confesiones de un hombre y una mujer frente al espejo. **Reparto:** Luisa de Los Ríos, Luis Raúl, Gustavo Rodríguez.

ES
ESCE[

SÁBADO 29 DE ENERO

Juan González y Joseph Amato

Periódico El Vocero, Escenario, 29 de enero de 2000 para celebrar los 30 años de Producciones Candilejas para el estreno *Hoy se casa mi amante*.

84 ASÍ   jueves, 4 de marzo de 2010 **PRIMERA HORA**

TEATRO

Nelson Millán y Juan González en *Bent.*

Cuento de hadas unió a Francisco Prado y Myrna Vázquez.

Lucy Boscana actuó en *La plena murió en Maragüez.*

Producciones Candilejas Los creadores Juan González-Bonilla y

Cuatro décadas de

La compañía presenta este fin de semana *El show de Lulo*

AMARY SANTIAGO TORRES
Primera Hora

La Internet, la variedad de espectáculos y otras ofertas de entretenimiento son los mayores desafíos que ha enfrentado la industria teatral en los últimos 10 años.

Por tal razón, para la compañía Producciones Candilejas es motivo de celebración cumplir 40 años en la tambaleante escena teatral.

Sus creadores Juan Gonzá-lez-Bonilla y Joseph Amato coinciden en que el auge masivo de la red cibernética, los nuevos aparatos tecnológicos, los altos costos de producción y la ley sobre los descuentos de ancianos (Ley 108) les han hecho el camino difícil, pero han logrado solidificarse gracias al balance de sus obras, algunas de contenido social y otras enfocadas sólo en divertir.

"Trabajamos duro para mantenernos. Los costos de producción están por las nubes y la ley de envejecientes que, aunque uno quiere ser generoso, nos ha afectado, porque se meten 25 personas que no pagan. Igual, hemos tenido que batallar hasta con los iPod,

> ## ❝
> "Nosotros logramos presentar el teatro no sólo para una clase social, sino para todo el mundo. Ése ha sido nuestro mayor logro"
>
> **JOSEPH AMATO**
> Productor
> ## ❞

porque la juventud tiene otras formas de entretenerse que no son el teatro", mencionó el dramaturgo y director.

"En los últimos 10 años, el espectador tiene más alternativas y tenemos que luchar con la oferta. El teatro tiene una visión cultural, pero no deja de ser negocio y tiene que mercadearse, entonces entre espectáculos y la presión económica, la situación es más retante", añadió Joseph Amato.

Amato le adjudica a Producciones Candilejas el cambio de visión sobre el teatro. Según aseguró, a raíz de sus proyectos, la gente disipó el "sello elitista" que poseía el teatro y ha sido apreciado por un público diverso.

Johanna Rosaly y Flor Núñez estelarizaron *Flor de presidio.*

Gladys Rodríguez en *La carreta*, de René Marqués.

Johnathan Dwayne y Alba Nydia Díaz en *Palomas de la noche*

La casa de Bernarda Alba, con Ángela Meyer, Eileen Navarro y Mercedes Sicardó, entre otras

231

Tiempo muerto con
Braulio Castillo y
Johanna Rosaly

Jimmy Navarro, Juan González y Jaime Bello en La jaula de
las locas

Joseph Amato han presentado 108 obras

supervivencia

"Nosotros logramos presentar el teatro no sólo para una clase social, sino para todo el mundo. Ése ha sido nuestro mayor logro", comentó quien ha estado al frente de los trabajos *Femenicidio*, *Primer congreso de esposas felices*, *Devuélveme a mi marido, perra*, *El veneno se sirve a las 8:00 p.m.*, *Las solteronas de la Calle San Sebastián* y *Flor de presidio*. Este dúo ha realizado 108 producciones en cuatro décadas.

Amato es consciente de que han tenido altibajos, que han dependido del gusto del público y el momento histórico. En el 2009, un año "difícil" para los puertorriqueños, trajeron a escena *Femenicidio*, que no

contó con el respaldo del público porque, según sus creadores, la gente no quería mirarse en el espejo de la violencia doméstica. No obstante, por lo general, cuando se han ido por la línea de la comedia, abarrotan las salas de teatro.

"El público vive en un escapismo de la realidad. Con la presión económica, las tragedias de Haití y Chile y nuestros conflictos, la gente no quiere enfrentar los problemas. Nosotros somos el espejo de la realidad y, a veces, nos sentimos obligados a traer un tema que duele, pero el pueblo no está preparado para verse en un escenario", justificó el productor Amato.

Producciones Candilejas re-

toma la comedia con *El show de Lulo*, que se presenta a partir de este viernes, a las 8:30 de la noche, en el Centro de Bellas Artes de San Juan. Esta burla de los *talk shows* contará con las actuaciones de Luis Raúl, Sully Díaz, René Monclova, Noelia Crespo, Deddie Romero, Alf Warrington, Johanna Ferrán, Francis Rosa, Linnette Torres y Rafo Muñiz.

"El público entrará a un estudio de televisión y verá cómo se graba, lo que sucede durante los comerciales y cómo se manipula la información. Es entretenimiento, pero también una crítica al mundo de estos programas que pelean por los *ratings*", comunicó.

El show de Lulo, la más reciente propuesta de Candilejas, encabezada por Luis Raúl

Sharon Riley y Johnathan Dwayne en Palacios de cartón.

232

LOS TRAVIESOS DIABLILLOS SEXUALES DE JUAN GONZALEZ-BONILLA

Por Abniel Marat
Antropólogo, Critico y Dramaturgo

En las Culturas Primitivas, el sexo, nunca ha sido un Tabú. Margaret Mead, la famosa antropóloga Americana, escandalizó al mundo con su libro: "Coming age in Samoa". Describió, la vida sexual de los jóvenes en esa idílica isla del Pacífico, donde se les permitía a todos tener sexo con todos hasta encontrar la pareja ideal. El divorcio y la infidelidad no existían en esa sociedad. El adulterio se pagaba con la muerte. Y hasta que la muchacha no encontrara al varón que la hiciera completamente feliz, tenía la libertad sexual. Los altísimos Massai de Kenya se maquillan como mujeres y se cubren el cuello con collares vistosos, bailando y brincando, para llamar la atención de las muchachas de su tribu. Las mujeres son las que escogen al macho entre los Massai. Cuando les gusta un hombre, simplemente se lo llevan a la cama.

Si no se sienten satisfechas con él, escogen a otro. Hasta encontrar al hombre ideal. Algunos historiadores de Indias escribieron escandalizados sobre las costumbres sexuales de los nativos de nuestra América, porque nuestros indios hacían el amor al aire libre y delante de todos.

La Moral Católica se impuso en Occidente. El mundo cristiano considera al sexo como algo "pecaminoso". Los Hindúes, por el contrario, le han dedicado al sexo los templos más hermosos de la India. Todas las posiciones sexuales del Kama Sutra se encuentran esculpidas en las piedras de estos Templos. Cuando los ingleses conquistaron a la India, debido a la moral de la Reina Victoria, mandaron a destruir todas las escenas de amor entre hombres con hombres y mujeres con mujeres. La Teología Hindú enseña que el sexo es un chacra que se abre para intercambiar energía. La esencia de Brahma, el dios creador en la trilogía hindú. En el "Mahabarata", el poema épico más extenso del mundo, los hindúes nos cuentan la historia de una mujer que quiso tener un pene inmenso, y después de largos años de penitencia y difíciles experiencias con el Yoga, logró dejar de ser mujer y se transformó en un hombre. Por el poder de su mente y por la energía mística del Yoga obtuvo su deseo. Se transformó en uno de los guerreros más famosos de India y peleó contra Krishna. Al final, murió como mueren los hombres...

Leyendo esta nueva comedia de Juan González-Bonilla, recordé mis años de bibliotecario en el Museo Americano de Historia Natural de Nueva York. Cuando murió Margaret Mead, tuve el privilegio de organizar todos sus papeles y manuscritos, de inventariar todas sus primeras ediciones y libros famosos. Años después, me tocó hacer lo mismo- en la Biblioteca de la Escuela de Medicina de la Universidad de Cornell- con los manuscritos y papeles del Dr. Pappanicolau, el científico que había descubierto la prueba del Cáncer Cervical.

Este gran comediógrafo nuestro conoce muy bien la naturaleza humana. Somos seres muy frágiles. Sólo existen tres grandes misterios en la Vida: Dios, la muerte y el sexo. Y de sexo se trata esta comedia. Del macho boricua a la caza de su presa: la hembra sabrosa y carnosa del Caribe. ¿Quién caza a quién? ¿Termina el cazador, cazado? ¿Cómo es el juego del amor en nuestro país? ¿Qué significa el sexo en nuestras vidas? ¿Por qué a

233

la hora de revolcarnos en la cama, a la moral Cristiana se la lleva el Diablo? O mejor dicho los traviesos diablillos sexuales que nos torturan la Conciencia y que nos hacen suspirar de felicidad. Todas estas preguntas obtienen sus respuestas en esta magnifica comedia titulada *"Secretos y confesiones de un hombre y una mujer frente al espejo"*. Detrás de la aparente frivolidad, del chiste vulgar y chabacano, de la gratificación instantánea; de lo que nos habla Juan González-Bonilla es de la Aventura Humana. Estamos vivos. Somos. Y cuando nos desnudamos frente al espejo, encontramos a nuestro ser verdadero. Yo tengo la impresión de que el teatro de Juan González-Bonilla es más profundo de lo que parece. El problema de la COMEDIA es que nadie la toma en serio. Algún día alguien estudiará todo el teatro de este magnifico comediógrafo nuestro y descubrirá grandes y profundas verdades sobre la realidad puertorriqueña a finales del siglo 20 y principios del siglo 21. Yo siempre he creído en el talento de Juan González-Bonilla como dramaturgo. Yo tuve fe en él. ¡Y no me siento defraudado!

Tríptico Portorricensis
Tríptico Portorricensis: Tres Obras Magistrales De Juan González-Bonilla, Nuestro Gran Comediógrafo Nacional...

Por Abniel Marat
Dramaturgo y Critico Teatral
11 de octubre de 2000

Si Juan González-Bonilla no hubiese sido Dramaturgo tendría que haber sido pintor de Trípticos. En la pintura Europea del Renacimiento recordamos los nombres de Gentile Da Fabriano, de Giotto, de Pietro Lorenzetti, maestros italianos que pintaron la realidad circundante en Trípticos que hoy nos asombran por su belleza plástica y por la maestría de su perfección. Pero, el Tríptico como forma de expresión plástica alcanza su máximo esplendor en Mathias Grunewald y en Hubert y Jan Van Eyck. El fenómeno óptico de este último pintor recoge, en sus tablas triples, todo un mundo social, económico, político y religioso en pinturas que son casi miniaturas. En un espacio reducido vemos a todo un pueblo desde todas las perspectivas posibles. Los antecedentes, en la Historia de la Pintura, de este fenómeno óptico se remontan al Arte de los Moghules en la India y a la Pintura China de las últimas dinastías.

En <u>Divorcio a lo puertorriqueño</u>, Juan González-Bonilla recogió la hipocresía social que genera el Machismo en la Sociedad Puertorriqueña Contemporánea. Las comedias de este autor nuestro son mas serias de lo que parecen. Todos los personajes de esta obra nos hicieron reír y nos hicieron reflexionar sobre nuestra realidad de pueblo Caribeño. Los mecanismos psicológicos del Machismo Puertorriqueño no han podido ser estudiados de una manera mejor que en esta gran Comedia de Enredos.

En <u>Velorio Boricua</u>, Juan González-Bonilla utiliza la imagen de El Velorio, de Francisco Oller, y nos pinta, nos retrata, la hipocresía social de una familia materialista que antecede el dinero a los valores humanos. En mi Crítica de Teatro publicada por el Periódico El Vocero hice un análisis bastante abarcador de todos los símbolos contenidos en esta magnifica Comedia nuestra.

¡Huracán Criollo! es la tercera tabla de este Tríptico Portorricensis escrito y pintado magistralmente con palabras. La frase idiomática, el aforismo caribeño, la cafrería, el relajo, el vacilón, la "vayoya", "la palabra en puertorriqueño" que inició nuestro gran Luis Rafael Sánchez, tiene asegurada su perpetuidad en el Teatro de Juan González-Bonilla.

Todos los tipos de hombres y mujeres que conforman nuestro perfil nacional encuentran un espacio en estas "Pinturas Dramáticas" que salen de las manos prodigiosas de este comediógrafo nuestro. Ese "Disc Jockey" que se convierte en un dios que todo lo controla con su relajo y su vacilón, las noticias falsas convertidas en noticias verdaderas, la realidad confundiéndose con la fantasía, la mentira y la verdad hermanadas en una comedia puertorriqueña de personajes que aparecen de la nada y se los traga la nada, nos hace meditar en nuestro destino de pueblo y en nuestra Aventura Humana.

Tres obras. Tres tablas. Tres pinturas dolorosas y cómicas de nuestra gran mascarada nacional. Un autor, un pintor, un artista que con su óptica totalizadora se convierte en un "Monstruo Sagrado", en un Cíclope con un ojo único que nos mira y nos retrata y en donde vemos reflejados nuestros misterios, nuestros dolores y el verdadero rostro de nuestra Faz Nacional.

Juan González-Bonilla. Un ojo. Una voz. Un pintor. Un "Monstruo Sagrado" de nuestro Teatro. "Y el resto es silencio", dijo Hamlet...

¡Huracán Criollo!

(**Huracán Criollo** *se estrenó el viernes 23 de Febrero del año 2001 en el Centro de Bellas Artes Luis A. Ferré, Santurce, en San Juan de Puerto Rico, iniciando el 42do. Festival de Teatro Puertorriqueño del Instituto de Cultura Puertorriqueña. Luego se presentó en el Teatro La Perla, de la Ciudad de Ponce, y en el Teatro Yagüez, de la Ciudad de Mayagüez. Fue una producción de Joseph Amato para la compañía teatral Producciones Candilejas y fue estrenada con el siguiente reparto y ficha técnica:*)

Library of the Congress ISBN Pau 2-663-072 November 30/2001
ISBN Pau 2-600-849 15 de Junio de 2001

(Reparto en orden de intervención.)

LOCUTOR:	Johnathan Dwayne	Asistente del Director: Joseph Aguayo
DELIA:	Ángela Meyer	Regidor de escena: Joseph Aguayo
BLANCA:	Elia Enid Cadilla	Diseño decorado: Félix Juan Torres
DORIS:	Nashalí Enchautegui	Diseño de luces: Ligia Rolón
RICARDO:	Luis Raúl y Juan González-Bonilla	Concepto efectos especiales: Juan González-Bonilla
ANA:	Marisol Calero	Coordinación de vestuario: Joseph Amato
GLORIA:	Olga Sesto	
VIOLETA:	Linnette Torres	

Utilería: Suannette Vidal Febus y Neida Lee Vidal Febus
Maquillaje y peinados: Carlos Flores
Diseño gráfico y digital: Heriberto Olabarría
Locución: Jaime Bello
Publicidad: Joseph Amato
Concepto cuña televisión y radio: Joseph Amato

Dirección Artística:
Dean Zayas

Producción General:
Joseph Amato

Nota: Los efectos son vitales: (*Tenemos que sentir al Huracán como otro personaje más de la comedia. Fuerza que se humaniza y golpea cada esquina del almacén. El huracán se mete por cada rendija de la portezuela y sacude cada pecho de los atrapados. Cuando el fenómeno llega la puerta tiembla incisivamente, queriendo entrar para destrozarlo todo. Entonces, toma vestigios feroces, que estrujan y asustan a los atrapados. Hay que temblar ante el fenómeno atmosférico, hay que tiritar ante su representación y sentirse minúsculo ante su fuerza. El Sistema de Alerta de Emergencia, el cual se escucha inesperadamente por la radio e interrumpe cualquier programación, es un sonido estridente, que molesta al oído. Malestar que percibimos en los personajes cada vez que suena. Recomiendo que los efectos del huracán no sean grabados, sino efectuados con máquina de viento y de lluvia y que los efectos de rayos se realicen uniendo cables eléctricos para que broten las chispas que producen su contacto. Se contó con tres técnico que golpeaban el decorado por la parte trasera y las paredes. Nosotros lo logramos y en algunos teatros existen estas maquinarias. Importantísimo y obligatorio: los actores tienen que leer los paréntesis.*)

Acto I:

La acción: (*Cinco minutos antes de que suba el telón sentiremos un aguacero constante que azota a la isla. Luego de este tiempo escucharemos el sonido del Sistema de Alerta de Emergencia. Ahora, la voz de un norteamericano emite un mensaje en español. Su pronunciación es pésima.*)

VOZ: Atención, presta mucha atención. Suplicamos que ningún ciudadano salga a la calle porque los aguaceros, que comenzaron al filo de las dos de la madrugada, han inundado casi todas las calles del Área Metropolitana, así como los pueblos de Ponce, Mayagüez, Caguas, Utuado y... bueno, la lista siendo larga... casi toda la isla. El Huracán *Rica Tota* todavía puede ser una amenaza para la isla de Puerto Rico. Así que, le suplicamos nuevamente a toda la ciudadanía, que no salga de sus casas. Tengan disponible todos los artículos de primera necesidad, y eso no incluye cerveza, licor y ni cigarrillos. Estamos hablando de velas, flashlight, repelentes y muchas curitas. Esperen las instrucciones en nuestro próximo boletín que será a la una de la tarde. Y ahora el texto en inglés. (*Escuchamos una que otra palabra en inglés...*) This is the emergency broadcasting system with an update on Hurricane Rica-Tota... (*fade out*). (*Ahora sube el telón. La luz se desparrama y nos muestra un almacén que tiene los estantes vacíos. Este almacén tiene su entrada en forma diagonal, que tira más hacia el lado derecho del actor, siendo la única entrada y salida de lugar. Hay tres ventanas tipo Miami. Hay un escritorio. Sobre éste, un teléfono, papeles y algunas libretas. Algunas cajas de papel sanitario estarán colocadas a discreción del Director. Junto a la pared del fondo hay una mesa y en el panel de la izquierda hay un pequeño radio de baterías colocado en un estante. Al centro fondo, cortando la pared, y a unos cinco pies de altura, tendremos la cabina de una estación de radio en donde estará el Locutor. Doña Delia, la encargada del almacén, está escribiendo unas notas en alguna libreta. De momento, un trueno la espanta. Se persigna y llega hasta la tablilla y enciende la radio. Se ilumina la cabina del locutor.*)

LOCUTOR: Aquí estoy nuevamente, mis panitas. Les saluda su DJ Raski Shadow. Usted está dándole oído a la emisora número uno: W.K.F.R.E. Radio Cafre, que continúa con su concurso "No es lo mismo". Mi gente, estamos rompiendo récord de popularidad en la audiencia cafrista puertorriqueña. Recuerde que, su participación puede ser la ganadora de este magnífico premio: Una casa, completamente amueblada en la Avenida Barrio Obrero que prontamente será denominada "Quisqueya Gardens". Y quien sabe, quien sabe si usted resulta ganador o ganadora de esa exclusiva mansión en Quisqueya Gardens que está rodeada de cuatro *puntos de coca*, pero tiene control de acceso y cuartel de la policía. Mi gente, aquí tenemos la participación de esta hora de nuestro concurso "No es lo mismo", del radio escucha Luisito Pérez, de Santa Juanita, Bayamón y lee como sigue: -No es lo mismo Emeterio, San Carlos, Saturnino y Eduardo que, ¡Meterlo, sacarlo, sacudirlo y guardarlo! ¡Tremendo, ni Pana, tremendo! Le recomendamos que sigan enviado sus participaciones vía cartas, fax o e-mail a ésta, su emisora favorita: Radio Cafre. ¡Ah, y en cuanto al Huracán... ajá, ah... estaban embarraos, ah! Creían que venía, ah. ¡Pues no viene ná! Cogió la curva del olvido. Dio reversa pa'trá. Tremendo, mi Pana, tremendo. Me cuentan que toda la isla está clavá. O séase que, esta ha sido una clavada general. Así que, si usted estaba clavao, desclavase mi pana, que ya es hora de cogerse un "brake". (*El sistema de Alerta de Emergencias interrumpe al Locutor.*)

LOCUTOR: (*Como el anunciante del Sistema de Alarma.*) ¡Atención, preste atención! El Sistema Nacional de Emergencias interrumpe ésta programación para informarles que, el Huracán Rica-Tota, ha tomado un nuevo giro ya que, los vientos del norte están azotando a cuarenta y cinco millas por hora y lo empuja hacia las costas de Miami. Eso quiere decir que, por el momento, el Huracán Rica-Tota no representa peligro alguno para la isla de Puerto Rico. (*El sonido de Sistema de Emergencias vuelve a sonar y se continua con la programación.*) ¿Escucharon mis panas? Dicen los americanos que no hay que asustarse con Rica-Tota. ¡Ay, Dios, cómo me pudre la cabeza el nombre de ese huracán! Te lo dije mi Pana, que ese huracán se iría pa' Miami, a darles candela a los cubanos... A la verdad que ya es hora de que se acabe este vacilón. ¡Qué temporada, mi gente! ¡Llevamos cuatro meses en este jueguito, con los filamentos de punta, o sea, los pelos de punta. Que si viene Albita… Que ya es "inminente la llegada de Dora", pero a la tal Dora le gustó más Venezuela y cogió rumbo pa' ya. Que si viene Eduardo pero Eduardo se fue a juyil. Que la que viene es Hortensia pero Hortensia, después de estar a punto de jo... robarnos la vida decidió subir pal' norte... y la lista no tiene fin. ¡Y ahora Rica-Tota,

que parece que quiere darnos duro... Pero está pensándolo porque no le gustan los picachos del Yunque. Así que, todo aquel que rompió su casucha, para hacerla nueva con los chavos de F.E.MA., se quedó puyú. ¡Mire, mi gente, es que usted no puede pretender metérselo mongo a los federales! Así que, mi Pana, Rica-Tota está comenzando a arrancar en fá y se aleja. Lo único que va a dejar son vientos de cuarenta millas por hora y un fracatán de aguaceros. ¡Ah, pero estén pendientes de "Sobaco"! Porque "Sobaco" salió de África hace siete días, y por abajo, y también viene para acá. ¡Y ahora mismito, vía fax, acabamos de recibir otra participación de un radio escucha, para nuestro concurso "No es lo mismo". Esta la envía la señora Eduviges Castro, de Carolina, y dice como sigue: -No es lo mismo huele a traste, que atrás te huele. ¡Brutal *brother*, brutal! (*Doña Delia, que ha estado trabajando con unos papeles de inventario del almacén, llega hasta la tablilla donde está el radio y lo apaga.*)

DELIA: ¡No puedo más! ¡Si algo no aguanto es la gente cafre, carajo! (*Suena el teléfono.*) Haló... ¿Teresita? Sí mija, soy yo, tu mamá... Dios te bendiga hija... ¿Qué pasó, para qué me llamas? ¡Ay mija, tú sabes que yo tengo que atender esta pocilga hasta que decidan si van a usarla o no... Pero nena, ¿tú sabes cuánto me pagan? ¡Una miseria, una miseria, porque trabajar para el gobierno es como cagar para el techo... ¡Ay sí, yo estoy loca porque venga un día de fiesta... ¡En este país no hay días de fiesta, coño! ¡Trabajo, trabajo, eso es lo que hay! (*Bajando la voz.*) Teresita, esas cosas no se hablan por teléfono... (*Tapándose la boca con la mano.*) sí, sí... ya tu pai pasó por aquí y se llevó las cajas... (*Vuelve a verificar*

238

que nadie la escucha.) No mija, ya no queda queso ni jamón de lata. La gente del almacén y los de la oficina se llevaron toda la mercancía... pa' los refugios ¿Cómo fue? (*Saca del escritorio una lata de jamonilla y la guarda en su bolsillo.*) No te preocupes, que la comprita de casa está segura. Hace rato que la mandé pa'llá. Muchacha, no sé cuando salga... Hay que ver lo que pasa con Rica-Tota. No mija, dicen que se está alejando... pero si lo acabo de oír por la radio... Nena, la Susan se equivocó otra vez... Pero Teresita, ¿cómo va a virar? Esas cosas no viran nunca. ¡Apágate la televisión y mapéame la casa que ya no viene! Eso sí, va estar lloviendo hasta mañana. ¿Y tú pai, dónde se fue? ¡Te apuesto a que está en el ventorrillo dándose la *Palmolive.* Mira Teresita, hazme un favor, tú sabes que siempre te he enseñado que respetes a tu padre, pero llégate hasta el ventorrillo y le dices de mi parte, de mi parte para que no crea que tú le faltas el respeto, ¡que no joda más y compre, por si las moscas, unos cuantos cuartones y los tenga *ready* y que, cuando termine, *que se suba para arriba* y me espere. Es por si acaso, pero no te desesperes que no viene na'. Aquí lo que se coge es una estación de radio y la tuve que apagar porque no aguanto las vulgaridades de Raski-Shadow. Bueno, si averiguo algo... (*Se interrumpe la comunicación.*) Teresita... Teresita... Haló... Haló... ¡Me cago en la Telefónica coño, desde que la vendieron no vale dos chavos... (*Se abre la puerta y entra doña Blanca. Aunque bastante mojada por el aguacero, distinguimos, por su vestuario y apariencia, que es una dama de buena condición social.*)

BLANCA: ¡Dios mío, pero qué lluvia!

DELIA: (*Amable.*) ¡Entre pa' dentro, no se moje!

BLANCA: Gracias, gracias. ¡Uh, volvió a oscurecer de momento!

DELIA: Y ahorita sale el sol de nuevo. Esto nadie lo entiende.

BLANCA: Mire cómo me he puesto. Con lo que me costó este traje. Tendré que enviarlo a "E'Leonor" para que me lo cambien.

DELIA: Pues esta batita es de K-Mart y wash n' wear y no se encoge. Cristiana, no debió tirarse para la calle.

BLANCA: En CNN dijeron que no pasaría nada.

DELIA: Lo mismo dice Radio Kafre. Pero la Susan dice que sí, que viene.

BLANCA: Pues está equivocada.

DELIA: Es que a ella le gusta llevarle la contraria a la gente. Después dijo que se alejaba, pero que tuviéramos cuidado con la virazón. ¡Ojala viniera para acabar de una vez por todas con este relajo!

BLANCA: ¡Señora!

DELIA: Bueno, ¿y para dónde usted iba con esta lluvia?

BLANCA: A unas diligencias personales pero, lamentablemente, el Mercedes cayó en la cuneta de la esquina, que está inundada, tuve que bajarme y cobijarme aquí.

DELIA: Por eso yo nunca he salido de mi Toyotita. Jamás me ha dejado a pie.

BLANCA: Y para colmo las calles están desiertas. Ni pagando se consigue ayuda.

DELIA: Es por la amenaza del huracán. La gente está en sus casas con sus familias. Menos nosotros, los servidores públicos que somos como esclavos. ¿Y usted, tiene familia?

DELIA: Por supuesto. Y grandísima. En el Condado.

DELIA: ¿Y por qué no se quedó con ella?

BLANCA: Tenía unos compromisos sociales. ¡Ah, yo soy la señora Blanca Richardson, viuda de Simonpietri!

DELIA: Mucho gusto. Delia Pérez de

González. Y esperando que Dios me dé la dicha de ser viuda un día. Bueno, ¿y cuál es la emergencia que la hace tirarse para la calle un día como hoy?

BLANCA: Salí a jugar bingo a la casa de una intima amiga, la señora Suannette Polaski, presidenta de la Sociedad Ashford. Bueno, no precisamente en su casa sino en los salones de conferencia de su condominio y no podía faltar.

DELIA: ¿Un bingo?

BLANCA: Sí. Tenemos que recaudar fondos para una causa caritativa y, al mismo tiempo, se discutirá si haremos la convención en el Caribe Hilton o el Hotel San Juan.

DELIA: ¿Y ustedes se reúnen en hoteles para hacer obras de caridad?

BLANCA: Por supuesto. Nuestras reuniones se realizan en estos lugares porque los asistentes son personas pudientes y de clase.

DELIA: ¿De qué clase? Porque yo conozco a otra clase de gente que son tan hijo de...

BLANCA: De esas no quiero saber. (*Hacia la puerta.*) No deja de llover. Espero que no sea cierto. Lo malo es que uno se queda con tantas cosas compradas...

DELIA: Bueno, es *más mejor* precaver que tener que lamentar. Yo estoy segura que se ponen de acuerdo con los supermercados para que uno gaste. La corrupción está en todos los sitios.

BLANCA: ¡Y lo peor es la gentuza que viene de otros lugares en busca de comestibles! Parecen animales.

DELIA: Es que asustan al pueblo. Lo que soy yo me armo hasta los dientes y guardo los jamones, el queso, la leche en polvo... Es que mi marido y yo tenemos un "*cash and carry*".

BLANCA: (*Extrae una botellita de agua y se toma una pastilla.*) Es para la presión. La tengo por las nubes. (*Mira a su alrededor.*) ¿Y éste lugar, qué es?

DELIA: Afuera lo dice bien clarito: Almacén de Víveres. Y más abajito, en letras pequeñas, dice "Fallout Shelter". ¿No lo leyó?

BLANCA: ¡Caramba no! Bajé tan apresurada del Mercedes que entré al primer lugar que encontré.

DELIA: Sí, ya me dijo, el Mercedes. Aquí no queda ni una latita de nada. Lo único son esas cajas de papel de inodoro.

BLANCA: ¿Y usted es la única persona que trabaja aquí?

DELIA: Los demás se fueron porque sus mujeres estaban asustadas.

BLANCA: ¿Y esto pertenece...

DELIA: ...a los que están arriba.

BLANCA: Ah, veo. Los propietarios viven arriba.

DELIA: No señora. Los de arriba son los del partido que están en el poder.

BLANCA: ¿Entonces... esto es un refugio del gobierno?

DELIA: ¡Pero cristiana!, ¿no se había dado cuenta?

BLANCA: (*Escudriñando.*) Los he visto en la televisión, en cable Tv., por supuesto... (*Para ella.*) ¡Qué lugar más repugnante! Bueno, pues muchas gracias. Que la pase bien. (*Se dirige hacia la puerta y cuando la abre, el resplandor de una centella la hace volver de inmediato hacia adentro.*) ¡Dios mío, qué susto! ¡Cómo detesto los relámpagos! (*Cuando abrió la puerta entró Doris, una elegantísima joven, que lleva una cinta que le cruza el pecho que dice "Miss Cayey". Detrás de Doris, como una bala, entró Ricardo, un deambulante que tiene cierto grado de intoxicación de marihuana o coca.*)

DORIS: ¡Dios mío, pero qué es esto! (*Mirándose la ropa.*) ¡Mira eso, mira eso!

DELIA: No se preocupe joven, que la ropa tiene remedio.

DORIS: ¡Este no es el *look*, este no es el

look! Tengo que lucir exacta en todo momento. (*Se percata de doña Delia y doña Blanca.*) Hola. Tengo un despiste... ¿Qué tal?

DELIA y BLANCA: Buenas.

DORIS: ¡Qué aguacero! ¡Detesto la lluvia! ¿Se enteraron de la última noticia?

BLANCA: ¿Cuál?

DORIS: Dicen que es inminente. ¡Que viene el huracán! ¡Dios mío, y yo tan lejos de casa!

BLANCA: ¡Se lo dije, se lo dije!

DELIA: Se desvió. Acabo de escuchar la radio y no viene.

BLANCA: ¡Gracias a Dios! Entonces podré jugar bingo.

DORIS: No para de llover.

DELIA: Pues aquí no se mojarán.

DORIS: (*Por la lluvia.*) Parece que va para largo. (*Mirándose los zapatos.*) ¡Ay, los Gucci! ¡Qué desastre! (*Arreglándose el pelo.*) ¡Tres horas en el *Beauty* y perdidas! ¡Este *look* no me va! (*A doña Blanca.*) ¿Tiene un *blower*?

BLANCA: ¿Y usted cree que yo pueda trabajar aquí? Ella es la encargada.

DELIA: No mija. Aquí no hay *blower*.

DORIS: ¿Pero cómo no va a haber *blower*?

DELIA: Esto es un almacén del gobierno convertido en refugio, no un *beatuy parlor*.

DORIS: Bueno, ¿y por qué no hay *blowers* en los refugios?

DELIA: Pregúntele a los de arriba.

DORIS: ¿Por dónde se llega?

DELIA: (*Para ella.*) Otra bestia. (*A Doris.*) Mija, los de arriba son los del gobierno.

DORIS: Cuando sea reina abogaré para que envíen *blowers* a los refugios. ¡Ay, mira cómo estoy, enchumbá! ¡Cómo me dé catarro me mato!

DELIA: No se mate por tan poca cosa.

DORIS: No me puedo enfermar. Ahora menos que nunca. ¿Tiene una toallita que me preste?

DELIA: No mija. Se acabaron.

DORIS: ¿Tampoco hay toallas? ¡Abogaré por toallas también! Yo creo que tengo una por aquí... deja ver, deja ver... ¡Aquí está! ¿No se me ha corrido la mascára, verdad?

DELIA: No mija, no. (*Observándola bien.*) ¿Y qué hace con tanto maquillaje a estas horas de la tarde?

DORIS: Es parte del *look*. ¿No se han dado cuenta?

DELIA: ¿De qué?

DORIS: (*Como si estuviese en una pasarela. Luego dice.*) ¡Yo soy Miss Cayey!

DELIA: ¿Miss qué?

DORIS: (*En pasarela. Plásticamente simpática.*) Hola. Mi nombre es Doris América. Tengo diecinueve años. Mido cinco pies con nueve pulgadas. Mis medidas son treinta y cuatro, veinte y cuatro y treinta y cuatro. ¡Y represento el fabuloso pueblo de Cayey!

DELIA: Pero miren qué cosa. Una reina.

DORIS: Casi, casi. ¡Soy la candidata de Cayey al concurso Miss Puerto Rico! Saben, estoy preparándome fuertemente. ¡Estoy tan esperanzada!

BLANCA: Señorita, y de salir electa, ¿a quién le gustaría conocer?

DORIS: ¡A la Paz Mundial!

BLANCA: ¡Cristo!

DORIS: ¡También! Ya tengo varias contestaciones memorizadas de posibles preguntas. Observen. Me gustaría emular a Sor Isolina Ferré y a la Madre Teresa de Calcuta de Londres...

BLANCA: Señorita, la Madre Teresa nació en Albania.

DORIS: ¿Albania? Debe quedar lejos porque nunca lo había escuchado. Bueno, pues en Albania. Lo memoricé. Se nacionalizó Hindú, en la India, verdad, en 1948. Y en el 1979, por dedicarle su vida a los niños pobres de la India, ganó un premio Oscar de la Real Academia de Hollywood.

BLANCA: ¡Niña, ganó el Premio Nóbel de la Paz!

DORIS: Pues el premio Nóbel de la Paz. Y en cuanto a la Santa Sor Isolina Ferré...

BLANCA: ¡Nació en Puerto Rico y todavía no la han canonizado!

DORIS: ¿No me diga? ¿Y para cuándo piensan dejarlo?

BLANCA: (*Abrumada.*) ¡Ampárala Padre!

DORIS: ¿Qué le pareció mi presentación? Genial, ¿verdad? Estoy segura que seré la candidata de Puerto Rico al concurso Miss Universo.

BLANCA: ¡Suerte, sabe, mucha suerte!

DELIA: Joven, estamos en Santurce, ¿no cree que está un poco retirada de Cayey?

DORIS: Sí. Es que estaba tomando mis clases de modelaje y refinamiento en la academia que me auspicia. Papi me aseguró que, si no gano el título, de seguro estaré entre las finalistas y me llevaré Miss Fotogenia.

DELIA: Qué interesante. Y en sus ratos libres como Miss Puerto Rico, ¿qué le gustaría hacer?

DORIS: Pensar en los niños pobres del mundo y meditar en las playas de Cayey.

RICARDO: (*Saliendo de algún sitio.*) ¡Mira bruta, Cayey no tiene playas!

DELIA: Oye, ¿y tú, de dónde saliste? ¿Qué haces aquí?

RICARDO: ¿No lo ve? Protegiéndome del huracán.

DELIA: No viene. ¡Vamos, pa' fuera!

RICARDO: Viene mai, viene.

DELIA: Te digo que no. Vamos, pa'fuera.

RICARDO: ¿Qué pasa? Mírame, estoy mojao, me voy a enfermar más.

DELIA: A mí eso no me importa.

RICARDO: Mai, ¿tú sabes desde cuándo yo no duermo bajo un techo, ah? De aquí yo no me muevo.

DELIA: ¿Y tenías que escoger éste, so'apestoso?

RICARDO: Allá fuera dice que esto es pa'l pueblo. ¡Y yo soy parte del pueblo, viste!

DELIA: Vamos. Muévete.

RICARDO: Pero vieja, ¿qué es lo que pasa?

DELIA: ¡Vieja será tu abuela, so'tecato!

RICARDO: ¡Epa, más respeto mai! Yo no soy tecato, soy drogadicto que es diferente, viste.

DELIA: Mira, dale pa'fuera, antes de que te llame a la policía.

RICARDO: ¡*Chacha*, están ocupaos dando macanazos en el Capitolio.

DELIA: Vamos, pa'fuera, pa'fuera te he dicho.

RICARDO: Espera, espera... ubícame, tú sabes, ubícame, ¿Y tú, quién eres?

DELIA: Yo soy la directora de este almacén.

RICARDO: ¿La "*manager*?"

DELIA: Sí. La jefa.

RICARDO: Pues llama al dueño.

DELIA: Los dueños son los de arriba.

RICARDO: ¡Ah carajo, el gobierno! Me jodí entonces. Y si tú trabajas para ellos estás jodida también.

DELIA: Mira, *tusa*, a mí me pagan muy bien. Y se acabó, coño, te me largas.

RICARDO: (*A doña Blanca.*) ¿Está viendo como ésta señora me trata?

BLANCA: ¡Yo no tengo nada que ver!

RICARDO: (*A doña Delia.*) ¿Para eso te pagan a ti, para tirar a la gente a la calle? Chévere mai, chévere. Espero que siempre tengas techo. (*Saliendo.*) ¡Pobre contra pobre, qué cosa, viste! (*Llega a la puerta y se vuelve a doña Delia.*) ¡Ojalá me caiga un rayo y me mate, coño, pa' que se muera del remordimiento! (*Abre la puerta para salir y cae tremendo rayo que deja la escena casi en blanco. Ricardo da tremendo brinco y cae en centro de escena mientras que doña Blanca*

y Doris pegan un grito y se protegen.) -
¡Ni Cristo me saca de aquí, coño, ni
Cristo! *(Cuando Ricardo abrió la puerta, como un celaje, entró Ana, quien
viene con ropa de ejercicios. Luce asustada y se esconde en alguna esquina.)*

BLANCA: ¡No blasfeme! Padre nuestro
que estás en los cielos...

DELIA: Te voy a decir una cosa. Te
quedas, pero como no te comportes decentemente te largas para Llorens, aunque te caigan mil aguaceros encima o te
mate un rayo.

RICARDO: ¿Y yo le tengo cara de vivir
en Llorens?

DELIA: Sí. ¡Tienes cara de vivir en Llorens!

RICARDO: ¿Y cómo es la cara de la
gente de Llorens?

DELIA: ¡Como la tuya!

RICARDO: Muchacha, si yo viviera en
Llorens estuviera hecho. *(Agresivo.)* ¡Yo
no tengo casa! ¡Yo duermo donde la
noche me coja, viste! ¡Debajo de algún
puente, en la playa, en un banco de parada de guagua! ¡En cualquier sitio! ¿Me
entendiste?

BLANCA: *(Buscando distancia.)* Yo, en
un refugio del gobierno y con un deambulante. *(A doña Delia.)* ¡Sá- quelo,
sáquelo de aquí inmediatamente!

RICARDO: *(Agresivo.)* ¿Y a usted, qué le
pasa conmigo?

BLANCA: Nada. No me pasa nada.

RICARDO: ¡Ah bueno!

DELIA: Pues te quedas ahí, quietecito y
sin joder mucho.

RICARDO: ¡Pero qué perreo me ha montado la tipa esta!

DELIA: *(Percatándose de Ana.)* ¿Y usted,
de dónde salió?

ANA: Entré por esa puerta.

DELIA: A la verdad que la gente está
loca. ¿Qué hace por la calle? ¿No sabe
que está a punto de llegar un huracán?

ANA: Estaba viendo a mi doctor. Luego

me fui a *joguear*, porque me es muy
relajante, y de vuelta a casa me agarró el
aguacero y entré a refugiarme.

DELIA: ¿Y usted cree que es buen día
para joguear?

ANA: Por recomendación médica debo
hacerlo todos los días. Usted sabe, es la
manera de canalizar todas las cosas que
tengo aquí. *(Y se señala la cabeza.)*

DELIA: ¿Y qué es lo que tiene ahí?

ANA: Es asunto mío.

DORIS: *(A Ana.)* Hola. *(Modelando.)* Mi
nombre es Doris América. Mi peinado es
de esa gran estilista Magali Febles. El
cuidado de mi piel está a cargo de Caras
del Millenium Spa. Mi vestuario es un
diseño exclusivo de Carlos Alberto. Mis
joyas son de La Belle Epoque. ¡Y represento al fabuloso pueblo de Cayey!

ANA: *(Para ella. Por Doris.)* Tengo que
llamar a mi doctor para preguntarle qué
hago cuando me encuentro en situaciones como esta.

DORIS: Y uno de mis propósitos, si salgo
electa Miss Puerto Rico, es devolverle
las tetas a mi pueblo.

ANA: Mi nombre es Ana Gutiérrez y soy
nutricionista.

DORIS: ¿Sí? Tengo una lucha con unos
rollitos que todavía me quedan
por aquí, por la cintura...

ANA: Tome más agua. Coma más proteí-
nas, menos carbohidratos, evite toda
golosina y haga ejercicios.

RICARDO: ¡Muchacha, si viene el temporal hay que comerse hasta la tierra!

DELIA: ¡Cállate!

RICARDO: ...*sia* la madre.

ANA: ¿Ya lo saben, verdad?

BLANCA: ¿Qué?

ANA: Que viene el huracán. Estoy haciendo un esfuerzo enorme por no alte-
rarme. La amenaza de un huracán me
pone muy nerviosa. Gracias a Dios que
vengo de la terapia. ¿Ustedes no han
escuchado la radio?

TODOS: (*Menos Ricardo.*) No.

BLANCA: Espérese, ¿vio un Mercedes afuera?

ANA: ¡Pero si entré volando!

DELIA: Olvídese del carro.

BLANCA: ¡Señora, es un Mercedes!

DELIA: (*A Ana.*) Yo apagué la radio porque dijeron que no iba a venir.

DORIS: ¡Llame a la Defensa Civil!

DELIA: El teléfono está *dañao.*

DORIS: ¿Tampoco hay teléfono? (*Doña Delia llega hasta el radio y lo sintoniza. Se ilumina la cabina del Locutor.*)

LOCUTOR: ¡Un éxito, este concurso es un éxito! Aquí tenemos una nueva colaboración de otro querido radio oyente. Esta nos viene del ilustre Residencial Los Álamos, y lo envía el joven Carlos Flores, escuchen esto: -No es lo mismo "Un metro de encaje negro, que un negro te encaje un metro". ¡Zumba, mi hermano! Bueno, y ahora nos vamos al Weather Biuro, que los americanos parecen que tienen algo que decirnos. (*El mismo actor desaparece y en un instante regresa, esta vez con peluca rubia, espejuelos ahumados y con acento norteamericano.*)

LOCUTOR: -Buenas tardes amigos. Les habla Mr. Llemerson para informarles que, a este momento, las islas de Guadalupe, Dominica y Santa Lucia todavía están en el mismo sitio. Y cuanto al huracán Rica-Tota, el mismo se encuentra localizado cerca de la latitud sesenta y ocho grados oeste, longitud diez y nueve grados norte y el curso proyectado es todavía incierto. ¡Ni nosotros mismo sabemos para dónde se destinará Tota Rica, perdón, Rica Tota! Les suplicamos a todos que sigan pendientes de nuestro próximo boletín." (*El locutor vuelve a su primer personaje.*) Bueno, y aquí tenemos otra colaboración que nos llega vía fax de la joven Beba Frasco, de Aguas Buenas, y dice como sigue: -"No es lo mismo que un negro llegue primero a la meta, que te la meta el primer negro que llegue-". ¡Brutal, Beba, bárbaro! (*El locutor se mantiene leyendo otras noticias.*)

BLANCA: Yo no sintonizo ni la radio ni la televisión de este país para evitarme tanta grosería. Yo solamente veo One-Link.

DELIA: ¡Yo también me lo robo! Digo, veo en casa. (*A todos.*) Bueno, ya escucharon las noticias, no se sabe ni la hora que es. Va a estar lloviendo toda la noche así que, si gustan, pueden irse para sus casas que yo voy a cerrar ya mismito para atender a mi hija y averiguar dónde está mi marido.

RICARDO: ¡Pues yo de aquí no me muevo!

DELIA: Ahí está la puerta para que todos se marchen.

TODOS: (*Ad-lib.*) ¿Pero cómo vamos a tirarnos a mojar… qué falta de consideración... pero si esto es del pueblo... a mí no me puede dar catarro...

ANA: (*A doña Delia.*) ¿Usted es la dueña del local?

RICARDO. *Chacha,* si ésta fuera la dueña nos hubiese *mandao* pal' carajo hace tiempo. Ella es esclava de los de arriba...

LOCUTOR: Y ahora, en una retransmisión vía telefónica, tenemos a Susan Romero, del canal diez. Dale Susan. (*Como Susan.*) Estamos transmitiendo desde la Avenida Borinquen. Les advertimos que, como estos sistemas son impredecibles, tomen todas las medidas de precaución, que nosotros estamos haciendo todo lo posible por llevarles la información exacta. No le hagan caso a esas otras emisoras que no saben lo que están reportando. Sólo nosotros le decimos realmente lo que está pasando. Como pueden ver, aquí en la Avenida Borinquen y, como pueden observar, debido a las fuertes lluvias, las aguas pesti-

244

lentes han entrado a varias residencias y ya hay niños muertos por la peste a excremento. Le seguiremos informando así que, no se despegue de éste, su canal.

LOCUTOR: (*Vuelve a su personaje original.*) ¡Y ahora, el texto en español, para que lo entiendan bien: ¡Que la Avenida Borinquen apesta a mierda!

BLANCA: ¡Por favor, apague la radio que no aguanto una vulgaridad más!

DELIA: (*Mientras baja el volumen de la radio.*) No podemos apagarla porque entonces estaríamos incomunicados. (*El Locutor permanece iluminado y sólo vemos sus movimientos.*)

ANA: ¿Me podría hacer un favor?

DELIA: ¡Uno!

ANA: ¿Le podría decir al señor que se quede quieto?

RICARDO: ¡Adio'cara! ¿No puedo caminar tampoco?

DELIA: Si usted no puede ver gente caminando entonces váyase para su casa.

ANA: Soy una mujer enferma.

DELIA: Pues váyase pal' hospital.

ANA: Sin la menor intención de asustarlos quiero que sepan que padezco de trastornos obsesivos compulsivos que es un desorden ansioso que se caracteriza por recurrentes pensamientos que producen miedo, desasosiego, preocupación y conductas compulsivas. Muy frecuentemente me dan ataques de cólera. Y cuando me asusto me muerdo toda.

DELIA: ¿Qué le da con qué?

ANA: Con morderme. Y a todo aquel que tenga al lado. Es parte de mi desbalance.

DELIA: ¡Entonces usted está enferma!

ANA: Pero estoy bregando con eso.

BLANCA: Sabe una cosa, para los nervios, nada mejor que jugar bingo.

ANA: La última vez que jugué bingo perdí. ¡Y de la rabia que me dio rompí tres mesas de la iglesia y me comí todos los números! (*Un rayo, acompañado de varios truenos, hace temblar el lugar.*)

TODOS: (*En estampida.*) ¡Ahh! ¡Qué susto... -Cristo...-No puedo con los rayos... (*Toques desesperados en la puerta.*)

VIOLETA: (*Desde afuera.*) ¡Abran la puerta, por favor, abran la puerta! ¡Abran la puerta!

DELIA: ¡Ay virgen qué gritería! ¿Quién será?

RICARDO: (*A Ana.*) Vienen buscarla del manicomio, doñita.

DELIA: ¡Cállese la boca esa! (*Doña Delia abre la puerta. Una ráfaga de viento alborota y moja toda la entrada. Aparece Violeta y, amarrada a sus hombros, Gloria, una mujer embarazada en su último mes de gestación.*)

VIOLETA: ¡Por favor, ayúdeme!

DELIA: ¡Entren, entren! (*A Ricardo.*) ¡Mira, tú, cierra la puerta que nos entripamos!

RICARDO: ¡Ah, *cará*! ¿Ahora me va a coger de esclavito?

DELIA: Te saco. ¡Te juro que te saco!

RICARDO: ¡Eso, que voy a cerrar la puerta, viste! (*Observa hacia fuera mientras cierra la puerta.*) Oigan, a fuera está negro.

DELIA: Mira, *teca*, tráete una de esas cajas para acá. (*Ricardo corre y trae una caja.*) Siéntela aquí, siéntela aquí.

VIOLETA: Gracias, gracias por abrirnos la puerta.

DELIA: A la verdad que la gente está loca. ¿Cómo se tiran para la calle con estos aguaceros?

VIOLETA: La encontré en la esquina, tirada en el suelo. Parece que se cayó. Tiene unos golpes en la cara…

BLANCA: (*A Violeta.*) ¿Por casualidad vio un Mercedes en la esquina?

RICARDO: ¡Me cago en el Mercedes!

DORIS: ¿Alguien tiene un pañuelo?

DELIA: Aquí no hay pañuelos.

DORIS: ¿Tampoco hay pañuelos?

BLANCA: Yo tengo uno. Tenga, séquela

un poco. Pero tenga cuidado con el pañuelo...

DELIA: ¿Va a hacer el favor o no?

BLANCA: Sí, sí, está bien… qué remedio...

DELIA: (*Cuando va a secar a Gloria se percata de su estado.*) ¡Ay virgen, pero si ésta mujer está preñá!

BLANCA: Perdóneme pero, aunque esa palabra está correctamente usada, no me gusta. La encuentro tan vulgar. La señora está embarazada. Como que suena más elegante. (*A Gloria.*) Joven, por favor, díganos qué le ha sucedido.

RICARDO: ¿Y usted no sabe cómo la preñaron? Si quiere se lo explico...

BLANCA: ¡No sea vulgar!

GLORIA: Pues... me comenzaron unos dolores... me asusté... y salí de casa a ver si conseguía un taxi... ¡Uh, parece que me marié y me caí!

ANA: En su estado, es cuando más tiene que cuidarse la dieta. Una alimentación correcta es imprescindible. Esos mareos pueden ser una deficiencia de hierro.

VIOLETA: ¡Y con la falta que hace el hierro!

RICARDO: ¡De hierro es lo menos que ella puede quejarse!

BLANCA: ¡Asqueroso!

DELIA: Te voy a decir una cosa. Otro comentario de esa clase y uno de los dos se tiene que ir de aquí.

RICARDO: Está bien, está bien...

ANA: (*Por Ricardo. Ana retuerce constantemente la boca.*) Ese hombre sigue poniéndome nerviosa...

BLANCA: ¿Y su esposo, no estaba en la casa?

GLORIA: Está... trabajando... Y el teléfono se dañó.

DELIA: ¿Y la familia, dónde está su familia?

GLORIA: Viven muy lejos. Por allá... en Mayagüez.

RICARDO: ¡*Chacha*, en lo que llegan de Mayagüez el muchacho tiene cuatro meses!

ANA: Por favor, dígale al señor que sus comentarios me impacientan.

DELIA: (*A Ricardo.*) Te estás buscando que te tire a la calle.

DORIS: ¿Y su nombre, cual es su nombre?

GLORIA: Gloria, Gloria Rivera.

DORIS: Mucho gusto. Yo soy Doris América. Tengo diecinueve años. Mido cinco pies con nueve pulgadas. Mis medidas son treinta y cuatro, veinte y cuatro y treinta y cuatro. Y represento al pueblo de Cayey en el Concurso Miss Puerto Rico.

BLANCA: (*A Violeta.*) ¿Y usted, ya hizo su compra?

VIOLETA: Antes del amanecer y me equipé como para un mes. En cuestión de media hora no cabía un alma en ese supermercado. La gente volaba por los pasillos con las bolsas de arroz, sacos de papa, camarones y bisté como para un mes, y justo al lado mío, a un tipo le dieron un tajo por dos libras de pan.

BLANCA: Deberían hacer supermercados exclusivos.

RICARDO: ¿Y otro para los cafres? ¡Va a tener que ser grande, grande!

DELIA: ¡Cállate y no jodas más la pita! (*A Violeta.*) A la verdad que yo no entiendo a la gente. ¡Mira, y que tirarse pa' la calle!

RICARDO: (*A doña Delia.*) Mira, gobierno, ésa se ha *tirao* las calles, las avenidas, barriadas y pueblos….

VIOLETA: Métete conmigo y vas a encontrar a tu alcaldesa. (*A los demás.*) Mucho gusto. Yo me llamo Violeta. Salí de casa porque me quedé sin electricidad y mi negocio depende de eso. Pero como que hay que trabajar de todas formas, me tiré a la calle a buscarme el *bille* a la manera antigua.

DELIA: ¿Y qué negocio es ese?

VIOLETA: Este... relaciones públicas.

GLORIA: (*Sobándose la barriga.*) ¡Ay Virgen, encima de todo esto, un huracán...

ANA: Pero si no viene, tómelo con calma...

GLORIA: ¿Pero cómo voy a tomarlo con calma si estoy a punto de parir?

DELIA: Pues déjelo para mañana, porque lo que es aquí, no hay ni una curita.

DORIS: ¿Tampoco hay curitas? ¡Ah no, pero esto es un desastre! Dígame, ¿por qué no hay curitas?

DELIA: ¡Porque todas se las pusieron a la última cabrona que me hizo perder la paciencia!

DORIS: ¡Respéteme, que yo soy Miss Cayey!

RICARDO: ¡Ojala pierdas, coño!

BLANCA: ¡Yo diera cualquier cosa por estar en mi casa!

DORIS: ¡Y yo también!

DELIA: ¡Nadie las está aguantando!

RICARDO: No se desespere, que lo que hay es una evacuada.

BLANCA: Se dice vaguada.

RICARDO: (*A quien tenga al lado.*) ¡Viste, esa tipa la tiene conmigo!

GLORIA: ¿Han escuchado las últimas noticias?

BLANCA: (*A doña Delia.*) ¿Sería tan amable de subirle el volumen al radio para que la señora se entere de que no viene ningún huracán? (*Doña Delia le sube el volumen al radio.*)

LOCUTOR: ¡Sigan ahí mis cafre escuchas, sigan ahí! Este es su DJ favorito. El único que les rompe el oído con su concurso de No es lo mismo. Aquí tenemos la colaboración de Elsa Marrero, de la avenida Eduardo Conde y dice como sigue: -No es lo mismo la vieja computadora que Dora la vieja puta. ¡Ay, cafre, cafre, cafrísima doña Elsa! Un momentito que me están llamando del Wather Biuro. -Jaló, cuéntenme,

cuénteme... ¡Gracias, gracias! ¡Ay virgen! ¡Pueblo cafrista, ahora sí que las cosas se pusieron color O. J. Simpson! ¡El huracán Rica-Tota cambió de parecer y viene derechito para acá!

TODOS: (*Corre y corre.*) ¡Ahh!

DELIA: (*Corre al teléfono e intenta llamar.*) ¡Teresita, Teresita!

BLANCA: ¡Mi bingo, mi bingo!

ANA: ¡Necesito una Prozac, necesito un Prozac!

DORIS: ¡Ay, las tetas, las tetas!

VIOLETA: ¿Qué pasa, mamita, te duelen?

DORIS: ¡No, las de Cayey!

LOCUTOR: ¡Se les dio, *brothers*, se les dio! ¡A clavarse todo el mundo! (*Todos corren hacia la puerta y al abrirla un espectacular relámpago deja la escena rojiza. Gritos. Todos caen al suelo. Ahora, y más estrepitoso aún, un fogonazo de un estrepitoso rayo, seguido por un golpe en la puerta hace temblar el almacén.*)

VIOLETA: ¡Dios mío, qué fue eso, qué fue eso!

ANA: ¡La puerta, fue la puerta! (*Ana corre e intenta abrirla. Desesperada.*) ¡No abre, no abre!

VIOLETA: ¡El árbol de la esquina cayó sobre la puerta!

DELIA: (*Implorando.*) ¡Teresita, Teresita!

GLORIA: ¡Mi hijo, mi hijo!

DORIS: ¡El concurso, el concurso!

ANA: (*Histérica.*) ¡La cabeza, me va a estallar la cabeza!

VIOLETA: ¡No podemos salir! ¡Estamos atrapados!

ANA: ¡Se me acabaron las Prozac! ¡Y no aguanto más! (*Con los ojos brotados y temblorosa comienza a morderse y a rodar por el piso. Nuevas tronadas.*)

LOCUTOR: (*Agitando.*) ¡Sálvese el que pueda!

TODOS: (*Ad-lib.*) ¡Se está mordiendo... mire, deje eso... se va a matar... se hace daño... ¡deje de morderse... ¡aguántenla,

aguántenla... (*Casi han controlado a Ana, cuando de momento, Gloria grita desesperadamente.*)

GLORIA: ¡Ohhh! ¡Es el muchacho, el muchacho... ¡Se me sale el muchacho!

(*El grupo suelta a Ana y corre hacia Gloria.*) ¡Se me sale el muchacho! (*Un nuevo rayo hace temblar el lugar y un temeroso rugir de viento sacude a los atrapados mientras que cortante cae el*

Telón
Jueves 12 de mayo de 2000 10:25 PM

Acto II:

(*Todo aparece igual, excepto la mesa del fondo, que ahora estará un poco más al frente, lado derecho. Ana se frota las manos continuamente. Sus ojos lucen brotados mirando continuamente la puerta. El cansancio hace estragos en ella y va quedando dormida. Sobre el escritorio está Gloria que, sudorosa, se pasa la mano por la barriga. El viento, presumido por su fuerza, y la lluvia, perturbadora e insistente, hacen de los atrapados unos temerosos y angustiados residentes. Nadie habla. Sólo miran hacia la puerta, hacia el piso, hacia lo alto, impacientes. En medio de esa pesadumbre escuchamos la radio. El locutor lee boletines.*)

LOCUTOR: -El presidente Bill Clinton ha autorizado la movilización del personal del Departamento de la Defensa y provisiones para una ayuda federal sin precedentes para Puerto Rico.. -Casa Blanca anunció, además, ofrecer una entrega inmediata de un paquete de emergencia por $500,000.00 dólares... -Al ser declarada zona de desastre Puerto Rico recibirá un fondo de ayuda federal que incluye prestamos con intereses bajos para construir casas, así como caminos destruidos... -Clinton también autorizó al Secretario de la Defensa para disponer para Puerto Rico del personal y equipo del Pentágono para que ayuden a normalizar el servicio eléctrico... Bueno, no sabemos cómo la isla podrá gastar tanto dinero pero haremos todo lo que se pueda para gastarlo todito... (*El Locutor sigue leyendo...*)

DELIA: A la verdad que los americanos se botan con los chavos...

VIOLETA: ¡Aleluya por los americanos! Me encantan. Pagan muy bien.

DORIS: (*Por Ana.*) Esta se está despertando.

ANA: ¡Oh! ¡Me duele todo el cuerpo!

DORIS: (*Atendiéndola.*) Calma... calma... eso. Está entre amigos.

ANA: ¿Y usted, quién es?

DORIS: Yo soy la señorita Doris América. Tengo diecinueve años. Mido...

DELIA: ¡Mira, deja la pendejá esa... Ya sabemos que eres la representante de Cayey... ¿Cómo se siente?

ANA: ¿Y dónde estoy?

BLANCA: ¡Está en un almacén del gobierno!

ANA: (*A doña Blanca.*) ¿En dónde?

DELIA: En un almacén que se convirtió en un refugio. (*A doña Blanca.*) Y si no le gusta ya sabe dónde queda la puerta.

BLANCA: Si pudiese abrirla ya estaría en mi casa.

ANA: No entiendo nada. ¿En un almacén?

DELIA: Sí. De los que están arriba.

ANA: ¿Y quienes están abajo?

RICARDO: Nosotros. El pueblo.

VIOLETA: Yo siempre he estado abajo.

RICARDO: ¡Y te ha dejado un *billetal!*

BLANCA: Todo lo que ese hombre habla

tiene connotaciones sexuales. Debería sacarlo de aquí.

ANA: ¿Qué es lo que está pasando?

VIOLETA: Mamita, que estamos atrapados y en cuestión de minutos tendremos un huracán encima. (*Como un resorte, Ana se levanta y corre hacia la puerta, pero un escandaloso trueno la hace retroceder.*)

ANA: ¡Sí, sí, ya me acuerdo! Por favor, ¿alguien tiene una Prozac?

RICARDO: ¡En Walgreens la consigue y está como a diez esquinas!

ANA: (*Aguantando un descontrol.*) ¡Ese hombre va acabar con mi paciencia! (*Un estrepitoso rayo, acompañado de un chispeante resplandor estremece el lugar. El viento, amenazante, comienza a pegarle a la puerta.*)

TODOS: (*Gritos y corre y corre.*) ¡La puerta… la puerta…

DELIA: ¡Ya, ya! Fue un rayo. Cálmense, cálmense…

RICARDO: ¡Ojala nos mate a to'!

BLANCA: ¡Encerrada aquí, y con esta escoria!

DORIS: En mis clases de refiné me enseñaron que, todos los seres somos iguales... (*hacia Violeta*), aunque algunos apesten.

BLANCA: Estoy en desacuerdo. No todos somos iguales. (*Mirando a Ricardo.*) Algunos producen nauseas.

DELIA: ¡Les advierto que no quiero peleas aquí!

VIOLETA: Mira, nena...

DORIS: ¡Diríjase a mí por el título, Miss Cayey!

VIOLETA: (*Casi lo deletrea.*) ¡Vete pal' carajo, Miss Cayey!

ANA: Quiero que ustedes tengan algo muy claro. Tanta discusión y malas palabras me crean mucho nerviosismo... y yo no estoy muy bien que digamos. Ya se los advertí.

GLORIA: ¡Lo que necesitamos es ayudarnos los uno a los otros y dejar de ofendernos!

VIOLETA: Ella tiene razón.

DELIA: Lo preocupante es que estamos atrapados y no podemos salir hasta que alguien llegue a remover el árbol que cayó frente a la puerta.

VIOLETA: Pues llame por teléfono...

RICARDO: *Chacha*, aquí no hay ni papel de inodoro...

DELIA: Pues mira, de eso sí que tenemos, y bastante...

GLORIA: ¿Atrapados y sin teléfono? ¡Cristo, yo creo que no soportaré mucho más!

DELIA: Pues aguántese, aguántese que nadie la mandó a tirarse a la calle con una barriga de nueve meses.

VIOLETA: En casa se fue la luz. Y yo no puedo estar dos días sin trabajar.

DELIA: ¿Y para quién usted trabaja?

VIOLETA: El negocio es mío.

DELIA: ¡Qué bueno! ¿Y a qué se dedica?

VIOLETA: Este... soy artista.

BLANCA: ¿Artista? ¡Muy bien! Cuénteme, por favor.

VIOLETA: Déjeme ver cómo le explico. Tengo una computadora, con una camarita encima de ella. Entonces los clientes me *accesan*, no sin antes pagarme con su tarjeta de crédito, y cuando la cámara empieza a funcionar (*toma poses eróticas*) yo modelo y hago poses artísticas...

DORIS: ¡Una puta cibernética!

ANA: Esa muchacha también me pone nerviosa. Joven, ¿podría dejar de mascar chicle?

VIOLETA: ¡Adio'cará! ¿No se puede mascar chicle entonces?

ANA: Su constante masticar es una necesidad oral y eso me causa ansiedad y me da con reírme descontroladamente.

DELIA: ¿Alguien tiene un teléfono?

BLANCA: Se me quedó en el Mercedes.

RICARDO: (*Para él.*) ¡Maldita sea el Mercedes!

DORIS: Yo dejé de usarlo porque se dice afecta el cerebro.

VIOLETA: El mío se me quedó en la casa.

RICARDO: Tenga. Aquí tiene uno.

BLANCA: (*Buscándole la lógica. A quien tenga al lado.*) Un atorrante con celular. Después se paran en las esquinas a pedir dinero...

RICARDO: ¿Cómo dijo?

BLANCA: Que es una sorpresa que usted tenga uno.

RICARDO: ¿Entonces no me pude encontrar un teléfono?

DELIA: (*Cortando.*) Dámelo acá, voy a llamar a una de mis conexiones... Haló... ¿Fernando? Ay, gracias a Dios que te encuentro... Te habla Delia Pérez... de acá del almacén ... mira...

VIOLETA: ¿Ese es Fernando Gutiérrez, de la Defensa Civil?

DELIA: Ese mismo.

VIOLETA: (*Quitándole el teléfono.*) Es cliente mío. Haló, ¿Fernando? ¿Cómo estás, machote... ¿A que no sabes quien te habla... Sí, sí, mi voz es inconfundible... ¡Eso, Violeta, la chica cibernética... Mira, papi, ¿cuánto te mide ese... monitor?

BLANCA: ¡Si algo no soporto es una mujer depravada!

DELIA: ¡Mire, suspenda las fresquerías!

VIOLETA: ¿Ustedes quieren salir de aquí o no? (*A Fernando.*) ¿Diecinueve pulgadas? ¡Coño papi, que te lo dieron todo en el monitor! Pues mira, yo tengo tremenda ratonera para ese *mause*... Sí papi, si, tírate de pecho que la antivirus está encendío... Mira, cariño, necesito que me hagas un favor... sí, sí, me puedes accesar por seis meses gratis... Mira, bello, estoy atrapada con un grupo de amigos y... haló... ¡Fernando! ¡Ay, ésta mierda no funciona!

DELIA: (*Le quita el teléfono.*) Haló... Haló... La batería. ¡Le agotó la batería!

BLANCA: ¡Por estar vendiéndose!

ANA: (*A doña Delia.*) Por favor, ¿podría darme un vaso de agua?

DELIA: Aquí dentro no hay agua. La fuente está en el piso de arriba.

DORIS: ¡Pero esto es insólito! ¿Tampoco hay agua?

RICARDO: ...*Chacha*, este lugar no es pa' gente es pa' animales...

BLANCA: ¡Y usted es uno de ellos!

DELIA: Usted tiene agua, ¿verdad?

BLANCA: Ya me la tomé.

ANA: (*A Gloria.*) ¿Quiere comerse algo?

GLORIA: ¡Ay sí!

ANA: ¿Y su nombre es...

GLORIA: Gloria, Gloria Rivera.

DORIS: Si no hay *blower*, ni curitas, ni tan siquiera una toalla, menos va a haber comida.

DELIA: Lo enviamos todo para los refugios. Lo que queda es papel de inodoro. Pero déjeme ver... creo que por aquí hay una lata de salchicha...

ANA: ¡Cómo va a darle salchichas a una mujer embarazada!

RICARDO: De salchichas está ella hasta la coronilla.

DELIA: No. No hay.

ANA: (*A Gloria.*) La carne roja es veneno. Disminúyala a lo mínimo. Es la causante del descontrol graso en la sangre y por ende, tupe las arterias.

GLORIA: Gracias. Puedo esperar hasta que llegue a casa.

RICARDO: De seguro, cuando llegue a su casa, le van a dar salchicha. (*Ana llega hasta Ricardo y en un arrebato de cólera le grita.*)

ANA: ¡Mira puñeta, te vas a callar la boca y no vas joder más, coño, porque soy capaz de estrangularte aquí mismo y beberme tu sangre! (*Ricardo se paraliza, y bien calladito se sienta en alguna esquina. A todos:*) Excúsenme, pero se los había advertido. (*El viento ruge atemorizante y, rápidamente, un corte circuito hace relumbrar la puerta y la luz comienza a parpadear.*)

BLANCA: ¡Dios mío, que no se vaya la luz, que no se vaya!

GLORIA: ¡Ay, yo no me siento bien!

DELIA: ¡Pues aguántese!

GLORIA: Por favor, suba la radio a ver si nos enteramos de lo que está pasando. (*Doña Delia sube el volumen del radio.*)

LOCUTOR: Mi gente, mi gente... Nuestro concurso, No es lo mismo, es un palo. ¡Un palo! Tenemos miles, y miles de colaboraciones de nuestra audiencia cafrista. Denle tímpano a esta colaboración de Petra Martínez, de Cantera. -No es lo mismo Quita la Bella Rosa que Rosa la bellaquita. ¡Ay, cafre doña Petra, cafre! (*Sonido del Sistema de Alerta de Emergencia.*) ¡Boletín de última hora! Presten atención que el señor gobernador se dirigirá al pueblo. -(*Como gobernador.*) Compatriotas, les habla el gobernador de nuestra querida isla. Antes que nada, quiero informarles que la Loto y el Pega 3 han sido pospuestos hasta nuevo aviso. En cuanto al fenómeno atmosférico les informo que activaré a la Defensa Civil Estatal, la Guardia Nacional, la Policía y todos los departamentos de este gobierno para ayudar a los damnificados...

TODOS: (*Ad-lib.*) ¡No está haciendo *na...* ya deberían estar trabajando en la calle... ¿Para cuándo lo va dejar...

LOCUTOR: Calma pueblo, calma... Recuerden que nuestros hermanos, los americanos, están con nosotros. Que nunca nos dejaran, se los aseguro. ¡Y en cuestión de dos días, como máximo, lo que tendremos será un fracatán de millones!

TODOS: (*Menos Ricardo.*) ¡Pero deje la política! ¡Siempre está haciendo política!

LOCUTOR: (*Como el Gobernador.*) ¡Pero estoy feliz, porque ahora los viequenses pedirán a gritos la Marina! Yo me quedaré en Fortaleza. Y desde aquí dirigiré toda la ayuda que el señor Presidente nos envíe. ¡De Fortaleza no hay quien me saque! ¡Compatriotas, llegó la hora, Rica-Tota está a la vuelta de la esquina!

TODOS: ¡Ay Cristo... ¡Mi casa, mi casa... Entonces viene... Padre, protégenos...

LOCUTOR: He pasado todo el día aquí, en su emisora favorita, advirtiéndoles que el huracán venía...

BLANCA: (*A doña Delia.*) ¿Se fijan? ¡Yo les dije que venía!

ANA: Yo también.

DELIA: (*Señalando la radio.*) ¡Fue él quien dijo que no vendría!

LOCUTOR: A cada cinco minutos dije que vendría pero no me quisieron hacer caso. "No, que si está tierra es bendita, que el Señor está con nosotros, que nunca vienen porque viran..." Pues no se preocupen porque aquí está Radio Cafre. Para mayor información y seguir engañándolos, wepa, informándolos... y aquí tenemos una llamada... Haló... Está en el aire, dígame... (*Como Lolita.*) "-Mire, le habla Lolita Beltrán, de la calle México. Y quiero que me diga si la luz se va a ir en esta área. Es que yo estoy viendo la novela. ¡Y si yo no veo mi novela le juro que me mato"-! ¡No, no va a tener luz! ¡Mátese, mátese! (*Como la señora Coto.*) "-Mire, oiga, le habla la señora Coto, de aquí, de Guaynabo City... El viento se llevó mi antena de satélite y no puedo ver televisión-". (*Como locutor.*) ¡Métase el cable, métase el cable para que vea! ¡Y si alguien va a llamar a preguntar por Plaza Las Américas... ¡Se hundió, se hundió Plaza con todo el mundo adentro!

DELIA: ¡Si me encuentro un día con ese tipo lo voy a asesinar como un perro!

RICARDO: ¡Adio'cara! ¿Pero qué le he hecho a esta mujer?

DELIA: ¡No es contigo, es con el cafre ése, el de la radio! (*A Gloria.*) ¿Y usted, cómo se siente?

GLORIA: Creo que no puedo aguantar por un poquito más.

DELIA: Yo sé que estas cosas no se pueden aguantar. Cuando un muchacho viene, pues viene. Pero quédese quietecita.

BLANCA: Hágale caso a la señora que, en cuanto podamos salir de aquí, me encargaré de llamar a su esposo para que venga a buscarla.

GLORIA: No sé dónde está Jorge.

DELIA: ¿Cómo que no sabe?

GLORIA: La última vez que lo vi fue ayer, cuando no pude tenerle la comida lista y me llenó de golpes.

VIOLETA: ¿Entonces esos moretones de la cara son de los golpes de su marido? Yo creía que eran de la caída. ¡Me cago en la madre del tipo!

DELIA: ¡Dios mío, ¿y por qué no llamó a sus padres?

GLORIA: Los viejos me lo había dicho. Que Jorge no era hombre para mí. Y yo, estúpida, estúpida, me escapé con ese animal. Y como no sabía cuándo iba a llegar me tiré a la calle a buscar un taxi para que me llevara al hospital.

DELIA: ¡Ay, si mi marido intentara, tan siquiera, levantarme la mano...

VIOLETA: ...se la corto desde el hombro! (*A Gloria.*) Tienes que ser práctica, mamita. Al igual que los hombres nos usan nosotras tenemos que hacer lo mismo. Es una guerra que no va a terminar nunca. ¡Los machos son para utilizarlos y cuando no tienen nada que darnos ya sabes para dónde hay que mandarlos!

BLANCA: ¡Por favor, súbale el volumen al radio!

LOCUTOR: Le suplicamos a nuestro radio escuchas que no envíen ninguna participación a nuestro concurso "No es lo mismo" porque el huracán Rica-Tota está a pasos de nosotros. (*Estrepitoso relampagueo. La luz de la cabina parpadea.*) ¿Pero qué pasa, qué pasa... (*La puerta se estremece pavorosamente.*)

DELIA: ¡Ay Dios mío! (*Gritería general y corre y corre. Se esconden detrás del escritorio. Otros detrás de la mesa, en alguna esquina. Pero todos miran hacia la puerta de entrada.*)

LOCUTOR: ¡Estamos nuevamente con ustedes! Fue que un rayo estremeció nuestra antena. (*La cabina comienza a tomar un color perverso. Ahora el Locutor toma vestigios aterrorizantes. Su voz se torna agitadora, amenazante, misteriosa. Acosador.*) Amigos, ¿saben lo que es un rayo? Es una chispa eléctrica que se desprende desde lo alto, como si nos castigara. Un rayo causa violencia y desgracia imprevista. ¡Por lo tanto, no importa cuánto se esconda... no importa cuánto corra...

DELIA: ¡El viento va a arrancar la puerta...

LOCUTOR: ¡No importa cuánto grite...

ANA: ¡Padre nuestro que estás en los cielos...

LOCUTOR: ¡No importa cuánto imploren...

VIOLETA: Padre mío, yo te juro que...

LOCUTOR: ¡No importa cuánto prometa... ¡Llega, llega… está a punto de llegar… (*Efectos de truenos, relámpagos, rayos y viento. La puerta se estremece como queriendo desaparecer.*) ¡Estamos siendo azotados por el huracán!

DORIS: (*Sonidos de destrucción.*) ¡Afuera todo se está destrozando!

BLANCA: (*Caminando hacia la puerta.*) ¡Necesito verlo, necesito verlo!

DELIA: ¿A quién?

BLANCA: ¡Al Mercedes!

RICARDO: ¡Que se hunda, coño, que se hunda el Mercedes!

BLANCA: ¡Me costó setenta y cinco mil y está en una cuneta!

ANA: (*La ansiedad ha provocado en Ana

un ataque de risa.)

DELIA: ¡Tiene un ataque de nervios!

LOCUTOR: ¡La crisis se manifiesta... no hay agua, ni luz, ni teléfonos...

DELIA: ¡Teresita, Teresita...

LOCUTOR: ...Ni plátanos, ni café...

BLANCA: ¡Mi *penthouse*, mi *penthouse*...

LOCUTOR: (*Excitando.*) ¡La gente se ha tirado a las calles a saquear los establecimientos y corren más veloces que el viento con las manos llenas.

BLANCA: ¡El banco, Dios mío, que no se lleven lo que tengo en el banco!

LOCUTOR: ¡Los ruidos que se escuchan son los cristales de los condominios que revientan en miles de pedazos!

BLANCA: ¡Que no sean los del Condado! ¡Los del Condado no!

LOCUTOR: ¡Hasta nuevo aviso quedan suspendidos todos los actos recreativos y culturales!

DORIS: ¡El concurso! ¡No pueden suspender el concurso! (*La puerta se aquieta y solamente queda el sonido del viento que prepara el próximo ataque.*)

DELIA: Se está calmando.

VIOLETA: Sí. Se está calmando.

GLORIA: Tenemos que salir de aquí. Estoy a punto de romper fuente...

ANA: ¡Tenemos que hacer algo...

VIOLETA: (*A Ana.*) ¡Me tiene '*jarta*'! ¡Muérase, muérase!

ANA: (*Advirtiéndole.*) ¡Cójalo suave conmigo porque usted no me ha visto bien manifestada!

DORIS: ¡Déjela tranquila!

VIOLETA: (*A Doris.*) ¡Vete a bañarte!

DELIA: ¡En cuanto llegue a casa voy a apretar a mi marido por el cuello hasta que lo estrangule! ¿Por qué diablos no ha venido a buscarme? ¡Ese debe estar borracho! Con el sacrificio que hago para conseguirle los potes de comida... ¡A mí lo que me importa es Teresita!

VIOLETA: ¿A cuáles potes se refiere?

DELIA: (*Esquiva.*) Eh... a los que compro en el supermercado.

BLANCA: ¡Me importa un pito su comida! Yo lo que quiero es llegar a casa y cerciorarme que no he perdido nada de lo que tengo. (*A Ricardo.*) ¿Y usted, por qué me mira así?

RICARDO: Usted es más pobre que yo.

DELIA: ¡Ya, ya! ¡Dejen la discusión! ¡Lo que tenemos que hacer es salir de aquí!

DORIS: ¿Y cómo vamos hacerlo?

DELIA: Echando la puerta abajo.

DORIS: Pero está atascada.

DELIA: Vamos a intentarlo. *Teca*, has algo, muévete. Vamos a empujar esa puerta.

RICARDO: Yo de aquí no me muevo. Este es mi único techo.

DELIA: Eso se lo dices a los de arriba.

DELIA: ¡Vamos! (*Todos, menos Ricardo, llegan hasta la puerta y comienzan a empujarla.*) ¡Vamos, con fuerza!

TODOS: (*Ad-lib.*) -Fuerte... -No cede... -Más fuerte... -Otra vez... Más duro... Más fuerte... (*El viento, como navaja cortante, hace vibrar la puerta.*)

BLANCA: (*Alejándose de la puerta.*) No puedo más.

VIOLETA: No va a ceder. El árbol es muy grande.

GLORIA: (*Asfixiada.*) ¡Pero háganlo con fuerza! ¡Tenemos que salir de aquí! (*Corre hacia la puerta.*)

ANA: ¡Si pare, por estar empujando esa puerta, me va a causar un gran descontrol! (*Para ella. Dando vueltas.*) Mi doctor me ha enseñado que en la vida hay que perseverar para obtener resultados.

VIOLETA: No cederá. El árbol la tiene muy pillada.

DELIA: Entonces hay que gritar. Tal vez alguien nos escuche. (*En la puerta.*) ¿Alguien me escucha? ¡Estamos atrapados aquí y no podemos salir!

VIOLETA: ¿Me escuchan? ¡La puerta está atascada y no podemos salir! ¡Por favor, estamos pillados aquí!

GLORIA: ¡Auxilio! ¡Auxilio! ¡Saquéenos de aquí, por favor!

DELIA: ¡Por favor, necesitamos ayuda!

GLORIA: ¡Auxilio! El agua nos llega al cuello.

RICARDO: ¡Embuste, aquí no llega el agua!

DELIA: ¡Mira, coño, cállate la boca!

DORIS: Deja ver si a mí me escuchan. (*Llamando.*) Hola, les habla Miss Cayey. ¡Y estoy aquí, atrapada!

BLANCA: ¡Auxilio, socorro! ¡Por favor, sáquenos de aquí!

TODOS: (*Menos Ricardo.*) ¡Auxilio... Socorro!

ANA: ¡Me va a explotar la cabeza con tanta gritería! (*Llega hasta la puerta.*) ¡Si alguien nos escucha que nos saquen de aquí! (*Un alarmante golpe en la puerta los hace retroceder. Todos corren. El viento, escalofriante, vuelve a rugir. Pero esta vez la presión del viento empuja la puerta hacia adentro y la zarandea continuamente.*)

VIOLETA: ¡Volvió a azotar el viento!

BLANCA: ¡Va tumbar la puerta!

DELIA: ¡Eso es lo que queremos, que la tumbe para poder salir!

VIOLETA: ¡Pero está empujándola hacia adentro!

ANA: Si el viento entra y no tiene salida...

GLORIA: ¡Todo podría explotar...

DELIA: ...entonces nos mataría!

VIOLETA: ¡La va a arrancar! (*Menos Ana y Ricardo, todos corren hacia la puerta.*)

DELIA: ¡Entonces hay que aguantar la puerta para que no ceda!

DORIS: ¡Fuerte!

TODOS: ¡Aguántenla, aguántenla...

VIOLETA: ¡La va a tumbar!

DELIA: ¡Aguanten la puerta, aguanten la puerta...

BLANCA: ¡Padre mío, yo no quiero morirme de esta forma!

DELIA: ¡Todavía no vamos a morirnos! ¡Sujétela bien!

RICARDO: ¡Coño, la primera vez que tengo un techo y un huracán me lo va a tumbar!

DELIA: (*A Ana.*) Mire, venga a sujetar la puerta.

ANA: (*Concentrada.*) Voy a probarme que puedo con esta situación. Mi doctor me dijo que, en momentos de tensión, hiciera una introspección de mis momentos gratos y que no me alterara.

DELIA: ¡Mira, súbele el volumen al radio a ver lo qué dice! (*Ricardo lo hace.*)

LOCUTOR: ¡Pero mi gente, qué es lo que pasa, qué es lo que pasa! Tomen las cosas con calma... Sabemos que el monstruo que nos azota está haciendo estragos en nuestra isla. ¡Pero no es para tanto, mis panas, no es para tanto! No se me agiten mis *cafristas*. Fíjense, en la Avenida 65 de Infantería, tres individuos asesinaron a una anciana por una bolsa de hielo. ¡Pero qué es eso! ¡Calma, calma!

ANA: (*Volviendo al desequilibrio.*) ¡Si alguien no apaga ese maldito radio voy a ir a esa emisora y le voy a dar diez mil puñaladas a ese tipo! ¡Me hace falta una Prozac!

DELIA: No podemos apagarlo. Es la única manera de enterarnos de lo que pasa afuera.

ANA: ¡Detrás de esa puerta se está acabando el mundo! (*Dando vueltas.*) Pero yo estoy probándome que puedo bregar con esta situación. Cálmate Ana, cálmate... (*Pausa.*)

DORIS: La puerta ya no pelea...

BLANCA: Está deteniéndose...

VIOLETA: Pero eso me da más miedo...

GLORIA: Yo estoy extenuada...

ANA: Estoy más tranquila. ¡Yo sabía que podía bregar con esta situación!

DELIA: Si el viento vuelve a azotar, se esconden detrás del escritorio, y nos dejan aguantar la puerta a nosotros. ¿Entendió?

GLORIA: Sí.

RICARDO: (*A doña Delia.*) Mire, ¿dónde está el papel de inodoro?

DELIA: Ahí, dentro de esas cajas. (*Ricardo saca un rollo de papel higiénico.*)

RICARDO: ¿Y dónde está el baño?

DELIA: El baño está está en el segundo piso.

RICARDO: ¿Entonces aquí dentro no hay baño?

DELIA: No.

RICARDO: ¡Entonces me tendré que cagar encima!

BLANCA: (*Violenta hacia Ricardo.*) ¡Estoy harta de usted, de sus insinuaciones, de su porquería de vida, de sus pestes! ¡De esa mugre que lo rodea! ¡De esa pestilencia que le brota de la boca! ¡Me asquea su maloliente vida!

RICARDO: ¿Y qué más?

BLANCA: ¡Respete, que habla con una dama de clase!

RICARDO: (*Sin gritarle. Herido más bien.*) Yo cumplí con los de su clase hace tiempo. Y lo hice en *Sweet Home*. (*Ahora sí que es fuerte.*) ¿Sabe dónde queda *Sweet Home*? ¡En la cárcel regional de Bayamón! ¡Estaba pagándole a los de su clase! Y cuando salí de allí, rehabilitado, *viste*, con un papelito de la *poli* que decía -este tipo robó, pero ya cumplió con la sociedad-, porque eso es lo que dice finamente, viste. Empecé a buscar trabajo para ser útil. (*Actuándolo.*) -No. Estamos completos. Otra puerta: -No. Estamos completos... (*Dando vueltas en círculos y se desequilibra con la frase.*) ...estamos completos... estamos completos... estamos completos... ¡Esa marca no hay Dios que me la quite de encima porque los de su clase me tatuaron en la frente un rótulo que dice "Ladrón, Tecato" para que la arrastré por siempre! ¡Vivo en la calle, pero eso no

me hace menos que usted! (*Temblando corre hacia la puerta.*) ¡Abran esa puerta, coño, que me están matando aquí dentro! ¡Ábranla! (*Mientras el parlamento de Ricardo corrió, Ana quedó con la mirada en blanco, absorta. Doña Delia se percata de ello y llega hasta ella.*)

DELIA: ¿Qué le pasa?

ANA: (*Sin contestarle la pregunta. Lo hace como algo que se le escapa dentro del ensimismamiento. Sin gota de movimiento.*) Una vez, con la mirada casi pegada al piso, porque no me atrevía a mirarlo a los ojos, le dije a mi padre que tenía un gran problema. Huraño, como de costumbre, me dijo: -"yo pago la casa, tu comida, tu ropa y tus estudios. Tu no puedes tener problemas." Jamás pude decirle que él era el problema. Que hubiese preferido no tener ropa, ni estudios, que lo que deseaba era un poco de ternura, un beso, un abrazo que me diera seguridad... Jamás pude decirle cuánto lo quería. (*Señalándose la cabeza. Inofensiva.*) Entonces esas cosas se quedaron aquí.

GLORIA: Tengo hambre.

VIOLETA: Mamita, vas a tener que darle un "brake" al hambre. Aguanta un poquito más, ¿quieres?

DORIS: (*Buscando en su cartera.*) Yo creo que tengo algo por aquí... dejar ver... deja ver... aquí está. (*A Gloria.*) Tenga. Son unos bomboncitos para reinas. Cero calorías y *fat free*.

DELIA: (*Buscando en su escritorio.*) Yo creo que por aquí queda... (*busca en diferentes gavetas.*) ...caram-ba, ya no queda na'. (*Ahora saca de su bolsillo una latita de jamonilla, como queriendo demostrar su generosidad.*) Yo tengo...

VIOLETA: ¿Y por qué usted guarda los comestibles dentro de su ropa?

BLANCA: Es que ella y su marido tienen un "*cash and carry*".

VIOLETA: ¡Mira eso, una lata de jamonilla! (*Directo a doña Delia.*) ¿Y la comida del *cash and carry* la lleva encima?

DELIA: ¡Si usted está insinuando...

VIOLETA: ¡Usted se roba la comida del refugio!

DELIA: ¡Mira canto e'...

VIOLETA: ¡Yo estoy clarísima! ¡Ladrona!

BLANCA: ¡En cuanto nos saquen de aquí voy a acusarla con la policía!

VIOLETA: Déme acá esa lata. *(Se la quita, la abre y se la entrega a Gloria.)*

BLANCA: Yo también necesito comida. Y estoy dispuesta a comprarla. *(Saca dinero en efectivo de su cartera.)* Es bastante dinero.

RICARDO: ¡Mira eso! ¡Qué dadivosa es la riquita del grupo! *(Ricardo abre la lata, saca del bolsillo una cuchilla. La pica. A doña Blanca.)* Tenga, no le cuesta nada. *(Violeta reparte el resto. Doña Blanca toma el pedazo.)*

BLANCA*: Gracias. (Dándole a Ricardo el agua.)* Puede repartirla. *(Una ráfaga de viento, encrespadísima, zarandea la puerta. Todos miran hacia ella. –Vital– La cabina del locutor adquiere un demoníaco color.)*

LOCUTOR: Hay otros huracanes que son más terribles...

VIOLETA: Allá fuera el viento azota los corazones...

GLORIA: ...y pega fuerte dentro del pecho...

BLANCA: ...como recordándonos...

RICARDO: ...que todos tenemos un huracán aquí dentro...

ANA: ...y en la cabeza también. *(Ahora tres golpes fuertísimos sacuden la puerta.)*

LOCUTOR: ¡El huracán arropa toda la isla y manifiesta toda su furia! Su cólera supera la fuerza de los árboles, arrancándolos de cuajo y lanzándolos sobre las casas... Por el suelo, como navajas, cientos de planchas metálicas destrozan todo lo que encuentran en su camino... El desastre es definitivo. *(La luz de la cabina parpadea y se va a negro.)*

DORIS: ¿Entonces... vamos a morir?

DELIA*:* ¡Ay, Teresita, Teresita...

DORIS: Tengo que decirles algo... antes que todo pase... En el pueblo hay una muchacha hermosísima... más bella que yo... y su sueño era concursar pero no tenía con qué pagar tanto gasto... Papá le pagó un curso, efectivo para el próximo año, para que no compitiera conmigo... Yo soy la hija del hombre más poderoso del pueblo... *(Unas chispas, rojísimas, de un rayo perturbador, penetran por las rendijas de la puerta. Esta vez, más fuerte que las anteriores, el viento estremece la puerta y la empujan peligrosamente hacia adentro.)*

DELIA: Llegó la hora.

GLORIA: ¿Entonces... es así, todo se pierde en un momento?

LOCUTOR: Sí. La vida siempre se escapa en un instante.

ANA: El azote del viento se torna humano, como si corriese por pasadizos, y su sonido se torna en una voz hueca que infunde miedo. Como la de papá.

BLANCA*:* Necesito decir algo. Hoy, precisamente hoy, he recibido la mayor lección de mi vida. ¡Dios mío, voy a morir, y sin embargo me siento tranquila... porque voy a hacerlo acompañada! ¡Mi casa está vacía! ¡Hace años que no hay nadie! Siempre creí que el dinero era el escalón más seguro donde pisar. Volcada en ese principio desterré a toda familia. Y así fui quedándome sola, inventado juegos y actos de caridad para llenar un vacío *(hacia Ricardo.)* más grande que el de sus calles.

VIOLETA: Yo también hubiese querido tener una familia. Ahora todo se acaba... ¡y no puedo comenzar!

GLORIA: ¡Perdóname mamá! ¡Perdóname papá!

DELIA: No se preocupe que todos cometemos errores. Yo me casé con un hombre que todavía mantengo.

RICARDO: Ya no puede volver atrás. Pero no estuvo en mis manos porque en casa siempre hubo un huracán borracho que gritaba, que peleaba, que tiraba la comida, que pegaba fuerte con una correa de cuero y repartía golpes a quien le hablara... ¡Desde siempre fui perseguido por aquél huracán!

DELIA: Vengan. Vamos a mirar a ese huracán de frente. No le tengamos miedo. Y que Dios nos acompañe. (*Se agrupan en medio del refugio. Se toman de las manos y una hermandad los arropa. Desafiantes miran hacia la puerta. Creciendo, el huracán llega a su máximo apogeo. Sonidos de todos los golpes y desprendimientos externos. La puerta está a punto de caer. Una fortaleza se perfila en cada rostro. Pausa. Ahora, lenta y mágicamente, todo se detiene, y la escena adquiere un color fantástico. Ahora la puerta abre sola, desaparece el mágico color y, de la calle, nos sorprende unos vibrantes rayos que aclara el lugar. Levísima pausa.*)

DELIA: ¿Y... cómo se abrió la puerta?

GLORIA: Yo no sé. ¡Estoy segura que estaba cerrada!

BLANCA: Pero... ¿qué pasó? ¿Estaba cerrada, verdad?

RICARDO: ¿Lo estuvo alguna vez?

ANA: (*Corre hacia la puerta.*) El sol nos saluda como una tarde de verano.

DELIA: (*En la puerta.*) En la calle no hay ni una gota de agua. Los árboles siguen en sus sitios.

BLANCA: Imposible. Hubo un huracán.

VIOLETA: Yo no entiendo nada.

BLANCA: Yo tampoco.

ANA: (*Se rompe el ensimismamiento de todos.*) ¡Ahora sí que necesito una terapia! (*Sale. Suena el teléfono del almacén.*)

DELIA: (*Corriendo hacia el teléfono.*) Mi hija, mi hija. ¡Haló, haló! ¿Teresita? ¿Mi amor, cómo estás? Sí, soy yo, tu mamá. ¿Cómo está todo por allá... pero si hubo un huracán...¡Te juro que lo hubo...! ¡Teresita, dime dónde carajo está tu padre!

BLANCA: ¡Yo voy a buscar mi Mercedes!

RICARDO: (*Hacia doña Blanca.*) ¿Quiere que la ayude?

BLANCA: ¡Mantenga distancia entre usted y yo!

VIOLETA: Yo me voy a trabajar porque he estado fuera de servicio por bastante tiempo.

GLORIA: (*A doña Blanca.*) ¿Podría ayudarme? Tengo que llegar al hospital.

BLANCA: Pero usted no está coja. (*Y sale.*)

VIOLETA: Vente mamita, que yo te llevo. (*Salen.*)

DELIA: (*A Doris.*) Oiga, prométame que, de alguna manera, se va a preocupar por la otra joven...

DORIS: ¿Cual joven?

DELIA: La muchacha de su pueblo. La que no tenía...

DORIS: Es ella la que tiene que bregar con eso. Yo estoy muy ocupada en presentaciones personales.

DELIA: ¿Entonces, todavía va a concursar?

DORIS: ¡Por supuesto! Señora, sólo hay una realidad. Llueve, truene o relampaguee: ¡Yo soy Miss Cayey! (*Sale.*)

DELIA: (*A Ricardo*) ¿Y usted, a dónde va?

RICARDO: A la calle. Donde vea muchos rostros. Con la esperanza de que alguien me regale una sonrisa. (*Sale. Ahora doña Delia se concentra hacia la puerta. Sin entender nada, comenta para sí.*)

DELIA: ¡Yo estoy segura que hubo un huracán! (*Recoge una que otra cosa. Observa hacia la puerta. Busca dentro de una caja de papel higiénico y saca varios latas de comida. Las esconde dentro de su traje.*)

LOCUTOR: (*Se ilumina la cabina. Vibrante.*) ¡Y aquí estamos, mi gente, como siempre, llevándoles la mejor música, la mejor programación, los mejores concursos a nuestros cafristas radio escucha. ¡Un jurado, compuesto por personalidades del espectáculo acaban de seleccionar al ganador de nuestro popularísimo concurso No es lo mismo! ¡Y es

la participación de Gerardo Toro, de la Barriada La Colectora, en Santurce, quien gana esa fantástica casa en Quisqueya Gardens! ¡La participación ganadora dice: -No es lo mismo ¡*Ramona Cabrera* que r*amera cabrona*! ¡A juyil to' el mundo!

DELIA: (*Apaga la radio.*) ¡No soporto la gente cafre, coño! (*Ahora doña Delia sierra la puerta, desparece y todo se va a negro.*) **Salsero cae el**

Telón

Jueves 25 de mayo 2000 10:56 PM

***Huracán criollo.* Actores:** Olga Sesto, Linnette Torres, Jonhathan Dwayne, Elia Enid Cadilla, Ángela Meyer, Nashalí Enchautegui, Marisol Calero, Luis Raúl y Juan González-Bonilla

Divorcio a lo puertorriqueño

(Comedia de enredos)

(**Divorcio a lo puertorriqueño** *fue estrenada en el Centro de Bellas Artes Luis A. Ferré, San Juan, Puerto Rico, la noche del viernes 20 de febrero, de 1998. Luego, se representó en el Teatro La Perla, de la Ciudad de Ponce, desde el sábado 4 de abril. Fue producida por Joseph Amato para la compañía teatral Producciones Candilejas con el siguiente reparto y ficha técnica:*)

MARTA:	Ofelia Dacosta
DOLORES:	Linnette Torres
JOSÉ LUIS:	Johnathan Dwayne
Doña PURA:	Raquel Montero
GREGORIO:	Albert Rodríguez
Doña VIRGEN:	Sonia Noemí González
ESTEBAN:	Juan González Bonilla
RAFAEL:	Ernesto Javier Concepción
NICOLE:	Marian Pabón
SOFÍA:	Ángela Mari
LA OTRA:	Suannette Vidal Febus, Neyda Lee Vidal Febus

Dirección Artística:
Ileana Rivera Santa

Producción General:
Joseph Amato

Asistente del Director y Regidor de escena:	Joseph Aguayo
Diseño del decorado:	Félix Juan Torres
Realización del decorado:	Sur Teach, Inc.
Diseño de luces:	Hulbia Sánchez
Peinados y maquillaje:	José Raúl González
Coordinación del vestuario:	Joseph Amato
Publicidad:	Juan González Bonilla
Utilería:	Suannette Vidal Febus, Neida Lee Vidal Febus
Muebles:	Producciones Candilejas
Concepto cuña de televisión:	Amato y González-Bonilla
Realización:	Publi-Coop
Concepto de efectos:	Juan González-Bonilla

Acto 1:

(*La acción toma lugar en la sala de la residencia de José Padilla y Dolores y tiene un vestíbulo. En ese recibidor, hacia el lado derecho, está la puerta de entrada. Al lado izquierdo hay una salida que lleva a la cocina. También, en el mismo lado, otra salida, sin puerta, que nos llevará al comedor que nunca veremos. Del vestíbulo bajamos dos escalones y estaremos en la sala, donde hay sofá y dos "loveseat". Una mesa de centro con ceniceros. Una alfombra de área hace acogedor el espacio. Hay fotos de familia en varios lugares. El telón sube a oscuras. Un rayo de luz cae al centro de escena, donde vemos a Dolores y a Marta, arrodilladas. Marta viste de blanco. Es cubana, y tiene un acento muy marcado. Lleva collares que aluden a la religión que profesa. Están rodeadas por varias velas, que están encendidas. Hay plantas y caracoles en el piso. De una vasija sale humo, pues Dolores y Marta se encuentran terminando un hechizo para José Luis, esposo de Dolores.)*

MARTA: ¡Cristo amado, tú que eres el Gran Salvador, permíteme solicitar una ayudita extra a mis seres de luz para resolver los problemas de esta sierva tuya Dolores Colón. *(Con fe inmensa y posesionada de poderes.)* Espíritu Dominante, tú que dominas todos los corazones: domina el corazón de José Luis Padilla. Con el poder que tuvo Santa Marta que amansó al Dragón, así quiero que amanses a José Luis Padilla. ¡Oh espíritu Dominante, con el poder que Dios te ha dado, has que José Luis Padilla sea dominado en cuerpo y alma. Que no pueda mirar a nadie, más que a Dolores, su esposa. Que su amor y su cariño sólo sean para Dolores, su esposa. Que su presencia le sea atractiva. ¡Oh Espíritu Dominante domina a José Luis Padilla! *(Saliéndose de la oración.)* Repite: ¡con dos te miro!

DOLORES: Con dos te miro.

MARTA: ¡Con tres te ato!

DOLORES: Con... tres te ato.

MARTA: ¡Con tres te amarro!

DOLORES: Con tres te amarro.

MARTA: ¡Con fe, hija, con fe!

DOLORES: ¡Con tres te amarro!

MARTA: ¡A coro, Dolores, a coro!

LAS DOS: *(Se persignan.)* ¡Con el Padre, el hijo y el Espíritu Santo! Amén.

MARTA: *(Dando tres palmadas en el piso.)* ¡Así sea!

DOLORES: ¡Así sea!

MARTA: *(Al ponerse de pie, la escena toma el color de una mañana como a las diez. Dolores viste con un traje casual, pero ajustado, mostrándonos su delineada figura. Marta viste de blanco. En la cabeza lleva pañuelo color rojo.)* ¡Se acabaron los cuernos! No ha quedado espíritu malo con tó esto, vieja. *(Se retuerce.)* ¡Ave María, parece que esto

quedó bueno porque todavía me quedan fluidos! ¡Vas a ver cómo a tu esposo se le quitan los enamoramientos!

DOLORES: Por lo menos estoy segura de que no ha quedado ni una cucaracha viva. Marta, hay que recoger esto. *(Haciéndolo.)* ¿Tú estás segura que este trabajito va a funcionar?

MARTA: Mi vida, ya no quedan santos en el cielo. Los he bajado todos para que empujen tu caso. Pero eso sí, tienes que tener fe. Si a los santos no se les demuestra confianza se enojan. El impulsito que necesitan los santos es la fe. Toma, pon esta vela, camuflageada, allí. Esta otra, la colorá, de Santa Bárbara, ponla allá para que con su santa espada le corte el cuello a quien quiera hacerte daño. Y esta, la amarilla, para Cachita, la Caridad del Cobre, ponla allí, para que endulce tu casa.

DOLORES: ¿Y qué voy a decir sobre estas velas?

MARTA: Que se están usando en la decoración. Es lo último.

DOLORES: ¡Ay, yo creo que ha quedado una peste en el aire…

MARTA: ¿Te fijas? Eso es falta de fe. ¡Se van a enojar los santos! *(Respira profundamente y sonríe.)* Lo que ha quedado en el aire es un aromático olor a flores, a plantas. Lo que flota es una epidemia de paz, tranquilidad y regocijo. Dile a tu marido que es popurrí de gardenias, hija.

DOLORES: No sé si toda esta ceremonia espiritual haya sido una buena idea. ¡Que Dios te escuche! Esta tarde tendremos una reunión familiar porque Rafael, el hermano de José Luis, viene a presentarnos a su esposa. Mis padres también vienen.

MARTA: ¡Tu caso es gravísimo! Había que actuar de emergencia.

DOLORES: No exageres.

MARTA: ¿Que no exagere? Mi santa, tú estás tan mal que, si te paras en una esquina, hasta los perros te mean.

DOLORES: El *cassette* es el culpable.

MARTA: No mi santa, no. El *cassette* no es el culpable. El causante de tus penas es tu marido. Tú solamente alquilaste los servicios de una agencia detectivesca para enterarte de las andanzas del susodicho, y esa cinta es la prueba fehaciente de que tu marido te pega los cuernos. Si este conjuro falla, perdonando la palabra en francés, te has podido joder.

DOLORES: Ayúdame a controlarme porque si exploto se va a formar el revolú del año y la mamá de José Luis padece de los nervios, es hipocondríaca y pastillera.

MARTA: Cuando llegue le das un coctelito de Valium y luego ¡pum! Le lanzas el bombazo.

DOLORES: ¡Cuándo se entere que su hijo es un adúltero…

MARTA: Pero si lo sabe todo el mundo, menos la familia, claro.

DOLORES: ¿Entonces se sabe?

MARTA: El vecindario completo está enterado. Lo sabe el cartero, el repartidor de periódicos, en el correo, UPS también lo sabe… En el *beauty* te tienen despellejá.

DOLORES: ¿Y qué opinan?

MARTA: Unos dicen que te divorcies y otros que sigas aguatando cuernos.

DOLORES: Yo he sido una buena esposa.

MARTA: Lo sé.

DOLORES: Una buena madre.

MARTA: Lo sé.

DOLORES: Una buena hija.

MARTA: Se te olvidó otra cualidad.

DOLORES: ¿Cuál?

MARTA: ¡Una buena pendeja!

DOLORES: ¡Marta!

MARTA: Ven acá, Dolores, entre amigas, ¿tú nunca has tenido un… resbaloncito?

Tu sabes, vieja, un encuentro del tercer tipo.

DOLORES: ¡Nunca!

MARTA: ¿Ni así de chiquitico?

DOLORES: ¡Marta, yo soy una mujer honesta!

MARTA: ¡Honesta, estúpida y aguanta cuernos es lo que eres!

DOLORES: Cuando me casé el cura me dijo que había que honrar el vinculo del matrimonio.

MARTA: Eso nos lo enseñaron a todas cuando nos casamos, mijita. Pero en esa parte de la ceremonia, los machos se fueron a mear a la sacristía y no escucharon nada.

DOLORES: ¡Ay, yo no sé lo qué me pasa! Estoy tan confusa, tan aturdida.

MARTA: (*Regando agua bendita por la casa.*) Estas no son horas de estar confusa, mijita.

DOLORES: ¿Y eso, qué es?

MARTA: Niña, estas cosas hay que terminarlas con agua bendita (*Estremeciéndose.*) ¡Santo, santo! ¡Tranquilicen el marido de esa pobre mujer! ¡Oh! ¡Saca, saca! ¡Oh sana, sana!

DOLORES: Soy una… una…

MARTA: ¡Dilo, dilo! ¡Sácate ese enfogonamiento de encima!

DOLORES: No me gusta hablar malo.

Pero a la verdad que soy una buena…

MARTA: (*Tirándole agua bendita.*) ¡Dilo, Dolores, dilo!

DOLORES: ¡Soy una…

MARTA: ¡Libérate, libérate!

DOLORES: ¡Soy una pendeja, soy una pendeja!

MARTA: ¡Eso es! Esas oraciones son un tiro. Están surgiendo efecto.

DOLORES: A mí no me enseñaron a utilizar esa clase de lenguaje.

MARTA: Pues aprende, porque es terapéutico sacarse un buen carajo. Dos o tres malas palabras, bien dichas, son más efectivas que asistir a un siquiatra, y no cuestan nada.

DOLORES: ¿Qué hora es?

MARTA: Hora de que empieces a tomar las riendas de tu vida.

DOLORES: José Luis debe estar a punto de llegar.

MARTA: Bueno, se supone que hubiese llegado ayer después del trabajo, pero no lo hizo. ¿Tú no le preguntas a tu marido dónde se queda cuando no viene a dormir a la casa?

DOLORES: Es la tercera vez que lo hace.

MARTA: ¡Dios mío, pero de cuál material hiciste a esta mujer! ¡A la verdad que lo tienes adentro y no lo sabes!

DOLORES: José Luis debe estar por llegar.

MARTA: Pues entonces me voy. Yo no le caigo bien a tu marido. Estaré en casa. Estoy esperando una llamada de un nuevo noviecito. Pero estaré pendiente en caso de que me necesites.

DOLORES: Gracias. Cuento contigo. (*Marta sale. Dando vueltas por la sala.*) ¡Calma, Dolores, calma! No te salgas del libreto. Si llegaste hasta aquí, termina el drama. Tengo que darme una oportunidad. No va a quitármelo así de fácil. (*Increpándole a la amante.*) ¡Vas a morirte esperando por mi marido, cucaracha! Sí. Eso es lo que eres. ¡Una cucaracha! ¡Calma, Dolores, calma! No te salgas del libreto. (*Razonando.*) ¿Cómo voy a continuar viviendo con un hombre que no me quiere? ¡Calma, Dolores, calma! No te salgas del libreto que estás confusa, desorientada... ¡Despechada y humillada es lo que estoy! Pero el muy sinvergüenza me las va a pagar porque se va a quedar sin la soga y sin la cabra. Por supuesto, yo soy la soga y la otra la cabra. ¡Y cuando me la encuentre le voy a gritar pu... piraña! (*Tocan a la puerta, Dolores la abre y vemos a José Luis.*) José Luis, ¿por qué no abriste con tu llave?

JOSÉ LUIS: Creo que se me perdieron.

(*José Luis tendrá uno que otro trago arriba y su ropa luce estrujada y la corbata mal puesta. Observando.*) ¿A qué se debe tanta vela? ¿No me digas que se murió uno de mis suegros?

DOLORES: ¡Mis padres están muy bien! Son velas decorativas.

JOSÉ LUIS: (*Falso.*) ¡Gracias a Dios!

DOLORES: No se ha muerto nadie... aún.

JOSÉ LUIS: ¿Cómo?

DOLORES: Que todavía no me has dado un beso, amorcito.

JOSÉ LUIS: ¡Ah, sí, mi amor, ven! Es que estoy agotado por el trabajo. (*Dolores aprovecha y lo huele. Husmea el gabán.*) Dolores, ¿por qué me hueles?

DOLORES: ¡Es que me fascina tu perfume! Es tan rico que parece de... mujer.

JOSÉ LUIS: Es un perfume "unisex". (*Tirándose en el sofá.*) ¡Estoy muerto!

DOLORES: Lo dices y no lo sabes.

JOSÉ LUIS: ¿Qué dijiste?

DOLORES: Que no sabes lo ansiosa que estaba porque llegaras. Mira, (*modelándole.*) ¿te gusta? Lo compré especialmente para ti.

JOSÉ LUIS: Está muy bonito pero muy escotado. Recuerda que eres una mujer casada. ¡Uf, tengo una necesidad de cama...

DOLORES: ...pues vámonos...

JOSÉ LUIS: ...para descansar.

DOLORES: A juzgar por lo estrujado que estás, cualquiera diría que te has estado revolcando con ella.

JOSÉ LUIS: ¿Con ella?

DOLORES: Con la cama.

JOSÉ LUIS: Sabes muy bien que en el laboratorio no hay cama. Me quedé dormido en el sofacito de la oficina. Tuve que trabajar "*overtime*".

DOLORES: Te envié tres "*beepers*".

JOSÉ LUIS: Me quedé sin batería.

DOLORES: ¿Y no se te ocurrió llamarme?

JOSÉ LUIS: Mira Dolores, ha sido un día

largo y lleno de problemas en el laboratorio. Lo que quiero es darme un baño y tirarme a descansar un rato en lo que llegan mis padres, ¡y los tuyos!, por supuesto. (*Hastiado.*) ¡Y toda la familia! ¡No tengo tiempo para tus inquisiciones!

DOLORES: ¿Y para ella, tienes tiempo?

JOSÉ LUIS: No empieces con tus celos.

DOLORES: ¿Y estuviste trabajando "*overtime*" hasta esta hora?

JOSÉ LUIS: Ahora mismo acabo de terminar y salí corriendo para acá. Por eso perdí las llaves. ¡Mira, voy a bañarme!

DOLORES: Pero si te bañas, perderías ese perfume tan rico que tienes por todo el cuerpo.

JOSÉ LUIS: (*Contando las velas.*) Una, dos, tres, cuatro... Fíjate, esa decoración me recuerda una plena: (*Tararea.*) "*Cuando las mujeres, quieren a los hombres, prenden cuatro velas y se las ponen por los rincones.*"

DOLORES: (*Lista para guerrear.*) ¿Entonces aquí no está pasando nada?

JOSÉ LUIS: Pero, ¿qué es lo que ha pasado?

DOLORES: ¡Anoche no dormiste en la casa!

JOSÉ LUIS: Te lo acabo de explicar. Y estoy muy cansado para broncas.

DOLORES: ¿Cansado de trabajar con ella?

JOSÉ LUIS: Cansado. ¡Y punto!

DOLORES: ¿Y Sofía estaba cansada?

JOSÉ LUIS: ¿Cuál Sofía?

DOLORES: ¡Tu secretaria!

JOSÉ LUIS: ¡Ah, Sofía! ¿Y qué tiene que ver Sofía con todo esto?

DOLORES: Te trabajó bien duro, ¿verdad?

JOSÉ LUIS: Sofía es mi asistente en el laboratorio. Si no fuera por ella no se cómo diablos me las arreglaría.

DOLORES: ¿Y te hace mucha falta?

JOSÉ LUIS: ¿Quién?

DOLORES: Sofía.

JOSÉ LUIS: Es indispensable para el movimiento del laboratorio.

DOLORES: ¡Ah, veo, veo! ¿Y ella no se agota con ese... *movimiento*, con ese... vaivén de... tanto trabajo?

JOSÉ LUIS: Está acostumbrada.

DOLORES: ¡Qué si está acostumbrada! Tan jovencita que es la Sofía. Parece una modelo.

JOSÉ LUIS: Nunca la he mirado desde ese punto de vista. Para mí es, simplemente, una empleada. Dime, ¿Y a qué viene ese interrogatorio?

DOLORES: ¿A mí me encuentras atractiva?

JOSÉ LUIS: Por supuesto. Eres la madre de mis hijos.

DOLORES: La madre de tus hijos.

JOSÉ LUIS: ¿A qué viene todo esto?

DOLORES: El "*overtime*" te tiene tan ocupado que ya no te acuerdas de tu esposa. Tu mujer. ¡Esta que está aquí!

JOSÉ LUIS: Pero, cómo quieres que te diga que el trabajo...

DOLORES: Se te han olvidado los hijos, compartir con tu familia y el colmo, hasta acostarte con tu mujer.

JOSÉ LUIS: Porque he estado fajándome, como un animal, para mantenerte mientras tú estás en la casa sin hacer nada.

DOLORES: ¿Nada? Limpio la casa, pago las cuentas. Cuido, limpio y educo a nuestros hijos. Me ocupo del jardín, cocino, friego, lavo y plancho tu ropa interior y…

JOSÉ LUIS: Pero, maldita sea, alquila una sirvienta para que te ayude.

DOLORES: ¿Otra sirvienta en esta casa? ¿Para que me ayude a mí o te entretenga a ti?

JOSÉ LUIS: ¡Ajá! Ahí está la causa. ¡Ya sabía yo! Son tus celos. Tus celos ridículos. ¡Fuiste tú la que puso a María de patitas en la calle! ¡Hace dos años de eso y todavía sigues con esa aberración!

DOLORES: ¡Pero si cogí a la muy... a la muy... con unos calzoncillos tuyos dentro de su cartera!

JOSÉ LUIS: ¡Se esmeraba en cuidarme mi ropa interior! ¿Tú piensas que te fui infiel con María? ¿Tú tienes pruebas de eso? ¡Pues claro que no! ¿Tú sabes lo qué te pasa? Que le das mucha oreja a los chismes de la gente. Especialmente a los vecinos. La culpa la tiene la jodida cubana que vive ahí al frente. No se ahogó cuando salió de Cuba pero te aseguro que un día lo hará con su propia lengua.

DOLORES: Pues si no hubiese sido por esa cubana la sirvienta y tú se hubiesen salido con la suya. Porque yo jamás hubiese pensado que me podrías ser infiel en nuestra propia casa.

JOSÉ LUIS: Perdónala Señor, que ella es mujer y tiene derecho a errar.

DOLORES: Marta tiene razón. Eres un espíritu duro, irresponsable e intranquilo.

JOSÉ LUIS: ¡Cubana y bruja! (*Señala hacia la puerta.*) ¡Esa, esa vive montada en una escoba cuarenta y ocho horas al día!

DOLORES: Lo único que ha querido es ayudarme.

JOSÉ LUIS: Dile a la Marta esa, que le haga brujerías a Raúl, a ver si lo puede sacar de Cuba.

DOLORES: (*Decidida.*) Siéntate cómodo, que tenemos que hablar.

JOSÉ LUIS: ¿Y qué es lo que hemos estado haciendo hasta ahora, jugar dominó?

DOLORES: ¡Siéntate!

JOSÉ LUIS: No voy a seguir hablando contigo y mucho menos con ese tono de voz.

DOLORES: ¿Y el tono de Sofía, te gusta?

JOSÉ LUIS: ¡Y dale con la pobre Sofía! ¡Ojala se muera tu madre si yo sé de lo que estás hablando!

DOLORES: ¡La tuya es la que va a morirse!

JOSÉ LUIS: ¿A dónde tú quieres llegar?

DOLORES: Hasta la Carretera de Caguas. (*Como quien lee un anuncio.*) "Motel La Piedra. Cabañas privadas, jacuzzi, películas XXX y un ambiente familiar".

JOSÉ LUIS: (*Se congela. Pero no suelta prenda.*) ¡Estás delirando!

DOLORES: No. ¡Estoy furiosa, y ya no puedo aguantar más! ¡Hasta aquí llegué con el libreto! ¡Voy a presentarme a tu oficina y decirle a Sofía que es una roba hombres!

JOSÉ LUIS: ¡Estás loca!

DOLORES: ¡Una puta!

JOSÉ LUIS: ¿Qué dijiste?

DOLORES: ¡Un cuero!

JOSÉ LUIS: ¡Te prohíbo las malas palabras!

DOLORES: ¿Y qué piensas hacer?

JOSÉ LUIS: ¡Cerrarte la boca de un pescozón!

DOLORES: ¿Pegarme? ¿Tú me vas a pegar a mí? ¡Mira carajo, no hay hombre que me ponga un dedo encima! Gracias Marta.

JOSÉ LUIS: ¡Ah, la cubana!, ¿la cubana te enseñó eso?

DOLORES: ¡No, las aprendí de ti, pendejo!

JOSÉ LUIS: ¿Pero que es lo que te pasa? ¡Eres otra!

DOLORES: ¡Se me acabó el infierno!

JOSÉ LUIS: Pero ven acá, ¿qué es lo que tú pretendes con todo este escándalo?

DOLORES: ¡Que admitas que me estás engañando con...

JOSÉ LUIS: ¡No te atrevas a decirlo!

DOLORES: ¡Con el fleje de Sofía!

JOSÉ LUIS: ¡Mentira!

DOLORES: ¡Verdad! ¡Te estás acostando con tu secretaria!

JOSÉ LUIS: ¡Te juro por la salud de mi madre que estás equivocada!

DOLORES: ¡Tu madre es hipocondríaca!

JOSÉ LUIS: ¡No insultes a mí madre!

DOLORES: ¡Estabas con Sofía!

JOSÉ LUIS: ¡Estaba trabajando!

DOLORES: ¡Te estabas revolcando! Mírate la ropa. Parece que acabas de salir de una lavadora.

JOSÉ LUIS: ¡Eso es culpa tuya, porque no sabes ni planchar! ¡Y no me hagas perder la paciencia porque vas a encontrar lo que has estado buscando!

DOLORES: ¡Piérdela! ¡Tú no tienes los pantalones para atreverte a tocarme! (*José Luis hace gesto de pegarle cuando se escuchan unos toques en la puerta de entrada. José Luis la abre.*)

MARTA: (*Entrando.*) Dolores, vieja, vine a ver si me prestas un par de huevos.

JOSÉ LUIS: ¡Llegó la bruja!

MARTA: ¡Ay, se me olvida que los "*güevos*" de esta casa ya están prestados!

JOSÉ LUIS: ¡Bochinchera!

MARTA: Óyeme, pero, qué amable está tu marido. Cualquiera diría que no le simpatizo.

JOSÉ LUIS: ¡Estoy hablando asuntos privados con mi esposa!

MARTA: ¿Cuál esposa?

JOSÉ LUIS: Esa que está ahí.

MARTA: ¡Perdóname Dolores, yo pensé que eras la sirvienta! Caballero, estaba sentada en el balcón de mi casa y su gritería se escucha a cuatro esquinas. Por eso pensé que le gritaba a una sirvienta porque, lo que es a una esposa, no se le habla de esa forma.

JOSÉ LUIS: ¿Quién le ha dado vela en este entierro?

DOLORES: Yo. Adelante Marta. Discutíamos de lo que ya sabes.

JOSÉ LUIS: ¿Pero tú le has estado contando a esa chismosa...

MARTA: Pero si lo sabe toda la urbanización. Yo soy una entre miles.

JOSÉ LUIS: ¿Tú le has estado contando a esa serpiente los problemas nuestros?

MARTA: ¡Respéteme, que le hago tres oraciones a Santa Macana y lo dejo impotente!

JOSÉ LUIS: ¡Lárguese para su casa, vieja charlatana!

MARTA: Un momentico, un momentico que me está faltando el respeto. Yo solamente visito a su mujer para consolarla de sus insultos. Lo que pasa es que usted no sabe lo que es ser un buen vecino.

JOSÉ LUIS: ¿Sabe cómo le dicen en Puerto Rico a la gente como usted? (*Masticando las palabras.*) ¡Lengüilargas!

MARTA: ¿Sabe como le dicen en Cuba a los machos como usted? ¡Güevos dulces!

JOSÉ LUIS: (*Señalando la puerta.*) El teléfono de su casa está sonando, vállase.

MARTA: En mi casa hay quien conteste el teléfono.

JOSÉ LUIS: ¡Sí, claro, Satanás!

DOLORES: Déjala quieta. Conmigo es con quien tienes que pelear.

JOSÉ LUIS: Ah, ¿entonces es tu compinche?

DOLORES: Cuando pasó lo de la sirvientita estuve dispuesta a darte el beneficio de la duda porque yo no tenía pruebas.

MARTA: ¡Pobrecita, era la única que no tenía pruebas!

JOSÉ LUIS: ¡Cállese!

DOLORES: Pero ahora las cosas son distintas. ¡Y te aseguro que me las vas a pagar! ¡Tú y la chilla!

MARTA: Vieja, tú aprendes rápido.

JOSÉ LUIS: Vamos a discutir eso más tarde. Mis padres llegarán de un momento a otro...

DOLORES: Y los míos también.

MARTA: ¡Ay qué lindo! Qué detalle. Una tarde con los suegros.

JOSÉ LUIS: ¡Y usted está de más aquí!

MARTA: Entonces me voy. (*Mutis.*)

JOSÉ LUIS: ¡Hasta nunca! (*Marta abre la puerta y sale.*)

DOLORES: (*Fulminante.*) José Luis,

quiero divorciarme.

MARTA: (*Entrando.*) Entonces me quedo. En los momentos difíciles es cuando más se necesitan los amigos.

JOSÉ LUIS: Dolores, ¿pero qué te pasa?

DOLORES: Que quiero divórciame.

JOSÉ LUIS: ¿Qué tú quieres qué?

MARTA: Dijo que quería divorciarse, separarse, desconectarse de ti, viejo.

DOLORES: ¡Esta misma noche te largas de esta casa y el lunes, a primera hora, te estará llamando mi abogado.

JOSÉ LUIS: ¿Tú estás bromeando?

MARTA: Oiga vecino, la cara que tiene no es de broma.

JOSÉ LUIS: ¡Cállese! (*A Dolores.*) ¡Nuestra familia está a punto de llegar!

DOLORES: Lo sé. Por ellos estoy dispuesta a pasar la velada lo mejor que podamos. ¡Pero tan pronto se marchen te largas de esta casa!

MARTA: (*Posesionada.*) ¡Oh! ¡Ave María, esto está fuerte!

JOSÉ LUIS: ¡Si no se marcha voy a darle una patada por el…

DOLORES: ¡José Luis!

MARTA: ¡Parece que los santos me quieren decirme algo! Me dicen...

JOSÉ LUIS: ¡Qué se vaya al carajo!

MARTA: Con el permiso del caballero, y con el respeto que le queda, le quiero suplicar que no se meta con mis Orishas. Los santos no se equivocan. ¡Le adelanto que se avecina una guerra!

DOLORES: Quedamos en que te vas, ¿verdad?

JOSÉ LUIS: ¡Ay virgen, ¿tú me estas hablando en serio?

DOLORES: ¡Tan serio como cuando me casé contigo!

JOSÉ LUIS: ¡Entonces le mentiste al cura cuando juraste que sólo la muerte nos separaría!

DOLORES: ¡En ningún momento le escuché decir al cura que cuando un ma-

rido engaña a su mujer ella tiene que quedarse humillada como una cabrona!

MARTA: ¡Dale duro a esa terapia!

JOSÉ LUIS: (*Sorprendido.*) ¡Dolores, tú tienes dos personalidades!

DOLORES: ¡Y tú dos mujeres! Y te lo puedo probar.

JOSÉ LUIS: No hagas algo de lo que luego te puedas arrepentir. (*Mirando a Marta.*) Los chismes de vieja son siempre infundados, y por lo general, los causa la envidia.

DOLORES: ¿Sí, infundados? Bueno. (*Busca un cassette y se lo da a José Luis en las manos.*) Toma, pon este *cassette* en la máquina y vamos a ver el capítulo de la novela que se acaba hoy.

JOSÉ LUIS: Esto es culpa suya. Dígale que está equivocada.

MARTA: ¡En mi vida me he metido en problemas matrimoniales!

JOSÉ LUIS: ¡Está loca, está loca! Sólo a una demente se le ocurre que su marido se siente a ver un capítulo de una telenovela en medio de una discusión.

DOLORES: ¡Prende el televisor!

JOSÉ LUIS: Definitivamente, tiene dos personalidades. Hace unos segundos eras una mujer histérica, que difama a su marido llamándole infiel y de momento la fiera quiere ver televisión. ¡Me vas a llevar a la tumba! (*Y prende el televisor.*)

DOLORES: A mí no me gustaría que te murieras... todavía. (*Inserta el cassette.*) Se te van a poner los pelos de punta. ¿Sabes cómo se llama la novela? Déjame leerte los créditos: "Producciones La Hiena presenta a José Padilla en Más allá del Pantanal. Actuación especial de Sofía Cuero. Lugar de acción: Motel La Piedra, Carretera de Caguas. Escrita, producida, dirigida y protagonizada por José Padilla.

MARTA: Dame el gustazo de darle *play*. (*Lo hace.*) *Click*.

DOLORES ¡Pero qué bien te ves! Pareces un artista de cine. (*Pálido, José Luis enciende un cigarrillo.*)

MARTA: Pero viejo, ¿va a fumar? Con todos los problemas que usted tiene, ¿se va a echar un cáncer arriba?

DOLORES: (*Quitándole el cigarrillo.*) No quiero que te suicides... todavía. Escena primera. Frente a la cabaña número cuatro. Ella es la primera en llegar, entra el carro en el estacionamiento del motel y cierra el portón. Sonido: dos bocinazos.

MARTA: Escena tres: Como ella está bien calientita no puede esperar dentro de la cabaña y sale. Escena cuatro: los adúlteros se confunden en un abrazo más ardiente que el sol.

DOLORES: ¡El vestuario es exquisito y los exteriores insuperables!

MARTA: Él, desesperado, le coge las nalgas y ella se relame del gozo. Escena cinco: como la calentura es tan grande se quitan casi toda la ropa en pleno campo.

DOLORES: Y muy caramelos cierran el portón y se adentran a la lujuria. (*Detiene la cinta.*) ¿Te gustó la novela? Es larga, sabes, pero te la voy a contar en pocas palabras. (*Anunciando.*) Sinopsis. José Padilla: hombre casado, con dos hijos preciosos y una esposa espectacular, o sea yo. Dueño de su propio negocio y con todo lo que un hombre pueda desear, decide tirarlo todo a la basura para acostarse con una mujerzuela sin escrúpulos, con su secretaria, en un motelucho de mala muerte. (*Llorosa.*) ¡Qué insignificante y mediocre eres!

MARTA: ¡Quedó paralítico, vecino!

JOSÉ LUIS: Yo quisiera explicarte... Me pones en una posición incomoda...

MARTA: Estaban a punto de echar un polvo de pie. Eso sí que es incomodo.

JOSÉ LUIS: Dolores, como esposa, y como madre de mis hijos, tienes que dejarme defenderme de esta calumnia.

MARTA: ¡Caballero, lo cogieron comien

do fuera del hoyo!

JOSÉ LUIS: ¡Cállese!

DOLORES: ¡No digas ni jota! ¡Por que soy capaz de cogerte dormido y cortártelo!

MARTA: Pero no se lo digas. ¡Córtaselo Dolores, córtaselo!

JOSÉ LUIS: Siéntate. Vamos a hablar.

MARTA: Siempre quieren hablar después de meter las patas.

JOSÉ LUIS: ¡Si no se larga para su casa le voy a cortar la lengua!

MARTA: ¡Oye Dolores, dile al come mierda de tu marido que mis mejores amigos son policías... y de los grandes! Así que, si no se quiere verse tras las rejas, que no se meta conmigo.

JOSÉ LUIS: Las cosas no son lo que parecen. Yo...

DOLORES: He pasado unos meses buscando cuál ha sido mi falla. Analizando qué había hecho para que te alejaras, para que ya no me quisieras como mujer. Pensando que yo tenía la culpa. Pensando...

MARTA: Eso es lo que nos han metido en la cabeza desde chiquitas. Que la mujer es la culpable de las fallas del matrimonio. ¡Vieja, esa mierda se la inventaron los machos!

DOLORES: La dignidad puede más que yo. Así que te libero de una situación intima insalvable y quiero que esto sea rápido. Lo acuerdas con mi abogado. Será por consentimiento mutuo.

JOSÉ LUIS: ¿Por consentimiento qué?

MARTA: ¡Mutuo! O sea, entre dos.

JOSÉ LUIS: ¡Yo sé lo que quiere decir!

DOLORES: De esa forma se solicita el divorcio sin tener que expresarle al tribunal las razones íntimas por las cuales decidimos separarnos. Es la forma más económica y rápida de obtenerlo.

JOSÉ LUIS: Mis hijos me necesitan. ¡Y no voy a permitir que tengan otro padre!

DOLORES: Te conviene firmar. Esa peliculita te hace ganador de una "suite" en el Hotel Metí Las Patas, y voy a utilizarla en la corte. Va a ser desastroso para ti. Y déjame recordarte que mi padre, es el principal accionista de tu laboratorio. Una palabra mía y te quedas en la calle.

JOSÉ LUIS: ¡Me estás chantajeando! Ese video no prueba nada. Sabe Dios que tráfala se prestó para esa fabricación.

DOLORES: "J.A. Engineered Security and Safety for the Caribbean." Una agencia dominicana de mucho prestigio.

JOSÉ LUIS: ¿Y tenías que llamar a una agencia extranjera? ¡Carajo, hasta en eso somos ingratos!

MARTA: Terrible, ¿verdad? A la verdad que la inmigración dominicana está fuera de control. (*José Luis la mira.*) ¿Qué mira? Yo no soy extranjera. Yo soy ciudadana americana, igual que usted. Además, llevo aquí como cuarenta años... desde bebita, claro.

JOSÉ LUIS: ¡Pues aquí no va a haber divorcio! Misión Posible, (*sacando el cassette de la máquina*) esta cinta se autodestruirá en cinco segundos. (*Lo hace.*)

DOLORES: (*Abre la gaveta de alguna mesita y le muestra a José Luis tres cassettes y Marta hace lo mismo.*) ¿Y tú piensas que ésta curita iba a darte el original de *Lo que el viento comió*?

JOSÉ LUIS: Maquiavélica. ¡Esto es culpa suya!

MARTA: Mire, vecino, si no lo comprobó, le pasamos la peliculita de nuevo.

JOSÉ LUIS: Dolores, aquí no te falta nada. Te tengo como a una reina. Mi dinero...

DOLORES: Nuestro dinero, nuestro dinero.

MARTA: Vecino, ¿se le olvidaron los bienes gananciales?

JOSÉ LUIS: ¡Cállese bruja!

DOLORES: Por ley me toca la mitad de todo lo que hemos levantado. Voy a ganarte la patria potestad de mis hijos y vas a pagar sus gastos hasta que tengan dieciocho años. Vas a pagar la renta de esta casa y vas a mantenerme hasta que a mí me dé la gana.

JOSÉ LUIS: ¡Pero tú tenías el divorcio planificado!

MARTA: Y si le toca una mujer juez, lo van a dejar esnú', vecino.

DOLORES: ¡Soy yo la que tiene agarrada el sartén por el mango! ¡Y te voy a freír los huevos!

JOSÉ LUIS: Dolores, yo soy un hombre decente, ¿qué es lo que me estás haciendo?

DOLORES: ¿Decente? ¿Tú, decente? Decentes fueron mis padres que, cuando salí embarazada en la UPI, no me pusieron de patitas en la calle y, para evitar un escándalo bochornoso, te montaron un laboratorio para que su hija llevara una vida holgada. Y yo, como buena estúpida, dejé mis estudios y me puse a parir para que te hicieras Licenciado en Tecnología Médica. ¡Un hombre decente no comete adulterio!

JOSÉ LUIS: De eso no tienes pruebas.

DOLORES: ¿No viste ese video?

JOSÉ LUIS: Sí. Lo vi.

DOLORES: ¡Entrando a un motel!

JOSÉ LUIS: ¡Pero qué fama tienen los moteles en Puerto Rico, virgen santa! Un motel, es igualito a un hotel, con la única diferencia que la estadía es más transitoria. Y dime una cosa, ¿en ese video se ve algo impropio?

DOLORES: ¡Qué pantalones tiene este hombre! ¿Qué hacías con tu secretaria en un motel?

JOSÉ LUIS: El que yo haya llevando a mi secretaria a un motel no quiere decir que me haya acostado con ella. Yo no me meto en la vida privada de mis empleados.

DOLORES: ¡Pero si estás grabado cogiéndole las nalgas!

JOSÉ LUIS: Le tumbaba unas pajistas del traje. Me gusta que mis empleadas se vean limpias! Sofía tiene dos trabajos.

DOLORES: ¡Putea a todas horas!

JOSÉ LUIS: ¡Te prohíbo las malas palabras!

DOLORES: Me tiene sin cuidado. Si de algo puedes estar seguro es que en esta casa habrá divorcio.

JOSÉ LUIS: ¡Pero Dolores, has un esfuerzo, deja de ser mujer y piensa racionalmente!

DOLORES: ¡Tú eres el único animal que vive en esta casa!

JOSÉ LUIS: ¡Dios mío, perdona a esa mujer que quiere dejar a sus hijos sin padre!

DOLORES: ¿Pero quien te dijo que voy a dejarlos sin padre? ¡Hombres es lo más que hay!

JOSÉ LUIS: ¡Sobre mi cadáver te acuestas con otro hombre!

MARTA: Ni comen ni dejan comer. ¡Qué barbaridad!

JOSÉ LUIS: ¡Ay mira, voy a darme una ducha! (*A Marta.*) ¡Y cuando regrese, espero que esté en la sala de su casa, rodeada de sus seres queridos y dentro de un ataúd!

MARTA: Cuando llegue el momento yo seré tu testigo estrella.

JOSÉ LUIS: (*Caminando hacia las habitaciones. Se detiene en la puerta.*) Dolores, que no se te olvide nunca: aquí, yo soy el macho.

MARTA: El macho se conoce por su cagada. (*Tocan a la puerta. Dolores la abre.*)

PURA: ¡Hola! (*Del susto Dolores cierra la puerta.*)

DOLORES: ¡José Luis, es tu madre!

JOSÉ LUIS: ¡Mamá! ¡Es mamá, Dolores!

MARTA: "Colgó el sable". ¡Valiente el macho!

JOSÉ LUIS: ¡Dolores, mi madre es una

mujer enferma!

DOLORES: ¡Pues llévala a la hospital!

JOSÉ LUIS: ¡Por favor, Dolores...

DOLORES: Pues compórtate. No te prometo nada. (*Abriendo la puerta.*) ¡Adelante!

PURA: Dolores, me cerraste la puerta en plena la cara.

DOLORES: Fue el viento.

PURA: ¡Ave María, pero qué guapa está mi yerna! Venga un abrazo. (*Después del abrazo se percata de su escote.*) Ten cuidado con un resfriado. Yo me llovizné la semana pasada y por poco me muero de una pulmonía.

JOSÉ LUIS: (*Hipócritamente tierno.*) ¡Mamá!

PURA: ¡Ay hijo mío, qué deseos tenía de verte!

JOSÉ LUIS: ¡Y yo también! Por favor, pasa a la sala.

DOLORES: Sí, por favor, pase, pase y siéntese.

JOSÉ LUIS: (*Apartando a Dolores.*) Si se te ocurre decir algo frente a mamá te aseguro que tienes los días contados. (*Hacia doña Pura.*) Mamá, se suponen que vendrían más tarde. ¿Qué les pasó?

PURA: ¡Ay hijo, tú no conoces a tu padre! Tiene una obsesión con la puntualidad. Gregorio dice que, los únicos que siempre llegan tarde son los del PNP.

DOLORES: Doña Pura, hoy no es una buena ocasión para hablar de política.

PURA: Es lo mejor. Yo lo único que lamento es que tus padres sean de ese partido.

MARTA: La novela se complica.

PURA: ¿Y la señora?

JOSÉ LUIS: Es nuestra vecina. Pero no te preocupes porque se va ahora mismo. ¿Verdad que usted se va?

PURA: Si algo tenemos los ponceños es la virtud de la hospitalidad. Tanto tiempo por acá, por el área metropolitana, parece haberte afectado los modales. (*A Mar-*

ta.) Por favor, tenga la bondad de quedarse un ratito con nosotros.

DOLORES: Doña Pura, esta es Marta. Marta, ella es doña Pura Padilla, madre de José Luis.

MARTA: (*Con un cubaneo sabrosón.*) Mucho gusto, señora. Marta Castro.

PURA: Ah, ¿usted es cubana?

MARTA: ¿Se me nota?

PURA: Un leve acento.

JOSÉ LUIS: Lleva como ochenta años aquí y todavía tiene la cubanería arriba.

PURA: Por favor, siéntese con nosotros. ¿Y mis nietos, cómo están?

DOLORES: Bien, bien. Están en un campamento de verano.

PURA: ¿En un campamento de verano?

DOLORES: De vacaciones y, tenerlos todo el día en la casa, con lo hiperactivos que son, pues... es demasiado injusto para ellos. Por allá se entretienen y nos dan un descansito.

PURA: En mis tiempos había que chuparse los muchachos las veinticuatro horas. ¡Por eso padezco de un insomnio craso! Mira, mijita, aquí te traje estas hierbas... (*Y saca de su cartera, tamaño maleta, una bolsa plástica llena de hierbas.*)

MARTA: ¿Usted fuma?

PURA: ¡Jesús, no! Ni fumo ni masco tabaco. Le tengo terror a un enfisema o algo peor. Estas son unas hierbitas naturales para tomarme un tesecito más tarde. Mi doctor me dice que eso es muy bueno para calmar la neurosis y la ansiedad. Últimamente estoy muy ansiosa. Dolores, ¿me puedes traer un poquito de agua para tomarme unas pastillas? (*A Marta.*) El viaje me ha dejado un poco nerviosa...

DOLORES: (*Para ella.*) ¡Y deja que se entere lo del divorcio!

PURA: ¿Decías?

DOLORES: ¿Que si prefiere alguna malta, o un juguito?

PURA: No. Agua solamente mija.

DOLORES: Sí. Enseguida. (*Y sale hacia la cocina.*)

MARTA: ¿Y está muy nerviosa, doña Pura?

PURA: Bastante. Los viajes siempre me alteran el sistema nervioso. Eso podría ser un tumor. La próxima semana tengo una cita para unos análisis. (*Toques en la puerta.*)

JOSÉ LUIS: (*Abre la puerta.*) ¡Bendición, papá!

GREGORIO: Dios te bendiga, hijo. Toma. Aquí les traje unas cositas.

DOLORES: (*Entrando.*) Tenga, aquí le traje su agüita, doña Pura.

PURA: ¡Gracias, hija!

MARTA: Tómese dos porque los acontecimientos son más fuertes que el viaje. Se lo aseguro.

JOSÉ LUIS: ¿Por qué te pones con eso, papá?

GREGORIO: Son guineos de Ponce. Los mejores de Puerto Rico. ¿Cómo está mi querida nuera?

DOLORES: Muy bien, don Gregorio, muy bien. Adelante. Gusto de verlo.

GREGORIO: Ahí les traje unos plátanos para que hagan unas buenas arañitas.

DOLORES: ¡Y con lo que le gustan a José Luis las arañitas! Pero adelante, adelante. Siéntese, por favor.

PURA: Grego, ¿por qué tardaste tanto?

GREGORIO: No había dónde estacionar. Líneas amarillas, líneas amarillas. Este gobierno no mejora. Eso es porque están en banca rota y tienen que sacarle el dinero al pueblo a cómo dé lugar. ¿Y ya te sientes mejor, nena?

PURA: Un poco.

GREGORIO: Es la dichosa autopista. Está llena de rotos. Ese viaje mata a cualquiera. Y para remachar nos recuerdan cada quince minutos que es una autopista PNP. "Usted está entrando a la autopista Luis A. Ferré." "Usted está llegando al peaje de la autopista Luis A. Ferré."

"Gracias por usar la autopista Luis A. Ferré." Y de postre, no uno, sino tres perfiles de Luis A. Ferré.

PURA: ¿Y qué me dicen del Túnel de Minillas? Lo han empañetao de losetas azules y blancas. Propaganda. ¡Pura propaganda! Estoy loca por que llegue noviembre para que se callen de una vez y por todas.

MARTA: Al que no quiere caldo le dan tres tazas.

GREGORIO: Buenas tardes, señora.

MARTA: Muy buenas.

DOLORES: Ella es la señora Marta Castro, nuestra vecina.

GREGORIO: Mucho gusto, señora.

MARTA: El placer es mío, viejo.

GREGORIO: ¿Cubana?

MARTA: ¿Es el acento, verdad?

JOSÉ LUIS: Y es una pena que tenga que irse.

DOLORES: ¡Marta se queda!

PURA: ¡Ay, por favor, quédese! Esta tarde tendremos un almuerzo familiar, porque mi otro hijo, Rafael, se casó en los Estados Unidos y regresa hoy para presentarnos a su esposa.

GREGORIO: (*A Marta.*) Rafael, nuestro hijo menor, es un muchacho muy independiente. José Luis y Rafa, son muy distintos. ¡Mire, y que casarse fuera de su país! Están hospedados en un hotel del Condado y tiene a la mujer de arriba para abajo enseñándole la ciudad. ¡Ah, esperamos que sea tan buena como nuestra querida
Dolores!

MARTA: Pero, ¿ustedes no la conocen?

GREGORIO: Sólo sabemos que es americana y que se llama Nico.

PURA: (*En español.*) Jones. (*Para que suene "ni cojones".*)

MARTA: ¿Cómo dice?

PURA: Aquí nos envió una foto de su boda en una capilla de Las Vegas. Mire, aquí dice: "Esta es mi esposa Nicole

Jones. Yo la llamo, cariñosamente, Nico."

MARTA: ¿Nico?

PURA: Jones.

JOSÉ LUIS: Se pronuncia, (*pronunciándolo en inglés*) Jones, mamá. Nicole Jones.

GREGORIO: Esos son asimilismos, hijo mío. Nosotros no vamos con eso de "English Only". Aquí se habla español only.

PURA: Rafael nos invitó a la boda pero, sinceramente, a mí no hay quien me haga montarme en un avión. Padezco de un vértigo terrible. Además, me da una claustrofobia grandísima. Y encima, la comida del avión me da diarreas. ¡Ay, Dolores, dame otro poquito de agua! De sólo pensarlo me falta el aire.

MARTA: ¡Y deje que Dolores le cuente todo! Le aseguro que van a tener que conseguirle un tanque de oxigeno.

GREGORIO: ¿A qué se refiere, doña Marta?

MARTA: ¿Se lo digo?

DOLORES: Bueno, mejor se lo digo yo. Mire...

JOSÉ LUIS: Es que Marta ha tenido una clase de vida... Si te la cuenta, mamá, quedas asfixiada.

MARTA: ¿Y cuál es la vida que he tenido?

JOSÉ LUIS: ¡De perra! Imagínate mamá, que ésta miserable mujer, salió nadando desde Cuba hasta Miami...

PURA: ¿Nadando de Cuba a Miami?

JOSÉ LUIS: Y en el trayecto, un tiburón se comió al marido.

PURA: ¡Santo Dios!

JOSÉ LUIS: Y estando en Miami, se casó con tres americanos. ¡Y los tres murieron del corazón! ¡Ya te lo dije, una vida de perra!

GREGORIO: ¡Esa es la presión que causa la estadidad!

PURA: ¡Cuatro veces viuda! Pobrecita.

MARTA: Sí. Quedé viuda para siempre. Pero mejor viuda que cornuda.

PURA: ¿Cornuda? ¿Pero, cómo es eso?

MARTA: Porque mis maridos fueron unos santos. Me hicieron muy feliz. Los últimos tres fueron americanos, y decentísimos. (*Dándole palmaditas a José Luis por el hombro.*) Nada de darse cervezas con los amigos para luego llegar borracho a la casa a crear problemas y escándalos. Nada de mujeres por la izquierda, ni de citas en moteles. ¡Y nada de saterías y puercadas! Para ellos yo fui la única.

JOSÉ LUIS: ¡La única pesadilla!

PURA: Lamento que, siendo una mujer tan joven y bonita...

JOSÉ LUIS: Mamá, ¿también estás mal de la vista?

PURA: Ahora que lo mencionas, creo que tengo cataratas.

GREGORIO: Eso es a causa de estar viendo en la televisión todas esas noticias escandalosas sobre los senadores y los representantes del PNP en el Capitolio. Hasta la vista se le atrofia a uno.

PURA: Es lamentable su viudez. Pero, con todo el respeto de los difuntos, a la verdad doña Marta, que todavía está a tiempo...

JOSÉ LUIS: ...de irse para Cuba.

MARTA: Muchas gracias. Ahora lo que quiero es un compromiso, pero sin ataduras.

GREGORIO: Estado Libre Asociado. Esa es la perfecta. Usted es de las mías.

MARTA: Yo hablaba de...

GREGORIO: (*A Marta.*) Todavía se consiguen hombres buenos y honrados. Fíjese en nuestro hijo...

MARTA: ¿En quién?

PURA: En José Luis.

MARTA: Sí. Tremendo hijo de la gran... familia que tiene.

GREGORIO: Es difícil encontrar un hijo como este. Nosotros nos sentimos muy

felices con su conducta. Dolores, si de algo estamos orgullosos, es de ustedes. ¡Esto es un matrimonio! Una pareja que ha hecho del casamiento una religión, una fortaleza y que ha levantado un hogar, lo que se dice estable. Por eso Dios los recompensó con dos hijos preciosos. Por ciento, ¿dónde están mis nietos?

DOLORES: Los hemos enviado a un campamento por dos semanas. Y sin saberlo, ha sido la mejor de las ideas. Si llegan a estar aquí, se hubiesen afectado con toda esta pelea. La guerra ha estado a punto de reventar, ¿verdad José Luis?

PURA: ¿Pero qué guerra es esa? Espérate, espérate. Antes de decírmelo prepárame un tecesito. Yo creo que tengo fiebre. A lo mejor me ha picado uno de esos mosquitos que hay aquí en San Juan. ¡Ay virgen, yo temo que me dé un dengue sangriento!

DOLORES: Se lo traigo enseguida. (*Mutis hacia la cocina. Se vuelve.*) Don Gregorio, doña Pura créame que ha sido el paso más difícil de mi vida. He hecho lo imposible por evitarles un momento tan doloroso. La más sorprendida he sido yo. José Luis, mientras preparo el té, explícale a tu madre sobre la guerra. (*Llorosa.*) Entre familia duele menos.

MARTA: Te acompaño. Oiga, doña Pura, esto es al nivel de fuego artificiales. (*Salen.*)

PURA: ¡Ay virgen santa! Explícame enseguida de qué está hablando tu esposa.

JOSÉ LUIS: (*El invento.*) Mamá, papá, llegó el momento de contarles algo terrible. Yo estoy sufriendo muchísimo. (*Llora.*) Pero bueno, como hombre, soy más fuerte. Sé que ella, mujer al fin, le es muy difícil contárselos... (*Llorando.*) ¡Pero, es que Dolores...

PURA: ¡Habla, que estoy a punto de una apoplejía!

JOSÉ LUIS: Hace un tiempo que he estado ocultándoles algo que ya no puedo callar. Y como las cosas han llegado a un extremo de intolerancia, no me queda más remedio que contárselo.

GREGORIO: Esto suena serio. Nena, tómate una pastillita. (*Doña Pura lo hace.*)

JOSÉ LUIS: Tengo poco tiempo, pues no quiero que me oiga la vecina. Ella no sabe nada. Pues verán, Dolores está muy enferma. Hace como año y medio le comenzaron los "hot flashes". La he llevado a varios médicos, para comprobar el terrible diagnóstico, y todos le han vaticinado una... menopausia apresurada. Eso, eso. Menopausia apresurada. Y ciertas hormonas... femeninas... se le han alterado y... le han provocando una... vejez prematura. Y para completar este cuadro tan desolador... ¡ay Padre amado, ya muestra síntomas de (*llorando*) arteriosclerosis cerebral. (*Victima. Dramático.*) ¡Y me pega, mamá, me pega! Por mí no se preocupen. Yo soy fuerte y aguantaré una viudez precoz, si es eso lo que Dios quiere.

PURA: (*A todo pulmón.*) ¡Ay Dios santo, ampárala, ampárala! Y ampárame a mí también.

JOSÉ LUIS: (*Lloroso.*) ¡Dios mío, apiádate de mi mujer! Dice unos disparates... inventa cosas... ve gente donde no las hay… Mamá, no se le puede creer nada de lo que dice y el médico me informó que hay que seguirle la corriente y que no se le puede contradecir porque se pondría agresiva.

PURA: ¡Ay hijo mío, cómo debes estar sufriendo!

GREGORIO: Pero José, no se le nota nada.

JOSÉ LUIS: Esa enfermedad es así, papá. Si la encuentran un poco clarita de la cabeza fue porque anoche me amanecí atendiéndola. Mírenme. ¡No he dormido nada! Ni siquiera me he podido cambiar de ropa. ¡Ustedes no saben lo que estoy aguantando! Y todo lo hago por nuestros hijos, y porque en verdad, siempre la he amado.

PURA: (*Trágica.*) ¡Ay, mis nietos, mis nietos!

GREGORIO: ¡Pura, cálmate, cálmate! ¿Y los padres de Dolores, saben de esto?

JOSÉ LUIS: No se quieren dar por aludidos.

GREGORIO: ¡Típicos PNP! No se quieren dar por aludidos de nada.

PURA: Tienen que saberlo. Los padres siempre sabemos cuando nuestros hijos tienen problemas. Aunque sean PNP.

DOLORES: (*Entrando.*) Aquí tiene su té, doña Pura. Le traje la jarra completa porque sé que va a tomar bastante. Yo también necesito unos calmantes.

JOSÉ LUIS: ¿Te fijas, mamá?

PURA: (*Abrazándola.*) ¡Ay Dolores, qué desgracia! (*Otra pastilla.*)

DOLORES: ¿Ya se lo contaron?

GREGORIO: Sí, Dolores.

DOLORES: (*Llorosa.*) ¡Es terrible, terrible! ¿Verdad que es terrible?

GREGORIO: ¡Terrible y medio!

DOLORES: ¡Creo que voy a volverme loca!

PURA: No es para menos, hija.

DOLORES: No tienen idea de lo que estoy sufriendo. Es un momento muy amargo. Tristísimo. ¿Y ustedes, qué piensan?

PURA: Lo que yo no entiendo, es que eres... demasiado joven.

DOLORES: Y miren este cuerpo. ¿Ustedes creen que tengo que envidiarle algo a alguna mujer?

PURA: ¡Ay San Judas! Esto sí que es difícil y desesperado. Tienes que tomar las cosas con calma.

DOLORES: ¡Es que no puedo tomarlo con calma! Gracias a Dios que me ha dado fuerzas, porque de lo contrario, la asesinaría como a una perra.

GREGORIO: (*A José Luis.*) A la verdad que está malita. (*A Dolores.*) Lo primero que tienes que hacer es aceptarlo.

DOLORES: ¿Cómo voy a aceptarlo?

PURA: Yo lo que no entiendo es, por qué tan temprano. A mí me pasó después de los cincuenta.

DOLORES: ¿Y usted lo aceptó?

PURA: Para pasar tantos años junto a Grego se lo tuve que aceptar.

DOLORES: ¡Cristo, pero si esto corre en la familia! ¿Y los niños, cómo se lo voy a explicar?

GREGORIO: ¿Ellos no se han dado cuenta de nada?

DOLORES: He hecho malabares para que no se enteren.

JOSÉ LUIS: Eso mismo digo yo, ni los niños ni nadie tiene que enterarse...

PURA: Pero no tienen que saberlo.

MARTA: Pero si todo el vecindario lo sabe.

GREGORIO: ¡Los vecinos que se vayan al diablo!

JOSÉ LUIS: ¡Eso! Que se vayan al...

MARTA: ¡Me saca de ese grupo!

PURA: ¿Y te duele mucho?

DOLORES: ¡Usted no tiene idea! (*Con los dedos, se pone cuernos en la frente.*) ¡Estoy hasta aquí, del dolor de cabeza!

PURA: A mí me pasó lo mismo.

DOLORES: ¿Y por qué no se divorció?

PURA: En el matrimonio hay que aguantarlo todo.

DOLORES: (*Apartando a Marta.*) Marta, mi suegra es una degenerada.

MARTA: ¡Y pastillera!

DOLORES: ¡Quién lo iba a decir! Don Gregorio, tan ponceño, tan Popular y tan cuernú.

JOSÉ LUIS: ¿Se fijan? Está incoherente.

GREGORIO: ¡Ay hijo! Tú no sabes el dolor que nos da Dolores.

PURA: Tengo miedo que todo esto me cause una depresión clínica. (*Tocan en la puerta. Dolores la abre. Aparecen doña Virgen y don Esteban. Sus vestimentas están combinadas en varios tonos azules.*)

VIRGEN: ¡Hija mía!

DOLORES: ¡Mamita! Bendición.

VIRGEN: ¡Dios te bendiga, hija!

DOLORES: ¡Papito! Bendición. (*Don Esteban Colón padece de gaguera. Defecto que lucha por ocultar. Segmenta las palabras lo mejor que puede, pero siempre se le atascan. Esto dará pie para que muchas expresiones tengan un doble sentido. Estos personajes entran con cierto aire de superioridad. Son fieles adeptos al Partido Nuevo Progresista. De inmediato sentimos una cordialidad fingida. En realidad, ambas familias no se resisten.*)

ESTEBAN: El Señor te... tete... te acompañe, hija.

DOLORES: Pasen a la sala. Los padres de José Luis llegaron temprano.

ESTEBAN: Los Popo... los Popo... Populares siempre se apresuran.

VIRGEN: ¡Doña Pura! (*Besos.*)

ESTEBAN: ¿Cómo está el distinguido po... popo... ponceño?

GREGORIO: ¡Caramba, qué gusto verle, don Esteban! El ponceño está muy bien, y feliz de ser hijo del primer pueblo autónomo de Puerto Rico. Pero pase, pase y siéntese, por favor.

ESTEBAN: ¿Y su alcalde, Chu-chu-Chuchu-Churumba, por dónde se encuentra?

GREGORIO: ¡Trabajando, como buen ponceño que es!

ESTEBAN: Lo hacíamos tomándose un café en el Congreso Nacional Hostociano o en desobediencia civil.

GREGORIO: Él puede hacer lo que le dé la gana porque es el alcalde y al que no le guste que no valla a Ponce.

VIRGEN: (*Falsa.*) Caramba José Luis, dame un abrazo.

JOSÉ LUIS: Con mucho gusto.

VIRGEN: (*Falsa.*) ¿Y cómo está el más querido de los yernos?

JOSÉ LUIS: Muy bien, doña Virgen.

VIRGEN: (*Artificial.*) Estamos tan agradecidos y dando gracias por la cortesía que han tenido de invitarnos a la casa de nuestra hija, para conocer a la esposa de su hijo Rafael. Esta velada familiar... nos estremece.

ESTEBAN: Como ustedes insistieron tanto... Claro que, para nosotros es un pla... pla-pla... papla-placer. ¿Y cómo está doña Pu... Pupu... Pura?

PURA: Estoy contentísima de verles. (*Saca una pastilla y se la traga sin agua.*)

DOLORES: Mamá, ella es la señora Marta Castro, mi vecina.

MARTA: Mucho gusto, señora.

VIRGEN: El placer es mío. Él es mi esposo, el doctor Colón.

ESTEBAN: Encantado, señora.

JOSÉ LUIS: Marta, creo que usted nos dijo que había puesto a cocinar unos frijoles en su casa. Se le pueden quemar.

MARTA: ¡Que se achicharren!

VIRGEN: ¡No se marche ahora! Apenas si nos han presentado. ¿Usted es cubana, verdad?

MARTA: ¡Caballero, que cosa! Sí, soy cubana.

VIRGEN: ¡Bienvenida a la democracia americana! Estamos a los pies del exilio cubano y de cualquier pueblo oprimido que necesite la ayuda de nuestra gran nación.

GREGORIO: Ya empezaron la propaganda estadista.

VIRGEN: Me imagino que, como buena cubana, usted tendrá una gran bandera norteamericana en la sala.

MARTA: Tanto como una bandera en la sala... pues...

VIRGEN: ...tal vez unas cortinitas azules y blancas... El azul PNP, combinado con el color blanco, es muy armonizante y crea un excelente balance en el sistema.

ESTEBAN: El roto, digo, el rojo Popular, es un color pedante que desarticula la estabilidad emocional.

MARTA: Es que... a mí no me gustan mucho las cortinas.

GREGORIO: ¡Y si las tuviera serían rojas y blancas!

MARTA: ¡Qué bien se llevan tus suegros con tus padres!

DOLORES: Deja que se enteren de la noticia.

VIRGEN: ¡Ay, nosotros nos sentimos tan y tan americanos! (*Levantándose.*) "Oh say can you see..."

DOLORES: Ahora que estamos las dos familias es el preciso momento para sacarnos los trapitos al sol.

PURA: ¡Pobrecita, está grave!

ESTEBAN: Mi hija tiene razón. Estamos sacándoles los trapos sucios, para que en noviembre, el pueblo no desperdicie su voto.

GREGORIO: ¡El estatus que goza este país es el estado perfecto para los puertorriqueños! ¡Tenemos lo mejor de dos mundos!

ESTEBAN: ¡Eso es un disparate! ¡Qué lo mejor de dos mundos ni dos mundos! Nosotros, los puertorriqueños, lo que tenemos es un pi... pipí... pie aquí, y otro pi... pipí-pie allá. ¡Tenemos que ser americanos hasta por los cu... cucú... por los cuatro lados! (*En tribuna.*) Que no se nos mire como si fuéramos unos ma... mama... maniceros. Lo único que queremos es igualdad. ¡Igualdad!

GREGORIO: No se puede ser igual cuando se está sometido.

ESTEBAN: ¿Sometidos? Gracias a los americanos, en Puerto Rico, nueve, de cada diez familias tienen televisores Sony, de 30 pulgadas. "Nuestros hijos pueden disfrutar de excelentes estudios gracias a las be-cas federales y nuestras mujeres, desde que comenzaron a recibir cupones de alimentos, pudieron ganar certámenes de belleza." (*Comentario de un ex senador puertorriqueño*.)

PURA: ¡Mire señor, las mujeres puertorriqueñas son bellas por la mezcla de razas, grandiosas por el sol caribeño que nos azota y por los ñames y yautías que nos dieron nuestras madres!

VIRGEN: Pero nadie puede negar del progreso que goza nuestra isla gracias a las aportaciones del gobierno americano. ¿Con cuáles recursos cuenta este país para poder sostenerse? Con ninguno. Ni tan siquiera gozamos de una industria azucarera.

GREGORIO: Porque ustedes las han cerrado todas para hacernos más dependientes del mantengo.

VIRGEN: Marta, ¿y usted no piensa opinar?

MARTA: ¡Ni pal' carajo! ¡Oh, perdón, perdón, quise decir... caballero, nosotros los cubanos no nos metemos en pugilatos ajenos! Bastante tenemos con los nuestros. (*Toques en la puerta*.)

PURA: ¡Ay, ese debe ser Rafael!

JOSÉ LUIS: Dolores, mi amor, vamos a recibir a mi hermano y a su mujer.

DOLORES: Recíbelos tú.

PURA: (*A doña Virgen*.) No se preocupe. Nosotros entendemos. Pero estamos dispuestos a ayudarla.

VIRGEN: ¿Qué entienden qué?

DOLORES: (*A José Luis*.) Está bien, vamos. Pero no creas que estás a salvo. Esto recién comienza.

JOSÉ LUIS: Por favor, ten piedad. Hazlo por la esposa de Rafa, ella no nos conoce.

DOLORES: Te daré la tregua. Pero sólo hasta que la americana se marche.

GREGORIO: (*A don Esteban y doña Pura*.) ¿Se fijan? La esclerosis de las arterias crea cambios de personalidad muy bruscos.

PURA: En Ponce contamos con el Doctor Franchesquini, quien ha hecho un estudio sobre las quenepas, y ha descubierto que tres cucharaditas de extracto de quenepas al día limpia casi el noventa por ciento de la grasa en la sangre.

VIRGEN: (*A don Esteban, en un aparte rápido*.) Esteban, yo creo que a Don Gregorio y a doña Pura les está patinando el coco. (*José Luis abre la puerta*.)

JOSÉ LUIS: ¡Brother! ¡Pero qué bueno verte, Adelante, adelante!

RAFAEL: ¡Por fin llegué! Cómo los he echado de menos. Dolores, dale un abrazo a tu cuñado.

DOLORES: (*Fría*.) Por supuesto, Rafael. Eres mi único cuñado.

RAFAEL: Brother, ésta es mi esposa, Nicole.

NICOLE: Hi. Nice to meet you.

RAFAEL: Nicole, this is my brother José Luis and his wife, Dolores.

NICOLE: It's a real pleasure.

JOSÉ LUIS: Entren, entren, la familia ya está aquí.

PURA: ¡Ay Dios mío! ¡Pero si es mi hijo!

RAFAEL: Bendición, mamá.

PURA: ¡Dios te acompañe!

RAFAEL: ¡Papá, qué bueno verte!

GREGORIO: Dios te bendiga, hijo mío.

RAFAEL: Papá, esta es mi esposa Nicole Jones. Nicole, this is muy father.

NICOLE: Hi. (*Doña Pura se eriza*.)

PURA: Grego, ¿qué fue lo que ella dijo?

GREGORIO: No sé. Parece que le duele algo, dijo "*Ay*".

RAFAEL: Dijo "*Hi*", que quiere decir "hola". Eso es *slang*.

PURA: ¡*Jay* bendito, Grego!

GREGORIO: ¿Otra pastillita?

PURA: ¡Ajá!

DOLORES: Nicole, this is my father, Esteban.

NICOLE: A pleasure.

ESTEBAN: Encantado.

DOLORES: *And this is my mother*, Virgen.

NICOLE: Helo.

VIRGEN: *(Con evidente acento.)* ¡Oh, is a very pleasure to meet you! You are welcome to our island, that soon will be state.

NICOLE: Really?

DOLORES: *(A Nicole.)* Y ésta es nuestra vecina...

MARTA: ¡Marta Castro y soy cubana!

NICOLE: How are you?

RAFAEL: Un placer, señora. Me alegro volver a verlos.

MARTA: ¡Ay, pero qué mucho usted se parece a su hermano José Luis!

RAFAEL: Somos igualitos.

MARTA: *(Aparte.)* ¡Se jodió la americana!

PURA: Pero ven acá, hijo mío. ¿Ella habla español?

RAFAEL: Sí, mamá. Bastante. Hemos intercambiado lenguas.

PURA: ¿Que intercambian leguas? ¡Hijo, eso es antihigiénico! ¡Te puede dar una mononucleosis! Gregorio, pásame una Extra Strenght Tylenol para dársela a Rafaelito.

NICOLE: No se asuste dona...

PURA: Doña... Pura.

NICOLE: Yea, lo que Ralph dice es que fuimos juntos a Berlitz, la escuela de idiomas, para estudiarnos las lenguas.

DOLORES: Pero, por favor, tomen asientos.

RAFAEL: Gracias.

NICOLE: Thank's.

GREGORIO: Bueno, y cuéntanos, Rafaelito, ¿cómo fue que se casaron, así tan rápido?

RAFAEL: Pues fíjate papá, nos conocimos en un viaje que hice a Las Vegas. Nico estaba bailando en el escenario del "Mirage" cuando quedé prendado de su belleza.

VIRGEN: ¿Bailando?

NICOLE: I'm a profesional dancer. (*Y sube una pierna al nivel de la cabeza.*)

PURA: ¡Ay Santa Teresa!, ¿qué dijo ella de cáncer?

NICOLE: No, doña... puta.

Doña PURA: ¡Ayyy!

RAFAEL: *(Aclarándole.)* ¡Pura, Nico, Pura! Perdónale su español, mamá.

PURA: Yo sabía que esta noche me lo iban a decir, yo lo sabía.

ESTEBAN: ¿Entonces tu esposa es... ba, baba, bailarina?

RAFAEL: ¡Y de las mejores!

NICOLE: Estamos esperando que Ralf se gradúe de USC para que mude todas sus *cosos* a Las Vegas. Él va a ser mi manager.

GREGORIO: ¿Manager? Pero hijo, ¿y qué pasó con tu carrera gerencial? Se supone que vendrías a dirigir nuestro negocio.

RAFAEL: Es que yo...

NICOLE: Ralf prefiere quedarse en Las Vegas. (*Firme.*) ¿No es así, Ralf?

RAFAEL: *(Sumiso.)* Yes, dear.

NICOLE: Nos dedicaremos a correr las grandes ciudades, ¿no es así, Ralf?

RAFAEL: *(Sumiso.)* Yes, dear.

MARTA: ¡Qué bien se llevan! Un marido así vale la pena.

JOSÉ LUIS: ¿Qué pasa *bro*, te comieron la lengua?

DOLORES: Nicole tiene muchísima razón en no renunciar a su carrera. Otras estúpidas lo han hecho por sus maridos y le han pagado como a perras.

JOSÉ LUIS: ¿Y mi hermano que se fastidie, eh?

DOLORES: No, claro, tú preferirías que se fastidiara ella.

JOSÉ LUIS: Mira Dolores...

DOLORES: ¿Quieres terminar la tregua ahora?

VIRGEN: ¿De qué hablas, hija?

PURA: No se preocupe, doña Virgen, le mandaremos el extracto de quenepas.

DOLORES: ¿Y quién ha pedido quenepas?

JOSÉ LUIS: Lo que Dolores quiere decir
es que vamos a tomarnos una pausa para
servirles unos entremeses caribeños en
honor a Nicole. ¿Vamos Dolores?

MARTA: (*A doña Pura.*) ¡Su hijo es un
experto preparando alcapurrias de "chilla"!

JOSÉ LUIS: (*A Marta.*) Y no pueden
faltar sus famosas croquetas de lengua.

DOLORES: Mamá, cuando regrese te lo
explicaré todo. (*Dolores, José Luis y
Marta salen hacia la cocina.*)

PURA: Doña Virgen, ¿usted no sabe
nada?

ESTEBAN: Doña Pu... pu... pu-pu...

PURA: Pura. Pura.

VIRGEN: Nos gustaría saber de qué están
hablando.

GREGORIO: Si en vez de perder el tiempo, metidos en actos políticos sin importancia, estuvieran pendientes de su familia...

VIRGEN: ¿Sin importancia? Acabamos
de venir de una cita con la Primera Dama, donde ofrecía una charla sobre la
Barbie puertorriqueña.

GREGORIO: ¡Qué puertorriqueña es la
primera dama!

NICOLE: Yo sintiendo una felicidad…
muy grandota de poder estar aquí con
ustedes.

VIRGEN: ¿Y es la primera vez que usted
viene a Puerto Rico?

NICOLE: Sí. ¡Y no sabía dónde quedaba!

ESTEBAN: Ca-ca... caca, caramba.
¡Nosotros somos parte de la nación norteamericana!

NICOLE: ¡No me diga! Yo estoy muy
contento de ser americana.

VIRGEN: (*Corrigiendo.*) Contenta.

NICOLE: ¿Usted también?

VIRGEN: No. Que se dice contenta. Se
utiliza la letra A cuando el adjetivo es
femenino, y la letra O cuando es mascu-

lino. Por ejemplo (*mirando a doña Pura
y haciendo énfasis en la última sílaba.*)
vieja, hipocondríaca. (*Mirando a don
Esteban.*) Jíbaro, presumido.

PURA: (*A Nicole. Igual.*) Además, están
los adjetivos neutros, que no son ni fe-
meninos ni masculinos. Como por ejemplo (*mirando a doña Virgen.*) hipócrita,
(*mirando a don Esteban.*) mediocre...

GREGORIO: ¿Y ya llevaste a tu esposa a
San Juan, Rafaelito?

RAFAEL: Sí, papá. ¡Y lo primero que le
enseñé fue el Tótem! Y quedó mala para
el resto de su vida. ¿Honey, verdad que
te gustó el Tótem?

NICOLE: ¡Oh, yo quedando loca! Ralf,
yo queriendo llevarme el Tótem.

RAFAEL: Dont' worry, honey, te voy a
dar Tótem de San Juan a Las Vegas.

ESTEBAN: ¿Y cómo le ha pa... papa...
parecido San Juan?

NICOLE: Yo estando encantado...

VIRGEN: (*Corrigiéndola.*) Encantada.

NICOLE: Encantada... de ver tantas cosas
bellas. La ar... ar... the archi-
tecture...

VIRGEN: Arquitectura.

NICOLE: ¡Ralph, *please*, dile a tu madre
que no me corrija más!

RAFAEL: Yes, dear.

VIRGEN: Nosotros seríamos incapaces de
corregirle. Estamos enseñadole para que
la fusión de ambos idiomas sea más vigorizante.

NICOLE: (*A Rafael.*) ¿Fusión?

RAFAEL: Ella lo que quiere es enseñarte
a hablar el español correctamente.

VIRGEN: ¡Cuando seamos estado... (*Don
Esteban y doña Virgen se levantan.*)

ESTEBAN-VIRGEN: "Oh say can you
see...

NICOLE: Si eso pasa, entonces ustedes
tendrán que hablar inglés.

GREGORIO: ¡Apúntale una a la gringa!

RAFAEL: Nico, no hablemos de...

NICOLE: ¡Shut up, Ralf!

RAFAEL: Yes, dear.

PURA: Politiqueando sin parar, y todavía no nos han preguntado qué es lo que esconde Dolores.

VIRGEN: ¡Nosotros no somos personas de ocultar nada!

PURA: Doña Virgen, como madre, estoy muy entristecida con el problema de su hija.

VIRGEN: ¿Problema? ¿A qué se refiere?

PURA: Su hija está muy enferma. José Luis la ha llevado a varios médicos y todos están de acuerdo que padece de... una arteriosclerosis prematura muy severa produciéndole un comportamiento agresivo. Dice cosas sin sentido y se inventa historias descabelladas. Mi pobre hijo está haciendo lo imposible por cuidarla. ¡Mi hijo es un santo!

VIRGEN: ¿Mi hija, con arteriosclerosis prematura?

PURA: Sí.

VIRGEN: (*Totalmente histérica y llorosa.*) ¡Mi hija, mi hijaaa! (*Para en seco y pregunta normalmente.*) ¿Y ella lo sabe?

PURA: No. Por lo tanto, tenemos que seguirle la corriente y no discutirle nada de lo que diga.

VIRGEN: ¡Ay, pero esto es una desgracia! ¡Una desgracia! Esteban, esto no puede saberse en el Partido.

ESTEBAN: ¡Jamás, Virgen, jamás!

VIRGEN: ¡Creo que voy a enfermarme!

PURA: No se preocupe que yo tengo pastillas para todos los males.

NICOLE: ¡Ralf, explícame inmediatamente lo que aquí pasando!

RAFAEL: Yes, dear. ¡Dolores, la esposa de mi hermano, se está volviendo crazy!

NICOLE: Oh my God!

DOLORES: (*Saliendo de la cocina.*) ¿Saben una cosa? ¡Al infierno es donde vamos a comer entremeses! Tengo que decirte algo, mamá.

VIRGEN: ¡Ay, hija mía!

PURA: Tómelo con calma, recuerde lo que le conté.

DOLORES: Ah, ¿ya te lo contaron?

VIRGEN: ¡Ay, sí, hija mía!

DOLORES: ¿Y qué piensan de esto?

VIRGEN: No me resigno. Pero no te preocupes y déjalo todo de nuestra parte. Te llevaremos a Washington para que un médico americano te vea.

ESTEBAN: Llamaremos a Roselló para que nos recomiende el mejor.

MARTA: ¡Y dale con los americanos!

DOLORES: Mamá, esto no se remedia con médicos, sino con abogados.

JOSÉ LUIS: Mi cielo, trata de no exaltarte. Habías conseguido permanecer en calma. Trata de lograrlo por un rato más.

DOLORES: Sí. Claro que puedo lograrlo. Lo que no puedo soportar, por un minuto más, son los cuernos que me ha estado pegado con Sofía. ¡La puta de secretaria que tiene en su oficina!

NICOLE: Oh my God! Eso siendo un adjetivo femenino.

MARTA: ¡Se jodió la tregua!

VIRGEN: ¡Hija mía, explícame lo que acabo de escuchar!

ESTEBAN: ¡Ella dijo algo de cu... cucu... cuernos!

DOLORES: ¿Pero es que no hablo claro? (*A José Luis.*) ¿Se lo contaste o no?

VIRGEN: ¡Espérate, espérate, yo entendí, claramente, que el nene te las pega con una mujer llamada Sofía!

ESTEBAN: ¡Le corto los gu... gugu... *güevos* si ese charlatán se la ha pegado a mi hija!

PURA: (*A doña Virgen y a don Esteban.*) Recuerden lo que les dije.

VIRGEN. ¡Ay, esto es una tragedia!

VIRGEN: ¡Olvídate de esas cosas, hija!

MARTA: ¡Pero si tiene la frente llena de cuernos!

JOSÉ LUIS: ¡Cállese!

VIRGEN: Tu mente te juega confusiones,

hija mía. No existe la tal Sofía. ¡Dios santo, pero esto es una tragedia!

DOLORES: ¡Te juro que tiene un cuero en la oficina y se llama Sofía!

NICOLE: Who is Sofía?

RALF: ¡Nico, no te metas...

NICOLE: Shut up, Ralf!

RALF: Yes, dear.

PURA: Resignación, doña Virgen, resignación. (*Buscando en su cartera.*) Yo estoy segura que, con unas pastillas para el celebro, se le quitan las alucinaciones de la tal Sofía.

VIRGEN: ¡No me diga una cosa así, doña Pura, no me lo diga! ¡Tan joven! ¡Ay Esteban, nuestra hija! ¡Pero habla! ¡Di algo!

ESTEBAN: ¡A Washington, a Washington!

SOFÍA: (*Se abre la puerta y entra una despampanante mujer. Trae unas llaves en las manos. Como no conoce el lugar, va hacia la cocina sin percatarse de nadie.*) José Luis, José Luis. ¡Sorpresa! ¡Puchunguito, sorpresa! (*Ahora percibe al grupo y muy agradablemente saluda.*) ¡Hola!

JOSÉ LUIS: (*Frío.*) ¡Sofía!

DOLORES: (*Furiosa.*) ¡Sofía!

TODOS: (*Extrañados y confusos.*) ¿Sofía?

Telón.

Acto II

(*Todos están en el mismo lugar que los dejó el primer acto. Se abre la puerta y entra una despampanante mujer. Trae unas llaves en las manos. Como no conoce el lugar, va hacia la cocina sin percatarse de nadie.*)

SOFÍA: José Luis, José Luis. ¡Sorpresa! ¡Puchunguito, sorpresa! (*Ahora percibe al grupo y muy agradablemente saluda.*) ¡Hola!

JOSÉ LUIS: (*Frío.*) ¡Sofía!

DOLORES: (*Furiosa.*) ¡Sofía!

TODOS: (*Extrañados y confusos.*) ¿Sofía?

JOSÉ LUIS: Pero, ¿qué estás haciendo aquí?

MARTA: ¡Se le paró... el corazón a tu marido!

SOFÍA: Me dijiste que venías a descansar…

JOSÉ LUIS: ¿Cómo se atreve a presentarse en mi casa?

SOFÍA: (*Al grupo.*) Ustedes perdonen. Sólo quería traerle las llaves porque las dejó en la oficina. ¡Pensé darte una sorpresa!

MARTA: ¡Vecino, le acaban de echar un jarro de agua fría!

GREGORIO: Caramba hijo, ¿no vas a presentarnos la joven?

PURA: ¡No sé por qué, pero me han empezado unas palpitaciones muy severas…!

SOFÍA: ¿Ustedes son los padres de José Luis?

JOSÉ LUIS: Sí. Él es mi padre, don Gregorio, y mi madre, doña Pura. Papá, mamá... ella es... Sofía.

DOLORES: ¡Ahí tienen la prueba!

SOFÍA: Es un placer. Jamás pensé que los iba a conocer esta tarde, aunque para serles franca, he estado esperando este momento ansiosamente.

DOLORES: ¡A mí me va a dar algo malo!

MARTA: ¡Calma, vieja, ten calma, que aquí puede suceder una desgracia!

SOFÍA: ¿Le pasa algo a la señora?

JOSÉ LUIS: (*Privadamente.*) La pobre padece de arteriosclerosis prematura y su mente está fallándole constantemente.

SOFÍA: ¡Pobrecita! ¿Y quién es ella?

DOLORES: ¡La mato, la mato!

MARTA: ¡Tómalo con calma mi sangre, tómalo con calma!

VIRGEN: Esteban, yo creo que debemos buscarle un médico...

PURA: Yo le puedo recomendar varios.

ESTEBAN: (*A Sofía.*) Ella es nuestra hija. Yo soy el doctor Colón, y ésta es mi esposa, Virgen.

SOFÍA: Pues atiéndala inmediatamente. La pobre no se ve muy bien.

RAFAEL: (*Se adelanta hasta Sofía. Coqueteándole al mismo tiempo.*) El doctor Colón es oftalmólogo. (*Prendado.*) ¡Hola! Yo soy Rafael, hermano de José Luis.

NICOLE: Ralph! Get over here, now!

RAFAEL: Yes, dear.

NICOLE: (*A Sofía.*) ¡Yo siendo Nicole, su esposo!

SOFÍA: ¿Cómo?

VIRGEN: (*Corrigiéndola.*) Su esposa. (*A Sofía.*) Está aprendiendo español.

SOFÍA: Ah, veo. (*A Dolores.*) Señora, yo puedo ayudarla. Tengo un curso en primeros auxilios geriátricos.

DOLORES: ¡Déselos a su madre!

PURA: ¡Está gravísima!

JOSÉ LUIS: Sofía, estoy ocupado con asuntos de familia.

SOFÍA: ¿Te pasa algo? Estás *jincho* como el papel... Anoche me dijiste que te morías por que conociera a tu familia.

DOLORES: ¿Anoche?

MARTA: (*A todos.*) ¡Preparen el cuadrilátero! No hay santo que detenga este lío.

DOLORES: ¿Pero es que ustedes no entienden? ¡Esa es Sofía, su amante!

VIRGEN: Hija mía, la joven es una visita. Trata de controlarte...

JOSÉ LUIS: ¡Sofía es mi secretaria!

SOFÍA: Cierto. Y además soy...

JOSÉ LUIS: (*Cortándole.*) ...una excelente contable.

SOFÍA: ¿Contable?

JOSÉ LUIS: (*Comiéndosela con los ojos.*) ¡Eres contable!

DOLORES: Está bien. Si este es el juego que vamos a jugar yo sé jugarlo como una campeona.

PURA: Joven, por favor, siéntese. Sabe, estar de pie mucho tiempo es terrible para las venas varicosas. Yo padezco de ellas, y puedo asegurarle que es muy doloroso, señorita.

MARTA: ¿Señorita? ¡Ni de las orejas!

SOFÍA: (*Gentil.*) Esto es fascinante. No saben la alegría que me produce conocerlos a todos. No estaba preparada para un encuentro así, tan inesperado. José Luis, qué bien hice en traerte las llaves.

VIRGEN: ¿Te has dado cuenta cómo la joven trata a José Luis?

ESTEBAN: Sí. Hasta la tu... tutu... tutea.

VIRGEN: Señorita, ¿usted trabaja exclusivamente en el laboratorio?

SOFÍA: Sí. De ocho a cinco, pero a veces salgo a las nueve de la noche.

VIRGEN: ¡Qué eficiente!

SOFÍA: Suerte que José Luis me compró una silla ejecutiva, de esas que usted le toca un botón y se convierte en cama.

DOLORES: ¿Y la silla, es de cuero?

SOFÍA: Sí. Pero tiene una almohadita de "fom".

DOLORES: ¿Y… dónde se acuesta el jefe?

SOFÍA: A mi lado, por supuesto, así le es más fácil dictarme. Pero a veces lo hacemos sobre el sofacito. Y cuando estamos a punto de cerrar, lo hacemos sobre el escritorio. ¡Ah, pero es incomodísimo!

PURA: Me imagino que usted tomará algún descansito durante el día…

SOFÍA: El jefe no me da "brake". ¡Lo tengo encima todo el santo día, dale que dale y sin parar!

PURA: Un esclavo. ¡Mi pobre hijo es un esclavo del trabajo!

SOFÍA: ¡Y eso, que yo le doy el máximo!

DOLORES: ¿Haciendo qué?

SOFÍA: Atendiéndole la clientela. Y me ha dado tanto y tanto, que ya le he cogido el gusto.

DOLORES: ¡Reza Marta, reza para no matarla!

MARTA: Es hora de prenderle un tabaco al muerto. (*Lo hace.*)

PURA: Doña Marta, ¿todavía no sabe que el fumar da cáncer?

MARTA: ¡Al muerto le encanta el tabaco!

PURA: Por eso se murió.

MARTA: (*Dando vueltas por la casa.*) ¡Oh Espíritu Intranquilo, espero que corras y te metas en el corazón de esa lagarta! ¡Que no la dejes ni en silla sentarse, ni en escritorio acostarse, ni en oficina quedarse...

SOFÍA: José Luis, no me has presentado a la señora.

JOSÉ LUIS: ¿A cual señora?

SOFÍA: A la de la vela.

JOSÉ LUIS: (*Quitándole la vela.*) ¡Suspenda las brujerías que no le van a funcionar! Sofía, ella es Marta Castro, desgraciadamente nuestra vecina.

MARTA: Mucho gusto. Secretaria del comité de bienvenida y presidenta de la Unión de Mujeres Alérgicas al Filete de Chilla.

PURA: ¿Usted es alérgica al pescado? ¡Qué coincidencia, yo también! Cuando me sucede, corro al naturópata para hacerme una limpieza de colon.

ESTEBAN: No hay nada como una buena limpieza en el cu... cu-cu- colon.

SOFÍA: (*A Dolores.*) ¿Y a usted, le gusta el chillo?

DOLORES: ¡No tengo chillo ni en la nevera!

SOFÍA: Pues yo no soy alérgica a nada. ¡Soy una mujer joven, fuerte y aguanto todo lo que me den!

DOLORES: ¿Y no le da vergüenza decirlo así, delante de todos?

SOFÍA: No, no me da vergüenza. Es bueno que los padres de José Luis lo sepan. Conmigo sí que no se puede. Su hijo me tiene del escritorio al pasillo. Del pasillo a la cocina, luego al sofá y de ahí al cuartito de atrás.

ESTEBAN: A usted sí que le están dando... trabajo.

SOFÍA: ¡Hace tiempo que me están dando!

RAFAEL: ¿Qué?

SOFÍA: (*A Rafael.*) Si lo duda, puede pasar por el laboratorio y le doy una demostración de lo bien que lo hago.

RAFAEL: ¡Pues vámonos para el laboratorio!

NICOLE: ¡Ralph, sit, now!

RAFAEL: Yes dear.

VIRGEN: Y para que todos estemos claros, usted está hablando de sus tareas como secretaria, ¿verdad?

SOFÍA: Sí. Secretaria ejecutiva.

DOLORES: ¡Y corteja!

MARTA: (*Luego de tirarle cuatro bocanadas de humo a Dolores sobre la cabeza.*) ¡Ahora es que las cosas van cuesta abajo y sin frenos!

SOFÍA: ¡Puchunguito, yo sé que esa mujer está enferma, pero no pienso aguantarle sus insinuaciones!

DOLORES: Yo no le insinúo nada. ¡Usted es la corteja, la querida de José Luis!

PURA: ¡Ay, se fue en brote! Es la meno *(de menopausia)* que la pone así.

SOFÍA: ¡Eso no le da derecho a que me insulte!

DOLORES: ¡Usted es un cuero!

VIRGEN: Hija mía, ¿y ese lenguaje?

ESTEBAN: ¡Le dijo cu... cu... cuero!

MARTA: No se preocupe que es parte de la terapia.

NICOLE: Ralph, ¿a ella le gusta el cuero?

RAFAEL: A mi hermano es a quien le gusta el cuero.

VIRGEN: Señorita, yo creo que usted debe marcharse.

DOLORES: ¡Si no lo hace la cojo por el pelo y la arrastro hasta la calle!

SOFÍA: ¡Si me toca no respondo de mí!

DOLORES: ¡Pues echa el resto, so' víbora! (*Dolores le tira una bofetada. Sofía se la devuelve. Tratan de separarlas. Pandemónium total. Ahora logran separarlas.*)

MARTA: ¡Oh Espíritu Intranquilo... viejo, por tu vida, no era para tanto tú!

GREGORIO: ¡Ay, pero si ella está grave!

DOLORES: ¡A punto de la locura!

JOSÉ LUIS: ¡Yo se los dije, yo se los dije!

PURA: ¡Doña Virgen, su hija está peor de lo que pensábamos! Hay que darle un tesesito.

NICOLE: Ralph, ¿por qué pelean?

RAFAEL: Por el "*leather*", por el cuero *honey*.

SOFÍA: ¡José Luis, he sido humillada, agredida en tu casa y te exijo una explicación!

MARTA: (*A Dolores.*) Díselo nuevamente para que entienda.

DOLORES: ¡Cuero!

MARTA: Mira, Miss Polvo, márchese mientras pueda caminar.

SOFÍA: ¿Usted también me va a insultar? ¡Dios mío, dónde me he metido!

NICOLE: Ralph, ¿por qué la esposa de tu hermano ha formado todo este escándalo?

RAFAEL: Porque está celosa.

SOFÍA: Aquí hay algo que no me cuadra. José Luis ¿por qué esto no me cuadra?

JOSÉ LUIS: ¡Olvídate de la contabilidad por ahora! Este asunto es difícil de cuadrar, créeme.

NICOLE: Ralph, what's wrong?

RAFAEL: (*Señalando a Sofía.*) Es que a ella no le cuadra. ¡Ni a mí tampoco!

ESTEBAN: (*A doña Virgen.*) Aquí como que hay algo que me pi... pipí... que me pica, me pica.

VIRGEN: No creo que la joven esté hablando de contabilidad. Hace rato que a mí tampoco me cuadra.

ESTEBAN: ¡Pero dejen el cu... cucú... el cuadre para otro día!

PURA: Grego, ¿de qué están hablando?

GREGORIO: ¿Pero tú crees que yo sé?

DOLORES: (*A don Gregorio.*) Hablábamos de que esa mujer, es una rompe hogares, una *ramfletera*, una *fornicadora*, un *camón*... ¡En otras palabras, un cuero!

SOFÍA: ¡Pero si tengo una fe ciega en el matrimonio! Seré la futura esposa de José Luis.

JOSÉ LUIS: ¡Ay Sofía, no le siga el juego a la enferma!

DOLORES: ¿Pero cuál enferma?

VIRGEN: (*A Sofía.*) Oiga joven, ¿cómo fue que usted dijo?

PURA: ¡Ay benditoo! ¡Un suero, Grego, un suero!

MARTA: (*A doña Pura.*) Eso tomaría un poco de tiempo en lo que llegamos al hospital. Pero si quiere, brinco un momento a casa y le traigo una enema.

NICOLE: ¡Ralph, explícame lo que aquí pasando!

RAFAEL: Esa mujer está diciendo que será la futura esposa de mi hermano.

NICOLE: ¡Oh! ¡Pero qué civilizados siendo los puertorricans!

DOLORES: ¿Usted dijo... futura esposa?

SOFÍA: Paciencia con la enferma, Sofía, paciencia! (*A Dolores, agradable.*) Sí. Yo quisiera que fuera el próximo mes, pero él me ha pedido que esperemos un poquito. Es que tiene que resolver un asunto con su exesposa.

GREGORIO: Pura, si entiendes de lo que se está hablando, me gustaría que me lo explicaras.

PURA: Yo creo que estamos a punto de enterarnos de algo que me puede causar una severa migraña.

DOLORES: ¿Usted dijo que José Luis tenía que resolver algo con su exesposa?

SOFÍA: Sí. Eso dije.

DOLORES: (A José Luis.) ¡Te voy a romper la cara!

NICOLE: *What is happening?*

RAFAEL: No entiendo nada. Ahora Dolores es la exesposa de mi hermano.

NICOLE: ¿Exesposa? ¡Ni en Las Vegas divorciándote así de rápido!

JOSÉ LUIS: Dolores, ¿Sabes que unos científicos realizaron unos estudios y encontraron que, de cada diez mujeres que desconfían de sus maridos, nueve sufrirían de derrame cerebral?

DOLORES: ¿Sabes que otros científicos realizaron unos estudios y encontraron que, de cada diez mujeres que fueron engañadas por sus maridos, sólo una no fue pendeja?

MARTA: ¡Dale a esa terapia!

VIRGEN: Hija, aquí pasa algo muy particular.

SOFÍA: ¿Dolores? ¿Esposa? José Luis, ¿quién es esa mujer?

JOSÉ LUIS: Este...

DOLORES: ¿Se refiere a mí?

SOFÍA: Sí. Me refiero a usted.

DOLORES: Yo soy Dolores Colón de Padilla.

SOFÍA: (Afirmativa.) Dolores Colón.

DOLORES: (Recordándole.) De Padilla.

SOFÍA: ¿De Padilla?

DOLORES: (Afirmándolo.) De Padilla.

SOFÍA: ¿Exesposa de ese hombre que está ahí?

DOLORES: ¡Esposa de ese hombre que está ahí y que está a punto de ser cadáver!

SOFÍA: ¿Y usted vive...

DOLORES: En ésta casa. Con él, y con sus dos hijos.

SOFÍA: ¿La esposa?

VIRGEN: La esposa.

PURA: Mi nuera.

RAFAEL: Mi cuñada.

NICOLE: ¡My sister in law!

JOSÉ LUIS: ¡Ok, ok!

SOFÍA: ¿Usted es la esposa de José Luis y todavía vive con él bajo este techo?

VIRGEN: Señorita, para ser su secretaria usted no es muy brillante que digamos...

DOLORES: Mamá, ella es algo más que la secretaria.

SOFÍA: Entonces... ¿ustedes son los suegros de José Luis?

VIRGEN: Desde que se casaron.

SOFÍA: No me cuadra, no me cuadra.

JOSÉ LUIS: (A Dolores.) ¡Ten piedad!

DOLORES: Mamá, para que entiendas, déjame usar una palabra más fina: ella es la querida de José Luis.

GREGORIO: Díselo en inglés, a lo mejor ya no entienden el español.

MARTA: Doña Virgen, más claro que esto no canta un gallo: esa mujer es la amante, la corteja de su yerno. (Pánico general.) ¡Ahora entendieron!

JOSÉ LUIS: ¡Dios mío, pero por qué me castigas con esta plaga! Mamá, la vecina y Dolores padecen de lo mismo.

MARTA: Me saca de ese lío. Aquí la única cuernúa es su mujer.

DOLORES: Marta, ¿tú me estás defendiendo?

MARTA: ¡Ay vieja, perdóname!

PURA: ¡Cristo, has un milagro con esa enferma!

MARTA: Los cuernos no son una enfermedad ¡Son un vicio!

DOLORES: ¡No estoy enferma! Tengo pruebas de lo que digo.

PURA: ¿Pero de qué tienes pruebas?

DOLORES: ¡De que esa mujer es la amante de su hijo!

PURA: Grego, ¿ella dijo que tiene pruebas? Pobrecita, a la verdad que está alucinando.

NICOLE: Ralph, ¿qué siendo *chilla*?

RAFAEL: ¡Lover, Nico, lover!

NICOLE: (*Suspirando enamoradísima.*) Oh, ¿entonces, yo siendo tu *chilla*?

RAFAEL: No, Nico, la *chilla* es la otra.

NICOLE: ¡Ah! ¡Ralph, get over here, now!

RAFAEL: (*Sumiso.*) Yes, dear.

VIRGEN: (*Tumbándose en el sofá.*) ¡Ohhh!

GREGORIO: ¿Qué le sucede, doña Virgen?

VIRGEN: ¡Es el bajón, es el bajón...

PURA: ¿De azúcar?

VIRGEN: No. ¡El bajón de estatus que hemos dado con esta atrocidad! ¡Una amante!

ESTEBAN: Una con... con-con... con cubina!

NICOLE: ¡Una *chilla*!

SOFÍA: ¡Un momentito, un momentito! Que conste para record. Yo no soy la amante de José Luis.

VIRGEN: ¡Gracias a Dios! ¡Qué peso me ha quitado de encima! ¡Usted es la secretaria!

SOFÍA: No. Yo soy la prometida.

PURA: (*Cayendo en el sofá.*) ¡Oh! ¡Ay Grego, dame una pastillita! Ya no sé a quién creerle.

VIRGEN: ¡Es que todo esto es increíble!

JOSÉ LUIS: (*A Sofía.*) Usted debe tener fiebre. ¡Es más, tiene fiebre! Está delirando. No me diga que también se ha contagiado.

SOFÍA: ¿Pero de qué?

PURA: ¡Otra arteriosclerótica!

GREGORIO: ¡Gracias a Dios que pagas seguros médicos, hijo! Una esposa arteriosclerótica y una secretaria inútil.

JOSÉ LUIS: ¡Sofía, si continúa con estas locuras tendré que despedirla por incapacidad.

SOFÍA: ¿Yo? ¿Inútil? Caramba, me sacas el jugo todo el dia y por la noche tengo que arreglártelo cuando no te funciona.

GREGORIO: ¡Mi hijo es ponceño y le funciona siempre!

SOFÍA: ¡Me refería al microscopio! Se daña a cada rato. En ese laboratorio yo soy indispensable. Ustedes no tienen idea del trabajo que realizo. Gracias a Dios que soy una mujer que se alimenta con hierro a diario.

MARTA: ¡De eso, mamita, no tenemos la menor duda! ¿Así que... hierro todos los días?

SOFÍA: Sin fallar.

JOSÉ LUIS: Olvídese del hierro por el momento, por favor.

DOLORES: Un momentito, un momentito que a mí tampoco me está cuadrando este asunto. Doña Pura, ¿qué fue lo que usted dijo de arteriosclerosis?

PURA: Si yo supiera te lo explicaría. Pero estoy perdida entre los cuadres, el microscopio y el hierro.

DOLORES: ¡Aquí está pasando algo y yo no lo sé!

PURA: ¡Pero alguien tiene que decírselo a Dolores!

DOLORES: ¿Y qué es lo que me tienen que decir?

PURA: Dolores, como mujer, sé que todo esto es muy fuerte para ti, y tal vez no quieras admitirlo, pero nuestro hijo nos dijo, secretamente, que estabas muy enferma.

SOFÍA: A mí también me lo dijo.

DOLORES: ¿Yo, enferma?

GREGORIO: Pero ven acá, ¿tú sabes que estás enferma?

DOLORES: ¿Pero de qué?

PURA: José Luis nos dijo que estabas al borde de la muerte, por una vejez prematura.

MARTA: ¡Este enredo es más largo que un peo de culebra!

DOLORES: ¡Yo no estoy enferma, lo que estoy es harta de las infidelidades de su hijo!

SOFÍA: Usted está equivocada. José Luis es un hombre fiel.

DOLORES: ¡Es a mí a la que le ha sido infiel!

SOFÍA: Pero si él me dijo que ustedes están separados.

JOSÉ LUIS: Sofía, usted no sabe lo que está diciendo. Yo nunca le he hablado de mi matrimonio.

SOFÍA: ¡Pues claro que sí! ¡Espérate un momentito, yo no quiero pensar que tú me has engañado!

MARTA: Hace rato. Bueno que te pase. ¡Otra pendeja!

SOFÍA: José Luis, yo soy una mujer decente. He sido tu secretaria ejecutiva, tu confidente y tu mujer. ¡Pero nunca tu amante!

JOSÉ LUIS: ¿Se fijan? ¡Otra demente! Por un lado lo niega y por el otro lado lo acepta. (*Gritándole a Sofía en la cara.*) ¡Tú-estás-loca!

MARTA: ¡Caballero, tú lo que quieres es comer como elefante y cagar como hormiga!

PURA: ¡Como buen ponceño que eres, contesta nuestras preguntas con honestidad y valentía.

GREGORIO: Llegó la hora de aclarar este evento. Y, como hijo de un líder del inmaculado e indestructible Partido Popular Democrático, júrame que...

ESTEBAN: ¡Búsquenle una bi-... bi-bi... biblia!

VIRGEN: ¡Los populares mienten hasta con la Biblia en la mano!

PURA: ¡José Luis!

JOSÉ LUIS: ¡Dime mamá!

PURA: ¿Está o no está Dolores enferma?

JOSÉ LUIS: Este... este...

PURA: Yo soy tu madre, y por lo tanto te adoro. Pero sé franco conmigo, porque de lo contrario, te juro que te meto de cabeza en la fuente de Plaza Las Delicias y te saco cuatro días después. (*Señalando a Sofía.*) Esa... esa joven es tu... tu...

NICOLE: *Shilla*, Mrs. Piura, *Shilla*.

PURA: "¡Be cuaiet, carajo!

SOFÍA: ¡Señora, yo soy su prometida!

DOLORES: ¡Y yo su esposa!

VIRGEN: ¿Pero cómo nuestra hija va a estar enferma? ¡Jamás me tragué esa ridícula historia!

GREGORIO: Todo esto es parte de la propaganda estadista. Mi hijo es inocente de esas acusaciones. Eso es una baba política para desprestigiarnos.

ESTEBAN: (*A doña Pura.*) Le rompo la cri... cricri... la crisma si su hijo le ha faltado el respeto a mi hija.

PURA: ¡Ay Grego, que me da algo malo! ¡Atiéndeme que me va a dar algo malo!

NICOLE: (*Al grupo.*) ¡Hold it hold it! Un momento, un momento. Listen. Yo tratando de entender el español, pero todo el mundo habla muy rápido. Ralph, ¿por qué los *puertorricans* hablando todos a la misma vez? (*Todos siguen discutiendo sin ponerle atención.*) ¡Ralph tell your family Shut up!

RAFAEL: ¡Ay Nico, no jodas más! (*Todos vuelven el rostro hacia Rafael*)

NICOLE: What?

RAFAEL: (*Al grupo.*) Dije, Nico no entiende ná.

NICOLE: Are you sure?

RAFAEL: Yes dear.

SOFÍA: José Luis, tu madre te hizo una pregunta y estamos esperando la respuesta.

DOLORES: ¡Contéstale a tu madre y di la verdad de una vez y por todas!

JOSÉ LUIS: ¡Yo no tengo que contestar nada. Pero mamá, ¿no te has dado cuenta que estas mujeres la tienen en mi contra? (*Sofía saca un revólver de su cartera y apunta a José Luis. Gritos. Confusión.*)

SOFÍA: ¿Vas a contestar o no?

JOSÉ LUIS: ¿Qué rayos hace con un revólver?

SOFÍA: ¡Contesta sin argumentaciones, porque si no lo haces te asesino como a un perro!

TODOS: (*Gritos*) ¡Ahh!

SOFÍA: ¡Habla cobarde, que estoy esperando!

JOSÉ LUIS: ¡Cálmate Sofía, cálmate, no vayas a cometer una barbaridad!

MARTA: ¡Dolores, vieja, te vas a quedar viuda!

PURA: ¡Ay Grego, esa mujer quiere matar a nuestro hijo!

VIRGEN: ¡La culpa la tienen ustedes, por criar a un hijo tan inmoral!

GREGORIO: ¡Mi hijo es un marido modelo!

ESTEBAN: ¡Un mama... mama... mamalón es lo que es!

DOLORES: Mire Sofía, el asunto del revólver está de más.

SOFÍA: No puedo creer que sea usted la que me está diciendo eso.

JOSÉ LUIS: ¡Hazle caso, Sofía!

DOLORES y SOFÍA: ¡Tú te callas!

SOFÍA y RAFAEL: (*Instintivamente.*) ¡Yes dear!

DOLORES: Yo no sé lo que éste embustero le habrá dicho, pero yo soy la esposa de José Luis. Hace diez años que estamos casados y tenemos dos niños.

SOFÍA: ¿Entonces, usted todavía es la esposa?

DOLORES: Lamentablemente, sí.

SOFÍA: Pero él me aseguró que usted se había mudado con los niños a la casa de sus padres y me prometió casarnos tan pronto lo del divorcio fuera definitivo.

MARTA: Lo mismo le dijo Clinton a Mónica.

DOLORES: ¿Y usted le creyó?

SOFÍA: Cada una de sus palabras.

MARTA: ¡Chilla y pendeja!

SOFÍA: ¡Eres un miserable embustero!

JOSÉ LUIS: Sofía, trata de calmarte y suelta ese revólver.

DOLORES: (*A Sofía*) Mire señorita...

SOFÍA: ¡Señora! Debuté, sexualmente, con su marido.

MARTA: ¡Sin exagerar Sofía, sin exagerar!

DOLORES: Por favor, le pido que guarde ese revólver. Démelo a mí.

JOSÉ LUIS: ¡No! ¡A ti no!

SOFÍA: ¡Somos dos mártires, Dolores, dos mártires! (*Se apunta con el revólver hacia las sienes. Trágica.*) ¡Voy a volarme la tapa de los sesos! (*Recapacita.*) ¡Ay no, me vería feísima! Pero mi orgullo de mujer no me permite guardarlo (*apunta hacia José Luis.*) hasta que no se lo vacíe encima a este desgraciado.

NICOLE: Oh my God! Ralph, please, vamonos a Las Vegas!

PURA: ¡Démelo a mí!

SOFÍA: ¡Pero señora, yo perdí la honra con su hijo!

GREGORIO: ¡Eso no lo cubre el plan médico!

PURA: Si lo que usted dice es verdad, seré la primera en subirlo a la Cruceta del Vigía y tirarlo noventa pies para abajo, para que se raje la cabeza. Pero nada de tiros.

SOFÍA: Está bien.

JOSÉ LUIS: ¡Así se hace, mamá! (*Doña Pura toma el revólver. El arma le cuelga de las manos como un murciélago del techo. Lo sostiene unos segundos. Los ojos se le viran y cae redondita al suelo. Todos corren a socorrerla.*)

GREGORIO: No se asusten, la nena se desmaya, por lo menos, cinco veces al día. Échenle un poquito de agua por la frente.

DOLORES: (*Tomando un vaso de agua y salpicándole la cara.*) ¡Suegra! Despierte suegra. (*Ingeniosa.*) ¡Suegra, llegó la ambulancia!

PURA: (*Reaccionando a la palabra "ambulancia".*) ¡Que me hagan un electrocardiograma, un CBC y una prueba de tiroides!

SOFÍA: Señora Padilla, ¿se siente mejor?

DOLORES: ¿Pero cómo puede pensar que

se sienta mejor?

SOFÍA: Le hablaba a mi suegra.

VIRGEN: Aquí la señora Padilla es mi hija. Bastante que nos ha costado este matrimonio para permitirle que salga de la nada para robárselo.

DOLORES: Parece que usted no entiende su situación.

SOFÍA: ¡La entiendo perfectamente! (*Reflexionando.*) ¡Dios mío, pero qué inocente soy! ¡Son ustedes los que le han hecho algo a José Luis para que reaccione en mi contra! Estoy segura que tiene que ver con el asunto del dinero.

JOSÉ LUIS: ¡Usted está hablando de más!

SOFÍA: Pero es la verdad, Puchunguito. Y no te preocupes, voy salvarte de esta difamación. Así podremos casarnos.

GREGORIO: ¡Pero que manía tiene esta mujer con casarse con mi hijo!

PURA: ¿Usted no pretenderá dejar a mis nietos sin su padre, verdad?

SOFÍA: Claro que no. Les daremos una nueva madre.

DOLORES: ¿Y tú piensas que ese adefesio toque a mis hijos?

SOFÍA: (*Modelándole.*) ¡Mi amor, ya quisieras tú tener este cuerpo para un cuatro de julio!

VIRGEN y ESTEBAN: (*Cantan.*) "Oh say can yo see... "

VIRGEN: ¡El cuatro de julio es un día sagrado, señora! Le suplico que no lo manche con sus mentiras. Es el día que celebramos la independencia...

NICOLE: Yo estando completamente perdida. El cuatro de julio se celebra nuestra independencia. No tiene nada que ver con ustedes... Yo pensando que usted teniendo un... un... Ralph, ¿cómo es que tú dices?

RAFAEL: ¡Mierdero mental!

NICOLE: Eso. Mierdero mental.

GREGORIO: ¡Se dice asimilismo!

VIRGEN: Nosotros somos tan americanos como usted, Nicole. Tenemos la ciudada-nía...

PURA: ¡Y dale con la ciudadanía! Cambie de *cassette*, doña Virgen que, para Nicole, nosotros somos "*natives*".

RAFAEL: ¡Mamá...

PURA: Shut up Ralph.

RAFAEL: Me he podido... (*Es un dicho popular "me he podido joder".*)

ESTEBAN: ¡Igualdad! ¡Igualdad! (*Se refiere a igualdad de derecho, igual que cualquier norteamericano.*)

NICOLE: (*A don Esteban.*) Let me tell you somothing...

RAFAEL: ¡Ay Nico, no te metas en el tema político!

NICOLE: Shut up, Ralf!

RAFAEL: Yes, dear.

GREGORIO: ¡Dios mío, pero qué fue lo que le hicieron a este muchacho en los Estados Unidos!

PURA: ¡Así es que nos quieren, de rodillas! (*A Rafael.*) ¡Mira, como esa mujer te mande a callar otra vez, le metes un guineo mafafo en la boca!

DOLORES: ¡No me has contestado, José Luis!

JOSÉ LUIS: No pienso hacerlo. No se cómo has podido formar todo este revolú frente a mis padres.

DOLORES: ¿Y piensas que me iba a tragar la presencia de tu amante en mi casa?

SOFÍA: Óyeme Dolores, tú me estás confundiendo.

DOLORES: ¿Cómo se atreve a tutearme?

JOSÉ LUIS: (*A Dolores y Sofía.*) ¡Se callan las dos! ¿Van a seguir hablando de mí como si no tuviese ninguna opinión en el asunto? ¡Aquí el hombre soy yo! Y seré yo el que decida lo que se va ha hacer en todo esto.

SOFÍA y DOLORES: ¿Qué?

JOSÉ LUIS: Que... voy a la cocina a buscar unos entremeses. (*Sale.*)

SOFÍA: ¡Mire, Dolores Colón, ex de Padilla...

DOLORES: ¡Pero es que yo no soy la ex! Yo soy...

SOFÍA: Explíqueme a ver si yo entiendo algo.

TODOS: ¡Oh!

DOLORES: (*A Sofía.*) ¿Está sorda o todavía no lo ha entendido?

PURA: La culpa la tienen los altoparlantes gigantes que alquila el PNP. Esa es otra artimaña para que el pueblo se vuelva sordo ante los disparates que dice este gobierno.

VIRGEN: Lo que pasa es que usted viene de un pueblito donde nunca han visto altoparlantes gigantes. Esos solo los tenemos aquí, en San Juan, la ciudad capital.

GREGORIO: ¡Ponce es Ponce y lo demás es *parking*!

DOLORES: (*A Sofía.*) Lamentablemente todavía estoy casada con José Luis. Pero lo enfrenté y le dije que quería divorciarme porque tengo el *cassette* que lo revela como adúltero.

SOFÍA: ¿*Cassette*? ¿Qué *cassette*? (*José Luis, que viene saliendo de la cocina con una bandeja, al escuchar la palabra "cassette" da una vuelta y regresa a ella.*)

MARTA: La prueba.

PURA: Dolores, ¿de verdad que tienes una prueba?

DOLORES: Sí señora. La tengo.

PURA: ¡Ay Grego!

GREGORIO: ¿La pastilla?

PURA: No. Un abogado. Creo que nuestro hijo ha metido las patas.

SOFÍA: ¿Usted me jura que José Luis siempre ha estado durmiendo aquí, con usted?

DOLORES: ¡Y en la misma cama! (*José Luis sale de la cocina con una botella de licor y un trago en la mano.*)

SOFÍA: ¿Entonces lo del divorcio es una mentira?

DOLORES: Era.

SOFÍA: José Luis, me has cogido de... ¡Dolores, yo soy una mujer honrada!

DOLORES: ¿No me diga?

MARTA: Pásale la novela.

DOLORES: Voy a mostrarle como perdió la honradez. Tengo la prueba, y a todo color, de usted y mi marido citándose en el Motel La Piedra.

SOFÍA: Él me juró que estaba separándose. (*Hacia José Luis.*) Y que no podías traerme a tu casa porque no soportabas a los vecinos entrometidos.

MARTA: Eso es verdad. Los vecinos de al lado son unos bochincheros. Yo vivo al frente.

SOFÍA: Me dijiste, además, que nos casaríamos privadamente porque no querías poner en juego la custodia de tus niños, la cual estabas luchando en la corte. Me invitaste al motel y lo acepté porque estabas "a punto" del divorcio y ahora resulta que es mentira. ¡Y para remachar, tu esposa nos tiene grabados en video! ¡Qué vergüenza! Era la amante y no lo sabía. ¡Ay, yo voy a morirme!

JOSÉ LUIS: ¡Si te mueres en esta casa, te juro que te tiro por la ventana!

VIRGEN: Un momentito, un momentito que aquí hay algo que recobrarse, y es la honestidad de nuestra hija. Doña Pura, don Gregorio, exijo inmediatamente que se retracten por haber dudado de nuestra hija.

ESTEBAN: ¡El matrimonio tiene ser un vin... vin... culo-culo, impene... pene...pene...

VIRGEN: Déjame esto a mí que yo hablo más ligero. ¡El matrimonio es un vinculo impenetrable! ¡Mira que te dije que ese ponceño habría de traerte problemas! Tenías que haberte casado con alguno de San Juan, no con un campesino. Pero claro, no me hiciste caso y el daño ya está hecho.

GREGORIO: ¿Y usted piensa que, porque son de la capital, son mejores que nosotros?

VIRGEN: ¿Y a dónde fue a vivir su hijo cuando se casó con nuestra hija? Pues a nuestra casa. Porque ustedes no tenían un centavo para ayudarlos. Y para demostrar nuestros buenos sentimientos, en cuanto se graduó, le montamos un laboratorio para que tuviese a nuestra hija viviendo decentemente.

PURA: ¿Ya terminó de hablar la dama de San Juan? Ahora es que se me va a salir la barriada Bélgica y Cuatro Calles para afuera. Pues déjeme decirle que yo no mandé a su hija a que le abriera las patas a mi hijo en la universidad, pero a ella parece que le encantaban las quenepas. ¡Y de las guaretas!

NICOLE: Ralph, ¿qué siendo quenepas?

RAFAEL: Unas bolas verdes que se chupan.

NICOLE: ¡Oh, qué "kinky" tu hermano... teniendo las bolas verdes!

PURA: (*Asombrada.*) Nene, ¿tú tienes las bolas verdes?

JOSÉ LUIS: Quiero dejar claro que ella fue la que me sedujo. Se quitaba la ropa diariamente y corría e'nua por la oficina. Yo no quería mamá, yo no quería y luché con toda la fuerza del mundo, pero ella es más fuerte que yo.

VIRGEN: ¡Exijo que te divorcies inmediatamente de ese quenepero!

PURA: ¡Es hora de que mandes a esa familia para el infierno!

NICOLE: (*A Dolores.*) Listen, si él teniendo otra mujer, ¿what's the problem? Just...divórciate.

JOSÉ LUIS: No se meta en lo que no le importa. ¡Yo no pienso divorciarme!

MARTA: ¡Ah no, esto lo arreglo yo! Vieja, ven acá.

DOLORES: Dígame, mi hermana.

VIRGEN: ¿Mi hermana? Pero es que yo no tengo una hija cubana.

MARTA: Ponte el video *cassette*, vieja.

PURA: ¡José Luis, ven acá inmediatamente!

JOSÉ LUIS: Dime, mamá.

PURA: ¿Tú se las estás "pegando" a Dolores con esa mujer?

JOSÉ LUIS: No, mamá.

PURA: Gregorio, vamonos para Ponce que este revolú yo no lo entiendo.

DOLORES: El divorcio es inminente.

JOSÉ LUIS: Pero Dolores, ¿tú sabes la opinión que tiene la sociedad de las mujeres divorciadas?

DOLORES: ¡Mejor divorciada que cabrona!

ESTEBAN: ¡Anda pal'cará... cará... carajo!

DOLORES: Mamá, el divorcio va.

VIRGEN: Pues me alegro. A mí nunca me gustó esta familia. Mira, y que casarse con un Padilla. Debiste hacerlo con alguien de apellido como Bush o Clinton.

ESTEBAN: Hija mía, ¿estás segura que te quieres separar?

DOLORES: ¡Completamente segura!

ESTEBAN: Entonces tenemos que hablar de los Bienes Inmuebles, de los Bienes Muebles. De las ga... gaga... ganancias y de la Comunidad de Bienes.

VIRGEN: La división de bienes va de esta manera, tú te quedas con la mitad de las cosas, que por ley te pertenecen. Y para que vean que somos gente honesta, te quedas con los dos carros, la casa y el laboratorio. Él, que se lleve los orines y las excretas de los clientes.

JOSÉ LUIS: Pero Dolores, ¿tú piensas quitarme el laboratorio?

DOLORES: Te podrás quedar trabajando en él. Así ganarás suficiente dinero para mantenerme, y a tus hijos. Pero que te quede claro, la patria potestad me pertenece.

PURA: ¡Pero yo no puedo quedarme sin mis nietos!

VIRGEN: No se preocupe. Usted se lleva uno y yo el otro.

ESTEBAN: En la demanda, hay que me...

meme... meterle abandono de hogar, trato cruel, adulterio...

VIRGEN: ¡Impotencia sexual!

MARTA: (*A doña Virgen.*) Señora, de eso es lo menos que padece José Luis.

DOLORES: Yo no quiero hacerle daño al padre de mis hijos. Pero el divorcio va por trato cruel.

JOSÉ LUIS: ¿De dónde inventas eso de trato cruel?

DOLORES: Porque eres un mentiroso, mal hablado, bocón, celoso e impulsivo.

JOSÉ LUIS: (*A Dolores, por lo bajito.*) ¡Voy a asesinarte! (*Para que todos lo escuchen.*) Dolores, mi amor, sabes que soy un marido ejemplar y muy pacífico.

MARTA: ¡Usted me dijo que quería verme muerta en un ataúd! Y le grita a Dolores, trescientas horas al día, que usted es el macho de la casa. ¡Y la tiene amenazada de muerte!

JOSÉ LUIS: ¡Gusana!

ESTEBAN: ¿Qué usted se ha atrevido a amenazar a mi hija?

JOSÉ LUIS: ¡Esa bruja es una bochinchera!

MARTA: ¡Se lo dijo delante de mí, lo juro por su madre!

PURA: ¡A mí me saca de ese enredo!

ESTEBAN: ¡Si usted llega a ponerle una mano a mi hija encima lo asesino como a un pu... pupu... puerco!

MARTA: Ustedes no saben cuántas veces su hijo le ha sido infiel a Dolores, ¡hasta con la sirvienta!

PURA: ¿Con la dominicana?

VIRGEN: ¡Esteban, te exijo que el lunes, a primera hora, llames a nuestros abogados y tramites el divorcio de nuestra hija.

ESTEBAN: Así lo haré. (*A José Luis.*) ¡Abandone esta casa inmediatamente!

JOSÉ LUIS: Mire, señor, esta casa es tan mía como de Dolores.

ESTEBAN: ¿A usted se le olvida que fui yo quien le dio el *down payment* para adquirirla? ¡Usted se va de esta casa o lo sa... sasa... saco yo!

MARTA: Y no es que yo quiera echarle leña al fuego pero, pero he visto más de mil veces a sus nietos gritando: -"papi, papi, por favor, no le pegues a mamá"!

DOLORES: Marta, no exageres.

MARTA: ¿Te quieres divorciar a no?

DOLORES: Sí, pero...

MARTA: Sin pero, mi santa, hay que cortarle las alas a ese pájaro.

VIRGEN: Yo lo sabía. El siempre me tuvo cara de abusador.

SOFÍA: Dolores, tenemos un problema en común: José Luis Padilla.

DOLORES: Tiene toda la razón.

SOFÍA: Es hora de que tomes una decisión.

PURA: ¿Pero usted insiste en casarse?

SOFÍA: ¡Tengo que salvar mi reputación!

MARTA: ¡Cuando Dolores muestre el *cassette* en corte, no te va a quedar pellejo que no te arranquen!

SOFÍA: ¡Quiero ver ese *cassette* y es ahora!

JOSÉ LUIS: Sofía, créeme, ya has sufrido bastante.

SOFÍA: ¡Contigo no se sufre papi, se goza!

JOSÉ LUIS: ¡Cállate! ¿Tú no querrás pasar una vergüenza ante mis padres, verdad?

PURA: ¿Entonces es verdad? ¿Todo lo que ha estado diciendo Dolores es verdad?

DOLORES: Pero, ¿todavía tiene dudas?

PURA: Bueno, hija, yo no he visto las pruebas.

JOSÉ LUIS: Eso es para que vean que mi madre tiene un fe ciega en mi.

PURA: ¡José Luis, yo soy hipocondríaca, no pendeja!

JOSÉ LUIS: ¡Mamá!

PURA: (*Tomando el revólver.*) Pero entiendo que en un divorcio hay más de un culpable. A los que hay que meterles cuatro tiros son a estos PNP, que no le han enseñado a su hija cómo hay que mantener a un marido en la casa.

MARTA: ¡Cuidado, que se le puede disparar!

JOSÉ LUIS: ¡Dámelo a mí mamá, que le voy a quitar el acento a esa bruja de un solo tiro!

PURA: ¡Te quedas quieto, coño!

PURA: Aquí tenemos que decidir algo que no lo podemos dejar para más tarde.

DOLORES: ¡Es que mi divorcio no se decide en grupo!

PURA: Lo siento por ti, mijita. (*A todos.*) ¿Hay o no hay divorcio?

VIRGEN: ¡Pues claro que lo hay! ¡El lunes a primera hora!

ESTEBAN: ¡Que se divorcien! ¡Yo respaldo a nuestra hija!

GREGORIO: ¡Y nosotros a nuestro hijo!

PURA: Y tú, Rafael, ¿qué tienes que decir a todo este lío?

NICOLE: Ralph no metiéndose en asuntos...

RAFAEL: Nicole, Shut up!

PURA: ¡Así me gusta!

NICOLE: What?

RAFAEL: Dije que te calles, y dejes de estarme diciendo lo que debo hacer. ¡Desde ya soy como mi hermano, y no me voy a dejar mandar por ti!

NICOLE: Oh, yes? I got news for you, honey. ¡Yo no siendo Dolores y mucho menos Sofía! Así que tu bajando del caballo.

VIRGEN: Deje a Carlos quieto, que debe estar "sudando la patria" en Washington.

NICOLE: Si tú queriendo quedarte a vivir aquí con esta familia tan ejemplar puedes hacerlo. Pero si queriendo estar conmigo, mañana mismo nos vamos para Las Vegas.

RAFAEL: But darling…

NICOLE: ¡Se acabaron las discusiones! ¿Estando claro?

TODOS: Yes dear.

PURA: ¡Ay virgen santa, uno abusador y otro mamalón! ¡Dónde fue que me equivoqué al criarlos!

VIRGEN: ¡Esto nos pasa por mezclarnos con el populacho! ¡Esteban, estoy harta de tratar con los Padilla!

GREGORIO: ¡Y nosotros hartos de los Colón!

MARTA: (*Quitándole el revólver a doña Pura.*) ¡Déme acá ese revólver porque, si ustedes se matan, van a dejar a los niños sin abuelo!

JOSÉ LUIS: Dolores, dime,¿alguna vez nuestros hijos se han acostado con hambre?

DOLORES: ¡Porque soy yo quien les da la comida!

JOSÉ LUIS: ¿Te hace falta alguna cosa en este hogar, el cual he levantado con el sudor de mi frente?

DOLORES: ¡Tú tendrás sudor en la frente, pero yo la tengo llena de cuernos!

SOFÍA: José Luis, no discutas más. Eso tendremos que pelearlo en la corte porque, tú te casas conmigo a las buenas o a las malas. (*A Dolores.*) ¿Me va a dejar ver el videocasete o no?

MARTA: ¡Ahora es que va a caer mierda del cielo!

GREGORIO: Contéstame algo, ¿alguna vez has levantado una mano para tu mujer?

MARTA: ¿Una mano? Jamás. ¡Con las dos le ha tirado con tiestos, cuchillos, tijeras...

JOSÉ LUIS: ¡Cállese! Papá, lo único que he hecho en esta casa, es ser un buen proveedor y seguir tus consejos...

GREGORIO: ¿A cuáles consejos te refieres?

JOSÉ LUIS: Desde chiquito, siempre me dijiste que el hombre tiene que llevar los pantalones en la casa. Que a las mujeres hay que tratarlas con mano firme, para que entiendan. Que siempre había que tener dos o tres cortejas por el lado porque eso demostraba ser puertorriqueño y cuando no lo aceptan, darles dos o tres pescozones. Que había que casarse para prolongar el apellido y que no se tenía que tener dos o tres dos cortejas por el lado, sino cinco porque el matrimonio era una cosa aburridísima.

PURA: Grego, ¿esa es la opinión que tú tienes de las mujeres?

VIRGEN: ¡Igualito que el padre!

PURA: (*A doña Virgen.*) ¡Usted se calla!

VIRGEN: ¿Cómo se atreve mandarme a callar en la casa mi hija?

PURA: ¡Esta es la casa de mi hijo!

DOLORES: ¡Basta ya! Aquí los que se están divorciando somos José Luis y yo.

JOSÉ LUIS: ¡Pues yo no voy a divorciarme! Mis hijos no van a tener la presencia de otro hombre que venga a sustituir a su verdadero padre.

VIRGEN: ¡Usted es un descarado! Esa es una actitud machista.

JOSÉ LUIS: Está bien, está bien. Tengo que admitir que, de cierta manera, he fallado. Pero mis instintos masculinos me hicieron perder el juicio ante la belleza de Sofía. ¿Pero como no iba a perderlos, si cada vez que regreso del trabajo encuentro a mi mujer hecha una porquería?

DOLORES: ¡Trabajando, para que encontraras a tus hijos limpios...

JOSÉ LUIS: ¡Claro que tenía que fallar! Se casó y se le olvidaron los perfumes.

DOLORES: ¡Yo siempre estoy perfumada!

JOSÉ LUIS: ¡De Clorox! En cambio, Sofía, es como una flor...

SOFÍA: ¡Gracias, papisongo...

JOSÉ LUIS: Sin embargo, Dolores, jamás he querido divórciame de ti. No sé como explicarlo. Los hombres tenemos un deseo... casi constante de poseer a las mujeres... (*Se ilumina con otro invento para salir del momento.*) ¡Ya sé! ¡Es nuestra alma latina! (*Dándose golpes en el pecho.*) ¡Fuera alma latina, fuera! No merecemos perdón. Pero que quede claro, sabemos terminar nuestras aventuras a tiempo, porque lo más importante es el matrimonio. ¡La unión familiar es lo primero, la esposa y los hijos tienen el principal lugar, y no vamos a sacrificarlo por nadie!

SOFÍA: ¡Espérate, espérate, espérate!

JOSÉ LUIS: ¡Usted se calla! No me voy a divorciar. Punto. Y no hay prueba que valga.

DOLORES: Oiga, Sofía, ¿usted me dijo que quería ver el *cassette*, verdad?

SOFÍA: Sí.

DOLORES: Pues voy a enseñárselo. (*Busca el cassette.*)

MARTA: Dame ese honor a mí, Dolores. ¡Siéntense cómodos y busquen el *popcorn*!

JOSÉ LUIS: Si usted le da *play* a esa máquina, no respondo por lo que pase en esta casa.

DOLORES: ¡Yo te aseguro que sí vas a responder!

SOFÍA: Muéstreme la prueba.

DOLORES: Mamá, Papá, doña Pura, don Gregorio, ¡aquí está la prueba de que José Luis me ha sido infiel! Dale *play*, Marta. (*Marta enciende la máquina.*) La novela cambió de nombre. Ahora se llama El alma latina de José Luis Padilla.

MARTA: ¡*Play*!

DOLORES: Vean a su hijo llegando en horas laborables al Motel La Piedra, en la carretera de Caguas. Sale del auto... y desesperado, corre al encuentro de su amante... Se toman de la mano y sin poder aguantar sus deseos carnales... se abrazan.

MARTA: ¡Miren cómo le coge las nalgas!

SOFÍA: (*Histérica.*) ¡Paren esa grabación!

MARTA: ¡Es muy temprano para el *popcorn*!

SOFÍA: ¡Dije que la paren! ¡José Luis, esa no soy yo!

MARTA: ¡Anda pal carajo!

VIRGEN: ¿Y a quién fue que pasaron por La Piedra?

SOFÍA: ¡Eres un perro!

PURA: ¡Hijo mío, privatiza este matrimonio que esto no hay quien lo arregle!

JOSÉ LUIS: (*A Marta.*) Vecina, mi hermana, ¿qué voy a hacer?

MARTA: ¡Abandone la carne y métase a vegetariano!

SOFÍA: ¡Cerdo, me has estado engañando!

DOLORES: ¡Es a mí, a quien han estado engañando! Aquí hay dos *cornudas*!

PURA: ¡Y la tercera no se sabe quién es!

SOFÍA: ¿Entonces hay una tercera mujer?

DOLORES: ¡Usted es la cuarta!

TODOS: ¡Oh!

SOFÍA: (*Tomando el revólver.*) ¡Hasta aquí llegaste, José Luis Padilla!

DOLORES: (*Quitándole el revólver.*) ¡No, ese honor me toca a mí! (*Apunta a José Luis y éste queda de rodillas frente a Dolores.*)

JOSÉ LUIS: ¡No soy yo, te lo juro! ¡Es mi alma latina!

DOLORES: ¡Pues se murió tu alma latina!

TODOS: (*Gritos.*) ¡Oh! (*Todos intenta quitarle el revólver a Dolores. José Luis aprovecha y sale disparado. Dolores lo sigue y le hace varios disparos.*)

TODOS: (*Gritos. Dolores, histérica, regresa a la sala.*)

PURA: ¡Ayyy, mi hijo!

NICOLE: Oh, my God!

RAFAEL: ¡Mi hermano!

MARTA: ¡Lo mató, lo mató!

VIRGEN: ¡Mi hija!

GREGORIO: ¡Mi hijo!

ESTEBAN: ¡Mi... mi... mi...

PURA: ¿Qué pasó, Dolores, que pasó? (*Se abre la puerta y, una joven, elegantísima y en buenas carnes entra con unas llaves en la mano y, amorosamente, llama a José Luis.*)

LA OTRA: ¡José Luis, mi amor, José Luis...

DOLORES: ¿Y... usted quién es?

LA OTRA: ¿Yo? La prometida de José Luis.

DOLORES: ¡Coño, no maté a ese cabrón! (*Cortante cae el*

Telón
Lunes 20 de octubre 1997 10:15 PM

294

Divorcio a lo puertorriqueño. Jonhathan Dwayne y Linnette Torres.

Velorio Boricua

(Velorio Boricua *se estrenó en el Centro de Bellas Artes de San Juan de Puerto Rico el viernes 30 de abril de 1999. Fue producida por Joseph Amato para la compañía teatral Producciones Candilejas. Además, se presentó en el Teatro La Perla, en la Ciudad de Ponce, el sábado 22 y domingo 23 de mayo de 1999.*)

(Personajes en orden de intervención.)

Prudencio Mirós y Mirós:	Jaime Bello
Victoria Mirós y Mirós:	Ángela Meyer
Stephanie Mirós y Mirós:	Yamaris Latorre
Ramoncito Mirós y Mirós:	José Brocco
Charlie Towers:	Miguel Arroyo
Doña Petra:	Noelia Crespo
Doña Eufemia:	Ofelia Dacosta
Sr. Rivera:	Juan González-Bonilla
Senador García:	Joaquín Jarque
Empleado funeraria:	Joseph Aguayo
Beauty:	Linnette Torres
Senador Sánchez:	Ángel Domenech
Iris Marrero:	Alba Raquel Barros
Junior Marrero	Glenn Zayas
Alcalde:	Roberto Ramos-Perea

Lugar:	En Clinton Memorial Funeral Home, en algún lugar de San Juan
Acto primero:	Como a las 11:00 de la mañana
Acto segundo:	Al otro día, por la mañana. Antes del entierro

Dirección artística:
Dean Zayas

Producción General:
Joseph Amato

Asistente del Director y Regidor de escena	Joseph Aguayo
Diseño de la escenografía	Félix Juan Torres
Construcción de la escenografía	Sur Tech
Diseño de luces	Ligia Rolón
Asistente de la Sra. Rolón	Luis González
Utilería	Suannette Vidal Febus
Ataúd	Cidra Metallic Casket Kelco Supply Co.
Coordinador del vestuario	Joseph Amato
Publicidad	Juan González Bonilla

Escenografía:

(Consiste de una funeraria de clase alta. La pared del fondo está en forma diagonal. A la izquierda fondo, tendremos una puerta de caoba, exquisitamente tallada a mano. Esta será la entrada a la capilla que nos ocupa. Junto a la puerta está el libro de registro. Una breve curva en U y ya estaremos en el aposento. A los lados tendremos varias salidas que pueden conducir a otras dependencias de la funeraria. En varias paredes tendremos las coronas. Estos arreglos son dignos de cualquier exhibición. Todos de flores naturales. Se diría que estas coronas compiten entre ellas. Tomando desde el fondo centro, hay dos filas de sillas que abren en forma diagonal. En la parte superior de ambas filas, tanto del lado derecho como del izquierdo, tendremos espacio suficiente para ciertos diálogos.)

Nota importantísima para el Director y los actores.
(La palabra clave para interpretar esta comedia es 'hipócrita'. Como los actores son unas personas tan ocupadas, les suplico lean los paréntesis. Vamos a decirles que 'hipócrita' quiere decir "que tiene hipocresía. Vicio que consiste en la afectación de una virtud o cualidad o sentimiento que no tiene uno'. Otra palabra clave es 'apariencia'. "Aspecto exterior de una persona. Cosa que parece pero que no es." En esta comedia nadie siente afecto por Prudencio Mirós y Mirós, excepto Junior. Los personajes serán hipócritas entre sí y aparentarán para todos. La actuación juega entre lo grandilocuente, lo farsical, lo ridículo, absurdo, lo real. Si se hiciese todo real, simplemente no funcionará. Esta escrita para que reúna todos los estilos aquí anotados.
Esto es vital: Hay que interactuar con el público. Los espectadores son parte de la concurrencia que ha asistido al funeral. Se actúa, secreta y abiertamente, tanto para los asistentes que están en la platea, como para los que están en las sillas principales. Por lo tanto, la cuarta pared no existe. Todo el teatro es la funeraria.
Se va la luz de la sala con una música espectacular y al mismo tiempo comienza a subir la plataforma del foso. Por esta cavidad suben unos rayos de luz fantásticos, celestiales que se entrelazan con la música espectacular. Ahora observamos a un caballero, vestido de crema, que está contagiado con la música de plena. Es una aparición mágica. La música se esfuma y el caballero, simpatiquísimo, se dirige a la concurrencia.)

PRUDENCIO: ¡Se murió Prudencio Mirós y Mirós! Y se murió completito. Ustedes dirán, -bueno, todos tenemos que morirnos... El asunto es que soy Prudencio Mirós y Mirós. Y cuando uno es el que se muere, créanme, no es lo mismo. Yo era un hombre sencillo. De pueblo. Para ser exacto, del poblado de Utuado. Me criaron con leche de cabra acabadita de sacar. Desayunaba con malanga y yautía. Almorzaba carne de cerdo. Y en una dita, tamaño palangana, comía tres libras de pana de pepita. ¡Para que cuando explotara, lo hiciera en grande! A la verdad que fui un hombre próspero. Y siempre me gustó tirarle la mano a la gente. Eso es bueno. ¡Si te sobra, reparte! ¡Y cómo repartí! Especialmente con las mujeres, que fueron mi debilidad. ¡Oh, sí! Me ponía más dulce que un postre de tres leches cuando unas buenas nalgas me pasaban por el frente. ¡Me entraba una turbulencia que me corría de arriba a abajo! Les huía como lechón a las Navidades. Porque las mujeres abusaron de mí como les dio la gana. Quiero hacerles una recomendación antes de desaparecer para siempre. ¡Si van a chuparse una… piragua, lámenla hasta la última gotita del "Syrup"! Pero vamos a lo que vinieron. A verme, ¿verdad? Gracias por comparecer a mi velorio. Por unirse a la comitiva de despedida de Prudencio Mirós y Mirós. El líder. El ejemplar marido. El abnegado padre. Parece que comencé a purgar mis penas pues me han permitido darle un vistazo a mi velatorio, y presenciar cuánto me quisieron o cuánto me desestiman los que me rodeaban. En un momento como este el funeral es más importante que el muerto. íAve María, se tiraron todo arriba! Para aparentar, ¿verdad? ¡Virgen, cómo está el figureo! Caramba, la señora parece que va para una fiesta... qué escote. En señal de respeto, ¿verdad? (*Señala.*) Aquél que está allí no le conozco. Ni a aquél, ni a aquél, ni a aquel. Cacheteros. Vinieron a tomar café y a darse el palo gratis a nombre mío, ¿verdad? ¡Esta noche soy el protagonista! Seré exaltado por los amigos y por los que no lo fueron. Serán destacadas mis virtudes, honestidades que ni yo mismo supe que poseía. Bueno, el estacionamiento de la funeraria está repleto. Voy a ver a ese grupo de "afligidos" que se están dando el palo a nombre mío. Ahora les dejo con mi mujer, Victoria. Me la robé cuando apenas tenía diecinueve años y yo cuarenta y uno. (*Llega al centro de escena. Se vuelve.*) Recuerden que un día ustedes serán los protagonistas de un incidente como este. Espero que lo tengan todo planchado porque, sabrá Dios, lo que dirán de ustedes. Ahora voy a darme una vueltita para disfrutar mis dos últimos días de fama porque después de ellos nadie me recordará. (*Desaparece.*) (*La puerta de entrada se abre y aparece doña Victoria Mirós y Mirós, la viuda. Viene acompañada por sus hijos, Stephanie Mirós y por Ramón Mirós, su hijo menor. Ramoncito lleva una caneca de ron que no suelta. Victoria aparece como la gran heroína de la historia. Sufrida, sí, pero con un padecimiento frío, posado, artístico. Jamás perderá la tabla ni la hidalguía de una Mirós y Mirós, hasta el momento especificado. Llega al centro de escena y saluda, como si fuese una heroína. La Sra. Victoria Mirós y Mirós viste de riguroso luto, pero lleva un collar de brillantes, el cual hace juego con una exquisita pulsera, de la misma piedra.*)

VICTORIA: (*Sufrida.*) Amigos, correligionarios, compatriotas... buenas noches para todos. A nombre de mi familia Mirós y Mirós, mi hija Stephanie Mirós que ha llegado directamente desde Boston, donde está felizmente ca-sa-da, con el señor Charlie Towers, un comerciante de dicha ciudad. También me acompaña mi hijo menor Ramoncito Mirós quien ha declinado cientos de ofertas de trabajo para estar siempre conmigo, les damos las más expresivas gracias por compartir con nosotros esta terrible noche... (*Para ella. Rencorosa.*) ¡No saben cuán terrible... (*Sufrida.*) ¡Hermanos, esta es una noche negra! Más negra, que cualquier otra negra noche de nuestra existencia. Me faltan las palabras para agradecer vuestra presencia que, más que presencia, es como si los tuviese a todos "guindando de los hombros, como un racimo de plátanos que guinda de la mata". A decir verdad, esas no son palabras mías, sino del difunto. ¡Qué digo difunto: mártir! Así me decía Prudencio cuando me hablaba de su pueblo: "los tengo guindando". ¡Qué bien se expresaba! Yo sé que todos quieren saber qué le pasó a Prudencio. Según los médicos... se le paró de momento. Se le encogió... y luego se le murió. (*Llorosa.*) Lo tenía tan grande... se le había hinchado... Lo tenía enfermo. Aún así, se lo daba a quien lo necesitara... Pero el exceso de uso le ocasionó un desgaste. ¡Ese corazón era único! Quiero darle las gracias a todas esas entidades que han publicado una esquela en los periódicos de hoy. ¡Treinta y cinco páginas de esquelas sumándose a la pena y al dolor que nos embarga! ¡Un "shopper" de esquelas! Gracias a todas esas instituciones que nos han enviado sus condolencias por medio de coronas... y las que siguen llegando. ¡Y el señor gobernador! Qué me dicen del señor gobernador. Como él es tan único, nos envío *tres* coronas llenas de orquídeas cultivadas en Hawai, estado 50 de la nación norteamericana. Por cierto que, llegará de un momento a otro. ¡Y qué más podemos pedir de la *Autoridad de Energía Eléctrica* cuando surge un apagón. En cinco minutos ya contamos con ese servicio y Cable TV. ¡Qué sería de este pueblo sin Cable TV! (*A alguna persona en platea.*) A usted, señora, ¿se le fue? Le estoy hablando del Cable TV, sabe. (*A otra.*) ¿Y a usted? A mí se me fue por tres semanas y me comí un cable cuando se me fue. Pero la que es una maravilla es la Autoridad de Acueductos y Alcantarillados, nunca nos cortan el agua porque si algo no le gusta al gobierno es que su pueblo apeste. Estoy extenuada, pero este momento tan desgarrador me obliga a permanecer de pie en espera de los cientos de dolientes ante el fallecimiento del más honrado de los hombres, mi difunto marido Prudencio Mirós y Mirós. Para la prensa que se encuentra en la funeraria les digo que, luego de unas merecidas vacaciones tomaré las riendas como única y absoluta heredera de las empresas Mirós y Mirós. (*Para ella.*) ¡Y nadie me va a quitar lo que con tanto trabajo me he ganado! Amigos, gracias. Y hasta siempre. (*Llora desconsoladamente. Es asistida por Stephanie y Ramoncito. Al mismo tiempo llega el señor Charlie Towers y firma el registro. El señor Towers es de raza negra.*)

STEPHANIE: Siéntate mamá, siéntate.

RAMONCITO: ¡Tienes que tomar las cosas con calma, mamá!

CHARLIE: (*Llegando junto a Stephanie*) Ya estoy aquí...

STEPHANIE: Ya era hora.

VICTORIA: Stephanie, por favor, dile al mozo que me traiga un poquito de café.

STEPHANIE: Mamá, él no es el camarero.

RAMONCITO: Pero tiene tipo de mesero.

STEPHANIE: Mamá, él es mi esposo, el señor Charlie Towers. (*Victoria se levanta y mira fijamente a Charlie.*)

VICTORIA: ¡Ay Dios mío! (*Y cae en la silla.*) Stephanie, hoy no estamos para bromas. ¿Estás segura que es tu esposo?

STEPHANIE: Sí, mamá.

VICTORIA: ¡Ohhh! (*Llora desconsoladamente.*)

CHARLIE: Mucho gusto señora. Lamento conocerla en un momento tan triste.

VICTORIA: (*Desorientada.*) Mucho gusto. (*Mira fijamente a Charlie, ahora a Stephanie.*) ¡Ven inmediatamente! (*Se retiran.*) ¡Stephanie, no me digas que te casaste con un...

STEPHANIE: Si, mamá, me casé. Con un hombre bueno y trabajador.

VICTORIA: ¡Pero Stephanie! ¡Ese hombre es... negro! ¿Cómo te atreviste hacerme eso?

STEPHANIE: Pero mamá, si yo estaba muy bien aquí. Fuiste tú la que me obligaste a irme a Boston. Y me dijiste también que no volviese si no lo hacía casada con un buen hombre.

VICTORIA: ¡Pero no te dije que te casaras con un chango prieto!

STEPHANIE: *Sorry.* Yo los invité a la boda. Si tú y papá no quisieron asistir... *that's your problem...* No sé de dónde viene tanta preocupación. Total, tú estabas loca por salir de mí.

VICTORIA: Porque estabas desacreditada como mujer. Tenías un "amiguito" en cada esquina. Para vergüenza nuestra te apodaban "La guitarra" porque todo el mundo podía tocarte. Stephan, ¿tú sabes lo que significa ser una Mirós y Mirós?

STEPHANIE: Bueno mamá, a mí me importa un bledo la opinión de la gente.

VICTORIA: Pero a mí sí. ¡Nosotros somos unos Mirós y Mirós, la crema del pueblo de Utuado. ¿Cómo le voy a explicar a mis amigas que te has casado con un... ¡Por favor!

STEPHANIE: Lo más importante es que Charlie me adora, y a mí me encanta. Lo quiero. Es un hombre responsable, trabajador y punto.

VICTORIA: En cuanto enterremos a tu padre hablaremos del divorcio. (*A Charlie. Hipócrita.*) ¡Ay don Charlie, excúseme, excúseme! Dentro del dolor, felicitaba a Stephan, por su matrimonio.

CHARLIE: ¡Gracias!

VICTORIA: Bienvenido a la familia. Usted estará cansadísimo por el viaje. (*Empujándolo.*) A mí no me molestaría en lo absoluto que se retirase al hotel a descansar...

CHARLIE: No se preocupe que yo soy un hombre con mucha resistencia.

STEPHANIE: ¡Y grande que tiene... la resistencia!

VICTORIA: Usted habla bastante bien el español...

CHARLIE: Yo nací en Boston, pero mis padres son dominicanos.

VICTORIA: (*Se vuelve a Stephanie.*) ¡Negro y dominicano! ¡Qué horror! Para eso te hubieses casado aquí. (*A Charlie.*) ¿Y... el Towers?

CHARLIE: Mire, doña Vicky...

VICTORIA: ¡Señora Mirós y Mirós!

CHARLIE: Yo estoy muy bien establecido en Boston con mi familia. Por supuesto, nos cambiamos el apellido de Torres por Towers.

RAMONCITO: Ahora sí que hay que joderse. (*Aturdido, Ramoncito no aguanta, saca una caneca del bolsillo y se empina un trago.*)

CHARLIE: Allá la gente es muy racista. En verdad me llamo Carlos y me lo cambié por Charlie. Charlie Towers. Como que suena mejor. Gracias a Dios aquí no existe ese prejuicio. Así que me puede llamar Carlos.

VICTORIA: ¡Quédese con el Towers, se lo suplico! De acuerdo con Stephanie, usted es un comerciante muy exitoso, ¿no es así?

CHARLIE: ¡Oh sí! Mi familia es dueña de una cadena de bodegas en Boston.

VICTORIA: (*Desvaída.*) ¿Bodegas?

CHARLIE: Y con máquinas de jugar La Loto.

VICTORIA: ¡Ay Santa Marta! Stephan, ustedes deben estar cansadísimos por el viaje,¿por qué no se van?

STEPHANIE: ¿Pero cómo vamos a irnos? Vinimos al entierro de papá.

CHARLIE: Estaremos toda la noche a su lado, doña Vicky.

RAMONCITO: Ya comenzó a acumular puntos el pichón de mangle que trajiste. (*Vuelve a darse otro trago. En la entrada aparece Doña Petra, empleada del departamento de mantenimiento de las Empresas Mirós y Mirós. Firma el registro.*)

VICTORIA: (*Mostrándoselas.*) Mire, Charlie, en las últimas filas tenemos una butacas reclinables. comodísimas. Siéntese en cualquiera de ellas. (*Lo empuja.*) Vállase allá.

CHARLIE: No se preocupe que estoy de lo más bien aquí.

PETRA: (*Llegando a Victoria.*) Buenas noches, doña Victoria. (*La Señora Mirós y Mirós la abraza.*)

PETRA: (*Doña Petra se saca un grito enorme.*) ¡Ay... doña Victoria!

VICTORIA: ¡Buenas noches Doña Petra! Gracias por venir. (*A público, para que se sepa que no es de la familia.*) Los empleados de mi querido Prudencio eran sus más preciado tesoro.

PETRA: Eso es así. (*A Ramoncito. Desgarrada.*) ¡Ay, Monchito!

RAMONCITO: Ramoncito doña Petra, Ramoncito.

PETRA: Ramoncito, ¿tú estás bien? Tienes los ojos coloraos.

RAMONCITO: (*Por Charlie.*) Es que he llorado tanto, doña Prieta, digo, Petra.

VICTORIA: Excúselo por favor. Está desconsolado por la muerte del padre. Hasta dice disparate de la emoción.

PETRA: Yo sé lo que es perder un familiar ¡Qué desgraciado eres, Ramoncito!

RAMONCITO: (*Aclarativo.*) Huérfano, doña Petra, huérfano. (*Se tambalea y se sienta.*)

PETRA: Eso quise decir. ¡Ay doña Victoria, esto ha sido una tragedia.

VICTORIA: Así es.

PETRA: Y dígame, ¿qué le pasó a don Prudencio, porque él estaba de lo más bien la semana pasada?

VICTORIA: Fue un masivo ataque del corazón.

PETRA: ¡Virgen santa! ¿Un infarto?

VICTORIA: Abrió la puerta. Se lo agarró con fuerza. Se me tiró encima y se me fue para siempre.

PETRA: ¡Y cómo duele eso!

VICTORIA: ¡Ahora lo tendrá parado para siempre!

PETRA: Resignación doña Victoria, resignación. A mi esposo le pasó lo mismo. (*Advierte a Stephanie.*) ¿Esta es Stephanie, verdad?

STEPHANIE: La misma. ¿Cómo le va?

PETRA: Bien, gracias. Hace tiempo que no la veo por la maderera.

STEPHANIE: Es que me fui a vivir a Boston.

PETRA: ¡Verdad es que la enviaron para allá...

VICTORIA: Para que terminara la maestría en mercadeo...

RAMONCITO: ¡Y se tiró de pecho al mercado! (*Por Charlie*) ¡Y nos ha dado una sorpresa...

PETRA: ¿Y cuándo llegaste, mija?

STEPHANIE: Hace unas horas. Vinimos directamente del aeropuerto a la funeraria.

PETRA: ¿Vinimos?

STEPHANIE: Sí. Mi marido y yo. Estábamos, prácticamente, de luna de miel.

PETRA: ¡No lo puedo creer! (*A Victoria.*) ¿Casada?

VICTORIA: (*Afirmativa.*) Casada. Con un comerciante americano y riquísimo, dueño de una cadena de *supermarkets*.

PETRA: ¡Por fin la casaron!

STEPHANIE: Me casé. Él es Charlie Towers, mi esposo.

CHARLIE: Mucho gusto.

PETRA: (*Doña Petra, medio fría, mira atolondrada a Charlie.*) ¿De los Towers de Loíza? (*Loíza, zona costera y negra de Puerto Rico.*)

VICTORIA: No. De los Towers de Boston. (*Llora desconsolada.*)

PETRA: Doña Victoria, tiene que tomar las cosas con calma. Estoy aquí en representación del Departamento de Mantenimiento de las empresas de su marido. El fue como un padre para todos sus empleados. Diariamente yo le limpiaba la oficina. Así que, si usted necesita que le limpie algo, ordene. Que estoy para servirle.

VICTORIA: No se preocupe. Estamos pagando un capital por los servicios funerales, dignos de Prudencio.. Aquí, en la Funeraria Clinton Memorial, tenemos todas las facilidades. Ellos son fieles a su lema: "Se lo enterramos con propiedad."

PETRA: Pues yo me conformé con la Funeraria Ramos, de Fajardo. Cuyo lema es "Si no tiene muerto se lo matamos." Cuando mi marido murió yo quedé viuda e hicimos un velorio sencillo. Pero me acogí a la oferta de Simplicity Plan, que me brindaba funeraria, panteón y estadía en la gloria para el difunto.

VICTORIA: Bueno doña Petra, debe estar cansada porque venir desde Utuado a San Juan es como un castigo. Por favor, tome asiento... (*Señala la ultima fila del teatro.*) allí.

PETRA: Es que la funeraria está llena.

VICTORIA: Mire, allí, en la última fila veo varias butacas, y son comodísimas... Así comparte con los compañeros de trabajo.

PETRA: A esos los veo todos los días. (*Señala una silla principal de la funeraria.*) Mire, aquí hay una...

VICTORIA: ¡No, de esas no! Quiero decir, aquellas son mas cómodas...

PETRA: No se preocupe, por ustedes sacrifico la comodidad... (*Y se sienta en una silla principal.*) Bueno, ¿y cuándo traerán al difunto?

VICTORIA: En breve. Están terminándolo de arreglar. (*En la puerta, aparece doña Eufemia con una caja de cartón en las manos. Por apariencia y modales sabemos que es una mujer de campo. Firma el registro.*)

PETRA: A don Prudencio le encantaba verse bien.

VICTORIA: El siempre fue así. Viene en un "Armani"...

PETRA: No sabía que tuviese un hermano.

VICTORIA: No. Es la marca de un traje carísimo. Bueno, gracias por acompañarnos.

PETRA: Por nada, por nada...

EUFEMIA: ¡Ay doña Victoria, doña Victoria...

VICTORIA: ¿Como está doña... Perdóneme, tal vez... por la emoción del momento, pero no...

EUFEMIA: Yo soy Eufemia Vega. Su vecina.

VICTORIA: ¿Eufemia Vega... vecina mía? Caramba, estoy viviendo en el Penthhouse del Miramar Palace en San Juan.

EUFEMIA: No, no. Su antigua vecina. De allá, cuando ustedes vivían en Utuado...

VICTORIA: ¿Y... yo vivía en Utuado?

EUFEMIA: ¡Eh! ¿No se acuerda?

VICTORIA: ¡Ah, sí, sí! ¡Es que hace tanto tiempo que lo había olvidado! ¿Y usted vino desde Utuado?

EUFEMIA: A rendirle mis respetos al difunto, (*se persigna*) que en paz descanse y en la gloria esté. ¡Sí señor!

VICTORIA: ¿Y... cuándo fue que nos conocimos?

EUFEMIA: Bueno, a decir verdad, al que conocíamos era al difunto, (*se persigna*) que en paz descanse y en la gloria esté. Yo solamente la veía cuando usted llegaba casi al anochecer y se encerraba en la enorme casona.

VICTORIA: Regresaba de trabajar.

EUFEMIA: A Don Prude, que en paz descanse y en la gloria esté, se le veía todos los días atendiendo la ferretería...

VICTORIA: (*Recordándole.*) La Maderera Mirós y Mirós.

EUFEMIA: Bueno, eso fue después. Para entonces ustedes lo que tenían era una simple ferretería. Claro que era la única en el pueblo. Y con el tiempo, los huracanes y el ingenio de su marido, (*se persigna*) que en paz descanse y en la gloria esté, se convirtió en una exitosa maderera.

VICTORIA: Sí. Prudencio fue muy ingenioso y trabajador. Todo lo que tocaba lo convertía en oro.

EUFEMIA: Y tan generoso. Una vez mi marido y yo fuimos a la tienda a comprar una madera y nos faltaron como cien pesos. Da la casualidad que el difunto estaba en la tienda, y cuando le expliqué que no teníamos lo suficientes chavos para la madera, él nos dijo que no nos preocupáramos, que nos la fiaba.

VICTORIA: El era muy dadivoso. ¿No se la regaló?

EUFEMIA: Fíjese no. Estuvimos casi un año pagándole los intereses. Siempre insistía en que no había prisa en pagarle. Nunca lo olvidaremos. Nos dio los clavos gratis.

VICTORIA: Sí. Prudencio clavó a muchas familias.

EUFEMIA: (*Busca en el saco.*) Aquí le traje unos sanwichitos...

VICTORIA: ¿Sándwiches?

EUFEMIA: Sí. De jamón, queso y mayonesa. Para los que se vayan amanecer.

VICTORIA: ¡Caramba, qué detalle! Guárdelos, guárdelos, por favor. Yo le avisaré de ser necesario.

EUFEMIA: ¡Pues he venido para honrar al difunto!

VICTORIA: Mire allá en el fondo, en la última fila hay unas excelentes butacas.

Vallase allá.

EUFEMIA: Es que desde tan lejos no podré ver bien al difunto. Mejor me siento aquí. (*Y toma asiento en las filas principales.*)

VICTORIA: (*Desconforme.*) Bueno, permítame presentarle a doña Petra. Doña Petra ella es la señora…

EUFEMIA: Vega.

EUFENIA: ...la señora Vega.

VICTORIA: Eufemia Vega, antigua vecina de mi marido.

PETRA: (*Recordándole.*) El difunto, que en paz descanse y en la gloria esté.

VICTORIA: Ella es doña Petra Jiménez, empleada de nuestra empresa.

EUFEMIA: Encantada.

PETRA: Mucho gusto. Siéntese aquí, por favor.

VICTORIA: Le agradecemos su presencia. Recuerden que si desean estar más cómodas pueden sentarse en las butacas finales que son reclinables. Con el permiso. (*En la puerta deja verse el señor Serafín Rivera, propietario de la funeraria. Arregla el registro. Observa que todo esté en orden.*)

EUFEMIA: Oiga doña Petra, ¿firmó el registro? Porque si no firma, no se sabe que estuvimos aquí.

PETRA: ¡Fue lo primero que hice!

EUFEMIA: ¿Y cogió la estampita?

PETRA: Por supuesto. (*Con rostro atento y caminar peculiar, el señor Rivera se llega hasta doña Victoria. Es un hombre casado, muy propio de lenguaje. Diestro en las artes funerales. Experto en maquillaje y arreglos decorativos para la ocasión. Es simplemente... un hombre amanerado y... si lo es, jamás se enteró.*)

RIVERA: Señora Mirós y Mirós, permítame presentarme. Soy el señor Serafín Rivera, uno de los propietarios de la funeraria. Desde lo más profundo de mi ser, quiero expresarle nuestro más sentido pésame. A nombre de mi esposa y de

mis hijos... (*Doña Petra saca una risita, mofándose.*) Pues como le decía, tengo tres hijos…(*Doña Petra y Eufemia vuelven con una sonrisita burlona. El señor Rivera, ofendido, se vuelve a ellas.*) ¡Tengo tres hijos!, ¿qué es lo que pasa? ¿Algún problema? (*Vuelve a doña Victoria.*) Bueno, pues como le decía, a nombre de mi esposa y de mis hijos, le agradecemos haya seleccionado nuestros servicios en tan penoso momento.

VICTORIA: (*Asombrada, por los modales del señor Rivera.*) ¿Su... esposa?

RIVERA: Sí. Mi esposa, y este servidor, somos los propietarios de Clinton Memorial. Mis hijos se encargan de los asuntos de la oficina. Mi esposa de los coches fúnebres. Del cambio de filtro, engrase, "tune-up", hojalatería, pintura. De todas esas cosas. En cambio, yo me encargo de preparar al difunto. De los arreglos florales, del vestuario de los fallecidos, los maquillajes y de las pelucas.

VICTORIA: (*Por la afectación del señor Rivera.*) ¿Y su esposa... no se ha dado cuenta de nada?

RIVERA: ¡Ah, sí! ¿Mi esposa? ¡Ella se ha dado cuenta de todo! Es muy observadora. ¡Y fuerte que es! Me tiene así, derechito. Por eso es que este templo marcha como ejercito.

VICTORIA: Sí. Claro. Permítame presentarle a mi familia. El es Ramón, mi hijo menor y lo llamamos cariñosamente Ramoncito.

RIVERA: Mucho gusto Ramoncito. Si le puedo servir en algo...

RAMONCITO: ¿Les queda Don Q?

RIVERA: (*Disgustado.*) ¿Don Q?

VICTORIA: (*Excusándolo.*) Está descontrolado por la perdida de su padre. (*Fuerte. Ordenándole a Ramoncito.*) ¡Siéntate! (*Elegante al señor Rivera.*) Ella es mi hija, la señora Stephanie Mirós y Mirós de Towers. (*Ignora a Char-*

lie.)

RIVERA: Mucho gusto.

STEPHANIE: Encantada. Él es mi esposo.

RIVERA: (*Leve pausa. Mira a Charlie y lo tasa de arriba a bajo.*) ¡Uf! (*A Stephanie.*) ¿Complacida?

STEPHANIE: ¡Complacidísima!

RIVERA: Me alegro por usted. (*A Charlie.*) Estoy a sus órdenes, señor Towers. Señora Mirós y Mirós, le ruego me acompañe a la oficina. Hay algo que aún no se ha resuelto y es imperativo que usted decida.

VICTORIA: Me imagino. Es el momento de exponerlo, ¿verdad?

RIVERA: En unos minutos. Pero...

VICTORIA: ¿Y me lo dice así, tan tranquilo?

RIVERA: Señora, yo veo muertos todos los días. Aunque debo decirle que, de todos los difuntos del mes, su marido es el mejor que se ve. ¿Podríamos hablar en la oficina?

VICTORIA: No se preocupe. Puede decírmelo aquí.

RIVERA: Pues, como usted sabe, su marido dejó instrucciones que lo cremaran. Pero usted ordena que lo llevemos al campo santo, enterito como está. Quería saber qué ha decidido al respecto, porque todo está pautado para la diez de la mañana. ¿Se crema al señor Mirós y Mirós o partimos hacia el campo santo?

VICTORIA: ¡Jamás permitiré que lo cremen! Es en lo único que no puedo complacer a mi amantísimo esposo. Yo quiero que llegue a la tierra nuestra. Que nuestro suelo se nutra con su cuerpo y la tierra sea dueña de toda su sabiduría. Ese hombre fue un santo. Su único pecado fue el original.

RIVERA: A la verdad que es difícil conseguir un hombre así.

VICTORIA: La comitiva (*y señala hacia público*) que será enorme, partirá maña-

na a las diez en punto hacia el campo santo.

RIVERA: Como ordene la señora. (*Mutis.*)

VICTORIA: Ah, y por favor, consígame un diván. Que sea reclinable. Lo más grande y cómodo posible. Estaré toda la noche junto a mi esposo.

RIVERA: Señora Mirós y Mirós, nuestros servicios finalizan a las doce de la noche.

VICTORIA: ¿Y usted piensa que voy a dejarlo solo esta noche? ¡Jamás! Y consígame una redecilla, porque no pienso estropearme el peinado.

RIVERA: ¡Yo tengo miles de redecillas!

VICTORIA: Tráigame, además, dos botellas de agua mineral. Francesa, si es posible. Padezco de una sed noctámbula espantosa. Y agréguelo a la cuenta. (*Se abre la puerta y vemos al senador García, quien trae una llamativa corona, azul y blanca. Con tan sólo ver el arreglo deducimos que es un representante del Partido Nuevo Progresista. El senador García saluda, muy cortésmente, a toda la funeraria. Detrás de él viene Prudencio.*)

RIVERA: Como la señora ordene. (*Y se retira.*)

GARCIA: Buenas noches, señora Mirós y Mirós.

VICTORIA: Buenas noches, senador García. Gracias por estar con nosotros.

GARCIA: Caramba, no faltaba más. Quiero hacerle entrega de esta sencilla corona, como un testimonio de reconocimiento, a los valores patrios del afectuoso amigo Prudencio Mirós y Mirós. Son unas flores únicas, enviadas desde California por Federal Express.

PRUDENCIO: ¿Y quien carajo le habrá dicho al pendejo este que yo soy PNP?

RAMONCITO: Caramba, ¿y en Puerto Rico no hay flores?

GARCIA: Después del temporal, ni en

Aibonito quedaron flores.

VICTORIA: Permítame presentarle a mi familia. De pie, por favor. Mi hija Stephanie...

GARCÍA: (*Meloso.*) Por supuesto que la conozco... Lamento lo ocurrido.

STEPHANIE: Gracias.

VICTORIA: Mi hijo Ramoncito, que todavía no se ha emancipado y vive conmigo.

RAMONCITO: Mucho gusto. Papá me encargó que jamás la dejara sola.

GARCÍA: Bueno, señora...

STEPHANIE: Quiero presentarle a mi marido.

GARCÍA: Ah, ¿Te casaste? Quise decir ¿se casó?

STEPHANIE: Sí. Con el señor Charlie Towers, que es de los suyos, digo, americano.

PRUDENCIO: ¡Stephanie, contéstame, ¿de dónde carajo sacaste semejante morcilla?

CHARLIE: Mucho gusto señor. Me alegro que sea de los nuestros.

GARCÍA: Le aseguro que le vamos a dar una pela a Sila que no podrá levantarse de la cama en seis meses.

GARCÍA: (*Emocionado.*) El placer es mío. Nosotros los puertorriqueños nos honramos de pertenecer a esa gran nación, donde la igualdad y el progreso del ciudadano, es lo más importante.

PRUDENCIO: Sigue, sigue viviendo de ese cuento.

CHARLIE: (*Irónico.*) Eso es así. En la nación americana hay cabida para toda clase ciudadano. Sin importarles si son italianos, judíos, haitianos, dominicanos, puertorriqueños o negros.

GARCÍA: Señora Mirós y Mirós, como portavoz de la mayoría del senado me honro en entregarle esta Resolución Conjunta de Cámara y Senado como un reconocimiento póstumo a ese gran patriota y miembro de nuestro partido,

Prudencio Mirós y Mirós.

VICTORIA: (*Victoria se emociona con las distinciones. La muestra a Doña Petra y Doña Eufemia. Las muestra a público. Llamando.*) Señor Rivera, señor Rivera...

RIVERA: (*Entrando.*) Sí señora...

PRUDENCIO: Esconde esa porquería, Victoria!

VICTORIA: (*Maravillada.*) ¡Resolución Conjunta de Cámara y Senado! (*Se las entrega. El señor Rivera sale emocionado. Se abre la puerta y vemos a Beauty Defilló, intima amiga de Victoria.*)

PRUDENCIO: Llegó la comemierdería hecha persona.

BEAUTY: (*Viene con dos maletas Louis Vuitton y su cartera de la misma marca. Viste de traje negro. Hermosísimo, digno de cualquier pasarela. Este personaje no se despega de su teléfono celular. Recibirá y hará llamadas a intervalos.*) ¡Ay Victoria, cuánto lo siento!

VICTORIA: Muchas gracias Beauty. (*Al senador.*) Por favor, tenga la bondad de sentarse.

PRUDENCIO: ¡Qué pena que no encuentre una tachuela para que le haga un roto en alguna nalga. (*El senador se sienta junto a Doña Petra.*)

BEAUTY: Querida, me informaron de la triste nueva cuando iba a tomar un crucero hacia a Alaska. Me bajé más rápido que volando para estar contigo. Y lo más sencillo que pude seleccionar es este trapito que llevo puesto.

VICTORIA: Gracias Beauty. ¿Y porqué a Alaska?

BEAUTY: Me fascina. Hay dos ballenas atascadas en el hielo y quería ver cómo las sacaban. Además observar los osos y los trineos de perros. Es fascinante. (*Observando la funeraria.*) ¡Te has botado con la funeraria!

PRUDENCIO: ¡Con el dinero que sudé trabajando en la maderera!

VICTORIA: ¡Ay Beauty, que desventurada soy!

BEAUTY: (*Consolándola.*) Me imagino lo que debes estar sufriendo. No te olvides que en el cielo tenemos un justo juez que te recompensará. Te dio el mejor de los maridos, te colmó con una familia ejemplar y una herencia, mi amor, que no tendrás que preocuparte por el resto de tu vida.

VICTORIA: Beauty, como intimas amigas que somos, tengo que sacarme esto del pecho.

PRUDENCIO: ¡Del pecho no te saques nada!

VICTORIA: ¡Prudencio fue un desgraciado!

PRUDENCIO: ¿Desgraciado yo? Me vacilé la vida como me dio la gana.

BEAUTY: ¡Ahora estará descansando junto a nuestro Señor!

VICTORIA: ¡Un hijo de mala madre!

PRUDENCIO: ¡La tuya que fue mi comadre!

BEAUTY: (*Chismosa.*) Cuéntame, cuéntame...

VICTORIA: ¿Sabes de lo que murió Prudencio? (*Ha hecho su entrada el senador Sánchez, quien porta una corona insuperable, de rosas blancas y rojas, obvia ofrenda del Partido Popular Democrático.*)

SÁNCHEZ: Buenas noches para todos.

PRUDENCIO: ¡Otro buscón!

VICTORIA: Excúsame un momento Beauty. (*Beauty habla por teléfono.*) Buenas noches, senador Sánchez.

SÁNCHEZ: Lamento la triste nueva. A nombre de la minoría senatorial, que no es minoría desde el 13 de diciembre, le entregamos este pequeño tributo como un reconocimiento a quien fuera uno de nuestros más distinguidos miembros.

PRUDENCIO: ¡Pero si yo nunca fui de ningún partido, no tenía ninguna necesidad!

VICTORIA: Muchas gracias senador. Estamos haciendo todo lo posible para mantenernos de pie, por la perdida irreparable de Prudencio. Pero estamos agarrados del Salmo... (*Se le olvida.*) del Salmo 98 que dice "Jehová es mi pastor..."

SÁNCHEZ: ¡El salmo 23! Jehová es mi pastor y nada me faltará.

VICTORIA: Ese mismo. (*Como quien comienza.*) Pues estamos agarrados del Salmo 23 que dice "Jehová es mi pastor y nada me faltará."

SÁNCHEZ: (*Mirándola por detrás.*) Si de algo estamos seguros... es que nada le faltará.

VICTORIA: Gracias por compartir el dolor que nos embarga. Puede sentarse junto al amigo el senador García. Gracias por estar con nosotros.

SÁNCHEZ: (*Sexual.*) Señora Mirós y Mirós, quiero que sepa que poseo un apartamento a las orillas de la playa de Luquillo y está a su disposición. Tiene hasta un jacuzzi en mármol comodísimo. Yo me sentaría a su lado para cuidarla.

VICTORIA: Lo tendré en cuenta.

PRUDENCIO: Mira, charlatán, ¿porqué no invitas a tu madre?

SÁNCHEZ: (*Sentándose al lado del senador García.*) Adió' García. ¿Todavía estás vivo? Aprovecha la ocasión. Si gustas podemos hacerte las exequias ahora mismo.

GARCÍA: Por favor, siéntate. Toma cualquiera de las sillas que están allá abajo.

SÁNCHEZ: "Ninguna de las anteriores." Quiero estar al lado tuyo, para que me cuentes de tu gobernador.

GARCÍA: ¡El señor gobernador está contando los votos para demostrarle al Congreso y al pueblo que ganó la estadidad!

PRUDENCIO: ¡Los dos son unos puercos! Esto no hay quien lo resista! (*Sale.*)

SÁNCHEZ: Oye García, ¿el gobernador vendrá a rendirle homenaje al difunto?

GARCÍA: De un momento a otro. Se está recortando.

SÁNCHEZ: Escondiéndose del pueblo para no dar explicaciones de todo lo que se ha robao.

RIVERA: Doña Victoria, mi esposa y mis hijos, (recordándole) tengo tres, me acaban de informar que estamos listos.

VICTORIA: ¿Entonces... viene?

RIVERA: ¡Será una entrada triunfal! Maquillado y vestido por "mua". ¡Lo que se dice una exquisitez!

VICTORIA: ¿No queda... más remedio?

RIVERA: No.

VICTORIA: Pues tráigalo. Tendré que enfrentarme con la realidad. Seré fuerte. Pero antes, consígame una Xanax de diez miligramos. Será difícil mirarlo a la cara.

RIVERA: No se preocupe, doña Victoria, que lo he puesto *fabu*. Le apliqué una base Max Factor, que da un acabado luminoso. Le apliqué, además, un Skin Iluminating Complex, de Elizabeth Arden y lo salpiqué con Eau De Dolce Vita, el agua de la felicidad, de Dior, para que su aroma no se ligue con la fragancia de las coronas. Y para que tenga, como una sonrisa a flor de rostro, le apliqué "Smiling for Ever", un *beige* de Lancome. Puede estar segura que el difunto es todo un éxito.

VICTORIA: ¿Le tiñó el cabello? Prudencia odiaba las canas.

RIVERA: ¡Oh, sí! Le apliqué "In Five Seconds", de Clairol. Luego le di este único "*blower*"... que quedó... nítido. Al nivel de calendario. (*Sale.*)

VICTORIA: Entonces llegará exacto a la presencia del Señor.

EUFEMIA: Oiga doña Petra, ¿usted nota como algo... extraño en el dueño de la funeraria?

PETRA: (*Ingenua.*) Sí. Es medio... me-

dio... *mama's boy*. Esa es la crianza que le dieron. (*El Señor Rivera regresa apresurado, con una botellita de agua y un sobrecargado vaso de cristal. Le entrega una pastilla a doña Victoria.*)

VICTORIA: (*Mirando el agua.*) ¿Es mineral?

RIVERA: (*Con acento francés.*) Y francesa. (*Victoria toma la pastilla y Rivera sale apresurado.*)

VICTORIA: Stephanie... Ramoncito, por favor...

STEPHANIE: Dime mamá...

VICTORIA: Este momento es bien difícil. En breves minutos traerán a su padre...

RAMONCITO: Bueno mamá, ya era hora.

STEPHANIE: Charlie, cariño, ven acá.

VICTORIA: ¡Esto es muy familiar!

STEPHANIE: Charlie es parte de la familia...

VICTORIA: Señor Towers, ¿está seguro que no quiere irse a descansar al hotel?

CHARLIE: Para mí, es más importante estar con ustedes.

VICTORIA: Bueno, tendremos tres momentos difíciles. El primero: en breves segundos traerán a Prudencio y lo veremos con la manos cruzadas, con un rosario en las manos y aparentemente como dormido.

CHARLIE: Si me necesita para algo, estoy para servirle.

VICTORIA: No. Gracias. El segundo: mañana, al taparlo para no verlo más y llevarlo al campo santo.

CHARLIE: Si me necesita para algo, estoy para servirle.

VICTORIA: No. Gracias. Y el tercero, el más difícil, enterrarlo. (*Rápido a Charlie.*) ¡Y gracias, no necesitamos nada! Les ruego control. ¡Control en todo momento! Que no se les olvide que somos unos Mirós y Mirós, la familia más distinguida de nuestro querido Utuado. (*Música para el momento. Entra el Señor Rivera presidiendo la llegada del féretro. Viene sonreído, maravillado por la selección del costoso féretro, que es color oro con terminales de bronce y sobre este un arreglo de lirios de cala. Prudencio viene tras su ataúd, empujándolo. Dos empleados colocan el ataúd pero dejando suficiente espacio para que los afligidos lo rodeen.)*

BEAUTY: Victoria, cariño, te has botado. ¡Eso es un ataúd, ataúd, ataúd *plus*!

PRUDENCIO: Tengo que estar pagando mis faltas en la tierra. De todas las amigas de mi mujer, esta es la más come mierda y antipática de todas.

VICTORIA: Estoy segura que Prudencio se sentirá a todo trapo en ese ataúd. Eso es lo que yo llamo un Mercedes Benz Serie 500.

PRUDENCIO: Si algo le gustó a Victoria fue el aparentar. Y no tiene necesidad porque le di todo el dinero que necesitó.

RIVERA: Doña Victoria. ¿Desea que el ataúd permanezca cerrado o prefiere abrirlo?

PRUDENCIO: ¡Ay Victoria, ábrelo que me voy a asfixiar dos veces!

VICTORIA: Ramoncito, Stephanie ¿dejamos el ataúd cerrado o lo abrimos?

RAMONCITO: Ay, mamá. Cerrado y nos evitamos problemas.

PRUDENCIO: ¡Ingrato, borrachón y vago!

VICTORIA: Stephanie, ¿dejamos el ataúd cerrado o lo abrimos?

STEPHANIE: Déjalo cerrado, mamá.

VICTORIA: (*Al Señor Rivera.*) Ábralo. Quiero que todo el mundo le vea la cara a ese... hijo de Dios.

RIVERA: De acuerdo con la nueva etiqueta, la viuda tiene el honor de abrir el féretro.

VICTORIA: (*Miedosa.*) No. Téngalo usted. (*El señor Rivera, muy entusiasmado, destapa el ataúd.*)

RIVERA: (*Llega hasta el foso del teatro, señala a Prudencio, y le comenta a alguno de la platea.*) ¡Cuando San Pedro lo vea, de seguro me pedirá una cita! (*Y sale contentísimo. Ahora Prudencio llega hasta el ataúd y se observa.*)

PRUDENCIO: (*Asustado.*) ¡Ay! (*Llega hasta Victoria.*) Victoria, pero... ¿qué es lo que me han hecho? Parezco una *geisha* con tanto maquillaje. (*Victoria llega hasta el féretro. Ahora vamos al ridículo Portorricensis.*)

VICTORIA: (*Abrazada a Beauty.*) ¿Está ahí?

BEAUTY: Sí, Victoria, está ahí.

VICTORIA: ¿Y está muerto?

BEAUTY: Muertísimo.

VICTORIA: ¿Y estás segura que es Prudencio?

BEAUTY: Sí, mi amiga.

VICTORIA: (*Temblorosa, llega hasta el ataúd. Observa a Bartolo.*) ¡Ahhhhh! ¡Ay Prudencio, Prudencio! (*Toma al difunto por los hombros y lo sacude.*) ¡Ay Prudencio no te vayas, no te vayas! (*Stephanie, Ramoncito y Beauty la aguantan. Ahora comienza a echar saliva por la boca. Comienza a temblar. Ahora su temblar es más fuerte.*)

VICTORIA: ¡Amor mío, abre los ojos! ¡Ábrelos amor, soy yo, Victoria, tu más amada esposa! ¡Tú puedes hacerlo, revive, revive amor mío! (*Saca un poco más al difunto del ataúd.*) ¡No te vallas, no te vallas! (*Vomita, se le tuercen los ojos.*)

RAMONCITO: (*Aguantándola.*) Mamá, papá se fue hace rato.

VICTORIA: ¡Yo me quiero ir con él, yo me quiero ir con él!

PRUDENCIO: ¡Carajo Victoria, que me vas a romper el cuello! (*Fuera de control, Victoria da como un salto en el aire. Rueda por el piso. Hay descontrol. Ramoncito, Stephanie y Charlie logran sentarla.*)

VICTORIA: ¡Amado Cristo déjame irme con él! ¡Dime Padre, háblame, dime qué voy hacerme sin mi querido Prudencio!

HONEY: Pero mi amiga, si te ha dejado millones, tómalo con calma!

STEPHANIE: ¡Mamá, atiéndeme, atiéndeme! ¡Tienes que controlarte!

VICTORIA: (*Mareada.*) Esto es muy fuerte para mí! ¡Dios mío, ten piedad de mi marido!

CHARLIE: Control doña Vicky. (*Se le quita todo el descontrol y ofendida, le dice a Charlie, como quien dice -cómo te atreves-.*) ¡Mira! (*Victoria vuelve al lloriqueo. En la puerta principal aparece Iris Marrero y su hijo Junior. Firman el registro.*)

VICTORIA: (*Al público.*) Amigos, compatriotas, hermanos... Pueblo de Puerto Rico, aquí están los restos mortales de Prudencio Mirós y Mirós, el que en vida fuera mi amantísimo esposo. Desde ahora quedan expuestos sus restos hasta mañana a las 10:00 de la mañana cuando la comitiva fúnebre partirá hacia el *Forever Young Memorial Park.* Todo aquel que desee rendirle tributo puede a despedirse.

PETRA: ¡Ahora es que esto se va ha poner bueno! Doña Eufemia, mire quien está ahí.

EUFEMIA: ¿Dónde?

PETRA: La que acaba de llegar.

EUFEMIA: ¡Uy, pero que misteriosa! Estoy segura que es artista.

PETRA: No. Esa trabajó en la maderera por un tiempo. Y de la noche a la mañana desapareció. Yo sería incapaz de una calumnia, pero todavía cuentan, y Dios que me perdone, *que le trabajaba... horas extras* al difunto…

IRIS: Buenas noches doña Victoria.

PRUDENCIO: (*Llegando hasta Iris.*) Ahora es que va a formarse un peo. ¿Iris, me quieres explicar qué haces aquí?

VICTORIA: (*Sin reconocerla.*) Buenas noches...

IRIS: Iris. Iris Marrero. Trabajé por un tiempo para la empresa.

VICTORIA: Excúseme... pero, no la recuerdo.

IRIS: Del departamento de contabilidad. Es doloroso estar aquí.

VICTORIA: ¡Oh, sí, sí, claro! Ahora la recuerdo. Yo siempre le decía a Prudencio –qué amable es esa muchacha que con tanta frecuencia te trae café-.

IRIS: Prudencio fue un excelente jefe y mejor amigo.

VICTORIA: No sabía de esa confianza...

IRIS: Prude, mejor dicho, don Prudencio fue un hombre muy reservado.

VICTORIA: Eso es así. Jamás hizo alarde de posición alguna. ¡Qué noble fue! ¡Ay Iris, esto ha sido una tragedia!

IRIS: Para ambas. Créame que para ambas.

PRUDENCIO: Como decía aquella gran patriota puertorriqueña Ruth Fernández: *"Ahora es que va a caer mierda del cielo."*

GARCÍA: Compañero, dejando nuestros problemas a un lado, ¿a qué le huele?

SÁNCHEZ: Esto me huele a "panty."

PRUDENCIO: (*A los senadores.*) ¡Tusas! Les puedo contar como cinco cortejas a cada uno.

IRIS: Todavía no logro entender. Prudencio se veía tan bien. ¿Qué le sucedió?

VICTORIA: Dicen los médicos que fue de una mala digestión que le provocó un infarto. ¡Y mire que le dije que abandonara la carne roja!

IRIS: (*Sexual.*) ¡Le encantaba la carne... cruda!

VICTORIA: ¡No sé cómo Prudencio se puso a hacer ejercicios después del almuerzo!

IRIS: (*Sexual.*) ¡Y como le gustaba el ejercicio!

PRUDENCIO: ¡Iris, cállate que me vas a joder después de muerto!

VICTORIA: No me ha presentado al joven que la acompaña.

IRIS: Es Junior, mi hijo.

VICTORIA: Mucho gusto.

JUNIOR: Igualmente.

VICTORIA: Caramba Iris, no sabía que se hubiese casado.

IRIS: Nunca lo hice. Precisamente de esos asuntos vine a hablarle.

PRUDENCIO: Pero Iris, ¿qué le importa a Victoria si te casaste o no?

VICTORIA: ¿Le parece si habláramos más tarde?

IRIS: Cuando guste. Pero tenemos que hacerlo antes del entierro. Espero por usted. Con su permiso. Vamos a sentarnos, Junior.

JUNIOR: Con el permiso, señora.

VICTORIA: Concedido. (*Iris y Junior se sientan en las sillas principales.*)

EUFEMIA: Doña Petra, despiértese, debemos ver al difunto.

PETRA: (*Despertando.*) ¡Ah, sí, madera! ¡Que le den madera, que le den madera y muchos clavos!

EUFEMIA: ¡Que ya podemos presentarle los respetos al difunto!

PETRA: Si, vamos, vamos. (*Adelantan hacia el féretro.*)

EUFENIA: Hay que llorar con mucha emoción. Los familiares siempre esperan por eso.

PETRA: Vamos. Que nos quede bonito. (*Gritería.*) ¡Ay benditoo!

EUFEMIA: (*Más alto.*) ¡Ay... pero que bueno fue!

PETRA: (*Histeria.*) ¡Ay, Dios mío!

EUFEMIA: (*Temblando.*) ¡No te lo lleves Señor, no te lo lleves!

PETRA: ¡Yo me quiero ir con él, yo me tengo que ir con él!

EUFENIA: ¡Y yo también me quiero ir con él! ¡Pero que se la lleve a ella primero!

PETRA: ¿A mí?

EUFEMIA: (*Señalando a Iris.*) ¡No, a la que acaba de llegar con un niño!

EUFEMIA: (*Queriendo sacarlo del ataúd.*) ¡Ay don Prudencio!

EUFEMIA: (*Más fuerte.*) ¡Ay! Ay...

PETRA: (*Convulsiones. Caen al suelo.*) ¡Me asfixio, me asfixio!

EUFEMIA: ¡Aire, aire! (*Cae al piso. Mareos, náuseas. Sudor.*)

TODOS: (*Algarabía... Ab-lip.*) ¡Se van a morir, se van a morir...!

PRUDENCIO: ¡Ridículas, ridículas!

VICTORIA: ¡Señor Rivera, señor Rivera! (*Apresurado, aparece el Sr. Rivera.*)

RIVERA: ¿Pero qué es lo que pasa?

VICTORIA: ¡Alcoholado, traiga alcoholado!

TODOS: ¡Alcoholado, alcoholado! (*El señor River sale disparado y regresa con el alcoholado.*)

EUFEMIA y PETRA: ¡Ay!

VICTORIA: (*Mientras les pasa alcoholado.*) ¡Santo, santo, santo! Ya, ya, ya. (*El señor Rivera le quita la botella a la Sra. Mirós y les da unos pases a las afligidas.*)

RIVERA: (*Mientras les tira alcoholado.*) ¡Oh... sana, sana, sana!

VICTORIA: (*Dándoles pases.*) ¡Santa, santa, santa!

PRUDENCIO: ¡Es que no puedo con tanta ridiculez. ¡Que me entierren, que alguien me entierre, coño!

PETRA: (*Calmándose.*) Gracias, gracias.

EUFEMIA: Gracias, gracias. Estamos bien, estamos bien.

VICTORIA: ¿De verdad?

EUFEMIA: Si, estamos bien, estamos bien.

PETRA: Fue la emoción, la emoción... (*Secretamente.*) La felicito doña Eufemia, a la verdad que esa escena nos quedó de maravilla. (*Se vuelve al difunto.*) ¡Ave María, pero que bien se ve!

PRUDENCIO: ¡Esas son cosas de maricones! Me han maquillado como si fuera una puta de la Parada Quince.

PETRA: ¡Qué buen mozo se ve! Y lo delgado que está. Yo creo que el Fattaché hizo maravillas por él. (*Llamándo-*

lo.) Mire, don Prude... sh... sh... Yo creo que ni los millones de "FEMA" lo levantan.

EUFEMIA: Métale el dedo.

PRUDENCIO: ¡A tu madre es a la le van a meter un dedo!

PETRA: ¡Mire, eso es antihigiénico! Definitivamente está muerto.

PRUDENCIO: ¡Señor, dame la oportunidad de poder sacar una mano y abofetearlas!

EUFENIA: (*En voz alta, para que todos la escuchen.*) Don Prudencio, le doy las gracias nuevamente, por la madera que nos fió y los clavos que nos regaló. Gracias por haberme clavado gratis. Cuando se construya la carretera de los hombres decentes, usted tendrá su avenida. Nunca lo olvidaremos.

PRUDENCIO: ¡Y que venir desde Utuado para hablar tanta basura!

PETRA: Oiga, Doña Eufemia, dicen que van a cremar al difunto.

EUFEMIA: Si lo pidió que se cumpla su última voluntad. Sentirá el roto más caliente de su vida.

IRIS: ¡Ay Prudencio, Prudencio!

RAMONCITO: Mamá, parece que la ex... ex asistente de papá lo admiraba mucho.

VICTORIA: (*A Ramoncito.*) A Prudencio lo quería todo el mundo por lo bueno que fue...

PRUDENCIO: Victoria, tú sabes lo que pasó. Déjate de embustes.

JUNIOR: Mamá, ¿tú estás convencida de que sacarás algo de todo esto?

IRIS: ¡Oh sí! Puedes estar completamente seguro.

JUNIOR: No tienes que ponerte con estas cosas. No necesito nada. Yo solamente quería verlo.

BEAUTY: (*A Victoria.*) ¡Uh! No sé, pero siento como unas vibraciones... como si se estuviese fraguando algo...

VICTORIA: Beauty, acuérdate del dicho: *"en guerra avisada no muere gente."*

EUFEMIA: Oiga, Doña Petra, ¿se dio cuenta que la que llegó acompañada de un niño como que sigue llorando?

PETRA: Yo creo que a esa le han dado más mordiscos que a un Whoper.

EUFEMIA: (*Sonrisita.*) Es que don Prudencio le regaló mucha madera... ¡y una estaca para aguantarla!

PRUDENCIO: (*Detrás de Eufemia.*) ¡Esta vieja es una cerda!

PETRA: (*En alta voz, para aparentar.*) ¡Que Dios lo acoja en su santo seno!

EUFEMIA: Será en su santo pecho porque Dios es hombre.

VICTORIA: Beauty, tenemos que rezarle a Prudencio.

BEAUTY: Cuando tú digas.

VICTORIA: La pena de esa mujer es rarísima. Voy a aclarar lo que está pasando aquí. (*Llega hasta Iris.*) Me duele mucho verla tan acongojada Iris. ¿Desea rezarle a ese santo varón para que tenga descanso eterno?

IRIS: ¡Varón y medio... se lo digo yo! Vamos. (*A Junior.*) Junior, acompáñame. Vamos, vamos, contrólate. (*Ya están junto al ataúd. La luz baja en las áreas de las sillas y un "especial" arropa el ataúd. Esta conversación es entre Victoria, Iris y Junior. El resto de los dolientes no pueden escuchar este diálogo.*)

JUNIOR: ¡No es fácil, mamá, no es fácil!

IRIS: Claro que no es fácil.

VICTORIA: Entonces... ¿Junior conocía a Prudencio?

IRIS: Usted como que no entiende. ¿Quiere que se lo proyecte en una pantalla o se lo ponga por escrito? Doña Victoria, estas son palabras con luz. (*Mira a Junior.*) Hijo, e ahí a tú padre. (*Al difunto.*) Prudencio, e ahí a tu hijo.

VICTORIA: ¡Explíqueme lo que está diciendo!

PRUDENCIO: ¡Iris, no seas así! Déjame descansar en paz.

IRIS: Yo nunca renuncié a mi trabajo.

Prudencio no quería que yo trabajara. Este joven es el hijo de su esposo. Más claro que eso no canta un gallo.

VICTORIA: Tú madre y yo vamos a tener una conversación privada. ¿Podrías volver a tu asiento?

JUNIOR: Sí señora. Con el permiso.

VICTORIA: (*Se vuelve al ataúd.*) ¡Prudencio, Prudencio, dime que esta mujer miente porque soy capaz de sacarte de la caja y aplastarte como a una cucaracha! (*Se vuelve a Iris.*) ¿Está segura que ese joven es hijo de Prudencio?

IRIS: Tan segura como que fui yo quien lo parió.

VICTORIA: (*Como escape y muy dramática, Victoria finge un asfixie. Se lleva las manos a la cabeza. Al pecho. Apenas puede pronunciar.*) ¡Prudencio! (*Vuelve la luz general. Se desmaya. Tremendo corre y corre. Todos se levantan a socorrer a Victoria. La cargan fuera del salón.*)

PRUDENCIO: (*A Iris.*) Estúpida, estúpida. ¡Eres una chota! (*A público.*) ¡Aquí se va a formar un tronco de peo! (*Toque de plena.*)

Telón.

Nota: (*Durante las funciones de esta producción doña Eufemia, doña Petra y el señor Rivera repartieron bocadillos y café entre el público.*)

Acto II:

Al otro día. Por la mañana.

(*Hace rato que el telón subió. La escena luce con unos personajes que, prácticamente están amanecidos. El folklore sigue en ascenso. Escucharemos una Plena, o unos cueros que arropan el lugar. Esta música viene de afuera. Prudencio está junto a su ataúd y marca unos pasitos del fogoso ritmo. Charlie y Stephanie Mirós marcan pasitos de la contagiosa música. Doña Petra y doña Eufemia se toman fotos junto al féretro, Ramoncito está casi dormido, sentado en una silla. Los senadores entran conversando. Doña Petra y Doña Eufemia han subido de repartir el café y se sientan. Ahora, la Plena disminuye y Prudencio, envuelto en una luz especial, le habla a los dolientes de la platea.*)

PRUDENCIO: Dijo el famoso escritor Oscar Wilde que *"cualquier hombre puede llegar a ser feliz con una mujer, con tal de que no la ame."* ¡Yo atesoré esas palabras! Fui feliz con todas porque jamás llegué amar a ninguna. Iris fue una de ellas. Pero con Iris se podía pasar toda una tarde hablando de las cosas sencillas que la vida ofrecía. Me escuchaba. Y este viejo se reía de todas sus ocurrencias. Me hacía sentir joven. De esa alegría nació Junior, quien me dio más regocijo que su propia madre. En cambio, Victoria se perdió en la altivez que daba el poder. (*Beauty entra soste-niendo a Victoria, quien es animada por los senadores. Doña Petra y doña Eufemia se mantienen despiertas. Victoria, emocionada, trágica, teatral, llega al centro de escena y se dirige a los dolientes.*)

VICTORIA: Amigos... Quiero darle las gracias por haberse quedado *"over night"* preocupados por mi estado de salud. Gracias. Estoy bien. Es que la emoción ha sido mucha. (*Señalando el ataúd.*) Ver a ese... a ese... altruista, incapacitado de no poder repartir, dividir la vida si era necesario, me parte el alma. ¡Y la conmoción que me ha causado

Stephanie con su distinguido marido, Charlie Towers... es mucho para un solo día. No se preocupen. Yo vengo de librar muchas batallas y para el beneficio de muchas (*Mirando a Iris.*) y penas de otras... ¡a mí no hay quien me mate! Cuando chiquita, en casa me apodaban Moriviví. El señor Rivera me dio unas pastillitas, "*rest in peace*", exclusivas de la funeraria, que me pusieron a dormir por cuatro horas... ¡y estoy nueva! (*Molesta por la música de afuera.*) Con el permiso. Señor Rivera...

SR. RIVERA: (*Entrando apresuradamente.*) ¡Sí señora!

VICTORIA: En el estacionamiento de la funeraria hay un baile de bomba y plena. Sería tan amable de explicarme.

SR. RIVERA: Es la delegación del Instituto de Cultura Puertorriqueña. También llegó la representación de Ponce. A la verdad que su alcalde, el señor Churumba Cordero, se ha botado con unos vejigantes... bellísimos.

VICTORIA: Déle las más expresivas gracias al señor Cordero. Dígale que estamos muy agradecidos por las condolencias tan patrióticas.

RIVERA: Enseguida. (*Sale. La música desaparece lenta. Iris se mantiene en una actitud sufrida pero determinada. De vez en cuando le da apoyo a Junior, quien continúa tristísimo. Iris no le quita los ojos de encima a Victoria, como recordándole que está ahí, esperando resolver su propósito. Se abre la puerta y aparece el señor alcalde.*)

ALCALDE: Buenas días para todos. (*El señor intendente es un hombre fornido. De aspecto agradable, pueblerino y hablar resonante. Muy consciente de su personalidad y su apodo. Es muy sincero en su peculiar modo de hablar. Cualquier palabra "fina" que utilice la coloriza, con el propósito de aparentar intelectualidad.*)

PETRA: ¡Doña Eufemia, llegó El Amolao!

EUFEMIA: ¡Ave María, pero que grande y guapo es!

PRUDENCIO: (*Por el señor alcalde.*) ¡Ay Padre Santo, yo sé que hice unas cuantas cosas malas, pero no fueron tan grandes como para que me castigaras con El Amolao!

VICTORIA: Buenas noches.

ALCALDE: Señora Mirós y Mirós...

VICTORIA: Señor alcalde.

ALCALDE: A nombre del municipio de Cataño el cual que me honro en dirigir... a nombre de Cristóbal Colón... a nombre de La Niña, La Pinta y La Santa María; le damos los más sentidos pésames por la irreparable perdida del patriota y amigo Prudencio. La acompaño en su pena.

VICTORIA: Gracias.

ALCALDE: Prudencio fue un gran héroe. ¡Qué tronco de filántropo! ¡La filantropía se le salía hasta por los poros!

VICTORIA: Así fue.

ALCALDE: Después del temporal pasó por la alcaldía a saludarme y tuvo un desbordamiento de bondad. Se paró en el balcón y gritó: "*Se nos acabó la madera. Y el concreto también. Pero le puedo dar chino a todo el que necesite hacer un camino.*"

VICTORIA: Sí. Prudencio era capaz de eso.

ALCALDE: Lo que no me explico es su ligera partida. Porque si algo distinguió a Prudencio fue que a todas horas luchaba por ella.

VICTORIA: ¡Y luchó por más de una, se lo aseguro!

ALCALDE: Tengo entendido que pidió que lo cremaran.

VICTORIA: Sí. Pero es en lo único que no puedo complacerle. Quiero que la tierra lo reciba. ¡Que se confundan! Que se nutra con su sabiduría.

ALCALDE: (*Se refiere a la cabeza de la*

estatua de Cristóbal Colón, pero debe tener connotación sexual.) Antes de presentarle mis respetos al amigo Prudencio, quiero invitarla a mi pueblo para enseñarle la *cabeza*.

PRUDENCIO: ¡Toño, como te propases con mi mujer te clavo a ti también!

VICTORIA: Muchas gracias.

ALCALDE: ¡Va a quedar loca!

VICTORIA: Me lo imagino. Hace tiempo que no veo una gran... estatua.

ALCALDE: (*Insinuándosele.*) Cuando quiera entretenerse o... educarse con algo diferente, simplemente... "yámeme". Permítame. (*Mutis hacia el difunto.*)

VICTORIA: Adelante. (*El alcalde llega hasta el féretro. Contempla el cadáver. Victoria estará al otro lado del ataúd.*)

ALCALDE: (*Lloroso.*) Prudencio... Prudencio. Lamento que te hayas ido tan temprano. ¡Espero que me estés escuchando desde la gloria, que es el único sitio donde puedes estar!

PRUDENCIO: ¡En el carajo es donde me encuentro!

ALCALDE: Prudencio, ¡lo primero que Colón me mandó fue la cabeza! Y tengo al partido y a todo el pueblo en contra que se levante su estatua en Cataño. Ignorantes. Te aseguro que su hazaña de descubrir un nuevo continente será honrado y pondré su estatua aunque sea en las ventas del carajo y será orgullo para nuestra patria.

PRUDENCIO: ¡Castígame Dios mío, castígame!

ALCALDE: ¿Por qué te fuiste sin vérsela?

PRUDENCIO: ¡Mira Toño, a mí que me acusen de todo menos de quererle verle cabeza a Colón.

ALCALDE: ¿Sabes una cosa, Prude? ¡Fui el primero en sentarme en ella!

PRUDENCIO: ¡Ten cuidado Toño, que la cabeza es como treinta veces más grande que tú!

ALCALDE: ¿Por qué te has ido, hermano mío, dejando esta familia en la pobreza?

PRUDENCIO: Le he dejado unos cuantos millones que, con toda seguridad, le quitaran las penas. ¡Debí jugármelos y bebérmelos con todas las mujeres del mundo!

ALCALDE: Prudencio, a nombre del partido, a nombre de todos los puertorriqueños y gracias a los rusos, (*La estatua fue creada en Rusia.*) te juro que voy a poner esta isla en el mapa. Doña Victoria, estaré con usted hasta el último momento.

VICTORIA: Gracias por estar con nosotros. (*Y se retira hacia Beauty.*)

ALCALDE: (*Llegando hasta los senadores.*) Buenas noches, compañeros.

SÁNCHEZ: Siéntate Toño, siéntate que, con el asunto de la cabeza de Colón, debes tener un dolor terrible.

ALCALDE: ¡Salúdame a tu madre!

SÁNCHEZ: (*En broma.*) ¡Salúdame a la tuya también!

GARCÍA: Gracias por estar aquí con nosotros. ¡Qué pena la partida de Prudencio, verdad!

ALCALDE: ¡Irreparable! ¡Se me fue ese miembro sin avisarme!

GARCÍA: (*Sorprendido.*) ¿Qué *miembro* se te fue, Toño?

ALCALDE: ¡Prudencio, chico! El partido ha perdido uno de sus mejores militantes.

SÁNCHEZ: Adio'cará. ¿Y quién dijo que Prudencio era del Partido Nuevo Progresista?

GARCÍA: ¿Y quién dijo que era Popular?

SÁNCHEZ: ¡Era Popular de clavo pasao! Uno de nuestros mayores donantes. Prudencio siempre fue dadivoso con el partido. Contribuía con todas las campañas y eso lo sabía todo el mundo.

GARCÍA: Ustedes los Populares son unos charlatanes. ¿De dónde te sacas eso? ¡Era PNP!

SÁNCHEZ: ¡Era Popular!

PRUDENCIO: A decir verdad, yo nunca pertenecí a ningún partido. Le daba a unos y otros para quitármelos de encima.

PETRA: Con el permiso, doña Victoria, el gobernador, ¿va a venir?

VICTORIA: Llegará en "jetski", pero llegará.

PETRA: Gracias. (*Y se retira.*)

IRIS: ¡Ay Prudencio, Prudencio...

VICTORIA: (*Apunta hacia Iris.*) Beauty, aquí hay un dilema que todavía no se ha resuelto. Mientras hablo con esa mujer, prepárate para los rezos. (*Llega hasta el ataúd.*) Amigos, llegó el momento de rezarle... (*Y señala al difunto.*) a ese hijo de... su gran mamá. La cual, con toda seguridad lo estará esperando en el cielo...(*Para ella.*) Creo que se quedará esperándolo... Recemos todos, para que su alma se eleve, y se eleve, pase de la gloria y desaparezca en el... infinito. Estos rezos estarán a cargo de una íntima amiga de la familia, la señora Beauty Defilló, magna líder cívica y ponceña, la cual canceló sus merecidas vacaciones a Alaska para acompañarnos. Por favor Beauty...

BEAUTY: (*Pasándole por el lado. Secreto.*) Si me necesitas me llamas...

VICTORIA: (*Por Iris.*) A ésta yo me la despacho en un abrir y cerrar de ojos.

BEAUTY: (*Posada.*) Amigos, vamos todos a rezar por el eterno descanso de nuestro amigo Prudencio. Ruego me acompañen. Tres padres nuestros, *please.* "Padre nuestro que estas en los cielos...

VICTORIA: Beauty, se comienza así, "Por la señal de la santa cruz..."

BEAUTY: (*Recordando.*) ¡Ah! (*Persignándose. Imita a Victoria.*) "Por la señal de la señal de la santa cruz, líbranos Señor... (*Los rezos a continuación no son los rosarios exactos que se harían en una ceremonia de este tipo, porque son*

larguísimos. Los próximos, son una licencia de tiempo teatral que toma el autor. A todos.) Ahora es que vamos para el Padre Nuestro.

BEAUTY y CORO:

**"Padre nuestro, que estás en los cielos,
Santificado sea tu nombre.
Venga a nosotros tu reino.
Hágase Tu voluntad
aquí en la tierra como en el cielo.**

BEAUTY: (*Beauty debe lograr que el público rece con ell*a.) Por favor, quiero escucharlos a todos. Vamos.

**"El pan nuestro de cada día dánoslo hoy.
Perdona nuestras deudas,
así como nosotros perdonamos a nuestros deudores.
Y no nos deje caer en la tentación.
Más líbranos de todo mal.
Amen."**

BEAUTY: Por favor, no los he escuchado...

PÚBLICO: "Padre nuestro, que estás en los cielos Santificado sea tu nombre... (*Continúan. El próximo dialogo es privado.*)

VICTORIA: (*A Iris.*) Tengo que hablar con usted lo antes posible...

IRIS: A eso vine.

VICTORIA: (*Se vuelve a Junior.*) Te ves muy apesadumbrado.

JUNIOR: ¡Imagínese! Para mí es muy difícil estar aquí.

VICTORIA: Lo sé. Para ti sí.

VICTORIA: (*Mirando hacia el féretro.*) ¿Lo querías mucho?

JUNIOR: (*A lágrima viva.*) ¡Sí!

PRUDENCIO: ¡Lo siento, Junior, lo siento!

JUNIOR: Era la alegría de mi casa. Acostumbraba a pasarme la mano por el pelo... y no necesitaba decirme que me quería. Lamento el momento que le hemos hecho pasar.

VICTORIA: No te preocupes. Excúsame. Déjame hablar a solas con tu mamá.

JUNIOR: Sí.

VICTORIA: (*Entra donde se encuentre el Coro... Dando cara a los afligidos.*) "El pan nuestro de cada día dánoslo hoy. Y perdona nuestras deudas, así como nosotros..." Acompáñeme.

LAS DOS: (*Mientras se retiran a hablar, cabizbajas, manos entrelazadas y sufridas. Se han apartado al lado izquierdo, primer término. Junior se queda junto al ataúd.*) "No nos dejes caer en tentación, mas líbranos de todo mal..."

PRUDENCIO: Es que Iris no tiene necesidad de ponerse con esas cosas... Nada le falta. Le dejé suficiente dinero. (*Las próximas escenas se van en "especiales" de luz. Eso quiere decir que baja la luz en todo el lugar y sube en las sillas sobre Doña Eufemia y doña Petra.*)

PETRA: Oiga, doña Eufemia, ¿cuánta familia tiene el difunto?

EUFEMIA: (*Chismeando.*) Que el sagrado corazón de Jesús me perdone, si es que calumnio, pero dicen que, en cada montaña de Utuado, tiene un muchacho.

PETRA: Pues parece que hay reunión de viudas... Óigame, se dice y no se cree.

EUFENIA: A mí me pareció siempre un caballero, pero no se puede confiar en nadie. Pero lo visto era un "cuermicida".

PETRA: Del agua mansa me libre Dios que de la brava...

PRUDENCIO: ...te libre tu madre! ¡Bochincheras! (*Se va la luz en Doña Eufemia y Doña Petra y sube al lado izquierdo, donde se encuentren Victoria e Iris. Por supuesto, esta escena nadie debe escucharla.*)

VICTORIA: Pero usted hace las cosas muy simples, Iris. Yo no tengo por qué dudar que ese hijo sea de usted. Pero... ¿está segura de que es de mi marido?

IRIS: ¡Yo soy una mujer honrada!

VICTORIA: ¿Sí? Pues brincó, muy fácil, del escritorio a la cama del jefe. (*Se va la luz de Victoria e Iris y cae sobre Stephanie, Ramoncito y Charlie.*)

STEPHANIE: Ramón, ¿tú has hablado con mamá?

RAMONCITO: ¿Sobre?

STEPHANIE: El testamento.

RAMONCITO: (*Se da un traguito.*) ¿Cual testamento?

STEPHANIE: Sobre los bienes que dejó papá.

CHARLIE: Stephan, no debes preocuparte sobre la herencia. Con lo que yo tengo, podemos vivir muy cómodamente.

STEPHANIE: ¡Charlie, yo estoy acostumbrada a tener todo lo que quiero!

CHARLIE: ¡Pues ponte a rezarle y agradecerle todas las cosas que te dio!

STEPHANIE: ¿Sabes cuál fue su mayor legado? La incertidumbre. ¡Soy una fracasada! No sé hacer nada. ¡Gastar dinero es lo único que sé! Mira a Ramoncito. Escondido detrás una botella de ron. ¡Otra víctima de papá! Pregúntale a mi hermano si papá le dijo un día que lo quería.

PRUDENCIO: (*Junto ellos.*) ¡Se los dije con hechos, no con palabras! Ramoncito, Stephan, ¿cuantas veces se fueron detrás de un mostrador a ganarse la comida, el techo y la educación que les di?

RAMONCITO: Stephanie, dile al negrito que trajiste de Boston que no tiene derecho a opinar de nada.

CHARLIE: ¡Stephan, dile a la letrina de tu hermano que cierre la boca! No aguanto a esta familia coño. ¡Yo me quiero ir para Boston!

CORO: "Santa María Madre de Dios ruega por nosotros los pecadores..." (*Se va la luz de Stephanie, Ramoncito y Charlie y vuelve sobre Victoria e Iris.*)

VICTORIA: Bueno Iris, vamos al grano. ¿Cuál propósito la trajo aquí?

IRIS: Que Junior viera a su padre por

última vez. Es un derecho que no le puedo negar. En cuanto a mí, no se preocupe. Mi pena es infinita.

VICTORIA: ¿Y usted piensa que me preocupa?

IRIS: Puede que no le preocupe de momento. Pero cuando la llamen del bufete González y Febus comenzará a estarlo. Prudencio reconoció a Junior ante Dios y las leyes. Es tan hijo de Prude como de Ramón y Stephanie.

VICTORIA: Iris, ¿De quién es la casa donde ustedes viven?

IRIS: Nuestra.

VICTORIA: Prudencio se la regaló, ¿verdad?

IRIS: Eso es así.

VICTORIA: ¿Y... usted trabaja?

IRIS: No. Prudencio no quería que lo hiciera.

VICTORIA: ¿Entonces la mantenía?

IRIS: ¡Por supuesto que me mantenía! ¡Pero tengo ahorros!

VICTORIA: ¡Pero usted está buscando dinero!

IRIS: ¡Ni un sólo centavo para mí, y eso lo sabe Dios! Pero a Junior, le pertenece parte de la herencia de su padre.

VICTORIA: Entonces, mientras yo estaba en mi casa, protagonizando el papel de Señora, usted tenía...

IRIS: ...actuación especial como La otra. (*Se va la luz y ahora vuelve a caer sobre Doña Eufemia y Doña Petra.*)

EUFEMIA: Oiga... Doña Petra. Todavía las coronas no se han marchitado y ya están peleándose por el dinero...

PETRA: ¡Que barbaridad! Esas cosas son más privadas que cagar. (*Rápido. Pega una línea sobre la otra.*) "Santa María, Madre de Dios...

BEAUTY: Por favor. Ahora el Credo. ¡Dos veces, *please!*

CORO:
Creo en Dios padre,
Todo poderoso
Creador del cielo y de la tierra.

Creo en Jesucristo, su único hijo
que fue concebido por obra y gracia del
Espíritu Santo.

(*Se continúa por lo bajo.*)

SÁNCHEZ: (*Especial en los senadores y el alcalde.*) Ustedes están asimilados hasta el tuétano. Si mantenemos el idioma, impedimos la asimilación, que es una muralla entre la identidad y la desintegración.

GARCIA: ¿Y quién le dijo a usted que vamos a dejar de hablar español? Los buenos puertorriqueños velamos por la identidad.

SÁNCHEZ: ¿Y los malos?

ALCALDE: Cuando mi gente me eligió como alcalde me encontré con un pueblo lleno de toxinas venenosas que contaminaban el aire. Cuando esos tóxicos malolientes se enfrenten con el Almirante, del susto, se le meterán a Sila debajo del escritorio. Entonces estaremos invadidos por millones de turistas. ¡La estatua de la liberta va a ser una niña de teta al lado de la de Colón!

IRIS: (*La luz vuelve sobre Iris y Victoria.*) Procese toda esa data que le he dado. Tome las cosas con calma... Total, cien o doscientos mil dólares que le toquen a Junior no la van ha hacer más rica ni menos pobre.

VICTORIA: Iris, ¿usted sabe de qué murió su... marido?

PRUDENCIO: ¡Cállate Victoria, cállate! Deja que Iris tenga un buen recuerdo mío.

IRIS: Bueno, me imagino que de muerte natural, porque Prude ya estaba casi, casi en los ochenta. Como le dije, lo que me interesa es el dinero para el futuro de mi hijo.

VICTORIA: Yo lo que no entiendo es por qué Prudencio, teniéndole casa, dejó su cartera y otras pertenencias en una cabaña de la carretera de Caguas.

IRIS: ¿En una cabaña? Explíquese. Las

noticias dicen que murió en sus manos.

VICTORIA: Eso es verdad. Pero su última acostada fue con usted en un asqueroso motelucho de Caguas.

IRIS: ¡Usted está loca!

VICTORIA: ¡Pero estoy en tratamiento!

IRIS: (*Mintiendo.*) ¿Conmigo? Esos lugares están fuera del área metropolitana. Son muy privados. Segurísimos. Tienen televisores, jacuzzi y todo lo que se necesite. Pero yo, jamás, ¡en mi vida fui a un motel con Prudencio!

VICTORIA: ¡Me sorprende, pero qué mucho sabe de moteles. Iris, por favor, que ya somos grandecitas y estamos frente al muerto.

IRIS: Espérese, espérese. ¿Usted me dice que una cartera de Prudencio fue encontrada en un motel? ¿Y cómo la consiguió?

VICTORIA: Pasó horas tirado en el baño hasta que los empleados del motel, preocupados por la tardanza del cliente, abrieron la puerta y lo encontraron. Como Prudencio cargaba con su cartera y tenía identificaciones con su número de teléfono los empleados me llamaron y ésta servidora corrió al repugnante recinto. ¡Qué humillante! Una dama de mi clase entrando a un motel para socorrer a su marido. Entonces lo llevé a nuestra casa y aparenté que, en su hogar, había recibido un ataque masivo al corazón. Si gusta, puedo darle el número de teléfono del motel, los nombres de los empleados y de nuestro médico de cabecera quien certificó su muerte. ¿Se da cuenta cómo el noventa y nueve por ciento de las cosas se compran con dinero?

IRIS: ¡Le juro, por la salud de mi hijo, que yo no estaba con Prudencio en un motel!

PRUDENCIO: Iris, tanto me acosó la recepcionista del cuadro telefónico de Utuado que me la tuve que llevar... por segunda vez. Esa mujer era como un fuego. ¡Comía, comía y comía!

IRIS: ¡Que infamia! ¡Me la estaba "pegando"!

VICTORIA: Nos... nos la estaba "pegando".

IRIS: ¿Entonces murió de un polvo sabrá Dios con qué cuero!

VICTORIA: Prudencio siempre dijo: "*Del polvo venimos y hacia el polvo vamos*". ¡Y antes de irnos para la corte le suplico, se quede en esta gran farsa que es la funeraria que le aseguro, tendrá un final espectacular!

CORO: ¡Amen! (*Luz general. Iris vuelve a las sillas y Victoria llega hasta Junior.*)

VICTORIA: Junior, yo soy una mujer de muchos defectos y pocas virtudes. Si tú eres hijo de Prudencio Mirós y Mirós, no te preocupes, tendrás tu recompensa. Ya puedes sentarte junto a tu madre.

JUNIOR: Gracias.

BEAUTY: Por favor, amigos, ahora el Ave María.

BEAUTY y CORO:

Dios te salve María.
Llena eres de gracia...
El Señor es contigo.
Bendita tú eres...

RAMONCITO: (*Llegando hasta Victoria.*) ¿Te pasa algo, mamá?

VICTORIA: Antes de partir hacia el campo santo, quiero que sepas que tu padre me las pegaba en motelillos de mala muerte.

STEPHANIE: Dale gracias a Dios mamá, a la primera dama se la pegaron en la Casa Blanca.

VICTORIA: ¡Beauty, por favor, continúa con los rezos!

BEAUTY: Por favor, hermanos, continuemos con los rezos para que el alma de nuestro hermano se eleve hasta el infinito. (*Perdida.*) Creo que ahora viene el Credo. (*Iluminada.*) ¡Sí! El Credo, *please.*

PRUDENCIO: Sí. ¡Recen mucho, y con fuerza, que estoy loco por irme!

CORO:

**Creo en Dios Padre,
Todo poderoso.
Creador del cielo y de la tierra.
Creo en Jesucristo, su único hijo,
que fue concebido por obra y gracia del
Espíritu Santo.**

VICTORIA: (*Llega al féretro. En baja voz.*) Prudencio, como soy una gran dama no me queda más remedio que darte cristiana sepultura. ¡De lo contrario te hubiese llevado a la plaza de Utuado y te hubiese dejado a la intemperie para que los perros te devoraran.

PRUDENCIO: ¡Victoria, no me faltes el respeto!

VICTORIA: Es una pena que no te hayas muerto en pleno huracán. ¡Te hubiese enterrado sin el Padre Nuestro!

CORO: ¡Y vendrá a juzgar a los vivos y a los muertos!

VICTORIA: (*Dramática.*) ¿Escuchaste Prudencio? ¡Vendrá a juzgar a los vivos y a los muertos!

CORO: ¡La resurrección de la carne y la vida perdurable!

VICTORIA: (*En alta voz, olvidando a los presentes.*) ¡Perdurables son tus cuernos!

CORO: (*Por el comentario de Victoria.*) ¡Amén!

VICTORIA: (*Disimulando, para que todos la escuchen. Trágica.*) ¡Ay Prudencio, cómo te voy a extrañar!

IRIS: ¡Ay Prudencio, Prudencio!

PRUDENCIO: Esto no hay quien lo aguante. ¡Déjenme ir, coño!

GARCÍA: Creo que a la viuda se le van a quitar los dolores cuando le lleguen los millones. Sánchez, ¿con cuál te quedarías?

SÁNCHEZ: ¡Con la que tenga más chavos!

PRUDENCIO: Victoria, tú fuiste una amantísima esposa, pero caramba, yo no podía evitarlo. ¡Me fascinaban, me enloquecían las mujeres!

BEAUTY: Por favor, vamos al "Gloria". (*Instándolos*) ¡Al Gloria, *please*!

**Gloria al Padre.
Gloria al Hijo.
Gloria al Espíritu Santo.**

CORO:

**Gloria al Padre.
Gloria al Hijo.
Gloria al Espíritu Santo.**

VICTORIA: ¡De tal palo tal astilla! ¡Fuiste como tu madre, que se la pegó a tu padre, con su mejor amigo!

CORO: (*Admirativos.*) ¡Amén!

VICTORIA: (*En alta voz, para que todos la escuchen.*) ¡Ay Prudencio, Prudencio, qué pena tengo en el alma!

RIVERA: (*Entrando.*) Señora Mirós y Mirós...

VICTORIA: ¿Ah? Perdone, no lo escuché. Estaba concentrada rogando por el descanso eterno de mi adorado marido. Señor Rivera, ¿usted preparó al difunto?

RIVERA: Sí señora. (*Sexual.*) ¡Era... talentosísimo!

VICTORIA: ¿Existe alguna posibilidad, aunque sea remota, de que esto sea un mero ataque de catalepsia?

RIVERA: Señora Mirós, antes de meterle la manguera, repleta de formalina, y el jarabe "*Tutancamón Plus*", le dije los verbos mágicos: *levántate y anda*. Y no dijo ni pío.

VICTORIA: Entonces... ¿es la hora?

RIVERA: (*Solemne. Lloroso.*) Sí. Ya mi esposa y mis hijos, (*recordándole*) tengo tres, llamaron al cementerio y la fosa está lista. (*En baja voz.*) En estos casos, se pronuncian unas breves palabra y suplicamos, para evitar tristes despedidas, que la familia abandone el salón y espere afuera. Mis empleados se encargaran del resto. Yo me encargaré de cerrar el ataúd.

VICTORIA: (*Para ella.*) ¡Ese gusto me lo doy yo! No se preocupe, señor Rivera. Este corazón tiene que seguir soportando la pena. (*A público.*) Amigos... (*A los que están en escena.*) Hermanos... De pie. (*Los que están en escena dan paso adelante.*) Llegó el momento de darle cristiana sepultura a quien fuera mi amantísimo marido... descanse en paz... (*Para ella, entre dientes...*) Si puede. Pero antes, tendremos unas breves palabras de consuelo de parte de nuestras amistades más allegadas... Por favor Beauty...

BEAUTY: Hola. Estas cosas siempre me ponen un poco nerviosa, pero bueno, yo mejor le daría un consejo a mi amiga Victoria porque, el difunto ya descansa con nuestro Señor. Amiga Victoria: has lo posible por salir de este momento tan y tan y tan doloroso. ¡Gratifícate! Te recomiendo te compres unas esmeraldas y unos brillantes, siempre haciendo juego, "of course". Así la pena dolerá menos... (*Iluminándose.*) ¡Vente conmigo a Alaska de vacaciones!

VICTORIA: (*Recordándole.*) Sobre el difunto, Beauty. Sobre el difunto...

BEAUTY: ¿Sobre el difunto? Pues... que descanse en paz.

VICTORIA: Señor alcalde... senadores, por favor... (*El alcalde y los senadores toman centro de escena y rodean el ataúd. Especial de luz.*)

ALCALDE: Amigos... ¡Ese es un muerto progresista! (*A público.*) Tengo varias preocupaciones que me sacuden el alma. Busco respuestas y no las encuentro. Ante este momento tan doloroso no tengo contestación a... ¿por qué puertorriqueños no pueden hacer fila? ¿Por qué estacionan en las líneas amarillas? ¿Por qué no dejan libre las intersecciones, por qué cuando hay un choque se tienen que parar a averiguar formando los malditos tapones, por qué tocan bocina bajo el puente de Minillas y por qué comentan las películas en voz alta en los cines?

SÁNCHEZ: Todo eso lo causa las aspiraciones por la estadidad.

ALCALDE: ¡Tú eres un charlatán! (*Apunta hacia el difunto.*) Pero vamos a lo más importante de la noche: nuevamente Puerto Rico hace historia. "Voy a darles un "*briefing*". (*Vuelve a montarse en tribuna.*) Gracias a mi volumen creativo mi humilde, pero caluroso pueblo, ha rehecho la historia. Cristóbal Colón llegó a Puerto Rico, esta vez desde Rusia, vía Miami, trayendo la prosperidad para mi poblado.

VICTORIA: Del difunto señor alcalde, del difunto.

ALCALDE: ¿Sobre el difunto? Ah. ¡Que descanse en paz!

GARCÍA: Compatriotas... Nuestro queridísimo amigo Prudencio es más feliz que todos nosotros. Se los aseguro. Estoy convencido que cruzó azules nubes. El infinito azul. Y llegó a azules aguas donde nuestro Señor, vestido con túnicas azules, lo estará abrazando.

PRUDENCIO: Mira, Charlie, deja la vaina esa. Cristo es apolítico.

GARCIA: ¡La minoría no tiene voz ni voto en este entierro!

SÁNCHEZ: García, ¿sabes lo que quiere decir F.E.M.A? ¡Familias Enteras Mal Atendidas!

VICTORIA: Por favor, senadores, sobre el difunto.

GARCÍA: Pues que descanse en paz.

RIVERA: (*Llegando hasta doña Victoria. En voz baja.*) ¡Déle doña Victoria, déle, que si no le echamos sal al muerto se nos pudre y tengo la funeraria llena!

VICTORIA: (*Llamando. Sufrida.*) Ramoncito... Stephanie... Ofrezcan las últimas palabras a su santo padre.

STEPHANIE: (*En histérico llanto.*) ¡Ay papá, ay papá! ¡Que buen proveedor fuiste! ¡Descansa en paz por los siglos de los siglos... y siglos y siglos...

RAMONCITO: ¡Yo no puedo verlo, no puedo verlo! (*Se da un trago.*)

VICTORIA: Adelante Señora Marrero. (*Junior e Iris llegan al lado de Victoria*) Estoy segura que ustedes querrán compartir este momento.

IRIS: (*Masticando las palabras.*) Usted no tiene la menor idea. ¡Qué puerco fuiste! (*Hay un conglomerado, en forma de media luna, alrededor del ataúd. Fingidos rostros. La escena adquiere un color hipócrita. Nadie se mueve.*)

VICTORIA: ¡La última mirada! (*Quien hable, sólo tiene movimientos faciales. Lo que continua es el pensamiento de los afligidos.*)

EUFEMIA: ¡Yo estoy loca por que esto termine! Me duelen los pies.

PETRA: ¡Tengo que aguantarme esto hasta el final! Si me quedo, a lo mejor me aumentan el sueldo.

RIVERA: Este muerto me ha dejado varios miles. Espero que este mes me llegue otro bien *cachendoso*.

BEAUTY: Yo no sé por qué Victoria sufre tanto. Hay que gratificarse depués de la pena. Mi mejor terapia consistió en alargar la vida... para disfrutar de los miles que mi marido me dejó.

IRIS: (*Un paso hacia el ataúd.*) ¡Perro, ojala te achicharres en la las ventas del infierno!

JUNIOR: (*Desgarrado.*) La verdadera muerte consiste del olvido. ¡Tú estarás para siempre vivo en mi corazón!

ALCALDE: A la verdad que la viuda es una potranca. Pasaré por su casa a consolarla de vez en cuando.

STEPHANIE: Gracias por todo lo que me diste. En Boston, continuaré gastando tanto como lo hice aquí.

CHARLIE: ¡Cristo, en qué familia me he metido! ¡Yo me quiero ir para Boston!

RAMONCITO: (*Ebrio*) Mañana, a primera hora, le diré a mamá que lo venda todo. (*La luz hipócrita desaparece.*)

RIVERA: (*A doña Victoria, en voz baja.*) ¡Déle doña Victoria, que nos cierran el cementerio!

PRUDENCIO: ¡Una de las cien mil vírgenes que venga y me saque de aquí!

VICTORIA: (*Tristísima.*) Quiero darles a todos las más expresivas gracias por la asistencia en este momento tan doloroso. En especial a la señora Marrero que, al final del camino me trajo un poco de luz. Este es el momento más desgarrador de mi vida. Si algo me distinguió fue superarme cada día como madre, y ser la más amorosa de las esposas. Lamento que Prudencio ya no esté entre nosotros para que de fe de que siempre le obedecí como fiel esposa. (*Gozosa. Vengativa.*) Y como tal voy a cumplir con sus últimos deseos...

RIVERA: ¿Lo enterramos?

VICTORIA: ¡No! La decisión es firme e irrevocable: (*Pone su mano sobre la tapa del ataúd. Fulminante.*) ¡Que quemen a ese hijo de la gran puta! ¡¡Que lo quemen, que lo quemen!! (*Violenta cierra la tapa del ataúd y sale.*)

Cortante baja el **Telón**.
26 de enero de 1999- 12:12 P.M.

Velorio boricua. **Reparto:** Miguel Arroyo, Yamaris Latorre, Ofelia Dacosta, Noelia Crespo, José Brocco, Joaquín Jarque, Glenn Zayas, Ángel Domenech, Jaime Bello, Alba Raquel Barros, Linnette Torres y Juan González-Bonilla.

Hoy se casa mi amante

(Comedia de lo que pasó)

Al amigo René, que camina junto a Cristo decorando el universo.

(**Hoy se casa mi amante**, *fue estrenada el jueves 3 de febrero, de 2000, en el Centro de Bellas Artes, San Juan, Puerto Rico, dando inicio al 41er. Festival de Teatro Puertorriqueño del Instituto de Cultura Puertorriqueña, que fue dedicado a Joseph Amato y a Juan González-Bonilla. Fue producida por Joseph Amato para la compañía teatral Producciones Candilejas. Luego fue representada en el Teatro la Perla, de la Ciudad de Ponce. Fue estrenada con el siguiente reparto y ficha técnica.*)
(Library of the Congress ISBN Pau 2-663-072 November 30/2001
ISBN Pau 2-600-849 15 de Junio de 2001)

(Personajes: en orden de intervención:)
RENÉ: Jimmy Navarro
JAVIER: Gustavo Rodríguez
EUGENIO: Albert Rodríguez
MARTA: Marian Pabón
TUTI: Yamaris Latorre
PEDRO PETER: Juan González-Bonilla
Doña ALICIA: Elia Enid Cadilla
JUEZ: Jaime Bello
MOZO: Javier De Jesús
VIOLETA: Raquel Montero
RAMONITA: Ofelia Dacosta
GUSTAVO: Roberto Ramos-Perea
SRA. FLECHA: Amalia Cruz

Dirección:
Ileana Rivera Santa

Producción General:
Joseph Amato

Asistente del Director y Regidor de Escena: Joseph Aguayo
Diseño del decorado: Félix Juan Torres
Diseño de luces: Ligia Rolón
Coordinación del vestuario: Joseph Amato
Utilería: Jorge Freytes
Utileras: Neyda Lee Vidal, Suannette Vidal
Concepto publicitario: Joseph Amato
Publicidad   Juan González-Bonilla

Escenografía:

(Al lado derecho del actor tendremos el apartamento de Javier, pero solo veremos una pequeña sala, que es acogedora, ecléctica en mobiliario y decorada con buen gusto. Al lado izquierdo tendremos el apartamento de René, con decoración moderna y consta de dos niveles pero solamente veremos el primero. Ambos apartamentos nos habla de sus propietarios.)

Nota: *(Javier está en los treinta y algo. Es un tipo formal. Con pinta de galán, en excelente estado físico y, sobre todo, muy masculino. René es tan guapo como Javier, pero retozón. Las dos personalidades distan mucho una de la otra. René pronuncia Mama, por Mamá. Sin acento. Y llama a Javier Papa, de cariño, sin acento. El actor Pedro Peter utiliza, casi constantemente, la muletilla "vida mía" porque, aunque de un ego sin límites, que podría aparentar arrogancia, en esencia es un hombre agradable y simpatiquísimo.*

Un domingo. Como a las diez y treinta de la mañana en el apartamento de Javier quien, muy concentrado, está cuadrando una chequera. René es decorador y está preparando una rama de árbol para su próxima vitrina.)

RENÉ: *(Observa el arreglo.)* A la verdad que hay que ser maricón para tener tan buen gusto. *(Pensando en alta voz.)* Entonces, con un fondo negro y la rama, cruzando todo el espacio, y los trajes, haciendo contrapunto entre las ramas, tendremos una vitrina espectacular. ¡René, eres un genio! ¿Qué te parece?

JAVIER: *(Sin mucha atención.)* Está quedándote bastante bien.

RENÉ: ¿Bastante bien? Esto es una obra de arte. Voy a cobrarle a ése cliente... setecientos dólares por el concepto, diseño y materiales. ¿Sabes como voy a llamarlo? *(Javier continúa concentrado cuadrando la chequera.)* ¡Javier, Javier!

JAVIER: ¿Sí?

RENÉ: ¿Sabes el nombre que le daré a mi creación?

JAVIER: Estoy seguro que no podré trabajar en paz hasta que me lo digas, así que…

RENÉ: ¡Primavera Radiante! *(Vuelve a la rama.)* Se me acabó la pega. Dame un tubito nuevo.

JAVIER: Toma. Y ahora déjame terminar, esto es importante.

RENÉ: *(Luego de pegar nuevas hojas.)* Fabuloso. Dios mío, ¿por qué me diste tanto talento? ¡Qué belleza! *(Directo a Javier.)* Entérate que, por más rica que sea la ropa, si no tiene un exquisito arreglo de vitrina, no luce. El decorador es determinante para enaltecer el producto que se quiere vender. *(Luego de contemplar la rama.)* Pero, ¿no te parece genial?

JAVIER: Estoy cuadrándote la chequera.

RENÉ: Lo sé. Lo sé.

JAVIER: Pues déjame concentrarme.

RENÉ: Hágalo, señor. Hágalo. *(Vuelve a la rama.)* Ahora lo que me falta es un nido. ¿Dónde habrá un nido, ah? *(Buscándolo en una caja.)* Por aquí hay un nido... estoy seguro que tengo un nido… Claro, tengo un nido de amor con el caballero que está ahí cuadrándome la chequera pero ése no es el nido. Estoy buscando otro nido para poner dos pajaritos que van en esa rama. Aquí está el nido. ¡Yo sabía que tenía un nido! Lo pongo aquí... pero faltan los pajaritos. ¿En dónde estarán los pajaritos, eh? ¡Aquí están los pajaritos! *(A los pajaritos, que los tiene en la palma de sus manos.)* ¡Hola familia! Bueno, pues los pongo dentro del nidito... Papa, ¿viste qué pajaritos más bellos?

JAVIER: Sí.

RENÉ: ¿A que no te has dado cuenta de algo?

JAVIER: René, estoy tratando…

RENÉ: Si, si, está bien… Cuádrala, cuádrala. Escucha solamente. Los pajaritos son maricones.

JAVIER: ¡René!

RENÉ: Mira, son machos. Vinieron así de la fabrica. *(Mirándolos.)* ¡Hay que joderse con los pajaritos! *(Y los coloca. Contempla la rama.)* ¡Bella! Ahora lo que me falta es un poco de musgo que simule la mierda de los pajaritos.

JAVIER: ¡Dios mío, cállate! Piensa en silencio.

RENÉ: ¿Quieres café? El café calma los nervios... bueno, por lo menos a mí me los calma. ¡Aquí está la mierda! Digo, el musgo, (*lo hace*) que va alrededor del nidito... donde están los pajaritos... que tienen huevitos. (*Admirado por su arreglo.*) ¡Espectacular! (*Se tira al piso.*) Acabé. ¡Soy un genio! ¿Terminaste de cuadrarla?

JAVIER: ¿Cómo voy a terminar si me estás interrumpiendo continuamente? (*Y vuelve a la chequera.*) René, aquí tienes un débito de ciento veinte y cinco dólares pero no tiene beneficiario. ¿Recuerdas el nombre del receptor?

RENÉ: No tengo la menor idea.

JAVIER: Hiciste un cheque por ciento cincuenta, pero no tiene numeración. ¿Recuerdas el número de ese cheque?

RENÉ: Sabes que soy un artista. No tengo tiempo para los números.

JAVIER: ¿Pero cómo puedes vivir una vida tan desordenada?

RENÉ: ¡Eh, ahora estoy organizado! Pero antes de que llegara vuestra majestad estaba totalmente perdido.

JAVIER: René, ¿esta chequera, te ha cuadrado alguna vez?

RENÉ: Jamás. (*Llega hasta Javier y toma la chequera.*) ¡Dime, cabrona, ¿por qué no quieres cuadrar?

JAVIER: ¡Payaso! Llevo tres horas buscando una diferencia de trecientos dólares...

RENÉ: ¡Ay, Mama! Esos son los aretes que le regalé a Mama en su cumpleaños. (*Mirando la chequera.*) ¡Tramposa!

JAVIER: ¡Por fin la cuadré!

RENÉ: (*Se levanta y le da un beso.*) ¡Dios mío, pero si él es un santo! ¡Qué me haría sin este hombre!

JAVIER: ¿Hiciste el pedido de los materiales?

RENÉ: Papa, no he tenido tiempo. Lo haré en la semana.

JAVIER: (*Tomando una libreta y bolígrafo para hacer apuntes.*) Vamos a aprovechar el tiempo. Durante la semana estoy muy ocupado. Díctame lo que quieras que te ordene.

RENÉ: (*Quejándose. Teatral.*) ¡Dios mío, hasta los domingos tengo que trabajar como un esclava!

JAVIER: ¡Vamos, vamos…

RENÉ: Bueno, pues pídeme unas crayolas de diferentes colores y... como de tres pies cada una. Cuatro bultos de escuela. De esos que las mamás le ponen a los nenes en las espaldas para que se las joda desde chiquitos.

JAVIER: Mochilas.

RENÉ: Eso mismo. Mochilas. Cinco sombrillas. De las grandes. De diferentes colores. Colores que sean vivos. Para que cuando la gente mire las vitrinas se les alegre la vida y compren y compren...

JAVIER: ¿Qué más?

RENÉ: Mira a ver si en el Magazín hay algo en especial.

JAVIER: (*Ojeando un Magazín.*) Rosas. Siempre hay especiales de rosas.

RENÉ: Cinco cajas, de las que te gusten. Pero que sean multicolores. No. Multicolores no. ¿Qué voy ha hacer con tantas rosas disparejas? Escoge tú el color, pero que sean en una tonalidad "*pastel*". A la gente les encanta ver rosas en las vitrinas. Pídeme dos escaleritas como de... 1.25 metros. En los escalones se pueden poner *panties*, *brasier* y todas esas cosas. Ah, y pídeme terciopelo. Negro y rojo. ¡Odio bregar con terciopelo! Me da alergia. Me produce picor entre las piernas... como si tuviese ladillas. ¡Pero luce puñeteramente beeello!

JAVIER: Fíjate, estas mejorando el vocabulario. ¿Eso es todo?

RENÉ: Sí.

JAVIER: ¿Vas a enviar un cheque con este pedido?

RENÉ: No. Que me lo envíen COD… tengo que cobrar unas vitrinas para poder pagarlo. Es que estoy un poco "peladito", Papa.

JAVIER: (*Hastiado. Le muestra la chequera.*) René, ¿tú sabes cuánto ganas mensualmente?

RENÉ: ¡Uh, ya me diste estrés! ¿Quieres un trago?

JAVIER: No quiero ningún trago, es muy temprano. Lo que quisiera es que aprendieras a ahorrar.

RENÉ: ¿Y qué quieres tomar?

JAVIER: Dame un jugo o un refresco.

RENÉ: Pues yo quiero una cerveza. (*Sale.*)

JAVIER: ¿Hiciste el listado de trabajo para la semana?

RENÉ: (*Desde adentro.*) ¡Ay, Javier llévame despacio que tengo artritis!

JAVIER: Tienes que aprender a organizarte en tu negocio. Ya tú tienes…

RENÉ: (*Entrando con la cerveza y el refresco.*) ¡Ni se te ocurra decir mi edad! ¡Las paredes oyen!

JAVIER: Mira René, o te enderezas o...

RENÉ: ¿Qué? Ya sé. Me vas a pegar. (*Teatral.*) ¡Ay sí, pégame, pégame! (*Corre al teléfono.*) ¡Mama, Javier me me está pegando!

JAVIER: (*Cariñoso.*) ¡Qué chistoso! Lo que quisiera es que desarrolles la cualidad del ahorro. Yo te lo digo por tu bien. Eres un desastre. Si no fuera porque te quiero tanto te dejaría todo este trabajo. Siempre te he dicho que, si haces un listado de las cosas que tienes que hacer en la semana, te ahorras tiempo, trabajas más cómodo y no hay cabida para los errores.

RENÉ: Papa, yo no podría vivir tan organizado como tú. (*De carretilla.*) Lunes, traje negro. Martes, traje gris. Miércoles,

combinación de gris y negro. ¡Y viernes, de blanco! ¡Ay Papa! No sé. Yo soy espontáneo… no puedo planificar las cosas.

JAVIER: Por eso es que todo se te olvida.

RENÉ: Dios santo, tan joven y ya estoy artrítica y arteriosclerótica. ¡Que el Señor se apiade de mí! (*Suena el teléfono.*)

JAVIER: (*Tomando el teléfono.*) Diga. Diga… Engancharon. ¡Cómo me fastidia eso! Es la tercera vez que llaman y cuelgan.

RENÉ: (*Inquieto por la llamada.*) Ah, tengo que ir al apartamento.

JAVIER: ¿A qué?

RENÉ: Tengo que limpiar un poco. ¡Ay, ese apartamento está tan regado…

JAVIER: Pero René, sólo te quedas conmigo el sábado en la noche y el domingo durante el día. ¿Por qué no limpiaste durante la semana?

RENÉ: ¡Ay Papa! No me regañes, ya sabes que llego muy tarde del trabajo. La gente piensa que decorar vitrinas es fácil, pero requiere mucho tiempo y dedicación. Cuando llego al apartamento estoy muerto. Y encima de eso me tengo que poner a cocinar…

JAVIER: ¿A cocinar?

RENÉ: Bueno, a calentar la comida que Mama me deja en la nevera… pero eso también requiere tiempo. Luego tengo que lavar, planchar…

JAVIER: Tú tienes servicio de limpieza.

RENÉ: Sí. Pero yo tengo que guardar la ropa. En otras palabras, no tengo tiempo para la "recogedera".

JAVIER: Pues limpias mañana.

RENÉ: Mañana es lunes, y tengo todo el día lleno, mi amor. Además, tengo que seguir tus consejos: no dejes para mañana…

JAVIER: Está bien. Te acompaño.

RENÉ: Es que, si me acompañas, terminarás guardándome la ropa en diez gavetas diferentes.

JAVIER: Falta que te hace. No se como puedes encontrar un calzoncillo entre tanta media, pañuelos, camisillas, *sweaters*, polos… ¡Todo en la misma gaveta!

RENÉ: ¡Ay mi vida, yo tengo mi propio sistema, no te preocupes! Bueno, vuelvo pronto. Mientras, (*toma varias facturas de la mesa*) aquí tienes estas cuentas, factúrale a estos clientes. Tengo como cuatro mil dólares en la calle.

JAVIER: Luego lo hago. Vamos.

RENÉ: Pero quédate. Si regreso más tarde.

JAVIER: ¿No quieres que te acompañe?

RENÉ: ¿Pero, cómo vas a pensar eso?

JAVIER: Bueno, pues entonces vamos…

RENÉ: (*Rápido.*) Tengo que hablar contigo.

JAVIER: ¡Ay no! Cuando dices que quieres hablar conmigo…

RENÉ: Tan pronto regrese hablamos. Vengo más tarde, mi amor. Pero te llamaré antes.

JAVIER: ¿Qué quieres hablar conmigo?

RENÉ: Te digo cuando regrese.

JAVIER: Me lo dices ahora.

RENÉ: ¿Te vas a enfadar?

JAVIER: ¿Qué quieres hablar conmigo?

RENÉ: Es que… voy a ver a una amiga.

JAVIER: Vas a ver a una amiga... ¿y no ibas a limpiar el apartamento?

RENÉ: Bueno, voy a verla en mi apartamento.

JAVIER: ¿Y por qué no la invitas aquí?

RENÉ: Bueno, como a ti te gusta descansar los domingos...

JAVIER: Siempre me haces sentir como si tuviera sesenta años y tú quince. No es que me guste descansar los domingos, como si fuera un anciano. Simplemente que no me gusta hacer compromisos porque, como todavía no te has decidido a vivir conmigo, es el único día que tenemos para pasarla juntos. Pero como yo te amo tanto, puedo hacer una excepción y recibirte a una amiga un domingo. Y

de una vez me entero del misterio de que tengas que verla a solas y en tu apartamento.

RENÉ: (*Rápido.*) Javier, me voy a casar.

JAVIER: Así que ve a tu departamento y la traes aquí… ¿Cómo fue que dijiste?

RENÉ: Déjame explicarte, mira...

JAVIER: ¿Qué vas a qué?

RENÉ: Tómalo con calma. Es un favor que le voy a hacer a esta amiga.

JAVIER: ¿Qué te vas a qué?

RENÉ: (*Explicativo.*) A casar. (*Aliviado.*) ¡Ay, por fin te lo dije! ¿No te parece fabuloso?

JAVIER: ¿Te entendí bien?

RENÉ: Sí.

JAVIER: Es una broma, ¿verdad?

RENÉ: No. (*Ahora vuelve a su efervescencia natural. Entusiasmado con la idea.*) Mira, una amiga mía tiene cuatrocientos problemas con su mamá quien la quiere tener así, metida dentro del puño y le hace la vida insoportable. La única manera que tiene de liberarse de ella es casándose. Así que voy a liberarla. Y luego mi amiga coge para su lado y yo para el mío.

JAVIER: Espérate, espérate. ¿Tú me estás diciendo que te vas a casar... con una mujer?

RENÉ: No te agites, que es sólo un arreglo.

JAVIER: ¿Una boda? ¿Con una mujer?

RENÉ: ¡Mi vida, me encantaría vestirme de blanco para casarme contigo, pero el Senado se opondría! Así que me caso con una mujer, vestido, tradicionalmente, de negro. Disimulo un poco la pluma, ayudo a mi amiga y de una vez cumplo con las apariencias.

JAVIER: ¡Ay Señor! ¿Te has vuelto loco?

RENÉ: Hace años mi amor. Pero, ¿cómo te digo para que entiendas? Es un arreglo. Si tú eres el amor de mi vida.

JAVIER: ¿Y le estás diciendo al amor de tu vida que vas a casarte con una mujer?

¡René, tú eres maricón!

RENÉ: ¡Ay Papa, pero si eso todo el mundo lo sabe! Y ella también lo sabe.

JAVIER: ¿Que ella lo sabe? ¡A la verdad que el mundo se está acabando! Es que yo no entiendo, ni nunca entenderé, que una mujer se case con un hombre sabiendo que es maricón.

RENÉ: ¡Ay Javi, están así (*hace gesto con dedos*) las mujeres que se casan con maricones! Y yo debo ser el número veinte y nueve mil que se casa con una mujer. Y que conste, eso es en el área metropolitana solamente.

JAVIER: Pero, ¿cómo voy a tener un amante que se va a casar con una mujer?

RENÉ: ¡Pero es que estás haciendo una tragedia de esto! De cierta forma, al ayudar a mi amiga, me estoy ayudando a mí. Tú sabes que Mama no quiere aceptar... Bueno, es una manera de complacerla.

JAVIER: ¡Ah, claro, por supuesto! Yo sabía que tú madre tenía que estar detrás de esto.

RENÉ: Sólo quiero tranquilizarla para que me deje en paz. Y al mismo tiempo, le hago un favor a Tuti.

JAVIER: ¡Ah. Se llama Tuti! ¡Te asesino como a un perro si te casas con esa cabrona!

RENÉ: ¡Javier, en mi vida te había escuchado hablar así!

JAVIER: ¡En tu vida sabrás de lo que soy capaz! ¿Quién carajo es la Tuti esa?

RENÉ: Una amiga. Hace mucho tiempo que nos conocemos.

JAVIER: ¿Y cómo la conociste?

RENÉ: Me la presentó Eugenio.

JAVIER: ¿Ah Eugenio? Te la presentó Eugenio. ¡Yo sabía que la juntilla con Eugenio un día nos traería problemas!

RENÉ: Eugenio es de lo más "*nice*".

JAVIER: ¡Eugenio es una "*bicha*"!

RENÉ: Pero es amigo mío. Yo no te critico los tuyos.

JAVIER: Mis amigos son muy diferentes. Son profesionales. Que no se la pasan pateando por las barras.

RENÉ: En eso nunca nos hemos puesto de acuerdo. Tú quieres vivir como un ermitaño. Encerrado en este apartamento. A mí me gusta salir. Me gusta la disco. Y me agrada mi grupo de amistades.

JAVIER: No es que sea ningún ermitaño ni me guste vivir encerrado. Nosotros vamos al cine, cenamos afuera, visitamos amistades y si nos queremos, ¿qué es lo que tengo que buscar afuera? Pues mira, quédate con ellos ¡Por lo que veo son más importantes que yo!

RENÉ: ¡Ay Javier, en mi vida nadie es más importante que tú! Entiendeme, lo que quiero es darle a Mama una oportunidad de sentirse orgullosa de mí.

JAVIER: ¡Tu madre no tiene por que sentirse avergonzada de ti! ¿Tú quieres complacerla casándote con una mujer? Perfecto. Hazlo. ¡Pero desaparécete de mi vista ahora mismo! No te quiero ver más.

RENÉ: Pues yo quiero verte todos los días. Razona lo que te estoy diciendo.

JAVIER: ¿Y qué quieres que haga? ¡Vas a casarte con una mujer! Estamos a las puertas de terminar nuestra relación. ¿Pero no lo ves?

RENÉ: ¡Pues no, no lo veo! Entiende. Tuti es una muchacha divina. Le hago un favor. Ella se muda conmigo un tiempo. Después nos divorciamos, y *puff*. Automáticamente soy heterosexual para las amistades de Mama y sobre todo, para el super macho de mi padre.

JAVIER: Espérate, espérate...

RENÉ: ¿Ahora qué?

JAVIER: ¿Y ella va a vivir contigo, en tu apartamento?

RENÉ: Ajá.

JAVIER: ¿Y qué tú vas ha hacer con una mujer en la cama?

RENÉ: Nos haremos rolos, nos pintaremos las uñas. ¿O qué crees? Porque el sexo no entra en este arreglo. ¿Pero no me entiendes?

JAVIER: ¿Y la tal Tuti sabe que, además de *gay*, tienes un amante hace tres años?

RENÉ: Por supuesto. Por eso es que te digo que no tienes por qué preocuparte.

JAVIER: ¿Y cuándo sería la boda?

RENÉ: Dentro de tres semanas.

JAVIER: ¡Ay virgen santa, ayúdame! ¡Me vas a matar en tres semanas, y estás tan tranquilo…

RENÉ: ¡Pero Javi…

JAVIER: ¡Mira, vete, vete que no puedo pensar! ¡No puedo pensar! (*Tomando un cenicero o el objeto más cerca que tenga.*) ¡Que te largues te digo! (*Lo tira contra la pared. René sale disparado del apartamento. Preocupado, toma el teléfono y disca un número. La voz de Pedro Peter es grabada.*)

PETER: Diga.

JAVIER: Hola Pedro Peter.

PETER: ¿Quién es?

JAVIER: Es Javier.

PETER: ¡Vida mía, que alegría me da escucharte! ¿Cómo estás?

JAVIER: Estoy bien. ¡Necesito un favor gigante! Quiero que pases por el apartamento de René… te inventas cualquier cosa, improvisa, para eso eres actor, y me investigas hasta el último detalle.

PETER: ¿Cuál detalle, vida mía?

JAVIER: De la boda. ¡René se casa con una mujer!

PETER: ¡Ayyy! (*La luz baja en el apartamento de Javier, quien sale de escena y, simultáneamente, sube en el de René. En plena camaradería, Eugenio, Marta y Tuti estarán haciendo los preparativos para la boda. En varios lugares del apartamento veremos parafernalia de boda. Es el mismo día, como a las 4:00 de la tarde.*)

EUGENIO: (*Leyendo la invitación.*) René Bermúdez Fernández y Ruth Flecha Ro-

vira se complacen en invitarles a su boda, la cual se llevará acabo el sábado 22 de febrero del presente año... -Dios mío, soy una loca del siglo pasado- a las 3:00 de la tarde. La ceremonia y la recepción se efectuaran en el Salón The Great Hollywood, del Crucero Fascination, atracado en el muelle cinco …o seis, qué *cute*, del viejo San Juan. Fabuloso. Lo único que no me gusta es la palabrita "muelle", me suena medio cafroide.

MARTA: Se pudo haber puesto... "en los malecones del Viejo San Juan".

EUGENIO: ¡Suena a maricones y esta es una boda *straight*!

MARTA: (*A Tuti.*) Eso me acuerda una barra que yo iba en el Viejo San Juan. Cada vez que una loca que yo conozco (*por Eugenio*) que no quiero decir su nombre, se ponía media cafre los *bouncers* la subían a la lancha de Cataño y la tiraban en medio de la bahía gritando "Pato al agua".

EUGENIO: Fíjate, me haces recordarme de una amiga mía que, no quiero decir su nombre porque, tu sabes, yo la quiero mucho. Bueno, pues hace años la metieron presa y cuando la internaron en Vega Alta y cuando le hicieron la inspección... ¡sorpresa! ¡Tenía calzoncillos Jockey! ¡Pa' enseguida la mandaron para la Cárcel Regional de Bayamón! Eso es lo que yo llamo *chic*:

MARTA: ¡Cafre!

EUGENIO: Volvamos a la invitación. (*Leyendo.*) "Gracias a Dios que nos ha provisto de los bienes necesarios para comenzar nuestro matrimonio, por ello, no hemos solicitado ningún obsequio. Nuestro mejor regalo es contar con su presencia en tan significativo momento. Sin embargo, si aún insiste en obsequiarnos, agradeceríamos que fuera en metálico, comenzando en dos mil dólares, *please*."

TUTI: Mentira. Eso no lo dice ahí.

EUGENIO: Pero pudieron haberlo puesto. Me imagino a las amigas de la madre de René. -¿Le diste a Renecito su obsequio? –Sí, querida. Y en efectivo. ¡Es que me encanta la gente *chic*!

TUTI: Bueno, déjense de relajos ya. Que aquí lo importante es enviar esas invitaciones. Será un grupo muy escogido. René no quiere más que a la familia y uno que otro íntimo amigo.

MARTA: (*En relajo.*) ¿Y cómo se siente la futura esposa?

TUTI: Feliz. Al fin René y yo seremos uno.

EUGENIO: ¡Ay Tuti ni tanto!

TUTI: ¿Y por qué no? René volverá a ser quien realmente es.

EUGENIO: Nena, René siempre ha sabido quién es.

TUTI: (*Llega hasta una mesita, toma una foto de René y muy romántica dice.*) A mi lado conocerá el verdadero amor. El de una mujer.

MARTA: Estoy de acuerdo contigo. Nada como el amor de una mujer.

EUGENIO: Esta niña como que me confunde. (*A Tuti.*) Mira, cariño, ¿estamos hablando del mismo René?

TUTI: De ese mismo. A veces caminamos por senderos equivocados hasta que la verdad llega a nosotros.

EUGENIO: Tuti, amiga mía, ¿estás hablando de René? ¿Ese que se quiere con Javier. ¿Te acuerdas de Javier, verdad?

TUTI: Olvídate del tal Javier. Ese tipo es el causante de las dudas de René y te agradecería, muy profundamente, que no lo vuelvas a mencionar.

MARTA: Yo siento que ella como que no está clara…

TUTI: Yo estoy clarísima. La madre de René me ha asegurado que no fue hasta que apareció el tal Javier que René empezó a tomar un rumbo distinto. ¿Y saben? Estoy de acuerdo con ella porque pienso que está desorientado. Que sólo necesita una buena compañera que le ayude a ver sus errores y lo traiga a su verdadero yo.

MARTA: (*Relajo.*) Eugenio, un oftalmólogo, *please*. Esto es a nivel de epidemia. ¡Tuti y doña Alicia están ciegas!

TUTI: ¿Ustedes piensan que yo no quiero a René? Pues entérense, yo lo amo.

EUGENIO: Ven acá mamita, hazme un mapa. ¿René sabe que tú estás verdaderamente enamorada de él?

TUTI: No. Todavía no lo sabe. Al principio no fue así, pero después de pasar tanto tiempo juntos me he ido enredando en su alegría. He llegado a la conclusión que su madre tiene razón y estoy dispuesta a encaminarlo. La boda será el principio de todo.

EUGENIO: Marta, esa mujer me va a volver loca...

MARTA: Será más loca, loca.

EUGENIO: ¡Pero ella me supera!

TUTI: Voy a demostrarles que René es un verdadero hombre. Pero necesito que me ayuden. Somos amigos, ¿no? Pues no quiero que se entere de nada de lo que hemos hablado, ni crearle ninguna preocupación antes de la boda. (*Entusiasmada.*) Bueno, me alegro que les haya gustado la invitación. (*Tomando una. Amorosa.*) Miren que lindo. "Porque del amor, nació en nuestras miradas, La magia en candor, que nos unió sin palabras." (*Llega hasta alguna mesita y toma una foto de René, la cual aprieta contra su pecho.*) "Porque hoy vivir queremos, con la bendición solemne, con la felicidad que viviremos, juntos para siempre."

EUGENIO: ¡Fascinante! (*Relajándola.*) ¡Me encantó, me fascinó, qué profunda, me enloqueció la rima. ¿De Gustavo Adolfo Becker, verdad? Tiene que haber sido *loca o se metió tres pases de coca*.

TUTI: No. Yo lo escribí.

EUGENIO: Te lo pido de rodillas. No escribas otra, *please*.

MARTA: Yo me muero porque una buena hembra me escriba algo así: (*Por supuesto, esto va cantado como un gran relajo, entre Marta y Eugenio. Muertos de la risa.*) "Los hermanos... Pinzones, eran unos... remendones..."

EUGENIO: ...maricones

MARTA: ...que se fueron con... Colón que era un viejo... repelón...

EUGENIO: ...maricón. Y compraron una gata...

MARTA y EUGENIO: ...¡para mi amiga...la pata! (*Chocan manos.*)

TUTI: Marta, cariño, recuerda que serás dama de honor de mi boda. Tienes que hacer un esfuerzo porque vas en tacas, de largo y tienes que verte femenina.

EUGENIO: ¡Difícil, difícil, difícil!

TUTI: Ya te seleccioné el traje.

MARTA: Estarás mala. ¿Yo vestida de largo, como una mujer común? Te equivocaste cariño.

EUGENIO: Aprovecha, nena. Te vistes de mujer aunque sea por primera vez en tu vida.

MARTA: Mi amor, déjame darte una sorpresa. Mira esto. (*Marta modela. Intenta de lucir femenina. Imposible. Se le nota su masculinidad de todos modos.*)

EUGENIO: (*Burlándose.*) Femenina, femenina, femenina... (*Se abre la puerta y aparece René.*)

RENÉ: Hola.

EUGENIO: Hola.

MARTA: *Hello.*

TUTI: (*Dándole un besito.*) Hola mi amor.

RENÉ: (*Respondiéndole con otro.*) Hola, belleza. ¿Qué hacen?

EUGENIO: Pateando. Sacamos la tarde para patear. Marta nos modeló para que viéramos que puede ser femenina y se parecía a Bruce Willis.

TUTI: Estamos preparando las invitaciones y los detalles de la boda. ¿Nos ayudas?

RENÉ: Por supuesto.

EUGENIO: ¿Qué te pasa?

RENÉ: Nada.

MARTA: Pero niño, ¿dónde estabas?

RENÉ: Con Javi.

TUTI: ¿Se toman algo?

TODOS: Sí. (*Tuti sale.*)

RENÉ: No me gusta mencionar a Javier frente a Tuti.

EUGENIO: ¿Tú le dijiste a Javier que vas a casarte con Tuti?

RENÉ: Sí.

EUGENIO: ¿Y qué te dijo?

RENÉ: Si no salgo corriendo me mata.

EUGENIO: Es que Javier toma las cosas muy en serio. Es demasiado drástico. ¿No crees, Marta?

MARTA: Yo, en asuntos de marido y marido, no me meto.

RENÉ: Me formó un escándalo.

EUGENIO: ¡Uf, ése niño padece de unas rabietas...

RENÉ: Yo quiero mucho a Javier. Y él lo sabe. Pero no puedo con su mal genio.

EUGENIO: Yo siempre te he dicho que Javier tiene malos cascos.

RENÉ: De ninguna manera quiso entender que esta es una oportunidad para sacarme a Mama de encima y al mismo tiempo hacerle un favor a Tuti.

EUGENIO: ¿Pero tú no le dijiste que conocías a Tuti primero que a él?

RENÉ: Lo que sí le dije fue que tú me la presentaste.

EUGENIO: ¡Ay carajo, él que no me soporta, ahora me querrá estrangular!

RENÉ: Javi nunca me ha dicho nada de mis amigos. (*Tuti entra con una bandeja.*)

TUTI: Toma, mi amor.

RENÉ: Gracias, cariño.

TUTI: Toma.

EUGENIO: Échale una gotita de vodka.

MARTA: Deja, yo lo hago.

EUGENIO: Bueno, vamos por partes. ¿El juez?

TUTI: Confirmado.

EUGENIO: ¿Quién entregará a la novia?

RENÉ: La mamá de Tuti.

MARTA: ¿Y la madrina?

EUGENIO: ¡Yo, yo! Yo quiero ser la madrina.

TUTI: La mamá de René será la madrina.

EUGENIO: Por si acaso, yo puedo hacer de madrina sustituta.

RENÉ: Tú serás el padrino.

EUGENIO: A Marta le quedaría mejor.

MARTA: ¡Cállate, coño! ¿Y los aros?

RENÉ: Yo los tengo.

TUTI: Y me los probé. Me quedan preciosos. ¡Casarme!

EUGENIO: ¿Y las capias?

RENÉ: ¡Loca, las capias ya no se usan! Son cosas del campo. De allá, del centro de la isla.

MARTA: ¡Coño Eugenio, no estás en nada! Hasta yo voy *chic* para la boda!

RENÉ: (*A Tuti. Contento.*) ¿Accedió a ponerse la pamela?

MARTA: Indiana Jones me prestó el sombrero.

EUGENIO: Déjate de "*bucherías*", que tú eres la Dama de Honor.

MARTA: ¡Por mi honor que no soy dama!

RENÉ: (*Por Marta, en amigable relajo.*) Hay que vigilarla. En "*tacas*" podría irse por la proa para abajo. Bueno, ¿cuándo llegan los recuerdos de la boda?

TUTI: Voy a buscarlos mañana.

MARTA: Ya era hora de que hicieras algo.

TUTI: ¡Son unos pequeños cojincitos en tela de organza perfumada! ¡Y dentro, una figura de novios preciosa!

MARTA: A mí me guardan unos cojones, digo cojines.

EUGENIO: Y a mí la muñequita.

RENÉ: Yo le recomendé a Tuti que nuestros trajes estén inspirados en la moda francesa de principio de siglo.

EUGENIO: Amigo, perdóname, pero eso es una mariconería.

RENÉ: Amigo, perdóname, pero es mi boda.

TUTI: ¡Eso es así!

EUGENIO: ¡Cómo voy a tirar arroz! Y quien tenga zapatillas no va a sacar el culo del piso.

TUTI: ¿Y el bizcocho?

MARTA: ¡Ay sí! ¡Yo quiero torta, yo quiero torta!

EUGENIO: ¡Cafre!

RENÉ: Lo último es, que el bizcocho, sea simbólico.

EUGENIO: ¡Ay, pero que *chic*! Un bizcocho simbólico. Y si no hay bizcocho, ¿tienes alguna idea para el centro de mesa?

RENÉ: Ordené que nos esculpieran un cisne de hielo en pleno vuelo.

MARTA: ¿Un pato volando? Entonces, en vez de cuchillo y tenedor, les daremos a los invitados un punzón para piquen y coman hielo.

MARTA-EUGENIO: ¡Pero que *chic*!

RENÉ: Loca, déjame iluminarte. Se pica un bizcocho, exquisito "of course", en muchos pedazos. Entonces, en unas cajitas color *Ivory*, con incrustaciones en oro, se colocan los pedazos, para que la gente se los lleve y, la cajita, fabulosa, sirve de recuerdo también.

MARTA y EUGENIO: ¡*Chic, chic, chic*! (*Suena el timbre de la puerta.*)

EUGENIO: ¿Qué te pasa? ¡Niño, es sólo el timbre de la puerta!

RENÉ: ¿Quién será? No espero a nadie. Diga... Hola. Sí, sí. Pasa.

TUTI: ¿Quién es?

RENÉ: Pedro Peter.

EUGENIO: ¿Pedro Peter? ¡Cristo! (*A Tuti.*) ¿No lo conoces?

TUTI: Caramba... no..

EUGENIO: ¡Tiene una lengua...

MARTA: ¿Y no se había muerto en la última cirugía?

RENÉ: Voy a abrirle la puerta. (*Y sale.*)

MARTA: Prepárate nena, porque es la pe-

332

dantería hecha persona. (*A Eugenio.*) ¿Verdad que tiene más de cien años?

EUGENIO: Ciento veinte y cuatro. ¡No lo resisto!

RENÉ: (*Entrando.*) Pasa, pasa.

PETER: (*Es un hombre más joven de lo que lo han descrito. Juvenilmente vestido, con una mochila de estudiante sobre las espaldas, hace su entrada. Divo.*) ¡Vida mía!

EUGENIO: ¡Pedro Peter, pero que alegría me da verte!

PETER: ¡Vida mía! A mí también.

MARTA: ¡Hola!

PETER: (*A Marta.*) Vida mía, dame un beso. Hace tiempito que no te veo.

MARTA: ¡Estás guapísimo!

PETER: Y tú también. *Fuentecita* como siempre, pero luces de lo más bien.

RENÉ: ¡Pero qué sorpresa! ¿Y qué haces por ahí?

PETER: Estaba en el Prestige Spa.

EUGENIO: Pero si el Prestige Spa queda como a diez millas de aquí.

PETER: Es que, huyéndole al tapón, me desvié, pasé por aquí y quise saludarlos.

RENÉ: Estás elegantísimo.

PETER: La juventud, que se me sale a chorros por los poros.

RENÉ: Aparte de eso, te la pasas metido en el gimnasio.

EUGENIO: Y en la mesa de operaciones.

PETER: (*Que logra oírlo.*) Mira detrás de esa oreja. De la otra también. (*Eugenio lo hace.*) Mira dentro del pelo a ver si tengo alguna cicatriz. Ni una sola marca. No sé por que la gente piensa que me he dado algún estirón. Gracias a los genes de mi madre fui dotado de un cutis fuera de este mundo. Estoy seguro que el universo sabría que sería estrella. Estaba en el Spa, haciéndome una mascarilla y una limpieza porque estreno dentro de dos semanas. Y estaré cuatro meses en cartelera... ¡Oh, hasta mi amiga Elizabeth Taylor sentiría las inclemencias de tanto maquillaje!

(*Rápido se vuelve a Tuti. Con intención, la señala mientras mira a René.*) ¿Ella es tu hermana, verdad?

RENÉ: No. Ella es...

TUTI: Hola. Yo soy Tuti.

PETER: Encantando. ¡Qué linda eres!

TUTI: (*Admirada.*) ¡Ah! ¿Usted es el famoso director y actor de teatro?

PETER: (*Posado. Hace una levísima pausa y entonces contesta.*) Sí.

TUTI: (*Agradable.*) Caramba, René nunca me ha comentado que lo conocía.

PETER: Conocí a René en una cena, en el apartamento de un apreciado amigo, Javier.

TUTI: Ah, veo. De todos modos, es un placer conocerle.

PETER: Hoy es su día de suerte. Déle gracias a Dios por conocerme en persona porque el público jamás logra verme sino es en el escenario. Es parte de la leyenda.

EUGENIO: Sabes Tuti, antes de restaurar el Teatro Tapia, llamaron a Pedro Peter para que le dijera a los ingenieros dónde estaba la primera piedra. Él y el Teatro Tapia, son dos monumentos nacionales.

PETER: Eso es así. Recuerdo que tu madre me acompañó a la gala. Y dígame Tuti, ¿a usted le gusta el teatro?

TUTI: (*Con respeto.*) Apenas asisto. Prefiero el cine.

PETER: A mí también me gusta el cine. Tengo grandes amigos en ese medio. Pero hay que dejar a La Bella y la Bestia y Star Wars y disfrutar de los grandes maestros de la palabra. De vez en cuando hay que, como dice la juventud de hoy día, *guillarse* de intelectual.

RENÉ: ¿Te tomas algo?

EUGENIO: Al profesor le gusta el champán (*con intención*) acompañado de paté. ¿Desea paté, profesor?

TUTI: (*Reprendiéndolo.*) ¡Eugenio! (*Amable.*) ¿También es profesor?

PETER: Sí. En la universidad.

TUTI: No se cómo puede con tanto trabajo.

Actor, director, profesor...

PETER: Usted no sabe cuán difícil es cargar con todo el talento de este país. Pero no se preocupe que el trabajo me vitaliza. (*Por Eugenio.*) Con lo que no puedo es con los jóvenes banales. Desayuné paté, mi querido Eugenio. (*A Tuti.*) Agua mineral solamente pero embotellada en cristal. El Prestige Spa me ha puesto en un cuidado y una dieta rigurosa para engrandecer mi figura.

TUTI: Ya se la traigo. (*Y sale.*)

PETER: (*Mirando las invitaciones.*) ¿Y quién cumple años? (*René le va a contestar y Eugenio lo interrumpe.*)

EUGENIO: ¡Ay dame ese gusto a mí! (*En revancha.*) Son invitaciones. René se casa con Tuti.

TUTI: (*Entrando el con vaso de agua.*) Tenga.

PETER: (*A Tuti.*) La impresión ha sido muy grande. Vodka en las rocas, por favor. Doble.

TUTI: Como no. (*Vuelve a salir.*)

PETER: A la verdad que es una sorpresa. Siempre es motivo de alegría que un amigo se case. Pero, caramba, no sabía que habías terminado con Javier. Tu mamá estará contentísima.

RENÉ: Pero es que yo no he terminado con Javier. Además, hay que entender la actitud de Mama. Ella es una mujer de mente abierta pero cuando se trata de mí, su pensamiento es opacado por el amor de madre. No quiere aceptar, bajo ningún concepto, mi relación con Javi. Insiste en que estoy confundido. Y que un día de estos me daré cuenta. Y hablando de Javier, ¿no te ha llamado, no lo has visto últimamente?

PETER: No. Salgo de dar clases a las cuatro de la tarde. Y a las seis ya tengo ensayos con esta compañía que lleva como dos años rogándome que les actúe.

RENÉ: Yo no se cómo Javi tomará esto.

PETER: Tú sabes que somos íntimos amigos. ¿No se lo has dicho?

RENÉ: Hoy. Y me formó tremendo escándalo.

PETER: Cualquiera lo haría. ¿Cómo vas a decirle a tu amante que vas a casarte con una mujer?

EUGENIO: Lo que yo no entiendo es por qué René, tiene que dar tanta explicación.

MARTA: Ni yo tampoco.

PETER: Por la sencilla razón de que llevan una relación de tres años. Las parejas, René, se deben respeto mutuo y deben tener total honestidad entre sí. (*A Marta y Eugenio.*) Y quiero recordarles que cuando ustedes han visitado a René en casa de Javier, él los ha tratado excelentemente. De alguna manera, le deben fidelidad por ser la pareja de un amigo.

EUGENIO: Espérate, espérate. Yo quiero dejar algo bien claro. Yo no tengo nada en contra de Javier.

PETER: Sí. Se te nota.

EUGENIO: Para mí es simplemente el amante de mi pana. Que él tenga como cierto aire de superioridad, eso es otra cosa.

PETER: No es que tenga aire de superioridad. Lo puedes distinguir a tres millas de distancia porque tiene clase, a diferencia de otras personas.

RENÉ: Mira a ver si me entiendes. Tuti y yo somos viejísimos amigos. Tuti fue única hija. Hace un tiempo que su padre murió. El resto de su familia vive por las pailas del infierno y no le interesa la confraternización familiar. Y la madre, que es un caso crónico, la tiene de problemas hasta la coronilla. Si me caso con ella, la ayudo a independizarse. Al mismo tiempo y más importante, cumplo con Mama, quien da la vida porque yo me case. Bueno, pues me caso. Cumplo con todo el mundo. Y un día, colorín colorado, ella toma para su lado y yo para el mío. Es facilísimo de entender.

PETER: Pobrecita, ha tenido más problemas que la protagonista de una telenovela. Dime, una cosa, Renecito, ¿ella sabe lo tuyo?

RENÉ: Por supuesto.

PETER: ¿Y... sabe de Javier?

RENÉ: También.

PETER: ¡Ay, vida mía, a la verdad que yo no entiendo a la juventud!

TUTI: (*Entrando. Sirviéndole el trago.*) Tenga.

PETER: Gracias. La felicito por la boda. Dígame, Tuti, ¿todavía el sueño de toda mujer es... verse en un altar vestida de blanco?

TUTI: Y tener hijos. (*Pedro Peter empina el trago de un cantazo.*) ¿Desea otro?

PETER: No. Tiene 350 calorías y estaré en el escenario dentro de dos semanas.

EUGENIO: Bájate un día del escenario, Pedro Peter que eso avejenta.

PETER: Yo nunca he bajado del escenario porque siempre estoy en cartelera.

TUTI: (*Entusiasmada.*) Esto ha sido como un regalo de Dios. Estoy muy emocionada. René también. (*Se le escapa el comentario.*) Mi motivo principal, es sacarlo de todos esos problemas que tiene y hacerlo feliz.

PETER: (*Quien toma la intención.*) Yo no creo que René tenga problemas. (*Muy amigable, buscando información. Con intención.*) Y... ¿dónde usted conoció a René... en casa de Tía María?

TUTI: No, caramba. René no tiene ninguna tía llamada María.

PETER: Es el nombre de una barra *gay.* ¿No la conoce?

TUTI: No. Yo no salgo a barras.

PETER: ¡Ay Virgen, hasta en eso se parece a René! (*A Tuti.*) Él detesta las barras. ¿Verdad que tú no soportas las barras?

EUGENIO: Cuando salimos, René y yo sólo vamos a Eros. Tía María es para los "*seniors*".

MARTA: ¡Eje! Tampoco así. A mí me encanta. Yo siempre voy a jugar billar.

Son las únicas bolas que me gustan.

EUGENIO: Yo también juego billar.

PETER: Y eres un experto agarrando el taco! (*A René.*) Bueno, vida mía, te deseo mucha felicidad. Y ya que estoy aquí, ¿dónde está mi invitación?

RENÉ: Eh...

EUGENIO: (*Sacando a René del aprieto y tomando una invitación.*) Justo cuando llegaste nos disponíamos a enviártela por correo. Toma, esta es para ti.

RENÉ: (*A Pedro Peter.*) Es una boda familiar. Bien "*close.*"

TUTI: Seré más feliz si nos acompaña esa tarde.

PETER: Con mucho gusto. Señorita, le deseo la mayor de las felicidades. (*A Eugenio y Marta.*) Bueno, gente, nos veremos pronto. (*Con intención hacia René.*) Sabes que estoy para lo que me necesites.

RENÉ: Te acompaño.

PETER: (*A René.*) Ah, y dame otra invitación para Leonardo Di Caprio. A Leo, no le gusta que salga solo. (*René le da otra invitación y salen. La escena se ilumina en el apartamento de Javier. Es el mismo domingo, un poco más de tarde. Está en la sala, tristísimo. Suena el timbre de la puerta y, apresurado, se dirige a abrirla esperando que sea Pedro Peter. Pero está doña Alicia, madre de René. Javier disimula el asombro.*)

ALICIA: (*En la entrada.*) Buenas noches, señor Arteaga.

JAVIER: Buenas noches doña Alicia. Adelante.

ALICIA: Gracias.

JAVIER: Tome asiento, por favor. Realmente es una sorpresa verla aquí.

ALICIA: No es fácil. Pero como madre al fin, hago lo que sea con tal de lograr la felicidad de mi hijo.

JAVIER: Usted dirá en lo que pueda servirle.

ALICIA: Señor Arteaga, yo soy una mujer

directa y que habla sin reservas. Usted debe terminar la absurda amistad que sostiene con mi hijo René.

JAVIER: Entre su hijo y yo hay algo más que una amistad.

ALICIA: (*Traga ante la sinceridad de Javier. Pero de inmediato comienza la manipulación. Fingidamente se lleva una mano al pecho. Un poco asfixiada.*) No he salido de los médicos en los últimos meses. Estoy bastante quebrantada de salud. Así que no es fácil para mí tener este tipo de conversación. Le suplico que me escuche.

JAVIER: Por supuesto.

ALICIA: Vengo a pedirle, a exigirle, a rogarle si es necesario, que se abstenga de hablarle a René. Su estilo de vida no concuerda, para nada, con la de mi hijo.

JAVIER: Mi vida no es un estilo. Simplemente soy quien soy. René y yo somos iguales.

ALICIA: Difiero de usted. Precisamente ese es el motivo que me trae aquí.

JAVIER: ¿Le dijo a René que vendría a verme?

ALICIA: Yo no estoy obligada a consultarle nada a mi hijo cuando su moral está de por medio.

JAVIER: ¿Y usted piensa que mi relación con René afecta su moral?

ALICIA: Me niego, me es absurdo el reconocer una relación entre mi hijo y usted.

JAVIER: Caramba doña Alicia, pensé que usted era una mujer más comprensiva. Que entendía mejor la vida de su hijo. Ahora comprendo por qué se lo ocultó a su ex marido, el padre de René, aunque puedo razonarlo. Lo que no entiendo es por qué usted no ha llegado a mejores términos con la verdad.

ALICIA: Yo no vine aquí para escucharle, si no para que usted me atienda a mí.

JAVIER: Pues si no podemos tener una conversación como adultos entonces no tenemos nada de qué hablar. Y ya que usted es directa, lo seré yo también. René me ha asegurado que usted sabe de su inclinación.

ALICIA: ¡Mi hijo no es homosexual. Está confundido solamente y la culpa es suya. ¡Es usted quien lo empuja a tan denigrante estilo de vida! Porque usted es... "*gay*", ¿verdad?

JAVIER: ¿Se vacunó usted antes de venir a verme?

ALICIA: ¡No sea cínico!

JAVIER: Como madre de René merece mi respeto. Pero entérese: fue él quien me buscó. ¿Quiere comprobarlo? Pregúntele a todos sus amigos: Eugenio, Marta, Tito, Pedro, Orlando... ¿O piensa que no son *gay*?

ALICIA: No soy quien para juzgar las amistades de mi hijo. La preferencia sexual de cada uno es privada y en eso no me meto.

JAVIER: ¡Pues no se meta en la mía!

ALICIA: ¡La suya me importa poco! Es la de mi hijo la que me interesa. Su desorientación, su confusión está a punto de terminar porque a su vida a llegado Tuti, su futura esposa.

JAVIER: ¡Ah, por fin llegamos a lo que vino!

ALICIA: René será feliz con una mujer. Y Ruth es una buena chica y es su mejor determinación. Ya la gente comienza a preguntar por qué no se ha casado. Estoy segura que un casamiento salvaría cualquier apariencia.

JAVIER: Pensé que se trataba de la felicidad de René, no de las apariencias.

ALICIA: Una cosa va atada a la otra. No somos solos, señor Arteaga. Tiene que entender que vivimos en sociedad y, en la mayoría de los casos, la felicidad depende de la opinión de los demás.

JAVIER: ¿No me diga? Usted antepone su bienestar al de su hijo.

ALICIA: Si esa es la única manera de apartarlo de usted, sí. Estoy convencida que es la mejor solución. Eventualmente mi hijo verá el camino correcto y todo tendrá un final feliz.

JAVIER: ¿Feliz para quién, Doña Alicia?

ALICIA: (*Raspante.*) Para mí antes que todo. ¿Qué le digo a nuestra familia, a su padre? ¿Qué puedo decirle a mis amistades? ¡Le exijo que se quite del camino de mi hijo. René está contentísimo con la boda.

JAVIER: A René le encantan los embelecos. Para él, una boda debe ser como decorar una vitrina. Algo que le da alegría. Una gran fiesta. Pero muchacho al fin, no se ha dado cuenta de la confabulación que hay detrás de todo esto.

ALICIA: ¡Yo no conspiro! Hablo de frente. Por eso estoy aquí, para repetirle que se quite del camino de mi hijo. René se casa en tres semanas y está deseoso por el momento. Tendremos una gran boda, se lo aseguro.

JAVIER: Que lo haga. Pero va a soportarme como invitado. Cuando lo vea con mis propios ojos, cuando esté seguro que eso es lo que él quiere, entonces me olvidaré para siempre de nuestra relación.

ALICIA: ¡Una amistad!

JAVIER: ¡Como le sea más fácil!

ALICIA: Le suplico que no vaya a la boda. (*Buscándole el lado débil.*) Tengo entendido que usted todavía atraviesa por un gran dolor, la pérdida de su madre. Si no es por mí, hágalo por ella. Con su madre en mente, déjeme ser feliz con mi hijo. (*Manipulando, vuelve a respirar con dificultad y se lleva la mano al pecho.*) En esa boda no hay lugar para usted. Allí estará nuestra familia. Retírese de la vida de René. No le haga más daño.

JAVIER: ¿Daño? ¡Yo lo amo, lo cuido y lo protejo!

ALICIA: ¡No más que yo! Sea generoso, Javier, usted es un hombre bueno. ¡Por favor, no me lo quite!

JAVIER: ¡Yo no le estoy quitando a René! (*Pausa.*) Pierda cuidado. Si él quiere cambiar su vida me alejaré entonces.

ALICIA: Me alegra su decisión. ¡Gracias, gracias! Al fin mi hijo se enfila por buen camino. Que pase buenas tardes Javier. (*Y sale, dejando la puerta abierta. Javier se derrumba en su sofá. Nada de tirar objetos, ni de ataques histéricos. Más bien, un vacío total. Hay soledad infinita en su rostro. Pedro Peter aparece en la puerta apuntándose a la sien con un revolver.*)

PETER: (*Se detiene un instante en la puerta y mientras se adentra en la sala. (Teatral.)*) Estaba tendido en aquella inhóspita cama de aquella más inhóspita clínica, sin la más mínima oportunidad de vivir. Se abrió la puerta del cuarto y entonces el doctor Figueroa se me acercó. ¡Su rostro me dio una esperanza de vida! -¿Viviré, doctor? ¡Dígame que viviré! –Sí. La operación ha sido todo un éxito. -¡Ah!- exclamé. -Pero en la sala de operaciones desaparecieron tres tijeras, una jeringuillas, el reloj que me regaló mi mujer, la cadena que tenía en el cuello y un bolígrafo. -¡Tenemos que volver a abrirlo! – ¡Nooo! ¡Que no me vuelvan a abrir!

JAVIER: ¡Por favor, Pedro Peter!

PETER: (*Guardando el revolver en su mochila.*) ¡Vida mía! No te preocupes. No tiene proyectiles. Es de utilería. Pero en la última función, te juro que voy a matar a tres actrices, un aprendiz de actor y a una aspirante a diva. Aunque, si quieres, empiezo con tu suegra. Estoy seguro que la bruja que salió por esa puerta era la madre de René. ¿Qué está pasando, vida mía?

JAVIER: ¿Hablaste con René?

PETER: Pero vida mía, toma las cosas con calma. Te puedes morir hoy y mañana, como si nada, abren Plaza Las Américas. Dame un vino. En la copa de cristal más fina que tengas.

JAVIER: ¿Que si hablaste con René?

PETER: Sí. Hablé con René. (*Javier prepara dos copas de vino.*) Aquí está la invitación a la boda. (*Javier deja de preparar las copas. Toma la invitación y se sienta mientras que Pedro Peter concluye los tragos.*)

JAVIER: (*Luego de leer la invitación, cansado.*) Entonces... es cierto.

PETER: Tan cierto como que John Travolta es *gay.* ¡Ahora se quiere acostar con Tom Cruise! Esta noche voy a llamar a Tommy, para que me cuente lo que está pasando.

JAVIER: ¡Una boda, en un crucero! (*Cierra los puños de la rabia.*) Luego se irán a celebrarlo.

PETER: No puedo taparte el cielo con la mano para hacerte feliz. Pero algo está claro. Esa niña, la tal Tuti, está enamorada de René. Me la *talé* así. (*Trilla los dedos.*) Lo destila en cada palabra. En sus ojos. Y no hay nada más peligroso que una mujer enamorada.

JAVIER: Entonces, René ha estado mintiéndome.

PETER: Espérate, espérate, yo no he dicho eso. Está en dos aguas. Tratando de cumplir con su madre, con la tal Tuti y contigo a la misma vez. Y eso, vida mía, no es fácil. Yo no tengo dudas de que René te quiera.

JAVIER: Sí. A su modo. La gente quiere a su modo, vive a su modo. Son amigos a su modo. Aman a su conveniencia.

PETER: (*Concluyente.*) Y tú también has amado a tu manera. Vida mía, ¿sabes cual es tu problema? Que has centralizado tu tiempo alrededor de René. Malísimo. Te olvidaste de las tres mentiras universales. La primera: "Eres el amor de mi vida." La segunda: "Te amaré para siempre." Y la tercera: "Quiero pasar el resto de mi vida contigo." ¡Como está el hijo de la puta! ¡Todas las putas con quien he salido me han dicho lo mismo! Tienes que ponerte al día en eso del querer. Te lo he dicho varias veces. Eres demasiado en todo. En el amor, en la amistad...

JAVIER: Sólo hay una manera de amar, apasionadamente, con todos los riegos que eso conlleva.

PETER: ¡A bueno, si eres masoquista, pues sigue queriendo de esa manera!

JAVIER: Es que no sé hacerlo de otro modo. No puedo calcular el amor. Luego de la muerte de mamá me convertí en el hombre más triste del mundo. Y en el más solitario. Buscando un poco de paz me concentré en el trabajo. Con el tiempo y la insistencia de amigos, como tú, comencé a salir a las barras. Una de esas noches vi a René. No me quitaba los ojos de encima. Me envió un trago, el cual devolví. Una semana más tarde volvimos a coincidir. Y volvió a enviarme otro trago. Por espacio de dos meses estuvo haciéndolo y por ese mismo tiempo le declinaba la oferta. Una noche se me acabaron los cigarrillos y crucé hasta la máquina. (*Todo oscurece. Especial de luz.*) Cuando estaba a punto de comprarlos alguien se me acercó y me dijo: -Yo tengo Winston. Podemos compartir mi caja-. Me volví y era René. -Y cuando se acaben, ¿qué haremos? le pregunté. -Nos bastará tenernos el uno al otro, para siempre. (*Se va el especial.*)

PETER: ¡Vida mía! "Shakespeare in love" se queda corta. ¡Pero qué mono le quedó a Renecito!

JAVIER: Desde esa noche, no nos hemos vuelto a separar.

PETER: Y despúes de fumarse la cajetilla de cigarrillos me imagino que se habrán acostado, porque, vida mía, no solo de tabaco vive el hombre. A veces hace falta carne.

JAVIER: Conocer a René, fue como un respiro de vida.

PETER: Estuve leyendo una entrevista de Francoise Sagan donde decía que, "cuan-

338

do la persona querida ya no estaba aparece otra que te necesita". Y eso es muy cierto. Siempre hay alguien que necesita a uno.

JAVIER: Y yo necesitaba a René en ese momento. Su juventud, sus locuras irresponsables me han hecho un hombre distinto. (*Entusiasmado.*) Recuerdo mi cumpleaños. Movió todos los muebles al cuarto de atrás e hizo una playa en la sala. Trajo una palmera, arena... ¡No sé cómo lo hizo! Tenía la mejor de las playas en la sala de mi casa.

PETER: Me acuerdo de esa noche. Habían más maricones por metro cuadrado que oxígeno.

JAVIER: Entonces la casa se llenó de risas. De esa frescura que lo distingue, de ese corre y corre de muchacho alocado. Fue el cumpleaños más extraordinario que haya tenido.

PETER: Si, para inventarse cosas, nadie como René. Ahora se inventó una boda.

JAVIER: (*Vuelve a la ira.*) Empujado por su madre. Es ella quien quiere casarlo.

PETER: Mira vida mía, no todas las madres están preparadas para aceptar que tienen un hijo *gay*. Nosotros mismos preferimos que se lo imaginen a tener que aceptárselo. Eso toma tiempo, y mucha comprensión de ambas partes. Y hablando de eso, vida mía, no me has dicho a qué vino la madre de René.

JAVIER: A pedirme que no vuelva a verlo. Que lo deje casar y que no asista a la boda.

PETER: ¿Y para qué tu querrías ir a su boda?

JAVIER: Le dije que tenía que verlo con mis propios ojos…

PETER: Tú no tienes nada que hacer allí.

JAVIER: Doña Alicia piensa que, una vez casado, René se dará cuenta que es heterosexual.

PETER: Pobrecita. Doña Alicia todavía vive en el País de las Maravillas. Las

madres siempre saben. La mía jamás me hizo una pregunta y sabía más de mi vida que yo.

JAVIER: ¿Y qué te dijo, René?

PETER: Que tú lo has tomado muy a pecho. Que le está haciendo un favor a la niña y que se quita a la mamá de encima si se casa. Que por supuesto, él te quiere. Sinceramente, Javi, ¿tú pensaste alguna vez que la relación con René iba a ser para toda la vida?

JAVIER: Cuando yo amo lo hago para siempre.

PETER: Vida mía, "para siempre" y "nunca" son palabras que no deben existir en ningún vocabulario. "Dejaré de fumar "para siempre…", "nunca volveré a mirar a un hombre." ¡Deja eso!

JAVIER: Yo no quise que, en nuestra relación, René se sintiera ahogado. Le di libertad. Que fuera a donde le diera la gana, porque siempre he pensado que uno debe aceptar a las personas como son. Sin restricciones, sin reglas. Me equivoqué. Debí exigirle más.

PETER: Sinceramente, yo no entiendo nada en esto del querer. La gente de hoy...

JAVIER: ¡Es que yo no soy como la gente de hoy! ¿Y a ella, la viste? ¿Cómo es?

PETER: Algo así como... un cruce entre la virgen de Lourdes y Marilyn Monroe. Muy tranquila, muy segura. Astuta. Demasiado simpática. ¡Uf! René dice que ella sabe lo que hay entre ustedes. No sé. Para mí, esa clase de mujer que lo entiende todo, resulta siempre tener su propia agenda. Y la tiene. Ella dijo algo así como que "el sueño de toda mujer es tener hijos..."

JAVIER: ¡Ay virgen Santa! Es que toda vía no acabo de entender que René vaya a casarse con una mujer.

PETER: El día que yo tenga un amante, y me diga que va a casarse con una mujer, lo amarro de la torre de la universidad, le pongo un rótulo de neón que diga "Maricón", y después le pego fuego. Aunque tenga que irme del país.

JAVIER: ¡Te apuesto que aquí hay una treta entre madre y futura esposa. ¡Claro que sí!

PETER: Por supuesto que sí. ¿Y el padre de René, qué dice a todo esto?

JAVIER: Los padres de René se divorciaron hace tiempo. El padre no sabe nada. Doña Alicia no quiere que se entere. Piensa que la va a culpar a ella del "fracaso" de su único hijo.

PETER: ¡Cristo! Esto parece una telenovela. Bueno, si es así, deja que Renecito se case. Complace a la madre y ustedes siguen como si nada.

JAVIER: Es que no puedo tolerar ni aceptar que esté durmiendo bajo el mismo techo con una mujer.

PETER: No hay que ser adivino para saber que ese junte no va para ningún lado.

JAVIER: ¡Me siento tan perdido y de verdad que no sé qué hacer!

PETER: Vida mía, deja que las cosas tomen el rumbo que tienen que tomar. Déjalo que se case y ella que bregue con lo que le espera.

JAVIER: Es que no es justo para ninguno de los tres.

PETER: La vida tampoco lo es. Chúpate este momento, vida mía, porque no tienes dónde ir a quejarte.

JAVIER: A la boda.

PETER: Tú no puedes ir a esa boda.

JAVIER: ¡Por supuesto que voy!

PETER: No te dispares esa maroma porque si formas un escándalo vas a perder. (*Gran enorme sinceridad y hermandad.*) Los medios harían papillas contigo. (*Como quien leyera de un periódico.*) "El Presidente de las empresas Arteaga, señor Javier Arteaga, irrumpió en la boda del señor René Bermúdez, su supuesto amante, y... etcétera, etcétera..." Y tú

no quieres nada malo para René, ¿verdad?

JAVIER: (*Destruido.*) No.

PETER: Y no vas a tirar por la borda una profesión que tanto trabajo te ha costado y el prestigio que tienes, ¿verdad? (*Dándole fuerzas llega por detrás de Javier y lo aprieta sobre los hombros.*) No, amigo mío. Esto te lo tienes que tragar y dejar que el río siga su corriente.

JAVIER: ¡Me duele aquí! ¡Me siento tan solo!

PETER: Llora todo lo que te dé la gana. Es divino llorar. Dice un amigo mío que la vida siempre hace un balance. Nos da mucho de ciertas cosas y otras nos las quita. A mí me dio talento como para repartir. Me dio fama. Dinero y todas las comodidades que con el puedan comprarse. (*Solitario.*) Pero jamás me ha permitido tener un amor. Que me dé compañía. Con tan sólo eso me hubiese conformado. Yo sé lo que es sentirse solo. ¡Y duele con cojones! (*Transición.*) ¡Ahora, vamos a darnos un buen trago y a celebrar la vida loca! (*Se dirige a preparar los tragos cuando la puerta se abre y aparece René. Volviendo a su pose de estrella.*) Entonces un día, como a las seis de la mañana, me despertó el timbre del teléfono, una línea privada que tengo en la cabecera de mi cama. Era Steven Spielberg rogándome que le hiciera una audición: (*Bostezando.*) -Querido Steven, yo no hago audiciones-. Y le colgué el teléfono. Meses más tarde me enteré que mi parte se la dieron a Tom Hanks. "Saving Private Ryan", era la película. Debió insistirme, ¿no crees? Entonces, muy elegantemente, y en agradecimiento, le envié una canasta de frutas con una nota que leía: "Querido Steven, cómetela y déjale algo a los dinosaurios.-" (*A René.*) Como dijo Judy Garland en El Mago de Oz: "There is no place like home". (*Y sale. Si no le dan un aplauso al actor, después de esta escena, es porque es muy malo. A mí me lo dieron.*)

RENÉ: Hola.

JAVIER: ¿Qué quieres?

RENÉ: Vine a recoger mis cosas. Como hago todos los domingos.

JAVIER: ¡Maldita sean los domingos!

RENÉ: ¡Ah, pero contigo no se puede hablar!

JAVIER: ¡Conmigo no se puede hablar!

RENÉ: ¿Pero te has visto la cara?

JAVIER: ¿Y qué cara puedo tener después de todas las cosas que han pasado hoy?

RENÉ: Mira, hablaremos durante la semana. Vengo a buscar mis cosas.

JAVIER: Recógelas todas. No quiero que regreses.

RENÉ: Pero Javi, esto puede funcionar, no seas tan terco.

JAVIER: ¿Tú piensas que yo voy a esperar que luego de trabajar tengas que ir a cumplir con tu mujer para luego venir a verme?

RENÉ: Eso no será así, Javi. Yo seguiré quedándome contigo los fines de semana…

JAVIER: ¿Y de lunes a jueves duermes con tu mujer? ¡Pero qué pantalones tienes! Abre los ojos coño, que te estás metiendo en un lío.

RENÉ: No puedo ni quiero echar para atrás. Ya todo está arreglado. La boda tiene que celebrarse. No puedo defraudar a Mama ni a Tuti.

JAVIER: Pero a mí puedes defraudarme. ¿O no?

RENÉ: Pensé que serías capaz de entender. ¿Qué debo hacer para que estés tranquilo con esto?

JAVIER: ¡Voy para la boda!

RENÉ: ¿Qué?

JAVIER: Quiero estar allí cuando digas -sí, acepto-.

RENE: ¡Y darme un cardiaco, sin contar

el patatús que le dará a Mama! Ni lo sueñes. Pídeme cualquier otra cosa y te juro que te complazco.

JAVIER: De acuerdo con la invitación la boda se celebrará un sábado por la noche. ¡Mí sábado! Está bien. Cásate. Pero esa noche, antes del amanecer, te espero aquí, en nuestra cama. ¡Y si no vienes, no se te ocurra cruzar por esa puerta!

RENÉ : ¿Pero cómo voy a cancelar el viaje? ¿Y qué le digo a...

JAVIER: ¡Dile a la tal Tuti que no habrá boda si pretende llevarte de luna de miel!

RENÉ: ¡Javier, yo tengo que casarme!

JAVIER: ¡Pues si te dije que te casaras! ¡Jodete! No voy a quitarte los ojos de encima y quiero verte bajar del barco y si no lo haces te aseguro que lo hundo.

RENÉ: ¡No puedes ir a mi boda!

JAVIER: ¡Asegúrate de estar aquí esa noche!

RENÉ: ¡Asegúrate tú de no ir a mi casamiento!

JAVIER: Yo necesito control de todo lo que pase en nuestras vidas de ahora en adelante. Mañana me llamas a la oficina. Tenemos que ir a mis abogados para hacer las capitulaciones.

RENÉ: ¿Y cómo voy a hacer capitulaciones? ¡Imposible!

JAVIER: ¡Coño, las haces o no te casas! Tu boda es un arreglo. No puedes comprometer tu situación económica. ¡Te aseguro que te están haciendo una trampa!

RENÉ: ¡Me pones contra la pared! Está bien, está bien. Se hará como tú dices. Mañana pasaré con Tuti por tus abogados y firmaremos las dichosas capitulaciones y veré lo que me invento para cancelar la luna de miel. Necesito que me des tiempo para todo lo que tengo que hacer. No podré verte hasta después de la boda.

JAVIER: (*Afirmativo. Recordándole.*)

¡Te veo en la boda!
RENÉ: No me empujes…
JAVIER: ¡Te advierto solamente!
RENÉ: (*Mutis. Se vuelve.*) Por favor, no vayas a la boda. (*Sale.*)

JAVIER: Es que esto nadie me lo creería. Se casa mi amante. ¡Oh sí! ¡Y tendrá una boda espectacular!

(*Apagón violento y luego el*

Telón

Acto II:

(*Tres semanas después. Por la tarde. Se va la sala. Entonces escuchamos unas olas que llenan el ambiente de una tranquilidad envidiosa. La resonancia de las olas es interrumpida por el canto de algunas aves y es el momento en que sube la luz y admiramos el Crucero Constelation. La boda toma lugar en el Salón The Great Hollywood y se entra por el fondo de éste. El salón está decorado con grandiosas caricaturas de grandes estrellas del cine. Al centro, y tirando un poco hacia atrás, estará el altar, que consta de una pequeña plataforma con un arco adornado con lazos blancos que atestigua una boda. A la izquierda, la barra del salón. Al frente, una mesa que tiene en su centro un cisne en vuelo, decorada con un mantel alusivo al momento.*)

La Boda:

(*Las siguientes notas se derivan del protocolo para bodas. Claro, el Director montará esta escena de acuerdo con las necesidades y facilidades. "De acuerdo con el protocolo aceptado en Puerto Rico, lo primero que hay que recordar es que en este momento no se interpreta la marcha nupcial. Se escoge, previamente un tema instrumental y, a su inicio, los primeros en desfilar deben ser los padres del novio, seguidos por la madre de la novia, le siguen no más de tres damas seleccionadas por la novia, los niños portadores de los anillos y detrás, la madrina y, finalmente, la novia acompañada a su derecha por su padre. Con la entrada de la novia es cuando se interpreta la marcha nupcial y los asistentes se ponen de pie." En la boda, permea un aire de intranquilidad. De apariencias. De un "avanza que tengo prisa". Un golpe manso, de olas lejanas, arropa el salón. Este pegar de olas es entrelazado por una música todavía más alegre, de piano. Un Mozo da los últimos toques a una mesa con exquisitos piscolabis. El Mozo, es un muchacho guapísimo, de excelente figura y viste un elegante uniforme. René, que viste de etiqueta y el juez de gabán y corbata, aparecen por lado derecho. El Mozo se llega hasta ellos.*)

MOZO: ¿Champán?
JUEZ: Gracias, pero no bebo.
RENÉ: Yo sí. Es un día especial para mí.
MOZO: El champán es exquisito.
JUEZ: Bueno, ya que insiste lo complaceré. Pero uno nada más. (*Toma el trago y se lo empina de un sopetón.*) ¡Qué elegante es el champán! (*Toma otra copa.*)

MOZO: ¿Y el novio, desea otra copa?
RENÉ: (*Con minúsculo flirteo. Simpatiquísimo.*) Ya que insiste…
MOZO: (*A René.*) Luce elegantísimo.
RENÉ: ¿Usted cree?
MOZO: Por supuesto.
RENÉ: Gracias. (*Muy disimuladamente René lo observa de arriba a bajo.*)
MOZO: Estoy para servirle. (*Y se retira*)

RENÉ: (*Por el Mozo, mientras lo observa retirarse.*) ¡Dios mío, y yo casadome!

JUEZ: ¿Perdón?

RENÉ: (*Disimulando.*) "!Que estoy loco por casarme!" (*Varonil.*) Usted sabe, es que estoy enchulao. Enamoradísimo de mi mujer.

JUEZ: Me alegro. La tarde se muestra correcta. Resplandeciente. Con alegría de que la hayan seleccionado para tan importante evento.

RENÉ: Así es.

JUEZ: ¿Nervioso?

RENÉ: Ansioso más bien.

JUEZ: Tómelo con calma. Los nervios siempre nos traicionan en eventos importantes. Pero, podría jurar, que está más nervioso de lo común.

RENÉ: Es que es la primera vez.

JUEZ: ¡Ave María, cómo va a gozar! ¿Entonces es virgen?

RENÉ: ¿La novia?

JUEZ: No. Usted

RENÉ: ¡Hace años que perdí la virginidad!

JUEZ: (*Gozándoselo.*) ¿Y a qué edad fue eso?

RENÉ: (*Siguiéndole la corriente.*) Como a... los quince.

JUEZ: Lo sabía. Tiene cara de mujeriego.

RENÉ: Sí. Veo unas faldas y me vuelvo...

JUEZ: ...loca de la alegría estará su madre.

RENÉ: Sí, ella es una de las locas de la familia.

JUEZ: Acá entre nos, siempre hago esta pregunta, un poco privada, porque usted sabe cómo somos nosotros los hombres...

RENÉ: ...sí...

JUEZ: ¿Está convencido que quiere casarse? ¿Se siente feliz haciéndolo?

RENÉ: Por supuesto.

JUEZ: Se lo digo porque está sudando. Tiene la cara brillosa.

RENÉ: (*Se le escapa el comentario.*) Fue que se me olvido darme la mascarilla de huevos esta mañana.

JUEZ: ¡Anda! Mozo, por favor... una copa. (*El Mozo lo obsequia. El juez vuelve a empinársela de un cantazo. Por el lado derecho aparece Eugenio, que viene seguido de la señora Violeta Sifontes. La señora Sifontes es una dirigente cívica, de lengua viperina e intima amiga de doña Alicia.*)

EUGENIO: René, la señora te busca.

RENÉ: (*Deteniéndolo.*) No se te ocurra dejarme solo. (*Eugenio queda cerca. Se vuelve hacia doña Violeta.*) Hola doña Violeta. Gracias por venir.

VIOLETA: ¡Pero qué guapo está el novio!

RENÉ: Gracias.

VIOLETA: Es un placer poder compartir con ustedes esta tarde.

RENÉ: Estamos encantados con su presencia.

VIOLETA: Es un deber estar aquí, apoyando a mi amiga Alicia. ¡Ay René, estoy tan asombrada!

RENÉ: ¿Sí?

VIOLETA: Quedé fría cuando me llegó la invitación de la boda.

RENÉ: ¿Y eso por qué?

VIOLETA: (*Directa. Con intención.*) Jamás pensé que lo harías. (*Disimulando.*) Es que nosotras, las madres, no nos resignamos a que nuestros hijos se vayan un día de nuestras casas. Alicia quedará desconsolada por la separación.

RENÉ: Por el contrario. Está contentísima de que me case.

VIOLETA: (*Otra vez con intención.*) Sí, eso me lo imagino. Al otro día de tu compromiso me llamó para invitarme personalmente y me dijo que por fin ibas a casarte con una novia que tenías hace seis años, cuando estudiabas en la universidad. Me sentí tan y tan contenta. Y bueno, a decir verdad, sorprendidísima.

RENÉ: Es natural que un día formara un

hogar, ¿no cree?

VIOLETA: Por supuesto. Para Alicia debe haber sido un alivio saber que ibas a dejar las pa... la *soltería*. (*Pensó decir "paterías".*)

RENÉ: Yo siempre he estado bien orgulloso de mí soltería.

VIOLETA: ¿No vas a presentarme al caballero?

RENÉ: El es el señor juez, quien oficializará la boda.

VIOLETA: (*Coqueta.*) Mucho gusto.

JUEZ: El placer es mío.

RENÉ: Ella es una querida amiga de la familia. La señora Sifontes es la presidenta de la Liga de Damas a la que pertenece mamá.

JUEZ: Encantado señora.

VIOLETA: Señorita.

JUEZ: ¡Anda! (*Llamando.*) ¡Mozo! (*El Mozo se acerca, le sirve una copa. El juez se la empina otra vez. El Mozo ofrece a los demás.*)

VIOLETA: (*Tomando la copa. Al Mozo.*) Gracias. (*El Mozo le extiende la bandeja a Eugenio y a René.*)

RENÉ: No, gracias. (*Con intención.*) Es que, si tomo una copa de más, podría hacer una locura.

MOZO: (*Devolviéndole la intención.*) Hágala.

EUGENIO. (*Leve flirteo. Al Mozo.*) Yo sí quiero otro champán.

MOZO: Con gusto. (*Se retira.*)

JUEZ: ¿Decía usted que es señorita?

VIOLETA: Correcto. Señorita. Es una determinación. Siempre que me divorcio vuelvo a ser señorita. Déjeme explicarle. Cada vez que una pareja comienza una relación, lo usual es contarse las penas y los fracasos del pasado. Una manera tontísima para que ambos se tomen pena y el enganche se realice. ¡Ay, yo no podría atormentar a un futuro esposo con tantos malos pasos! Así que, siempre digo: -soy señorita y todo comenzó des

de el momento en que te conocí-.

JUEZ: ¿Y cuántas veces usted ha sido señorita?

VIOLETA: Seis.

JUEZ: ¡Anda!

VIOLETA: ¡Y a la séptima va la vencida! Y usted, ¿es casado?

JUEZ: ¡Viudo!

VIOLETA: ¡Ay, no me diga! Lo lamento. Debe sentirse muy solo.

JUEZ: ¡Vacío! (*Y se empina el resto de la copa. Con una "nota" simpática, pues ya el champán comienza hacer sus efectos.*) ¡A veces me entra una pena!

EUGENIO: Si gustan, podemos dejarlos solos.

RENÉ: ¡Ay, perdonen, él es Eugenio, el padrino de la boda!

JUEZ: Mucho gusto.

EUGENIO. Encantado.

RENÉ: La señora Sifontes.

EUGENIO: Mucho gusto.

VIOLETA: ¿Eugenio? Encantada. (*A René.*) Yo creía que era Javier.

RENÉ: Javier no viene.

VIOLETA: (*A Eugenio.*) ¿Soltero también?

EUGENIO: Sí señora. ¡Y no pienso casarme nunca!

VIOLETA: (*Al juez, apuntando hacia Eugenio.*) ¿Verdad que se le nota?

JUEZ: ¿Qué?

VIOLETA: (*Con intención.*) Que no se casará nunca.

EUGENIO. (*Apuntando hacia el pecho de doña Violeta.*) ¡Qué lindo broche lleva en el pecho! Parece una tarántula.

VIOLETA: No es una tarántula. ¡Es una alhaja de rosas!

EUGENIO: Cuidado con las espinas. Una que se le salga del bouquet podría atravesarle el pecho.

RENÉ: (*Llamando.*) Por favor. (*Con bandeja en mano, el Mozo llega al grupo y obsequia a todos.*)

TODOS: ¡Gracias! (*El Mozo se retira.*)

EUGENIO: (*Observándolo mientras se retira.*) ¡Dios lo bendiga!!

VIOLETA: (*Dándose cuenta de la mirada de Eugenio.*) ¿Al Mozo?

EUGENIO: (*Mostrándole la copa.*) No. Al champán. (*Saboreándolo.*) Es exquisito.

VIOLETA: (*Apura un sorbo y mira al Mozo. Engañándolo.*) Muy pocos sabrían saborearlo.

EUGENIO: ¿Al Mozo?

VIOLETA: No. Al champán. ¡Es un vino fabuloso! (*Al juez.*) ¿Admiramos el salón?

JUEZ: ¿Me lo permite?

RENÉ: (*Al juez.*) Adelante, Adelante. (*El juez se retira con doña Violeta.*) ¡Cabrona!

EUGENIO: (*A René.*) ¡Dios mío, el Mozo me mata! Déjame atender este caso.

RENÉ: ¡Cuidado con las plumas! (*Eugenio llega hasta el Mozo. Aparece doña Alicia. Viste elegantísima y con la alegría del momento. Le acompaña su madre, doña Ramonita.*)

ALICIA: Renecito, mi amor, todo marcha perfectamente.

RENÉ: Me alegro. Bendición abuela.

ABUELA: ¡Dios te bendiga hijo mío! (*Llora.*)

RENÉ: ¡Ay abuela, no se ponga con eso!

ABUELA: No puedo evitarlo. Perdóname. Es que para mí tú eres algo muy especial. Como un angelito, algo que quiero entrañablemente. Si por mí fuera, te tuviese todavía entre los brazos y cantándote nanas.

ALICIA: Mamá, René no está para niñerías. Ya es todo un hombre.

ABUELA: Yo siempre lo he sabido. Pero el chiquillo todavía le aletea dentro del pecho.

ALICIA: Por favor, vaya y siéntese en una mesa.

ABUELA: ¿Te estorbo?

ALICIA: ¡Cómo va a ser!

ABUELA: (*A doña Alicia.*) ¡Pues no me hagas sentirme inútil! Siéntate tú, que yo estoy de lo más bien aquí. (*A René.*) Amor mío, solamente quiero decirte esto. Desde lo más profundo de mi corazón te deseo toda la felicidad del mundo. Y recuerda esto, el día que tengas una congoja aquí, (*y se toca el pecho*) simplemente me llamas. Yo estaré siempre a tu lado, dispuesta a escucharte, a aconsejarte y esconderte entre mis manos.

RENÉ: (*La abraza.*) ¡Ay abuela!

ALICIA: Yo creo que...

ABUELA: Tú no crees nada. ¡Simplemente te callas!

RENÉ: Abuela, solamente dos palabras, la amo.

ABUELA: (*Y apunta hacia doña Alicia.*) Lo único que le envidio a esta niña, una envidia buena por supuesto, es el no haberte parido. Si lo hubiera hecho, no me hubiese metido nunca en tu intima vida.

RENÉ: ¡Chóquela abuela!

ABUELA: (*Chocándola.*) ¡Eso! (*A doña Alicia.*) Y ahora, hija mía, ¿dónde quieres que se siente Año Viejo?

ALICIA: Por favor, llama a tu amigo.

RENÉ: Eugenio, por favor. (*Eugenio se despide del Mozo y se une al grupo.*)

EUGENIO: ¿Sí?

ALICIA: ¿Listo el padrino?

EUGENIO: Claro doña Alicia.

ALICIA: ¿No ha olvidado ningún detalle?

EUGENIO: No.

ALICIA: Lo único que pretendo es disciplina en un evento como este y que se comporte como todo un... padrino, delante de los invitados.

EUGENIO: No tendría porqué comportarme de otra manera. Pero quédese tranquila que esta mañana me tomé el antídoto.

ABUELA: ¡Ay, pobrecito! ¿Está enfermo?

EUGENIO: Lo estuve. Pero me envolví por tres días en un abrigo de plumas que tiene mi mamá, calientito, calientito, y estoy como nuevo.

ABUELA: Pues debió traerse las plumas. Un soplo de viento y podría tener una recaída.

ALICIA: Bueno, en quince minutos la novia estará lista y daremos comienzo la ceremonia.

ABUELA: ¡Niña, tómalo con calma! Pero que prisa tienes de que este angelito se case.

ALICIA: René está en la edad perfecta para casarse.

ABUELA: No seas ridícula. Uno se casa a la edad que le da la gana. ¡Y quita esa cara de Inquisición que te estás saliendo con la tuya!

ALICIA: ¡Mamá!

ABUELA: Y dale gracias a Dios que tienes un apartamento y te puedes ir a vivir con tu mujer.

ALICIA: Yo nunca entendí, ni estuve de acuerdo, con que René tuviese un apartamento.

ABUELA: Pues yo sí. Necesitaba hacer vida propia y descansar de ti. (*Aparece don Gustavo.*)

GUSTAVO: Buenas tardes. (*Mira a todos, menos a doña Alicia.*)

TODOS: Buenas tardes.

RENÉ: Papá... no estaba seguro que vendrías...

GUSTAVO: Pues estoy aquí. Tu madre me envió la invitación.

ABUELA: Dichoso los ojos, Gustavo. Me alegro de que hayas venido a la boda de tu hijo.

GUSTAVO: Tenía que hacerlo. Hoy mi hijo se convierte en un verdadero hombre.

RENÉ: Papá, él es Eugenio, el padrino de la boda y un gran amigo.

GUSTAVO: Mucho gusto.

EUGENIO: El gusto es mío.

GUSTAVO: Con mis respetos al caballero. Yo pude ser el padrino de la boda.

(*Vuelve la cabeza a René.*) El dinero es el mejor amigo del hombre. Y yo siempre te lo he dado.

RENÉ: Hay otras cosas más importantes qu el dinero, pero no vamos a discutirlas ahora.

ABUELA: Y esta es Alicia. Tu exesposa. ¿Te acuerdas de ella?

GUSTAVO: Hola Alicia.

ALICIA: (*Fría.*) Hola Gustavo. ¿Contento con la boda de tu hijo?

GUSTAVO: Contentísimo. Estoy seguro que se ha conseguido tremenda hembra. Salió a su padre. ¿No la has preñado ya? Los Bermúdez hemos sido sementales por generaciones. ¿Y usted, Eugenio, es casado?

ALICIA: (*Rápido.*) Divorciado.

EUGENIO: Pero vuelvo a engancharme próximamente. Me deprime estar sin una mujer.

JUEZ: (*Acompañado de doña Violeta, el juez se une al grupo. El señor juez se le han subido las copas. Es una nota simpática y vemos que se encuentra a unas cuantas millas del sitio.*) Cuando lo crean conveniente, podemos dar inicio a la boda.

ALICIA: Será cuestión de minutos. (*Percibiéndola*) Violeta, amiga mía, me llena de felicidad tu presencia.

VIOLETA: Era un deber estar aquí. Apoyándote en un evento tan importante.

ALICIA: Gracias.

VIOLETA: Disfrutaba de una copa con el señor juez.

ALICIA: Violeta, él es Gustavo, el padre de René.

VIOLETA: Sí. Claro que lo recuerdo. Gusto de verlo.

GUSTAVO: Sigue tan atractiva, como siempre.

VIOLETA: Gracias. (*Transición.*) A nombre de la Liga de Damas deseamos felicitarlo.

GUSTAVO: Gracias.

RENÉ: Papá, él es el señor juez.

GUSTAVO: Mucho gusto señor.

JUEZ: El placer es mío.

VIOLETA: ¡Ay, pero qué linda está la Abuela! (*Ridícula.*) ¡Parece una muñequita!

ABUELA: Gracias. ¡Usted es tan dulce! ¿Verdad René que ella es dulce?

RENÉ: Más que un caramelo. (*Se señala la garganta.*) La tengo aquí, y no la bajo de tanta dulzura.

JUEZ: La boda de un hijo es un suceso muy emotivo. Emocionante. ¿El único hijo?

GUSTAVO: (*Por lo bajo.*) Gracias a Dios.

JUEZ: Quiero decirle a este futuro matrimonio que no se angustien. Que no sientan tristeza en sus corazones...

GUSTAVO: Yo decidí mi vida hace años.

ALICIA: ¡Y yo estoy tan contenta...

JUEZ: Vamos, cambien esos rostros. Lamentablemente, un día nos pondremos viejos, y nuestros hijos tendrán la obligación de cuidarnos.

ABUELA: (*A René.*) ¡Yo prefiero estar noventa pies bajo tierra! (*El Mozo se acerca con unas copas y ofrece a todos.*)

TODOS: Gracias.

VIOLETA: (*Coqueteándole.*) Gracias joven.

EUGENIO: (*A doña Violeta*) Es casado... y tiene cuatro hijos. (*Aparte para él.*) Yo estaría dispuesto a darle el quinto.

PETER: (*Entrando. Directo hacia René.*) ¡Vida mía! (*Todos quedan admirados, pues reconocen al artista.*)

RENÉ: ¡Ah, Pedro Peter! Gracias por estar aquí.

PETER: ¡Vida mía, para mí es un honor compartir contigo esta tarde!

RENÉ: Quiero presentarte a mi familia. (*De seguido.*) Mi mamá Alicia, mi abuela Ramonita...

PETER: Mucho gusto...

ALICIA: Encantada...

ABUELA: Un placer...

RENÉ: Por supuesto, conoces a Eugenio...

PETER: (*Fingido.*) Creo que me lo presentaste en algún momento. ¿Cómo estás, Eugenio?

EUGENIO: ¿Qué tal?

RENÉ: Y él es el señor juez.

PETER: Un placer.

RENÉ: Y mi padre.

PETER: Felicidades, señor. Su hijo es un artista de la decoración.

GUSTAVO: Algún día su destino será ser el presidente de mi negocio.

PETER: (*A don Gustavo.*) ¡Qué *charm*!

RENÉ: El es un querido amigo, el señor Pedro Peter Aldarondo, una primera figura de nuestra escena.

VIOLETA: Caramba, no recuerdo haberlo visto antes.

PETER: No sabe lo que se ha perdido.

VIOLETA: ¿En la opera, el ballet, tal vez en la sinfónica?

PETER: No señora. Soy actor de teatro y profesor de actuación en la universidad.

VIOLETA: ¡Ah! Es que yo no veo teatro aquí. ¡Es tan vulgar! Cuando quiero ver teatro viajo a Londres, o Nueva York...

PETER: ¿Viaja sola... o con su ma-dre?

RENÉ: (*A doña Violeta.*) ¡"Atúqui"! (*A Pedro Peter.*) ¿Te gusta el salón?

PETER: ¡Exquisito para una boda! ¡Qué "charm"! (*Mientras apunta con la cabeza hacia las figuras de las estrellas de Hollywood.*) Rodeado de mis amigos Bette Davis, Elizabeth Taylor, Marilyn y James Dean. ¡Ay Jimmy, cómo te echo de menos!

ABUELA: Hace unos meses unas amigas fueron a verlo al teatro y me dijeron que se rieron tanto, que se orinaron encima.

ALICIA: ¡Mamá!

PETER: ¡Me encanta la abuela!

ABUELA: Yo tuve la oportunidad de verlo y no hay quien pueda con usted en el escenario.

PETER: Ni fuera del escenario.

VIOLETA: ¡Pero qué humilde es usted!

PETER: Son los rezos. Antes de dormir hago una plegaria de cinco horas, rogándole al Señor que me despoje de un poco de talento y me colme de humildad.

EUGENIO: Reza con fe. Creo que no te han escuchado.

PETER: Saben, una noche el Señor se me apareció...

VIOLETA: (*Con mala intención.*) ¿Cuál de ellos?

PETER: El del cielo. Y me dijo: -"sobre tus hombros dejo todo el talento del mundo. Repártelo, que en tu país hay mediocres como coquíes en el campo". ¡Qué castigo! Yo, que pensaba retirarme, tendré que permanecer en los escenarios para iluminar al mundo.

GUSTAVO: (*Sospechoso.*) ¿Y... de dónde usted conoce a mi hijo?

PETER: Un día pasé por Plaza Las Américas y quedé asombrado ante la belleza de una vitrina. Mi secretaria hizo las gestiones y su hijo decoró mi *penthouse*.

GUSTAVO: ¿Y usted es...

PETER: ¿Casado? Sí. Y me encantan los niños. Yo adoro a los niños. ¡Si por mí fuese tuviera uno en cada esquina! (*La señora Flecha, madre de Tuti, llega hasta el grupo.*)

SRA. FLECHA: Buenas tardes.

ALICIA: Señora Flecha, bienvenida. Quiero presentarle a mis invitados. Él es...

SRA. FLECHA: (*Cortante.*) Buenas tardes para todos. Preferiría que, de inmediato, pasemos al asunto que nos trae aquí.

ALICIA: (*Por la escueta contestación de la señora Flecha.*) ¿Se siente bien?

SRA. FLECHA: Por supuesto. Yo siempre estoy bien. Un poco incomoda por el lugar. Creo que todo este derroche de dinero está de más. Sólo vine a entregar a mi hija en matrimonio, como debe ser. Está lista. Le ruego me indique dónde debo colocarme.

ABUELA: (*A quien tenga al lado.*) Qué simpática es ella, ¿verdad?

ALICIA: Como usted será parte de la familia...

ABUELA: ...lamentablemente...

ALICIA: ...insisto en presentarle a mis invitados. (*Mientras lo hace, todos se limitan a saludar con la cabeza solamente.*) El padre de René, mi madre, Eugenio, el padrino de la boda, el señor juez, doña Violeta y el señor Pedro Peter Aldarondo.

SRA. FLECHA: Hoy entrego a mi hija a la familia Bermúdez. Y estoy orgullosa de ella. Es una espléndida joven. La he criado, como decía mi madre, dentro del puño. La entrego con todos los atributos que debe cargar una mujer. ¿Y qué más felicidad? Estoy segura que se desposa con un buen hombre.

ALICIA: Yo puedo dar fe de ello. Mi hijo es todo un caballero.

GUSTAVO: Que multiplicará la familia de inmediato.

ABUELA: ¡Yo estoy tan esperanzada! No quiero morirme sin que René me dé un nietecito.

PETER: ¡Qué el Señor le dé muchos años de vida! (*Entra la música anunciando la llegada de la novia.*)

JUEZ: Por favor, vamos a colocarnos. (*René llega hasta la plataforma y se coloca al lado del señor juez. Comienza el desfile. La primera es Marta, como dama de honor, quien luce incomoda por su vestuario. La segunda en aparecer es doña Alicia. Como madrina de la boda se coloca al lado de su hijo René. Tuti entra acompañada por su madre. Su belleza es más resplandeciente porque, en un traje de ensueño, su hermosura se multiplica.*)

JUEZ: Hermanos, el Padre nos regala una tarde hermosa para un evento de trascendental importancia. Dios creó al hombre, y creó a la mujer para que le hiciera compañía. Este... este barco se está moviendo... Bueno, pues como les decía, en breve tendré la próstata… digo la potestad, la potestad de casar a... (*Buscando los nombres entre sus papeles.*) ¿A quienes caso? ¡Ah, sí! A este muchacho y esta muchacha...

RENÉ: (*Apuntándole.*) René Bermúdez y Tuti Flecha.

JUEZ: Correcto. A René Bermúdez y Tuti Flecha. El matrimonio es... algo serio. Es la unión legal entre un hombre y una mujer. Así que espero que estén seguros de lo que van a hacer... Antes de iniciar este enredo… digo enlace, y para no tener ningún tipo de interrupción, permítanme preguntar… (*A René y a Tuti.*) ¿Juran decir la verdad, nada más que la verdad y solamente la verdad? Ah, no, perdón, eso es para los juicios, lo de ustedes es… Pero bueno, no está de más…díganme, ¿juran?

RENÉ y TUTI: Lo juramos.

JUEZ: ¿Están seguros de que este barco no se está moviendo?

ALICIA: No señor juez. Siga, siga.

JUEZ: Bien. Me veo obligado a reducir el protocolo de la ceremonia porque no me siento bien. Si hay alguien que se interponga a este sagrado matrimonio que lo diga ahora o calle para siempre.

JAVIER: (*Entrando.*) Buenas tardes. (*Todos se vuelven. Comentarios. Pedro Peter casi se desmaya. René, incómodo, cruza miradas con Javier. Doña Alicia se muestra tensa. Doña Violeta percibe la situación y sonríe hacia René. Tuti, con una aparente calma, no cede su postura.*)

PETER: (*Llegando hasta Javier.*) Hay como diez actores, cinco actrices y ocho productores que quisieran verme muerto, pero tú serás quien me lleve a la tumba. Echa para acá. (*Tuti agarra a René y lo gira hacia el juez.*)

ALICIA: (*Al juez.*) Nadie se interpone a la boda. Le ruego que continúe.

JUEZ: Ellos son tan jóvenes, ¿por qué habría alguien de interponerse, verdad? Continuemos. René Bermúdez, ¿estás ahí, hijo?

RENÉ: Sí, señor juez. Estoy aquí.

JUEZ: ¿Acepta a Tuti Flecha como legítima esposa para amarla, respetarla y acompañarla por el resto de sus días?

RENÉ: (*Extrañado.*) ¿Tanto?

JUEZ: ¿Perdón?

ALICIA: Dijo que sí. ¿Verdad que dijiste que sí, René?

RENÉ: Sí.

JUEZ: Tuti Flecha, ¿acepta a René Bermúdez para acompañarlo el resto de su vida?

TUTI: Acepto.

JUEZ: ¿En la pobreza y en la riqueza?

TUTI: Sí. Lo acepto.

JUEZ: René Bermúdez, ¿acepta a Tuti Flecha en la enfermedad, en la riqueza y en la pobreza?

RENÉ: Acepto.

JUEZ: ¿Se aceptan para que, inquebrantablemente, sean fiel uno al otro?

RENÉ y TUTI: Lo juramos.

JUEZ: ¡Qué maravilla, hermanos! ¿No sienten como un regocijo en el aire, una felicidad, como un batir de alas?

PETER: Sí, señor juez. Una pluma me cayó en el champán.

JUEZ: ¿Plumas? ¿Hay plumas aquí?

EUGENIO: De las aves que "*fletean*" por toda la bahía.

JUEZ: Este, bueno, ¿por dónde íbamos?

ALICIA: Ahora debe declararlos marido y mujer.

JUEZ: Tuti Flecha, ¿acepta a René Bermúdez como esposo?

MARTA: Espérate, a esto como que le dieron "*rewind*". Eso ya lo preguntaron, *pana*.

JUEZ: (*Por Marta.*) ¿Y a ella, de dónde la sacaron?

RENÉ: Es la dama de honor.

JUEZ: Ah, es verdad. Se necesita una dama de honor. (*A Tuti.*) Bueno, ¿acepta o no?

TUTI: Sí. Acepto.

JUEZ: ¿Y usted, René, la acepta como esposa?

RENÉ: Sí. Acepto.

JUEZ: Acá entre nos... ¿no los obliga nadie?

TUTI: No.

RENÉ: Ni a mí.

JUEZ: Pues bueno, ya que insisten... Los anillos, por favor. (*Eugenio entrega los anillos que lleva en el bolsillo.*) Los declaro marido y mujer. Ahora el novio puede besar a la novia. (*Lo hacen. Reacción de Javier. Comentarios, besos, abrazos, lágrimas. Entra el vals. Aplausos. René y Tuti van al medio del salón y comienzan a danzar. Pausa. Eugenio llega hasta Tuti, corta el baile y baila con ella. La abuela baila con René. Don Gustavo danza y baila con Tuti. Doña Alicia baila con René. Tuti y René bailan. Doña Alicia y don Gustavo observan y se retiran. Eugenio y Marta bailan. Eugenio baila con Tuti y Marta con René. Como broma, Marta corta a Eugenio e invita a Tuti. Tuti se muere de la risa. René vuelve a danzar con Tuti, el señor juez corta y baila con Tuti. René queda solo, en medio de la pista. Le tocan el hombro, se vuelve, y es Javier. René se descontrola. Se apartan.*)

RENÉ: Me diste la palabra de no venir.

JAVIER: Vine porque yo soy tu amante y acabas de casarte con una mujer. Si hubiera sido yo, ¿cómo te hubieses sentido?

RENÉ: Es que no has entendido nada. ¡No puedo seguir así, Javier! Creo que lo mejor sería que nuestra relación termine.

JAVIER: ¡Pues la terminamos!

RENÉ: ¡Hice lo que tenía que hacer. He cumplido.

TUTI: (*Tuti, en un gran acto de fingimiento, muy sonreída, llega hasta René e ignora a Javier.*) René, cariño, ven, nuestros invitados quieren saludarnos... (*Retira a René. Doña Alicia llega al lado de Javier.*)

ALICIA: (*En baja voz, pero cortante.*) Quiero que sepa una cosa. Sé que la gente de su clase acostumbran a hacer escándalos en cualquier sitio. Le suplico no los haga aquí.

JAVIER: Quiero que sepa dos. Una, la gente de mi clase es tan digna como la suya. Dos. ¡Por que amo a su hijo, no le arranco la cabeza y la tiro por la borda! (*Apresuradamente abandona el lugar.*)

PETER: (*Llegando hasta Doña Alicia.*) Tengo un amigo productor que anda en busca de una actriz para protagonizar su próxima producción. Es un personaje inseguro, tristísimo y patético. ¿Le gustaría audicionar? (*Grandioso y tranquilo abandona el lugar.*)

GUSTAVO: (*Llegando hasta doña Alicia.*) Dile a René que lo felicito por no defraudarme. Y que esta misma semana le llegará un cheque para todos los gastos. Tengo que irme. Mi mujer está esperándome en el carro.

ALICIA: ¡Pues lárgate! (*Don Gustavo abandona el lugar. René y Tuti danzan en el centro.*)

SRA. FLECHA: (*Llegando hasta doña Alicia. Satisfecha.*) ¡Tengo el pecho lleno de regocijo! Por fin mi hija está casada. Mi responsabilidad ha sido cumplida. Gracias a Dios que Tuti ha encontrado al compañero de su vida. Estoy segura que René llenará a mi hija de felicidad.

ALICIA: Así será. René está muy enamorado de la que hoy es su esposa. Me lo repetía constantemente. Sólo le pido al Señor que los ilumine eternamente. Que los acompañe en los malos momentos y siempre esté presente para que ese matrimonio jamás naufrague. (*A* cue *de la palabra "naufrague", rápido escuchamos en tema de la película Titanic. La fiesta se apodera de todo y la escena se va a negro. Ahora es de noche y tendremos el decorado del primer acto. René, entra cargando a Tuti. Es la típica escena, la entrada acostumbrada. Están muertos de la risa por toda la emoción y ajetreo que conllevó dicho evento. René debe tener una leve notita de licor arriba, que lo hace juguetón. La sala de Javier también está iluminada. Javier está sentado. Tristísimo, y tiene un trago en las manos.*)

RENÉ: ¡Uh, coño, pesas como cuatrocientas libras!

TUTI: ¡Es el traje, los tragos y el bizcocho!

RENÉ: (*Como relajo.*) ¡Como engordes te dejo!

TUTI: ¡Jamás! (*Prepara unas copas, las cuales deja, muy disponibles, junto a la sofa-cama. Javier se levanta y disca un número de teléfono.*) ¿Cómo te sientes casado?

RENÉ: Bien. Muy bien. (*Suena el teléfono.*) Mira a ver quien es. Voy a lavarme la cara. (*Y sale.*)

TUTI: (*Toma el teléfono.*) Buenas noches.

JAVIER: ¿Con quién hablo?

TUTI: (*Presumida.*) Con la esposa de René Bermúdez. ¿Quién habla?

JAVIER: El marido de René Bermúdez.

TUTI: ¿Qué es lo que desea?

JAVIER: ¿Feliz?

TUTI: Completamente.

JAVIER: ¿Aunque haya roto una relación?

TUTI: Lamentablemente... es así.

JAVIER: Escúcheme bien. Voy a enseñarle que el protagonista de esta historia soy yo. Dígale a su marido que lo quiero en mi casa antes de dos horas y que si no lo

hace voy a buscarlo.

TUTI: Eso ya terminó. (*Y cuelga el teléfono.*)

RENÉ: (*Entrando. Casual.*) ¿Quién era?

TUTI: Equivocado.

RENÉ: Ah.

TUTI: ¿Te sientes bien?

RENÉ: Claro. (*Se quita los zapatos, y la camisa. Toma un Magazín y se tira sobre la sofá-cama a leer. Mientras, Tuti se afloja el vestido, que se desliza hacia abajo.*)

RENÉ: Ponte la bata que te va a dar catarro. (*La mujer, la artimaña, la calculadora, se advierte en cada paso. En René, no hay la menor intención.*)

TUTI: (*Maliciosa, se acuesta al lado de René. Comienza a jugarle con el pelo.*) ¿Qué lees?

RENÉ: Miro estos arreglos de vitrina. Yo podría hacerlos mejor. (*Tuti continúa jugándole con el pelo.*) Niña, déjame, que me despeinas.

TUTI: Con el pelo revuelto te ves más guapo.

RENÉ: Déjame pasarme el "*blower*".

TUTI: (*Halándolo.*) No. Quédate aquí. (*Toma de la mesita dos tragos. Le extiende uno a René, quien lo toma, "straight up".*) ¿Cómo te sientes casado?

RENÉ: De lo más bien. Mañana voy a hacer hojas sueltas y las voy a tirar desde un helicóptero. Casado, quién lo iba a decir.

TUTI: ¡Te prometo un mundo fascinante! ¿Qué... tienes deseos de hacer?

RENÉ: Ver televisión.

TUTI: Ya tendremos tiempo para eso. (*Tuti le extiende otro trago. Retadora.*) ¿A que no lo tomas de un cantazo?

RENÉ: (*Juguetón.*) ¡A que sí! (*Se empina el trago.*)

TUTI: ¡Eso! (*Tuti baja la mirada hacia el pecho de René.*)

RENÉ: ¿Qué miras?

TUTI: Eso que tienes ahí.

RENÉ: ¿Dónde?

TUTI: (*Se arrastra hasta René e intenta morderle una tetilla.*) ¡Aquí!

RENÉ: (*Del susto, René, casi se pone de pie.*) ¿Tuti, qué te pasa?

TUTI: (*Lo agarra por el brazo y lo tira en la cama.*) ¡Que tengo ganas de jugar!

RENÉ: ¡Pues vamos a jugar! (*René la toma por el pelo. Tuti también lo hace y, como si fuesen dos niños, ruedan en la cama. Se ríen de su retozo.*)

TUTI: Tienes unos pectorales increíbles. (*Ahora, Tuti intenta morderlo en el pecho.*)

RENÉ: (*Juguetón.*) ¡Ay, me da cosquillas! (*Tuti se le trepa encima. Le estira los brazos. Sus senos están, prácticamente, sobre el rostro de René. Ahora, creyendo que es parte del juego, René permite que Tuti le controle. Ahora, Tuti reposa su cuerpo encima de él e intenta besarlo. René da un brinco y queda de pie.*) ¿Qué te pasa?

TUTI: ¡Dame la oportunidad de demostrarte lo que es una mujer!

RENÉ: ¿Pero qué te pasa? ¿Me quieres explicar qué te pasa?

TUTI: ¿No te has dado cuenta?

RENÉ: No.

TUTI: Que quiero ser tuya. Y quiero que tú seas mío.

RENÉ: ¡Pero Tuti...

TUTI: Date esa oportunidad ¡Una mujer en una cama es como un túnel de inacabable fantasía! Lujuriosa y subyugante. Verás lo distinto y eterno que es. Vamos, relájate.

RENÉ: Pero, es que no te entiendo. ¡Tuti, yo soy "*gay*"!

TUTI: Te estoy dando la oportunidad de un cambio de vida.

RENÉ: Yo soy muy feliz de la manera en que soy.

TUTI: No es normal, René, no es normal.

RENÉ: (*Se mira, como buscando algo distinto en él.*) Es que... yo soy igual que los demás. No me digas que tú también piensas que, porque yo ame a un hombre...

TUTI: Te deseo.

RENÉ: (*Desconcertado.*) ¿Qué tú dices?

TUTI: Que quiero ser tuya. Que estoy enamorada de ti.

RENÉ: Tuti, hace varios años, en una barra de San Juan, me contaste de todos los pugilatos que tenías con tu madre. Mira a ver si lo recuerda.

TUTI: Sí.

RENÉ: Y de tanto contármelos, de tanto verte llorar, quedamos de casarnos para liberarte de tu familia, ¿verdad?

TUTI: Y tú dijiste que tal vez te convendría estar casado...

RENÉ: Para quitarme a Mama de encima. Pero en ningún momento hablamos de que entre nosotros existiese otro sentimiento más allá que el de panas. Y recuerdo que nos "*gufeabamos*" la nota de lo mucho
que íbamos a reírnos con una boda.

TUTI: Pero no te puse una soga al cuello. Tuviste de acuerdo en casarnos para "formar un hogar". Palabras textuales.

RENÉ: En todo caso, formaríamos un hogar de apariencias. Porque mamita, ¡yo estoy más claro que el agua!

TUTI: Pues mira a ver cómo te las arreglas. Porque ante las leyes, tú y yo somos marido y mujer. Y eso quiere decir, entre otras cosas, que de aquí yo no me muevo. Porque esta casa es tan tuya como mía.

RENÉ: ¿A ti se te olvidó que mi marido hizo capitulaciones? Contéstame esto, a ver dónde he cometido el error. Tú me conociste en una barra "*gay*", ¿verdad? Luego, al tiempo de ser amigos, te dije que al fin había conocido a un muchacho que había visto por meses en la barra, ¿verdad? Sabías, también, que nos habíamos hecho amantes, ¿verdad? Sabías de esa relación, aunque él viviese en su apartamento y yo en el mío, (*Resumiendo.*) Tuti, a quien yo quiero es a Javier.

TUTI: Javier no puede darte lo que yo puedo ofrecerte.

RENÉ: Pero lo prefiero a él.

TUTI: Pensé que... una relación intima, con una mujer, podría hacerte cambiar.

RENÉ: Podría acostarme mil veces con una mujer y seguiría siendo igual.

TUTI: Pensé que... tal vez un hijo te daría la perspectiva correcta para que mañana fueses un hombre verdadero.

RENÉ: Entonces, si me acuesto contigo y tengo un hijo, ¿soy un verdadero hombre? Estás tan equivocada como el resto del mundo.

TUTI: Considéralo. Te hablo con la sinceridad de una mujer.

RENÉ: ¡Y yo con la sinceridad de un maricón!

TUTI: (*Evasiva.*) Bueno, podemos... conversar en otro momento. El día ha sido muy duro. Vamos a descansar.

RENÉ: De acuerdo. (*Tomando aire.*) Tuti, yo no quiero herirte de ninguna manera, pero quedamos en que yo dormiría en mi cama y tú en el otro cuarto. (*Suena el timbre de la puerta. Tuti toma el auricular y contesta.*)

TUTI: Diga. Es Doña Alicia.

RENÉ: ¡Ay no!

TUTI: Pase doña Alicia. (*Mientras arregla el ambiente.*) Espero que la conversación la mantengamos en secreto.

ALICIA: (*Entrando.*) Buenas noches.

TUTI: Buenas, doña Alicia. Adelante.

RENÉ: Bendición.

ALICIA: Los vi bajarse del crucero. Se supone que pasarían una semana por las islas... en luna de miel. (*Pausa.*)

TUTI: (*Como escape.*) Fue que... No me sentí bien. Estaba mareada.

ALICIA: El barco cuenta con facilidades médicas.

TUTI: Pensé que, al verme en alta mar,

rodeada tanta agua me causaría... un poco de claustrofobia.

ALICIA: (*Astuta. Baja la guardia.*) Sí. Es posible.

TUTI: Así que, decidimos, pasar la luna de miel aquí.

ALICIA: (*Simpatiquísima.*) Hubieses hecho un esfuerzo. Esas islas cuentan con unos paisajes sorprendentes. ¡Cómo hubiesen disfrutado de sus playas! El agua es tan mansa y cristalina que pueden verse los pececitos jugando entre los pies. Bueno, pero nunca es tarde si la dicha es buena. Pueden irse a cualquier hotel. ¡El Conquistador es una maravilla!

RENÉ: A ninguno, Mama.

ALICIA: Perfecto. Pueden quedarse aquí entonces.

RENÉ: Ni aquí, ni en ningún otro sitio.

TUTI: ¡René!

RENÉ: Mama, ¿alguna vez te he faltado es respeto?

ALICIA: No.

RENÉ: Me has pedido la gloria y te la he puesto a tus pies. Lo poco que tengo me lo he ganado honradamente. Soy un hombre libre de vicios, para que tú, tanto como papá, jamás bajaran la cabeza ante nadie. Te lleno de regalos, te llevo al cine, a cenar... ¡Dios mío, he tratado de hacerte la madre más feliz del mundo! Con este matrimonio traté de complacerte una vez más, pero te fallé. Y es la primera vez que lo hago. Mama, yo siento un gran aprecio por Tuti. Pero no la amo.

ALICIA: ¿Lo has intentado?

RENÉ: ¡El amor brota del pecho libremente y se regala a ciegas!

ALICIA: ¡René, qué voy a decirle a tu padre!

RENÉ: La verdad. Que su hijo es un hombre. Un hombre bueno, sincero, sencillo y decente. ¡Y dile, además, para que por fin se entere, que soy *gay*! (*Mu-*

tis.)

ALICIA: (¿Adónde vas?

RENÉ: (*Confuso.*) ¡Si lo supiera! (*Y sale apresurado.*)

TUTI: Hice... todo lo posible.

ALICIA: ¡Siempre se puede hacer más!

TUTI: Doña Alicia, yo quiero mucho a René. Es fácil enamorarse de él. De su alegría, de su inocencia. Pero no debí intentar cambiarlo. Usted debe aceptarlo como es. Su hijo es...

ALICIA: ...un hijo maravilloso! Lo sé. Pero no me doy por vencida tan fácilmente. Es tan joven. Todavía puede cambiar. (*La luz se escapa lenta y sube en el apartamento de Javier. Luce absorto. Con una pena infinita que llena la escena de una ambiente taciturno. Pedro Peter se encuentra preparando unos tragos. Se vuelve a Javier.*)

PETER: Creo que la madre de René me ha alterado el sistema. Me están comenzando los "*hot flashes*". (*Dándole un trago.*) La madre de René tiene cara de "Alka-Seltzer". Y su insoportable amiga, la tal doña Violeta, es como el colesterol: cómo jode, y la de Tuti, qué me cuentas, podría llamarse "Más allá del pánico". (*Silencio.*)

JAVIER: Me siento solo, Pedro Peter.

PETER: Es natural.

JAVIER: Y me duele porque la alegría se fue de mi lado. Porque la casa está nuevamente sola. Porque nuestro cuarto se había llenado de papeles, de juegos, de alboroto y ahora está tan vacío. ¡Y me duele porque no me lo merezco!

PETER: Te advertí que no fueras a esa boda pero como tú eres tan encojonudo...

JAVIER: ...tenía que verlo por mis propios ojos, y lo tenía de frente a mí y no podía hacerle daño.

PETER: Claro.

JAVIER: ¡Estoy tan herido, querido amigo!

PETER: Por eso estoy aquí.

JAVIER: ¿Cómo una persona puede sentirse bien a expensas de la infelicidad de otra?

PETER: ¿Te refieres a la Tuti?

JAVIER: Sí.

PETER: Hay gente que es así. Pero de cierto modo, es otra victima de la madre de René.

JAVIER: ¡Dios mío, qué mal me siento!

PETER: Recuéstate un rato.

JAVIER: (*Se golpea la frente.*) ¡Es que René no me sale de aquí! ¡Su imagen late, golpea, machaca en mi frente! Y sé que si me acuesto aparecerá en el sueño. ¡Dios mío, mátame, mátame!

PETER: Vamos, oblígate a meterte a la cama y empieza a llorar hasta que te canses.

JAVIER: ¡Los deseos que tengo son de desbaratar esta casa!

PETER: Es bueno sacarse toda esa rabia del sistema. Pero acuérdate que, lo que rompas, tendrás que comprarlo nuevamente.

JAVIER: ¿Qué hago para que no me duela?

PETER: No hay receta, vida mía, te lo tienes que sufrir, y yo tengo todo el tiempo del mundo para escucharte las veces que quieras.

JAVIER: ¡Estoy tratando de buscarle sentido a todo esto!

PETER: No lo tiene. Es que René llegó a tu vida en un momento muy débil y te aferraste a él como a una tabla de salvación. Nadie debe darnos el sentido de la vida. Ese entendimiento tiene que estar en nosotros mismos.

JAVIER: Me siento tan engañado. Tan utilizado. Entonces, ¿todo este tiempo fue mentira?

PETER: No, no. Esto es un desatino de la inexperiencia de René quien, por complacer a otros, te ha jugado una mala pasada. Y en cuanto a lo de utiliza*r*, vida mía, de una manera u otra, todos nos utilizamos.

JAVIER: Te voy a pedir, de favor, que lo llames. Dile que no quiero volverlo a ver en mi camino. Que le prohíbo pisar los lugares a donde yo voy. ¡Porque si me lo encuentro... (*La puerta se abre y aparece René. Luce desaliñado. Desolado.*)

PETER: (*A Javier.*) Pues, como te decía, en El Pájaro Azul, de Maeterlinck, los protagonistas se embarcan en mil dificultades en busca de la felicidad. Y, cuando despiertan de tan terrible pesadilla, se percatan de que, el pájaro azul, símbolo de la felicidad, estaba encerrado en una jaula, en la sala de su casa.

RENÉ: (*A Pedro Peter.*) Gracias por estar aquí.

PETER: Para eso estamos. (*Suena el teléfono móvil de Pedro Peter.*) Diga... No, no voy a ir, no voy a ir. ¡Déjame quieto ya! (*Apaga el teléfono.*) ¿A que no sabes quién era?

JAVIER: No.

PETER: ¡Ricky Martin! ¡Si me dejara tranquilo! (*Y sale. Silencio. Hay una pausa en que los personajes harán un repaso de sus momentos. Es una pausa tensa y el aire, por un instante, se llena de palabras repletas de silencio.*)

RENÉ: Hola. (*Pausa. Tratando de buscar conversación.*) Hola… estoy aquí... Hola… Me imagino cómo debes sentirte... (*¡Pausa! Confuso, agobiado ante el rechazo de Javier.*) ¡La cabeza va a estallarme a mí también! ¡Es lo único que puedo decirte! Dime algo, lo que sea.

JAVIER: ¿Verdad que dijiste que lo mejor sería terminar con nuestra relación?

RENÉ: Sí.

JAVIER: (*Seco.*) ¿A qué viniste entonces?

RENÉ: ¡A decirte que me siento muy mal!

JAVIER: (*En tribuna.*) ¿Y tú tienes los pantalones de decirme a mí que te sientes mal? ¡Pues mira, yo me siento el ser más humillado, el más abusado y despreciado del planeta! ¿Y de qué carajo tú piensas que yo estoy hecho, ah? ¿Va a estallarte la cabeza? ¡Pues a mí se me reventó el corazón! ¡Y cada pedazo está tan esparcido que nunca podré componerlo! (*Golpeándose el pecho con el dedo índice.*) ¡Esto que tenía aquí lo despreciaste y no te detuviste a pensar, ni por un momento, que estabas hiriéndome! ¡Pensaste solamente en ti y te olvidaste de Javier! Este que está frente a ti, que te ha dedicado sus días, todas sus horas, cada segundo para hacerte feliz. A protegerte y a quererte. ¡Cuando vi que te casabas sentí que la carne se me reventaba, que se me desprendía en miles de pedazos y no podía detenerte!

RENÉ: Javi, estaba en el fondo de un barranco, y no sabía cómo salir...

JAVIER: ¡Pues mira a ver cómo lo logras porque yo estuve en el fondo y voy para arriba! Entérate René, entérate. ¡A mí el fondo no me va!

RENÉ: Sólo puedo decirte una palabra...

JAVIER: ¡Yo puedo decirte miles!

RENÉ: Perdóname.

JAVIER: Debiste empezar por ahí.

RENÉ: Tenías razón...

JAVIER: ¡Pues claro que tenía razón y la sigo teniendo porque yo era el único que pensaba en ti!

RENÉ: Te fallé, lo sé. No sé que decir.

JAVIER: Voy a hacerlo por ti. Complaciste a tu madre, a tu padre y a Tuti. Consentiste a todos.

RENÉ: Menos a mí.

JAVIER: Ciertamente. Primero tienes que sentirte feliz tú para hacer feliz a los otros. Me alegro que lo hayas aprendido.

RENÉ: Aún así, tengo miedo.

JAVIER: Vivir con miedo es como caminar hacia atrás. Lo que pasa es que esta noche dejaste de ser niño para ser hombre. Y serlo significa, antes que todo, lograr el respeto propio para luego lograr el de los demás. Aprendiste que, cuando se tiene la verdad, siempre se mira hacia el horizonte y, aunque nos depare un futuro lleno de interrogantes, como hombres que somos, lo enfrentamos con valentía, con honestidad..

RENÉ: Te siento tan tranquilo...

JAVIER: Lo estoy, porque me conozco y me acepto. Y como lo sé, puedo mirar al mundo de frente. Incluyéndote a ti. (*Frente a frente*.) ¿Sabes quién eres, René?

RENÉ: Hoy lo aprendí. Como también que sentí que el estar contigo me trajo infinidad de alegrías...

JAVIER: ...porque te dejé ser como eras.

RENÉ: Y dentro de esta casa...

JAVIER: ...eras feliz.

RENÉ: Sí. Javier, quiero que este sea mi hogar.

JAVIER: Nunca ha dejado de serlo.

RENÉ: Quiero vivir contigo.

JAVIER: Tendré que pensarlo. (*Javier busca sus cigarrillos. La caja está vacía.*

La estruja y la tira. Ahora la escena adquiere un color distinto, como antiguo. Vuelve el especial anterior sobre ellos.)

RENÉ: Yo tengo Winstons. (*Le extiende su caja. Javier toma uno.*)

JAVIER: ¿Y qué haremos cuando se acaben...

RENÉ: Nos tendremos el uno al otro. ¡Javi, yo te amo!

JAVIER: ¡Y yo también! (*Se besan. Dije que se-be-san y apasionadamente.*)

RENÉ: ¡Ah, cuánto me hacía falta un beso!

JAVIER: ¡Y a mí también! (*Se va la luz especial.*)

RENÉ: Este... tengo... un pequeñito problema. Necesito decirte algo...

JAVIER: ¡Ay René... cuando dices que tienes que decirme algo…

RENÉ: (*Sacándose la chequera del bolsillo.*) ¡Esta jodía chequera no me cuadra! (*Se confunden en un caluroso abrazo. Cortante baja el*

Telón.

Domingo 14 de noviembre, 1999 8:24 PM.

***Hoy se casa mi amante.* Reparto:** Yamaris Latorre, Jimmy Navarro y Gustavo Rodríguez.

PALACIOS DE CARTÓN
(El musical)

de **Juan González-Bonilla.** (ISBN 1-881-702-05-7) Library of the Congress #PAU 2-169-202

(Esta obra se terminó de escribir el Sábado 16 de julio de 1993 12:09 de la madrugada. Y fue estrenada por Producciones Candilejas en el Centro de Bellas Artes Luis A. Ferré de San Juan, Puerto Rico, desde el 11 de febrero de 1994 bajo la dirección de Dean Zayas y la producción de Joseph Amato. Luego se representó en el Teatro La Perla, Ciudad de Ponce y en el Teatro Yagüez de Mayagüez). Esta es la segunda versión que hace el autor de la misma. Esta es la nueva versión para el 2018.

(Personajes en orden de intervención)
MANUEL: Jonhathan Dwayne
SOLEDAD: Alba Nydia Díaz
FELA: Ángela Meyer
LADY: Gladys Rodríguez
AURORA: Sharon Riley
TILA: Elsa Román
JUAN: Juan González-Bonilla

Diseño de la escenografía: Jaime Suárez
Realización: Elipse
Diseño del Vestuario: Gloria Sáez
Maquillista: José Raúl González
Asistente del Director: Luis González
Regidor de escena: Luis González
Estudio de grabación: Zanahoria Sound
Comercial para televisión: Public-Coop
Utilería: Producciones Candilejas
Utilero: Carlos Colón

Dirección Artística:
Dean Zayas

Productor General:
Joseph Amato

Tema musical: Palacios de cartón: Jonhathan Dwayne
Arreglos musicales: Cuqui Rodríguez
CANCIONES: Johnathan Dwayne y Juan González-Bonilla.
Coreografía: Leonor Constanzo

Escenografía:
(Sótano de un edificio abandonado y en ruinas, en Santurce, convertido en vivienda por unos indigentes. Habrán cuatro columnas que sostienen el edificio. El techo no es visible, tal vez un arco. Al centro unos cinco cajones de madera de diferentes alturas y tamaños que formaran una plataforma. En la parte más alta de la plataforma hay una butaca de mimbre con un gran espaldar que dará una impresión de trono. Ese será el espacio de "Lady" que casi nunca baja de él excepto en ocasiones especiales porque este personaje casi habita distanciada de los demás. Junto al "trono" de Lady hay varios libros. Lleva un traje largo y luce despeinada. Denota distanciamiento de los demás personajes y vive abstracta, cansada de tanto caminar, pero sabemos que algo trama. A veces su semblante demuestra una enorme tristeza, otras de triunfo y otras una sonrisa vengativa. Junto a

ella habrá una tela, sucia, que casi no podemos distinguir de qué se trata hasta el momento dado. Al fondo, una pared sólida que tiene una puerta de entrada. Al lado derecho, otra puerta. Esta tiene una escalera de unos 5 pies de alto y da acceso al sótano. Consta de dos descanso. Luego, los escalones van muriendo y desembocan al centro fondo de la escena. Al lado izquierdo, una puerta clausurada. Al lado derecho habrá una ventana grande, de dos hojas, que está rota y entreabierta. Esta ventana es utilizada como entrada al sótano por los que allí residen. Algunos rayos de luz exterior entra por ella cuando es de día. En su base tendrá unos escalones improvisados por sus usuarios, que pueden ser bloques de cemento. Del marco de la misma cuelgan unas latas que avisan cuando alguien entra. En el lado izquierdo del sótano y pegado a la pared lateral, un fregadero. Antes del mismo, un boquete que los personajes usarán como una entrada secreta al lugar. Aunque existe un fregadero, el agua sale de una manguera que viene del exterior la cual es robada. Cuelga una bombilla envuelta en una lata, y veremos claramente que los cables vienen de afuera, dando la impresión de que la electricidad es robada también. Todo es color gris y negro. Mugre, aunque las paredes guardan un residuo de algún vivo color. Durante el drama notaremos que, periódicamente, la arena como que llueve del techo, el cual no se ve. Para lograr el efecto final parte de las paredes deberán estar construídas en "foam". De acuerdo con el Director, una que otra vez, escucharemos alguna música que proviene de algún cafetín cercano. Al comenzar el acto, la iluminación viene de atrás y veremos todo el decorado en silueta. Mientras va subiendo el telón, el espectador irá viendo siluetas que simulan pequeños castillos en distintas áreas. Cuando quede iluminada la escena, el espectador notará que son cajas de cartón construidas por sus moradores; son los espacios que usarán para dormir. Algún banquito. Se podrá usar pailas de pintura para sentarse.)
Nota: El drama podría representarse sin las canciones.

Acto I: Canción: **Palacios de cartón.** *(Todos, menos el personaje de Juan. Cuando sube el telón la canción tema dejara sentirse y veremos a todos los personajes aparecer pero en siluetas.)*

(Canción tema: Johnathan Dwayne)

Tiempo inerte
Vida en muerte
Y en siluetas
Los palacios de cartón

Coro:

Somos seres	**El tiempo no cuenta**
En espera de una vida	**Perecen las quejas**
Entre palacios de cartón	**Un alma en pena que pide**

y espera
Que vive soñando
Que anda dormido
Entre palacios de cartón
Un día más buscando lo perdido
Las manecillas del reloj no marcarán

Cada segundo que transcurre adolorido
Pido por caridad, otra oportunidad

Tiempo inerte, vida en muerte
Y en siluetas
Los palacios de cartón
Somos seres en espera
De un destino entre palacios de cartón

Una vida entre palacios de cartón.

(Todos desaparecen.)

MANUEL: *(Entra por la ventana. Trae un saco sobre su espalda.)* ¡Cómo está el hijo de puta en este país! Hay tantos que hacen filas. *(Bajando la escalera.)* Deberían tirar una bomba de mierda y que no quede una palma viva. *(Abre el saco y va sacando una ropa que ha encontrado por la calle.)* Mierda es lo que he encontrado hoy. Pura mierda.

SOLEDAD: *(Saliendo de una caja de cartón.)* ¿Quién... quién está ahí, quién?

MANUEL: El gobernador, que vino a verte. "Estoy sumamente preocupado por el bienestar de mi pueblo, y tengo entendido que hay una ratita por aquí que anoche cogió un "arrebato" con sustancias prohibidas y se arrastró por cuanta cuneta tiene nuestra hermosa y limpia capital."

SOLEDAD: El gobernador es el primer arrastrao que tiene este país.

MANUEL: Eso te puede costar caro.

SOLEDAD: Vivimos en un país democrático.

MANUEL: La democracia existe de acuerdo con el poder que se tenga. Y cuando no se tiene poder hay que aprender a mentir. Déjame enseñarte. Anda, miénteme.

SOLEDAD: Eres el hombre más limpio y decente que haya visto en mi vida.

MANUEL: Te pedí una mentira, ratita.

SOLEDAD: Este país está lleno de gente noble.

MANUEL: Estás mejorando. Ahora vuelve a tu asqueroso mundo y déjame en paz.

SOLEDAD: Tengo hambre, Manuel.

MANUEL: Jodete. Tírate a la calle como yo a buscar aunque sea mierda para llenarte el estómago.

SOLEDAD: Tú eres hombre. Eres fuerte.

MANUEL: ¿Sabes cuánto he mendigado hoy? He tratado de limpiar carros. "No, gracias, el carro está limpio", aunque le puedas escribir encima de tanto sucio. - Señora, ¿quiere que le deshierbe el patio? "No, yo sé hacerlo bien". -Dos o tres pesos, señora, los necesito para comer. "No, gracias, a mí me gusta hacerlo". A veces me tiran una peseta por entre las rejas, con miedo, para que me vaya. Me miran como una cosa. No como a un ser humano. *(Violento.)* ¡El hambre me devora a mi también y lo que vomito es viento, saliva; porque no tengo nada adentro!

SOLEDAD: El hambre me está matando, Manuel. *(Soledad se rasca. Se aprieta el cuerpo con sus manos. Tiene toda la desesperación que la falta de droga le ocasiona.)*

MANUEL: Otras cosas son las que te están matando, Soledad.

SOLEDAD: Dame algo. Estoy segura que conseguiste comida.

MANUEL: Sí. En los zafacones de Super Max de la Avenida De Diego botaron lo que sobró de la semana pasada y allí estaba Manuel. Con los ojos como bolas de billar y las manos listas para escoger del variado menú que a la exclusiva clientela de tan distinguido supermercado le sobra. ¡Qué cosa, unos muriéndose de hambre y otros botando la comida! Los que tienen demasiado nunca se detienen a pensar en los que no tienen. ¿Hambre en este país? ¡Qué va! Eso aquí no existe. Esta es una isla que tiene sus problemas, pero eso sí, cero hambre, cero injusticia! "La isla del encanto". Al que se inventó ese chiste debieran colgarlo por las bolas.

SOLEDAD: Dame un poco. ¡Por favor!

MANUEL: Bueno, podríamos negociar. *(Manuel busca en el saco y de momento se vuelve a Soledad y la toma por el cuello.)* A pesar de todo, eres hermosa, Soledad.

SOLEDAD: ¡Suéltame!

MANUEL: ¿Y si no quiero?

SOLEDAD: Nada puedo hacer. *(Manuel la besuquea por el cuello y el pecho.)*

MANUEL: Eres flaca, pero jugosa.

SOLEDAD: *(Sin poner resistencia.)* Eres un hijo e'puta, Manuel.

MANUEL: Eso es verdad.

SOLEDAD: *(Controlada.)* ¡Suéltame, puerco!

MANUEL: ¿Quieres comer o no?

SOLEDAD: Sí. *(Manuel la tira al suelo. Soledad queda entre las rodillas de éste, quien la tendrá ahora con las manos extendidas como si estuviese crucificada. Vuelve a besuquearla por todo el cuello. Ahora le desgarra la blusa y besa sus senos. Ahora le sube la falda y la ultraja. Soledad permanece inmóvil durante todo el acto. Es como si estuviera en otro lugar y nada le estuviera sucediendo.)*

MANUEL: *(Luego de concluir.)* Dime, ¿eres mía solamente, verdad?

SOLEDAD: *(Dejando que Manuel la acaricie toda.)* He sido de muchos, Manuel.

MANUEL: *(La levanta y la abofetea.)* Puta. Eso es lo que eres. Lo que son todas. ¡Unas putas! *(Por el hueco de la pared entra Fela. Agarra una palangana del fregadero y le pega a Manuel.)*

FELA: ¡Suéltala so' animal, suéltala! *(Se le trepa encima. Manuel la tira.)*

MANUEL: ¿Qué es lo que te pasa?

FELA: ¿Qué carajo hacías con Soledad?

MANUEL: Trataba de despertarla. Quería darle comida.

FELA: Te voy a decir una cosa, como te encuentre otra vez cerca de Soledad, no te voy a dar un "brake". Te voy a joder esa cara sin que te des cuenta.

MANUEL: Tú no tienes pantalones pa' darme un tajo. Y escúchame bien, pedazo de mierda. El que tiene cojones aquí soy yo.

FELA: Pues yo me cago en la noticia. *(Manuel le tira con una lata.)* Fallaste Manuelo. *(Y saca una navaja.)*

MANUEL: Echa pa' cá ratita. Anda, córtame la cara. Córtamela so' pendeja. *(Manuel logra agarrarla y le tuerce la mano a Fela y ésta suelta la navaja.)* ¿A quién le ibas a cortar la cara, a quién? Vamos, te voy a enseñar a hablar. Repite. Soy una rata asquerosa. *(Fela no contesta y Manuel le tuerce la mano.)* ¡Dilo!

FELA: Soy una rata asquerosa. *(Manuel la suelta un poco. Fela aprovecha, levanta la rodilla y le pega fuertemente a Manuel por los testículos y éste cae al suelo. Fela toma la navaja y cuando va a tirarle...)*

SOLEDAD: ¡Déjalo, Fela! Manuel me trajo comida.

FELA: ¿Estás segura?

SOLEDAD: Sí, está en el saco.

MANUEL: En este país todo se vende... *(Mirando a Soledad.)* y siempre hay gente dispuesta a comprar. ¿Sabes una cosa, Fela? Una de estas noches estarás "arrebatá" y profundamente dormida...

FELA: Mátame bien matá, Manuelo. Porque si me levanto...

SOLEDAD: Ya estamos muertos, ¿o es que no se han dado cuenta? *(Fela mira a Soledad. Luego a Manuel.)*

FELA: ¿Cuentas claras, hermanito? *(Y guarda la navaja.)*

MANUEL: Cuentas claras... pendeja.

FELA: ¿Dónde conseguiste la comida?

MANUEL: A ti qué te importa, además, mi territorio no lo toca nadie. *(Busca en el saco y le tira un pedazo de pan a Soledad y esconde el resto.)*

MANUEL: ¿Por qué entraste por el hueco de la pared ?

FELA: Esta tarde, frente a la entrada, estaban otra vez los tipos esos. Los de camisa blanca y corbata. Tenían libretas y lápices en las manos y señalaban el edificio. Llevan semanas haciendo lo mismo. Todavía hay unos afuera. *(Manuel sale por el hueco de la pared. A Soledad.)* ¿Estás segura que Manuel no quería meterte mano?

SOLEDAD: No. Solamente quería darme la comida. ¿Cómo estás, Fela?

FELA: Cansá. Todo el día de pie, en ese cruce de calles. Me la he pasao toreando las motoras: *(Lo hace.)* una por aquí: -quítate que te llevo las nalgas- Otra: -mira que te esparracho... Otra: -quítate sucia. Los carros también iban volando. De ñapa, hizo un sol violento. Azotaba de frente y me hacía ver... como "enfuscá".

SOLEDAD: Estarías "tripeando".

FELA: No. Yo no me meto ná' de día. La nota es pa' la noche. *(Una luz especial, con apariencia antigua, matizada con unas notas musicales, como si el tiempo la transportara al presente, asoma "Lady". Su caminar es elegante y su porte es el de una reina. Lleva una escoba en la mano, como si fuera un cetro y un saco pequeño.)*

LADY: Buenas tardes.

FELA: ¿Por qué entras por arriba? Quedamos en que no volveríamos a hacerlo. Afuera siguen esos hombres señalando el edificio y hablando entre ellos.

LADY: Tengo demasiado en qué pensar. Además, yo puedo entrar por cuanta puerta haya en este pueblo porque esta tierra es nuestra. Los del norte no podrán impedirlo. ¿He recibido alguna llamada?

FELA: *(Cansada.)* El día no ha sido fácil Lady, dame un "brake". Vamos, recuéstate y descansa un poco.

LADY: Pero yo tengo el derecho de saber si alguien me ha llamado hoy. ¿Acaso Carlos Irrizarry, Blanca o Elio?

FELA: *(Resignada.)* Que yo sepa, no. He estado todo el día en la calle.

LADY: *(A Soledad.)* ¿Sabes si me han llamado?

SOLEDAD: *(Siguiéndole la corriente.)* Estaba durmiendo. No sé si alguien llamó.

LADY: ¿No te despertó el timbre?

SOLEDAD: Cuando estoy "emboyá", no me despierta ni Dios. Bueno, si ese me llama menos voy a escucharlo.

LADY: *(Para ella. Maquinando y dando vueltas.)* Todo está organizado para comenzar. El compañero Carlos Irrizarry detendrá frente a la casa de Blanca Canales en el único vehículo público que cubre a diario la ruta entre Coabey y el casco urbano de Jayuya, una guagua pisicorre roja con carrocería de madera marca De Soto. A nombre de las Fuerzas Revolucionarias le apuntará al conductor con su pistola Luger. Elio Torres, el comandante nacionalista, colocará gran parte del cargamento en la guagua, junto a otros héroes. Irán en ruta al pueblo para atacar al cuartel de la policía y al telégrafo. Hay que esperar. Hay un largo trecho entre Jayuya y San Juan.

FELA: Uf, Lady, cada día está más aturdidía.

SOLEDAD: Ya estamos acostumbraos a eso.

FELA: ¿Ya tú comiste?

LADY: Esta tarde me encontré con uno de los Maestre y comimos en el Club de Leones. Gente fina los Maestre. Allí también estaban los Alfonso, los Valdivieso y los Mattei. Todos me saludaron.

FELA: ¿Y el gobernador, también estaba?

LADY: Se mantiene encerrado en el segundo piso de La Fortaleza. *(Por el hueco de la pared entra Aurora con una "nota" divina, muy especial, que no llega a borrachera. Trae varios libros consigo.)*

AURORA: *(Alegre.)* Buenas y santas tardes tengan todos.

FELA: Aurora, ¿dónde coño tú estabas? Me tenías preocupá.

AURORA: No hay por qué preocuparse. La Aurora está muy bien.

SOLEDAD: ¿Dónde diablos tú estabas?

FELA: Déjame decirte una cosa, cuando quieras jugar a desaparecerte, dímelo. Así no me importará.

AURORA: La próxima vez les envío una paloma mensajera con una notita dónde me encuentro, o como te sea más conveniente.

LADY: Nunca envíes notas diciendo dónde vas a encontrarte. Es peligroso. Siempre hay un traidor. *(Para ella)* ¡Y lo hubo!

AURORA: *(Siguiéndole la corriente.)* Sí Lady, está bien.

FELA: Lady, Aurora, ya les hemos dicho que no entren por la puerta principal.

AURORA: Entrar a su casa por la puerta principal es tan convencional. *(Poética.)* Yo entro a mi casa por un hueco de la pared, que es como atravesar una vida vieja repleta de recuerdos.

SOLEDAD: *(A Aurora.)* Estás borracha otra vez.

AURORA: ¡Borrachísima, pero de amor. Que no es lo mismo ni se escribe igual.

¿A qué no saben dónde estaba?

FELA: En las ventas del carajo con una jumeta tan grande como la madre que te parió.

AURORA: La vida te apesta demasiado, Fela. Eres una mujer tan vulgar que muchas veces me das asco. Fíjate, ayer me fui de ronda por las librerías. Dios mío, cómo se mueren los libros en los estandartes de las librerías en espera de gente sensible. Pero la masa lo que compra ahora es el horóscopo para que les diga cómo son y qué les depara el mañana. ¡Es que yo siempre he sabido cómo soy! Yo vivo el instante porque mañana a lo mejor estaré muerta.

FELA: Asco das tú con tus jodidas borracheras.

AURORA: Algo que no soporto es una mujer que no tenga lírica, poesía. Hablas muy malo, Fela. Y apestas a lo podrido de tu vida miserable.

FELA: Me jodí yo ahora. Se me olvidó que tú te bañas en agua de rosas.

AURORA: De gardenias. Me perfumo con gardenias. Y suspende las malas palabras, coño.

SOLEDAD: ¿Y tú no hablas malo?

AURORA: Me defiendo solamente, me defiendo.

FELA: ¿Viste un grupo de hombres afuera?

AURORA: ¡Ah, los hombres! La criatura más divina que Dios se ha inventado.

LUCIÉRNAGA (Juan González-Bonilla.) *(Esta canción puede declamarse con unas olas de fondo y toques de piano como también puede ser cantada.)*

Ese hombre es mi luciérnaga
a la distancia lo vería.
Correría a sus brazos para gritarle ¡vida
mía!
De rodillas le diría
Detén tu tiempo por una sola vez.
¿Me piensas? te pregunto

pero las olas tan bravías
opacan tu voz sonora
y me quedo tan vacía.

A veces eres como el horizonte...
cuanto más camino hacia ti
más te me alejas.
No seas horizonte
prefiero que seas montaña para escalarte.
Tampoco seas agua,
te perderías lenta entre mis dedos.
Mejor se roca, para esculpirte.

Gracias a las luciérnagas
puedo llegar hasta ti.
Escuchar el marullar de las olas
y entregarme a ti toda.
Amanecer no llegues,
se perdería mi luciérnaga,
y quiero pasar la noche entera
entre canecas y poesía.

Inevitablemente llegan los rayos del día
¿A dónde te fuiste vida mía,
donde están tus brazos y tus besos
dónde tu poesía?
Entonces vuelvo desilusionada
a mis paredes tan vacías.
Tristes palacios de cartón
llenos... de vidas...
...tan vacías.

AURORA: ¿Quieres saber dónde estaba, Fela, a ver si se te quita un poco de ese viejo malhumor que padeces? Precisamente, estaba con un hombre. ¡Beello el condenao! El hombre más beello que haya visto en mi vida. Con unos ojos... que parecían la mañana... Cejas perfectas, largas y espesas. Y un pelo, Dios mío, qué pelo. Negrísimo, como si la noche anidara en él. Y la voz, qué maravilla, varonil, fuerte, como de locutor... Amanecimos en la playa, hasta que el sol mañanero nos despertó.

SOLEDAD: Puteando era lo que hacías, no me jodas.

AURORA: Yo soy una mujer especial. Mis versos no se pueden dar siempre al mismo hombre. Sería aburrido.

FELA: Sí, en la variedad está el gusto.

AURORA: Nada dura para siempre, ni siquiera el amor. El cuento del príncipe azul en su caballo blanco "y vivieron felices para toda la vida" es una historia sacada de la ciencia ficción. El amor se cansa de ver todos los días a la misma persona. Necesita romance, poesía, ilusión. Cuando se acaba el amor, la gente dice que se quieren morir. Yo digo: ¡que venga el otro que mi corazón da para muchos! Yo soy distinta...

SOLEDAD: ...una puta que no cobra.

AURORA: Búrlate si quieres. Tú no sabes lo que es estar con un hombre como el que me entregó sus horas anoche. Estaba leyéndole poemas de Clara Lair, de Julia de Burgos y Alfonsina Storni. Y como si eso fuera poco, cantábamos canciones de Sylvia Rexach; con cuatro canecas de Palo Viejo y una vela encendida. ¡Ah! "¡Nave sin rumbo!"

FELA: Y el Capitán te metió la vela y te dejaron sobre la arena de la playa tendida.

AURORA: (Áspera.) Ustedes son más sucias que esta pocilga. Han perdido la poesía y yo no soporto a las mujeres comunes.

SOLEDAD: ¿Y quién era ese tipo tan divino que la noche se anidaba en su pelo, Aurora?

AURORA: (Volviendo a su nota.) No importa. Solamente sé que era un hombre.

FELA: ¿Y el nombre del agraciado es...

AURORA: No me lo dijo, ni tampoco se lo pregunté. Había que amarlo de cualquier manera porque entendía de poesía.

FELA: ¿Trajiste algún dinero?

AURORA: ¿Tú crees que yo me entrego por dinero? El dinero es el vulgar enemigo del romance.

SOLEDAD: Sí, pendeja, pero con romance no se llena la barriga.

FELA: Tienes que aportar a la comuna, ¿entendiste, mamita? Todo lo que consigues te lo metes en ron y lo gastas con los atorrantes con que te acuestas.

AURORA: ¡Caballeros! ¡Adoradores de la diosa del amanecer!

SOLEDAD: *(A Fela.)* Después que tenga pantalones, ella no aguanta. Se tira de pecho la pendeja esta.

AURORA: ¡Déjenme quieta con mis canciones y poemas! Y escúchame, Soledad. Soy feliz conmigo misma y al que no le guste, se puede ir para las ventas del mismísimo carajo.

TILA: *(Apareciendo. Cierra la puerta y comienza a bajar. Trae bolso en las manos.)* Buenas noches tengan mis hijos.

FELA: ¡Coño! Esta gente parece que escucha por el culo.

AURORA: ¿Ves, Fela? Eres una mujer genérica.

FELA: Es que he dicho más de treinta veces que no se entre por esa condená puerta y otras treinta que hay unos hombres que se pasan en la acera del frente mirando el edificio y eso no me gusta...

TILA: Y yo he repetido más de cuatrocientas veces que detesto las malas palabras y nadie me hace caso. Pero la vida es así. *(Llegando hasta ella.)* Vamos, cambia esa cara. ¿Sabes una cosa, Fela? Tienes ese rostro tan duro y ese corazón tan herido que no te has dado la oportunidad de ser feliz, aunque sea por un rato. *(A Soledad.)* ¿Cómo está mi niña?

SOLEDAD: Estoy bien, vieja.

TILA: *(Tomándole el rostro con una mano.)* Yo no te veo bien... No dormiste anoche, ¿verdad?

SOLEDAD: No sé... Me desperté hace un rato...

TILA: Sabes, hoy estuve pidiendo limosna frente al viejo cementerio. Cuando no hubo nadie a quién pedirle, me entretuve visitando a sus inquilinos. Allí, en una vieja lápida estaba escrito, "No dejes que la vida pase por ti, pasa tú por ella". Te la pasas tirada en tu esquina sin darte una oportunidad de vivir.

SOLEDAD: Estoy bregando con eso vieja, estoy bregando...

LADY: *(A Tila.)* ¿Sabes si alguien me ha llamado?

TILA: Mientras yo estuve aquí, nadie te llamó. Tal vez lo hagan más adelante.

LADY: *(Leyendo el libro.)* "Los derechos no se toman, no se piden; se arrancan, no se mendigan".

FELA: ¿Porqué le da cuerda pa' que siga en esa mentira?

TILA: ¿Y alguno de nosotros sabemos cual es su verdad?

TILA: Mejor es dejarla que sueñe.

FELA: Lady está "quedá" en un sueño que no tiene despertar.

AURORA: *(A Fela.)* ¡Precioso! Precioso, Fela. Por primera vez te escucho decir una frase hermosa: ¡sueño que no tiene despertar! A lo mejor te puedes inmortalizar con esa frase. Julia de Burgos dijo: "yo misma fui mi ruta". Y lo fue.

TILA: Aurora. ¡Eres un meteoro luminoso que deslumbras el mar!

FELA: ¿Esta? Esta es un farol apagao que se la tira cualquier macho que le susurra una pendejá al oído.

TILA: No le hagas caso, Aurora. Mira esos ojos. A la verdad que eres "una amanecida de amor", como dice uno de los poemas que recitas.

AURORA: Nadie me entiende.

TILA: Pero yo sí. ¿Para qué es una madre? Para entender a todos sus hijos, no importa que éstos sean tan diferentes. Y ustedes son mis hijos y los quiero a todos por igual. Bueno, ¿comieron ya?

SOLEDAD: Manuel trajo comida.

TILA: Ahí tienes un hijo extraño.

FELA: Extrañísimo. *(Señalando a Soledad.)* Si la "yerba" no me ha vuelto loca, estoy segura de que está rondando a Soledad.

SOLEDAD: A mí nadie puede quitarme lo que no tengo.

FELA: ¡Si te toca, lo mato!

TILA: Ten cuidado, hija. Manuel es muy agresivo y no debemos violentarlo. Voy a hablar con él. Necesitamos un hombre que nos proteja, no que nos haga daño.¿Han leído losperiódicos? Sobre cuatrocientos asesinatos en lo que va del año y los asaltos son la orden del día. Aquí hace falta un hombre que nos cuide.

AURORA: ¡Estoy completamente de acuerdo contigo! No solamente en este sótano: bajo los puentes, en los matorrales, en las playas... Siempre hace falta un hombre.

TILA: *(A Aurora.)* A ti tengo que corregirte esa... manía. Mira, Aurora, todo hombre que se te acerca no es precisamente para que le declames poemas. Los hombres, por lo general ven en una mujer una sola cosa: la oportunidad de acostarse con ella.

AURORA: Es que ésta es una época terrible. Estamos atrapados entre edificios que nos aprietan la vida. Eso nos mata. Se ha perdido la bohemia de mis tiempos: el caminar por la plaza, tal vez, con una amapola como perdida entre las ondas del pelo. Las charlas en el café. ¡Las serenatas, Dios mío, se han perdido las serenatas! El trago que duraba hasta la madrugada... para luego yacer tendida en la locura de una noche divina.

FELA: ¿Tendía? Tiesa te van a recoger de la calle.

TILA: Lo que no quiero es que un día aparezcas muerta.

AURORA: Hace años que estoy muerta, Tila, *(Para ella.)* pero muerta de amor. *(Y se retira. Por el hueco de la puerta aparece Manuel.)*

FELA: ¿Estaban los hombres arriba?

MANUEL: No.

FELA: ¿Estás seguro?

MANUEL: Sí. Solamente gente que sube y que baja. Pero nadie miraba el edificio.

TILA: ¿No vas a saludarme, Manuel?

MANUEL: No la vi. Todavía el sol no ha querido irse de mis ojos. Sólo veo siluetas.

AURORA: *(Cariñosa.)* ¡Manuel! Mi Manuel. Un hombre que se llame Manuel tiene que ser...

MANUEL: *(La empuja.)* Echa para allá, basura.

AURORA: *(Ofendida por el empujón.)* Un hombre que se llama Manuel tiene que ser un cabrón. *(Manuel se le tira encima a Aurora y le da tremendo golpe que la tira al suelo. La golpea varias veces y las otras, menos Lady, son fieras defendiendo a Aurora.)*

TILA: ¿Pero qué haces... *(Ad-lib.)*

FELA: ¡Suéltala, Manuel... *(Ad-lib.)*

AURORA: *(Gritando.)* !Animal, animal... *(Ad-lib.)*

MANUEL: ¡Puta borrachona! ¡Eso es lo que eres! ¡Una asquerosa puta borrachona!

AURORA: ¡Me mata, me mata! *(Lady está aterrada. Siempre que haya violencia, Lady se asustará.)*

SOLEDAD: ¡Suéltala, coño!

FELA: ¡No seas animal... *(Manuel se desprende de Aurora.)*

TILA: ¡Cobarde! ¿Cómo te atreves pegarle a una mujer?

MANUEL: *(Señalando a Aurora.)* ¡Como me vuelvas a llamar cabrón, te juro que te mato! ¿Escuchaste bien?

TILA: ¡Manuel, hijo mío, cálmate!

MANUEL: ¡Yo no soy su hijo! ¡Aquí nadie es hijo suyo!

TILA: Tienes razón. Ninguno lo es. ¿Pero no te has dado cuenta que ustedes son lo único que me queda. Los otros ya ni me recuerdan. Tú sabes de los otros. Te lo he contado. Dos varones y una hembra. Los crié como pude, Dios es testigo. Les di amor, afecto, comprensión, y ayuda siempre que la necesitaron. Las manos se me destrozaron para criarlos, para que siempre tuviesen qué comer. Cuando crecieron y me puse vieja y achacosa, cada uno cogió su rumbo y me abandonaron y más nunca los he vuelto a ver. ¿Quién iba a cargar con la vieja y enfermiza Tila? Nadie. Entonces la calle me abrió sus puertas y me puse a pedirle a gente extraña para poder llevarme un poco de comida a la boca. Tengo los huesos entumecidos por la artritis y a veces ni siquiera puedo extenderle la mano a alguien que se apiade y me regale un centavo. Tengo el corazón a punto de explotarme y no encuentro un hijo que quiera ayudarme. Tengo la planta de los pies en carne viva de tanto caminar. Y en ese caminar los encontré a ustedes y compartimos este sótano como una familia. Lady, Fela, Aurora, Soledad y tú son los hijos que no he vuelto a ver.

MANUEL: ¡No los perdone nunca mientras le quede vida!

TILA: Tienes demasiado rencor en ese corazón.

MANUEL: Yo no creo en el perdón. El que la hace, que la pague. *(Y sale.)*

FELA: *(Llegando hasta ella.)* No se preocupe vieja, nosotras la cuidaremos.

TILA: Gracias. *(A Aurora.)* Ven acá, déjame verte. Dios mío, estás sangrando.

AURORA: Creo que ese hijo de su gran mamá me partió la boca.

TILA: Deja ver. Sí. Estás botando mucha sangre. Fela, tráete un trapo con agua.

FELA: *(Mientras lo hace.)* Se le van acabar los abusos a ese desgraciado con las mujeres.

TILA: Aurora, no te busques problemas con Manuel. Y mucho menos usar esa palabrota.

AURORA: Fue en defensa propia. A ese hombre se le ha muerto la poesía.

FELA: Hay que joderse con ésta. La bemba rota y todavía hablando de poe-

sía.

SOLEDAD: Ese tipo es capaz de matar a cualquiera.

FELA: Si vuelve a hacer otra cosa así, tendremos que tirarlo a la calle.

TILA: Este techo es de todos. Nadie botará a nadie.

FELA: *(A Aurora.)* Vamos, aprieta el trapo, así aguantarás bien la sangre. *(A Tila.)* Pero algo que sí podemos hacer es partirle la cara entre todas.

TILA: La violencia nos hace enemigos de Dios.

AURORA: Gracias, Tila. Ya estoy mejor. Sácame esta sangre de encima, Fela.

LADY: Será peor.

TILA: ¿Qué?

LADY: *(Mirando sobre la platea, de frente. Todo lo que dice Lady en este parlamento fue real.)* ¡Será peor! Veo sangre. Mucha sangre. Y una pelea brutal entre hombres. Hombres jóvenes con armas... le prenderán fuego a un edificio de correos y al Cuartel de la Policía... Veo gente por Jayuya escondiéndose de la muerte... ¡un policía arderá vivo y en Arecibo asesinarán a otro en el cuartel... ¡Será horrible! Sobre los edificios habrá guardias apostados en las azoteas... tiros de revólveres y ametralladoras... ¡Vamos, escondan las armas y las bombas... Disimulen. Recuerden: ¡Fortaleza no tiene portones y el blanco es el hombre alto, fornido y de bigote. Estoy agotada.

TILA: Vamos, hija mía, recuéstate un rato. Ya es tarde. *(Tila levanta unas cajas de cartón y va haciéndole una pequeña casita a Lady.)*

LADY: A ti no te pasará nada. Iremos directo a todos los que estén en la Mansión. A los que nos quitan la tierra, los que nos imponen otra bandera. La patria será nuestra al fin. *(Dato real.)* Recuerda, será el lunes 30 de octubre.

TILA: Sí, sí... pero duérmete por un ratito ah.

LADY: *(Mirando la casita de cartón.)* La noche está llegando y los palacios comienzan a tener forma. *(Lady se recuesta. Tila la arropa maternalmente con algunos trapos y periódicos. Tila se marea del hambre.)*

FELA: ¿Qué le pasa, vieja?

SOLEDAD: ¿Qué le pasó?

TILA: Nada, nada. Un pequeño mareo solamente. Ya estoy bien. Estoy bien. Ustedes, ¿comieron ya?

SOLEDAD: No.

TILA: ¿Y Manuel no te había dado comida?

SOLEDAD: ¿Cuando usted ha visto ese puerco darle comida a alguien?

TILA: Aurora, ¿tú comiste?

AURORA: ¡Yo me alimento con la pasión de los hombres! *(De su bulto saca una caneca de ron y se da un trago. De vez en cuando hará lo mismo.)*

SOLEDAD: *(Buscando.)* Manuel trajo comida. Debe haberla escondido.

FELA: Aquí está. No es mucha. ¿Quiere comerse algo, Tila?

TILA: No. Ya yo lo hice. Coman ustedes. *(Simula no tener hambre.)*

FELA: Toma, Sole.

TILA: Bueno, ¿ustedes se han dado cuenta de algo?

SOLEDAD: ¿De qué, vieja?

TILA: Se acercan las Navidades. Pronto todo cambiará.

FELA: Sí. La ciudad estará más sucia. La gente correrá para arriba y para abajo como loca y no habrá quién carajo te regale un vellón. *(Fela come.)*

AURORA: La Navidad estremece los corazones. *(Se da un trago.)*

SOLEDAD: ¿La Navidad? Ya no sé cuándo se celebra.

TILA: Que yo sepa es el veinticinco de diciembre.

FELA: Nunca me han gustado las Navidades. Es la época más triste del año.

TILA: ¿Por qué dices eso?

FELA: Cuando se ha perdido la familia, siempre es triste. Usted debe saberlo.

TILA: Las Navidades celebran el nacimiento de la fe, y es esa fe la que nos sostiene y nos da fuerzas. Con la fe como espada podemos atacar la miseria del mundo.

SOLEDAD: Con esa misma espada se pueden cortar cabezas y corazones.

TILA: Soledad, deja esa cabeza descansar. Trata... de vivir un poquito alegre. Y olvida, aunque sea por un rato, tu pasado.

SOLEDAD: ¿Qué usted cree de una madre que se casó con un cantante, un mujeriego y abusador, y ella cuando se enteró de todas sus tretas, no una, sino varias veces, intentó matarse cortándose sus venas? Luego como una venganza se acostó con cuanto macho encontró en su camino.

TILA: Pues... que no supo pedirle al Cristo que la alumbrara.

SOLEDAD: ¿Y si esa mujer que comenzó a rodar por la vida teniendo muchísimos amantes y que terminó metiéndose a evangélica y convirtiéndose en la más pura, la más limpia, la más religiosa y arrojó a su única hija fuera del hogar y no quiso verla nunca más? Dígame Tila, ¿qué hizo la hija?

TILA: Pues... no se...

SOLEDAD: Se tiró a la calle huyendo de Satanás y la envolvieron todas las drogas del mundo porque no supo superar su abandono.

TILA: No debes llamarla así. Una madre siempre es una madre.

FELA: ¡Pues la de ésta se cagó en la noticia! La encontré ultrajada y llena de droga hasta los timbales. Pero yo no la abandoné y no lo haré nunca.

AURORA: ¡Ay, hablen de cosas más alegres! ¡A mí me encantan las Navidades! Está el ron que te lo regalan en las esquinas. ¿Sabes que la Navidad pasada le pedí una peseta a un tipo y me regaló una botella de ron? ¡Coño, ese hombre tuvo que haber sido un poeta!

TILA: ¿Y por qué un poeta?

AURORA: ¡Muchacha! A los escritores les encanta darse el palo. *(Se tira otro palo de ron y va quedando dormida.)*

TILA: Tenemos que ver qué haremos. Pasar una Navidad sin comida... es triste. *(Vuelve el mareo, pero nadie se da cuenta.)* Voy a salir a tomar un poco de aire. En este sótano hace una calor espantosa. *(Y sale disimulando el hambre.)*

SOLEDAD: Fela, me trajiste...

FELA: Sí. Te traje una "manteca" de veinte.

SOLEDAD: Tengo un "asfixie" que si no me meto algo, *(Se señala una vena.)* este "bejuco" me va a explotar.

FELA: Déjame fumarme un tabaquito *(Marihuana.)* para entonarme bien. ¿Y el "cooker"?

SOLEDAD: Toma.

FELA: Lo que te he traído es filete. Dame la aspirina. *(Soledad lo hace.)* Dame ahora la "baking soda".

SOLEDAD: Con "glucosa" es mejor. *(Se la da. En una tapita de refresco Fela vierte la coca, la aspirina y la "glucosa". Ahora las mezcla. Ya habrán prendido una vela y la calentarán.)* Se ve que esa "tecata" va a quedar divina. *(Fela vierte ahora el contenido en una jeringuilla e inyecta a Soledad. Esta reacciona. Todo este acto deberá ser espeluznante para el público.)*

SOLEDAD: *(Ambas dentro del arrebato de la droga.)* ¡Coño, qué bien mezclas, Fela.

FELA: Yo tengo mano de santa pa' esto, mamita.

SOLEDAD: ¡Esto es lo que yo llamo balance!

FELA: *(Prendiendo otro cigarrillo de marihuana.)* ¡Uh! Esta "colombiana" es pura!

SOLEDAD: Si esto es el infierno, pues que me achicharre. *(Por el hueco de la puerta entra Manuel.)*

FELA: *(Señalando a Manuel.)* Hablando de infierno, llegó el diablo! *(Las dos relajan a Manuel, quien está ebrio. Este continuará bebiendo de la botella.)*

MANUEL: ¿Qué hacen mis pequeñas ratitas, mis más hermosas y más que joden ladillitas?

SOLEDAD: Pues ahora estoy mirando tu cara, que es más triste que el culo de un elefante.

FELA: Aquí... *tripiando*, mi pana. En un viaje cortesía de Disney World alrededor del mundo en media hora, ¿verdad, hermana?

SOLEDAD: ¡Oh sí hermana! Es una fantasía tan grande que ni Hollywood se la inventaría.

MANUEL: ¡Ratas, eso es lo que son, ratas!

FELA: ¡Ave María, Manuel, tienes una borrachera encima, tipo despedida de año... Ven, date una "cachaíta". Únete a nosotras en este viaje. Date un pase pa' que "tripees" con nosotras.

MANUEL: Están fumando esa porquería.

FELA: ¡Muchacho! Si en este país la marihuana es más barata que las medicinas.

SOLEDAD: Además, que es una planta muy saludable. Por eso me metí a vegetariana. Me voy a La Colectora y me fumo toda la yerba que compro.

FELA: *Sister*, tienes que salirte de esa zona.

SOLEDAD: ¿Y por qué?

FELA: Muchacha, ese punto está que arde. Ven, Manuelo, en la unión es que está la fuerza.

MANUEL: No me gustan las cucarachas.

FELA: *(Enseñándole la colilla de marihuana.)* "Chicharrra", Manuel. Se dice "chicharra". Mi pana, estás más fino que el hilo ochenta. Cambia ese carácter

Manuelo y únete al grupo, que aquí baila tó' el mundo o se rompe la vitrola.

Canción: **Aguijón de Dios (Johnathan Dwayne.):**
FELA:

Hay muchos como yo en esta tierra
Que durmen en cemento y en cartón
Hay quienes al pasar nos dan la vuelta
Pues somos como el aguijón de Dios.

Se olvidan las penas cuando se flota en el aire
Se olvidan las penas cuando se flota en el aire
Por eso saco pasaje y dejo la puerta abierta
Para que el viento me arrastre y volar sobre las quejas
Para que el viento me arrastre y volar sobre las quejas.

Cuando se hace un nudo en tu barriguita
Canta esta canción y verás que se te quita
Canta esta canción y verás que se te quita.

En estos momentos no me importa ni el mañana
En estos momentos no me importa ni el mañana
Por qué habría de importarme, si me falta todavía
El esfuerzo de acordarme lo que hice en toa mi vida
El esfuerzo de acordarme lo que hice en toa mi vida.

Si te pica el culo
Y te da cosquillas
Con esta canción tú verás que no se quita
Con esta canción tú verás ue no se quita.

SOLEDAD: Vente, querida hermana. Vamos a enseñarle al hermano Manuel por qué hay que escapar del mundo aunque sea por media hora. Esta historia tiene lugar en cualquier hospital del área metropolitana. *(Soledad y Fela toman posiciones para actuarle a Manuel. Todo esto se hará dentro de la "nota" de droga de los personajes. A Fela, mientras simula escribir a maquinilla.)* ¿Nombre?

FELA: Fela, a secas. Por favor, que alguien me atienda. ¡Me duele mucho!

SOLEDAD: *(Indiferente.)* ¿Dirección?

FELA: Donde me coja la noche. ¡Ay "misi" me muero!

SOLEDAD: ¿Lugar de trabajo?

FELA: Pido chavos en la Avenida De Diego esquina Baldorioty de Castro, entre las luces de tránsito del San Juan Health Centre. ¡Por favor, un médico!

SOLEDAD: ¿Tiempo trabajando allí?

FELA: De siete de la mañana a once de la noche y sin mear.

SOLEDAD: ¿Enfermedades recientes?

FELA: Me meto tres canecas de Palo Viejo al día y el hígado ya me está apestando. Tres cajetillas de cigarrillos y los pulmones jodidos. Tengo llagas en los pies. Orino más amarillo que la luz de tránsito donde pido y de ñapa cago duro.

SOLEDAD: ¿Tiene algún tipo de seguro?

FELA: *(Malhumorada, pues no la atienden.)* Lo único seguro que tengo es que le voy a romper la cara como no me atiendan. ¿Qué me dice, "misi"?

SOLEDAD: Lo siento. Tiene que estar más jodía. Usted no reúne los requisitos pa' indigente. Tiene que dar un depósito o no la podemos atender. Mire, deje eso, deje eso. Baje, baje esa silla. ¡Auxilio, Policía! *(Y rompen a reír.)*

MANUEL: *(Cansado.)* Apestan. Ustedes apestan.

FELA: ¡Qué pasa, Manuel! ¿No te da gracia?

MANUEL: No. No me da gracia.

FELA: Ríete un poco, métete algo, "gufea" con nosotras.

MANUEL: *(Desde el hueco de la puerta.)* Ratas. Eso es lo que son, ratas. *(Y sale.)*

FELA: *(Aguantando la risa.)* Soledad, Manuel no sabe reír. *(Ahora ambas ríen. De momento Soledad comienza a tem-*

blar por los efectos de la droga.) ¿Qué pasa "sister", qué pasa?

SOLEDAD: Llévame a mi cama.

FELA: *(Mientras le prepara su casita.)* Sí, hermana mía. Así podrás escapar de Satanás.

SOLEDAD: Mamá es un demonio, ¿verdad, Fela?

FELA: Por lo que me has contao, es lo más parecido. *(Fela está casi arrastrándose del "tumbe" por droga.)* Vamos, entra a tu cama. *(Prácticamente Fela la arrastra y compone su casita. Ahora Fela enciende otro cigarrillo. Inhala fuertemente y cae rendida. Por la ventana del sótano entra Tila. Al entrar ve en el piso unas migajas de pan que Soledad botó cuando comía. Se arrodilla y las recoge.)*

TILA: Mis hijos comieron ya. Ahora me toca a mí. *(Desesperadamente se las come. Mira todas las casitas. Mira que todos estén durmiendo.)* Cuídalos Señor... y protégelos. *(Comienza a preparar su casita cuando Manuel entra cargando un hombre entre sus manos.)* ¿Qué pasa, quién está ahí?

MANUEL: *(En viva voz.)* ¡Es Manuel! ¡Es Manuel!

TILA: Manuel, ¿qué es eso, qué cargas en las manos?

MANUEL: Despierta a todo el mundo. ¡Vamos, ayúdenme!

LADY: ¿Qué pasa?

MANUEL: ¡Vamos, ayúdenme!

AURORA: ¡Coño, ¿me van a dejar dormir tranquila?

MANUEL: Vamos, de prisa. ¡Busca un cacharro de agua, Tila!

TILA: Sí, enseguida. *(Mientras lo hace.)* Fela, Soledad, despierten...

FELA: ¿Pero qué carajo pasa?

TILA: ¡Ayuden a Manuel! *(Fela y Soledad se levantan, pero no se acercan al hombre que trajo Manuel. (Lady se altera al ver al hombre sangrado.)*

SOLEDAD: ¿Quién es ese hombre?

MANUEL: No lo sé. Lo encontré en la calle. Está botando mucha sangre. ¡Avanza con esa agua, Tila!

TILA: Aquí está. *(Fela le quita el cacharro a Tila.)*

FELA: *(A Manuel.)* ¿Qué piensas hacer con ese tipo?

MANUEL: Tenemos que ayudarlo.

FELA: ¿Y si no queremos?

MANUEL: ¡Hay que ayudarlo! Se está muriendo.

SOLEDAD: Ya no cabemos. Déjalo donde lo encontraste.

MANUEL: ¡Me cago en mi vida si lo tiro a la calle! ¿Me escuchaste bien? Se está muriendo.

AURORA: No podemos hacer eso. Es un ser humano como tú y como yo. Nosotros, ¿vamos a ser como esos que caminan por la calle, que nos miran como si fuésemos gusanos?

MANUEL: Es un hombre joven.

LADY: *(Sin quitarle los ojos al muchacho.)*

¡Espera... espera...
¡No te vallas todavía...
¡Espera por el lunes treinta de octubre cuando la sangre correrá desde Jayuya hasta bañar de rojo a todo San Juan!
¡Apunta!
¡Dispara!
¡Corre!
¡Vuela que son más que nosotros!
¡Dispara!
¡Corre, que tus piernas se conviertan en alas!
¡La patria hay que defenderla aunque todos los ríos se tiñan de rojo.
Hasta que no nos quede ni una sola gota de sangre en nuestros cuerpos.
(A los otros.) Si muere no habrá porqué llorarlo.
Muere porque se fue salvando a su tierra.

FELA: ¿Qué dices, Sole?

SOLEDAD: Yo también fui joven y nadie

se apiadó de mí.

MANUEL: La coca te ha jodido más de lo que yo creía. ¡No tienes un cojón de sentimiento, rata!

FELA: Por supuesto que no tiene cojones, pero tenemos ovarios más grandes que los tuyos. Y entérate, alimaña, esta cloaca no es tuya. Aquí mandamos todos y...

TILA: ¡Se acabó la discusión! *(Le quita el cacharro de agua a Fela.)* Punto. Se queda. *(Y le da el cacharro de agua a Manuel y éste se lo tira por el rostro al muchacho quien reacciona, pero sigue inconsciente. Alguno que otro tenue rayo de luz entra por los agujeros del sótano. Está por amanecer.)*

MANUEL: *(Mientras le limpia la sangre del rostro.)* Trae más agua, Tila. Aurora, quítale los zapatos. *(Manuel sostiene al hombre por los hombros.)* Fela, quítale la camisa. Soledad, busca un trapo. Hay que vendarle la frente. Tila, trae más agua. *(Aurora y Tila se mueven de prisa, menos Fela y Soledad que tienen actitud despreocupada. Lady, está sobrecogida en una esquina sin quitarle la mirada al muchacho. Le han quitado la camisa al hombre y todo comienza a efectuarse. De momento, todo se paraliza. Los personajes retroceden asustados. El muchacho queda sólo en el suelo. Pausa. Se miran entre sí.)*

FELA: Tiene llagas...

SOLEDAD: Y manchas, como moretones…

AURORA: … y como unas úlceras por la barriga...

FELA: Yo no me atrevo a tocarlo...

MANUEL: Pero yo sí. *(Y continúa atendiéndolo.)*

TILA: Y yo también. *(Entonces levantan al hombre y comienzan a curarlo. Fela y Soledad se miran. Leve pausa. Ahora se unen y ayudan también. Ya estaremos viendo el pecho del hombre lleno de llagas y ensangrentado.)*

AURORA: Deberíamos llevarlo al hospital.

FELA: Eso es una buena idea. ¿Cuál prefieres?

AURORA: El Centro Médico.

FELA: Yo preferiría el Auxilio Mutuo. Tiene más caché. Me imagino el recibimiento cuando nos vean. Una borracha, dos tecatas y un cerdo.

MANUEL: Eres más asqueante que un vómito.

FELA: Al menos sirvo para algo, Manuelo. Fíjate qué bien le pongo vendajes a tu inquilino. ¿Sabes por qué? Porque tuve familia y a ti te parió la mierda. Pero Dios obra milagros y estás haciendo ahora el papel de buen samaritano.

AURORA: ¿Por qué no dejan de hablar tanta basura?

MANUEL: Eso es lo que tienes en tu borracha cabeza. *(Han concluido de curar al hombre.)*

TILA: Toma, Manuel, ponle estos periódicos de almohada.

AURORA: Tila, déme algo para arroparlo. *(Lo hace. Ahora se dispersan, menos Manuel, que sigue junto al muchacho. Lady se sienta, debe estar en un lugar más alto que los demás. Allí quedará, nerviosa, con la mirada fija en el muchacho.)*

TILA: Vamos a acostarnos. Casi es de día y tenemos que descansar para ayudar al muchacho. A dormir, vamos, mis hijos. A dormir. *(El muchacho queda arropado. Cansados, todos irán a sus cajas a dormir, excepto Lady, que se mantiene en la misma posición hasta el amanecer.)*

*(**Transición de tiempo**. La luz ha ido variando hasta que ocupe la mañana. Se pueden escuchar bocinas de autos anunciando el tráfico mañanero. Ahora los rayos de sol vivo entran por todos los huecos. Unos martillazos suenan en la puerta de arriba. Son unos golpes fuer-*

tes. *Los personajes comienzan a despertarse por el ruido.)*

MANUEL: ¿Qué pasa?

AURORA: ¿Qué ruido es ese? *(Ad-lib.)*

FELA: ¿Qué es lo que está pasando? *(Ad-lib.)*

TILA: ¿Por Dios, qué ruido es ése? *(Ad-lib.)*

SOLEDAD: ¡Están tumbando la puerta!

MANUEL: ¡Carajo, qué ruido es ése.

TILA: Es en la puerta, Manuel. ¡Parecen que la están tumbando!

MANUEL: ¡Escóndanse, escóndanse! *(Manuel cubre al muchacho con periódicos.)* Que nadie sepa que estamos aquí. *(Todos se desparraman.)*

FELA: Manuel, corre. Mira a ver qué es lo qué pasa. *(Manuel sale corriendo.)*

TILA: ¿Pero qué puede ser eso?

SOLEDAD: Tengo miedo.

TILA: Ven, ven acá, hija mía. *(Soledad corre hasta Tila y prácticamente se esconde tras su falda.)*

FELA: Son los hombres de camisas blancas y corbatas... *(¡Pausa tensa! Ahora Manuel entra lentamente. Su mirada está pegada al suelo. Pausa angustiosa.)*

TILA: ¿Qué pasa, Manuel? ¿De qué eran esos ruidos?

MANUEL: Unas cintas amarillas rodean el edificio y en la puerta principal han colocado un rótulo que dice "Prohibido el paso. Este edificio se demolerá la noche del veinticuatro de diciembre".

LADY: *(Temblorosa llega hasta el muchacho. Lo observa. Ahora mira sobre la platea.)* ¡Así vendrá el amor! ¡Ensangrentado!

-Violento apagón y cae Telón

Acto Segundo:

Una semana después, el 24 de diciembre, de día. Segundo cuadro: Noche Buena. *(Ahora es de día. Llueve. Juan duerme en el piso. Está vendado en la frente y las manos. Su camisa aún está toda rota y ensangrentada. En repetidas ocasiones toserá. También se encogerá por la fiebre.)*

TILA: Hola mijo.

JUAN: *(Se despierta asustado.)* ¡Ah! Hola. ¿Cómo está... Tila?

TILA: Bien. Pero un poco mojá. Está lloviendo. ¿Cómo te sientes, Chapita?

JUAN: Estoy sudando demasiado y me duele un poco el pecho. Aquí, debajo de la tetilla.

TILA: Deja ver. ¿Quieres que te dé un sobito?

JUAN: No, no importa. Me duele mucho la cabeza y tengo fiebre. ¡Uh, las costillas parecen puñales! Es como si me los enterraran en todo el cuerpo. *(Tose.)* Cuando toso me duele más.

TILA: Deja ver la barriga.

JUAN: No, deje. No tiene importancia.

(Respira por la boca para evitar toser.)

TILA: Que me dejes ver... Aquí yo soy la madre de todo el mundo y se hace lo que yo digo... bueno, a veces. *(Cariñosa.)* Pero tú me vas hacer caso, ¿verdad?

JUAN: Me da... vergüenza que me vea... llagoso. *(Y baja la cabeza.)*

TILA: Muchacho, si yo lo he visto todo en mi vida. Vamos, levanta la cabeza.

JUAN: *(Sonríe un poco.)* Claro que sí.

TILA: Deja ver, deja ver... *(Tila nota una hinchazón en el lado derecho de la barriga del muchacho.)* Mírame bien, deja ver tus ojos... *(El muchacho la mira.)* Muévelos ahora. Deja ver otra vez el estómago. *(Disimula.)* Sí, eso. Son los golpes. *(Cambiando el tema.)* Bueno, ¿y cómo te pasó eso, Chapita?

JUAN: Estaba... *(Tose.)* trabajando, bueno, pidiendo en la luz de la Calle Loíza, esquina De Diego. Le extendí la mano a un hombre para pedirle algo y me tiró el carro encima.

TILA: ¿Y cómo sabes que te tiró el carro?

JUAN: El carro estaba parado en la luz roja. Cuando me acerqué, pude entenderle la mala palabra que dijo a través del cristal. Entonces arrancó de momento. Todo se puso más oscuro. No recuerdo nada más.

TILA: A la verdad que hay gente sin corazón.

JUAN: A lo mejor se asustó. Tila ¿quién me recogió de la calle?

TILA: Manuel.

JUAN: ¿Manuel? Qué raro. Casi ni me habla. Solamente me mira de lejos.

TILA: Manuel es un hijo extraño. Es muy solitario. Rudo. Fuerte como una tormenta. Y demasiado violento.

JUAN: Más allá de su rudeza hay un hombre distinto. Lo he visto sonreír.

TILA: Y... si apenas te habla, ¿cuándo le escuchaste reír?

JUAN: Hay que saber escuchar con los ojos. La risa a veces no tiene sonido. Y hay otros que llevan un llanto terrible muy adentro, más callado aún. Como Lady. *(Y mira hacia ella.)*

TILA: Ella es una mujer especial.

JUAN: Parece detenida en el tiempo.

TILA: Sí.

LADY: *(Leyendo de un libro.)* "El lunes 30 de octubre la insurrección comenzó en Peñuelas a las 4:45 de la madrugada y rápidamente surgieron incidentes violentos en otros siete pueblos de la Isla. En Jayuya, los nacionalistas bajo el liderato de Blanca Canales, Elio Torresola y Carlos Irizarry *(quien murió en el ataque)*, tomaron el pueblo por un día luego de proclamar la República".

TILA: La encontré una noche vagando cerca de Río Piedras. Tenía una bata blanca desgarrada y las manos llenas de marcas. Caminaba muy erguida, con los ojos fijos en la distancia. La llevé a una casa abandonada donde yo vivía. Pero hace tantos años que ya no recuerdo nada.

JUAN : ¿Y por qué la llaman "Lady"?

TILA: Los muchachos la llaman así de relajo. Ella... cómo te digo, tiene como una fijación o es creyente de la independencia para Puerto Rico. Aparentemente militó en el Partido Nacionalista... ¿ves esos libros que tiene a su lado? Están relacionados con aquellos hombres que asaltaron La Fortaleza para darle muerte a Luis Muñoz Marin. Para ese tiempo La Fortaleza no tenía portones y entraron en sus carros disparando. Cinco de ellos fueron muertos y uno resultó gravemente herido en el enfrentamiento que tuvieron con la policía. Para ese entonces su novio pertenecía a dicho partido y se pegó un tiro en la sala de su casa para no ser apresado.

JUAN: Entiendo.

TILA: Y aparentemente todo ese suceso la afectó. No ha podido superarlo y... como que se ha quedado detenida en el tiempo, como tú dices.

JUAN: ¿Y cómo la trajo hasta aquí?

TILA: Estaba vomitando en una esquina del hambre que tenía, sucia y despeinada. ¿Cómo podía dejarla allí? *(Comienza a tronar y Manuel entra por el hueco de la pared. Trae una vieja muleta.)* Hola, Manuel.

MANUEL: Hola. *(A Juan.)* Encontré esto en la calle. *(Le tira la muleta.)* Creo que te servirá.

JUAN: Manuel, quería decirte...

MANUEL: *(Seco.)* ¿Qué?

JUAN: Quería agradecerte...

MANUEL: No tiene importancia. *(Y se sienta en los escalones. Juan toma la muleta; la cual usará siempre.)*

TILA: ¿Averiguaste algo?

MANUEL: Muy poco.

TILA: Pues dime, dime.

MANUEL: *(Brusco.)* ¡Déjeme pensar, déjeme pensar!

TILA: Es que no hay tiempo para pensar.

MANUEL: ¿Y qué quiere que haga? ¿Que compre el edificio?

TILA: Es que estoy muy nerviosa.

MANUEL: Nervioso me pone usted con tanta pregunta.

TILA: *(Lo agarra por el brazo.)* Ven acá. Y no digas ni jota. ¿Le has visto los ojos al muchacho?

MANUEL: No.

TILA: Mírale el cuello, también la barriga, el pecho y los labios.

MANUEL: *(Llegando hasta Juan.)* ¿Cómo te sientes?

JUAN: Bueno, pues, mejor... al menos te estoy hablando... eso es alguna mejoría.

MANUEL: ¿Cómo siguen los dolores?

JUAN: Igual. Pero no quiero fastidiar con eso. *(Tose y se retuerce del dolor.)*

MANUEL: Mira, Chapita... No me gusta ese nombre. ¿De dónde diablos lo sacaste?

JUAN: Es un apodo. La gente acostumbra a hacer eso. Podía tirar diez chapitas de refresco y cogerlas en el aire. Entretenía a los que pasaban con mis malabarismos. Así podía ganarme algo, sin necesidad de robar. Mi nombre es Juan.

MANUEL: Mira, Juan...

JUAN: ¡Gracias!

MANUEL: Gracias por qué.

JUAN: Por llamarme por mi nombre. Hace años que nadie lo hacía.

MANUEL: Deja ver tus ojos. Y ahora la barriga. *(Juan lo hace.)* Los dientes...

JUAN: *(Buscado amistad.)* Deja ver los tuyos. *(Manuel baja la cabeza suspirando por no decirle una grosería.)*

MANUEL: *(Serio.)* Yo no soy el que está enfermo. Abre la boca. *(Juan lo hace.)* Has tenido hemorragias. Tienes sangre entre los dientes.

JUAN: No le he prestado atención a eso. Si no es de los golpes del carro me moriré... de lo otro. *(Manuel mira fijo a Juan. Baja la cabeza. Ahora va donde Tila.)*

MANUEL: Tiene los ojos amarillos y el hígado muy inflado. Debe ser algo malo, quizás hepatitis, o ...

TILA: ¡Dios mío! *(Entran Fela y Soledad. Una con un paraguas roto y la otra con periódicos.)*

FELA: Coño, hasta el día está en contra de uno. Está bajando un aguacero que el diluvio se quedaría chiquitito.

SOLEDAD: Eso son los ángeles que decidieron mear a la misma vez.

MANUEL: ¿Qué averiguaron?

SOLEDAD: Cógelo con calma, Manuelo. Déjame saludar al nuevo inquilino... ¿Cómo estás, Chapita?

JUAN: Pues, quisiera decirte que bien, pero ya me ves...

MANUEL: Se llama Juan. ¿Qué averiguaron?

FELA: No te apures, Manuelo, cógelo "easy" ¿Cómo estás de los dolores, Juan?

JUAN: Mejor. Gracias por curarme las manos y el vendaje en la cabeza.

MANUEL: ¿Qué carajo averiguaste?

FELA: Cógelo con calma que el día es largo.

MANUEL: Ustedes no saben hacer un carajo.

FELA: Pues mira, ya que tienes tanta prisa, déjame contarte que nos atendieron de maravilla. Hicimos cita con el Director de la Junta de Planificación, por cierto un tipo encantador y primo de Soledad, y nos atendió justo al momento de la cita. Nos invitó a un café, que estaba acabadito de colar, y discutimos sobre la demolición del edificio y nos dijo que "bregáramos". Que no había problemas. Que nos podemos quedar.

SOLEDAD: Entonces nos mandó al Departamento de Reglamentos y Permisos y allí nos recibió una señora preciosa, que tenía un traje que parecía una mata de orquídeas recién paría...

FELA: ...y las raíces las tenía alrededor del cuello que le hacían como este único collar, mi pana...

MANUEL: *(Cortante y furioso.)* ¡Puñeta!

TILA: ¡Manuel! ¡Por favor!

MANUEL: ¡Van a demoler el edificio! Nos van a quitar el único techo que tenemos. Somos siete y tendremos que tirarnos a la calle y estas sabandijas están bromeando...

JUAN: Pero déjalas que hablen...

MANUEL: *(Fuerte hacia Juan.)* Tú también te callas. *(A Fela y Soledad.)* Ratas. Eso es lo que son. Unas malditas ratas.

FELA: Es cierto, Manuelo. Es cierto. Fíjate, tienes razón. Estos animalitos asquerosos llegaron hasta el imponente y pulcro edificio de la Junta de Planificación de este país y no los dejaron entrar ¡ni un paso! más allá del portón. ¿Qué quieren las ratas? preguntó el hombre uniformado que guardaba la entrada. Nos quedamos quietas, como estacas, y no pudimos decir una sola palabra. Dime, Manuelo, un buen argumento, ¡uno sólo!, para protestar por la demolición del edificio.

LADY: *(Rápido y vibrante, sin hablarle a nadie en específico.)* ¡Porque si nacimos aquí, la tierra nos pertenece!

FELA: Estoy esperando que me contestes, Manuelo. *(Pausa.)*

MANUEL: No hay argumentos.

LADY: "La violencia contesta con la violencia", y eso es lo que haremos. Y el sentimiento por lo nuestro no tiene que tener razón.

TILA: *(Ahora la mira.)* Así quisiera estar yo, como Lady, perdida en el tiempo.

FELA: *(A Manuel.)* Y tú, don Encojonú, ¿averiguaste algo?

MANUEL: Construirán un parque en este terreno.

FELA: ¿Un parque? Pero si la gente en este país no sale a los parques por miedo a que los maten.

SOLEDAD: Coño, Fela, tienes más razón que el cará. En este país ya no se puede vivir tranquilo. La gente vive como en las cárceles, rodeados de rejas.

FELA: ¡Un parque! Y me imagino que con fondos federales, mi pana. Estamos jodidos.

LADY: ¡No hay ser más pobre que aquel que vende a su patria!

AURORA: *(Entrando.)* Buenos días... *(Nadie le contesta.)* Cuando entré por ese boquete dije buenos días y creo que vivo con gente.

SOLEDAD: Las cosas no están bien.

AURORA: Claro que sí. Miren. Pasó un "truck" y se le cayeron estos guineos. Y donde come uno, comen... *(Mira a Juan.)* siete. *(Llega hasta Juan.)* Y tú mijo, ¿cómo te sientes?

JUAN: Un poco mejor.

AURORA: Y con este *(Señalando a todos.)* vecindario mejoras... o revientas.

MANUEL: Aurora, tenemos problemas.

AURORA: No te preocupes. Ese es el sofrito de la vida. *(Silencio. Aurora se sienta y prende un cigarrillo. Mira a todos.)* ¿Pero qué es lo que pasa?

TILA: Van a demoler el edificio.

AURORA: ¡Ah, pero esa noticia es vieja! No le den más casco a eso. Sólo hay una alternativa.

SOLEDAD: Tirarnos a la calle.

TILA: Dormir en alguna plaza para que un títere nos tire piedras.

SOLEDAD: En alguna parada de guagua.

JUAN: O debajo de algún puente...

AURORA: No es la primera vez que nos pasa. *(Poética.)* Nos espera la orilla de la playa para que todas las estrellas se mueran sobre nuestros hombros al amanecer.

FELA: No. Cerca del agua, no. *(Baja un poco la luz y un leve color azul cae so-*

bre Fela. Este parlamento corre suave en un rostro seco y ojos huecos.) Mamá y papá se habían ido temprano a pescar al Caño de Martín Peña. De sus sucias aguas sacarían la comida que llenaría el estómago de la familia por unos cuantos días. Se habían llevado a Robertito y a Carmencita. Era de la poca diversión que papá podía ofrecerles. Yo estaba en la escuela, y allá llegaron los gritos de la barriá cuando los encontraron a todos flotando sobre el caño. *(Va desapareciendo la luz especial.)* Entonces me quedé sola. Trate de escapar del caño y me ahogaron todos los vicios del mundo. *(A todos.)* Cerca del agua, no.

MANUEL: Tenemos que decidir algo. El rótulo lo dice bien claro. Faltan pocas horas.

TILA: Pero hoy es día de fiesta, no se trabaja.

LADY: ¡Los que destruyen, los que acusan, los que mienten y los que matan trabajan siempre!

SOLEDAD: Hasta la nada que tenemos nos la van a quitar.

TILA: Y si hablamos con la policía.

FELA: Esa es la primera que nos tirará a la calle.

SOLEDAD: Pero somos gente igual que los demás.

JUAN: Pero hay muchos que no lo saben.

TILA: Y si decimos que vivimos aquí.

MANUEL: Ese día nos pueden sacar a la fuerza con mangueras o tirarnos gases.

LADY: *(Furiosa.)* ¡No pueden quitarnos la tierra! No podemos permitir que nos borren del corazón el sentido de pertenencia. *(Dramática.)* ¡No te detengas, Ignacio! ¡Desparrama por la tierra toda la sangre que tenga tu joven cuerpo!

TILA: Vamos a pedirle al gobierno un apartamento en un caserío.

SOLEDAD: Para que llegues al caserío tienes que esperar como veinte y cinco años, y además, ni a mujeres ni a hom-

bres solos le dan apartamentos.

TILA: Pero nosotros somos una familia.

FELA: ¡Oh, sí! Con siete apellidos diferentes. ¿Tú sabes lo que van a decir? O la madre era una puta o el pai un cabrón.

AURORA: Pero debemos intentarlo.

FELA: Mira, Aurora, cuando se vive en un caserío es cuando más cerca se está de la muerte.

MANUEL: Hay que decidir algo.

LADY: ¡Tomar el poder por la fuerza!

MANUEL: Nos vamos o nos quedamos. ¿Qué tú opinas, Juan?

JUAN: Las cosas que no te matan... te hacen más fuerte.

MANUEL: El que se quiera quedar puede hacerlo y el que se quiera ir también. Ya hemos hablado del plan. Y hay que decidirlo ya. Acérquense. *(Ahora, Lady se une al grupo. Todos se miran. Leve pausa. Ahora todos hacen un círculo.)*

MANUEL: ¿Fela?

FELA: Me quedo. ¿Sole?

SOLEDAD: Me quedo. ¿Usted, vieja?

TILA: Por supuesto que sí.

TILA: ¿Manuel?

MANUEL: Me quedo.

JUAN: Yo también. ¿Aurora?

AURORA: Me quedo. ¿Y tú Lady?

LADY: ¡Firme!

TILA: Unidos.

TODOS: ¡Unidos! *(Todos se dispersan a diferentes lugares y, si fuese posible, fuera de la vista del espectador. La escena adquiere un color esperanzador. Solo quedan Manuel y Juan.)*

MANUEL: *(Llegando hasta el hueco de la pared. Rabiando.)* Cemento molido es lo que quedará de todo esto. Cemento molido. *(Ahora mira a Juan quien se ha sentado, muy tranquilo, como si esperara algo. Brusco.)* ¿Qué pasa, Juan? ¿Te pesan las nalgas? Si quieres, te puedo agarrar por una mano y de un jalón vas a caer afuera. *(Juan tiene ahora una cara que no le gusta a Manuel.)* ¿Qué te pasa?

JUAN: Quería presentarte a alguien...

MANUEL: No quiero conocer a nadie. *(Despreciativo.)* No me interesa conocer a los de tu clase.

JUAN: ¿Los de mi clase? ¿Es que acaso yo soy distinto a ti? Somos iguales, Manuel. ¿O es que tu dolor tiene otro nombre?

MANUEL: Lo que quise decir es... nunca había conocido a un... enfermo.

JUAN: ¡Ah, es a eso a lo que te refieres! *(Mirando alrededor.)* Ahora nadie nos escucha, así que déjame contarte. Explicarte para que entiendas que mi enfermedad no me hace distinto. Yo soy un hombre igual que tú. Un hombre con sentimientos y con ternura. Un hombre que por amor ha enfrentado la burla y el rechazo. Un hombre que no se avergüenza de quién es y cómo es. Un hombre que sabe ser amigo, sin ninguna otra intención más que la de agradecer.

MANUEL: No he dicho lo contrario.

JUAN: Lo dice tu miedo que lo canalizas a través de tu rudeza.

MANUEL: Me estás llamando cobarde. ¡Puedo aplastarte en un instante!

JUAN: La valentía está en nuestro interior no en nuestra fuerza física. Hay que enfrentar nuestros demonios y atacarlos para que no nos destruyan. Mi enfermedad, Manuel, me ha enseñado a vivir. Irónico, ¿verdad? Por muchos años cargué el dolor de querer ser como los demás esperaban que yo fuera. Cuando, por fin, decidí decirles, me rechazaron. Mi padre se puso furioso. Imposible que un hijo de él fuera... Mi madre y mis hermanos sintieron vergüenza. Y yo, como un loco, busqué desesperadamente el amor. Quería que alguien me amara, que unos brazos me dijeran -anda, recuesta tu hombro-. Y en esa búsqueda encontré a esta amiga. *(Se señala una llaga en el cuello.)* Tengo sida, Manuel.

Y los míos, en vez dedarme un apoyo, me llevaron a un albergue. Me escondieron. Como algo asqueroso de lo que había que librarse. Así aprendí a conocerme. Mirándome en el temor de los que me rodeaban. Hubiese dado lo que me quedaba de vida por un abrazo, por una caricia de amistad. Abandoné el albergue en busca de esa oportunidad. La vida me trajo aquí entonces. ¡Me estoy muriendo, Manuel, me estoy muriendo! ¡Pero estoy lleno de vida! Los demonios no han podido vencerme. *(Cuando el autor dijo este parlamento, tembló el teatro en todas las funciones.)* ¿Sabes porqué llegué hasta aquí?

MANUEL: Bueno… te recogí de la calle…

JUAN: No. Vine a sembrar una nueva palabra en tu mente.

MANUEL: ¿Nueva dices?

JUAN: Sí.

MANUEL: *(Indiferente.)* ¿Y cual palabra es esa?

JUAN: *(Directo pero suavemente.)* Libertad.

MANUEL: *(Pausa. Respira profundamente.)* Una vez me entregué a un corazón y amé profundamente y luego me traicionaron. *(Pausa.)* Me imagino que le tendrás pánico al amor.

JUAN: *(Sus ojos son como un río.)* No. A lo que queda después. *(Transición. Con cautelosa pericia Juan comienza a desarmar a Manuel.)* ¿Y tú? ¿Por qué escondes tu dolor?

MANUEL: ¿Cómo?

JUAN: Peleas mucho. Eres malcriado. Tosco. Desconfiado. Dice Tila que tienes la furia del huracán. Y es cierto. Aparentas ser de acero. Pero yo he visto tus demonios. Puedo verlos en tus ojos.

MANUEL: Y no puedo ni quiero evitarlo.

JUAN: Esta será una noche especial.

Nada debe opacarla. Es Noche Buena…

MANUEL: …esta será distinta.

JUAN: *(Busca en su bolsillo y le extiende unos espejuelos.)* Mira, Manuel. Toma. Esto es para ti.

MANUEL: ¿Qué es eso?

JUAN: Un regalo. Unos espejuelos. Tienen aumento. Tal vez los necesites.

MANUEL: *(Áspero.)* Yo no necesito espejuelos... Tal vez unas gafas. El sol de este país es ardiente como el infierno y de una vez me ayudarán para no ver tanta basura.

JUAN: *(Levanta los espejuelos a nivel de sus ojos.)* Mejor es ver claramente la vida. Anda, es una muestra de amistad. Toma. *(Desconfiado, Manuel toma los espejuelos y se los coloca.)*

MANUEL: Sí. ¡Maldita sea! Veo mejor. ¿Dónde los encontraste?

JUAN: En la calle.

MANUEL: *(Asombrado porque ve mejor.)* Perfecto. Me entraba una luz por el lado de los ojos que me molestaba la vista. Ahora no.

JUAN: ¿Ves un poco mejor de día que de noche?

MANUEL: Sí.

JUAN: ¡Uh! A mí me está que tienes cataratas congénitas.

MANUEL: ¿Cataratas con qué?

JUAN: Con-gé-ni-tas. Que las heredaste de tus padres.

MANUEL: *(Con rabia.)* ¿De mi padre o de mi madre?

JUAN: No sé. De alguno de los dos.

MMANUEL: ¡Maldita sean si son de mi padre!

JUAN: Ahora estamos llegando al punto.¿Qué pasa con tu padre?

MANUEL: ¡Yo nunca he tenido padre! A mí me hizo la tierra, la basura, la mierda.

JUAN: No Manuel. Te arrastras por la tierra, buscas entre la basura y, a veces, comes mierda que es diferente. Pero un hombre fecundó un óvulo en el vientre de una mujer y entonces naciste tú.

MANUEL: ¡Maldita sea! ¡Si encuentro a ese cabrón, lo asesino como a un perro!

JUAN: Entonces se trata de tu padre.

MANUEL: *(Levanta el puño para pegarle.)* ¡Cállate! *(Sin embargo, Manuel se está debilitando.)*

JUAN: *(Tranquilo.)* ¿Qué vas hacer? ¿A darme? No lo creo. ¿Por qué me recogiste de la calle?

MANUEL: Mil veces me he visto tirado en una cuneta y nadie se dignó a recogerme. Me vi en ti. Lo hice sin mirarte el rostro.

JUAN: Manuel, ¿has visto alguna vez tu sonrisa? *(Manuel lo mira violento.)* Sí, eso. ¿Qué si has visto alguna vez tu sonrisa? Es como si hiriese el sol y por su herida brotara una luz multicolor que lo arropara todo. Como un viento fresco y suave.

MANUEL: *(Extrañado.)* ¿Mi sonrisa?

JUAN: Sí. Es como... el aplauso de un niño que parece lluvia.

MANUEL: *(Triste.)* Ya no sé reír, Juan.

JUAN: Inténtalo.

MANUEL: Cállate.

JUAN: ¡Inténtalo, Manuel!

MANUEL: ¡Que te calles!

JUAN: Es tu padre, ¿verdad?

MANUEL: *(Temblando.)* ¡Cá-lla-te!

JUAN: Andas con una coraza protegiéndote de todos porque eres débil. Hoy será la última noche que pasaremos juntos. Anda, cuéntame. No perderás nada. Somos amigos. Cuéntame cómo eras.

MANUEL: *(Leve pausa.)* Un hombre como cualquier otro. Que tenía una vida por delante y encontraba que vivir tenía sentido. Tenía esposa y un niño. Era contable. Un hombre con principios, que creía en la gente.

JUAN: ¿Y dónde fue a parar ese hombre?

MANUEL: *(Voz abajo.)* Se perdió.

JUAN: ¿Has intentado recobrarlo? Todavía te queda algo. Fíjate, no me dejaste tirado. Eso se llama compasión, y se te escapa sin que te des cuenta. *(Con intención, sabiendo para dónde va.)* Sabes, mi padre fue el primero en tirarme a la calle.

MANUEL: ¡Ódialo hasta con los huesos! ¡Muérete maldiciéndolo para que no descanse nunca!

JUAN: *(Sin hacerle caso. Saca unas chapitas de su bolsillo y juega con ellas.)* Mira, puedo entretenerme con chapitas. Hay cosas pequeñas que me dan alegría. La alegría y el amor van de la mano, ¿no te parece?

MANUEL: ¡Arranca ese sentimiento de ti! Es cuando más cerca estamos de ser heridos. Llénate de rencor, de odio, de rabia, de furia.

JUAN: *(Sigue sin hacerle caso y juega con las chapitas.)* Gracias a Dios que en algún rincón del corazón conservo un pedazo de niño. *(Deja de jugar con las chapitas.)* ¿Recuerdas cuando lo eras?

MANUEL: *(Lejano.)* Yo nunca lo fui.

JUAN: Claro que sí. ¿O naciste viejo? *(Le señala una área. Manuel entra en ella y recibe un peculiar rayo de luz.)* Déjate llevar. Anda, busca ese niño que vive asustado en alguna esquina de tu pecho. Vamos, búscalo… búscalo…

MANUEL: *(Manuel, asfixiado, al borde del llanto.)* ¡Es un niño lleno de dolor!

JUAN: Apártalo por un momento de ti. Confía en mí. No te voy a abandonar. No pospongas más la alegría. *(Llevándolo a donde quiere transportarlo. Notamos un cambio en Manuel.)* Búscalo. Búscalo. Dime, Manuel, ¿dónde estás ahora?

MANUEL: *(Lejano.)* En la escuela.

JUAN: ¿Qué pasa en la escuela?

MANUEL: *(En total regresión.)* Todos mis amigos tienen un papá que los quiere. "Papá me trajo hoy a la escuela", dice uno. "Papá me regaló unos patines", comenta otro. "Ayer papá me llevó al par-

que…,y todos mis amigos vinieron a mi cumpleaños…" *(Pausa tensa de Manuel...)*

JUAN: ¿Qué pasa Manuel?

MANUEL: Salí corriendo de la escuela y llegué a casa: *(Pausa.)* papá está golpeando a mamá. Está borracho. Parece una tormenta rompiéndolo todo. Intento ayudarla... la boca me está sangrando de un golpe. -Te quiero papá, te quiero... Deja quieta a mamá... Su correa en el aire y la descarga sin piedad sobre mi espalda... -Te quiero papá, te quiero, por qué me haces esto- Su boca me acusa: -Eres un nadie siempre lo serás. ¡Mamá, papá me está matando! -Lo que tú padre diga- era su única respuesta..

JUAN: No tenías defensa. No podías recostarte de ninguno.

MANUEL: ¡En casa no se podía hablar!

JUAN: Abusaron de tu niñez, no fue tu culpa.

MANUEL: Y así crecí, Juan. Así crecí.

JUAN: Tú padre fue un maltratante. Anda, busca. Busca más adelante...

MANUEL: *(Temblando totalmente llega a otra área y una nueva luz le cubre.)* Ya soy adulto. Salí a trabajar como de costumbre..., me despedí de mi esposa... Y a eso de las once de la mañana me arropó un sudor... estaba ardiendo en fiebre... me excusé en el trabajo y... *(se le atraganta la voz)* y… llegué a casa... llegué a casa...

JUAN: ¡Sigue!

MANUEL: ¡Papá estaba... acostado con mi mujer... Desnudos los dos, en mi cama!

JUAN: Los hombres cometen errores. ¿Qué hiciste?

MANUEL: *(Apenas puede pronunciar.)* ¡Nada!

JUAN: No lo enfrentaste porque estabas impotente frente a la figura de un padre. Entonces te castigaste tú, querido amigo. Te rendiste frente a su ofensa. Y te tiraste a la calle, errante, para no sufrir. ¡Vamos, despójate de ese autocastigo! Perdónalo.

MANUEL: ¡Nunca!

JUAN: ¡Perdónalo!

MANUEL: ¡No puedo! ¡Lo peor del mundo es un tajo por la espalda! ¡Estoy lleno de odio!

JUAN: ¡De su odio!

MANUEL: ¡Lleno de rencor!

JUAN: ¡De su rencor! ¡Despréndete de esos sentimientos que has almacenado!

MANUEL: ¡No puedo!

JUAN: ¡Perdónalo y podrás ver tu risa! ¡Perdónalo y podrás ser libre!

MANUEL: Me ganas, Juan, me ganas. ¡Y no quiero que nadie lo haga!

JUAN: Sé libre, Manuel. *(Sube manos con muleta. Triunfante.)* ¡¡Libre!!

MANUEL: *(Como si se arrancara una vida de encima.)* ¡Lo perdono, lo perdono, lo perdono! *(Va cayendo hasta pegar sus puños en el suelo.)* ¡Lo perdono! (Y la luz desaparece. ¡Pausa! Ahora Manuel mira a Juan. En el nuevo rostro de Manuel se dibuja una sonrisa.)*

Canción: **Desde hoy.**

MANUEL: (letra de **Johnathan Dwayne**):

¿Qué sucede en mi interior?
Desconozco al ser que habita en mí
Desperté a un nuevo amanecer
La oscuridad se ha ido.

Hoy renuncio a mi dolor
Me despido de lo que sentí
Perdonando todo comprendí
Lo hermoso del olvido.

Nunca imaginé
Que al encontrarme frente a mi rencor
Tú me concedieras
El privilegio del perdón
Y trazando en lienzo blanco
Vuelvo a sentir... vuelvo a vivir
Me permito perdonar
Es como nacer de nuevo
Una voz me dio la libertad
Sin la prisión del miedo.

Río ante el dolor

Que en un segundo se desvaneció
Gracias doy nuevamente
A quien me brindó su compasión
Abandono todo lo que fui
Por lo que soy
Juro viviré desde hoy
Serás testigo de que viviré
Desde hoy

JUAN: *(Concluye.)* Hemos terminado con los demonios. *(Manuel y Juan quedan mirándose. Manuel jadea. Es otro hombre.)*

MANUEL: Dijiste que querías presentarme a alguien.

JUAN: *(Mirándolo fijo.)* Sí. A ti mismo. *(Cojeando llega hasta el hueco de la pared. Imitándolo.)* Cemento molido es lo que quedará de todo esto. ¡Cemento molido! ¿Qué pasa Manuel, te pesan las

nalgas? Si quieres te puedo agarrar por una mano y de un jalón vas a caer afuera. ¿Qué pasa Manuel? ¡Mueve esas nalgas! *(Ambos ríen a carcajadas y se pierden por el hueco de la pared.)*

Apagón.

(Es la noche del veinte y cuatro de diciembre. Del techo cuelgan muchos cartones de leche vacíos. Varias hileras de cartones se cruzan por el decorado y de latas de cerveza. Cuelgan también bombillitas de Navidad encendidas y la escena presenta un toque festivo.

381

Juan mira todas las bombillitas y Tila cocina cerca del fregadero. Pausa.)

TILA: ¿Qué miras tan embelesao, mucha-cho?

JUAN: Todas esas latas y bombillitas.

TILA: Es bonita la Navidad, verdad.

JUAN: *(Pensativo y algo triste.)* Sí. Es una gran noche para compartir con la familia... y con los amigos.

TILA: *(Deja de cocinar y llega hasta él. Levantándole el rostro con la mano.)* Juan, ¿tú tienes familia?

JUAN: Claro. Ustedes.

TILA: Quiero decir, una familia de san-gre. Padre, madre, hermanos...

JUAN: Sí. Los tengo.

TILA: ¿Cómo que los tienes?

JUAN: Sí, pero ellos no pueden ocuparse de mí. Yo los entiendo.

TILA: Perdóname, pero eso es no tener corazón.

JUAN: Tienen. Y además dos puestos grandísimos en el gobierno. En casa se hablaba solamente de política y sería un escándalo si se supiese de qué está en-fermo el hijo menor. Pero ellos no son malos. Yo los entiendo. Me dieron mil consejos. Pero la experiencia es la única ropa ajena que no te puedes poner. Yo estoy claro. Es muy común echarle a los otros culpas por nuestros errores.

TILA: Juan, en un albergue estarías bien atendido ¿Por qué te fuiste?

JUAN: Todos recibían visitas, menos yo. Y tenía una necesidad enorme de ser querido. Entonces me hice de la idea que había nacido solo y, sin rencores, me marché.

TILA: ¿Y si le dieras una oportunidad a tu familia? Dime, ¿sabes dónde están, có-mo encontrarlos?

JUAN: Sí. Claro que sé cómo encontrar-los. Después que me escapé del alber-gue... una noche no aguantaba más... y los llamé.

TILA: ¿Y?

JUAN: Papá me enganchó el teléfono.

TILA: Tu madre debe estar sufriendo mucho. Una madre no olvida nunca a sus hijos. El nacimiento de un hijo es el mi-lagro de la vida. ¿Has visto alguna vez cómo nace un niño?

JUAN: Sinceramente, no.

TILA: Lo tienes en el vientre y allí vive feliz y tranquilo; porque absorbe, como una planta, cada gota de tu sangre. Y cuando llega el momento de nacer, *(Ex-tiende las manos y olvida por un instante el entumecimiento de sus huesos.)* se te agarra del vientre y sus manos te hieren como espinas entre la carne, asustado, por la llegada a un mundo que desconoce. Te deja destrozada, envuelta en san-gre, con unos gritos descontrolados, su-dorosa, jadeante y muchas veces incons-ciente. Es el dolor más placentero del mundo porque de una se escapa un pe-dazo de vida. Y no importa que crezca y un día te abandone, siempre retumbarán en él los gritos terribles que su madre sembró al momento de traerlo como flor al escabroso mundo de la vida.

JUAN: Mamá no hizo nada por retenerme.

FELA: *(Entrando con unos bolsos.)* Este país es rico, rico, rico.

SOLEDAD: ¡Riquísimo!

TILA: ¿Y ustedes, dónde estaban?

SOLEDAD: Estábamos de compras.

FELA: Coño, yo debí ser atleta de pista y campo. ¡Corro como el viento!

JUAN: ¿Y por qué?

FELA: Mira, Juan.

JUAN: ¿Qué es eso?

FELA: Adornos de Navidad.

JUAN: ¿Y cómo los conseguiste?

FELA: La gente de este país que es tan generosa.

TILA: ¡Uh! ¡Sabrá Dios qué habrán hecho éstas!

FELA: La imaginación. La imaginación.

¡Coño, yo debí ser artista!

SOLEDAD: ¡Es que lo somos, lo somos!

FELA: Escucha esto, Chapita. Mi queridísima amiga Sole y esta servidora nos fuimos de compras a la farmacia Walgreens. ¡No le cabía un alma! Así, con un "look" de damas del Condado, cogimos nuestros carritos y los llenamos de adornos navideños. La Fela estaba más fina que nunca y la Sole, no te voy a contar, distinguidísima...

SOLEDAD: De momento se me olvidó la dama y he sacao este único petardo que parecía un tabaco. Lo prendí y se lo tiré a una turista entre las patas.

FELA: En su puta vida la americana había brincao tanto...

SOLEDAD: Entonces yo grité: "Fuego, se quema la tienda..."

FELA: Y yo por el otro lado: "fuego, fuegooo".

SOLEDAD: La americana gritaba "¿Qué pasando, qué pasando?"

FELA: Y yo le grité: "Fire, fire, tú quemando, puta, corre..." Mire Tila, se ha formado este único peo, que la gente gritaba y volaba por encima de las góndolas como almas que llevaba el diablo.

SOLEDAD:Entonces el gerente gritaba por los altoparlantes: "¡Los clientes primero, los clientes primero". ¡Cierren las cajas, cierren las cajas. Desalojen la farmacia..."

FELA: Y nosotras le hicimos caso al gerente. Salimos dispará y se nos olvidó pagar y... pues, gracias a las farmacias Walgreens tenemos Adornos de Navidad.

JUAN: Genial. Genial. Pero por favor, no me hagan reír que el pecho me duele todavía. (Entra Manuel con un árbol de Navidad.)

MANUEL: Buenas noches.

FELA: Manuelo, ¿y ese árbol?

MANUEL: Mira, Juan, este árbol es para ti y para el disfrute de todos.

JUAN: Gracias. Fela y Sole trajeron los adornos.

FELA: ¿Y ese cambio de ánimo, Manuel? No me digas que te sacaste la Loto.

MANUEL: No, Fela, creo que es hora de dejar atrás muchas cosas, como los demonios.

FELA: ¿Los demonios? Que yo sepa aquí nadie ha invitado a la mai de Sole.

SOLEDAD: Ni de bromas, Fela.

JUAN: No te preocupes Soledad, es un chiste entre Manuel y yo.

SOLEDAD: Pues, bienvenido a nuestra cena Navideña, Manolín.

TILA: Y los pasteles están a punto de estar. Lo que faltan son los cubiertos y platos.

FELA: Si quieren, Sole y yo le hacemos un fueguito a Super Max…

TILA: Manuel, Fela y Soledad, comiencen a poner el árbol. (Lo hacen.)

AURORA: (Entra cargada de varios paquetes.) Llegó la Aurora. Tarde, pero segura.

SOLEDAD: ¡Qué bueno! (Ad-lib.)

MANUEL: ¡Adelante, adelante! ¿Y qué nos trajo la poetisa?

AURORA: Aquí hay de todo.

TILA: ¿Trajiste los platos?

AURORA: Dije de todo. Y cuando digo de todo, es todo: (Mete la mano en un paquete y saca varias botellas.) Vino Cinzano, Palo Viejo, ron Don Q, anís, nueces, avellanas... ¡Dios mío, pero qué árbol más bello! ¿Quién lo trajo?

JUAN: Manuel.

AURORA: Solamente un hombre como Manuel podría arrancar un árbol así.

MANUEL: No lo arranqué. Lo compré con lo que me dieron hoy.

AURORA: Como no hay ángel para la punta del árbol (Lo hace.), toma Manuel. Ponle una botellita de Palo Viejo.

FELA: Hasta el árbol va a coger una jumeta esta noche.

SOLEDAD: Me muero por ver un árbol

ennotao.

TILA: *(Mientras trabaja con los pasteles y arroz con gandules.)* Esto casi, casi está.

MANUEL: Ven Juan, pon algunos adornos.

JUAN: ¡Esto es maravilloso!

AURORA: Espérate un momento. Aquí falta Lady.

TILA: Aparecerá en cualquier momento. No te preocupes. Mis hijos, esto ya está. Aurora, echa para acá los platos. *(Lo hace.)*

AURORA: Comeremos aquí, en el suelo. Fela, suelta el árbol y busca una escoba.

FELA: ¿No sería mejor sacar el "vacuum cleaner"?

SOLEDAD: No. Está envuelto en papel de regalo y todavía es temprano.

JUAN: El árbol ya está.

TILA: Aurora, sirve tú.

AURORA: ¿Cuántos desean tirarse a la lujuria?

TODOS: ¡Yo!

FELA: ¡Cómo está el esmallao! *(Ad-lib mientras se sirven. Se ayudarán los unos a los otros. Es muy importante que notemos armonía y amistad en el grupo. Silenciosamente entra Lady y se llega a la parte alta de su trono.)*

TILA: ¿Todos están servidos?

TODOS: ¡Sí!

AURORA: Que alguien haga la invocación.

SOLEDAD: Si escucho a alguien rezar les aseguro que me mato.

JUAN: Vas a hacerla tú. ¿O se te olvidó rezar? Vamos, hazla. Esta noche es especial.

SOLEDAD: ¿Yo? No creo que me acuerde cómo es...

JUAN: La fe nunca nos abandona. Puede estar dormida, pero nunca muerta.

SOLEDAD: ¿Me lo permiten?

TODOS: Claro que sí.

SOLEDAD: Bueno, pero a mi manera.

(Acordes.) Señor mío. Estamos frente a ti. Y tu divina presencia nos une. Estamos frente a ti, como tus hijos, como hermanos. Es el momento, Señor, de pedirte que nos excuses todas nuestras faltas. Tantas, que sólo tu divina bondad puede lograrlo. De sólo pensarte, Dios mío, entra una paz infinita en nuestros corazones. Perdóname todas las faltas que he echado sobre tus hombros. Pero yo siempre te he querido y respetado. Un Dios como yo siempre he pensado. Callado, que me escucha siempre. Un Dios que no me condena, sino que me libera. Un Dios al que puedo hablarle de tú a tú, y me entiende. Aquí están tus hijos, Tila, Aurora, Fela, Manuel, Juan y Lady y te damos gracias por este pan que hoy nos regalas. Gracias, Señor.

TODOS: Amén.

LADY: A esta hora ya Blanca Canales habrá alzado la bandera puertorriqueña y proclamado la "república en el mismo centro de la plaza en Jayuya. En Utuado se habrá hecho lo mismo". Disimula, afuera ya están llegando los nuestros. Dentro de sus trajes traen las armas. Yo seré la primera en anunciar el golpe. *(Se retira a su trono.)*

FELA: Parece que esta noche Lady está en crisis.

TILA: Bueno, de todas formas está con nosotros, que es lo más importante.

FELA: Coño, Sole, estás comiendo desesperá.

SOLEDAD: Me estoy dando este rico "overdose" de pasteles... Tila, ¿de dónde sacaste esto tan bueno, de Lloréns o de Las Margaritas?

TILA: Me los regaló una señora en la plaza del mercado.

FELA: Bueno, al menos hay un día al año que este pueblo no escatima en nada.

SOLEDAD: Este arroz con gandules está riquísimo.

JUAN: En casa siempre había de todo.

Tanto que sobraba.

FELA: Yo recuerdo que mamá hacía pasteles, arroz con gandules y pescao.

SOLEDAD: ¡Dios mío, qué mezcolanza! Me imagino que estarían después cuatro días en el baño.

FELA: Pues fíjate que no. La barriada entera se intercambiaba comida. Lo que había era un fiestón y todo el mundo quedaba como sapo de letrina.

JUAN: ¿Y tú, Manuel, cómo la pasabas?

MANUEL: Era una noche especial. Mi familia siempre tuvo comida en abundancia y el árbol nunca faltó. Debajo, los regalos hacían que el nene no pegara los ojos en toda la noche.

AURORA: Bueno, ¿alguien quiere coquito?

TODOS: ¡Sí!

AURORA: Así me gusta. Una buena comida y la jienda esperando para llevarnos por encima de las nubes.

TILA: Yo no descansaba un día como hoy. Mi casa se llenaba de alegría, mientras yo me la pasaba en la cocina. Pasteles, coquito, arroz con dulce. El lechón no podía faltar con las morcillas. Por la noche, todos nos sentábamos a la mesa. Mis hijos habían traído a sus amigos y yo me sentía dichosa. Tenía una familia.

AURORA: Bueno, ya que esto marcha tan divino, ¿les puedo declamar un poema?

TODOS: Sí, que venga el poema... Eso...

AURORA: Juan, yo no sé declamar muy bien, pero tengo emoción. Aquí voy.

En ti siempre pienso cuando la alegría me corre el alma. Es terrible saber que te has ido como si fueras agua que resbala entre los dedos. ¡Cuánto te extraño, amor, cuánto! La noche está espesa y fría; cuando pasaras, no te dejaría ir. Te tiraría junto al tronco del árbol grande. Te destrozaría la camisa, me agarraría de tu pecho y dejaría que mi boca se encargara de lo demás. Las hojas, fallecidas en el suelo, azotadas por tanta lluvia; recobra-

rían la vida vestidas de blanco.

TODOS: (Algarabía.) ¡Bien Aurora! ¡Qué bueno...

JUAN: Oye, Aurora, ¿de quién es ese poema?

AURORA: Mío. Lo escribí una noche repleta de lluvia.

JUAN: ¡Uh! Parece que le hicieron tiquití en el corazón. ¿Y a quién se lo escribió?

AURORA: A un viejo amor.

TODOS: (Cantan gozando.) "Que un viejo amor. Ni se olvida ni se deja. Que un viejo amor, de nuestra alma sí se aleja pero nunca dice adiós. Un viejo amor..."

FELA: Mira, Chapita, te has comido todo en un abrir y cerrar de ojos. ¿Quieres más?

MANUEL: Se llama Juan.

FELA: Ay, no me jodas, él sabe que es de cariño.

JUAN: Seguro. Hoy por primera vez tengo un hambre bestial.

MANUEL: Se te nota mejor. La vieja Tila te ha cuidado como un bebé.

JUAN: Sí.

TILA: Y de eso yo sé.

MANUEL: Fela, sírvete unos tragos. (Juan comienza a respirar un poco asfixiado.)

FELA: Enseguida. (Lo hace.)

TILA: ¿Cómo se sienten?

AURORA: Yo estoy divina. ¿Ustedes se han visto las caras? Todo es felicidad en este sótano. Sabrá Dios en cuántos condominios estén celebrando esta noche con manjares exquisitos, champán corriendo por el suelo y a lo mejor tienen los corazones más arrugados que una pasa.

JUAN: (Levantándose.) ¡Ahhh! (Juan comienza a botar sangre por la boca. Intenta caminar. Da unos pasos, en ese intento Manuel lo ve.)

MANUEL: ¿Qué te pasa, Juan? (De donde esté brinca y sostiene a Juan en centro de escena.)

JUAN: ¡Estoy... (Más sangre por la boca

y se desploma.)

TILA: ¿Qué pasa?

MANUEL: *(Lo toma por los hombros y lo mueve.)* Juan, ¿qué te pasa?

JUAN: ¡Manuel, me falta el aire...

TILA: ¡Dios mío, qué podemos hacer! *(Otro asfixie de Juan.)*

AURORA: ¡Es como una hemorragia! ¡Está botando sangre por la boca!

MANUEL: ¡Juan, mírame. ¡Abre los ojos!

JUAN: *(Jadeante.)* Manuel, creo que es la hora... Todo se torna distinto...

MANUEL: No. Juan, no. No me hagas esto. *(Lady contempla la escena temblorosa, espantada y, negativamente, mueve la cabeza.)*

JUAN: No importa, en un pequeño rincón, te dejo una huella...

MANUEL: *(Sin soltarlo.)* ¡No me hagas esto amigo mío, no me hagas esto!

JUAN: Me recogiste de la calle, con el cuerpo ensangrentado y me regalaste días de vida... Gracias, Manuel. *(Por la boca de Juan se escapa más sangre. Ahora el jadeo es mayor.)*

MANUEL: ¡Lucha, Juan, lucha! ¡Espera, espera! *(Mirando las paredes del sótano.)* ¡Todavía no!

JUAN: Hazme un último favor.

MANUEL: ¿Qué quieres amigo mío?

JUAN: Ríete Manuel. Ríete.

MANUEL: ¡No puedo!

JUAN: ¡Ríete!

MANUEL: ¡Es que no puedo!

JUAN: Nunca vi reír a papá. Ríete tú, Manuel, y conserva siempre la alegría. *(Jadea.)* ¡Hazlo! Despídeme con una sonrisa. *(Manuel lo hace, pero más bien es una mueca espantosa.)*

MANUEL: *(Manuel lleva a Juan hasta su pecho y lo abraza. Juan hace lo mismo. Ahora se desploma.)* ¡Juan! *(Los personajes se desparraman sumergidos en un terrible silencio. Leve pausa. Manuel queda abrazado a Juan. Manuel se aparta ahora con las manos cubriéndose*

la cabeza. De un bolso Lady saca la bandera de Lares. Baja de su trono. Llega hasta Juan y lo cubre.)

LADY: Con carne dolida termina la vida. Corazón ensangrentado por el amor. Con la muerte comienza tu descanso que nunca será olvidado porque fuiste un pedazo de alegría. *(Lo abraza y el traje de Lady queda ensangrentado.)* Con tu mirada, tantas veces temblorosa, le diste al amigo una alegría mañanera, una risa espectacular, un hombro donde recostarse y una mano firme en la amistad. Se te escapó la risa, amigo mío, amigo nuestro, se te escapó el amor. *(Ahora de pie, mirando sobre la platea. Señala a Juan.)* Son estos los héroes y mártires de nuestra lucha emancipadora quienes han escrito su gloria con el valor y el sacrificio. Somos la conciencia de este pueblo. Entremos a la gloria antes de morir. Sin concesiones, sin rendimiento. ¡Con la conciencia inapelable, absoluta de que esta tierra es nuestra! Desgarremos con pasión al que nos insulta. ¡Denunciemos con fuego a los que nos atacan! Esta es la orden: ¡lucha abierta y frontal! Nos asisten todos los derechos por el bienestar del pueblo. Con las armas en las manos buscando la muerte. ¡Vamos, Comandante Raymundo, Manuel, Roberto, Domingo y Gregorio! Fortaleza está cerca. ¡Que ese carro entre recto a palacio y sus revólveres escupan fuego contra los que nos denigran! ¡Que ese carro sea más veloz que un rayo! ¡Están esperándolos, pero sin miedo, disparen, escóndanse bajo el auto, disparen, disparen, disparen! Pero fueron acribillados allí mismo, en plena Fortaleza que apesta a sangre mientras que el traidor, Muñoz, permanecía custodiado por sus guardias. ¡Aunque solamente quede uno vivo llegó la hora de la sangre! ¡Ataquen, ataquen! ¡Que la muerte ronde cada esquina de San Juan! *(No pasan tres segundos y un golpe hueco, estremecedor, hace temblar el sótano. Como un rayo todos los personajes se miran los unos a los otros aterrados. Pausa. Otro golpe. Ahora todos se miran tranquilos.)*

MANUEL: Es la hora. *(Otro golpe.)*

TILA: Vengan, mis hijos. *(Ahora todos se colocan de frente al público.)*

AURORA: Vamos hacia la muerte y por primera vez seremos felices. Esta pequeña dignidad no nos la quitarán.

SOLEDAD: Ellos no saben que estamos aquí. Escondidos como sabandijas.

AURORA: Nuestra muerte será testigo de un doble asesinato. Han mutilado nuestros cuerpos y nuestras almas. *(Otro golpe.)*

LADY: La paz nos espera. ¡Y a ellos la vergüenza!

AURORA: Nuestro descanso es nuestro planteamiento final: *(Comienza a caer más arenilla del techo.)*

TILA: De este modo salieron de nosotros. *(Otro golpe.)*

AURORA: Por que no hubo una mano...

MANUEL: Una sonrisa.

TILA: Un hombro dónde apoyarnos.

FELA: Sin armas. Con nuestros corazones en las manos. Nuestros gritos se los tragará la ciudad repleta de ruidos. *(Otro golpe mayor.)*

SOLEDAD: Damos fin a la miseria. Al egoísmo y al orgullo.

MANUEL: ¡Nuestra voz es una!

LADY: *(Mirando sobre la platea.)* Como mala yerba nos arrancan de nuestra tierra. Pero en sus recuerdos quedarán nuestros dolores que serán como lanzas en sus conciencias. De este modo seremos... ¡libres!

Canción tema: Palacios de cartón Johnathan Dwayne) -Final

Entre tinieblas
La tierra prometida
Y nuestros cuerpos
En el suelo yacerán
No más lamento
Al fin tendremos vida
Iremos al lugar
donde habrá caridad.

Tiempo inerte, vida en muerte
Un destino entre palacios de cartón.

(Todo el teatro, desde la última fila hasta donde se rinda el escenario, comenzará a vibrar. Las paredes del sótano ceden. Del techo comienzan a caer pedazos de concreto y van enterrando a los personajes. ¡Pausa terrible! Irónicamente el árbol de Navidad queda en una esquina y algunas luces parpadearán. Ahora sólo veremos una montaña de concreto en escena. Un polvorín espeso cubre todo. Silencio. Angustioso y lento cae el
Telón

Nota: "El 30 de octubre de 1950 a las 12:00 del medio día el nacionalista puertorriqueño Carlos Irrizarry detuvo frente a la casa de Blanca Canales, el único vehiculo público que cubría a diario la ruta entre Coabay y el casco urbano del municipio de Jayuya, una guagua pisicorre roja con carrocería de madera marca De Soto, conducida por el Sr. Ernesto

Torres. "Lo siento Ernesto pero voy a apropiarme de esta guagua; a nombre de las Fuerzas Revolucionarias", mientras le apuntaba con su pistola Luger. Elio Torresola (Comandante nacionalista) ordenó que se colocaran la mayor parte del armamento en la pisicorre y varios nacionalistas en la guagua, otros en los estribos en ruta al pueblo de Jayuya para atacar el cuartel de la policía y el telégrafo".

Cuando en Puerto Rico ocurrió la Insurrección Nacionalista del 1950, se procedió a arrestar en masa, no sólo a los nacionalistas que participaron en las actividades insurreccionales, sino también a simpatizantes del nacionalismo, a miembros del PIP y del Partido Comunista y a muchas otras personas.

El objetivo sería matar al "hombre alto y bigote espeso": Luis Muñoz Marín, el gobernador.

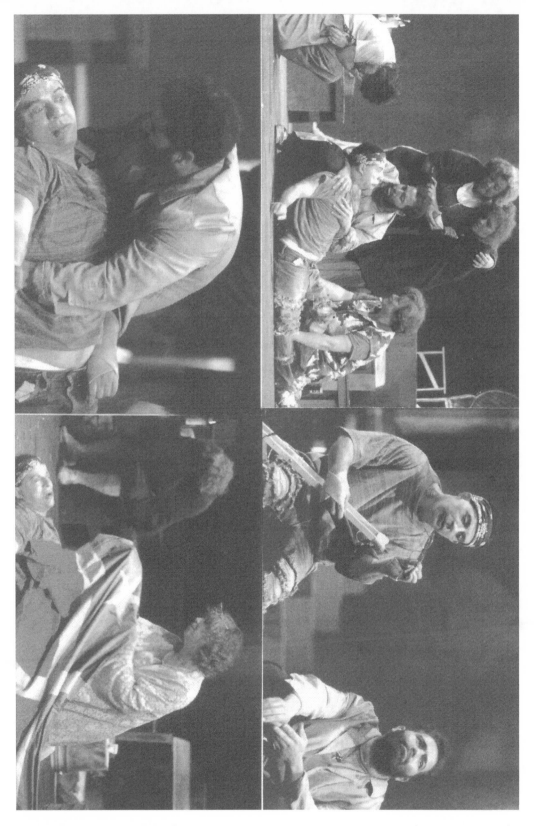

Fotos de actores: Juan González-Bonilla, Johnathan Dwayne, Elsa Román, Alba Nydia Díaz, Sharon Riley y Gladys Rodríguez.

[GENTE]
a fondo

Ponce y la región sur han sido de sus 108 puestas en escena los patrocinadores por excelencia, afirmaron los veteranos productores.

Última llamada: se despide de los escenarios
Producciones Candilejas

Por Omar Alfonso
De La Perla del Sur

Conversar con el dramaturgo Juan González Bonilla suele ser una faena incontrolable. Tras el tradicional abrazo y su apasionado saludo, es inevitable sentir la energía de un gigante preso en el cuerpo de un actor con 5-6 de estatura.

Sin embargo, esta vez Juan no era el de siempre.

Sin que le preguntaras lo que fuera y casi por inercia, este hijo de Santurce acostumbraba vaciar sus pulmones para saber de tus seres queridos y adular tu apariencia. Pero el pasado jueves, no fue así.

Aunque no escondió su sonrisa ni sus innatas cortesías, cierta penumbra eclipsaba su voz a medida que subía a su apartamento en la calle Taft de San Juan.

Para colmo, por primera vez había pedido que en el encuentro estuviera presente su amigo e inseparable socio Joseph Amato, la espina dorsal de Producciones Candilejas: el retoño que a partir del año 1970 ambos convirtieron en una de las compañías teatrales de mayor renombre en la historia del país.

Y allí estaba. Con afable ademán y puesto de pie en uno de los salones del hogar de Juan, Joseph reiteró la bienvenida e invitó a tomar asiento con absoluta candidez y serenidad: una postura diametralmente opuesta a la del eléctrico anfitrión que, con cigarrillo en mano, no paraba de moverse entre su escritorio y la puerta de la habitación.

Fue entonces cuando una sola frase dio sentido a lo que ocurría: Juan y Joseph se retiran. Y junto a ellos, Producciones Candilejas.

La decisión, aclaró Juan, no fue fácil ni improvisada. Se ha sopesado y reevaluado por ambos durante los pasados dos años, aún en contra de la voluntad del propio Juan. "Pero es lo correcto", puntualizó Joseph, el certero ingenio empresarial de esta productora teatral.

"Me dolió aceptarlo, pero ya físicamente no puedo", ripostó Juan, "porque producir es estar el día o la noche en la calle, algo que ya es muy difícil para alguien que ha sido operado de la espina dorsal", comentó. "Estoy disimulando frente a ti, pero en la calle camino con un bastón y me cuido porque tengo osteoporosis en la cadera".

Esta limitación, reconoció, afloró a partir del accidente que en 1991 sufrió en el escenario del Teatro La Perla, mientras presentaba el drama *Los Confinados*. Allí, justo antes del intermedio, su pie derecho quedó pillado en una escalera. Al forzar su salida, provocó una fractura que requirió horas más tarde un viaje de emergencia al hospital.

"Otra vez. No ha sido una decisión fácil", continuó, "pero ya pienso que nosotros hemos cumplido con el pueblo de Puerto Rico. Le hemos dado 50 años de nuestras vidas, le hemos dado trabajo a la clase artística, tenemos 28 estrenos de teatro puertorriqueño, y el tiempo que nos queda queremos dedicarlo a calentar el hogar y a la vida misma, porque ya cumplimos".

La noticia, agregó Joseph, quisieron compartirla primero con el pueblo ponceño y la fanaticada sureña, ya que Ponce y la región han sido de sus 108 puestas en escena los patrocinadores por excelencia, desde tan temprano como cuatro décadas atrás.

"Ponce nos ha abierto los brazos desde el año 1976, cuando llevamos allá *Doce paredes negras*", recordó Joseph con impecable claridad.

El drama de Juan González - entonces protagonizado por Esther Sandoval, Mildred Karen, Raúl Carbonell y Luis Torres Nadal - impulsó además una relación de respeto y fidelidad entre el público y Candilejas, ya que el binomio de productores determinó siempre llevar al sur la misma calidad de reparto y escenografía que se instalaba en el Teatro Tapia o el Centro de Bellas Artes: algo que no se acostumbraba para la fecha.

Por ello, desde entonces figuras como Lucy Boscana, Francisco Prado, Mercedes Sicardó, José Reymundí, Iris Martínez, Walter Rodríguez, Johanna Rosaly, Samuel Molina, Gladys Rodríguez, Chavito Marrero, Sully Díaz, Pedro Juan Figueroa, Idalia Pérez Garay, Marcos Betancourt, Lydia Echevarría y Raúl Rosado desfilaron sobre el escenario del Teatro La Perla de la mano de Juan y Joseph, junto a exponentes locales como Danny Torres, Joffre Pérez y el mimado Luis Raúl Martínez, quien debutó profesionalmente como actor en *Títeres de Cachiporra*, de Federico García Lorca.

Por conducto de Candilejas, además, el público sureño hizo su inmersión en clásicos como *Tiempo Muerto* de Manuel Méndez Ballester, *Bodas de Sangre* y *La Casa de Bernarda Alba* de García Lorca, *Antígona* de Sófocles, y *La Carreta* o *Los Soles Truncos* de René Marqués.

Juan González y Joseph Amato

la perla del sur · del 13 al 19 de febrero de 2019

Producciones Candilejas nació en el año 1970. Desde entonces, Joseph Amato y Juan González la convirtieron en una de las compañias teatrales de mayor renombre en la historia del país.

No obstante, fueron montajes como *Flor de Presidio*, *Palomas de la Noche* y *Palacios de Cartón* - todos de la autoría de Juan - los que sentaron precedente al derribar el muro imaginario que por décadas separó las clases sociales menos privilegiadas con el teatro dramático puertorriqueño.

Éxitos taquilleros como estos, además, demostraron al binomio teatral que el público boricua estaba listo para ventilar en escenarios temas profundos, hasta entonces vetados por tabú entre círculos de poder. Lo demás, es historia.

Hasta luego: nunca adiós

Adoptada la determinación, Joseph y Juan adelantaron que seguirán deleitándose con el elíxir que les une a cientos de amigos y practicando lo que más les apasiona en esta nueva etapa de sus vidas.

"En mi caso", confesó Juan, "voy a seguir escribiendo, aunque sea para mí. Tengo dos obras casi terminadas y la cabeza llena de poemas. Poemas de dolores, de alegrías y soledad".

No obstante, otro proyecto está a punto de caramelo y es el tercer libro de Juan, la compilación de 14 obras *Me quedo con las mujeres*, un proyecto en el que él y Joseph laboran desde hace dos años y que verá la luz pública en los próximos meses.

"Ese tercer libro va a ser nuestro cierre y con él dejaremos en la historia escrita parte de nuestro trabajo", recalcó Joseph.

No obstante, aunque ahora no lo reconozcan, son sus creaciones y su legado al teatro lo que el tiempo consagrará como su más elocuente e indiscutible obra maestra.

MARIELA FULLANA ACOSTA
mfullana@elnuevodia.com
Twitter: @MarielaFullana

CELEBRAN 50 AÑOS EN EL TEATRO

Apagan sus candilejas

● El director y dramaturgo Juan González Bonilla y el productor Joseph Amato cierran un ciclo con el retiro de Producciones Candilejas

Luego de cinco décadas de labor ininterrumpida y tras haber producido sobre 108 obras en el país, Producciones Candilejas se despide de los escenarios. El productor Joseph Amato y el dramaturgo y director Juan González-Bonilla han decidido apagar sus candilejas para así darle paso a una nueva generación de teatreros.

Con su retiro, celebran una carrera en la que han sentido el respaldo constante del público, que ha dicho presente en cada una de sus puestas en escenas. Basta recordar éxitos taquilleros como "Doce paredes negras" –la primera pieza en presentar una temática lésbica en el teatro del país– "Flor de presidio", "El aniversario de Pepe y Luis" y "Palacios de cartón", todas de la autoría de Juan González-Bonilla, para reconocer la labor de estos incansables trabajadores del teatro.

Joseph Amato dijo que no fue fácil tomar la decisión del retiro, pero que era necesario. "Cuando tú estás la vida entera haciendo una cosa y gracias a Dios has tenido el éxito que hemos tenido, pues no es fácil despegarte. Pero lo que pasa es que Juan está impedido legalmente por una operación que tuvo en su espalda y pensé que era hora, después de 50 años, de cogernos un espacio para que la vida sea un poco menos estrésica y así disfrutar de esta madurez a la que hemos llegado", expresó Amato.

Juan González-Bonilla sostuvo que esta decisión fue bien pensada y que no hay vuelta atrás.

"Cuando uno produce vive más en la calle y la casa se convierte prácticamente en un hotel. Eso lleva a un agotamiento físico inmenso y con el golpe en la espalda que me di, ya no es lo mismo de antes. Así que para efectos míos esto es mi retiro", dijo el actor y dramaturgo, quien comenzó a actuar en la Comedieta Universitaria, agrupación teatral de jóvenes que estaba adscrita al Teatro de la Universidad de Puerto Rico, cuando apenas tenía 14 años.

Producciones Candilejas se incorporó oficialmente en 1970, pero un año antes Joseph Amato y Juan González-Bonilla produjeron 14 recitales de poesía a través de toda la isla, protagonizados por Juan, lo que consideran el inicio de la compañía. Amato recordó que cuando conoció al actor y dramaturgo este compartió que quería fundar una compañía teatral, pero no contaba con destrezas del conocimiento administrativo y financiero para manejarla. Amato, que estudiaba Administración Gerencial en la Universidad de Puerto Rico, le dijo que él de teatro sabía muy poco, pero los números y la administración gerencial eran como su segunda piel. Esa unión de talentos fue clave para Producciones Candilejas.

"Mucha gente nos pregunta de fórmulas y no es fórmulas es mucho trabajo y también, que hemos tenido suerte", comentó Amato.

Otro factor determinante para Producciones Candilejas fue que supo balancear su oferta teatral entre clásicos de diversos dramaturgos nacionales e internacionales con dramas y comedias sociales de la autoría de Juan González-Bonilla. Este supo llevar a los escenarios diversas realidades sociales del país, como la homosexualidad, la violencia machista y la prostitución, entre otros. El escribir sobre temas que eran tabú para la sociedad le valió críticas y protestas, como las que surgieron en la década del setenta con el estreno de "Doce paredes negras", que causó revuelo entre los sectores más conservadores por su temática lésbica. La pieza, que estrenó con las actrices Esther Sandoval y Myrna Vázquez, sin embargo, fue un éxito taquillero y se ha repuesto en tres ocasiones con actrices diferentes.

"A mí me gusta contar historias que otros no cuentan. Esos son los temas que me llaman la atención", continuó González-Bonilla para enseguida hablar sobre sus obras "La plena nació en Maragüez",

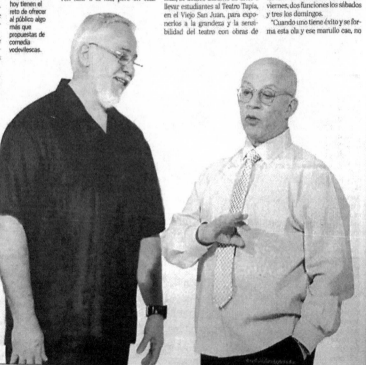

Joseph Amato y Juan González Bonilla opinan que los productores de teatro local de hoy tienen el reto de ofrecer al público algo más que propuestas de comedia vodevilescas.

inspirada en la historia de Isabel La Negra, y "Flor de Presidio", sobre las confinadas. "Me gusta escribir sobre temas sociales que los tenemos de frente, pero no quieren salir a la luz, pero en esas historias hay gente, seres humanos", dijo sobre lo que ha sido fuente de inspiración durante estos 50 años de trabajo.

Producciones Candilejas, además, se dedicó durante 20 años a llevar estudiantes al Teatro Tapia, en el Viejo San Juan, para exponerlos a la grandeza y la sensibilidad del teatro con obras de dramaturgos puertorriqueños como René Marqués, Manuel Méndez Ballester, Francisco Arriví y Myrna Casas, así como de dramaturgos internacionales, como Federico García Lorca y Tennesse Williams.

"No sabes lo emocionante que es encontrarme con gente adulta que me dice 'la primera obra de teatro que yo fui a ver en mi vida fue uno de sus matinales para estudiantes y desde entonces he seguido en el teatro'. Y yo me siento muy agradecido", expresó con satisfacción González Bonilla. Otro momento que recuerdan con emoción fue cuando en 1991 lograron vender 14 funciones corridas en la Sala de Festivales del Centro de Bellas Artes de Santurce con la pieza "Pinocho y el Milagro de la Navidad", o cuando en 1989 estuvieron un mes completo en el Teatro Tapia con la obra "Flor de presidio", celebrando una función de martes a viernes, dos funciones los sábados y tres los domingos.

"Cuando uno tiene éxito y se forma esa ola y ese marullo cae, no

LUNES
11 de febrero de 2019

hay quien lo detenga", comentó Amato.

En estas cinco décadas también se sienten orgullosos de que su compañía sirviera de taller de trabajo para cientos de actores y actrices del país, tanto para veteranos como para jóvenes artistas. González-Bonilla, por ejemplo, recordó que fueron de los primeros que le dieron una oportunidad al fenecido actor y comediante Luis Raúl, quien participó en varias de sus producciones. También mencionó a las actrices Linnette Torres, Sully Díaz y Alba Nydia Díaz, quienes consiguieron abrirse paso en varias de sus producciones.

Algo que también caracterizó a Producciones Candilejas es que presentó obras por diversos pueblos de la isla, específicamente en Ponce, Mayagüez, Aguada, Arecibo y Guayama, descentralizando la actividad teatral del área de San Juan.

"Cuando el teatro se convierte en tu vida y el teatro social, sobre todo, pues hay una responsabilidad. El teatro es un vehículo y las obras de Juan vienen con un mensaje social y por qué limitar ese mensaje a la capital. Tienes que llevar ese mensaje a cualquier lugar y con la misma calidad. Quizás eso, sin querer, fue lo que nos hizo establecernos más aún", reflexionó Amato.

Al preguntarle sobre cómo observan el teatro actualmente en Puerto Rico, ambos guardaron silencio, hasta que Amato soltó que hay un reto "muy grande".

"Hay que aceptar de que el mundo ha cambiado, entre la globalización, entre las computadoras, la atención de la gente ya no es la misma, la juventud está buscando otras cosas y el teatro lamentablemente ha ido relegándose un poco. Los productores nuevos van a tener una tarea difícil de encaminar a este pueblo a ver un teatro serio de nuevo porque los últimos dos o tres años se ha estado haciendo una oferta de teatro, vamos a llamarle vodevilesco, que no está mal, pero tiene que haber un balance. Si le das una comedia vodevilesca, dale también un drama o por lo menos una comedia de altura que haya un mensaje. Eso lamentablemente en este momento no lo hay", opinó Amato, quien destacó que hacer teatro en el país también se ha convertido en una odisea por la cantidad de permisos y la burocracia.

"El gobierno convirtió los teatros

en colecturías", resumió González-Bonilla, quien entiende que "la cosa está difícil", pero que cada cual debe hacer lo que entienda aportará mejor al país.

HOMENAJE

A modo de homenaje a la labor realizada, el sábado, 16 de febrero, a las 8:30 p.m., en el Teatro La Perla, en Ponce, se llevará a cabo la comedia "La viuda", de Juan González-Bonilla. Con esa pieza, que el dramaturgo describe como una mofa de los velorios puertorriqueños, y donde el público tiene participación, se cerrará un ciclo en la carrera de estos dos trabajadores y amantes del teatro.

La producción estará a cargo de Ángel Rolón, de Strong Production, que tras enterarse del retiro de Producciones Candilejas quiso montar la obra, bajo la dirección del propio González-Bonilla. La comedia contará con un elenco compuesto por Maribel Quiñones, Linnette Torres y Braulio Castillo, entre otros.

"Nosotros cumplimos con Puerto Rico y se hizo una labor exquisita. Dimos oportunidades a nuevos talentos y cumplimos nosotros como artistas", concluyó González-Bonilla, quien al igual que Joseph Amato, se siente satisfecho de labor realizada.

> "Nosotros cumplimos con Puerto Rico y se hizo una labor exquisita. Dimos oportunidades a nuevos talentos y cumplimos nosotros como artistas"
>
> **JUAN GONZÁLEZ-BONILLA**
> ACTOR Y DRAMATURGO

Luis Raúl en una puesta en escena de Candilejas de "El mago de Oz".

Mercedes Sicardó al frente del elenco de "La casa de Bernarda Alba".

Esther Sandoval y Myrna Vázquez en la controvertida pieza "Doce paredes negras", de la autoría de Juan González Bonilla.

Johanna Rosaly y Flor Núñez en "Flor de presidio".

Gladys Rodríguez y Chavito Marrero en la farsa "Los títeres de Cachiporra".

Lucy Boscana en "Los soles truncos", ejemplo de cómo Producciones Candilejas se ocupó de dar el sitial merecido a la dramaturgia puertorriqueña.

393

40 años de Producciones Candilejas por Dean Zayas

Un motivo para celebrar: Los cuarenta años de PRODUCCIONES CANDILEJAS
A fines de la década del cincuenta, el padre del teatro puertorriqueño Francisco Arriví crea el Festival de Teatro Puertorriqueño dando un impulso ala producción teatral nunca antes visto en la isla. Desde ese primer Festival en 1958 y por los últimos cincuenta años, el teatro puertorriqueño ha visto nacer y proliferar, compañias y grupos de teatro que contra todo viento y marea han llegado a la escena con puestas valientes y de alta calidad profesional. Así lo atestiguan páginas y páginas escritas por críticos de los rotativos del país, alguna que otra revista y libros escritos en tomo al tema de nuestro teatro nacional. A la gesta iniciada por Arriví a fines de los cincuenta se añade el surgimiento de las compañias independientes de los años sesenta y una cuantiosa producción teatral durante los setenta, los ochenta, en los noventa, llevándonos hasta finales del pasado siglo. Es en la década del setenta donde se inserta el génesis de **Producciones Candilejas,** compañía de producción teatral, fundada por Juan González-Bonilla y Joseph Amato. La cantidad de obras presentadas por los señores González-Bonilla y Amato es impresionante. El quehacer teatral de **Producciones Candilejas** durantes estos cuarenta años merece que se recoja en un libro aparte. Entonces, sería irresponsable de mi parte tratar de contarla en estos breves párrafos. Cuando **Producciones Candilejas** lleva al escenario del Teatro Sylvia Rexach la obra del venezolano Román Chalbaud, **Réquiem para un eclipse,** bajo la dirección de Victoria Espinosa y con un reparto estelar que encabezaba Esther Sandoval, ya hacía dos años que la compañía productora recorría la isla con producciones iniciadas en el Teatro del Ateneo Puertorriqueño y que recorrían todos los "Centros Culturales" que había creado en la mayoría de los pueblos de Puerto Rico el Instituto de Cultura Puertorriqueña. El reparto de **Réquiem** lo completaban Walter Rodríguez, Francisco Prado, Luz Minerva Rodríguez y Juan González Bonilla. La llegada de **Candilejas** a la escena sanjuanera, con una producción de la mejor calidad profesional, cuidada en todos sus detalles, prometía un futuro halagador para el teatro puertorriqueño. La promesa no se hizo esperar ya que la segunda producción que recuerdo fue la de una obra que iba a romper con los moldes del teatro escapista y de recurrente tema político partidista a la que nos tenía acostumbrados la dramaturgia puertorriqueña. Juan González Bonilla se estrenaba como dramaturgo de indiscutibles meritos con **Doce paredes negras.** Sí compartía la poesía y el dolor que siempre ha caracterizado al teatro nuestro y esto aún en sus comedias. Una vez más la gran Esther Sandoval se hacía dueña de la escena junto a otra talentosa y no menos gran actriz, Myrna Vázquez. Raúl Carbonell, hijo, José Reymundí, Danny Torres, Antonio Pantojas y el mismo autor dieron vida a los otros personajes que se movían en el mundo de "paredes negras" de las dos protagonistas de la pieza. Con la producción de **Doce paredes negras, Producciones Candilejas** se apuntaba otro impresionante éxito y Juan González-Bonilla hacía su entrada triunfal a la dramaturgia puertorriqueña que en esos momentos clamaba por sangre nueva. Cuando miramos la lista de obras que esta compañía productora ha llevado a escena, fuera de la gran variedad de obras europeas, latinoamericanas, norteamericanas, sobresalen aquellas de autores puertorriqueños. Me atrevería a señalar que es la compañía productora, dentro de su clase, que más obras a montado del repertorio del teatro nuestro. Los nombres de Walter Rodríguez, Luis Torres Nadal, Francisco Arriví, Ramón Méndez Quiñónez, Manuel Méndez Ballester, Jaime Carrero, Gerard Paúl Marin, René Marqués, Myrna Casas y el del propio Juan, son testigos de esta aportación valiosísima que ha hecho **Producciones Candilejas.** Desde estrenos hasta los "clásicos" del teatro puertorriqueño. Bastaría esta sola aportación para situar a **Candilejas** dentro de la lista de entidades que más ha aportado al teatro puertorriqueño. Pero esto sería limitar su contribución a través de estas cuatro décadas.

Cuando echamos una ojeada a los programas de mano de más de ochenta producciones de estreno, varias reposiciones y de otros eventos teatrales, la lista de actores que ha participado en estas producciones de Joseph Amato, es impresionante. **Producciones Candilejas** ha abierto un taller de trabajo continuo para los actores y actrices de Puerto Rico y también a algunos visitantes que han ayudado al éxito de sus puestas en las salas más importantes del país: el Teatro Municipal Tapia, el Centro de Bellas Artes Luis A. Ferre, el Teatro La Perla, el Yagüez, el Teatro del Ateneo Puertorriqueño, el de la Universidad de Puerto Rico, el desaparecido Teatro Sylvia Rexach en Puerta de Tierra y casi todos los otros que existen en pueblos de la isla. ¿A dónde no ha llevado teatro **Producciones Candilejas?**

Además de para actores, **Producciones Candilejas** ha sido el taller de diseñadores y técnicos, y otros trabajadores del teatro. La contribución de **Candilejas,** la de Joseph Amato y Juan González Bonilla tiene que evaluarse en su justa perspectiva. Yo he dirigido varias producciones para **Producciones Candilejas** y entre ellas una que rompió todos los récords de taquilla establecidos hasta ese momento: el estreno mundial en el Teatro Municipal Tapia de **Flor de presidio,** de Juan con un elenco de primeras actrices que solo Joseph y Juan son capaces de reunir. También entre mis recuerdos más preciados en mi carrera de director queda el montaje que hizo **Candilejas** de otra obra de Juan: **Palacios de cartón.** Una historia con unos personajes inolvidables. A sus cuarenta años **Producciones Candilejas** merece todo el respeto y la admiración que este pueblo debe dar a quien ha hecho tanto por el.

¡Seamos agradecidos! ¡Gracias **Producciones Candilejas** por estos cuarenta años! Por ustedes y con ustedes podemos decir que a pesar de todo, contra viento y marea como dije al principio, el teatro puertorriqueño: ¡está vivo!

Dr. Dean Zayas 20 de febrero 2010

Director teatral, actor, ex Director del Departamento de Drama Universidad de Puerto Rico, Recinto de Río Piedras

1972- **Réquiem para un eclipse**, de Román Chalbaud (primera producción oficial como Producciones Candilejas, Inc.)

Del 1969 al 1971 Juan González-Bonilla y Joseph Amato producen 13 recitales de poesía a través de toda la isla, llevando la poesía puertorriqueña e internacional en la voz de Juan González-Bonilla quien además de actor, dramaturgo y productor, es declamador. Además 4 producciones presentadas en el Ateneo Puertorriqueño durante estos años se le suman a estos recitales, las cuales fueron "Diario de un Loco" de Gogol, "De cara al amor, la patria y la muerte" recital de poesía de Juan González-Bonilla junto al pianista clásico Jorge Córdova. "Lorca" interpretación del Romancero Gitano por Juan González-Bonilla junto al laureado guitarrista Federico Cordero y "Kaleidoscopio del Amor" recital de Juan González-Bonilla interpretando a la poetiza puertorriqueña Clara Cuevas. Estos recitales fueron producidos por el propio González-Bonilla y Joseph Amato y son los que van provocando la fundación de la compañía teatral Producciones Candilejas, fundada en 1970 por Amato y González.

Títulos publicados:

El hombre del tiempo ángel m. agosto

Lustro de gloria ángel m. agosto

Intrigas desesperadas ángel m. agosto

Rutina rota ángel m. agosto

5 ensayos para épocas de revolución ángel m. agosto

Voces de bronce ángel m. agosto

Horror blanco ángel m. agosto

Relatos por voces diversas Cómplices en la palabra

Déjame decirte algo Cómplices en la palabra

En los límites Evaluz Rivera Hance

Lo que dice el corazón Evaluz Rivera Hance

Transversándome José Enrique García Oquendo

Emociones, versos y narrativa Grupo Cultural La Ceiba

El proceso político en Puerto Rico ángel m. agosto

ANA, auténtica forjadora de valor Ana Rivera

Angustia de amar Ana Rivera

Sindicalismo en tiempos borrascosos Radamés Acosta

Desde la sombra la luz William Morales Correa

Tinto de verano Anamín Santiago

Caroba Juan de Matta García

La brújula de los pájaros José Ernesto Delgado Carrasquillo

Esperaré en mi país invisible Mariela Cruz

Mancha de plátano Mariela Cruz

Loíza, desde El Ancón a tu Corazón Madreselvas de Puerto Rico

Los molinos de doña Elvira Luccía Reverón

Un vistazo a la tierra de los mil dioses Armando Casas Macías

Oscar hecho en poesía Poetas en Marcha

Soy un millar de vientos ángel m. agosto

25 de julio Roberto Tirado

En mi vientre oscuro Anamín Santiago

Del MPI al PSP, el eslabón pedido ángel m. agosto

Teatro oculto en "La Sataniada" de Alejandro Tapia y Rivera Anamín Santiago

Años de fuego, periodismo de combate (1971-76) ángel m. agosto

Abuela Itzé Norma Medina Carrillo

La madre asesina Yván Silén

Me quedo con las mujeres Juan González-Bonilla

Juan Mari Brás: ¿el estratega de la independencia? ¿El socialismo una consigna? ángel m. agosto

¡Cinco van...! ángel m. agosto

Cuchirrican Violeta Louk

Lo que nos dejó el camino Francheska Lebrón
La locura de Parsifae Yván Silén
Transóptica José Enrique García Oquendo
Mujeres resilientes que retan la autoridad Ana María López Beltrán
En busca de sus raíces Ana María López Beltrán

Made in the USA
Columbia, SC
17 September 2021